La règle des loups

*

Le choix du loup

KENDRA LEIGH CASTLE

Les règles du loup

Traduction française de
MARIE-CHRISTINE TRICOTTET

NOCTURNE

HARLEQUIN

Collection : NOCTURNE

Titre original :
THE WOLF4S SURRENDER

Ce roman a déjà été publié en 2013

HARPERCOLLINS FRANCE
83-85, boulevard Vincent-Auriol, 75646 PARIS CEDEX 13
Service Lectrices — Tél. : 01 45 82 47 47

www.harlequin.fr

ISBN 978-2-2804-7349-1 — ISSN 2104-662X

Prologue

Mia courait dans la nuit, consciente qu'il la suivait de près et ne faisait que jouer avec elle en attendant le moment propice pour la tuer. Elle tremblait de tous ses membres, du sang s'écoulait lentement des blessures qu'il lui avait infligées à l'épaule et au cou.

Elle s'engouffra en trébuchant dans les ténèbres glacées. Un grognement amusé résonna lugubrement à ses oreilles.

Mon Dieu, il se rapproche.

— N'aie pas peur, bébé, tout va bien se passer, je te le promets. Attends seulement de voir ce que j'ai prévu pour nous…

Il était tout près, si près.

Ces bois lui étaient inconnus et, malgré le clair de lune, elle avait toutes les peines du monde à se frayer un chemin entre les arbres qui surgissaient brusquement de l'obscurité menaçante. Dans sa fuite éperdue, elle laissa échapper un gémissement pitoyable. Lui, en revanche, ne faisait aucun bruit. Seuls lui parvenaient le craquement des brindilles sous ses pieds et son propre souffle haletant.

Mais lui…

Ce silence n'était pas naturel. Qui pouvait être silencieux au point de ne pas émettre le moindre son de pas ? Cette pensée accrut sa terreur, qui confina à l'hystérie.

Mais, à la réflexion, rien chez cet homme n'était naturel. N'avait-il pas, quelques instants plus tôt, planté ses dents dans son épaule et déchiré son corsage avec ses griffes ?

Car c'étaient bien des griffes. Et ses dents, n'étaient-elles pas anormalement pointues ?

Soudain, Mia buta contre une pierre qui dépassait du sol. Lancée dans l'obscurité oppressante, elle faillit perdre l'équilibre et se rattrapa de justesse. Aussi fugace fût-elle, cette interruption dans sa course lui avait fait perdre du terrain. D'un instant à l'autre une main allait s'abattre sur son bras, des griffes se planter de nouveau dans sa chair.

Jeff Gaines, le jeune et riche entrepreneur.

Le monstre aux yeux jaunes.

Toute à l'excitation et au plaisir d'être l'objet de tant d'attentions de la part de cet homme si séduisant qui l'avait littéralement enlevée pour un week-end romantique, elle s'était laissée étourdir par le vin.

L'idée ne lui était même pas venue de refuser lorsqu'il avait proposé une promenade au clair de lune. Au moment où elle avait remarqué un changement dans son comportement, il était déjà trop tard : lui plaquant une main sur la bouche, il avait planté ses dents dans sa chair.

— Il est inutile de courir, Mia. Je te vois, je te sens. Tu ne m'échapperas pas. Tu ne peux pas échapper au grand méchant loup.

Sans savoir comment, elle parvint à trouver assez de souffle pour pousser un cri. Le hurlement qui sortit de sa gorge semblait venir du plus profond de son être torturé, qui s'insurgeait contre le traitement qu'on lui faisait subir et réclamait le droit de vivre. Il résonna dans l'obscurité glacée comme une ultime supplique que Mia adressait à la lune indifférente, tout en poursuivant en sanglotant sa difficile fuite en avant.

Un instant, le temps sembla s'arrêter pour lui permettre de reprendre sa respiration.

C'est alors que l'enfer s'ouvrit sous ses pas.

Jeff poussa un grondement de triomphe sauvage totalement inhumain et, attrapant son poignet d'une main étrangement chaude, il l'attira vers lui.

— Ton sang m'appartient, dit-il d'une voix épaisse qui

n'avait plus rien de commun avec les intonations sophistiquées de l'homme avec qui elle était venue.

— Tu croyais vraiment que tu pourrais le cacher éternellement ? Je sais ce qui coule dans tes veines, petite sorcière.

Le sang en question se glaça instantanément. On l'avait prévenue, mais elle n'avait jamais imaginé que la menace qu'on lui ressassait depuis si longtemps pourrait un jour se réaliser. Quelle idiote elle avait été !

Il était un peu tard pour suivre ces conseils.

A peine Mia eut-elle repris son souffle qu'il la mordit de nouveau, plantant ses dents dans son épaule tuméfiée d'où le sang continuait à couler. Puis, tel l'animal qu'il s'était révélé être, Jeff secoua la tête de gauche à droite en enfonçant ses crocs de plus en plus profondément dans sa chair.

Mia entendit un second hurlement dans le lointain. Ce n'est que lorsque le monde autour d'elle commença à s'effacer qu'elle comprit qu'il provenait de sa propre gorge.

Le sang coulait plus vite de la plaie ouverte de son épaule. Mia sentit sa vie lui échapper en le regardant s'étaler sur ses vêtements, le long de son bras et sur sa poitrine. Le sol se mit à tourner sous ses pieds et elle s'appuya sur le corps de Jeff, n'ayant rien d'autre à quoi se raccrocher avant de s'effondrer.

Elle ne devait surtout pas se laisser aller, sinon elle craignait de ne plus pouvoir reprendre connaissance.

Lui semblait prendre plaisir à son étreinte involontaire.

— Il est temps d'en finir, gronda-t-il.

Il la déposa sur le sol comme il l'aurait fait d'une enfant endormie.

— *Illuria tira. Illuria m'ar hemana.*

Les mots, inconnus et pourtant étrangement familiers, résonnèrent au plus profond de son être et elle eut la sensation de s'ouvrir à la nuit. Une puissance, sombre et interdite, s'empara d'elle. C'était l'autre moitié de son pouvoir que Jeff avait fait remonter à la surface. La graine maligne qu'elle n'avait jamais laissée croître, forcée de s'épanouir en un instant… tellement attendu.

Non, pensa Mia. Et juste après, *oui*.

— Regarde-le briller, murmura Jeff avec révérence en reculant.

Mia parvint à ouvrir suffisamment les yeux pour le voir qui se penchait sur elle, couvert de ce qui ressemblait à de vraies giclures de lumière. Un halo lumineux les entourait tous les deux et elle sut immédiatement, en un instant de sombre horreur, ce que c'était.

Ô Déesse... c'est moi. C'est ma vie.

Elle aperçut le reflet d'une lame qu'il brandissait au-dessus d'elle et ferma les yeux pour écarter cette vision.

Mais le coup fatal ne vint pas.

Même dans son état de demi-conscience, Mia parvint à relever la tête. Elle percevait un changement subtil de l'atmosphère, qui semblait s'être soudain chargée d'électricité. Quelque part dans le lointain, ,un hurlement déchira la nuit en une mélopée aux accents douloureux. Aussitôt suivi d'un autre, puis d'un troisième.

Jeff se redressa, et un accès de fureur sembla secouer son corps tendu en une succession de vagues brûlantes qui venaient se rajouter à la folie qui le consumait comme une fièvre. De toute évidence, il ne savait pas ce qui se passait mais il n'aimait pas ça.

Mia sentit une lueur d'espoir renaître en elle, infime mais puissante.

— Accroche-toi à moi, dit-il d'un ton coupant. Au diable ces questions de territoires. Tu m'appartiens.

Les yeux clos, Mia sentit qu'il la soulevait pour l'emporter au cœur des ténèbres. Elle avait vaguement conscience que des aboiements brefs et aigus et des grognements se rapprochaient.

On les poursuivait. Des chiens sauveteurs ? Aurait-elle cette chance ? Mais elle n'entendait aucune voix humaine et quelque chose dans les sons qu'elle percevait lui disait que ce n'étaient pas des chiens. Des images traversèrent son esprit, des images vues dans le livre qu'elle avait dérobé dans la bibliothèque de sa grand-mère, le livre interdit. On y voyait des dessins représentant des hommes vêtus de peaux de bêtes, qui se transformaient en bêtes... des hommes et des femmes, beaux, lumineux, qui dansaient sauvagement sous la lune… créatures des ténèbres aux yeux étincelants, toujours aux aguets…

Des loups-garous, pensa-t-elle en luttant pour ne pas perdre connaissance.

Un grand nombre, une meute. Venus pour me secourir… ou pour achever le travail commencé par Jeff. Cela semblait impossible. En même temps, elle plus que quiconque aurait dû savoir à quoi s'en tenir. Elle ne doutait pas que, même sans savoir qui les poursuivait et dans quel but, la moindre tentative de se sauver était infiniment préférable à ce qui l'attendait si elle ne se défendait pas. Sa volonté de vivre, alors même qu'elle sentait ses forces l'abandonner, lui donna la force de tout tenter, une dernière fois, pour interrompre le cours de cette folie.

Elle ouvrit brusquement les yeux et aperçut la flamme qui brûlait dans les yeux de Jeff, ses lèvres retroussées sur des crocs luisants, qui lui donnaient l'apparence d'une créature sortie tout droit de l'enfer. Alors elle rejeta la tête en arrière et poussa un nouveau hurlement tout en se débattant dans ses bras si violemment qu'il trébucha sous l'effet de la surprise.

Elle se débattit de plus belle et réussit à échapper à son étreinte. Elle tomba lourdement sur le sol et, indifférente à la douleur, tenta de contraindre ses membres engourdis à se mettre en marche. Mais ils ne semblaient pas vouloir lui obéir et, malgré des efforts frénétiques, ses mouvements lui paraissaient d'une lenteur extrême, comme dans un cauchemar.

Jeff se précipita vers elle, les lèvres retroussées sur des dents anormalement pointues.

Mon Dieu, c'est un monstre…

Elle planta son regard dans ses yeux jaunes étincelants et rassembla toutes les forces qui lui restaient.

— Au secours ! A l'aide, je suis ici ! Il va me tuer !

— Ne crois pas t'en sortir aussi facilement, Mia, souffla-t-il. Je t'ai marquée. Le rituel a déjà commencé. Tu es à moi.

Mais elle savait que ce n'était qu'en partie vrai, parce que le halo de son sang commençait déjà à s'estomper aux endroits où il en était couvert. Il y avait beaucoup de choses qu'elle ne savait pas. Mais elle savait au moins que Jeff avait manqué l'occasion. Et, à en juger par son expression, il le savait, lui aussi.

— Il est là.

Une voix masculine, forte et profonde, cria non loin d'eux. Le sol sous elle, froid et dur, lui sembla tout à coup étrangement rassurant. Elle préférait de beaucoup être dans les bras de la terre que dans ceux du monstre.

La fureur déforma le visage de Jeff et il s'élança en poussant un rugissement inhumain, sa silhouette s'allongeant alors qu'il se transformait en passant devant elle pour se fondre au cœur des ténèbres. C'est alors qu'elle entendit d'autres voix autour d'elle et que le monde se remit à tourner normalement.

Des humains, après tout.

Un sentiment de soulagement l'envahit. Mais il fut de courte durée. En levant les yeux, elle croisa un regard qui rougeoyait autant que la lune. Même avec la meilleure volonté du monde, elle n'aurait pu croire que c'était le fruit de son imagination. Plus maintenant.

— Accrochez-vous, dit quelqu'un. Vous êtes en de bonnes mains, maintenant.

J'espère que c'est vrai, pensa-t-elle faiblement. *Je l'espère vraiment.*

C'est alors qu'avec bonheur elle sombra dans la nuit bienfaitrice qui engloutit sa conscience.

1

On va avoir besoin de toi ici, Jenner. On a un mordeur.

— Bon sang.

On pouvait être sûr d'une chose, il y avait toujours des problèmes les veilles de pleine lune. Et pourtant Jenner gardait l'espoir, mois après mois, qu'une fois au moins les créatures de la nuit sauraient se conduire correctement.

Mais visiblement ce ne serait pas encore pour ce soir.

Nick Jenner poussa un long grognement et s'écarta avec regret de la table de billard. Juste quand il allait marquer le point qui lui aurait permis de soutirer vingt dollars à deux de ses compagnons de meute !

La voix de Dex avait retenti clairement dans sa tête et il n'y avait pas d'ambiguïté quant à l'urgence du message.

La capacité de communiquer par télépathie avec les autres membres de la meute était très commode et fonctionnait bien mieux que les talkies-walkies, mais l'inconvénient c'était qu'on n'avait aucun moyen de s'y soustraire. Surtout lorsqu'on était le lunari de la meute, le second après le chef en matière de pouvoir et de responsabilités, et qu'en plus le dit chef vous fusillait du regard depuis l'autre bout de la pièce.

Bane avait entendu le message, bien sûr. Comme toujours. Jenner lui fit un petit signe de tête.

Je m'en occupe.

Bane lui rendit son signe de tête et reporta son attention sur la jolie blonde qui était probablement à mille lieues de penser qu'elle se faisait draguer par un loup-garou, chef d'une des plus grandes meutes de cette partie du pays.

En se dirigeant vers la sortie, Jenner pensa que pour rien au monde il ne voudrait être chef d'une meute. Il ne pourrait pas supporter toutes ces voix dans sa tête à longueur de temps. Il aimait bien Bane, même si celui-ci avait un fichu caractère — peut-être même à cause de ça d'ailleurs —, mais l'idée d'être responsable de tous les Blackpaw de la région n'avait vraiment rien d'attrayant. Premièrement, cela impliquait d'avoir à parler à des gens. A des tas de gens. Et souvent.

Ce n'était pas toujours drôle d'être un genre de commandant de police, mais Jenner préférait de beaucoup mener des battues plutôt que d'avoir à faire des discours. On lui demandait souvent son opinion et il la donnait, en privé, mais en public il préférait être la moitié silencieuse du commandement. La diplomatie n'avait jamais été son fort. En revanche, il était clairement plus doué pour le combat. Et, pour un loup-garou qui voulait que sa meute continue à exister, les raisons de combattre ne manquaient pas.

Son père, bien à l'abri dans son monde protégé, serait horrifié s'il connaissait la vérité. En fait, il l'était déjà suffisamment par le peu qu'il savait de la vie de son fils aîné. Cette pensée fit sourire Jenner.

J'arrive, pensa-t-il, en insistant mentalement sur cette pensée comme il avait appris à le faire juste après la morsure qui avait changé son destin, des années auparavant.

Il ressentit aussitôt le soulagement de Dex et poussa un soupir contrarié. Cette réaction n'augurait rien de bon.

Ces fichus mordeurs. Il y avait un petit moment qu'ils n'en avaient pas eu. Ce qui était plutôt une bonne chose si l'on pensait à tout ce qui se passait dans les bois. Il y avait eu beaucoup plus d'activité récemment, et ce n'était pas bon signe, même si souvent les Ombres ne s'activaient que pour se calmer dès que les choses devenaient dangereuses.

Jenner savait que cette accalmie ne durerait pas éternellement. Il espérait seulement qu'il n'y aurait pas d'autres troubles dans les bois ce soir. La battue de la nuit précédente aurait dû éloigner ces ombres buveuses de sang pour au moins un jour ou deux.

Jenner s'arrêta devant la porte de chez Rowdy, le petit bar qui était un des lieux préférés des membres de la meute le week-end. Il inspira profondément. Son odorat sensible lui décrivit une image mentale de tout ce qui se passait dans le coin. L'air légèrement humide et frisquet, typique de cette fin septembre dans le nord de la Pennsylvanie, contenait toutes les odeurs qui lui étaient devenues familières, voire rassurantes, depuis son arrivée dix ans plus tôt. Les érables et les pins, la terre et l'atmosphère de début d'automne. Les humains et les loups, chacun exhalant son propre musc, bien particulier.

Et pour couronner le tout pas la moindre odeur de soufre.

Il avait fini par se sentir chez lui à Ferry's Hollow et cela ne lui posait aucun problème de faire ce qu'il fallait pour assurer la sécurité de cet endroit.

Il envoya une autre pensée à Dex.

Quel est le statut du mordeur ? Un individu échappé d'une autre meute, tu crois ?

La réponse de Dex ne se fit pas attendre.

Le mordeur nous a échappé. Nous sommes à sa recherche. Une chose est sûre, ce n'était pas un Silverback.

Il faisait référence à la meute la plus proche dont le territoire se trouvait à plus de trois cents kilomètres, au nord.

Je n'ai pas aimé son odeur, poursuivit Dex. *Ni son apparence lorsque je l'ai vu de plus près. Ça m'ennuie de dire ça, mais j'ai l'impression que c'est un sauvage.*

Jenner fronça les sourcils et descendit précipitamment la rue qui menait à la forêt.

Ferry's Hollow était niché au milieu des bois qui l'entouraient de toute part. Les humains qui vivaient là côtoyaient les loups-garous dans une totale ignorance de tout ce qui était surnaturel et sans savoir que ce n'était pas un hasard si la ville était un îlot préservé au milieu de la forêt.

Et la victime du mordeur ?

Il y eut un silence. Puis Dex poursuivit :

Elle est avec nous. Elle a perdu beaucoup de sang mais elle commence déjà à guérir de ses blessures. Elle n'a perdu connaissance que quelques minutes, et elle semble consciente maintenant. A part ça, elle est en état de choc et un peu désorientée. Rien d'étonnant à ça. En plus, c'est un beau brin de fille, ce qui ne gâche rien.

Jeff eut un petit grognement dédaigneux. Pour sa part, cette femme pouvait bien être le clone d'Angelina Jolie. Ce n'était jamais bon d'avoir été mordu par un sauvage.

Ils sont liés l'un à l'autre, alors ? pensa-t-il, et la réaction de colère de Dex fut une réponse en soi.

Il n'a pas eu le temps d'aller jusqu'au bout, heureusement pour elle. Et je te jure que quand je mettrai la main sur lui je lui ouvrirai la gorge moi-même. On est trop près de la pleine lune pour jouer à ce petit jeu. Nous allons avoir besoin de la connexion qu'elle a avec lui tant qu'elle durera, mais tu sais très bien qu'il va falloir faire d'elle un membre de notre meute sans tarder. On a moins d'une semaine, Jenner. Ce n'est pas beaucoup. Pour elle non plus…

La voix de Dex s'estompa dans l'esprit de Jenner, mais c'était sans importance. Il voyait très bien ce que Dex voulait dire. Cela pourrait prendre un certain temps de se débarrasser d'un sauvage assez malin pour décider de se cacher dans les bois, dont la superficie couvrait des centaines d'hectares. Mais sa victime, elle, devrait être intégrée à la meute avant la pleine lune. Sinon ce ne serait pas un mais deux sauvages qu'ils auraient sur les bras.

Le lien ténu qui se formait entre le mordeur et sa victime était toujours un bon moyen, et parfois même le seul, de retrouver un fêlé comme celui-ci. Mais le temps était compté. Une fois que la victime commencerait à se transformer, le lien mental avec son agresseur s'évaporerait en même temps que sa raison. A moins que le sauvage ne remette la main sur elle pour rendre les choses entre eux permanentes, bien sûr. Mais cela n'arriverait pas. Pas en territoire blackpaw. Et pas sous sa responsabilité.

Est-ce que le lien entre eux est fort ? demanda-t-il, espérant que cette affaire serait résolue rapidement, tout en sachant par expérience que c'était peu probable.

Je compte sur toi pour le découvrir. Elle s'est montrée plutôt farouche avec moi. Ce qui est bizarre, c'est qu'elle n'a pas réclamé de médecin, ni la police, rien. On dirait presque qu'elle sait... mais c'est peut-être seulement le choc.

Elle a dit quelque chose de spécial qui te fait penser ça ? demanda Jenner en fronçant les sourcils.

Si cette femme savait ce qu'ils étaient, cela voulait dire que le sauvage ne savait pas tenir sa langue. Ce qui rendait sa capture encore plus impérative. Un bavard pouvait mener une meute de loups à sa perte aussi sûrement qu'une bande de chasseurs armés jusqu'aux dents.

La réponse de Dex ne le rassura pas.

Non, c'est justement ça. Elle ne dit rien du tout, elle se contente de nous regarder de ses grands yeux. Je ne sais pas, Jenner, ce n'est pas mon truc. Je n'ai jamais eu à m'occuper d'un cas comme ça jusqu'ici !

Jenner soupira, il allait devoir jouer les médiateurs.

Je comprends. J'arrive.

Un mordeur dans la nature et une sauvage potentielle. Et il n'était que 10 heures. Jenner grinça des dents en pénétrant sous les arbres.

Mia D'Alessandro était assise, le dos contre l'écorce rugueuse d'un arbre, tamponnant ses blessures entre son épaule et son cou à l'aide d'une chemise roulée en boule. Une étrange sensation de calme l'avait envahie et elle était sûre, à en juger par sa façon détachée de penser, que c'était un signe assez évident qu'elle était en état de choc. Autrement, comment expliquer qu'elle puisse rester assise là, calme et tranquille, avec sa chemise en lambeaux, trempée de son propre sang ? Au moins, la douleur avait disparu. Et, curieusement, elle ne saignait plus... mais ce n'était peut-être qu'une impression.

En tout cas, mon sang n'est plus phosphorescent, c'est déjà ça, pensa-t-elle.

Mais elle s'empressa de faire taire cette pensée. Ces hommes n'avaient pas l'air de se douter de sa vraie nature, donc elle allait continuer à faire comme si elle n'était qu'une jeune humaine normale et traumatisée, jusqu'à ce qu'ils la laissent partir. Si toutefois ils la laissaient partir.

Elle avait si peu de connaissance de ces choses, de ces créatures différentes.

En silence, et pour la millième fois, elle maudit la femme qui l'avait élevée dans une telle ignorance, même si elle était de sa famille. Sa vie n'avait été qu'une continuelle dissimulation, un déni de la vérité si profond qu'elle avait eu beaucoup de mal à y croire elle-même. Et puis un jour Ada avait tout bonnement disparu.

Cinq hommes se pressaient autour d'elle dans la clairière éclairée par la lune, campés dans un mutisme inquiétant, tout en échangeant des regards de connivence, indéchiffrables pour elle.

L'un d'entre eux avait été assez gentil pour lui passer sa chemise afin qu'elle étanche le sang qui coulait de ses blessures. C'était le même qui vérifiait sans cesse si elle allait bien. Celui qui lui avait assuré sur un ton catégorique qu'elle n'allait pas mourir.

Il était très convaincant. Malgré tout, elle se demandait pourquoi elle ne recevait pas de soins, au moins de points de suture. Mais peut-être que ses blessures n'étaient pas aussi graves qu'elle le croyait ? Elle ne voyait pas d'autre explication. Ces hommes n'avaient pas l'air du genre à la regarder se vider de son sang sans rien faire. En tout cas, elle n'était plus au bord de l'évanouissement, encore qu'il aurait peut-être mieux valu. En fait, tout cela était tellement irréel qu'elle n'était pas sûre d'être tout à fait consciente.

— Voilà Jenner, dit une voix.

Mia leva les yeux. Et c'est alors qu'il… apparut.

Il semblait sortir tout droit des arbres, dans un silence très surprenant pour une personne de sa corpulence. Il était de haute taille, pas loin de deux mètres, avec les épaules larges et la musculature puissante d'un rugbyman. Il ne dit rien mais échangea avec Dex un autre de ces regards étranges, qu'elle aurait qualifiés d'éloquents. Puis il tourna les yeux vers elle.

— Je m'appelle Jenner, dit-il d'une voix profonde et

mélodieuse qui sembla emplir la nuit. Je suis là pour vous aider. Vous tenez le coup ?

Ses yeux ambrés flamboyaient dans son visage sombre et séduisant qui semblait taillé dans la pierre. Ses cheveux, courts et drus, si sombres qu'elle hésitait entre châtain foncé et noirs, mettaient en valeur des traits où on ne lisait aucune trace de faiblesse. A ce seul regard, Mia sentit une boule de chaleur s'installer au creux de son estomac. Horrifiée par cette réaction, elle choisit de se concentrer sur la nécessité de se mettre debout pour lui répondre. La demoiselle en détresse, ça suffisait comme ça.

Bien sûr, elle aurait été plus crédible si elle n'avait pas failli s'écrouler aussitôt. Elle fut prise de vertiges, mais, juste comme ses jambes cédaient sous elle, elle sentit des bras puissants la soulever avec une délicatesse surprenante. Une odeur enivrante, boisée et masculine, l'enveloppa.

Un échec cuisant pour une femme qui veut paraître indépendante, se dit-elle. Elle savait que c'était lui qui l'avait prise dans ses bras et le rouge lui monta aux joues. Assez vite les vertiges cessèrent mais elle retarda le moment d'ouvrir les yeux.

En même temps, elle n'avait pas vraiment le choix.

Et cela ne manqua pas, dès qu'elle souleva les paupières, elle se trouva épinglée par le regard mordoré.

Ce qui la rassurait un peu, c'est que Jenner avait l'air aussi embêté qu'elle. Ils se regardèrent pendant un moment qui sembla interminable, et Mia fut de nouveau envahie par une étrange sensation de chaleur. Elle eut soudain une conscience aiguë de ses grandes mains posées sur elle et de la régularité du mouvement qui soulevait sa poitrine tandis qu'il la berçait contre lui. Elle sentait même les battements de son cœur.

C'était sans aucun doute la sensation la plus étrange qu'elle ait jamais éprouvée, ce qui dans son cas n'était pas peu dire. Elle avait l'impression que des fils invisibles s'enroulaient autour d'eux pour les lier l'un à l'autre d'une façon qu'elle ne comprenait pas. Mais elle n'avait aucune envie de briser ces liens nouveaux et fragiles, choisissant plutôt d'oublier tout ce qui n'était pas les traits du visage penché sur le sien. Elle avait l'impression d'être sous l'emprise d'une drogue, mais ce n'était pas désagréable.

Elle remarqua avec un certain plaisir que ses cils étaient d'un noir d'encre et incroyablement longs. Ses yeux étaient magnifiques.

Mia desserra son poing posé sur la poitrine de Jenner et étala les doigts à l'endroit où son cœur battait à un rythme régulier et rassurant contre sa paume. Une musique emplit sa tête, comme chaque fois que son sang entrait en communication. La chanson de Jenner était sauvage et douce et, l'espace d'un instant, Mia entendit sa propre mélodie intérieure résonner à l'unisson, lui procurant une sensation nouvelle et fantastique. Tellement belle qu'elle en eut la chair de poule… mais cela ne dura pas. Jenner, surpris, reprit sa respiration et elle vit tressauter sa pomme d'Adam. Il détourna rapidement le regard et l'intimité de leur connexion fut rompue aussi brusquement que si on l'avait tranchée avec une lame. La chanson s'arrêta net au milieu d'un crescendo et s'évanouit.

Pourtant les liens invisibles qui venaient de se nouer demeurèrent pour la réconforter, alors même que cet homme lui était totalement inconnu. Pour le moment, elle n'avait que lui à qui se raccrocher.

Jenner la posa prestement sur le sol, tout en gardant les mains prêtes à la soutenir. Elle chancela légèrement mais réussit à se tenir fermement sur ses jambes.

A l'intérieur, cependant, elle était tout sauf sûre d'elle-même. Privée de la chaleur de Jenner, elle frissonna et le craquement d'une brindille quelque part la fit sursauter. Toutes les têtes se tournèrent dans la direction d'où provenait le bruit, lui prouvant qu'elle ne l'avait pas imaginé. Sans un mot, deux des hommes se précipitèrent sous les arbres avec une rapidité et une grâce qui l'étonnèrent.

Instantanément, sa peur refit surface.

Jeff était toujours dans les parages. Il était peut-être revenu pour achever ce qu'il avait commencé. Peut-être…

— Ne vous en faites pas. C'est une simple précaution, dit Jenner, la ramenant à la réalité.

A l'évidence, il l'avait vue regarder les deux hommes qui partaient.

Elle croisa son regard qui luisait dans l'obscurité. Il semblait si calme. Comme s'il n'y avait aucune urgence.

Tout bien considéré, Mia se dit qu'elle aurait préféré qu'il se conduise un peu plus comme le loup-garou qui court dans tous les sens dans les bois et mord quiconque pourrait poser problème.

— Excusez-moi mais c'est la première fois qu'un de mes petits amis me mord et me laisse pour morte. Je suppose que cela me rend un peu nerveuse, dit Mia d'une voix enrouée par le hurlement qu'elle avait poussé un peu plus tôt.

Jenner haussa un sourcil et Mia se demanda s'il était étonné qu'elle ne s'effondre pas.

Peut-être aurait-elle dû faire semblant. Mais elle ne savait pas faire ça. Elle avait appris à refouler ses larmes depuis si longtemps qu'elle était incapable de pleurer naturellement.

— Pardonnez-moi, dit-il.

Sa voix grave jouait de façon intéressante sur ses terminaisons nerveuses.

Il baissa les yeux vers son épaule blessée.

— En tout cas, on dirait que vous cicatrisez bien.

Mia le regarda, stupéfaite. Elle cicatrisait ? Mais non, pas si vite, loin de là. Son don, c'était la magie, mais elle saignait comme tout le monde. Est-ce qu'elle ne l'avait pas suffisamment prouvé ?

— Vous plaisantez, s'écria-t-elle. On m'a agressée. Mon agresseur s'appelle Jeff Gaines et il a tenté de me tuer ! Qu'est-ce qu'il vous faut de plus ? Appelez la police, un médecin, il faut que je sorte de… de ces… Oh, mon Dieu.

Tout en débitant cette tirade, elle avait jeté un regard vers son épaule et n'en croyait pas ses yeux. Ce n'était pas possible. Sous le tissu taché de sang de sa chemise, la blessure s'était déjà refermée et il ne restait que quelques croûtes éparses. A certains endroits, on n'en voyait même plus aucune trace.

Cela expliquait pourquoi la douleur avait disparu.

Tout à coup il lui sembla que sa seule option possible était de s'effondrer.

Mia ouvrit la bouche en fixant Jenner, qui l'observait avec calme. On aurait dit qu'il trouvait cela tout à fait normal. Elle voulut parler mais les mots refusèrent de franchir ses lèvres. Son cœur se mit à battre tandis que son instinct lui criait de partir en courant.

— Elle va piquer une crise de nerfs, murmura quelqu'un dans son dos. C'est ce qu'ils font toujours.

— Elle ne va pas piquer de crises de nerfs, répliqua Jenner sans toutefois la quitter des yeux.

Il parlait bas comme s'il ne s'adressait qu'à elle.

— Ça va aller très bien et vous n'allez pas craquer. En tout cas si vous voulez qu'il paye pour ce qu'il vous a fait.

— Mais..., protesta Mia d'une voix faible.

Elle faisait des efforts désespérés pour rester maîtresse d'elle-même. Rien de tout ça n'était réel. Elle allait se réveiller.

— Mais..., répéta-t-elle.

— Je peux le faire payer pour cela, dit Jenner.

Et ces mots, et probablement encore plus la façon dont il les prononça, la calmèrent mieux que n'importe quoi.

— Vous devez me faire confiance, reprit-il. Ce que Jeffrey vous a fait est aussi répréhensible dans notre monde que dans le vôtre. Et même plus, en réalité.

— Votre monde, répéta Mia dans un murmure. De quoi parlez-vous ?

Au fond d'elle-même, elle le savait déjà, mais elle avait besoin de l'entendre. Il remontait tellement loin, le jour où, dans le bureau de sa grand-mère, elle s'était interrogée sur le sens de ces images fantastiques qui se mettaient à bouger sous le bout de ses doigts. Une révélation pour l'enfant qu'elle était, et qui avait été brutalement interrompue par la fureur de sa grand-mère quand celle-ci avait découvert qu'elle lui avait désobéi.

Au bout d'un moment, elle avait cessé de croire en l'existence de ces créatures et accepté ce qu'on lui avait toujours dit. Qu'elle était seule et unique dans son genre.

— C'est maintenant qu'elle va piquer une crise de nerfs, murmura quelqu'un, ce qui la mit tellement en colère qu'elle en oublia sa peur.

Elle détestait plus que tout qu'on la sous-estime et qu'on lui parle sur un ton condescendant. Elle releva brusquement la tête et regarda chaque homme tour à tour jusqu'à ce qu'ils baissent les yeux l'un après l'autre, mal à l'aise.

— Je ne vais pas piquer de crise de nerfs, dit-elle les dents serrées avant de reporter son regard sur Jenner.

Il l'observait d'un air amusé.

— Je vois ça, en effet, dit-il.

— Et si vous m'expliquiez ce qui se passe ?

Elle avait dit cela avec une agressivité qu'elle n'avait pas voulue, mais qui pouvait se comprendre, sachant qu'on ne lui donnait aucune explication et qu'en plus sa blessure semblait guérir à une vitesse incroyable, comme par magie.

Jenner l'observa encore un moment comme pour la jauger, puis hocha la tête.

— D'accord. Voilà : vous avez été mordue par un loup-garou. Nous pensons que c'est un marginal sauvage. Si vous ne coopérez pas, nous ne pourrons pas l'attraper et vous finirez comme lui.

Jenner pencha la tête pour observer sa réaction.

— Ça vous va ,comme début ? reprit-il.

C'était donc vrai. Ils étaient tous des loups-garous. Jeff avait réussi à se faire passer pour aussi normal que possible, le temps de faire tomber ses défenses. Mia sentit son cœur bondir avec un mélange de joie et de peur. Elle n'était donc pas le seul être humain affligé d'un petit quelque chose en plus. Ces créatures étaient aussi réelles qu'elle-même. Elle réprima son désir de déballer tout ce qu'elle savait à propos de ses propres dons surnaturels. Peut-être sauraient-ils ce qu'elle était vraiment et pourraient-ils l'aider ?

A moins que, comme Jeff, ils ne veuillent se servir d'elle. Elle ne pouvait faire confiance à personne. C'était trop tôt. Surtout que maintenant elle avait d'autres problèmes. Mia ne connaissait des loups-garous que ce qu'elle en avait vu au cinéma ou dans les séries télé et pour la majeure partie c'étaient probablement des bêtises. Avoir été mordu par « un marginal sauvage », comme ils disaient, n'avait pas l'air d'ouvrir de bonnes perspectives.

Une foule de questions se pressaient à son esprit mais elle ne réussit qu'à bégayer :

— Il… il faut que je sache…

Mia regarda Jenner, remarqua qu'il plissait le front et sentit les regards dans son dos. Il était évident qu'ils attendaient tous qu'elle craque.

Tous, sauf Jenner qui la regardait calmement, ses yeux couleur de miel rivés sur elle. Elle se concentra sur la force et le calme qui émanaient de ce regard.

Des yeux de loup.

Mia sentit que quelque chose en elle était près de céder. Qu'en effet, la crise de nerfs n'était pas loin. Mais elle résista, prit une profonde inspiration, redressa les épaules et le menton. Elle était beaucoup plus forte qu'ils ne semblaient le croire. Ce Jenner voulait l'aider. Elle ne devait pas penser à autre chose. Il connaissait la vraie nature de Jeffrey alors que des policiers normaux attribueraient la description qu'elle leur ferait de sa transformation à de l'hystérie ou pire encore. Et Mia se rendait bien compte que s'ils ne la croyaient pas Jeff ne serait jamais pris.

Il la retrouverait… il l'avait juré…

— Il va revenir me chercher, dit Mia en serrant ses bras autour d'elle pour lutter contre le frisson qui la glaçait jusqu'aux os. Il a dit qu'il le ferait. Pour… pour finir le travail.

— Il n'a pas été bien inspiré de vous amener ici, alors, dit Jenner. Car nous n'allons pas le laisser faire.

Elle regarda les visages qui l'entouraient, solennels et sérieux. Leurs yeux luisaient dans l'obscurité et ce n'était pas seulement dû au reflet de la lune. Elle sut qu'elle n'avait pas d'autre choix, elle devait accepter l'aide qu'ils lui proposaient… quelles qu'en soient les conséquences.

— Donc, si je comprends bien… vous êtes tous des loups-garous, dit-elle lentement en s'efforçant de garder un ton neutre. Si elle était trop calme, ils se douteraient de quelque chose, et si elle semblait hystérique elle finirait à l'hôpital psychiatrique.

— En effet, acquiesça Jenner, et elle vit passer un éclair de soulagement sur son visage.

Mia prit un plaisir pervers en le remarquant. Elle lança un regard de défi au costaud blond qui avait semblé si sûr qu'elle piquerait une crise de nerfs. Il lui fit un petit sourire crispé et Jenner commença les présentations.

— Je m'appelle Nick Jenner, mais tout le monde m'appelle Jenner. Voici Dex Clark, Jake Pascal et Ian James.

Ils lui firent tous un petit salut de la tête accompagné de sourires rassurants.

— Les deux qui se sont mis en chasse il y a quelques minutes s'appellent Tommy et Kev Paynes.

Le front de Mia se plissa et son estomac se serra en repensant aux deux hommes qui avaient disparu dans les bois.

— Vous croyez qu'ils vont bien ? Si c'était Jeff…

— Ce n'était pas lui, l'interrompit Jenner. Je le saurais. Non, ils sont à la poursuite d'une… vermine… qui nous tombe dessus de temps en temps. Rien d'inquiétant, faites-moi confiance.

Quelque chose dans la façon dont il avait prononcé ces paroles assura Mia qu'elle pouvait le croire, au moins pour ça. Et, pour ce qui était de la vermine qu'il avait mentionnée, elle se dit qu'elle n'avait pas besoin d'en savoir plus. La révélation au sujet des loups-garous et de Jeff, bien sûr, lui suffisait pour le moment.

— Nous appartenons tous à la meute des Blackpaw, poursuivit Jenner, et vous vous trouvez au milieu de notre territoire. Ce n'est pas un problème pour un humain. En revanche, pour un dissident, surtout un sauvage comme ce… Gaines, c'est ça ?

Mia hocha la tête.

— Oui, Jeff Gaines.

Il inclina légèrement la tête, comme le ferait un prédateur à l'écoute de sa proie.

— Hum. Votre petit ami ?

Mia sentit ses épaules se baisser dans un réflexe de défense. Elle faillit répondre : « Eh bien, oui, je suis ce genre de femmes qui se retrouve avec un psychopathe. Il faut croire que je suis aveugle. » Mais elle se contenta de dire :

— Plus maintenant.

Sa réponse fit naître sur les lèvres de Jenner un petit sourire sexy qui lui coupa le souffle. Il était beaucoup plus beau que les loups-garous qu'elle avait vus au cinéma. Mais bien sûr ceux-là n'étaient pas réels.

Elle n'arrivait pas à chasser de son esprit ce qu'elle avait ressenti quand il l'avait touchée. Ce n'était pas une très bonne idée… mais c'était mieux que de repenser à ce que Jeff Gaines avait failli lui faire. Et qu'il lui avait vraiment fait, apparemment.

— On peut le comprendre, dit Jenner.

Puis, en se tournant vers les autres, il ajouta :

— Ian, rentre à Ferry's Hollow et demande à Buddy de regarder dans les fichiers. Ce n'est probablement pas son vrai nom mais on ne sait jamais. Avec un peu de chance.

— C'est comme si c'était fait, dit un homme aux cheveux blonds et aux yeux verts, portant sur Mia un regard intéressé et non dénué de compassion qui la surprit.

— Ne vous inquiétez pas, mademoiselle. Vous finirez par vous habituer à nous. Bon, peut-être pas à Jenner… dit-il en souriant.

Sur un ton plus grave, il poursuivit :

— Nous allons faire le nécessaire pour que le type ne s'en tire pas comme ça.

Il disparut entre les arbres à une vitesse qui dépassait tout ce que Mia avait vu jusque-là. Elle se dit qu'il avait évité de se transformer en loup sous ses yeux pour ne pas lui faire peur, mais au stade où elle en était cela n'aurait pas changé grand-chose. Elle reporta son attention sur Jenner.

— Buddy est le shérif de Ferry's Hollow. C'est l'un d'entre nous, dit-il.

— C'est bien pratique, dit Mia.

— C'est vrai, parfois.

Jenner la regarda de plus près.

— Vous avez l'air de cicatriser rapidement mais cependant je vous trouve trop pâle. Cette morsure va produire son effet à un moment ou à un autre. C'est normal, on ne peut rien y faire. Vous vous sentirez mieux quand vous aurez dormi. Je vous ramène en ville pour que vous vous reposiez. Les autres vont se mettre à la recherche de Gaines. Il n'y a pas grand-chose de plus que nous puissions faire sans votre aide et je ne veux prendre aucun risque. Nous ne ferons rien avant demain, au plus tôt. Les détails peuvent attendre.

Il lui tendit la main, et Mia la regarda. Elle était large et puissante et Mia eut encore une fois la sensation d'être en dehors de son corps.

Tout à coup elle se sentait extrêmement fatiguée, et les souvenirs de la soirée précédente, qui jusque-là avaient été amortis par le cocon du choc, commençaient à vouloir l'entraîner vers des lieux où elle n'avait aucune envie d'aller. Il vaudrait peut-être mieux se reposer, en effet. Mais avant ça elle avait encore une question.

— Cette morsure, commença-t-elle en regardant Jenner dans les yeux.

Elle vit son visage changer imperceptiblement et elle comprit avant même d'avoir posé la question. La vérité la frappa comme un coup de massue. Comme si elle n'avait pas assez de problèmes ! Malgré tout, elle voulait l'entendre de sa bouche.

— Vous avez dit que si je ne vous aidais pas je deviendrais comme lui. Une… une sauvage, c'est ça ? Est-ce que ça veut dire que je… que je vais devenir un…

— Ce n'est pas si terrible, dit Jenner doucement. Moi, ça m'a sauvé la vie, en tout cas. Mais ça suffit pour ce soir. On verra tout ça demain matin. Ça va aller, mademoiselle, je vous le promets.

Elle n'éprouvait pas de sentiment d'horreur. Après avoir vécu si longtemps avec ses propres secrets, un de plus ne changerait pas grand-chose. Toutefois, elle était bien consciente que cette belle indifférence s'évaporerait avec l'aube, lorsqu'à la lumière crue du jour les choses lui sembleraient bien différentes. Pour l'instant elle avait son compte. Elle verrait tout cela plus tard.

Mia reporta son regard sur la main tendue de Jenner. Dans l'état actuel des choses, elle n'avait pas tellement le choix. Elle y posa la sienne, étonnée de voir combien elle était petite en comparaison.

Dès que leurs peaux entrèrent en contact, elle sentit de nouveau la chaleur de leur connexion. Cela ne lui semblait toujours pas très bien d'éprouver une telle sensation un soir comme celui-ci, mais elle n'avait pas la force de la combattre. Il enroula ses doigts gentiment autour des siens, et de nouveau elle ressentit ces liens si particuliers se resserrer entre eux, les attirant l'un vers l'autre.

— Je m'appelle Mia, dit-elle. Mia D'Alessandro.

— Mia, dit Jenner.

Personne n'avait jamais prononcé son nom de cette façon, avec gourmandise, comme s'il le dégustait.

— Bienvenue à Ferry's Hollow, Mia.

2

A regret, Jenner devait reconnaître que Dex n'avait pas exagéré, elle était vraiment jolie. Mais il ne serait bon ni pour l'un ni pour l'autre qu'il s'y attarde trop longtemps.

Il devait rattraper un sauvage et Mia disposait de très peu de temps pour s'adapter à un monde nouveau pour elle. Il n'avait pas du tout l'intention de se charger de ce problème. Il avait bien assez à faire par ailleurs. Pourtant, il allait avoir du mal à oublier ce qu'il avait ressenti lorsqu'elle avait posé la main sur sa poitrine. Il y avait longtemps qu'il n'avait pas touché une femme. Trop longtemps, apparemment, puisqu'il avait commencé à s'imaginer que ses doigts possédaient une sorte d'effet magique. Il n'y avait pas que l'attirance qu'il serait difficile d'ignorer. Il aurait pu jurer que, pendant un instant, il avait entendu de la musique…

Repoussant ce sentiment étrange, Jenner conduisit Mia vers son vieux pick-up défoncé. A sa demande, un de ses compagnons l'avait laissé sur le côté de la route qui menait en ville. Il n'aurait pas à rentrer à pied ce soir. Ni à porter Mia.

Les autres s'étaient éclipsés un par un, impatients de se joindre à la chasse nocturne. Jenner les comprenait. Bon sang, si cette femme n'était pas la clé pour retrouver le sauvage, il serait avec eux.

L'excitation de la poursuite était un des aspects de sa position dans la meute qu'il adorait. C'était toujours le lunari qui conduisait la chasse, et le plus souvent c'était lui qui était chargé de la mise à mort. Tandis que, là, il était coincé à jouer à la fois les baby-sitters et les gardiens, au moins pour cette nuit. Tant qu'il n'avait pas plus d'informations, il n'avait pas l'intention de repasser le boulot à quelqu'un d'autre. Contrairement à ce qu'elle craignait, il était peu probable que l'ex-petit ami de Mia se risque à revenir la chercher. Mais on n'était sûr de rien avec ce genre d'énergumène. Il allait donc l'héberger pour la nuit et demain il demanderait à un couple qui avait de la place de la prendre chez eux.

Il lança un regard à ses longues boucles brunes qui brillaient sous la lune, à son profil de médaille, et pensa : *dès demain matin, le plus tôt sera le mieux.*

Ce n'était pas Angelina Jolie.

Elle était beaucoup plus belle que ça.

Heureusement pour lui, Mia ne semblait pas avoir conscience de l'intérêt qu'il lui portait. Elle gardait les yeux fixés devant elle, comme si elle concentrait tous ses efforts pour avancer. Et c'était probablement le cas. Elle finirait par retrouver toutes ses forces mais pas tout de suite. Malgré tout elle ne se plaignait pas, ce qu'il aurait détesté, et elle ne pleurait pas non plus, ce qui aurait été pire encore. Elle avait du caractère. On pouvait penser qu'elle ferait une bonne recrue pour la meute, une fois qu'elle aurait accepté de voir la vérité en face.

Elle avait eu de la chance que certains membres de la meute soient de sortie. Quelques instants de plus seule avec son agresseur et elle aurait été liée à un sauvage, coupée de quiconque pouvait l'aider à faire une transition normale, et probablement contaminée à jamais.

Rien que d'y penser, d'imaginer ce psychopathe se jetant sur elle le mettait en rage. Il serra les dents. Ouais… il espérait bien qu'il était toujours dans les bois ce soir.

— Qu'est-ce qui ne va pas ?

Jenner tourna la tête et rencontra ses grands yeux en amande, bruns et parsemés de fascinantes paillettes vertes. Les bras croisés sur la poitrine, elle serrait autour d'elle, comme une armure, le blouson qu'il lui avait prêté pour couvrir sa chemise en lambeaux. Il fut surpris qu'elle ait perçu son état d'esprit. Il avait toujours été bon pour dissimiler ses pensées et ses sentiments, c'était un atout dans son travail et cela faisait de lui un loup-garou difficile à reconnaître. Mais visiblement Mia était différente. Il l'avait senti dès le départ.

Il ne savait pas si c'était une bonne chose ou pas. Son instinct lui disait qu'elle ne disait pas tout. Mais le moment n'était pas venu de chercher à en savoir plus.

— Qu'est-ce qui vous fait croire que quelque chose ne va pas ? demanda-t-il d'un ton qu'il aurait voulu léger, mais où perça son agacement.

Elle ne sembla pas se démonter pour autant, ce qui ne le surprit pas. Quoi qu'elle fût par ailleurs, Mia était une femme forte… pourtant il aurait préféré qu'elle soit un peu plus intimidée par lui.

— Vous avez l'air d'avoir envie de tuer quelqu'un, dit Mia. Mais tant qu'il ne s'agit pas de moi, ça ne me dérange pas. Vous pouvez y aller.

Il fut surpris par son sens de l'humour mais trouva cela charmant. Il ne voulait pas être charmé. Il serra les dents, bien décidé à garder ses distances.

— J'étais en train de penser à ce qui allait se passer ensuite, répliqua Jenner, ce qui était la stricte vérité. Voici mon camion. Montez.

Il lui ouvrit la portière.

Mia hésita et jeta un coup d'œil dans le véhicule. Jenner fut soulagé de voir que pour une fois il était plutôt propre, à part une cannette vide entre les sièges.

— Excusez-moi… où est-ce qu'on va, déjà ? demanda-t-elle en réprimant un bâillement.

Son regard était embrumé. Jenner savait qu'elle n'aurait pas les idées claires avant le lendemain, au plus tôt. Il y avait moins d'une heure que la salive du sauvage était dans son organisme et il connaissait d'expérience les effets d'une morsure de loup-garou. Dans le cas de Mia, elle allait sombrer dans un sommeil profond d'un moment à l'autre.

C'était sans doute ce qui pouvait arriver de mieux, pour elle comme pour lui.

— Je vous conduis quelque part où vous pourrez prendre

un repos bien mérité. Vous avez eu une journée éprouvante. Une bonne nuit de sommeil vous fera le plus grand bien.

Il parlait d'une voix posée et raisonnable qui, ajoutée à la fatigue de Mia, suffit à la convaincre de monter dans le camion sans rechigner.

Jenner grimpa de son côté, prit les clés sous le siège et démarra le moteur.

— Je ne vais pas me réveiller couverte de fourrure, au moins ? demanda-t-elle.

Jenner ne put réprimer un petit rire en voyant la tête qu'elle faisait.

— Non, vous n'aurez pas de fourrure. Pas même de migraine. Vous pouvez me croire, la première fois que vous vous transformerez, ce ne sera pas pendant votre sommeil.

— Ah, d'accord !

Il grogna en la regardant plisser son nez et fermer les yeux. C'est sûr, elle était vraiment jolie, mais têtue comme une mule, apparemment. Son sourire s'effaça en pensant au choix qu'elle devrait faire dans les jours à venir.

Il n'y avait que deux façons de faire partie d'une meute. Soit un de vos deux parents en était un membre… soit vous y entriez d'une façon plus intime. C'est pour cela que les règles étaient si strictes, pour cela qu'il était rare qu'un nouveau venu arrive qui ne soit pas déjà en couple avec l'un d'entre eux. La morsure ne faisait pas tout. Le lien, la connexion avec l'esprit de la meute, ne serait total qu'après qu'elle se serait unie physiquement à un Blackpaw, au moins une fois.

Il n'avait pas envie d'être celui qui lui annoncerait la nouvelle. Elle serait sûrement furieuse, et elle n'aurait pas tort. Mais il ne pensait pas qu'elle trouverait l'alternative acceptable. Devenir sauvage, perdre tout sens du bien et du mal, toute humanité ? Jenner ne doutait pas qu'elle trouverait son bonheur parmi les jeunes mâles célibataires de la meute.

Du moment que ce n'était pas lui. La seule union possible pour lui avait déjà eu lieu. Et elle n'aurait pas pu être pire.

Jenner fronça les sourcils. Il ne voulait pas penser à Tess.

— Oh ! zut ! marmonna Mia.

— Quelque chose ne va pas ? demanda-t-il.

— Mes affaires. Je les ai laissées à l'hôtel.

Elle se frotta les yeux en poussant un grognement qui mit les sens de Jenner en ébullition avant qu'il n'ait le réflexe de les bloquer et, en un instant, il se retrouva en train de respirer un air parfumé d'agrumes, mêlé à une sorte de shampooing à la vanille et à une odeur de peau féminine. Il percevait chacune de ses respirations, chacun des battements de son cœur.

A son tour, il eut envie de grogner.

— Vous étiez à l'auberge. En bas de la rue à Greenview ? demanda-t-il, contrarié à l'idée qu'elle avait partagé une chambre avec le mordeur dans un hôtel de charme célèbre pour ses rendez-vous romantiques, et qu'elle avait probablement prévu de partager son lit… Peut-être étaient-ils fiancés ? Comment savoir ? Et d'ailleurs, qu'est-ce qu'il en avait à faire ?

— L'Auberge de la forêt, oui, dit Mia.

Elle écarta les mains de son visage et poussa un soupir.

— Seigneur, pourquoi est-ce que je n'arrive pas à penser ? dit-elle.

— Ça va s'arranger.

Jenner sentait son regard sur lui. Elle essayait de percer sa carapace, mais il ne quitta pas la route des yeux. Il devait garder les idées claires. Il s'était répété un million de fois que la vie devait rester simple, qu'il fallait éviter les complications. Mais il avait la nette impression que Mia D'Alessandro pourrait bien devenir une source énorme de complications, s'il la laissait faire.

— Quand ça ?

— Demain, normalement.

— Normalement ?

Elle trouvait le moyen d'avoir l'air endormie et outragée en même temps. Jenner réprima un sourire. Elle luttait pour rester éveillée … elle aurait déjà dû s'écrouler. Mais, apparemment il avait vu juste, elle s'obstinait à lutter contre le sommeil.

Il ne put s'empêcher de la faire marcher un peu.

— Ouais. Demain ou après-demain.

— Super. Vous êtes un puits de science, Nick, dit-elle d'un ton acide.

— Tout le monde m'appelle Jenner, répliqua-t-il vivement.

Il n'appréciait pas la façon dont elle prononçait son prénom. C'était trop familier et cela ravivait trop de souvenirs de son ancienne vie et de son passage dans celle-ci.

— Jenner, répéta-t-elle, comme le rat dans le film pour enfants ?

— Un rat ?

Il la regarda et comprit immédiatement ce qui se passait. Elle ne luttait plus contre le sommeil. C'était le sommeil lui-même qui luttait contre elle et les deux semblaient se livrer une bataille épique. Il était pourtant évident que le sommeil était en passe de gagner la partie.

Il n'y avait rien de surprenant à cela. Les effets d'une morsure de loup-garou ressemblaient plus à une immersion de plusieurs heures dans un trou noir qu'à un simple endormissement.

— Un méchant rat qui se faisait poignarder. C'était un « happy end », dit-elle en bâillant.

Jenner fit la grimace.

— Poignarder ? Super. Vous éclairez ma nuit, Mia. Merci bien.

Quel imbécile pouvait appeler un rat Jenner ?

— Je préfère Nick, dit-elle d'une voix pâteuse. C'est… plus… sympa.

Elle bâilla de nouveau.

— Nick le loup-garou. Hou hou, ajouta-t-elle avec un petit gloussement.

Cette fois, elle avait l'air si jeune et si épuisée qu'il n'eut pas le cœur de la reprendre.

Il conduisit en silence et prit la route boisée qui bordait le Vallon. C'était là qu'il vivait. Il lui apparut soudain que c'était la première fois qu'il amenait une femme chez lui. Chaque fois qu'il avait eu une aventure, ce qui n'était pas fréquent étant donné sa volonté d'éviter les complications, ils étaient allés ailleurs.

Bien sûr, il ne l'amenait pas chez lui pour la mettre dans

son lit, se dit-il en plissant le front. Et puis, elle n'allait pas s'éterniser. Et, si elle lui donnait des idées, eh bien… il était capable de gérer ça.

Dans son sommeil, Mia poussa un soupir de plaisir qui mit immédiatement son imagination en marche. Il ne doutait pas qu'une fois qu'il l'aurait transportée et mise au lit son imagination allait battre la campagne toute la nuit.

Les mâchoires serrées, il se dit qu'il pourrait le gérer. Il pouvait pratiquement tout supporter.

Mais quand même, fallait-il vraiment que la victime d'un sauvage, la première dont ils avaient à s'occuper depuis des lustres, soit aussi attirante ?

Il sursauta quand elle poussa un petit cri, juste comme il s'arrêtait devant chez lui. Au travers des arbres, on voyait les éclairages qu'il avait laissés allumés.

— Qu'y a-t-il ? demanda-t-il. Mia ? Ça va ?

— On a oublié mes affaires, bredouilla-t-elle, d'une voix lente. Je v… vous ai dit que j'étais à… au…

— J'enverrai quelqu'un les chercher, dit Jenner, soulagé. Ce n'est pas un problème.

Les complications après une morsure étaient relativement rares mais il fallait quand même faire attention. Cette réaction de Mia n'était que le dernier sursaut avant qu'elle ne sombre dans l'inconscience. Il eut un petit sourire. Il était difficile de ne pas admirer les efforts qu'elle faisait pour résister, aussi futiles soient-ils. Elle avait tenu le coup bien plus longtemps que la plupart des gens dans son cas.

Il se gara devant l'entrée du garage et coupa le moteur.

— On est arrivés, Mia. Il est temps d'aller au lit.

— Hum. Mmm. C'était… une chambre… chambre bleue…, dit-elle d'une voix traînante.

Le temps que Jenner tourne les yeux vers elle, elle était tombée dans un sommeil profond, la bouche entrouverte, la tête rejetée en arrière.

Il cessa de sourire et laissa finalement son regard parcourir la silhouette de la belle endormie. Elle était petite avec la taille fine et des courbes juste où il fallait. Normal, il aimait les silhouettes en sablier. Et ce visage… elle ressemblait vraiment à une déesse romaine. Plutôt Diane que Vénus, toutefois. La déesse de la chasse… et de la lune.

Un beau brin de fille se dit sombrement Jenner en repensant à ce qu'avait dit Dex. Tu parles ! Mia était tout simplement magnifique.

Et s'il ne voulait pas tout foutre en l'air dans sa vie, une fois de plus, il allait devoir être très, très prudent.

— C'est juste pour cette nuit, lui dit-il.

Mais bien sûr il n'obtint pas d'autre réponse que la respiration régulière de quelqu'un qui dort profondément. Jenner hocha la tête et fit le tour de son pick-up. On n'entendait que le crissement du gravier sous ses pas et le hululement d'une chouette au loin. Et, lorsqu'il souleva Mia dans ses bras, les battements irréguliers de son propre cœur affolé.

Mia fut réveillée par une appétissante odeur de café et de bacon. Elle entendait le crépitement dans la poêle et sentait presque le goût du café dans sa bouche.

Qui a pensé au café ? se demanda-t-elle, à moitié endormie.

Mais la réalité la rattrapa brusquement. Mia cligna des yeux comme les événements de la veille lui revenaient brutalement à l'esprit en une succession d'images toutes plus horribles les unes que les autres. Son cœur s'accéléra sous l'impulsion irrépressible de rejeter les couvertures et de se sauver en courant.

Elle ferma les yeux et se força à réfléchir, à se rappeler ce qui avait suivi. Les sauveteurs dans la forêt. Le trajet dans le camion de Nick Jenner, bien que cette dernière séquence soit plutôt embrumée. Jeff a disparu, se dit-elle avec fermeté. Elle était en sécurité maintenant.

Une paire de grands yeux ambrés lui revint à la mémoire, et un grondement.

Je lui ferai payer ce qu'il vous a fait, vous pouvez me faire confiance.

En compagnie des loups-garous. Tu parles d'un réconfort ! Surtout que, en plus d'une foule d'autres problèmes, elle était maintenant en passe d'en devenir un elle-même. Ou quelque chose d'approchant. Que résultait-il exactement du croisement d'un loup-garou avec le type de sang qu'elle possédait ? Elle se disait confusément que ce n'était peut-être pas la meilleure des entrées en matière.

Avec un grognement étranglé, Mia ouvrit les yeux avec difficulté et repoussa lentement les couvertures, ses lentilles avaient séché et collaient à ses prunelles.

Bon sang ! Elle passa la main dans ses cheveux emmêlés, preuve que la nuit avait été agitée. Elle poussa un profond soupir et s'assit au bord du lit, les jambes pendantes, le temps de trouver ses repères.

Elle avait la chair de poule. Résignée, elle jeta un coup d'œil à son soutien-gorge en dentelle noire qui semblait totalement déplacé ce matin. On lui avait retiré sa chemise en lambeaux ensanglantés, un geste qui la faisait hésiter entre reconnaissance et embarras. Elle fut rassurée de constater qu'elle portait toujours son jean, même s'il était maculé de terre. Elle avait les pieds nus.

L'idée du séduisant Nick Jenner en train de lui retirer ses chaussettes et ses chaussures pour la mettre au lit lui fit venir le rouge aux joues… et en même temps regretter de n'avoir pas été juste un petit peu éveillée à ce moment-là. Immédiatement, elle repoussa cette pensée. Il y avait des choses plus urgentes à considérer. Et, après ce qui s'était passé la veille, elle n'avait pas vraiment besoin d'un autre homme aux dents qui s'allongeaient brusquement.

Elle s'en voulait pour Jeff. Elle aurait dû se méfier. Avec cette tendance qu'elle avait d'être toujours attirée par les amochés de la vie, ceux qui avaient suffisamment besoin d'elle pour ne pas la rejeter s'ils découvraient sa vraie nature. Mia avait assez vécu pour savoir qu'il n'y avait pas de honte à avoir un jardin secret, mais elle ne s'était jamais totalement débarrassée du sentiment qu'il y avait quelque chose de mauvais chez elle… et au fil des années elle avait toujours choisi les hommes en fonction de cela.

Mais Jeff avait été encore plus demandeur que les autres. Certes, il était charmant, mais trop amoché pour elle.

Quand elle y repensait, un mélange d'émotions la submergeait : la fureur, la trahison et même la honte de n'avoir pas vu le prédateur en lui. Et, sous-jacente, la tristesse. Peut-être comprendrait-elle un jour que vouloir aider les hommes blessés n'apporterait pas la solution à ses propres problèmes.

Au moins il n'avait pas attendu d'avoir couché avec elle pour essayer de la tuer. C'était toujours ça.

Et maintenant elle était là, avec Jenner, qui ne semblait pas être le type à avoir besoin de qui que ce soit, et surtout pas d'elle. Décidément, il n'était pas son genre.

Voilà, elle n'avait qu'à continuer à se dire ça…

Mia sortit du lit et enfonça ses orteils dans le tapis épais qui recouvrait la majeure partie du plancher de la petite chambre. Elle parcourut la pièce des yeux, la lumière du jour filtrée par de simples rideaux crème éclairait une table de toilette sur laquelle reposaient une cuvette ancienne et un broc assorti. Le réveil posé sur la petite table de chevet indiquait 9 heures du matin. Sur les murs de bois clair, on avait accroché — Jenner sans doute — deux photographies agrandies et encadrées, représentant des vues magnifiques de la forêt arborant les glorieuses couleurs de l'automne.

Le regard de Mia tomba sur son sac de voyage posé à côté de la table de toilette. Les larmes lui montèrent aux yeux comme la réalité pénétrait enfin le cocon protecteur qui l'enveloppait depuis la veille au soir. Tout avait vraiment eu lieu. Elle avait fait exactement ce qu'elle faisait toujours : le pire.

— *Ton sang est mauvais.*

La voix de sa grand-mère Ada qui murmurait dans sa tête était si familière, si réelle que Mia frissonna.

Je l'ai su au moment même où tu es venue au monde. La tache originelle. J'ai averti ta mère de la nature de ton père mais elle n'a rien voulu savoir, et tu vois où ça les a menés. La lumière de ma lignée s'est éteinte et tes parents ont perdu la vie, ne laissant que toi pour en porter la trace. Une petite fille qui allait attirer les Ombres comme des mouches. Ils te briseront, Mia, quand je ne serai plus là. Et alors tu briseras tout le reste.

Mia ferma les yeux pour retenir ses larmes et repoussa la

voix affreuse dans le coin obscur de son esprit d'où elle ne devait jamais sortir. Elle était bien décidée à ne pas perdre les pédales maintenant. S'il fallait affronter une meute de loups-garous aujourd'hui, au moins qu'elle puisse le faire sans avoir l'air de sortir de *La Nuit des morts-vivants*.

Les loups-garous avaient l'air de savoir comment chasser Jeff et ses semblables. Les Ombres dont parlait sa grand-mère, ces Ombres dont elle avait toujours eu peur sans jamais les voir, c'était son problème à elle. Il fallait juste qu'elle trouve un moyen de sortir d'ici avant que les autres ne le découvrent.

— J'ai réussi jusqu'à présent, se dit Mia en murmurant. Je peux gérer cette situation. Après ce que j'ai traversé la nuit dernière, je peux tout affronter. En dépit de ce que les autres pensent.

Et, tout en fouillant dans son sac de voyage, elle réussit presque à s'en persuader.

3

Dix minutes plus tard, Mia se dirigeait vers la source des odeurs délicieuses qui l'avaient fait sortir de sa chambre. L'arôme du café, des toasts et des œufs au bacon l'avait aidée à surmonter ses angoisses. De plus, elle se sentait beaucoup mieux depuis qu'elle avait enfilé un jean et un pull propres après avoir utilisé la salle de bains superbe qui se trouvait en face de sa chambre. Elle s'était brossé les cheveux et, incapable de supporter plus longtemps ses lentilles, avait chaussé les lunettes qu'elle portait habituellement pour travailler. D'épaisses chaussettes de laine lui réchauffaient les pieds.

Elle se dit que ce n'était pas le moment de faire de l'élégance, de toute manière elle n'avait pas emporté ce qu'il fallait. Elle s'était imaginé que Jeff apprécierait son naturel, qu'il aimait le genre de fille qui court pieds nus dans les champs et qui attrape les lucioles les soirs d'été avant d'aller danser sous la lune.

Elle avait vraiment été naïve.

Agacée, Mia essaya de chasser Jeff de ses pensées.

Dès qu'elle pénétra dans la pièce d'où parvenaient ces odeurs si appétissantes, elle oublia toutes ses angoisses.

D'immenses baies vitrées lui faisaient face, occupant pratiquement la totalité du mur. Au-delà, semblant faire partie de la pièce, s'étendait la forêt aux couleurs flamboyantes. Carmin et or, orange et rouille, les couleurs inondaient la pièce jusqu'à ce qu'elle ne pût rien voir d'autre. Mia, qui, à cause de son travail et de ses peurs, avait toujours préféré la ville anonyme, fut saisie d'une soudaine et irrésistible pulsion de se précipiter vers les arbres et de courir, tout simplement.

Sans s'en apercevoir, elle avait dû manifester son admiration à voix haute, car elle entendit une voix s'élever derrière elle, grave et aussi profonde que dans son souvenir, mais où perçait l'amusement.

— Merci, dit-il. J'aime beaucoup la forêt, moi aussi. J'ai pensé que le petit déjeuner vous ferait lever. Vous voulez du café ?

Mia se retourna et découvrit la partie de la grande pièce qui avait été aménagée en cuisine. Au milieu des plans de travail en marbre étincelant, des placards aux portes vitrées et des étagères couvertes de toutes sortes de boîtes qui prouvaient que la cuisine n'était pas là que pour la galerie, trônait Nick Jenner. Il était toujours aussi grand et il émanait toujours de lui cette sensualité latente qui excitait ses terminaisons nerveuses.

Bon sang, il était encore plus séduisant que dans son souvenir.

Il lui avait demandé quelque chose, mais elle n'avait pas la moindre idée de ce que c'était.

Tu cherchais un moyen de te sortir Jeff de la tête, se rappela-t-elle. Mais pas de te vider l'esprit complètement.

— Salut, dit Mia.

Ce qui n'était probablement pas la réponse qu'il attendait.

Jenner haussa un sourcil avant de se retourner pour s'occuper de ce qu'il était en train de faire cuire.

— Salut. Vous allez bien ? La dernière fois que j'ai regardé votre blessure, elle cicatrisait bien, mais il se peut que vous ayez besoin d'un peu plus de temps pour retrouver vos esprits.

Il avait vérifié si elle allait bien. Cela ne l'étonnait pas, mais cela la touchait. D'habitude, les autres ne s'inquiétaient pas d'elle… c'est elle qui s'occupait des autres. Mia prit une profonde inspiration et s'efforça de se concentrer pour rassembler ses idées. Il avait raison… elle était encore en vrac. Mais elle devait réagir rapidement. Elle avait beaucoup de questions à poser. Et surtout elle devait faire attention à ce qu'elle disait.

— Non, ça va, répondit-elle en essayant de sourire amicalement. J'ai l'esprit encore un peu embrumé, mais je crois qu'un café devrait arranger ça.

Voilà, c'est ça qu'il lui avait demandé, se rappela-t-elle. Elle devait avoir l'air maline.

Elle avança vers la cuisine sous le regard intense de Jenner dont les yeux ressemblaient plus à ceux d'un loup qu'à ceux d'un homme. Il ne lui rendit pas son sourire, mais il n'avait pas l'air irrité par sa présence non plus.

— Ça tombe bien, j'ai fait beaucoup de café, dit-il enfin. J'ai probablement fait trop à manger aussi, mais comme je ne savais pas ce que vous preniez…

Il ponctua sa phrase d'un petit haussement d'épaules nonchalant que Mia trouva bêtement très attirant.

— … j'ai vidé les placards, poursuivit-il. J'ai fait un peu de tout.

— Oh ! j'aime tout, répondit Mia précipitamment. Enfin, je veux dire, je mange de tout. Mais pas tout en même temps.

Elle aurait voulu disparaître tellement elle se sentait ridicule.

Un petit sourire retroussa lentement les lèvres de Jenner en creusant les séduisantes ridules au coin de ses yeux. La boule de nerfs qui nouait le bas-ventre de Mia sembla se resserrer encore plus.

— Bien, dit-il d'une voix amusée. Ce matin au moins, essayez de manger un peu de tout et en même temps. Vous allez en avoir besoin.

— Oui, je m'en doute, dit Mia, contente qu'il n'ait pas l'air de la trouver si ridicule.

Elle se sentait aussi nerveuse qu'une biche qui a flairé un prédateur. C'était tout à la fois nouveau et troublant.

Mais il y avait une chose dont elle devait se débarrasser avant tout. Elle prit une profonde inspiration et se jeta à l'eau.

— Ecoutez, je tiens à vous remercier, dit-elle. Vos amis m'ont sauvé la vie. Et vous vous êtes occupé de moi. Si je peux faire quoi que ce soit pour vous dédommager…

Les yeux de Jenner étincelèrent comme si un feu intérieur embrasait ses étranges pupilles dorées et, l'espace d'un instant, il l'observa d'une façon qui fit monter une vague de chaleur de la pointe de ses pieds à la racine de ses cheveux. Mais, avant même qu'elle ne réagisse, il était retourné à la cuisson de ses œufs.

— Ce n'est pas la peine, dit-il d'une voix légèrement plus rauque qu'avant. Les loups comme Gaines ne sont que des racailles. Dex et les autres étaient ravis de le pourchasser. Et nous serons tout aussi ravis de veiller à ce qu'il ne fasse plus jamais de mal, ni à vous ni à personne.

Il se tut, jeta un regard dans sa direction avant de faire glisser des œufs dans une assiette et de commencer à beurrer un toast.

— Oh ! Alors ils ne l'ont pas rattrapé hier soir ? dit-elle sans essayer de cacher sa déception.

Jenner secoua la tête.

— Non, pas encore. Mais ça ne va pas tarder. Au fait, Bane veut vous parler dès que vous serez prête à le rencontrer, dit-il comme en s'excusant.

Mia perçut un léger embarras dans sa voix.

— Qui est Bane ? demanda-t-elle.

— Jayson Bane. C'est le chef de la meute. Mais il ne faudra pas vous laisser impressionner. Il peut se montrer désagréable parfois, mais c'est un mec bien. Je ne voudrais pour rien au monde être à sa place, mais il fait du bon boulot.

— Oh ! dit Mia, surprise.

En voyant la carrure de Jenner, le charisme et l'assurance qui se dégageaient de lui, elle n'avait pas imaginé qu'il puisse y avoir quelqu'un au-dessus de lui.

— Je croyais que c'était vous, le chef, avoua-t-elle sans réfléchir.

Jenner haussa les sourcils et eut un petit rire. Il avait l'air sincèrement étonné mais pas de façon négative.

— Moi ? Non. Je n'ai pas l'étoffe d'un chef. On pourrait dire que je suis son second, je suppose, bien que ce ne soit pas exactement cela non plus. Nous sommes plus comme

… les deux moitiés d'un tout. C'est lui qui s'occupe de tout ce qui nécessite de parler.

Elle le regarda avec curiosité, fascinée par la grâce naturelle, prédatrice, qui accompagnait le moindre de ses mouvements.

— Et vous, vous vous chargez des tâches qui nécessitent…

Il eut un sourire de loup, rapide et éclatant.

— De ne pas parler. Venez-vous asseoir, Mia. Nous ne mordons pas tous.

Jenner emplit le reste de l'assiette de bacon, prit une fourchette dans un tiroir et posa l'assiette sur le plan de travail, qui servait aussi de table. Mia eut une seconde d'hésitation puis elle s'approcha. Elle s'installa sur le tabouret recouvert de cuir en essayant de ne pas se laisser troubler par le regard de Jenner.

— Une seconde. Une serviette, dit-il avec un froncement de sourcil, et il lui apporta une serviette en papier.

Leurs doigts se frôlèrent quand elle la prit. Mia frissonna et retira brusquement sa main. Ce n'était qu'un contact furtif et pourtant il raviva le souvenir de la belle mélodie qu'elle avait entendue dans ses veines la veille. C'était un de ses pouvoirs mais elle ne l'avait jamais expérimenté avec autant de facilité, et Jenner était le premier homme à réagir si ouvertement à ce don, même s'il semblait l'ignorer. Elle ne pouvait qu'imaginer le bonheur que ce serait de s'unir à lui, peau contre peau…

— Merci, dit-elle avec un sourire hésitant, alors que son cœur battait la chamade.

Qu'est-ce qui lui arrivait ? Hier à la même heure, elle s'imaginait passer un week-end romantique avec Jeff. Mais la simple présence de Jenner éclipsait tout souvenir de Jeff, les bons comme les mauvais.

— Je vous en prie.

Il recula presque aussi brusquement qu'elle.

Elle se demanda s'il avait, lui aussi, ressenti cette étrange alchimie entre eux. Elle se dit aussitôt que cette question était absurde. Jenner était cet homme costaud et sexy à la puissance surnaturelle. Et elle, elle était juste… Mia. Ce qui lui convenait la plupart du temps. Mais jusque-là ça n'avait pas eu l'air d'enflammer les cœurs masculins.

Pour ne pas avoir à faire l'effort de formuler des phrases cohérentes, Mia enfourna une bouchée de nourriture. Ses papilles gustatives réagirent avec tellement de plaisir qu'elle ferma les yeux. Apparemment, elle avait faim.

— Mmm, mmm, s'entendit-elle dire.

Quand elle rouvrit les yeux, elle vit Jenner qui s'apprêtait à s'asseoir près d'elle avec sa propre assiette à la main et qui la regardait, figé sur place, avec, de nouveau, ce même regard brûlant. Un peu comme s'il avait envie de la mordre, elle. Mais en un clin d'œil l'expression avait disparu et elle se demanda si elle ne l'avait pas tout simplement imaginée.

Le fait qu'elle espère le contraire montrait bien à quel point elle était perturbée.

— Ça vous plaît ? demanda-t-il.

— Oui, c'est très bon. Merci.

Jenner s'assit sur le tabouret à côté d'elle sans rien ajouter. Il n'était pas bavard, c'était évident. Si elle voulait obtenir des réponses à ses interrogations, elle allait devoir poser les questions elle-même. Tout en cherchant quoi dire, elle prit une autre bouchée. C'était si bon qu'elle en prit une autre, puis une autre et ce n'est qu'au bout de quelques minutes qu'elle prit conscience du silence. Elle lança un regard à Jenner, certaine qu'il trouvait son manque de conversation peu engageant. Mais elle fut surprise de constater qu'il semblait parfaitement à l'aise, en train de manger, perdu dans ses pensées.

Il était facile de l'imaginer faisant la même chose tous les jours. Une pensée rassurante qui donna à Mia une sensation de chaleur qu'elle n'aurait pas dû ressentir avec un étranger. Mais… c'était si inhabituel de se trouver avec quelqu'un qui pouvait apprécier un moment de calme sans éprouver le besoin de parler. Jeff parlait tout le temps, en s'énervant parfois… surtout de lui-même, réalisa-t-elle.

L'exact opposé de l'homme qui était assis près d'elle maintenant.

Reportant les yeux sur son assiette, elle s'aperçut qu'elle

l'avait pratiquement vidée. Jenner sembla le remarquer lui aussi. Il se pencha juste assez vers elle pour qu'elle perçoive son odeur, un mélange de forêt et de feu de bois. Elle fut prise d'une envie folle de fourrer son visage dans son cou pour le respirer.

— On dirait que ça vous a plu, dit-il.

— Je… oui, en effet. Merci, répliqua-t-elle.

Il contempla son assiette avec une lueur d'amusement dans le regard.

— Je ne sais pas où vous avez mis tout ça, mais il en reste, si vous en voulez encore.

— Non, non, dit-elle en riant. Si je continue, je vais exploser.

Elle posa sa fourchette et le regarda. Elle prit une gorgée de café, réfléchit un moment puis se lança.

— Alors, dit-elle — et elle remarqua une légère tension dans les épaules de Jenner, comme s'il devinait ce qui allait suivre — combien de temps ça va prendre pour que je me transforme en loup-garou ? Quand vais-je pouvoir rentrer chez moi ?

Jenner savait qu'elle allait poser ces questions. Il avait juste espéré qu'elle attendrait que quelqu'un d'autre arrive pour le faire.

Il regarda Mia, son visage ouvert et sincère, alors qu'elle le scrutait à travers une paire de lunettes qu'elle arrivait même à rendre sexy. Avec ses cheveux épais sagement repoussés derrière ses oreilles, elle avait tout de la jeune intellectuelle innocente.

Jeune, elle l'était certainement. Intellectuelle, c'était possible. Innocente… en fait, il espérait que Mia ne l'était pas autant qu'elle en avait l'air, sinon elle allait avoir du mal à s'habituer à vivre en compagnie d'une meute de loups.

Elle continuait à le regarder de ses grands yeux, attendant une réponse.

— Eh bien, voyez-vous, commença-t-il, mais il s'arrêta aussitôt.

Bon sang, les explications n'étaient pas son fort. Pourchasser des intrus et s'occuper des menaces qui rôdaient à la frontière de leur territoire, c'était ça, son job. Il ne devait pas sa renommée à ses compétences en matière de communication… et en ce moment il voyait bien pourquoi.

Mia plissa le front.

— Je vais bientôt rentrer chez moi, n'est-ce pas ? J'ai du travail qui m'attend.

— Du travail ?

Seigneur, il avait l'air idiot. Qu'est-ce qu'une femme comme Mia pouvait bien faire dans la vie ? Elle l'intriguait, ce qui était surprenant pour quelqu'un qui s'intéressait peu aux autres. Cela l'empêcha de lui fournir une réponse vague qui allait la contrarier. Il ne répondit pas du tout, en fait.

— Très bien, dit Mia avec une certaine ironie, maintenant qu'il est clair que je travaille, Nick…

— On m'appelle Jenner, rétorqua-t-il impulsivement, conscient de l'agressivité de son ton.

Ce n'était pas plus mal. Cela lui rendrait la tâche plus facile. Il jeta un coup d'œil à la pendule et regretta que le temps ne passe pas plus vite. Dans l'après-midi, Bane serait là. Lui, il saurait comment s'y prendre. Jenner avait escompté que Mia serait encore groggy, qu'il n'aurait qu'à lui donner à manger et la renvoyer se coucher. Au lieu de cela, il subissait un interrogatoire en règle au petit déjeuner.

Son hostilité fit ciller Mia mais ne sembla pas la désarçonner pour autant.

— Jenner, d'accord, excusez-moi. Ecoutez, je ne sais pas ce que vous vous imaginiez mais je ne mène pas une vie oisive. Je dois renter à Philadelphie au plus tôt. Aujourd'hui, si possible. Je sais que vous avez besoin de mon aide et je serai ravie de dire à votre… chef tout ce que je sais à propos de Jeff. Mais cela ne devrait pas prendre plus d'une heure, grand maximum. Je ne le connais pas depuis longtemps.

Elle détourna le regard.

— Je pense réellement que nous devrions appeler la police. J'ai peur qu'il essaye de me retrouver. Je ne veux pas courir ce risque. S'il le fait, il me tuera. Mais je ne peux pas rester ici.

Il fut étonné de la certitude de son affirmation et du

ton résigné sur lequel elle l'avait proférée. Cela lui parut suspect. Il s'efforça de faire taire sa méfiance. Il savait qu'il était injuste. A moins qu'il n'espère l'être, tout simplement.

Il n'arrivait pas à se défaire de l'idée que quelque chose lui échappait.

— Je ne crois pas qu'il voulait vous tuer, Mia, dit Jenner lentement, se demandant si le moment était bien choisi de lui expliquer le rituel d'accouplement chez les loups-garous.

Elle lui lança un regard perçant et, en dépit de la timidité dont elle avait fait preuve un peu plus tôt, sa détermination était bien visible.

— Si, dit-elle calmement. Il avait un couteau. Il était sur le point de m'achever lorsque vos hommes sont arrivés.

— Seigneur !

Jenner la dévisagea, stupéfait qu'elle puisse rester aussi calme.

— Pourquoi n'avoir rien dit hier soir ? reprit-il.

— Je ne pensais pas que cela changeait quelque chose, répliqua Mia. Je croyais qu'il était évident qu'il essayait de me tuer. Pourquoi ? Vous pensiez qu'il voulait seulement se faire une nouvelle petite amie loup-garou, ou quoi ?

Jenner résista à l'envie de se lever et de fuir son regard trop perspicace.

— Nous pensions qu'il voulait vous transformer pour vous garder, ce qui est en soi déjà assez grave, dit-il sans entrer dans les détails. Pourquoi aurait-il voulu vous tuer ?

A peine avait-il posé la question qu'il se rendit compte qu'elle était stupide, et le regard dédaigneux que lui jeta Mia le lui fit bien comprendre.

— Parce qu'il est fou. Il pense…

Elle hésita et secoua la tête.

— Peu importe ce qu'il pense, reprit-elle. C'est un malade. Je suis contente de savoir que vos hommes et vous êtes à sa recherche, mais je continue à penser qu'il serait plus sûr d'avertir la police aussi. Ils n'ont pas besoin de savoir ce qu'il est.

L'instinct de Jenner fut alerté. Il pouvait entendre les

battements de son cœur, sentir l'odeur de la peur se mêler à son parfum naturel d'agrumes.

La tension qu'il percevait dans les épaules de Mia, qu'il entendait dans ses phrases inachevées, confirmait son sentiment qu'elle ne disait pas tout. Mais l'expression de son visage, l'épuisement qui altérait encore ses traits l'arrêtèrent. Elle parlerait, à lui ou à quelqu'un d'autre. Elle y serait obligée.

Etant donné ce qu'elle avait subi, il n'allait pas lui mettre la pression. Pas tout de suite.

— Vous oubliez que notre shérif est sur l'affaire. Si on vous demande quoi que ce soit, dites que vous êtes déjà allée à la police. Buddy va faire circuler l'information, mais les deux réseaux s'en occupent. C'est mieux comme ça ?

Elle soupira et hocha la tête.

— J'imagine que oui. Comme je regrette de l'avoir rencontré ! Et surtout d'avoir été aussi stupide.

Jenner ne put s'empêcher de se sentir soulagé. Sans le savoir, elle venait de répondre aux questions qu'il se posait à propos de sa relation avec le sauvage. Mia n'était pas fiancée avec ce Gaines, ni amoureuse de lui. Il n'était rien pour elle, ça se lisait sur son visage. Or Jenner savait qu'il allait être de très mauvaise humeur lorsqu'il réfléchirait à la signification de ce soulagement.

— Vous n'avez pas été stupide, dit-il en se demandant pourquoi il éprouvait le besoin de la rassurer. Parfois on n'a juste… pas de chance.

Il savait de quoi il parlait et il vit qu'elle le comprenait aussitôt.

Mia eut un petit sourire penaud.

— Oui, vous pouvez le dire. Encore que se retrouver avec des canines acérées et un pelage, c'est plus que de la malchance.

Jenner se mit à rire. De toute évidence, il allait finir par aimer cette Mia D'Alessandro, même si ce n'était pas ce qui pouvait lui arriver de mieux.

Mais le sourire de cette dernière s'évanouit instantanément pour faire place à une sombre résignation.

— Et pour ce qui est de rentrer chez moi ? demanda-t-elle.

Comme je vous l'ai dit, je rencontrerai qui il faudra, mais je n'étais censée m'absenter que pour un week-end. Dites-moi simplement ce qui m'attend.

— Ce qui vous attend ? répéta Jenner, stupéfait. Vous êtes une bien curieuse personne, Mia.

Il n'avait jamais rencontré personne pour qui se transformer en loup-garou ne semblait pas plus grave qu'attraper un rhume.

Il vit aussitôt qu'il n'avait pas dit ce qu'il fallait.

— Je ne suis pas curieuse, j'essaye d'être pragmatique, rétorqua Mia d'un ton cinglant. Je peux tout gérer, quoiqu'il arrive. Je peux même revenir pour la pleine lune s'il le faut. Mais d'abord j'ai besoin qu'on m'informe.

Jenner la regarda, interloqué. A l'évidence, Mia avait besoin qu'on lui explique quelques notions de base, et il n'avait pas la moindre envie de s'en charger.

Ce fichu Bane qui m'a laissé avec ça sur les bras, pensa Jenner en s'appliquant à garder cette pensée pour lui. Et, malgré le fait qu'il déteste envahir les pensées de son chef au moins autant qu'il détestait qu'on pénètre les siennes, il émit une requête avec autant de force qu'il pouvait.

Bane, pourrais-tu venir ? Mia... je veux dire la victime d'hier soir... elle pose des tas de questions et je ne pense pas être le plus qualifié pour lui répondre...

La réponse ne se fit pas attendre et, malgré sa concision, elle comportait quelque ironie à l'égard de Jenner qui ne lui échappa pas.

Pourquoi ? Tu es aussi qualifié que nous tous. Je viendrai un peu plus tard, Jenner. Je ne pensais pas qu'elle serait d'attaque aussi tôt. Je ne suis pas disponible pour le moment.

Jenner serra les dents pour réprimer un grognement.

La blonde du bar ?

Tout juste.

L'autosatisfaction peut aussi se transmettre par la télépathie, se dit Jenner.

— Vous ne pouvez pas me garder ici contre ma volonté, dit Mia. Je me fiche de savoir en quoi vous vous transformez, ou ce qui est censé m'arriver à la pleine lune, je ne vais pas rester ici indéfiniment. Je veux qu'on arrête Jeff mais, dans la mesure où quelqu'un m'explique comment ça va se passer pour moi, je gérerai ça moi-même… chez moi.

La voix que Jenner avait trouvée riche et chaude quelques minutes plus tôt était montée à des hauteurs torrides. Qu'elle soit innocente ou non, cette fille brûlait d'un feu intérieur. Mia n'était pas du genre à se laisser faire, elle n'était pas idiote non plus, ce qui voulait dire qu'elle serait tout à fait à sa place parmi eux. Une fois qu'elle aurait accepté de regarder la réalité en face.

Il se dit qu'un des avantages à être le porteur des mauvaises nouvelles était que Mia ne voudrait probablement plus jamais avoir affaire à lui après ça. Ce qui lui faciliterait grandement les choses. Ou du moins, pensa-t-il en observant Mia qui lui lançait des regards incendiaires, les bras croisés sur sa poitrine, ça le devrait. Bien sûr, il faudrait que lui réussisse à faire comme si elle n'était pas à Ferry's Hollow.

Ce qui n'était pas gagné.

4

Jenner ne savait trop par quel bout commencer, mais il fallait bien qu'il dise quelque chose avant que Mia ne décide de lui mettre son poing dans la figure.

— Mia, commença-t-il, vous avez peut-être vu un ou deux films de loups-garous. Je ne dis pas que ce qu'ils montrent est totalement exact, pourtant certains aspects sont importants. Vous comprenez bien que vous allez vous changer en loup au moins une fois par mois, d'accord ?

Dans ses yeux, il vit la colère faire place à l'inquiétude. C'était un pas dans la bonne direction.

— Oui … enfin, je pensais que c'était seulement une fois par mois, mais… oui, dit Mia. Mais, je veux dire, il doit bien y avoir des loups-garous à Philadelphie, non ? Je me disais qu'ils formaient peut-être une communauté, ou un club ou quelque chose dans le genre, vous voyez… ils pourraient m'aider à m'en sortir. A m'y habituer. Que voulez vous dire par au moins une fois par mois ?

Il se retint de rire par peur de la vexer et s'efforça de garder une voix neutre.

— On va y venir. Vous pensez à une sorte de groupe de soutien pour loups-garous ?

— Pourquoi pas ? demanda-t-elle d'une voix ou pointait l'animosité. Ce ne serait pas plus bizarre que tout ce qui m'est arrivé dernièrement. Vous voulez dire qu'il n'y a pas de loups-garous à Philadelphie ?

Jenner haussa les épaules, ce qui sembla irriter Mia.

— Ça veut dire non ? Ou que vous ne savez pas, ou

tout simplement que vous ne voulez pas me répondre ? demanda-t-elle.

— Ça veut dire que je n'en connais pas et, même s'il y en a, ils ne seraient pas du genre à former une sorte de club qui vous viendrait en aide. Il n'y a pas de meute connue dans cette ville, donc si vous y trouviez des loups-garous ce seraient des marginaux.

— Des marginaux ?

— Oui, vous savez…

Il leva les mains comme pour essayer de saisir les mots qui lui manquaient. Dire qu'il s'était posé des questions sur son intelligence ! Il avait l'impression de subir un interrogatoire mené par un procureur intraitable.

— Les loups-garous vivent en meute, reprit-il. C'est dans leur nature. Nous sommes liés les uns aux autres par la télépathie.

Il fut surpris de constater que cette information ne semblait pas la choquer.

— Ah, oui, murmura-t-elle, je comprends mieux les regards lourds de sens d'hier soir.

— C'est ça, dit Jenner, soulagé. Les membres de la meute communiquent de cette façon, même à grande distance. Cela peut sembler étrange au début mais on s'y fait. Et tout ça, la transformation et le fait d'apprendre à vivre avec les autres effets liés à ce que nous sommes, peut être difficile à supporter pour une personne isolée. La meute, cette meute, c'est le groupe de soutien que vous cherchez, Mia. Le groupe aide à refréner les plus vils instincts que nous avons à gérer de temps en temps. C'est contre nature de vivre séparé de la meute. Je ne dis pas que ça n'arrive pas parfois… mais en gros, dans les endroits où il n'y a pas de meute, on ne tombe que sur des sauvages.

— Comme Jeff, dit Mia.

En voyant la façon dont Mia baissait les yeux et se tordait les doigts nerveusement, Jenner sentit la culpabilité l'envahir. Il n'avait pas envie de lui expliquer ce qu'allait être sa nouvelle vie mais il se rappelait ce que c'était que d'être de l'autre côté. Ça avait été comme ça pendant dix ans pour lui, des années qui semblaient une éternité et qui le séparaient de l'homme qu'il avait été. De plus, Mia n'avait rien demandé à personne. Même si elle ne lui disait pas tout, en ce moment, elle avait besoin de compassion et non pas de suspicion. Il savait reconnaître le mal. Mia n'en faisait pas partie.

Il ne devait pas l'oublier.

Jenner repoussa son assiette et se pencha vers elle, essayant de capter son regard. Instantanément, il se rendit compte de son erreur. Le parfum suave de fleur d'oranger qui émanait d'elle enflamma ses sens. Son cœur se mit à battre plus vite, son sang commençant à battre à ses tempes. L'animal en lui se réveillait. Affamé.

— Tout va s'arranger, dit-il doucement, surpris par la force de son besoin de la réconforter.

Elle releva sur lui des yeux emplis de tristesse.

— Je ne vois pas comment, dit-elle. Vraiment. A moins que vous ne connaissiez un moyen de sortir de là.

— Eh bien, commença-t-il, espérant effacer la douleur de son adorable visage, il y a bien un rituel, mais il faut du sang d'antilope et des têtes de chèvre.

Bon sang ! Elle n'allait pas avaler ça !

— C'est vrai ?

Il secoua la tête.

— Heu… non, Mia. Vous resterez toujours un loup-garou. Mais, comme je vous l'ai dit hier soir, ce n'est pas si terrible. Une fois que vous serez habituée, cela va même probablement vous plaire.

Elle secoua la tête comme pour chasser cette idée.

— Non, je ne crois pas. J'ai déjà assez de problèmes à gérer. Et que ça vous plaise ou non, à vous et à votre chef, je ferai partie de ces marginaux dont vous parliez. Je n'ai aucune envie de laisser tomber mon travail, de venir habiter au milieu de nulle part et de tout recommencer, encore une fois.

— Encore une fois ?

Elle ouvrit les yeux mais évita son regard.

Elle a des secrets, il fallait s'y attendre, pensa Jenner

avec amertume. *Tu attires toujours ce genre de femmes. Si tu te fais avoir encore une fois, tu vas le regretter.*

— Mon enfance… n'a pas été des plus heureuses. Alors je suis partie. Je veux me fixer, je ne veux pas continuer à fuir.

Elle disait cela avec tellement de sincérité que Jenner se sentit complètement idiot. Ce n'était peut-être pas elle qui avait un problème, finalement.

Ça ne serait pas la première fois.

Embarrassé, Jenner essaya de faire marche arrière.

— Mia, ne renoncez pas avant même d'avoir commencé votre transformation. Ce n'est pas facile de vivre à l'écart de la meute. Je suis sûr qu'on peut vous trouver du boulot ici. Qu'est-ce que vous faites ?

— Je fais de la communication en ligne, pour une société de logiciels. Et je crée des sites web en free lance.

Jenner réprima une grimace, Ferry's Hollow ne disposait que d'un seul accès internet et d'un malheureux magasin de jeux vidéo.

— Bon, peut-être pas la société de logiciels. Mais vous pouvez créer des sites Web en étant ici aussi bien qu'à Philadelphie. Et ce n'est pas parce que c'est calme que Ferry's Hollow est au milieu de nulle part.

Le regard que lui lança Mia en disait long sur ce qu'elle pensait.

— Et ce n'est pas parce que vous adorez cet endroit qu'il *n'est pas* au milieu de nulle part. Je ne suis pas chez moi ici, et je ne le serai jamais.

— C'est bien mieux que beaucoup de villes sans âme, rétorqua Jenner. Et, si vous n'étiez pas si préoccupée à trouver un moyen de partir, vous réfléchiriez au fait que tous ces hommes qui vous ont sauvée hier soir étaient en train de courir, sous leur forme de loups, juste pour le plaisir. On peut faire ça ici, ce n'est pas la place qui manque pour satisfaire ce besoin et vous en aurez besoin, vous aussi, que ça vous plaise ou non.

Sans le vouloir, il avait haussé la voix pour prendre la défense de son village et de son mode de vie. Il s'en aperçut trop tard. Mia se leva en lui décochant un regard furieux, repoussa son tabouret du pied et se planta devant lui, les mains sur les hanches.

— Et si moi je l'aime, ma ville sans âme, dit-elle d'un ton cinglant. Si vous n'étiez pas si préoccupé par la défense de votre petite communauté de loups, vous vous souviendriez peut-être qu'en l'espace d'une nuit je suis passée d'un état relativement normal à celui de créature paranormale pourchassée par un psychopathe. Vous venez de m'annoncer que je dois choisir entre m'intégrer à une meute de loups, je ne sais pas encore de quelle manière, et devenir folle. Que je vais subitement éprouver un désir irrépressible de mettre une croix sur ma vie pour venir m'installer ici. Laissez-moi vous dire que je suis un petit peu bouleversée, et c'est un euphémisme, je vous prie de le croire.

Elle lui tourna le dos et se dirigea vers la porte.

— Laissez tomber, reprit-elle. Je vais parler à Bane, et après ça je m'en vais. Je me débrouillerai toute seule.

Jenner se leva. Il sentait que cette explosion de colère cachait de la peur et il regrettait de l'avoir fait naître. Il regrettait d'être à l'origine du désespoir qui perçait dans sa voix, comme si elle était accoutumée à devoir se débrouiller seule. Il se dit qu'il éprouvait ce sentiment parce qu'il se souciait du bien de la meute.

C'était plus facile que d'admettre la vérité, et cela lui convenait tout à fait.

— Mia, dit-il sur un ton plus grognon que réconfortant.

— C'est inutile, dit-elle en se raidissant.

Mais elle s'arrêta.

— Attendez. Ne vous sauvez pas comme ça, dit Jenner.

Sans savoir pourquoi il ne pouvait pas la laisser partir dans l'état où elle était. Non seulement parce que c'était un mauvais début, mais aussi parce qu'il ne voulait pas qu'elle soit blessée. Il ne voulait pas être celui qui l'avait blessée. Elle avait déjà eu son compte la nuit précédente. Tant pis si elle ne disait pas tout. Cela ne le regardait pas, après tout.

Même si un petit frémissement à la base de son cou lui disait que si.

Mia fit volte-face. Quand elle se mit à parler, sa voix

tremblait et il vit les larmes briller dans ses yeux. Il n'en fallait pas plus pour qu'il se traite d'imbécile. Il voyait bien qu'elle commençait à comprendre. Il fut instantanément partagé entre la culpabilité et une irrésistible envie de fuir.

— Arrêtez de me dire que tout ça est super, dit-elle. Je… Je vais faire face, à ma façon. Mais n'oubliez pas que je n'ai pas choisi cette situation. C'est ça, l'histoire de ma vie.

Soudain, elle fondit en larmes.

Horrifié et démuni, Jenner regarda les larmes rouler sur les joues de Mia. Elle enfouit son visage dans ses mains et essaya désespérément d'étouffer un sanglot.

— Oh ! bon sang, dit-elle l'air aussi horrifié que lui. Tout allait bien. Je ne voulais pas faire ça. Je ne fais jamais ça !

— Hum, fit Jenner, embarrassé.

Les femmes ne pleuraient pas devant lui. Et, à sa connaissance, il ne les faisait pas pleurer. Sans doute parce qu'il les évitait le plus possible.

Mia lui fit un signe de la main.

— Ne faites pas attention. Bon, je sais, ce n'est sans doute pas facile. Je vais… je suis désolée… si vous voulez bien m'excuser.

Elle fit demi-tour et, à ce moment, Jenner fit quelque chose qui le surprit lui-même au moins autant qu'elle. Sans réfléchir, il franchit en deux longues enjambées la distance qui les séparait.

— Hé, dit-il doucement en voyant ses épaules recommencer à trembler. Hé, ne faites pas ça.

Brusquement, il la prit dans ses bras et la serra contre lui. Il avait probablement l'air du parfait idiot… mais il ne ressentait que la douleur de Mia. Elle envahissait ses sens. L'arôme de ses larmes, la vue de ses joues rougies, le son de chacun de ses sanglots et un instinct qu'il avait totalement ignoré jusqu'ici lui enjoignirent impérativement de la caresser et de la réconforter. La première pensée cohérente qu'il eut alors fut qu'en dépit de leur différence de taille Mia tenait parfaitement dans ses bras. La seconde fut qu'elle allait le repousser, horrifiée par son outrecuidance.

Mais elle eut seulement un moment de tension. Jenner

retenait sa respiration, conscient, sans savoir exactement pourquoi, que ce qu'elle allait faire était très important. Alors, lentement, Mia se laissa aller contre lui et recommença à pleurer doucement, à petits sanglots étouffés.

Jenner était là, debout dans sa cuisine, serrant dans ses bras Mia qui pleurait et se demandant ce qu'il était en train de faire.

— Désolée, répéta Mia contre sa poitrine.

Elle avait l'air mortifiée.

— C'est juste que… tout ça est tellement…

— Non, répliqua-t-il, surpris du calme de sa voix alors que le fait de tenir Mia contre lui déclenchait une série de réactions en chaîne dans ses terminaisons nerveuses qui n'allait pas tarder à causer quelques problèmes.

— Vous n'avez pas à vous excuser, reprit-il. Cela fait beaucoup de choses à absorber d'un seul coup, surtout quand on n'a rien demandé. C'est pour cela que nous ne plaisantons pas avec les sauvages. Heureusement, on n'en voit pas souvent dans les parages.

Mia eut un petit hoquet.

— Pourquoi a-t-il fallu que ça tombe sur moi ?

C'était une bonne question. Il faudrait qu'il la creuse. Mais pour l'instant le corps de Mia contre le sien déclenchait en lui un irrépressible besoin de la protéger. Elle s'écarta un peu de lui et le regarda avec une sincérité qu'il trouva désarmante. Il savait qu'elle allait dire quelque chose mais il ne prêtait attention qu'à ses grands yeux innocents qui brillaient dans son visage adorable aux traits ciselés, et à ses lèvres attirantes qui s'entrouvraient.

Jenner ne put s'en empêcher.

Avant que Mia ne prononce un mot, il se pencha sur elle et prit sa bouche pour un long baiser. Il sentit une légère commotion lorsque leurs lèvres se touchèrent et fut pris d'un vertige comme s'il avait reçu une décharge électrique. Il entendit Mia retenir son souffle et il sut qu'elle avait ressenti la même chose. Mais elle ne s'écarta pas de lui. Et, comme il prolongeait son baiser, le choc se transforma en une chaleur sourde qui se mit à battre au même rythme que son cœur. Jenner appuya sa bouche sur les lèvres de Mia pour en connaître le goût.

Il fut étonné que Mia se laisse fondre contre lui, les lèvres entrouvertes sous les siennes, et il ne résista pas à cette étrange attraction. Mia poussa un petit soupir. Jenner comprit qu'elle s'abandonnait elle aussi et ce simple soupir se répandit dans son sang comme une drogue rare et puissante.

Il poussa un grognement sourd en serrant Mia plus fort contre lui et glissa la langue entre ses lèvres. Seigneur, elle était douce… si douce. Il appuya son baiser et Mia s'arc-bouta contre lui en émettant une sorte de ronronnement. Elle croisa les doigts derrière son cou et il devint moins doux, plus exigeant comme la bête en lui se rendait compte qu'elle était plus que consentante. Il plongea une main dans la soie noire de ses cheveux tandis que de l'autre il parcourait les courbes de son corps, qui étaient encore plus agréables au toucher qu'au regard.

Leurs corps s'accordaient parfaitement. Il plaça les mains sous ses fesses et, la tirant brusquement contre lui, il lui fit sentir à quel point il la désirait. Son sang battait dans ses veines et il eut l'impression d'entendre des fragments de quelque douce et sauvage mélodie au moment où leurs lèvres se rencontraient de nouveau. Jenner gronda quand Mia lui rendit son baiser, stupéfait de la vitesse à laquelle il était passé de la simple envie au besoin impérieux. Il voulait lui arracher ses vêtements avec les dents. Il voulait la renverser sur le plan de travail et…

Malgré l'excitation qui brouillait ses pensées, Jenner comprit soudain qu'il était en train de perdre les pédales et en une seconde il réussit à s'écarter de Mia. Il s'en était fallu de peu qu'il ne fasse quelque chose qu'ils auraient regretté l'un et l'autre. Les mains tremblantes, il recula et faillit perdre l'équilibre, ce qui ne lui arrivait pas souvent, au propre comme au figuré.

Il n'avait jamais connu ça. Pas une seule fois.

Ce n'était pas bon signe.

Mia se balançait d'un pied sur l'autre et le regardait s'éloigner, avec dans les yeux un éclat de désir qui excitait le loup en lui. Heureusement, sa part humaine avait repris le contrôle.

Plus ou moins.

— J'ai… des choses à faire, dit Jenner d'une voix hésitante. Vous devriez… vous reposer. Je serai dans le garage.

Il sortit avant qu'elle ne puisse reprendre ses esprits et lui dire quel imbécile il était. Comme s'il ne le savait pas.

En présence de Mia, Jenner s'était retenu de courir, mais dès qu'il put il se précipita hors de la maison comme s'il avait tous les chiens de l'enfer à ses trousses. Il avait senti ses yeux dans son dos tout le temps où il se dirigeait vers la porte et espéré qu'il serait loin avant qu'elle ne trouve quoi lui dire.

Il grinça des dents, furieux contre lui-même. A trente-quatre ans, il n'avait jamais perdu son self-control avec une femme. Même avec Tess, s'il était honnête avec lui-même. Quand il l'avait rencontrée, il n'avait pas d'attaches, il était à la recherche de quelque chose qu'il ne trouvait pas et il avait désiré ce qu'elle pouvait lui apporter. Mais avec Mia… bon sang, il sentait qu'il pouvait se perdre en elle. Ce baiser avait été comme un plongeon dans le clair de lune.

Ce n'est qu'une fois dans la relative sécurité de son garage qu'il se sentit de nouveau lui-même. Il se glissa sous le capot de sa vieille Chevrolet comme s'il pénétrait dans une grotte sombre et silencieuse à l'odeur rassurante d'huile de moteur. Ça, c'est du réel, du concret, se dit-il en se mettant au travail. Avec les voitures, il savait où il allait.

C'était tout le contraire avec Mia D'Alessandro.

Il n'était pas stupide, même s'il avait compris depuis longtemps que son côté taciturne avait conduit pas mal de gens à sous-estimer son intelligence. Il en avait tiré parti plus d'une fois. Mais Mia le déconcertait totalement et avec elle il avait l'impression d'être complètement idiot. Il ne savait pas trop comment se comporter. Avec un peu de chance, ça passerait tout seul.

Le plus tôt serait le mieux.

Pour l'instant, il s'était réfugié dans sa cachette favorite. Ici, il n'y avait que lui et les quelques tonnes d'acier de sa belle américaine… et le souvenir du baiser de Mia qui flottait encore sur ses lèvres alors qu'il aurait dû se dissiper depuis longtemps et qui conduisait Jenner à se poser des questions qu'il ne s'était jamais posées. Des questions auxquelles il n'avait nullement l'intention de répondre.

5

Quand elle entendit un petit coup sec à la porte, Mia en était venue à se dire que Jenner ne s'était pas contenté de sortir de la maison mais qu'il avait carrément pris la décision d'émigrer. Deux heures s'étaient écoulées depuis qu'ils avaient échangé ce baiser qui l'avait transportée au septième ciel, et le fait que le simple contact de ses lèvres ait provoqué la fuite horrifiée d'un loup-garou de taille respectable l'obsédait. Il s'était enfui de sa propre maison, depuis des heures.

Si ce n'était pas un signe qu'elle devait à tout prix quitter cet endroit le plus vite possible, alors quoi ?

Mia se dirigea vers la porte d'entrée en continuant à se demander si elle était en colère contre Jenner, contre elle-même, ou les deux à la fois. Elle penchait pour cette dernière option au moment où elle aperçut deux silhouettes masculines par la fenêtre à côté de la lourde porte de bois.

Instantanément, elle sortit de sa rêverie. C'était certainement Bane, le chef de la meute des Blackpaw.

Certes, ce n'était pas le moment le plus approprié pour le rencontrer. Mais autant s'en débarrasser tout de suite.

Mia prit une longue inspiration, redressa les épaules et ouvrit la porte. Elle eut le souffle coupé en regardant les deux hommes qui lui faisaient face. Ni l'un ni l'autre ne se trouvaient dans les bois la veille au soir, elle en était sûre. Même en état de choc, elle n'aurait jamais oublié leurs visages.

Celui qui se tenait sur la gauche était totalement craquant. De taille moyenne, il avait les cheveux blonds, en désordre, les épaules larges, de grands yeux bleus et des fossettes lorsqu'il souriait, ce qu'il fit en la voyant. Elle lui retourna automatiquement son sourire. Mais ce sourire s'évanouit lorsqu'elle se tourna vers son compagnon. Il avait le physique idéal pour jouer le rôle du méchant dans un film.

Il était grand et son corps, bien que mince et noueux, dégageait une force incroyable. Sa peau basanée semblait saupoudrée d'or dans l'ombre de l'entrée. Les traits anguleux de son visage mettaient en valeur des yeux en amandes couleur d'ambre flamboyante, ourlés de cils épais et qui la regardaient sans ciller. Un éclair doré attira l'œil de Mia et elle remarqua qu'il portait un petit anneau en or à l'oreille.

Mia se dit qu'il ressemblait à un gitan. Beau et dangereux. Pas vraiment amical. L'opposé du jeune homme bon chic-bon genre qui l'accompagnait.

— C'est à quel sujet ? demanda-t-elle en se sentant un peu bête. Mais qu'était-elle censée dire ?

Elle maudit Jenner intérieurement. Certes, elle ne le connaissait pas très bien, mais elle ne se gênerait pas pour lui dire sa façon de penser quand il se déciderait à sortir de son trou. Même s'il n'avait pas apprécié leur baiser, ce n'était pas une raison pour s'évaporer pendant des heures. Surtout que ce n'était pas elle qui avait initié ce baiser, après tout.

L'homme brun eut un petit sourire qui souleva à peine le coin de ses lèvres. Elle eut l'impression déplaisante qu'il la jaugeait. Elle n'avait pas la moindre idée de ce qu'il voyait en elle, et sans doute n'avait-elle pas envie de le savoir. Il était évident que ces deux-là étaient des loups-garous et elle était absolument certaine qu'elle ne l'était pas. Mais apparemment cela ne changeait rien. C'est alors qu'il parla.

— Mia. Je suis Jayson Bane.

Il avait une voix rauque et sexy. Mia poussa un soupir intérieur en serrant la main qu'il lui tendait. Elle aurait préféré que le chef soit le blond au sourire amical.

— Enchantée, dit-elle. Jenner m'a prévenue que vous passeriez pour me parler.

La main de Bane était chaude et rugueuse et elle n'éprouva rien de comparable à l'étincelle qu'elle ressentait chaque fois qu'elle effleurait Jenner. Il semblait évident que le courant qui passait entre elle et Jenner était particulier.

Elle avait bien besoin de ça !

Cette fois, Bane sourit franchement en découvrant une rangée de dents étincelantes. Bien sûr, Mia n'était pas attirée par lui comme elle l'était par Jenner mais elle ne pouvait pas nier qu'il était vraiment superbe… et que son sourire rehaussait sa beauté.

— Donc Jenner vous a parlé, dit-il. Bien. Je n'étais pas sûr qu'il le fasse. Je ne sais pas si vous avez remarqué, mais on ne peut pas dire qu'il soit très… bavard.

Elle rit franchement et Bane l'imita, ce qui détendit l'atmosphère. Il ne serait peut-être pas si intimidant après tout. Une fois qu'elle réussirait à le regarder.

— En effet, j'ai remarqué, dit-elle. Mais il m'a préparé le petit déjeuner.

Bane haussa les sourcils.

— Il a parlé et il a fait la cuisine ? Etes-vous bien sûre que nous parlons du même Nick Jenner ?

Mia réussit à sourire mais regretta aussitôt ses paroles. Elle ne connaissait pas suffisamment Jenner pour porter un jugement… il lui semblait seulement qu'il bouillonnait sous la surface. Elle sentit la chaleur lui monter aux joues en se rappelant l'aperçu qu'elle en avait eu. Elle savait qu'elle ferait mieux d'oublier cet épisode. C'était en tout cas ce que semblait vouloir Jenner.

Heureusement, Bane n'en dit pas plus sur ce qu'il pensait du comportement de Jenner avec elle.

— Vous permettez que nous entrions ? demanda Bane. Jenner sait que nous sommes ici, il ne devrait pas tarder.

Mia supposa que c'était à cause de ce truc de télépathie entre les membres de la meute. Au moins Jenner n'était pas parti trop loin. Mal à l'aise parce qu'elle n'était pas chez elle, ne sachant quelle attitude adopter, elle recula et leur fit signe d'entrer.

— Je vous en prie.

Elle remarqua que Bane ne prenait pas la peine de lui présenter son compagnon, ce qu'elle trouva étrange et grossier. Mais l'autre homme ne semblait pas s'en soucier. Il laissa passer Bane puis s'arrêta à la hauteur de Mia et lui prit la main, les yeux pétillants de malice.

Il était impossible de ne pas tomber sous le charme.

— Bien que ça n'intéresse personne, je me présente, mon nom est Kenyon. Kenyon Chase.

— Mia D'Alessandro. Pourquoi dites-vous que ça n'intéresse personne ?

Il se pencha vers elle comme pour lui confier un secret. Elle sentit son parfum, une odeur chaude et épicée, étrangement réconfortante.

— Parce que mon père a eu le mauvais goût de ne pas être un Blackpaw, et ma mère, le plus mauvais goût encore de l'épouser.

Son sourire s'élargit en voyant la surprise de Mia.

— Ne vous inquiétez pas, reprit-il. Elle l'aime toujours en dépit de ses gènes inférieurs. Mais je crois que sa famille ne l'a jamais accepté. Ma mère est une Blackpaw de souche.

— Ce qui fait de vous… commença Mia.

— Pas un Blackpaw, répliqua Kenyon. Ne vous inquiétez pas, Bane va vous expliquer tout ça. Sachez seulement que je suis là pour aider.

En lui disant cela, il lui serra la main amicalement et lui fit un clin d'œil avant de suivre Bane à l'intérieur.

Mia le regarda entrer en se disant qu'en plus d'avoir été furieusement embrassée par un loup-garou aujourd'hui même elle venait de se faire draguer par un autre.

Sa vie, qu'elle avait souvent trouvée terriblement ennuyeuse en dépit des pouvoirs étranges qu'elle possédait, avait tout à coup pris une tournure pour le moins insolite.

Mia resta appuyée contre le chambranle de la porte un instant pour essayer de reprendre ses esprits avant de rentrer et… quoi ? Recevoir ces deux loups-garous ? Elle avait autre chose à faire. Bane avait des questions à lui poser, elle lui répondrait et ensuite elle trouverait le moyen de louer une voiture ou… autre chose. Bien sûr, cela ressemblait fort à une fuite et elle s'était juré qu'elle en avait fini avec ça. De plus, la perspective de rentrer chez elle avec Jeff toujours en liberté n'était guère…

Elle soupira et essaya de se changer les idées en regardant vraiment pour la première fois l'endroit où Jenner avait choisi de s'installer. La vue qu'elle en avait depuis le porche était tout simplement ravissante. Un grand terrain bien entretenu s'étendait devant le porche occupé par une paire de rocking-chairs confortables. Une longue allée de graviers qui contournait la maison menait vers la route en traversant un épais rideau d'arbres. La forêt était partout autour. La solitude lui aurait pesé si elle avait vécu seule ici, mais elle avait compris que Jenner aimait être en tête à tête avec lui-même. En ce qui la concernait, elle aurait eu besoin de compagnie. Mais, si elle avait eu quelqu'un avec qui partager cet endroit dont la beauté lui serrait le cœur, il aurait été absolument parfait. Si elle avait eu quelqu'un…

Soudain, comme si le seul fait de penser à lui l'avait fait apparaître, il fut là. Le cœur de Mia se mit à battre plus vite quand elle vit Jenner tourner au coin de la maison. C'est stupide, se dit-elle en voyant apparaître sa grande silhouette tout en muscles, en entendant les graviers crisser sous ses pas. Ce n'était jamais qu'un baiser. Un baiser en passant, inapproprié, hallucinant. Il fallait qu'elle cesse d'y penser, au moins pour le moment. Il y avait des problèmes plus importants à résoudre.

C'était du moins ce que sa raison lui dictait. A la vue de Jenner, son corps quant à lui protestait qu'il n'y avait rien de plus important que de poser les mains sur lui sans attendre.

Comme il s'avançait, Mia commit l'erreur de le regarder dans les yeux et elle le vit trébucher un centième de seconde. Un sentiment de triomphe bien féminin l'envahit. Il avait beau l'avoir fuie, elle n'allait pas se laisser ignorer. Mais, à l'éclair de chaleur qu'elle vit dans ses yeux dorés, elle comprit qu'il n'avait pas l'intention de l'ignorer, même si elle sentait bien que cela ne lui plaisait pas. Elle ne comprenait pas pourquoi. Si quelqu'un avait le droit d'être contrarié de ce qui s'était passé dans la cuisine, c'était quand même elle.

Malheureusement, elle n'arrivait pas à le regretter.

Les mâchoires serrées, Jenner monta les marches qui menaient au porche. Il avait l'air si maussade que c'était presque comique. Il était difficile de croire que c'était le même homme qui, un peu plus tôt, l'avait tenue dans ses bras pour la consoler.

Elle n'en revenait pas de s'être laissée aller comme ça avec lui. Elle qui ne pleurait jamais. A quoi bon pleurer ? Il n'y avait jamais eu personne pour essuyer ses larmes. Mais ses gestes, contrastant avec son allure sauvage, avaient été si doux qu'il aurait été difficile d'y résister…

Il lui fit un petit signe de tête.

— Bane est là ?

Sa brusquerie la piqua au vif.

Voilà ce que ça te rapporte de t'être laissé guider par tes sens plutôt que par ta tête, une fois de plus, se dit-elle.

— Hum, fit Mia sans desserrer les dents. Il nous attend avec Kenyon.

Jenner s'immobilisa, les sourcils froncés.

— Avec qui ?

Mia haussa les sourcils.

— Kenyon, un loup-garou blond aux yeux bleus. Kenyon… comment, déjà ?… Chase, c'est ça, Kenyon Chase. Vous ne le connaissez pas ?

Même si elle connaissait sa vraie nature, Mia fut surprise de voir Jenner s'immobiliser, rejeter la tête en arrière pour flairer l'atmosphère et finalement retrousser sa lèvre supérieure en découvrant des dents qui lui parurent soudain exceptionnellement pointues. Cela provoqua chez elle une réaction primitive qu'elle jugea aussi inquiétante qu'étrangement excitante.

— Un Silverback, gronda Jenner.

On aurait dit qu'il voulait mordre quelqu'un. Mia recula d'un pas tandis qu'une certaine anxiété lui serrait l'estomac. Elle ne savait pas quel était le problème, mais elle n'avait pas la moindre envie de voir deux loups-garous mâles se battre pour une question de territoire. Jenner, quant à lui, ne sembla pas remarquer sa réaction. En passant devant elle, il la prit par la main et l'entraîna à sa suite. Ce contact soudain et inattendu déclencha une onde de choc dans son système nerveux. Elle fit tout son possible pour trouver cela désagréable, sans succès.

— Venez, grommela-t-il. Bane a intérêt à avoir une bonne raison d'être venu avec un Silverback.

Incapable de faire autrement, Mia se laissa entraîner… mais une part d'elle-même ne détestait pas le contact de la main rugueuse qui emprisonnait la sienne.

Bane et Kenyon s'étaient installés sur le canapé et regardèrent Mia et Jenner entrer. Bane lança un coup d'œil furtif à leurs mains enlacées et détourna le regard. Il avait l'air préoccupé pour une raison qui échappait à Mia. Soudain inquiète, elle retira vivement sa main et se dirigea vers un des fauteuils au velours passé qui se trouvaient en face du canapé. Jenner se dirigea vers l'autre, non sans faire un commentaire sur le soda que Bane était en train d'ouvrir.

— Fais comme chez toi, dit-il.

— Comme toujours, dit Bane en ricanant. Arrête de remplir ton frigo, nous arrêterons de venir le vider.

Jenner grogna.

— Et moi qui pensais que vous veniez pour mon côté boute-en-train. Ou pour ma nouvelle télé.

Il s'installa dans le second fauteuil et Mia se demanda comment il pouvait avoir l'air si à l'aise. Pourtant, en dépit de l'apparente décontraction des deux hommes, l'atmosphère dans la pièce était tendue. Mia pensa avec nostalgie à son appartement si calme et se mit à jouer avec ses cheveux.

— J'aimerais bien que tu me dises ce que cela signifie, dit Jenner en désignant Kenyon de la tête.

Ce n'était pas une entrée en matière très amicale, mais Kenyon resta impassible. Comme Jenner, il attendait que Bane réponde. Si Mia avait eu le moindre doute sur le pouvoir que Jenner exerçait parmi les Blackpaw, il était dissipé maintenant. Bane avait une autorité naturelle, et Mia voyait bien qu'il savait l'exercer.

Il but une gorgée de soda, puis posa la canette sur la table basse devant lui. Mia fut surprise quand il s'adressa à elle.

— Ça me semble évident. J'ai besoin que vous me disiez

tout ce que vous savez sur ce Jeff Gaines, Mia. Comment vous l'avez rencontré, qui il est — ou du moins qui il prétend être —, pourquoi il a voulu vous faire du mal…

Elle se figea, mais il n'y avait aucune trace de malveillance dans l'expression de Bane. C'était le moment qu'elle attendait. Depuis la veille, elle tournait dans sa tête ce qu'elle allait dire. Ce serait peut-être un soulagement quand ce serait fait.

— Je…

— Le Silverback n'a rien à faire ici, l'interrompit Jenner. Ce qu'elle a à dire ne le regarde pas. Tu aurais pu prévenir que tu ne serais pas seul.

Bane se tourna vers Jenner en plissant les yeux, ce qui ne sembla nullement impressionner son second.

— Détrompe-toi. Les Silverback ont le droit d'être tenus au courant, dit Bane. Apparemment, le sauvage aurait été l'un des leurs.

Jenner s'apprêtait à répliquer mais Bane l'interrompit de la main.

— Plus tard, Jenner. Laisse parler Mia. Ensuite, Chase nous expliquera de quoi il retourne.

Jenner s'immobilisa et Mia remarqua que son visage était devenu impassible.

Il y avait une hiérarchie à respecter, et Bane venait de le faire savoir à Mia.

A Jenner aussi, d'ailleurs, que ça lui plaise ou non. Quel que soit son rang dans la meute, il n'était pas le chef. Ce qui ne l'empêcha pas de prendre son temps pour obéir. Mia l'observait tandis qu'il étirait ses jambes devant lui en se renfonçant dans son fauteuil, l'air pensif. Finalement, il leva les yeux vers Mia.

— Allez-y.

Il avait l'air renfrogné, mais quelque chose dans le ton de sa voix lui donna du courage. Elle prit une profonde inspiration et se lança.

— J'ai rencontré Jeff il y a un mois environ.

Bane inclina la tête comme Mia avait vu faire Jenner lorsqu'il était intéressé.

— Au travail ? demanda-t-il.

Mia secoua la tête.

— Non, dans une librairie. C'était juste comme ça. Je feuilletais le dernier Stephen King et il a entamé la conversation. Comme moi, il était fan de cet auteur et nous avons commencé à parler…

— Tu m'étonnes, marmonna Jenner.

Mia ignora sa remarque, bien qu'elle soit peut-être justifiée, après tout. Elle devait paraître très naïve. Les chances que cette rencontre ait eu lieu par hasard étaient minces. Elle s'en rendait compte à présent. Combien de temps Jeff l'avait-il suivie avant de l'aborder ? Comment la connaissait-il ?

— Rien de bien extraordinaire, poursuivit Mia. Nous avons échangé nos numéros de téléphone. Nous sommes sortis quelques fois ensemble. Il disait que sa famille avait de l'argent mais qu'il essayait de s'en sortir tout seul. Il a sa propre société de conseil financier. C'est du moins ce qu'il m'a dit. Je l'ai cru. Il dépensait sans compter, mais cela semblait quand même lui poser quelques problèmes.

— Quel genre de problèmes ? murmura Bane.

Mia hocha la tête, brusquement mal à l'aise. Le rouge lui monta aux joues malgré ses efforts pour le contenir.

— Il dépendait de sa famille, financièrement parlant, mais il n'arrêtait pas de parler de sa volonté de faire ses preuves. Il disait qu'on ne le croyait pas capable de reprendre l'entreprise familiale, le moment venu. Il avait eu des désaccords avec son père avant la mort de celui-ci, et il voulait monter sa propre affaire. Il voulait…

Elle laissa sa phrase en suspens et poussa un soupir en se remémorant ces conversations. Jeff était vraiment déterminé. Il était en colère. Elle avait attribué ça à une enfance gâtée mais sans amour, mais elle savait maintenant qu'une partie du problème résidait dans le caractère de Jeff lui-même.

— Il voulait beaucoup de choses. Il pouvait être charmant, mais il est d'humeur changeante.

Jenner la regardait de façon bizarre.

— Et c'est ça qui vous plaît ? Un homme charmant et d'humeur changeante ?

Bane le fusilla du regard mais Mia se contenta de hausser les épaules.

— On a tous nos faiblesses. Je l'aimais bien. Evidemment, je ne le connaissais pas vraiment. C'était la première fois qu'on devait passer un week-end ensemble. Peut-être que j'aurais découvert autre chose si tout s'était passé comme prévu, mais il m'a épargné cette peine.

Elle regarda dans le vague, se remémorant la scène.

— Je ne m'attendais pas à ça. Je trouvais cette escapade plutôt romantique. Ça me servira de leçon.

— Non, dit Kenyon, la ramenant dans le présent. Vous n'y êtes pour rien, Mia. C'est lui. Il était déjà comme ça quand il était avec nous et, vous pouvez me croire, vous n'êtes pas la seule à vous être trompée sur son compte.

— Comment pouvez-vous être sûr que ce type est un Silverback ? demanda Jenner

Mia se détendit. Ils avaient ce qu'ils voulaient, ou presque. Ils ne chercheraient pas à connaître la raison pour laquelle Jeff l'avait choisie, elle. L'important, c'était qu'il soit arrêté.

Jusque-là, elle ne serait pas en sécurité. Ni elle ni personne.

Mais ce soulagement fut de courte durée et un sentiment de culpabilité vint le remplacer. Il était évident que ces Blackpaw cherchaient juste à arrêter un sauvage et à la protéger. Il n'y avait aucune raison de leur prêter de mauvaises intentions.

Malgré toutes les mises en garde de sa grand-mère, qui lui disait de ne jamais faire confiance à personne et que personne ne s'intéresserait jamais à elle pour autre chose que sa magie, elle avait le sentiment que personne ici ne lui voulait de mal.

Kenyon esquissa un sourire en regardant Jenner.

— On a eu un appel de votre shérif hier soir, après l'agression. Comme notre territoire est le plus proche du vôtre, c'était normal qu'il vérifie. Et en l'occurrence je suis pratiquement sûr que nous savons qui est votre homme, du moins si je me fie à la description qu'il nous en a donnée.

— On peut dire que c'est une description de deuxième main puisque Mia n'a pas parlé à Buddy, au shérif Stokes, hier soir. Je le sais, elle était avec moi, répliqua Jenner d'une voix qui ne laissait rien paraître de ce qu'il pensait.

Mia se faisait sans doute des idées, mais quelque chose dans ce qu'il venait de dire provoqua chez elle une forme d'excitation, comme s'il exprimait une certaine possessivité.

D'après le regard que lui lança Kenyon, elle eut l'impression qu'il l'avait perçue lui aussi.

— Je sais. En tout cas, si c'est vraiment le type auquel je pense, ça ne va pas être facile de l'attraper.

— Si ? Vous n'en êtes pas sûr ?

— Je n'en serai certain que lorsque je lui aurai planté mes dents dans la gorge, jusque-là j'en suis, disons, presque sûr.

A ce moment-là, Bane s'immisça dans la conversation, au grand soulagement de Mia. Elle n'aimait pas les regards qu'échangeaient Jenner et Kenyon. Il planait tout à coup dans la pièce une atmosphère de défi et la testostérone était palpable. Elle ne savait pas de quoi il s'agissait, mais elle devinait que ça avait un rapport avec un problème de rivalité territoriale.

Il lui sembla que sa présence n'y était pas étrangère.

— Jenner, Tomas a récemment désigné Kenyon comme son futur successeur, dit Bane, un avertissement dans la voix. Il est normal qu'il s'entraîne à gérer ce genre de situation.

— Sans doute, grommela Jenner. Si c'est bien leur mec. N'empêche qu'il est sur notre territoire. Nous n'avons pas besoin d'un Silverback pour attraper ce salopard.

Il jeta à Bane un regard meurtrier.

— Ça aurait été sympa de me prévenir. Je te rappelle que je suis le lunari. C'est toi qui as insisté pour que j'assume cette fonction. Tu devrais connaître la procédure.

— Je n'ai été prévenu que très tard, donc je n'ai pas eu le temps de te mettre au courant, répliqua Bane en haussant les épaules. De toute façon, je pensais que tu avais déjà assez à faire, ce n'était pas la peine d'en rajouter. Je ne pouvais pas savoir que tu étais parti te réfugier sous le capot de cette fichue voiture, une fois de plus.

Quelque chose dans la façon dont Bane avait dit cela amusa Mia et un petit rire lui échappa. Bane lui lança un regard en coin sans aménité mais cela ne suffit pas à doucher son amusement. En un sens, elle était contente de savoir qu'il ne fallait pas grand-chose pour faire fuir Jenner dans son terrier préféré. Elle n'était pas en cause.

Pour tout dire, à ce moment précis, elle n'était pas mécontente d'avoir une raison de rire.

— Si c'est bien un Silverback, vous ne pourrez pas vous passer de nous pour l'attraper, déclara Kenyon en revenant au sujet qui les occupait. Surtout si c'est celui que nous suspectons. Ce n'est pas seulement notre intérêt qui est en jeu… c'est notre droit.

Kenyon marqua une pause. Un tressaillement parcourut ses mâchoires serrées et il regarda Jenner d'un air de défi.

— A moins que vous n'ayez l'intention d'enfreindre les lois de la meute, ajouta-t-il.

A cette remarque, les yeux de Jenner flamboyèrent et Bane regarda les deux hommes avec une expression qui disait clairement qu'il n'allait pas tolérer plus longtemps cet assaut de virilité. Mia cessa de trouver que la situation était drôle. Elle ne comprenait pas de quoi il était question mais elle était convaincue qu'ils étaient à deux doigts d'en venir aux mains. Pour éviter cela, elle se dit qu'elle devait intervenir. Kenyon avait déclaré qu'il connaissait Jeff. Elle n'en saurait pas plus si Jenner et lui continuaient à se provoquer comme ça.

— Je suppose que vous avez apporté une photo, demanda-t-elle à Kenyon, et, comme elle l'avait espéré, les deux hommes se tournèrent vers elle.

Cette attention soudaine l'embarrassa. Elle se trouvait dans une position inhabituelle. Elle n'avait jamais imaginé pouvoir être une de ces femmes qui attirent la convoitise des personnes de l'autre sexe.

Apparemment, il suffisait pour cela d'avoir été mordue par un loup-garou.

C'était une façon terrible de faire tourner la chance.

— Ah, oui, j'en ai une, dit Kenyon d'une voix étranglée.

Kenyon sortit un cliché de la poche intérieure de son manteau et le tendit à Mia. Il lui frôla les doigts lorsqu'elle le saisit et la fixa de ses yeux d'un bleu profond en tentant de soutenir son regard, mais elle détourna les yeux.

Le contact de la peau de Kenyon contre la sienne était agréable mais n'avait rien à voir avec ce qu'elle avait ressenti quand Jenner l'avait touchée. Elle aurait pu essayer de laisser libre cours à sa magie si elle l'avait voulu, de laisser chanter son sang pour voir comment il réagissait, mais elle n'avait pas envie de provoquer une situation embarrassante. Elle n'entendit que le vague écho d'une douce mélopée des Highlands avant de retirer sa main. Elle jeta un coup d'œil à Jenner, croisa son regard l'espace d'une seconde avant qu'il ne détourne son attention. Instantanément, elle se sentit rougir.

Avec Jenner, le problème allait bien au-delà du simple contact. Et elle lui portait beaucoup trop d'intérêt. Si elle se laissait aller à la fascination qu'il exerçait sur elle, cela risquait de l'entraîner beaucoup trop loin, elle en était consciente. Une fascination qui s'avérerait douloureuse en fin de compte. Elle n'était pas assez expérimentée pour se permettre de jouer avec un homme comme lui.

En réprimant un soupir, Mia regarda la photo et l'examina de près. Elle retint une exclamation de surprise. C'était un instantané pris apparemment pendant un barbecue, sur lequel on voyait trois personnes qui riaient. Au premier plan, un homme brun tenait une spatule. Près de lui, une jolie femme aux cheveux blonds souriait et, l'entourant de ses bras, il y avait Jeff qui semblait très heureux d'être là.

Mia n'avait pas anticipé sa réaction. En revoyant ce visage, son cœur se mit à battre à un rythme désordonné et sa peau se couvrit d'une moiteur glacée. Les doigts tremblants, elle rendit brusquement la photo à Kenyon. La voix de Jeff résonnait dans sa tête.

Reviens, espèce de garce… tu ne m'échapperas pas éternellement !

— Tenez. Je l'ai assez vue.

Elle se rendait compte que sa voix était hachée et tendue. Kenyon eut l'élégance de reprendre la photo sans plus de frôlements intempestifs cette fois. Il avait l'air plus inquiet qu'autre chose.

— Vous allez bien, Mia ? demanda-t-il d'une voix qui résonna bizarrement dans sa tête.

Le sol sembla se dérober sous elle et ses jambes flageolèrent. Elle avait l'impression d'étouffer.

Tout à coup, Jenner se trouva en face d'elle, lui cachant le reste de la pièce. C'était un soulagement... Mia avait l'impression de tomber dans un trou noir. Sa vision se troublait. Elle ne pouvait plus penser à autre chose qu'à ses deux yeux jaunes la fixant sauvagement dans l'obscurité et aux dents qui se plantaient dans sa chair.

— Mais non, elle ne va pas bien ! dit Jenner d'une voix qui semblait lui parvenir de très loin.

— Mia ? Elle va tomber dans les pommes...

Elle sentit ses mains sur elle, puis le sol se déroba sous ses pieds et elle se mit à flotter dans les ténèbres.

6

Mia avait l'impression de planer au-dessus de son corps, qui se déplaçait très rapidement dans l'obscurité, dans une direction inconnue.

Des voix masculines l'appelaient et résonnaient de plus en plus fort à mesure qu'elle s'en approchait. Très vite, ces voix l'entourèrent, des voix d'hommes qui discutaient du meilleur moyen de faire… quelque chose.

Dois retourner chercher la fille…

Pleine lune jeudi, un problème si ce n'est pas réglé rapidement…

Tant pis si je dois tuer une vingtaine de loups pour la récupérer, je …

Puis elle entendit une autre voix, qu'elle ne connaissait que trop.

Mia. Je te sens. Je reviens te chercher, ma chérie. Rien ne m'en empêchera. Je sais où tu es. Les Ombres attendent. Tu es la clé… la clé… la clé…

Une paire d'yeux rouges brilla dans l'obscurité, ce n'étaient pas les yeux de Jeff, mais quelque chose de beaucoup plus ancien et d'infiniment plus dangereux. Quand ils se fixèrent sur elle, elle eut l'impression d'être plongée dans de l'eau glacée.

— Non, s'écria-t-elle, comme son corps se penchait en avant et la ramenait violemment à la réalité.

Cela lui rappelait certaines nuits où elle s'était réveillée de rêves dans lesquels elle tombait, sauf que celui-ci était plus effrayant et que cette fois elle atteignait le fond.

Elle avait les yeux ouverts mais il lui fallut plusieurs secondes pour comprendre ce qu'elle voyait. Elle était allongée sur le sol, trois visages extrêmement pâles étaient penchés sur elle. Quelque chose lui enserrait la main si fortement que son sang ne circulait plus. Elle était frigorifiée.

Mia bougea la main doucement et Jenner relâcha sa pression. Elle se mit à trembler tandis que la chaleur revenait lentement.

— Que s'est-il passé ? demanda-t-il d'une voix pressante. Bon sang, Mia, vous êtes glacée.

Elle cligna des yeux, essayant de rassembler ses idées.

— J'imagine que la vue de cette photo a déclenché… quelque chose, dit-elle finalement. J'ai entendu la voix de Jeff dans ma tête.

Elle regarda Jenner droit dans les yeux et la colère qu'elle y vit contribua à la calmer. Il avait promis de la protéger. Au milieu de toute cette folie, elle croyait qu'il ferait de son mieux pour honorer cette promesse.

— Il y avait plus d'une voix, en fait. Mais celle de Jeff dominait les autres. Ils parlaient de venir me chercher avant la pleine lune. Et puis j'ai vu des yeux rouges… ajouta-t-elle d'une voix traînante en secouant la tête, et c'est là que j'ai subitement eu très froid.

— Gaines avait les yeux rouges ? demanda Kenyon, visiblement perdu.

— Quel salaud ! dit Jenner d'une voix blanche.

Il lança vers Kenyon un regard accusateur.

— C'était quoi, cette photo ?

A son tour, Kenyon lui jeta un regard mauvais.

— Je n'y suis pour rien. Il est évident que leur lien est très fort. Il pense à elle, quelque part, elle a vu son visage et cela a suffi.

Légèrement étourdie, Mia s'assit. Comme s'il prenait conscience qu'il lui tenait toujours la main, Jenner la lâcha brusquement. Mais il resta agenouillé à côté d'elle, suffisamment près pour qu'elle sente sa chaleur. Une sensation agréable car, à ce moment précis, elle avait l'impression qu'elle ne se réchaufferait jamais.

— Qu'est-ce que c'est ? Que m'est-il arrivé ? demanda-t-elle.

Kenyon se leva et, après avoir lancé à Jenner un regard plein de mépris, il reporta son attention sur Mia. Cette fois, ses yeux étaient pleins d'inquiétude et de compassion.

— La morsure d'un loup-garou est une chose très puissante, Mia, dit-il. Elle crée un lien entre deux personnes, tout comme le rituel d'initiation doit lier la personne qui a été mordue à une meute. Généralement, les deux choses se produisent simultanément, étant donné que nous faisons tout pour nous assurer que ceux qui nous rejoignent sont d'accord et comprennent le processus. Mais Jeff Gaines n'a fait que la moitié du parcours. Vous êtes reliée à lui mentalement et, à travers lui, à d'autres qu'il a mordus. Mais, s'il ne finit pas ce qu'il a commencé avant la pleine lune, ce lien sera rompu.

— Je veux qu'il soit rompu immédiatement, dit Mia en frissonnant. Et, quoi que vous entendiez par « finir ce qu'il a commencé », je crois que vous présumez tous qu'il veut me garder en vie. Je vous assure que non. Il veut simplement être celui qui me tuera.

— Il ne le fera pas, dit Jenner d'une voix blanche. Quoi qu'il arrive, et que vous ayez raison ou non, vous ferez partie de la meute avant la pleine lune.

— C'est là que je suis censée, heu…, me transformer en loup-garou, c'est ça ? demanda-t-elle en essayant de ne pas montrer à quel point il lui semblait bizarre de prononcer ces mots. Je comprends que je doive être intégrée à une meute, mais je ne comprends pas comment. Y a-t-il une sorte de cérémonie d'initiation ?

Mia regarda les trois hommes qui l'entouraient et vit que Kenyon rougissait légèrement et évitait soudain son regard. Jenner avait toujours l'air furieux et Bane… eh bien, le visage de Bane semblait exprimer le regret. Cela l'inquiéta plus que tout. Apparemment, ce qu'elle avait déjà subi n'était que le commencement. Il y avait autre chose.

— Qu'est-ce que vous me cachez ? demanda Mia en s'efforçant de ne pas hausser la voix.

Elle regarda les trois hommes l'un après l'autre.

— Que dois-je faire pour l'extirper de ma tête ? insista-t-elle.

Bane s'éclaircit la voix. Elle n'aurait jamais cru qu'il puisse avoir l'air gêné.

— Créer un lien, se lier à un ou plusieurs autres loups, n'est pas seulement symbolique. C'est aussi... heu... physique. La morsure n'est qu'une partie du processus.

Difficile de ne pas comprendre, surtout quand Bane baissa les yeux. Mia sentit son estomac se serrer et son sang se retirer de son visage. Elle garda les yeux fixés sur Bane. Elle ne pouvait pas regarder les deux autres sans se sentir tellement mortifiée qu'elle craignait de disparaître dans le sol.

— Etes-vous en train de me dire que d'ici à la pleine lune je vais devoir... devoir... commença-t-elle d'une voix enrouée qu'elle ne reconnaissait pas.

Seigneur, elle ne pouvait pas se résoudre à prononcer les mots. Heureusement, Bane ne l'y obligea pas. Il se contenta de hocher la tête.

— Je suis navré, Mia. Je sais que vous n'avez pas voulu cela. Mais cela ne change rien. Il n'y a pas d'autre moyen. Ce n'est pas... c'est... sans conséquences. Ce n'est pas un mariage.

— Non, c'est juste une histoire sans lendemain obligatoire, rétorqua Mia, indifférente au fait que son visage était probablement écarlate.

C'était tellement ridicule et horrible en même temps. Avoir la possibilité de choisir un partenaire pour une nuit parmi un tas de loups-garous sexy pouvait sembler génial en imagination. Dans la réalité, c'était tout simplement obscène.

— Il ne faut pas voir les choses comme ça, Mia, répliqua Bane. Personne ne s'imposera à vous. Il est nécessaire que quelqu'un vous initie avant la pleine lune... mais c'est vous qui choisirez cette personne. Avant cela, nous aimerions utiliser votre connexion avec Gaines pour le localiser. Nous savons qu'il finira par venir vous chercher ici, mais il serait souhaitable pour tout le monde que nous le trouvions avant.

Lasse, Mia hocha la tête lentement. La simple pensée que Jeff pourrait la retrouver et l'emmener de force avec lui la terrifiait. C'était la seule chose qui pouvait lui faire accepter l'idée d'être obligée de coucher avec un inconnu.

Elle fut sortie de ses sombres pensées par un grommellement venant de Jenner et elle rougit quand leurs regards se croisèrent. Si elle devait choisir, là, maintenant, il n'y aurait pas d'hésitation…

— Le fait que vous ayez entendu d'autres voix ne me plaît pas. Habituellement, les sauvages sont solitaires. Ça pourrait vouloir dire qu'il a constitué une meute, ce qui est illégal. Vous ne voyez aucune raison particulière pour laquelle il en a après vous, Mia ? Il prend beaucoup de risques, juste pour vous attraper et vous tuer ?

Mia, accablée, secoua la tête. Que pouvait-elle répondre ? Elle ne savait même pas si ces loups savaient quelque chose des Ombres qu'un sang comme le sien attirait. Elle-même n'était pas sûre qu'elles existent vraiment. Elle n'avait entendu qu'un tas d'avertissements et de vieilles histoires… auxquelles un loup-garou sauvage et dément avait décidé de prêter foi.

Elle n'avait pas pour habitude de faire confiance à des inconnus. La nécessité de garder son secret était trop profondément ancrée en elle. Tout comme la certitude que, si ces hommes apprenaient la vérité, ils la rejetteraient sur-le-champ.

Tu portes la tache originelle, murmura la voix de sa grand-mère.

Jenner ne semblait pas convaincu, mais il la regarda sans rien dire. Elle sentait son regard sur elle, chaud comme le soleil, elle sentait aussi la merveilleuse odeur de terroir qui émanait de lui. Il la recentrait d'une façon unique, comme elle ne l'avait jamais été. C'était merveilleux… et inquiétant à la fois. Cette perception aiguë de la présence de Jenner commençait à lui faire comprendre à quel point elle avait été seule jusqu'ici… et à quel point elle redoutait de retourner à cette solitude. Mais cela ne mènerait à rien de bon de baisser sa garde et de s'abandonner au désir d'être en sa compagnie. Il l'avait déjà repoussée une première fois.

Jenner n'avait pas besoin d'elle. Et c'était aussi bien.

— C'était l'un d'entre vous. Pourquoi avez-vous coupé

les ponts avec lui ? demanda Jenner à Kenyon d'une voix cinglante.

Kenyon fronça les sourcils et détourna les yeux.

— Son nom était Jeff Markham à cette époque, répondit-il en soupirant et en se passant la main dans les cheveux. Il a essayé de prendre la place de notre chef. Il a fait quelques coups tordus, mais Tomas l'a éliminé.

Bane lança un regard aigu à Kenyon.

— La sanction pour avoir lancé un défi et l'avoir perdu, c'est la mort.

Kenyon poussa un soupir exaspéré, mais Mia n'aurait pu dire à qui il s'adressait.

— La décision finale revient au chef, et Tomas a choisi la clémence. Si l'on peut dire que le bannissement est une marque de clémence. Le lien qui reliait Jeff à la meute a été rompu. Tomas lui a clairement fait comprendre que, si jamais il le revoyait, il le tuerait. Les bannis ne sont pas comme les sauvages. Ils ne sont pas déments. Seulement solitaires, ce qui, je le reconnais, peut finir par avoir des conséquences sur leur santé mentale. Mais il n'y a pas si longtemps qu'il a quitté la meute. Sa folie devait déjà être là. Vous avez raison, nous aurions dû y mettre un terme. Mais la décision ne m'appartenait pas.

— Ces lois existent pour une bonne raison, grommela Jenner. Et maintenant c'est nous qui récupérons cette situation. Un sauvage avec une meute de sa composition qui se déplace librement sur notre territoire à la poursuite d'une femme innocente.

En disant cela, il lança un regard en direction de Mia.

— Il doit penser…

Les lèvres retroussées, Kenyon l'interrompit en grognant.

— On se fiche de ce qu'il pense. C'est un malade. Les Silverback assumeront leur responsabilité. Et nous protégerons notre charge. Elle sera en sécurité.

— Mia n'est pas du ressort des Silverback, rétorqua Jenner, toutes dents dehors.

— Ça suffit, tonna Bane d'une voix tranchante qui fit

sursauter Mia, mais qui suffit à peine à empêcher les deux hommes de se sauter à la gorge.

Le chef les fusilla du regard.

— Je pense que nous avons recueilli toutes les informations que Mia pouvait nous donner pour l'instant et je suggère que vous reportiez votre concours de muscles à un moment où je ne serai pas obligé d'y assister.

Il se radoucit en regardant Mia.

— J'aimerais vous aider à vous reconnecter à Gaines, pour voir si nous pouvons découvrir où il se trouve.

Elle n'avait pas envie de dire oui. Mais elle savait aussi que, si elle voulait qu'on l'attrape, elle n'avait pas le choix.

— Quand ? demanda-t-elle.

— Le plus tôt sera le mieux. Ce soir.

Mia acquiesça de la tête, bien que cette simple évocation la glaçât jusqu'aux os. Mais Bane avait raison, le plus tôt serait le mieux. Elle était sûre maintenant que Jeff viendrait la chercher si elle ne faisait rien, et toute seule elle n'était pas de taille à lutter contre lui. Il connaissait ses propres capacités. Elle n'était pas très à l'aise avec les siennes. Au moins, en coopérant avec les Blackpaw, elle ne serait pas réduite au rôle de demoiselle en détresse mise sur la touche.

Il fallait qu'on l'attrape. Il fallait qu'elle reste en vie et qu'elle conserve sa santé mentale. Pour le moment, rien d'autre n'avait d'importance.

Maintenant que sa situation avait été clairement exposée, Mia se sentait nettement mieux. Elle accepta la main que lui tendait Bane et se leva pour le regarder donner ses ordres avec l'efficacité brusque d'un général. Jenner traînait à proximité. Il lui paraissait encore plus intimidant du fait de son silence et de l'éclat métallique qui brillait dans ses yeux. Il s'était présenté comme un lunari. Elle se demandait ce que cela signifiait, tout en se disant que si elle le savait elle trouverait probablement sa présence encore plus troublante.

— Appelez Tomas et dites-lui ce que nous avons appris, dit Bane à Kenyon.

Celui-ci acquiesça d'un hochement de tête.

— Il ne devrait pas tarder à nous rejoindre. Il faut que l'on discute de la protection de Mia.

Jenner se rapprocha et croisa les bras sur sa poitrine tout en fixant Kenyon d'un œil perçant.

— Vous mettez en doute ma capacité à assurer sa sécurité ?

Le Silverback hésita.

— Non, bien sûr, lâcha-t-il avec réticence. Je me demandais juste si vous aviez l'intention de la garder…

— Me garder ? interrompit Mia, son regard allant de l'un à l'autre des deux loups-garous. Premièrement, je suis présente, donc vous pourriez au moins en tenir compte lorsque vous parlez de moi. Deuxièmement, personne ne me garde, ni ici ni ailleurs. Croyez-moi si vous voulez, mais je suis tout à fait capable de me débrouiller seule lorsque je ne suis pas perdue dans les bois avec un type qui ne m'a pas prévenue qu'il pouvait tout à coup se transformer en bête sauvage. J'apprécie votre offre de me protéger mais, si cela veut dire que je vais me retrouver assignée à résidence, alors je vais trouver un autre endroit qui sera moins…

— Explosif ? demanda Bane, un sourire flottant sur ses lèvres.

— Exactement, acquiesça Mia.

Le sourire de Bane, bien que charmant, ne lui faisait aucun effet.

— Vous aurez de la chance si vous trouvez cela par ici, dit-il. Et j'ai bien peur que ces deux-là ne soient ce qu'il y a de mieux pour vous protéger. Vous ne savez pas tout ce que Gaines peut mettre en œuvre. Nous, si. Il faut qu'un loup reste avec vous ici, Mia, que ça vous plaise ou non.

— Elle reste avec moi, dit Jenner d'une voix blanche.

Mia lui lança un regard étonné. Ses paroles la surprenaient, mais pas autant que l'expression meurtrière de son visage, qui provoquait chez elle un sentiment mêlé de nervosité et de plaisir. Malgré le fait qu'il se soit déjà montré renfrogné et grossier, elle ne pouvait s'empêcher d'être contente qu'il soit décidé à assumer son rôle de protecteur.

Elle se sentait en sécurité avec lui. Et en ce moment, alors que tout son univers s'écroulait, ce n'était pas rien.

Kenyon ouvrit la bouche pour répondre, mais Bane s'interposa avant qu'il ne puisse dire quelque chose.

— Sa protection sera assurée, dit-il en fixant Kenyon. Nous allons régler les détails aujourd'hui même. Mais vous êtes sur notre territoire, Kenyon, celui de notre meute. Vous feriez bien de réfléchir avant de contester l'autorité d'un lunari. Il a chassé des êtres bien plus effrayants que vous.

Cette remarque ne sembla pas plaire à Kenyon mais il ne discuta pas. Au contraire, il s'avança vers Mia et, lui prenant la main, lui fit un petit salut.

— J'ai été enchanté de vous rencontrer, Mia. Si vous avez besoin de quoi que ce soit, je ne serai pas loin.

Charmée, elle lui sourit sans se soucier de ce qui ressemblait fort à un grognement provenant de l'endroit où se trouvait Jenner. Mia trouvait Kenyon beau garçon. Malheureusement, il avait beaucoup moins d'intérêt à ses yeux que le loup-garou dont le regard lançait des poignards à travers la pièce.

Quand la porte se referma sur Kenyon, un lourd silence tomba dans la pièce.

— Connard, murmura Jenner.

Mia ouvrit de grands yeux.

— Qu'est-ce qui vous prend ? dit-elle. Il a l'air très gentil.

Comme ni Jenner ni Bane ne semblaient vouloir répondre, elle se dit qu'il était temps pour elle de quitter cette pièce où la testostérone continuait à empuantir l'atmosphère.

— Très bien, dit-elle. Je vais m'asseoir sous le porche pour prendre l'air. Si vous m'entendez hurler, ce serait bien que l'un de vous vienne voir ce qui se passe. Merci.

7

— Il faut qu'on parle, dit Bane dès que Mia eut quitté la pièce.

— Dis ce que tu as à dire, répondit Jenner.

Il regrettait déjà de s'être avancé à proposer que Mia reste chez lui. Il avait bien réfléchi quand il était dans son garage. Sauf que c'était avant que cet arrogant Silverback ne vienne faire les yeux doux à Mia. Quand il avait vu ça, tout ce qu'il avait préparé de façon rationnelle avait été réduit à néant.

Et maintenant il allait se faire passer un savon par un chef particulièrement remonté. Jenner ne connaissait que trop bien cette expression sur le visage de Bane. Pourtant, il aurait dû être content de l'avertissement qu'il voyait venir et qui allait anéantir tout espoir que Mia lui appartienne.

Bien sûr ce serait plus facile s'il parvenait à se défaire de son envie d'écraser son poing sur le sourire béat de Kenyon Chase.

— Je pense qu'en fait Mia a posé la bonne question. Sauf qu'à mon avis elle a été trop gentille dans sa formulation. Je vais reformuler. C'était quoi, ce numéro de gros bras ?

Bane se mit à arpenter la pièce, visiblement incapable de se contenir.

Jenner s'installa dans un fauteuil et le regarda.

— Rien de spécial, sauf que j'aimerais être prévenu quand tu amènes le prince héritier des Silverback chez moi.

Bane le fusilla du regard.

— Prince héritier, mes fesses.

— Oh ! ça va, grogna Jenner. Il est jeune, beau et arrogant. On peut lire « loup-garou de souche » sur son front, et tu sais aussi bien que moi que, chez les Silverback, cela équivaut au pouvoir.

Bane s'immobilisa et passa une main dans sa chevelure rebelle, comme s'il invoquait le ciel pour savoir quoi faire.

— Tout le monde ne fonctionne pas comme nous, Jenner. Kenyon sera chef un jour. Il a l'air raisonnable et posé.

— Je parie qu'il passe une heure tous les matins dans sa salle de bains à se coiffer.

Bane esquissa un petit sourire.

— C'est possible. Mais j'aimerais mieux ne pas partir en guerre contre lui, et potentiellement contre toute sa meute, simplement parce que tu as décrété que tu ne voulais pas qu'il touche à tes affaires. Dont, soit dit en passant, Mia D'Alessandro ne fait pas partie.

— Je n'ai jamais dit le contraire, marmonna Jenner tandis que Bane reprenait ses déambulations.

— Tu n'as pas eu besoin de le dire, répliqua Bane, ton grognement était suffisamment expressif.

Mal à l'aise en se rappelant ce moment de faiblesse, Jenner soupira et porta la main à son deltoïde pour le masser et en supprimer la tension. Que pouvait-il répondre à ça ?

— D'accord, finit-il par dire, j'ai grogné. Ecoute, tu as vu la façon dont il l'a regardée dès qu'elle est entrée dans la pièce ? Mia a passé une nuit épouvantable, elle vient d'apprendre qu'elle ne pourra pas retrouver sa vie d'avant, et elle a un psychopathe aux trousses qui veut soit la violer, soit la tuer. Elle n'a pas besoin de se faire draguer par un apprenti chef mielleux.

Pas plus que par un non-chef idiot ayant un problème d'impulsivité, pensa-t-il. Mais il repoussa cette idée aussitôt. Cela ne se reproduirait pas.

Pour leur bien à tous les deux, c'était mieux comme ça.

Bane l'observait d'un œil perçant.

— C'est une noble pensée, Jenner. Et je suis sûr que tu es sincère, dans une certaine mesure. Mais je te connais. Aussi loyal que tu puisses être, tu ne t'effaces devant personne.

L'air pensif, il regarda par la fenêtre les arbres tourmentés.

— Tu connais les règles, reprit-il. Gaines était un Silverback. Ils l'ont exclu et il a mordu Mia. S'ils veulent vraiment être procéduriers pour faire valoir leurs droits sur elle, ils ont les moyens de le faire.

— C'est nous qui l'avons trouvée, fit remarquer Jenner. Ce sont des hommes à nous qui l'ont secourue. Cela devrait en faire l'une d'entre nous.

Bane secoua la tête.

— Je sais que tu n'as pas envie d'entendre ça, mais Kenyon Chase la veut. C'est tout à fait évident.

Jenner sentit la colère, voire quelque émotion encore plus sombre, pointer son nez. Ses cheveux se dressèrent sur sa nuque.

— On n'est plus au Moyen Age, Bane, les règles dont tu parles sont dépassées. Mia est plus forte qu'elle n'en a l'air. Elle a surmonté les épreuves de la nuit dernière et elle n'a montré aucun signe de faiblesse. Tu penses qu'elle se laissera influencer si les Silverback lui disent qu'elle doit prendre l'un des leurs ?

Le regard de Bane était perçant.

— Tu sais aussi bien que moi qu'il y a des moyens de contourner ça. Si je dis à nos hommes de rester à l'écart et de laisser Kenyon lui faire la cour, elle ne doutera même pas d'avoir choisi en toute liberté.

Jenner retroussa les lèvres et tourna la tête. Il n'aimait pas du tout cette conversation.

— Tu ne crois pas qu'elle a été suffisamment manipulée comme ça ?

Il poussa un profond soupir.

— Ecoute, Jenner, dit Bane. Si je comprends bien, c'est un sujet délicat pour toi. C'est ton droit. Mais tout ceci n'a rien à voir avec ce qui s'est passé entre Tess et toi il y a des années.

Jenner tourna la tête vivement. Il eut du mal à s'empêcher de montrer les dents, ce qui aurait été une grave erreur. Bane était compréhensif mais il ne tolérait pas le manque de respect.

— Tess n'a rien à voir là-dedans, siffla-t-il, dents serrées.

— Je n'en suis pas si sûr. C'était une des plus grandes manipulatrices que j'aie jamais connues. Je préfère ne pas penser à ce qui serait arrivé si tu ne l'avais pas démasquée.

Jenner souffla bruyamment. Il détestait parler de cela, même après toutes ces années. Parfois, il se disait que s'il avait été plus clairvoyant il aurait pu l'empêcher de nuire plus tôt. D'autres fois, il se demandait s'il n'aurait pas pu la sauver au lieu de…

— Arrête tout de suite, reprit Bane. Je vois le moment où tu vas commencer le refrain de l'apitoiement. Tu devrais avoir dépassé ce stade, maintenant. Les Ombres nous chassent, nous les chassons. Si un loup passe de leur côté, cela entraîne soit sa mort, soit la nôtre. Tu as fait ce qu'il fallait.

Le ton de Bane ne souffrait aucune discussion. Et Jenner savait qu'il avait entièrement raison.

— Ouais, j'essaie de voir les choses comme ça, dit Jenner en haussant les épaules pour essayer de dissimuler ses sentiments. Mais ce serait plus facile si je pouvais m'empêcher de penser qu'elle n'était pas si mauvaise et que quelque part elle voulait tout arrêter, même à la fin.

— Cette tendance ne devait pas être très forte puisqu'elle ne l'a pas fait. Elle a causé la mort de plusieurs loups innocents, Jenner. Tu dois à leur mémoire de ne pas l'oublier.

— Tu sais bien que je ne l'oublie pas, répondit Jenner en contenant sa colère. Maintenant, si tu as fini de me faire une fois de plus la morale à propos de choses qui appartiennent au passé, je suis sûr que tu peux trouver quelqu'un de plus intéressant à embêter. Tu veux laisser Chase mettre la main sur la victime d'un sauvage à cause de quelque notion archaïque de droits de propriété ? Je t'en prie, ne te gêne pas… quand ce sera ton tour de garde. Tant qu'elle est sous ma protection, ça n'arrivera pas.

Les yeux de Bane flamboyèrent, et Jenner le connaissait assez bien pour comprendre que le long soupir qui suivit était en fait un effort pour s'empêcher de hurler. Jenner réprima un sourire, malgré sa colère. Ce n'était pas chose facile de mettre Bane dans cet état, mais il avait toujours été assez doué pour y parvenir.

— Ça te ferait mal de respecter les règles, cette fois, Jenner ? Mia n'est attachée à aucun d'entre nous. Qu'est-ce que ça peut faire, dans quelle meute elle s'intègre ? Quel mal y a-t-il à laisser Kenyon tenter sa chance avec elle ? Si elle le rejette, on verra bien. Mais ne pas se mettre en travers de son chemin nous assurera la paix. De plus, je ne vois pas qui, chez les Blackpaw, pourrait être un candidat sérieux en ce moment. A moins que toi…

— Bien sûr que non, marmonna Jenner. Ma vie me plaît comme elle est.

Et c'était la vérité. Alors pourquoi attachait-il autant d'importance à ça ? Pourquoi trouvait-il inconcevable d'imaginer Mia avec quelqu'un d'autre ? A la seule pensée de Mia seule avec Chase, ses ongles s'allongeaient, devenaient plus pointus et se plantaient dans le bras du fauteuil.

Bane s'approcha et s'assit sur l'accoudoir du canapé. Son regard était perçant et voyait trop de choses.

— J'ai l'impression que cette femme ne t'est pas indifférente.

Jenner essaya de rester impassible.

— Tu te trompes.

— Tu ne la connais que depuis hier, poursuivit Bane comme s'il n'avait pas entendu la réponse de Jenner, et tu te bagarres pour la garder au sein de la meute, sans parler de la violence de ta réaction quand un Silverback montre de l'intérêt pour elle. J'en déduis qu'elle ne t'est pas indifférente. Si tu veux te mettre sur les rangs…

— Mais non, gronda Jenner en baissant les épaules. Je n'aime pas l'idée qu'on l'influence dans son choix, ça ne veut pas dire que je la veux pour moi. Bon sang. Tu me connais mieux que ça, Bane.

— Ouais, enfin…

Bane l'observait avec curiosité comme si Jenner faisait tout à coup partie d'une fascinante attraction foraine.

— C'était ce que je croyais, en tout cas, poursuivit-il. Mais le truc de servir le petit déjeuner, cet aspect doux et chaleureux de ta personnalité, c'est quelque chose de nouveau pour moi.

— Lâche-moi un peu, tu veux.

Bane eut un grognement dédaigneux.

— Tu sais, en temps normal, ça m'amuserait de t'embêter avec ça. Mais, si tu continues à te conduire comme si tu avais des droits sur Mia, tu vas te retrouver avec une bagarre sur les bras. Kenyon va te lancer un défi sur-le-champ.

Jenner détestait cette habitude qu'avait Bane d'aller droit au cœur du problème sans prendre de gants.

— Ce serait une erreur. Je le battrais à plate couture.

— C'est évident. Tu es le lunari des Blackpaw, bon sang. Mais, justement, cela créerait un problème… diplomatique.

Le regard de Bane n'était pas hostile, mais Jenner savait qu'il n'était pas question de faire du sentiment. Il était pratiquement certain que Bane le soutiendrait si c'était important pour lui d'avoir Mia, même si cela devait créer des tensions entre les meutes. Pourtant, Jenner n'avait pas l'intention de provoquer une crise de cet ordre.

En supposant que Mia succombe à l'absence totale de charme de Kenyon Chase.

Ce qui revenait à dire que pour le moment il n'avait aucune réponse à opposer à Bane. Enfin, aucune bonne réponse.

— Elle me fait confiance, dit-il finalement. J'aimerais mieux en être digne.

Un petit sourire flotta sur les lèvres de Bane qui semblait sincère et exempt de moquerie.

— Tu l'es, Jenner, dit-il. Je ne t'apprécierais pas autant si tu n'avais pas cette rage de justice. Personne ne va obliger Mia à faire ce qu'elle ne veut pas, ni l'entraîner dans une direction qui risquerait de lui faire plus de mal.

— N'empêche que tu veux la guider.

Bane ricana.

— Bien sûr. Encore faudrait-il qu'elle se laisse faire. J'espère qu'elle n'est pas comme toi.

Les deux hommes se sourirent, et Jenner sentit que sa tension se relâchait légèrement. Tout allait bien entre eux de nouveau. C'était plus important pour lui que les sentiments supposés d'une femme qui n'était après tout qu'une étrangère. Il faudrait qu'il s'en souvienne la prochaine fois qu'il aurait des velléités de casser la figure du prochain chef des Silverback.

— D'accord. Elle reste ici, donc. De toute façon, tu ne m'écouterais pas si je disais le contraire, alors bon, allons-y, dit Bane.

Jenner eut un petit sourire contrit.

— Pour ta gouverne, je n'essaierai pas de tenter ma chance auprès de Mia. Elle est jolie, mais ce n'est pas mon genre. Je ne laisserai personne la harceler, mais si elle décide de choisir Chase elle fera comme elle voudra. Si tu ne comptes pas sur moi pour être aimable avec lui, tout ira bien, dit-il.

Bane eut l'air soulagé.

Jenner se leva en faisant très attention à masquer ses pensées derrière un écran d'amusement superficiel. Il sentait que Bane essayait de lire dans ses pensées. A une époque, cela l'aurait vexé. Maintenant, il comprenait que c'était juste une précaution prise par un chef qui ne voulait pas d'autres problèmes que ceux qu'il gérait habituellement. Pour cette raison, Jenner, au prix d'un effort considérable, l'empêcha de lire en lui. Au bout d'un moment, la sensation disparut.

— Très bien. J'imagine qu'un contingent de Silverback ne va pas tarder à se pointer, dit Bane. Plus on sera nombreux, plus on pourra couvrir de terrain ce soir. Peut-être Mia pourra-t-elle nous donner plus d'éléments pour découvrir où Gaines se cache. Bien que je ne sois pas sûr que ce soit d'une grande utilité. Un sauvage qui a été banni par sa meute est différent de celui qui l'est devenu de lui-même.

Il regarda au loin, les lèvres serrées.

— Il sera plus difficile à repérer, ajouta-t-il.

— On l'aura, dit Jenner, confiant.

Les Blackpaw ne pouvaient pas perdre. Il ne pouvait pas perdre. En pensant à cela, il revit le visage pâle et choqué de Mia. Le salaud qui lui avait fait du mal ne s'en tirerait pas comme ça. Il allait faire ce qu'il fallait. Pourtant, une chose que Mia avait dite continuait à le tarabuster.

— Bane, dit-il. Ce que Mia a vu tout à l'heure… les yeux rouges, et aussi le froid, ça me rappelle quelque chose.

Combien de fois avait-il entendu Tess parler dans son

sommeil à propos de froid et d'un regard terrible, invisible ? La honte incontrôlée lui revint en force, aussi vive que si les émotions qu'il avait éprouvées en ce jour épouvantable avaient été conservées intactes dans sa mémoire. Il aurait dû savoir… mais il n'était qu'un chasseur à cette époque, il n'était pas encore un lunari et il ignorait ce que les Ombres pouvaient faire pour corrompre un être. Le fait que Jeff Gaines soit dément ne voulait pas dire qu'il ne savait pas ce qu'il faisait. Il avait certainement une bonne raison de choisir Mia. Qu'il se trompe ou non à son sujet n'avait pas d'importance. Dans les deux cas, elle était en danger. Sauf si…

Bane serra les lèvres et acquiesça.

— Oui. Et non. La vision peut être la même, Jenner, mais la femme au milieu est très différente.

— Elle en sait plus qu'elle n'en dit, dit Jenner calmement en regardant la porte.

— C'est probable. Mais il est vrai qu'elle ne nous connaît pas. Pas encore. Laisse-lui un peu de temps avant de la juger.

Jenner eut un petit hochement de tête, sans conviction. Il n'était pas certain qu'ils aient du temps. Et si les Ombres s'étaient déjà emparées d'elle… il devrait faire son boulot. Encore une fois.

Il fut inondé d'une sueur glacée en imaginant ses mains enserrant la gorge d'une femme aux yeux brillant d'un feu inhumain. Les yeux de Tess. Les yeux de Mia.

Seigneur, il espérait que non. Il ne voulait pas avoir à refaire ça, jamais. Mais c'était une raison de plus pour mettre ses émotions de côté jusqu'à ce qu'ils en aient fini avec cette histoire. Il ferait son devoir. Ni plus, ni moins.

Il ne laisserait jamais une telle douleur l'atteindre de nouveau.

— Tu n'as pas oublié les signes, Jenner. Toi moins que quiconque, dit Bane en posant la main sur son épaule. Tu sauras les reconnaître, ajouta-t-il.

Jenner hocha la tête d'un air lugubre.

— Je saurai.

8

Assise à l'avant du pick-up, Mia observait Jenner à la dérobée, à l'affût d'un signe, n'importe lequel, qui indiquerait qu'il savait qu'il y avait bien un être humain à côté de lui. Malheureusement, Jenner, impénétrable, conduisait, les deux mains sur le volant, les yeux rivés sur la route, aussi silencieux qu'un fantôme.

Il avait été comme ça tout l'après-midi et cela finissait par lui porter sur les nerfs.

Elle avait été surprise lorsqu'il lui avait annoncé qu'elle allait rester chez lui pour l'instant. Surprise mais aussi décontenancée. Elle avait besoin d'avoir les idées claires pour réfléchir à ce qui lui arrivait et la présence de Jenner à proximité ne lui facilitait pas les choses.

— Où allons-nous, déjà ? demanda-t-elle d'un air absent, plus pour rompre le silence oppressant que par réel intérêt.

Elle se moquait de savoir où il l'emmenait dîner, elle avait tellement faim qu'elle n'allait pas faire la difficile.

Pour toute réponse, elle dut se contenter d'un grognement inintelligible. C'était déjà bien qu'il ait accepté de sortir de chez lui, même s'il ne s'était décidé qu'après avoir regardé dans son placard pratiquement vide pendant une bonne dizaine de minutes avant d'admettre qu'il n'avait vraiment rien de décent à lui proposer. Mia était contente de voir qu'il y avait un certain nombre de choses qui étaient communes à tous les hommes célibataires et que la tendance à n'avoir que de la bière et des cochonneries à manger était l'une d'entre elles. Elle espérait qu'une sortie en ville lui permettrait de se détendre.

Tout du moins, cela lui donnerait l'occasion de se changer les idées. Elle lança un dernier regard en direction de Jenner, il conservait son masque impassible, les yeux rivés sur la route devant lui. Mia soupira et reporta son attention sur un nouveau problème qui semblait vouloir venir s'ajouter à la liste de ceux qu'elle avait déjà. Demain, dimanche, elle allait devoir commencer à démêler les fils de cette situation embrouillée. Tout d'abord, il fallait se trouver une excuse pour rester ici pendant au moins une semaine. Apparemment, Jenner et ses copains n'étaient pas prêts à la laisser partir avant, et elle n'avait pas suffisamment de renseignements sur les loups-garous pour leur fausser compagnie. Il semblait bien que les jours de congés qu'elle avait encore allaient en prendre un coup.

Cette pensée la rendait malade, ce qui lui donna une idée.

— Gastro, murmura-t-elle.

— Pardon ? dit Jenner avec un regard sans aménité.

Elle se tourna vers lui, surprise et amusée à la fois de voir l'inquiétude qui s'affichait sur son beau visage. Il n'y avait rien de tel que l'allusion à des vomissements causés par un virus pour attirer l'attention d'un homme. Surtout quand l'homme en question vous emmenait dîner quelque part.

Les signaux qu'elle avait envoyés commençaient à produire leur effet.

— Oh ! dit Mia en s'appliquant à conserver un ton neutre. On se reparle, alors ? J'essayais simplement de trouver une excuse pour m'absenter de mon travail toute la semaine prochaine. Sinon, je vais me faire virer.

Il reporta son attention sur la route, mais elle eut quand même le temps d'apercevoir un soupçon de culpabilité dans ses yeux. Ce n'était pas vraiment ce qu'elle espérait mais ça avait au moins eu le mérite de rompre le silence taciturne de Jenner. Elle aurait aimé être capable de lui dire le fond de sa pensée mais cet après-midi passé à se sentir plus agresseur que victime l'avait éprouvée. Et, pour tout arranger, Jenner ne semblait pas du tout comprendre sa colère.

— Nous avons déjà abordé la question de votre travail, Mia, dit-il sans la regarder, comme s'il faisait la morale à un enfant récalcitrant. Vous n'aurez pas envie de vous retrouver seule en ville quand tout… ceci sera fini. Et qu'est-ce que vous voulez dire par « on se reparle » ? Je n'avais pas l'impression que nous avions arrêté.

Mia repoussa une mèche de cheveux derrière son oreille en inspirant profondément. La colère déferla avant qu'elle ne puisse se raisonner et la faire taire.

La rapidité avec laquelle elle passa d'irritable à furieuse l'aurait choquée elle-même si elle avait été capable de résister à la vague de fureur qui la submergea en entendant les mots de Jenner. Tout ce qu'elle avait traversé depuis la veille, la trahison, la violence et le tumulte que la seule existence de Jenner avait semé dans ses sentiments, se mélangea en une colère qui se reporta sur la seule cible à sa portée. Elle fit un effort considérable pour ne pas hurler.

— Ce que je veux dire, dit-elle d'une voix tremblante, c'est que, depuis que vous m'avez embrassée et que vous avez détalé en courant, vous m'avez à peine adressé la parole. Etant donné que je ne me suis pas jetée à votre tête et que j'imagine que vous avez contribué à influencer la décision pour que je séjourne chez vous jusqu'à ce que cette situation soit réglée, j'apprécierais que vous cessiez de me traiter comme une pestiférée.

Cette tirade fut suivie d'un silence qui s'éternisa douloureusement. Finalement, Jenner réussit à prononcer un mot.

— Oh.

Ce mot unique attisa la colère de Mia, surtout que Jenner ne semblait pas prêt à développer sa pensée. Elle n'avait pas l'habitude de se laisser dominer par ses émotions, mais là il y avait autre chose, une force inconnue qui soufflait sur ses sentiments, comme le vent sur un feu de prairie.

— Oh ? dit-elle d'un ton tranchant. C'est tout ? Vous m'embrassez furieusement, vous disparaissez, vous faites comme si ça n'avait jamais eu lieu, et quand je vous demande des explications tout ce que vous trouvez à dire, c'est « oh » ?

Le front plissé, Jenner lui lança un long regard de côté.

— Je ne sais pas ce que je pourrais dire sans passer pour un imbécile. Je ne m'étais pas rendu compte que je vous avais mise tellement en colère.

— Vous ne vous étiez pas rendu compte…

Stupéfaite, Mia répéta ses paroles en essayant de se calmer. Mais… il n'avait rien vu ? Il pensait vraiment qu'elle s'en fichait ?

Des picotements parcoururent sa peau tandis que son pouls s'accélérait. Le tsunami émotionnel qui couvait en elle continuant d'enfler, elle renonça à lui résister.

Soudain, le monde autour d'elle sembla trop brillant, chaque détail minuscule se détachait avec intensité. Elle fut assaillie par un bombardement d'impressions sensorielles. Elle n'avait plus que sa colère à quoi se raccrocher. Quand elle put finalement lui répondre, elle avait une drôle de sensation dans la bouche. Ses dents semblaient plus aiguës.

Elle rassembla avec difficulté le peu de contrôle qui lui restait pour refréner une folle envie de mordre.

— Vous ne savez pas quoi dire ? Que diriez-vous par exemple de : « Mia, vous me plaisez et j'aimerais bien qu'on recommence un de ces jours » ou « Mia, c'était une erreur et nous devrions oublier ce qui s'est passé ». Voilà deux options toutes faites. Vous n'avez qu'à en choisir une. Mais je vous en prie, arrêtez de m'ignorer, comme si j'avais fait quelque chose de mal !

Sa voix était devenue plus rauque et plus grave que sa voix normale. Jenner la regarda de nouveau et elle eut l'impression qu'il avait pâli.

— Mia, respirez profondément. Tout va bien.

Mais maintenant elle lui montrait vraiment les dents.

— Non, tout ne va pas bien. Vous ne croyez pas que j'ai assez de problèmes comme ça, sans que vous veniez en rajouter ? Le baiser, tout ce cinéma avec Kenyon, comme si vous en aviez quelque chose à faire… c'était quoi ? Vous pensez peut-être que vous pouvez me manipuler pour que j'accepte de coucher avec vous au nom de la meute ? Je suis assez bonne pour une petite coucherie sans lendemain, mais trop nulle pour qu'on s'intéresse vraiment à moi, c'est ça ?

Tandis que les mots sortaient à flots de ses lèvres, une part encore lucide d'elle-même se rendait compte avec horreur de ce qu'elle était en train de dire, du fait qu'elle exposait au grand jour ses inquiétudes les plus intimes et ses soupçons les plus sombres, même si elle savait qu'ils étaient probablement infondés et certainement injustes envers eux deux. Mais elle avait l'impression que tout son être s'embrasait. Elle était totalement impuissante à contrôler ses peurs et sa fureur.

A travers un brouillard rougeâtre, elle voyait que Jenner avait l'air terrifié.

— Mia, calmez-vous, je vous en supplie, vous allez…

— Ne me parlez pas sur ce ton ! Je ne vous connais même pas !

La chaleur sous sa peau se répandait dans tout son corps jusqu'à devenir insupportable. Et il y avait cette terrible démangeaison. Ses canines s'étaient allongées pour devenir aiguisées comme des poignards et elle ressentait une furieuse envie de mordre Jenner. Elle grogna, son corps se tendit contre la ceinture de sécurité. Toute pensée rationnelle s'évanouit et l'espace d'un instant elle oublia qui était Mia.

Elle n'était plus qu'une bête.

Sa tête retomba en arrière comme elle luttait pour recouvrer un semblant de pensée humaine, mais tout contrôle lui échappait. Elle voulait courir, mordre… hurler. Son cœur battait à se rompre dans sa poitrine. L'odeur de Jenner emplit tous ses sens, et elle entendit un autre cœur battant à l'unisson avec le sien. Le cœur de Jenner. L'infime partie de son cerveau qui résistait encore à sa tempête intérieure était stupéfaite. Elle pouvait entendre les battements de son cœur… comment était-ce possible ? Le cœur de Jenner résonnait dans sa tête. Et elle voulait… elle voulait…

La voix de Jenner se fit plus pressante, pleine d'une inquiétude qu'elle refusait d'entendre. Sa rage venait de nulle part, était partout. Comment osait-il s'inquiéter pour elle ? Comment osait-il ? S'il était vraiment concerné, il poserait les mains sur elle… il la prendrait… s'unirait à elle…

Ou tu pourrais simplement boire son sang, murmura soudain une voix sinistre dans sa tête. *Egorge-le, égorge-les tous, inonde la forêt du sang des loups et ouvre les portes pour moi, pour nous, ouvre-les grand...*

— Mia...

Une douleur aiguë la traversa de part en part, aveuglante d'intensité. Mia rejeta la tête en arrière, poussant un cri d'animal blessé. Elle s'arc-bouta dans son siège, le corps raidi, comme traversé par une décharge électrique. Finalement, ce qui lui restait de raison lui permit de prononcer un mot. La peur fut la plus forte et lui donna la force de parler.

— Aidez-moi... j'ai mal..., dit-elle dans un souffle.

— Bon sang. Accrochez-vous.

A demi-consciente, elle comprit qu'il garait le camion sur le bas-côté de la route, mettait brutalement le levier de vitesse au point mort et détachait rapidement sa ceinture de sécurité. De nouveau une douleur violente la transperça et elle perçut vaguement que Jenner la prenait dans ses bras.

Il enroula son corps autour du sien et la tempête qui faisait rage en elle retomba instantanément. Par un phénomène extraordinaire, elle passa en une seconde de l'état d'ouragan humain à une mollesse alanguie et tremblante contre Jenner, le corps couvert d'une sueur glacée. Ne désirant plus rien que le confort douillet et chaud que leur connexion physique lui procurait, elle s'accrocha à lui, son cœur battant dans sa poitrine comme un oiseau affolé.

— Là, dit Jenner d'un ton apaisant tout en lui caressant le dos en un doux mouvement circulaire. Respirez, Mia, respirez profondément.

— J'essaie, souffla-t-elle.

Ses dents se mirent à claquer et elle sentit le froid la pénétrer. Sa tête résonnait toujours des battements furieux de son propre cœur. Mais par-dessous lui parvenaient toujours ceux du cœur de Jenner qui ralentissait et se calmait peu à peu. Mia se concentra sur ce bruit, forçant son cœur à battre à l'unisson. Elle fut surprise et soulagée à la fois de constater avec quelle rapidité son rythme cardiaque erratique et affolé ralentissait et se stabilisait. Elle n'entendit alors plus qu'un son, un battement apaisant, celui de leurs deux cœurs qui ne faisaient plus qu'un. Toute à son soulagement de pouvoir de nouveau parler et penser normalement, Mia ne s'étonna pas tout de suite de l'étrangeté de ce phénomène.

Elle se laissa aller, roulée en boule sur les genoux de cet homme qui lui était totalement étranger. Elle n'aurait pas dû, mais le souvenir de cette voix sinistre dans sa tête, pas celle de Jeff, celle de quelqu'un ou de quelque chose d'autre, l'empêchait de s'éloigner.

— Qu'est-ce que c'était ? Que m'est-il arrivé ? demanda-t-elle.

Quand il parla, elle perçut la vibration de sa voix dans son oreille pressée contre sa poitrine.

— On va dire que vous vous êtes vraiment mise en colère contre moi.

En d'autres temps, cette remarque l'aurait fait rire, mais plus maintenant.

— Je sais que je n'ai pas bon caractère, Jenner, dit-elle en tremblant. Mais cette fois il y avait autre chose. Dites-moi la vérité. Que s'est-il passé ?

Ses petites caresses apaisantes dans son dos la berçaient. Il répondit d'une voix posée, sans faire la moindre allusion à la peur qui l'avait pratiquement rendue folle. C'était rassurant, même si les mots qu'il prononça l'étaient moins.

— La colère tend à réveiller la part de loup d'un individu, dit-il. J'aurais dû vous prévenir. Si vous êtes prise au dépourvu et que vous ne savez pas la contrôler, vous pouvez entamer un processus de transformation sans l'avoir voulu. Vous comprenez probablement mieux maintenant pourquoi vous avez besoin du soutien de la meute quand tout ce pouvoir et cet instinct se réveillent en vous et demandent à s'exprimer.

A ce moment-là, elle sentit la sollicitude qui perçait dans sa voix et qui venait effacer toute trace de la rancœur que sa rage avait provoquée.

— Bon sang, vous étiez à deux doigts de vous transformer en loup-garou dans mon camion. Si vous l'aviez fait, je n'aurais rien pu pour vous. Personne ne le peut. Si vous vous transformez alors que vous n'appartenez pas à une meute, même si c'est avant la pleine lune, vous êtes perdue. C'est comme ça.

— Mon Dieu !

— Mais ça n'arrivera pas. Maintenant que vous savez ce qui est en jeu, je suis sûr que vous ferez ce qu'il faudra. Tout ira bien.

Elle n'en était pas si sûre. la confiance qu'il lui témoignait, même si elle n'était pas justifiée, la rassurait.

— Je suis désolée, dit-elle. J'étais terriblement contrariée, mais j'y suis allée fort…

— Ça, vous pouvez le dire. C'est la première fois que je mets une femme en colère au point qu'elle se transforme en animal sauvage.

Mia frissonna et enfouit sa tête contre le torse de Jenner, mortifiée, même s'il avait semblé plus amusé qu'autre chose. Les frissons qui la secouaient commençaient à s'espacer, faisant place à une chaleur qui semblait passer de Jenner à elle. C'était une impression merveilleuse, même si le reste de la situation ne l'était pas.

— Il y a un commencement à tout, dit-elle.

Elle fut rassurée par le rire profond de Jenner.

— C'était douloureux, dit-elle plus doucement.

C'était un aspect qui lui avait échappé, auquel elle ne s'attendait pas. La voix de Jenner se fit plus douce.

— Seulement la première fois. Votre corps n'avait jamais fait ça. Après, c'est beaucoup, beaucoup mieux. Cela devient aussi naturel que de respirer, croyez-moi.

Sa colère semblait s'être consumée dans cette expérience que son corps, dont elle savait que maintenant il pouvait la trahir, avait essayé d'accomplir. Le souvenir de la douleur était toujours présent, cependant.

— J'aimerais bien vous croire, dit-elle. Mais on ne peut pas dire que vous me facilitez les choses.

Il resta silencieux un moment, continuant de lui masser le dos. Elle savait qu'elle aurait dû l'arrêter, mais elle ne pouvait s'y résoudre. Maintenant que sa frayeur était passée, elle sentait la vie battre dans les veines de Jenner, elle commençait à entendre dans sa tête la musique singulière qui venait de lui. Elle avait envie de passer les mains sur sa peau nue, de laisser la sombre musique de son sang se mêler à la sienne, comme elle avait toujours rêvé de le faire avec un homme. Même les pires prédictions de sa grand-mère n'avaient jamais réussi à l'en empêcher. La magie les lierait l'un à l'autre, corps et âme… et il découvrirait qui elle était vraiment. Ou au moins qu'elle était plus qu'un tout nouveau loup-garou.

Mais Mia savait que cela le ferait probablement fuir à toutes jambes, aussi loin d'elle que possible. C'est pourquoi elle garda les mains croisées.

— Vous pouvez me faire confiance, Mia, dit-il finalement. Je ne vous ferai pas de mal. Si je n'ai rien dit à propos de ce matin, c'est sans doute parce que je ne trouvais pas les mots. Vous ne me connaissez pas, mais je vous assure que je ne suis pas du genre à profiter de la situation, d'habitude.

— Vous n'avez pas profité de la situation, reconnut-elle. J'en avais envie, moi aussi.

Elle sentit sa tension et elle sut qu'elle avait dit ce qu'il ne fallait pas. C'était incroyable, la vitesse à laquelle cette douce chaleur pouvait se transformer en un sentiment nauséeux au creux de son estomac. Elle l'entendit soupirer et sut que l'état de grâce était terminé.

— Je pense qu'il vaudrait mieux que vous changiez de place, dit Jenner. Il y a deux ou trois choses que je dois vous dire et ce n'est pas la meilleure position pour le faire.

Mia s'exécuta, alors que chaque centimètre de son corps refusait de se séparer de lui. Elle réintégra le siège passager, attacha sa ceinture de sécurité et regarda rapidement l'endroit où ils étaient garés. Jenner s'était arrêté dans un quartier résidentiel et la rue était bordée de maisons coquettes aux jardins bien entretenus. Une jolie joggeuse blonde leur lança un regard curieux en passant près du camion. Quand elle vit Jenner, elle eut un grand sourire et fit un signe de la main. Jenner lui rendit son salut et Mia se dit que les ragots allaient aller bon train. Après tout, personne ici ne la connaissait. Pour l'instant, du moins.

Mia prit une profonde inspiration, essayant de se préparer à ce qui allait suivre et qui n'allait probablement pas lui plaire.

— O.K., dit-elle finalement. Qu'avez -vous à me dire ?

Il fronça les sourcils, ne quittant pas le volant des yeux, probablement pour réunir ses pensées. Mia ne pouvait s'empêcher de s'interroger sur ce qui se cachait derrière cette façade calme et posée.

— Oubliez ce qui s'est passé ce matin, j'en prends l'entière responsabilité. Le fait est que je n'aurais pas dû vous embrasser. Je ne suis pas... rien n'est possible entre vous et moi, Mia. Je suis désolé. Je sais que je vous ai donné une fausse impression. J'ai eu tort. C'est entièrement ma faute.

Mia posa les yeux sur lui en essayant de ne pas se sentir blessée, alors que ses mots la transperçaient comme autant de poignards. Elle se dit que c'était mieux comme ça. Il était bien plus facile de garder ses secrets pour soi quand personne ne s'y intéressait. Pourtant, être rejetée, la seule fois où elle s'était autorisée à lâcher prise, même partiellement, était bien plus douloureux qu'elle l'avait imaginé.

— D'accord. Je vois. Et je vous remercie de votre franchise, dit Mia prudemment. Mais j'aimerais savoir pourquoi. Ce baiser, c'était vraiment si désagréable ?

Elle avait un peu peur de sa réponse mais voulait en avoir le cœur net.

Jenner partit d'un petit rire sans joie.

— Non, non, croyez-moi, ce n'est pas du tout le problème.

Il lui lança un regard si chaleureux qu'elle le crut. Elle se sentit mieux mais n'en resta pas moins perplexe.

— Alors quoi ? Vous avez une copine ? Vous êtes marié ?

Elle faillit s'étrangler sur cette dernière hypothèse. Mais Jenner sembla trouver cette idée horrible tout autant qu'elle, ce qui n'était peut-être pas une si bonne chose, à la réflexion.

— Heu, non. Ni l'un ni l'autre. Et c'est justement ça, Mia. Je n'ai pas envie que ça change. J'ai une position importante dans la meute. Dangereuse, aussi. Je pourchasse des choses dont les humains ignorent l'existence, des choses prêtes à détruire tout ce que ma meute a construit et même plus. Ce n'est pas le genre de boulot qui s'accommode d'une vie familiale stable, alors je préfère ne pas me compliquer les choses.

Quand il tourna la tête vers elle, son regard était impénétrable.

— De plus, j'ai eu une relation. Je ne tiens pas à vous en dire plus, parce que c'est fini depuis longtemps. Mais vous devez me croire sur parole si je vous dis que je ne suis pas fait pour ça. Certains loups choisissent de vivre seuls. C'est mon cas.

La sombre détermination que Mia lut sur son beau visage la fit frissonner. Elle devinait maintenant ce que faisait un lunari. Peut-être même l'avait-elle su depuis le début. La connexion entre eux était si forte que Mia n'était pas tellement étonnée qu'ils aient ce type de lien aussi. Cela aurait dû la réconforter que le destin l'ait amenée à rencontrer un homme qui chassait les choses qui cherchaient à lui faire du mal. Car ses pouvoirs la rendaient vulnérable, attirante pour les créatures qui rôdaient dans les ténèbres à la périphérie du monde humain. Et la morsure de Jeff avait ouvert une brèche à travers laquelle ces choses avaient commencé à murmurer.

Jenner finirait par comprendre pour les Ombres. Tout comme il comprendrait qu'elle était un parfait véhicule qui leur permettrait de détruire tout ce à quoi il tenait.

Mia aurait maudit le ciel si elle avait pensé que cela puisse changer quelque chose. En fait, tout ce qu'il lui restait à faire, c'était d'essayer de prendre les choses comme elles étaient. Epouvantables et impossibles, comme toujours. Elle soupira doucement en se renfonçant dans son siège, tandis que Jenner démarrait le camion et s'éloignait du trottoir. Connexion ou non, ça ne marcherait pas entre eux. Jenner n'était pas intéressé, ou pas suffisamment pour franchir une limite qu'il s'était fixée bien avant qu'elle n'arrive.

Elle se dit que c'était mieux de le savoir.

Même si ce n'était pas évident pour l'instant.

— J'en déduis que vous ne serez pas impliqué dans mon initiation, dit Mia, s'étonnant elle-même de son audace.

Ce n'était pas son genre d'être aussi directe. Mais les

événements récents ne lui laissaient pas tellement de marge de manœuvre. Maintenant, tout était important.

Comme elle s'y attendait, Jenner secoua la tête.

— Ce ne serait pas une bonne idée. Ni pour vous ni pour moi. Mais ne vous en faites pas, dit-il doucement. Cela peut sembler embarrassant, mais la situation pourrait être pire. Il y a tout un contingent de Silverback qui va arriver pour nous aider à arrêter Gaines. Vous ne manquerez pas de prétendants et, croyez-moi, celui que vous choisirez se sentira très honoré.

Son étonnement fit passer au second plan le sentiment d'étrangeté qui aurait pu naître de ce que Jenner disait pour la réconforter.

— Je pensais que j'intégrerais la meute des Blackpaw.

Jenner ne quitta pas la route des yeux.

— Eh bien, étant donné que Gaines était un Silverback, techniquement ils sont responsables de vous. Mais vous étiez ici quand les choses se sont passées et personne ne va rien vous imposer. C'est à vous seule de décider.

C'était logique. Mais aussi terriblement irritant. Mia ne trouva rien à répondre à cela et choisit donc de s'enfermer dans un silence boudeur.

A elle de décider ? Tu parles ! Elle était victime du plus vieux des adages : « On ne peut pas toujours avoir ce qu'on veut. »

La solution, bien sûr, serait de ne plus le désirer. Mais pour cela il faudrait qu'elle le voie comme un ami et non comme un amant potentiel et qu'elle trouve un autre loup-garou sur qui reporter son attention.

Mia regardait distraitement la route. Lorsqu'ils s'engagèrent sur la place de Ferry's Hollow, elle se laissa détourner de son apitoiement sur elle-même par la beauté du site, admirant la façon dont même les bâtiments neufs avaient été conçus dans le style des maisons anciennes, et se demandant quels charmants bibelots elle pourrait trouver à acheter dans les petites boutiques. Même avec les vitres du pick-up fermées, elle sentait les effluves alléchants de la cuisine familiale servie dans les quelques restaurants qui bordaient la place.

La nouvelle acuité de son odorat, le matin même, n'était pas le fruit de son imagination. Il était réellement plus sensible. Les gargouillis provenant de son estomac lui prouvaient qu'elle avait raison.

Distraitement, elle se demanda si en devenant loup-garou elle allait prendre du poids. Elle espérait bien que non.

Jenner se gara dans un espace libre juste en face d'un restaurant devant lequel s'étalaient des tables en fer forgé. Sur la façade du restaurant, on pouvait lire sur une pancarte aux couleurs vives « Le Placard de Jana ». L'endroit était très animé.

— On y est, dit Jenner.

Au moment de couper le moteur, il s'immobilisa et regarda Mia. Il était clair qu'il voulait lui dire quelque chose mais peinait à trouver les mots.

— Ecoutez. Nous ne sommes pas partis sur le bon pied, vous et moi, dit-il enfin.

Seigneur ! Il allait s'excuser et elle n'allait pas le supporter. Comme elle l'avait soupçonné dès qu'il l'avait prise dans ses bras la veille, et ce moment allait le confirmer, Nick Jenner avait un cœur. Et probablement un grand cœur. Et maintenant il allait lui en donner une nouvelle preuve, et la torturer sans le vouloir, puisque ce cœur lui était interdit pour toujours. Qu'il soit interdit à tout le monde ne changeait rien à l'affaire.

Dans un effort désespéré pour l'empêcher de lui révéler quoi que ce soit qui le ferait paraître encore plus touchant, Mia leva la main pour l'arrêter.

— Ne vous inquiétez pas, dit-elle d'un ton qu'elle espérait convaincant. Tout va bien. Considérez ceci comme un nouveau départ. La hache de guerre est enterrée.

Elle huma l'air et leva les yeux au ciel.

— Hum… Des spaghettis comme à la maison, j'adore ! ajouta-t-elle pour clore la discussion.

Mais Jenner ne semblait pas totalement convaincu.

— Vous êtes sûre ?

Non, elle n'était pas sûre. Sa colère était passée, mais elle n'était pas sûre de pouvoir contrôler ses réactions envers lui.

Il était difficile de croire qu'en un jour on puisse éprouver des sentiments plus profonds que le simple désir sexuel. Et pourtant elle ne pouvait pas se défaire de l'impression que Jenner pouvait être beaucoup plus important que ça pour elle, et même qu'il l'était déjà. Elle avait senti son cœur battre dans ses propres veines, elle avait entendu son sang appeler le sien.

Alors prends-le, murmura la voix horriblement séductrice dans sa tête, *prends son sang et rejoins-nous…*

Intérieurement, elle eut un mouvement de dégoût. Elle ne laissa rien paraître et afficha un sourire rassurant.

— Vous m'avez empêchée de déchiqueter les sièges de votre pick-up. Cela suffit à vous racheter. D'accord ?

Il lui sourit en retour. Mais cela ne dura pas. Son regard devint grave.

— Je ne suis pas très doué, et il est vraisemblable que ce ne sera pas la dernière fois que je vous mettrai en colère, Mia. Mais une chose est sûre, je vous protégerai, je vous en donne ma parole. Je ne vais pas vous mentir, Gaines est dangereux.

Elle hocha la tête lentement.

— Je sais, dit-elle.

— Mais je suis encore plus dangereux.

A cet instant, elle vit que c'était vrai. Il lui dévoila la puissance brute, la faim et l'instinct qui brillaient au fond de ses yeux rougeoyant comme des braises. Mais au lieu d'avoir peur, comme lorsqu'elle avait vu ce qui se cachait au fond de Jeff, Mia ressentit une chose complètement inattendue : le désir à l'état brut.

— Vous êtes en sécurité avec moi, dit Jenner tandis que la flamme dans ses yeux s'éteignait pour laisser place à ce qui pouvait passer pour un regard normal.

— Ça va ? ajouta-t-il.

— Ça va, dit-elle.

Mais comme il se glissait hors du camion avec la grâce animale qui accompagnait chacun de ses gestes, même les plus ordinaires, Mia sentit que cela n'allait pas du tout. Cette sensation n'avait rien à voir avec Jeff Gaines, mais tout avec cet homme taciturne, difficile et tout à fait honorable qui venait de jurer de la protéger.

Elle le désirait, follement.

Et elle commençait à craindre que son désir ne fasse d'elle l'animal le plus dangereux de tous.

9

Jeff n'arrivait pas à la chasser de ses pensées, quand il arrivait à penser. Mais ces moments semblaient s'espacer de plus en plus, entrecoupés de longues périodes grises où il avait la sensation vague de se déplacer d'un endroit à un autre, d'exécuter les actions de la vie quotidienne comme un automate tout en se débattant contre une faim terrible, inextinguible qui menaçait de plus en plus de le consumer.

Dans ses rares moments de lucidité, Jeff se disait qu'il avait été fou d'accepter le pacte que les Ombres lui avaient proposé. Mais il était beaucoup trop tard pour revenir en arrière. Tout ce qu'il pouvait espérer, c'était que les Ombres honorent leur part du marché… et que le sang de Mia soit véritablement la clé de tout ce qu'il avait toujours désiré. C'était dommage qu'il doive la tuer pour l'obtenir. Mais, au point où il en était, il avait laissé dans son sillage assez de cadavres pour que cela ne fasse guère de différence. Et il ne pouvait plus maintenant se permettre d'écouter sa conscience, à supposer qu'il en ait encore une.

Jeff Gaines était roulé en boule sur un matelas crasseux, couvert de sueur et frissonnant de fièvre. Il ne pensait qu'à une chose, récupérer Mia. Ça et exterminer les loups qui avaient osé poser la main sur elle, qui lui avaient pris ce qui lui appartenait. Tout aurait dû être fini, maintenant. Tout ce qu'il avait traversé, tout ce qu'il avait encore à traverser ; et la clé de tout ça n'était plus en sa possession.

Il avait tout fait rater. De la même façon qu'il ratait toujours tout ce qu'il entreprenait.

Imbécile, murmurait dans sa tête la voix familière venue du passé. *Incapable. Nul. Est-ce que ça t'étonne ?*

Jeff ferma les yeux et se força à faire taire la voix. Son père, ce vieux salopard, était mort depuis cinq ans maintenant. Mais sa voix, la voix de toutes les peurs les plus profondes de Jeff, de toutes ses déceptions, était toujours là, honnie et inflexible. La bonne nouvelle, c'était que maintenant elle avait tendance à ne se manifester que quand il était très déprimé, quand il avait du mal à se contrôler.

La mauvaise nouvelle était que cette semaine était une des plus importantes de sa vie et que la voix de baryton de son père venait claironner sa désapprobation juste à ce moment-là. Il fallait qu'il se reprenne, et vite, sinon les choses allaient mal tourner.

— Tout va bien, Jeff ?

Pete Burns, un ancien détenu dont la palette d'actions violentes pour son propre compte avait attiré l'attention de Jeff un peu plus d'un an auparavant, avait entrouvert la porte de la chambre et le regardait d'un air inquiet.

— Je suis malade, grogna Jeff. Probablement quelque chose que j'ai mangé. Il faut que je dorme. Ça va passer.

La simple mention de maladie suffisait à faire fuir Pete.

— Fais comme ça, dit-il avant de disparaître en refermant la porte derrière lui, au grand soulagement de Jeff.

Mais cela n'allait pas durer. Burns et les quatre autres qu'il avait recrutés campaient tous dans la cabane, maintenant, attendant les ordres avec impatience. On leur avait fait miroiter une force surnaturelle, un pouvoir hors du commun… et Jeff savait que s'il tardait à les satisfaire il y aurait des problèmes. Ils n'étaient pas des adversaires à sa hauteur, bien sûr. Pour l'instant. Mais s'il les tuait il y avait de plus en plus de risques qu'il laisse des traces. Qu'il oublie quelque chose d'important. Bon sang, qui essayait-il de tromper ? Ces derniers temps, ce n'étaient même plus des risques mais une probabilité. Il n'avait pas besoin d'être en plus recherché par la police. Il avait fait trop d'écarts ces dernières années. La police pourrait bien faire le rapprochement.

Même avant qu'il ne rencontre une femme assez stupide

pour le transformer en une de ces bêtes qui le fascinaient depuis son enfance, il y avait un animal en lui qui faisait tout pour sortir. Les Ombres, elles, l'avaient découvert. Elles étaient devenues les compagnes de tous les instants de ses nombreuses balades solitaires en forêt. Cajoleuses et espiègles au début, elles étaient devenues de plus en plus exigeantes à mesure qu'il grandissait. Elles lui avaient indiqué où trouver la garce Silverback et comment se faire plaisir. Elles lui avaient dit aussi à quel moment y aller.

Avant de s'introduire au sein de la meute des Silverback, où son argent et son milieu social l'avaient fait accepter instantanément, il n'avait pas imaginé à quel point ces loups-garous modernes étaient différents de l'image qu'il en avait. Si prudents. Si inquiets à l'idée d'être découverts, alors que c'étaient les humains qui auraient dû avoir peur d'eux. Les Ombres avaient raison, sur toute la ligne. Il pouvait aider à les faire retourner dans les ténèbres, vers le chaos dans lequel les loups avaient prospéré autrefois. Et en retour sa propre âme serait libérée, transformée de nouveau, pour renaître dans un baptême de sang.

Enfin, s'il arrivait à tenir assez longtemps pour reprendre Mia à ces idiots de Blackpaw. Les Silverback commençaient à se joindre à eux, mais ils l'inquiétaient moins. Tomas était un chef faible et inefficace qui ne savait pas se faire respecter. C'est à cause de ça que Jeff se retrouvait là. Il avait eu tort de partir comme il l'avait fait, mais il avait réussi à se retenir d'égorger son aîné devant ses flatteurs serviles, sachant qu'il n'encourrait que le bannissement. Mais, si Tomas le défiait en un combat singulier, le chef des Silverback aurait une surprise désagréable.

Les Silverback.

En revoyant leurs visages, en repensant à la comédie de l'amitié qu'il avait dû jouer avec eux, Jeff se plantait les griffes dans les mains en se recroquevillant sur lui-même. Les Silverback étaient, dans l'ensemble, mous et paresseux. Ils se croyaient tout permis à cause de leur lignage. Jeff, qui avait vécu dans un équivalent humain de leur monde, savait de quoi il parlait. Ce qui n'était pas vrai des Blackpaw. Il n'aurait pas pu plus mal tomber que de se retrouver chez eux. Pendant le peu de temps qu'il avait passé avec les Silverback, il n'avait pas prêté attention aux frontières territoriales, aux domaines des autres meutes de loups. Il pensait qu'il était protégé, il n'avait pas imaginé ça.

La porte de la chambre s'ouvrit si brusquement qu'elle cogna contre le mur, et un homme mince à l'air affamé entra précipitamment, le visage rouge de fatigue et d'excitation.

— Je sais où elle est !

Jeff ne réfléchit pas. N'obéissant qu'à son instinct, il se dressa d'un bond devant le nouveau venu, l'agrippa par le col de sa chemise et planta son regard dans le sien, avant que l'homme n'ait eu le temps de dire ouf.

— Où ça ? gronda Jeff. Où est-elle ?

Sy Wicks se balançait, impuissant, au bout des bras de Jeff, les yeux écarquillés. Jeff se rendit compte un peu tard qu'une réaction aussi violente pouvait être contre-productive. Mais, après tout, il savait par expérience qu'un moment de peur pouvait avoir des effets à long terme.

— Je l'ai aperçue en ville, dans un camion… conduit par un mec costaud, qui n'avait pas l'air commode. Un g… garde. Ils sont allés dîner et après ils sont repartis. Je les ai suivis. Elle… elle est… chez lui. A l'extérieur de la ville, dans la forêt. Elle doit habiter là.

Sy avait parlé d'un ton saccadé, sans reprendre son souffle. Quand il se tut, il regarda Jeff d'un air suppliant. Refrénant son envie de l'envoyer valser à l'autre bout de la pièce, Jeff le lâcha. Pas de violence. Pas encore. Et pas avant qu'il n'ait en face de lui la bonne cible.

Il n'avait plus droit à l'erreur.

— Un seul garde, dit-il, un sourire cruel sur le visage.

Sy recula d'un pas, sous le regard inquiet de Pete. Jeff n'en avait cure. Un garde seulement ? Pathétique. Il ne serait pas difficile de reprendre Mia. Il fallait qu'elle soit à lui. Il l'avait su dès le moment où il l'avait vue. Il avait senti la magie qui émanait d'elle. Elle était trop stupide pour comprendre le pouvoir qu'elle possédait, mais cette stupidité servirait ses desseins. Mia lui serait utile, qu'elle se rende compte ou non de la véritable portée de son don, des possibilités inhérentes à ce qu'il avait fait d'elle, même si cela ne devait durer qu'un court laps de temps. Jeff ressentit un pincement au cœur, inattendu, en revoyant son visage, si beau, si authentique. L'intérêt qu'elle éprouvait pour lui était quelque chose qu'il n'avait que rarement rencontré. Troublé, il repoussa cette pensée. Eprouver des sentiments pour une femme dont la seule utilité était d'être un outil serait une bien mauvaise idée.

Ce serait du travail bâclé.

Il ne pouvait supporter le travail bâclé. S'il y avait une chose que son salaud de père lui avait léguée, c'était le goût du travail méticuleux. Bien sûr, le vieux n'avait jamais travaillé lui-même. Il avait hérité de la fortune familiale et avait passé sa vie à faire savoir au monde que rien ni personne, ne serait jamais à la hauteur de ses exigences.

A la simple évocation de son père, une douleur aiguë lui vrilla la tempe. Jeff grimaça et dut lutter pour ne pas trébucher. Il avait besoin de se retrouver seul, dans le noir. Pour entendre les voix apaisantes des Ombres… ses amies.

— C'est une bonne nouvelle, mais on ne peut rien faire avant le coucher du soleil. D'ici là, j'ai besoin de me reposer, dit-il. Les deux derniers jours ont été éprouvants et… je ne me sens pas dans mon assiette. Quand je me lèverai, nous parlerons stratégie.

Il ne manqua pas de remarquer le regard qu'échangèrent Sy et Pete. Il connaissait ce regard. Il l'avait vu sur beaucoup de visages au cours de sa vie, des amis, des professeurs, ses propres parents, avant d'apprendre à dissimuler le mal qui le rongeait. Mais il n'y en avait plus pour longtemps. Bientôt il serait guéri.

Finalement, il devenait maître de son destin.

10

— Prends ça, espèce de bâtard !

Mia sourit, appuya sur un bouton et regarda sur l'écran son avatar, une petite guerrière effrontée qui portait une épée aussi grande qu'elle, explosant un ennemi félon en tournoyant avec grâce. Mais son euphorie fut de courte durée. Sur le moment, elle avait été ravie de découvrir que Jenner possédait un exemplaire du Royaume d'Amalur, planqué derrière des jeux de sports, mais rien ne parvenait à la distraire bien longtemps de sa situation présente. Elle était dans une maison inconnue, son avenir était incertain… et elle jouait à un jeu vidéo.

Ça l'occupait mais ce n'était pas très productif même si elle explosait des méchants. Bien sûr, elle ne voyait pas quoi faire d'autre, puisque son soi-disant protecteur avait disparu sans explications, une fois de plus.

Mia éteignit la télévision et se dirigea vers la baie vitrée pour regarder dehors, se demandant ce que Jenner pouvait bien fabriquer dans son garage. En tout cas, ça devait être passionnant. Il y était depuis le début de la matinée.

Il avait tenu parole pour ce qui était d'assurer sa sécurité. Un coup de téléphone rapide à Bane depuis le restaurant lui avait permis d'éviter la séance de communication mentale avec Jeff qui était prévue pour la veille au soir. Après ce qui s'était passé dans le camion, Jenner avait pensé, à raison, qu'elle avait son compte pour la soirée, même si elle ne voulait pas l'admettre. De toute façon, il semblait que l'arrivée des Silverback causait à Bane assez de souci comme ça.

Donc elle avait passé une agréable soirée en remplacement de la soirée éprouvante qu'elle redoutait. Mais Jenner avait aussi tenu parole dans un autre domaine important, il n'avait pas essayé de la toucher.

Or, plus il se tenait éloigné d'elle, plus elle regrettait qu'il le fasse. Et tous les ennemis virtuels qu'elle massacrait n'y changeaient rien.

Mia se mit à arpenter la pièce en tripotant son téléphone, qui demeurait obstinément silencieux. Les quelques amis qu'elle avait admis dans son intimité pensaient qu'elle était partie pour un week-end romantique, et elle était entre deux boulots pour le moment, donc personne ne risquait d'essayer de la joindre. Elle attendrait le lendemain matin pour appeler en disant qu'elle était malade, si elle voulait que ce soit à peu près crédible. Au bout d'un moment, elle regarda l'appareil et l'éteignit complètement. Elle consulterait ses messages plus tard. En supposant qu'elle en ait.

Elle le laissa tomber sur le plan de travail et, n'y tenant plus, saisit son blouson et sortit en l'enfilant. Une fois dehors, elle fut éblouie par le soleil de ce début d'après-midi. C'était si agréable qu'elle remercia silencieusement le destin d'avoir été mordue par un loup-garou et non par un vampire. Elle aimait le clair de lune mais rien ne valait le soleil pour lui remonter le moral.

L'air était frais et odorant, et Mia fut saisie de nouveau par la beauté du paysage. Elle n'avait pas de souvenir de son arrivée le vendredi soir, de toute manière, il faisait nuit. Mais en rentrant après dîner, la veille, elle avait bien regardé la propriété. Elle recula suffisamment pour avoir une vue panoramique de la grande maison de deux étages. C'était une construction de rondins, de style chalet, avec un toit en pente et un grand porche sur le devant. La pelouse qui y menait était bien entretenue, et il y avait deux grands pots de chrysanthèmes au pied des marches, ce qui l'avait fait sourire en sortant la veille. Difficile d'imaginer que Jenner s'intéressait aux fleurs, mais il y avait suffisamment de plantations autour de la maison pour avoir de bonnes raisons de penser qu'il le faisait.

Avec un élan vers lui, qui pour une fois, n'avait rien à voir avec le sexe, Mia se dit qu'il s'était bâti un foyer. C'était une chose qu'elle avait recherchée depuis qu'elle avait fui la maison de son enfance. Et pas n'importe quel foyer. Les endroits dont elle avait rêvé étaient si semblables à celui-ci que cela lui donnait la chair de poule.

En soupirant, Mia fit le tour de la maison et se dirigea vers le garage, un grand bâtiment isolé peint d'un vert foncé qui rappelait la couleur de la forêt. L'extérieur était aussi irréprochable que le reste de la propriété et elle se dit que cela devait être la même chose à l'intérieur. En y réfléchissant, la maison tout entière était étonnamment bien rangée pour une maison de célibataire.

Mia sourit en pensant qu'elle avait affaire à un loup-garou qui était non seulement un jardinier, mais aussi un maniaque du rangement. Si c'était le cas, il se pouvait bien qu'il la mette à la porte avant la pleine lune. Elle n'était pas particulièrement désordonnée elle-même, mais elle aimait prendre ses aises.

Elle entra par une petite porte sur le côté et fut accueillie par la musique de Guns and Roses qui résonnait dans toute la pièce. Une fois à l'intérieur, elle referma la porte et regarda autour d'elle. Comme elle l'avait prévu, tout était impeccable. Le sol était recouvert d'une couche de peinture protectrice. Les outils étaient accrochés sur une planche au mur, les établis, parfaitement rangés. Même ce qui était sorti et qu'il utilisait semblait être disposé de façon organisée. Elle n'en revenait pas qu'un dur à cuire comme Jenner soit aussi méticuleux avec ses affaires. En même temps, il avait l'air de prendre soin des choses qui étaient importantes pour lui.

Mia avança, les yeux rivés sur la scène qui occupait le centre du garage. Il y avait une belle voiture de collection, puissante, noire avec des bandes blanches. Jenner était penché sous le capot. La vue de son corps moulé dans son jean lui donna instantanément des idées.

Ce n'était vraiment pas le moment d'avoir envie de lui. Mais elle ne pouvait pas s'empêcher de le trouver terriblement… sexy.

Elle fut tentée de se faufiler derrière lui et de l'entourer de ses bras. Heureusement, elle réussit à se retenir et s'approcha d'un pas léger. Elle se pencha pour voir ce qu'il faisait. Il était totalement absorbé par ce qui semblait consister à visser une pièce de métal sur une autre. Elle n'y connaissait rien en mécanique et ne faisait pas la différence entre une pièce et une autre. Mais la voiture était très belle.

— Salut, dit-elle. Qu'est-ce que vous faites ?

Jenner tourna brusquement la tête et laissa tomber la clé qu'il tenait à la main. Il jura et se redressa.

— Hum. Salut, dit-il.

Mia sourit, à la fois parce qu'elle le trouvait trop mignon comme ça, tout couvert de graisse, et parce que cela semblait le rendre nerveux de la voir apparaître dans ce lieu qu'il considérait probablement comme son domaine privé. Elle avait fait quelques découvertes à son sujet depuis la veille. Ou plus exactement depuis qu'elle avait failli se transformer en loup dans son camion. Malgré son air bourru, il était capable d'une grande douceur. En insistant un peu, elle avait même réussi à le faire parler pendant le dîner. Il lui avait décrit la ville et l'avait présentée à d'autres personnes qui dînaient là et qui semblaient être de ses amis.

Elle ne connaissait pas encore grand-chose de lui. Mais le moment semblait propice à essayer d'en savoir plus.

— C'est à vous, cette voiture ? demanda-t-elle. Elle est bien plus belle que votre camion.

Jenner sourit.

— Le camion, c'est utilitaire. Ça, c'est une œuvre d'art.

Mia en fit le tour lentement, regardant l'intérieur de cuir noir, les chromes étincelants.

— En effet. C'est une Chevrolet ?

Les yeux de Jenner brillèrent de plaisir.

— Ouais. Une Chevelle 70 SS 306. Vous vous y connaissez en voitures ?

En voyant son enthousiasme enfantin, elle regretta que ce ne soit pas le cas.

— Pas du tout, avoua-t-elle. Je l'ai lu sur le pare-chocs.

Mais cela ne veut pas dire que je ne sais pas reconnaître une belle voiture.

— Vous êtes une femme de goût, alors, répliqua Jenner.

Il lui sourit en la regardant et Mia sentit ces liens invisibles qui existaient entre eux et qui l'attiraient vers lui. Le silence qui suivit n'était pas embarrassant mais il était chargé d'une tension certaine. Comme chaque fois qu'ils s'approchaient l'un de l'autre. C'était bien la première fois qu'elle était excitée par une odeur d'huile de moteur.

— Qu'est-ce qu'il y a ? demanda-t-il. Vous voulez quelque chose ?

Vous n'imaginez pas à quel point, pensa Mia.

— Je me demandais juste ce que vous faisiez, dit Mia en haussant les épaules. Votre maison est super, mais je commençais à tourner en rond. J'ai joué au Royaume d'Amalur sur votre Playstation pendant environ une heure, mais je connaissais déjà le jeu et j'ai gagné trois fois, alors... ce n'est plus aussi amusant.

Jenner haussa les sourcils.

— Je l'ai encore ? Je croyais l'avoir fichu en l'air.

Mia hocha la tête et s'appuya contre la voiture. Elle ne manqua pas de remarquer la façon dont Jenner la regardait. Elle en fut flattée. Combien de fois s'était-elle vraiment sentie belle dans le regard d'un homme ?

— Heu, eh bien, je suis ravi que ça fasse plaisir à quelqu'un. Moi, ça n'est vraiment pas mon truc.

Jenner farfouilla sous le capot et ressortit la clé qu'il avait laissée tomber. Puis il alla la raccrocher à sa place sur le mur et s'essuya les mains sur une serviette qui ne retrouverait visiblement jamais sa blancheur initiale.

Il revint vers Mia et lui fit signe de reculer avant de refermer le capot de la voiture.

— Vous avez appelé votre famille ? Au cas où ils s'inquiéteraient.

Mal à l'aise, Mia haussa les épaules.

— J'ai été élevée par ma grand-mère. Mais elle n'est plus là. Je n'ai pas d'autre famille.

Elle n'avait pas l'intention de se faire plaindre, elle se

contentait de dire ce qui était. Lorsque Mia avait quitté la maison, Ada en avait fait autant. Elle avait fait ses bagages et avait disparu de la circulation. Sa responsabilité envers sa petite fille, qui était le seul sentiment qu'elle ait jamais ressenti pour elle, était terminée. Ada était peut-être toujours vivante, peut-être pas. Mais elle était partie et Mia n'avait aucune envie de la retrouver. La vérité n'était plus aussi douloureuse que par le passé, mais cela semblait pitoyable lorsque c'était dit à voix haute. Pourtant, il n'y avait aucune raison de le cacher. Elle fut étonnée que Jenner se contente de hausser les épaules.

— Je suis désolé, mais c'est peut-être mieux comme ça. Moi, je n'ai plus que mon père, enfin, en principe, mais je ne lui ai jamais dit ce que je suis. C'est aussi bien, pour lui comme pour moi.

— Vous avez perdu votre mère ? Je suis désolée. dit Mia, regrettant aussitôt ses paroles.

Les yeux de Jenner s'assombrirent et il détourna le regard.

— Il n'y a pas de raison. J'ignore si elle est vivante ou morte, et je m'en moque. Elle est partie lorsque j'étais encore un enfant. Mon père est assez sympa mais il a fini par rencontrer quelqu'un et il a eu d'autres enfants. J'ai toujours été plus ou moins un intrus.

Il sourit mais Mia vit la tristesse derrière le sourire.

— Le fait de devenir un loup-garou m'a donné une raison supplémentaire d'être à part. Je ne leur en veux pas. C'est juste qu'ils ne savaient pas quoi faire de moi. Ils n'ont jamais su.

Il haussa les épaules de nouveau et, semblant s'apercevoir qu'il avait prononcé plusieurs phrases entières à propos de lui-même, il clôtura le sujet par un sourire espiègle qui fit fondre Mia.

— Ici, au moins, personne ne risque de me traiter comme un animal domestique.

Cela fit rire Mia. Pourtant, le peu que Jenner lui avait révélé la laissait songeuse. Une mère absente et un père indifférent… et, malgré tout, Jenner semblait s'en être bien sorti. Ça en disait long sur sa force de caractère.

Super… un autre aspect de sa personnalité qui l'attirait.

Agacée par son incapacité à surmonter cette stupide attirance, Mia essaya de changer de sujet de conversation.

— Comme ça, vous pensiez avoir jeté Le Royaume d'Amalur ? Pourtant il n'est sorti qu'il y a un mois.

— Oh ! dit-il, avec un sourire qui cette fois était plus modeste qu'espiègle. Eh bien, vous avez probablement remarqué que ce n'est pas le genre de trucs qui m'intéressent habituellement. En fait, s'il n'y a ni poursuites de voitures, ni zombies, ni armes à feu, je suis complètement nul. Ça m'a suffi. Comment avez-vous fait pour gagner trois fois ?

Mia sourit.

— Une combinaison mortelle de folie et d'addiction à l'informatique. Si vous vous ennuyez un jour, je vous montrerai comment survivre à chaque étape où vous bloquez.

— Ce ne sera pas la peine. Je m'en tiendrai aux zombies.

Il marqua une pause et l'observa avec intensité.

— Vous savez, reprit-il, je ne vous aurais jamais imaginée en conceptrice de sites internet, accro aux jeux vidéo. Peut-être tout simplement parce que je n'en avais jamais rencontré auparavant. Sont-elles toutes aussi jolies que vous ?

Le compliment, que Jenner sembla immédiatement embarrassé d'avoir prononcé, la rendit nerveuse. Le fait qu'il semble lui-même surpris de son audace le rendait encore plus attendrissant. Elle se rendait bien compte que c'était futile d'être flattée qu'il la trouve jolie… mais que faire d'autre ? Espérer qu'il soit attiré par sa conversation spirituelle et ses compétences supérieures en matière de jeux vidéo ? En fait, c'était bien ce qu'elle espérait… mais elle voulait qu'il éprouve du désir animal en plus.

— Bien sûr, répondit-elle sans sourire. Mais il est difficile de nous trouver ailleurs que dans des salles obscures éclairées seulement par des écrans.

Il la regarda avec attention comme s'il venait de trouver un spécimen d'une espèce inconnue et fascinante. Mia se sentit rougir. Elle avait passé ses années d'école à n'être que la gamine originale, superdouée en informatique, suffisamment jolie pour que cela paraisse bizarre et dont les centres d'intérêt étaient bien trop excentriques pour qu'on ait envie de sortir avec elle. Son éducation hors du commun et sa peur constante qu'on découvre qu'elle était réellement différente n'avaient pas aidé. A l'université, elle s'était fait quelques amis qui lui ressemblaient, elle avait mûri et appris à s'accepter, et sa vie en avait été transformée. Pourtant, elle conservait toujours quelques complexes, surtout en ce qui concernait son rapport aux hommes.

Troublée, elle essaya de ramener la conversation sur un terrain plus confortable. Il la trouvait peut-être cool, mais cela changerait s'il la voyait sur son lieu de travail.

— Donc, si j'ai bien compris, vous êtes mécanicien.

Il avait trop d'outils apparemment perfectionnés pour que ce ne soit qu'un simple passe-temps. Et il avait parlé d'une boutique plusieurs fois en passant, la veille au soir, sans toutefois préciser de quoi il s'agissait. Cela semblait plus clair maintenant… même si elle devait reconnaître qu'elle avait été aussi surprise par sa profession qu'il l'était par la sienne. Il ne lui avait pas paru être un fondu de voitures, et elle en avait connu quelques-uns. Mais il avait l'air à son affaire, penché sur le moteur de sa fabuleuse auto.

Sa question sembla ramener Jenner à la réalité.

— En effet. Ça se voit tant que ça ? répondit-il en regardant ses mains maculées de graisse.

L'innocence de son expression était désarmante.

Mia se mit à rire et il en fit autant.

La chaleur de ce rire partagé persista après qu'ils eurent repris leur sérieux.

— Je possède le garage et la boutique de pièces détachées en ville, expliqua Jenner.

Mia le regarda avec intérêt.

— Je ne sais pas ce que j'avais imaginé, mais pas ça en tout cas.

— Oh ? Et pourquoi pas ?

Il semblait inquiet et Mia se demanda s'il craignait qu'elle ne soit déçue. Elle corrigea le tir immédiatement.

— Vos jeux vidéo sont rangés par ordre alphabétique, expliqua-t-elle, et vos parquets sont impeccables. Ça ne correspond pas à l'idée que je me faisais d'un type qui aime se salir les mains sous le capot d'une voiture.

Jenner se détendit.

— Croyez-moi, il faut être méticuleux pour travailler sous le capot d'une voiture. Avant de venir à Ferry's Hollow, je n'aurais jamais imaginé que je gagnerais ma vie comme ça. Mais rentrons, je vous raconterai tout ça, si ça vous intéresse.

Mia hocha la tête et le regarda finir ses rangements et éteindre les lampes. La Chevrolet brillait dans la pénombre.

— Elle est vraiment belle, dit-elle. Est-ce qu'elle roule ?

— Je vous remercie. Oui, plus ou moins, dit Jenner en se dirigeant vers la sortie. Je la restaure depuis plusieurs années. Petit à petit. J'ai pratiquement terminé.

— Vous m'emmènerez faire un tour quand elle sera finie ? dit Mia. Quoi qu'il arrive, je l'exige. Elle est trop bien.

— On verra, dit Jenner.

Son sourire s'effaça et Mia se demanda pourquoi. Mais il se reprit aussitôt et sortit du garage devant elle. Il ferma la porte à clé sans dire un mot et Mia se demanda s'il avait épuisé son quota de paroles pour la journée. Elle fut donc étonnée lorsqu'il reprit la conversation.

— Où en étions-nous ? Ah oui, la mécanique. Eh bien, j'ai toujours aimé démonter des objets pour les remonter ensuite. J'adorais les cours de techno à l'école, et comme ça m'intéressait j'ai pris quelques cours de mécanique auto au lycée technique. Mais c'était surtout un passe-temps. Je me suis senti obligé de préparer le diplôme de commerce qui faisait si plaisir à mon père. En fait, si je voulais qu'il me paye mes études, je n'avais pas le choix. Et puis, j'étais si casse-pieds quand j'étais ado que je me suis dit que je lui devais bien ça.

— Où avez-vous fait vos études ?

— A l'Université de Pennsylvanie. J'ai opté pour un double cursus économie et commerce. J'ai trouvé un super-boulot très vite, ce qui a contribué à rendre mon banquier très heureux et moi très malheureux. Parfois, je faisais des petites virées à la campagne pendant le week-end pour me changer les idées, et c'est comme ça que j'ai atterri ici.

Mia sourit en essayant de se représenter ce grand gaillard de Jenner en costume cravate. Non, décidément, cela ne lui allait pas du tout.

— Je peux vous demander ce qui vous a amené à vous y installer ? C'est un bel endroit, bien sûr, mais c'est un peu… loin de tout.

Jenner fit une petite grimace.

— Disons que c'est ma voiture qui a décidé pour moi. Une vieille Camaro que je restaurais à l'époque. Très sympa, mais pas fiable pour un sou. Déjà en ce temps-là je préférais bricoler que d'acheter des voitures sur lesquelles il n'y avait rien à faire. Elle m'a lâché un jour ici, elle est restée en panne au garage tenu par le type le plus vieux que j'aie jamais vu. Il travaillait à son rythme, qui n'était pas ce qu'on pourrait appeler effréné.

Sceptique, Mia inclina la tête sur le côté en passant devant Jenner, qui tenait la porte ouverte.

— Hum. Et ça lui a pris tellement longtemps que vous avez décidé de ne plus repartir ?

Il la regarda d'un air amusé.

— En fait, pas exactement.

Mia fit une grimace.

— Une fille ?

— Non, un gars.

Mia eut un petit rire, ravie de l'humeur légère de Jenner. Il avait eu l'air si sombre depuis qu'elle l'avait rencontré qu'elle était contente qu'il se montre sous un autre jour.

— Racontez-moi ça, dit-elle.

— C'était le garagiste. Il s'appelait Jim Gibbons. Tout vieux, et lent comme pas possible, mais il a été un excellent professeur quand il en a eu assez de me voir tourner autour de lui en râlant à propos de ma voiture.

Jenner sourit en y repensant. Il alla au réfrigérateur, prit un soda pour lui et lui en tendit un. Mia fut surprise de voir qu'il se souvenait de ses préférences.

— Merci, dit-elle, se sentant comme une adolescente amoureuse.

Jenner hocha la tête et poursuivit.

— Jim a su que j'étais chez moi ici avant que je ne le sache moi-même. Je ne lui ai jamais demandé de m'embaucher. C'est lui qui me l'a proposé quand il a vu que mes vacances impromptues s'éternisaient. Il m'a appris tout ce que je sais. Et comme le travail me plaisait, j'ai continué. Maintenant le garage m'appartient.

L'histoire plaisait à Mia, mais elle savait qu'elle contenait des trous… par exemple au sujet de la femme qui l'avait initié. La version de Jenner était beaucoup trop simple. Mia était sûre qu'il y avait eu une femme. Jenner était tombé amoureux d'une Blackpaw. Et elle lui avait fait tant de mal qu'il ne voulait plus s'y risquer de nouveau. Cette pensée provoqua chez Mia une bouffée de jalousie aussi violente qu'inattendue.

— Il vit toujours ici ? demanda-t-elle, plus pour repousser la question qui lui brûlait les lèvres que par réel intérêt.

Même s'il n'aurait pas été inintéressant de rencontrer un homme qui avait visiblement compté pour Jenner.

— Il y a quelques années, sa femme et lui ont entassé toutes leurs affaires dans un 4x4 et ils sont partis dans l'Ouest, répondit Jenner en prenant une gorgée de soda. Il m'a vendu son affaire et je l'ai développée. Par exemple, nous restaurons des voitures anciennes, en plus de notre activité principale, et c'est probablement ce que je préfère. Parfois je me dis que je pourrais encore m'agrandir, bien que nous soyons dans une petite ville. On fait du bon boulot et les clients se passent le mot. J'ai le projet de…

Cette fois encore, il s'arrêta net juste au moment où Mia commençait à se sentir à l'aise dans cette conversation. Il était clair qu'il ne voulait pas qu'ils deviennent trop intimes. Mais il l'avait prévenue, elle devait bien le reconnaître.

— Excusez-moi, c'est sans intérêt. Je vous ennuie, dit-il avec un petit geste de la main. Mais voilà, vous savez comment je suis passé du parfait abruti en costume cravate au loup-garou mécanicien.

— Et lunari, ajouta Mia.

Elle vit la réaction de méfiance sur son visage mais cela

ne l'arrêta pas. Elle voulait, elle avait besoin de connaître cette partie de sa vie.

— Que fait un lunari, exactement ? A l'évidence, c'est un poste important. Vous avez dit que vous chassiez ?

Jenner s'agita, mal à l'aise.

— Je protège la meute. Je traque les créatures qui nous chassent. C'est aussi simple que ça.

Mia hésita.

— Et si ces... créatures que vous chassez... avaient quelque chose à voir avec Jeff ? Ma présence ici pourrait représenter une menace pour votre meute. Je ne voudrais pas que quelqu'un soit blessé à cause de moi.

Jenner la regarda avec attention.

— Qu'est-ce qui vous fait croire une chose pareille ? Nous sommes capables de nous défendre contre les Ombres.

Le mot, enfin prononcé, emplit Mia d'un mélange curieux de soulagement et de crainte. Il connaissait même leur vrai nom : les Ombres. Ce qui voulait dire qu'il saurait ce qu'elle était, elle aussi. Elle fut tentée de lui révéler... tout. Son envie de partager cet aspect de sa personnalité avec lui allait à l'encontre de son instinct, mais le désir qu'il lui inspirait était plus fort que tout.

Le fait d'en prendre conscience l'empêcha de parler. Pour la première fois depuis des années, elle donnait cours à son besoin de quelqu'un. Or cet homme ne lui avait pas caché qu'il n'avait pas l'intention d'entamer une relation avec elle.

Elle ne pouvait pas aller plus loin, mais elle ne savait pas comment s'arrêter.

L'expression de Jenner montrait bien qu'il lui en avait dit plus qu'il ne voulait et Mia s'efforça de revenir à leur conversation. Ses sentiments ne regardaient qu'elle. Pourtant, c'est d'une drôle de voix qu'elle poursuivit.

— Les Ombres. Des créatures surnaturelles qui chassent d'autres créatures surnaturelles, je suppose ? Ça paraît logique.

— Vous n'avez pas l'air tellement étonnée, dit Jenner lentement. Mia, s'il y a autre chose que je dois savoir à propos de ce qui s'est passé entre vous et Jeff, c'est le moment de le dire.

Elle s'apprêtait à nier, comme d'habitude, mais en fait elle se surprit elle-même à lui donner quelques bribes de la vérité.

— Il avait une espèce de couteau bizarre, admit-elle. Et il déblatérait à propos de sang et de portes. Il est peut-être fou.

Elle baissa les yeux, craignant de voir de la répulsion dans son regard.

— Ou alors ça a un rapport avec vos Ombres. Peuvent-elles influencer les gens ? Leur faire faire des choses ? reprit-elle.

Quand elle osa risquer un regard vers lui, elle vit qu'il avait l'air sombre mais elle ne rencontra pas le dégoût qu'elle avait craint. Les ténèbres appellent les ténèbres… c'était ce qu'on lui avait toujours dit. Qu'avec son sang, chargé de magie noire, elle n'attirerait rien de bon. Même si elle savait que ce n'étaient que les préjugés de sa grand-mère qui continuaient à la poursuivre, au fond d'elle-même, elle avait toujours cru qu'ils contenaient une part de vérité.

Pourtant, Jenner était là, grand et fort, et c'était sans conteste une bonne personne, et il ne semblait ressentir de répulsion que pour Jeff Gaines et les Ombres. Mia ressentit un profond soulagement. Il lui prouvait qu'elle se trompait et il n'avait pas idée de ce que cela signifiait pour elle.

— Bien sûr que les Ombres peuvent influencer des gens, dit Jenner d'une voix blanche. Des individus faibles… ou assoiffés de pouvoir. Il arrive même qu'elles les invitent à les rejoindre.

Il détourna les yeux.

— Merci de me l'avoir dit, reprit-il. Il est encore plus crucial que nous le retrouvions. Les Ombres ont des moyens de se manifester dans notre monde… c'est déjà arrivé, il y a plusieurs siècles, et cela a été une catastrophe. Quel cirque !

Il soupira et secoua la tête.

— Je vois, acquiesça Mia doucement.

Elle mourait d'envie de le prendre dans ses bras pour faire disparaître les plis de son front courroucé, mais elle ne fit pas un geste. Elle ne parvenait pas à écarter ces pensées idiotes.

— Je suis désolée de vous causer tous ces problèmes.

— Vous n'y êtes pour rien. Il ne faut pas vous en vouloir, dit Jenner vivement. C'est un concours de circonstances. Cela va s'arranger. Ce n'est pas vous qui avez fait ce psychopathe qui vous poursuit. Pas plus que vous n'avez demandé à avoir dans votre famille quelqu'un qui a fait une mésalliance.

Mia cligna des yeux.

— Pardon ?

Jenner se contenta de secouer la tête.

— Si Gaines est si déterminé à vous retrouver, c'est obligatoirement parce que vous avez un peu de sang de fée noire. C'est ça qui ouvre les vannes.

Ses yeux étaient emplis de compassion, mais il n'avait pas idée des blessures que ses paroles rouvraient.

— Du sang de fée noire, dit Mia doucement. Et c'est… mauvais ?

— Je n'ai jamais vu de fée Unseelie, répondit Jenner. Il se peut même qu'elles aient disparu de ce monde, je n'en sais rien. Mais, à en croire ce qu'on raconte, même moi je partirais en courant si j'en voyais une. Elles possèdent un pouvoir d'une tout autre nature que ce que les miens connaissent. Même les Ombres le convoitent.

Il finit par se rendre compte que ses paroles la perturbaient. Mia ne disait rien, mais elle se sentait vidée, glacée. Tout recommençait, de nouveau on la considérait comme un être dangereux, infecté. Et Jenner ne savait même pas qu'il venait juste de lui dire qu'il s'enfuirait sans hésitation s'il connaissait le pouvoir contenu dans son sang.

— Ce n'est pas votre faute, Mia, dit Jenner en fronçant les sourcils.

Mia trouva un peu de réconfort dans le timbre apaisant de sa voix. Non, ce n'était pas sa faute. Ni la sienne. C'était comme ça, tout simplement. Cette pensée était déprimante, mais familière. Elle la repoussa. Il n'y avait rien de nouveau.

La seule chose qui changeait, c'était la douleur sourde qu'il avait ravivée.

— Ce qui intéresse les Ombres chez vous est probablement tellement lointain que vous ne vous êtes jamais aperçue que c'était là. Vous n'avez pas à vous en faire. Lorsque vous serez un loup à part entière et que vous ferez partie d'une meute, ce que les Ombres recherchent devrait disparaître. Le sang d'un loup-garou est extrêmement puissant.

Il détourna le regard.

— C'est une raison supplémentaire pour rattraper Gaines et vous mettre définitivement hors de danger.

Mia réussit à sourire et hocha la tête. Mais elle était figée à l'intérieur. Ainsi, elle n'avait pas d'autre option... elle devait coucher avec un inconnu afin que le pouvoir de son sang de loup force les Ombres à la laisser tranquille.

Mais pour ce qui était d'annihiler son propre pouvoir... elle doutait fort qu'il y parvienne. Elle serait toujours en partie une fée Unseelie. Un monstre aux yeux de Jenner.

Mais, dans l'immédiat, ce n'était pas le cas. Pour le moment, il ne voyait que Mia. Une femme qui n'avait pas de chance et qui essayait de faire face à des circonstances malheureuses. Et c'était vrai.

Il posa sur elle un regard où la même flamme brûlait de nouveau et elle essaya de l'imprimer dans sa mémoire pour s'en souvenir plus tard, quand tout ceci serait fini. Il ne serait peut-être jamais à elle, mais elle savait déjà qu'elle ne pourrait pas l'oublier.

— Ecoutez, dit-il, je vais prendre une douche en vitesse. On doit aller chez Bane ce soir, mais avant je veux essayer ce jeu. Je ne croirai pas que vous êtes un as à ce truc-là tant que je ne l'aurai pas vu de mes yeux.

Amusée malgré elle, Mia se mit à rire. Cependant, rien ne pouvait totalement dissiper son angoisse à l'idée d'aller chez Bane pour essayer d'entrer en contact avec Jeff, en présence d'une bande de loups-garous appartenant à une meute que Jenner ne semblait pas porter dans son cœur.

Elle s'efforça de penser à autre chose. Le pire était derrière elle. Ils sauraient ce qui coulait dans ses veines et ils n'allaient pas la mettre dehors pour ça. La quantité de magie qu'elle possédait n'était plus maintenant qu'un détail sans importance. Mia se dit qu'elle devrait être soulagée.

Pourtant, elle avait envie de s'asseoir et de pleurer.

— D'accord, s'écria-t-elle avec un enthousiasme feint, en espérant qu'elle n'en faisait pas trop.

Jenner lui fit un petit sourire avant de disparaître dans sa chambre et elle comprit que tout allait bien entre eux, pour le moment.

Mia se persuada qu'il faudrait s'en contenter. Parce que, pour ce qui était de Jenner, ce moment serait tout ce qu'elle aurait.

11

Jeff ? Est-ce que tu m'entends ?

Jeff grimaça de douleur. Il tourna la tête pour essayer de trouver un peu de confort. C'était sa voix. D'abord, il crut que son imagination lui jouait des tours. Mais ses sens perçurent son odeur qui flottait autour de lui et emplissait la pièce.

— Mia, murmura-t-il.

Elle était si belle. Mais il l'avait perdue. Et maintenant elle se cachait de lui. Il lui avait fait peur. Il la dégoûtait… pourtant il n'avait pas voulu lui faire de mal, pourquoi ne voulait-elle pas le comprendre ? Il n'avait pas eu le choix.

Jeff… où es-tu ? Je ne te vois pas. Il fait si noir…

Elle n'avait pas besoin de le lui dire, il le savait bien. Il faisait toujours noir en lui. Le noir colorait tout ce qu'il voyait maintenant.

Je ne voulais pas te faire de mal, Mia, pensa-t-il, sachant qu'elle l'entendait. *Tu ne dois pas me détester… je t'en supplie… Ton sang est le seul moyen que j'ai de m'en sortir… Les Ombres sont autour de moi, elles me pénètrent…*

Je ne te déteste pas, répondit-elle sur un ton apaisant. *Mais dis-moi où tu es. Je viendrai. Je vais t'aider à tout arrêter, t'aider à aller mieux. Quoi qu'ils t'aient promis, cela ne vaut pas la peine de te perdre comme ça.*

C'était trop facile, trop tentant. Il aurait aimé la croire mais il savait qu'elle mentait quand elle parlait de l'aider. C'étaient les Blackpaw qui la poussaient à créer la confusion dans sa tête. Ils la poussaient à haïr ce qu'elle ne comprenait pas.

Les loups n'étaient pas meilleurs que les humains dans ce domaine. Ils avaient accepté de devenir trop proches d'eux.

Non, répondit-il avec tristesse. *Je dois aller au bout de ce que j'ai commencé. Je ne peux pas faire autrement. Je t'aime, Mia. Je te retrouverai. Ce sera rapide, tu ne souffriras pas, je te le promets…*

Je t'en supplie, dis-moi où tu es, répondit Mia.

Sa voix résonnait dans sa tête, si douce et chaude, réchauffant la froide obscurité de son esprit. Il recommençait à s'écrouler. Il le savait. Mais, s'il réussissait à tenir le coup encore une nuit ou deux, tout s'arrangerait.

Il faut que tu me dises où tu es. Tu me manques. Je veux que tu ailles mieux. Pourquoi fais-tu tout cela ?

Ces mots l'atteignirent en plein cœur, ou ce qu'il en restait. Jeff suffoqua de douleur et de surprise. Il aurait tellement voulu que ce soit vrai. Mais il ne pouvait pas prendre ce risque, il était trop tard. Il ne pouvait plus changer le cours des choses. Les Ombres le tueraient. Pourtant, aucune autre femme ne lui avait jamais dit ça.

Tu me manques aussi, Mia. Je suis tellement désolé que les choses se passent comme ça. Mais, écoute, regarde ce qui nous attend… qui pourrait résister à ça ?

Il ouvrit son esprit pour lui montrer son rêve merveilleux. Le rêve qu'ils allaient vivre tous les deux.

Ensemble.

Mia émergea en suffoquant des visions cauchemardesques dans lesquelles elle avait sombré. Il lui fallut plusieurs secondes pour se recentrer et se rappeler où elle se trouvait. Un grand soulagement l'envahit lorsqu'elle y parvint. Elle était chez Bane. Jenner l'avait amenée là et il lui avait promis de veiller à sa sécurité… mais elle n'avait pas anticipé ce que Bane attendait d'elle ni les effets que cela produirait.

Comme s'il pouvait lire ses pensées, Jenner posa vivement les mains sur elle et Mia aspira une longue goulée d'air frais, en espérant que son estomac allait cesser de se soulever et qu'elle ne vomirait pas. Elle conservait dans le nez des odeurs de sang, de feu et de fumée. Et, chaque fois qu'elle fermait les yeux, elle revoyait des ombres aux yeux incandescents danser en tournoyant. Mais Jenner était là pour la protéger. Tout comme il le lui avait promis tandis qu'ils jouaient en riant à un jeu vidéo stupide. Tout cela lui semblait loin maintenant. Jenner était solide et Mia pouvait s'appuyer sur lui pour se reprendre en main.

Alors que sa vision s'éclaircissait et qu'elle revenait à la réalité, elle se rendit compte que Jenner n'était plus seul à ses côtés.

Kenyon, qui avait été autorisé à rester dans la pièce grâce à l'insistance de son chef, se tenait près d'elle également.

Mia s'écarta d'eux en se redressant sur la chaise longue où on l'avait installée. Elle tremblait de froid, un froid qui semblait la pénétrer jusqu'à la moelle. Elle avait l'impression qu'elle n'aurait plus jamais chaud.

— Que s'est-il passé ?

Tomas, le chef des Silverback, bondit du tabouret qu'il avait placé près d'elle. Elle n'avait pas l'habitude d'être ainsi au centre de l'attention et cela la mettait plutôt mal à l'aise. Mais le pire avait été lorsque cet homme puissant, qu'elle n'avait jamais rencontré de sa vie, avait décidé de prendre la direction des opérations.

Mia ne savait pas trop quoi penser de lui. C'était un homme trapu, autoritaire, dans la cinquantaine, avec une couronne de cheveux roux et le teint rougeaud. Il avait l'air d'avoir une haute opinion de lui-même, contrairement aux Blackpaw, mais il était conscient de son pouvoir et il ne semblait pas hésiter à l'exercer. Il n'était pas désagréable mais il était indéniablement intimidant.

Bane vint se placer juste à côté de Tomas. Elle était ravie de ne pas avoir à faire face seulement à ces sombres yeux d'un brun étincelant.

— Dites-nous ce que vous avez vu, Mia. Sans rien omettre, demanda-t-il.

Sa voix, qui tremblait au début, se fit plus forte à mesure qu'elle racontait son expérience. Ses frissons se dissipèrent peu à peu, et, bien que Jenner et Kenyon se soient légèrement éloignés, elle voyait bien que l'un et l'autre n'auraient pas demandé mieux que de la réchauffer. Le problème, c'était que, alors qu'elle appréciait les efforts de Kenyon pour jouer le parfait prétendant, elle n'avait de désir que pour Jenner. Et, comme il était évident qu'il y aurait des problèmes si elle ne tendait la main que vers lui, elle décida de souffrir seule. Toujours frissonnante, Mia rapporta le message de Jeff.

— Je n'ai jamais rien vu de semblable, dit-elle. Il faisait déjà très sombre là où je me trouvais, mais ces choses étaient encore plus obscures. Avec des yeux rouges, comme lorsque nous nous étions connectés la première fois. Et je voyais bien qu'ils étaient affamés… et attendaient quelque chose. Jeff est dément, et il fait peur, mais ces choses étaient encore pires. Je ne peux pas dire si ce sont des produits de son imagination, ou si c'est plus que ça. Mais il était très excité de me les montrer.

La simple évocation de ce qu'elle avait vu lui redonna la chair de poule.

— Ces choses m'attiraient vers le bas. J'avais l'impression de me noyer.

— Quel salopard, interrompit Tomas.

Sa véhémence sembla surprendre tout le monde.

— Pardon ? demanda Mia.

— Jeff a toujours été intéressé par le côté obscur des choses. Je pense qu'il est clair que… nous avons un problème, que ces Ombres soient ou non le produit de son esprit dérangé. S'il ne l'a pas déjà fait, il va très vite attirer…

Brusquement, il sembla se rappeler la présence de Mia. Il regarda dans sa direction avant de se retourner vers Bane.

— Je préférerais parler de cela en privé. Cette affaire ne regarde que le commandement.

Mia lui lança un regard mauvais.

— Etant donné que c'est mon cerveau qui est relié au sien, il me semble que cela me concerne au moins autant que vous, s'écria-t-elle. Je ne bougerai pas d'ici.

Elle vit Tomas se hérisser et aurait pu jurer que sa lèvre supérieure commençait à se retrousser. Ce ne serait pas surprenant, il avait déjà eu cette réaction quand ils s'étaient rencontrés. Mia ne savait pas ce qui était à l'origine de cette animosité, sauf que, d'après ce qu'il avait dit avant de commencer la séance, il attachait beaucoup de valeur à la pureté de la filiation chez les loups-garous.

Pureté que ni elle ni la plupart des Blackpaw ne possédaient.

— Je reste, répéta-t-elle, plus calmement cette fois. Je ne vais pas tarder à être un loup moi-même, d'après ce qu'on m'a dit.

Tomas lui décocha un sourire méprisant.

— Non. Vous ne vous êtes jamais transformée, que je sache. Vous ne connaissez pas grand-chose à notre monde. Vous allez devoir faire confiance à ceux qui savent régler ce genre de choses.

Mia vit les yeux de Jenner étinceler. Kenyon lui-même n'avait pas l'air très content. Si Tomas avait voulu déclencher une bagarre, il ne s'y serait pas pris autrement.

— Moi, je suis d'accord avec Mia, gronda Jenner. Il est normal qu'elle reste. C'est elle que Jeff Gaines veut. Elle seulement. Il a déjà essayé une fois de la tuer avec un couteau rituel.

Les autres le regardèrent, interdits. Jenner hocha la tête.

— Ouais, c'est le genre de renseignements qu'on obtient lorsqu'on dépasse ce préjugé qui veut que la victime soit nécessairement une idiote. Elle a le droit de savoir. Parce que, en fin de compte, c'est elle qui va l'attirer jusqu'ici.

Mia le regarda avec gratitude. Elle n'allait pas rester assise là à se laisser écraser par un rouleau compresseur plus longtemps. Il était réconfortant de se sentir soutenue, parce que, de toute évidence, Tomas n'avait pas du tout l'intention d'écouter ce qu'elle avait à dire.

— Je sais ce que sont les Ombres, expliqua-t-elle, et pourquoi elles me veulent. Jenner me l'a dit quand il a commencé à comprendre ce que Jeff essayait de faire. Je crois qu'il pense m'utiliser pour les attirer ici, physiquement. Je ferai tout ce que je pourrai pour l'arrêter, c'est ma vie qui est en jeu. Mais j'exige d'être tenue au courant. Je suis capable de le supporter.

Tomas posa sur Jenner un regard courroucé.

— Nick Jenner. Toujours en train de réparer des voitures et de courir après les Ombres, hein ? J'ai entendu dire que ce garagiste vous a donné sa boutique et a quitté la ville précipitamment après que vous avez tué sa fille. Je ne pense pas me tromper en disant que ce n'est sûrement pas votre charme qui l'a convaincu.

Il se tourna vers Bane et désigna Jenner d'un mouvement de tête.

— Ça fait plus de cent ans que nous n'avons plus de lunari. La force brutale que requiert cette fonction est trop souvent synonyme d'une intelligence limitée. Tu devrais peut-être te demander s'il est vraiment sage de partager le pouvoir avec un homme qui parle des Ombres avec une humaine qu'il vient tout juste de rencontrer. Enfin, je devrais dire majoritairement humaine, ajouta-t-il en posant sur Mia un regard qui ne lui plut pas du tout. Je comprends qu'on ne se vante pas d'avoir du sang de fée noire.

Mia retint sa respiration. Elle vit Bane, ses yeux lançant des éclairs, faire un signe de tête imperceptible à Jenner. Mia s'attendait à ce que celui-ci flanque son poing dans la figure de Tomas, ce qu'il n'aurait pas volé à ses yeux, mais au lieu de cela il vint se placer derrière elle. Il posa les mains sur ses épaules, un signe subtil de soutien… ou de possession ?

En tout cas, elle pensa que c'était destiné à irriter Tomas et, vu la façon dont les narines du Silverback se dilatèrent, on pouvait dire que ça marchait.

Ravie d'entrer dans le jeu, Mia posa une main sur celle de Jenner.

— Mia n'a rien fait pour se retrouver dans cette situation et elle est aussi respectable que n'importe quel Silverback. Plus, même. Je ne reviens pas sur ma décision, gronda Jenner. Vous avancez en terrain miné, Tomas. Vous n'êtes pas sur votre territoire et, que ça vous plaise ou non, je suis votre égal ici.

Cette tirade de Jenner était presque aussi blessante que le coup de poing que Mia avait escompté un peu plus tôt. Et elle se prit à espérer, contre toute raison, qu'il dirait la même chose s'il connaissait toute la vérité. S'il savait comment elle pouvait entendre la musique que le sang transportait, comment elle pouvait tirer son pouvoir de la nuit et le tenir dans ses mains. Comment elle serait capable de faire beaucoup plus si elle n'était pas toujours en train de réprimer son don.

Elle avait ressenti un tas de choses, mais qui n'étaient jamais dangereuses. Elle craignait seulement que, si sa vraie nature était révélée, les gens qui l'entouraient ne la voient plus que sous cet angle. Et, après ce que Jenner lui avait dit à propos des fées Unseelie, elle ne se risquerait jamais à découvrir ce que cela signifiait exactement.

Comme Tomas ouvrait la bouche pour répondre, Mia aperçut en un éclair inquiétant ses dents blanches et pointues avant que Bane n'intervienne pour calmer le jeu.

— Les Blackpaw et les Silverback ont des façons de faire différentes, dit-il d'un ton cassant. Si vous insultez mon lunari une fois de plus, je ferai en sorte que vous déguerpissiez d'ici la queue entre les jambes, tous autant que vous êtes. Je garantis que Jenner a toute ma confiance, encore que cela ne regarde pas les Silverback. Vous avez dit que vous veniez pour aider. Contentez-vous de faire cela.

Tomas se ressaisit en réprimant un grognement, et Mia se demanda s'il serait capable de se contrôler. Mais, finalement, il prit une profonde inspiration et c'est d'une voix étonnamment calme qu'il répondit. Seuls ses yeux conservaient des traces de sa colère sous-jacente.

— Je n'ai jamais pensé que Jeff était une bonne recrue pour la meute, dit-il. Il était ombrageux, impulsif. Il a dit à Sara Dumont qu'il l'aimait mais, deux semaines après qu'elle l'a initié, il a rompu leur relation comme si cela n'avait jamais rien signifié. C'est un manipulateur. Et, même quand il m'a défié pour devenir le chef, j'avais le sentiment qu'il y avait autre chose. Il devait bien savoir qu'il ne pouvait pas l'emporter, mais il semblait avoir des arrière-pensées.

— Vous voulez dire qu'il n'était pas apprécié ? demanda Mia, étonnée. Il était tout à fait charmant jusqu'à ces derniers jours. En tout cas, il l'était avec moi.

Tomas plissa le front, mais il ne semblait pas en colère.

— Si, en fait. Malgré tout, il était difficile de ne pas l'aimer, du moins lorsqu'il était de bonne humeur. Il pouvait être charmant. Et il y avait quelque chose chez lui qui attendrissait les autres, moi inclus. Il venait d'un milieu aisé, mais je ne crois pas qu'il avait eu une enfance heureuse.

— En effet, c'est aussi l'impression que j'ai eue. Est-ce pour cette raison que vous l'avez laissé partir ? demanda Mia calmement.

Tomas poussa un profond soupir, puis hocha la tête.

— J'ai commis une erreur. Ses problèmes étaient apparemment plus profonds que je ne l'avais imaginé. Je pensais qu'il était plus à plaindre que réellement dangereux. Je me suis trompé. Mais je réparerai cette erreur dans la mesure du possible.

Kenyon approuva en hochant la tête.

— Vous pouvez compter sur nous. Nous réparerons le mal qu'il vous a fait, Mia.

Cette perspective ne réconforta pas Mia, pas avec les mains de Jenner sur ses épaules. Elle ne voulait rien devoir aux Silverback. Mais elle se rendait compte à quel point elle était en dehors de son élément. Les règles habituelles n'avaient pas cours ici. Et elle n'était pas certaine, malgré tout ce que Jenner lui avait dit, que ses désirs et ses besoins auraient de l'importance pour ces créatures.

Elle se laissa aller contre le dossier de son siège, profitant du contact de Jenner tant qu'elle le pouvait. La connexion avec Jeff avait été un voyage au royaume des horreurs. Sa folie, sa violence incontrôlée et, pire que tout, la virulence de son obsession à la retrouver semblaient s'aggraver chaque fois. Comment une créature aussi perturbée avait-elle pu se dissimuler sous le masque de la normalité pendant si longtemps ? Elle avait du mal à se rappeler l'homme charmant, spirituel et plein de sollicitude avec lequel elle était arrivée ici. Elle s'était arrêtée au masque, et au fait qu'il la désirait, qu'il avait besoin d'elle. Elle l'avait bien cherché.

Il était étrange qu'elle doive se retrouver dans cette situation pour comprendre que ses propres désirs et ses besoins valaient qu'on s'en préoccupe aussi.

Elle regarda Bane. Solide et silencieux, il l'observait depuis l'autre côté de la pièce.

— Il ne peut pas me faire de mal lorsque nous communiquons de cette façon, n'est-ce pas ? Vous êtes sûr ?

Bane hocha la tête lentement.

— Certain. Mais l'expérience n'en est pas moins désagréable pour autant.

— Peu importe que ce soit désagréable ou pas, du moment que c'est utile. Avez-vous vu ou entendu quelque chose de nouveau ? Un indice qui nous permettrait de le trouver ? intervint Tomas, impatiemment.

Mia secoua la tête. Elle regrettait de n'avoir aucun élément qui les mettrait sur la piste.

— Je ne vois rien du tout quand je suis avec lui de cette façon. Il n'y a que des voix dans l'obscurité, expliqua-t-elle.

Elle ne dit rien de la magie noire qui battait en vagues tout autour de Jeff. Une magie qu'elle était capable de contrôler, mais dont rien de bon ne sortirait.

Mia se rendit compte que cette idée ne l'avait même pas tentée. Elle avait réussi à regarder en restant impassible, imperméable aux attraits de la violence qu'entraînait ce genre de pouvoir. C'était la première fois qu'elle s'était approchée autant de ce genre de chose… et la tentation d'y succomber dont on lui avait toujours parlé ne s'était pas matérialisée.

Etait-ce dû au sang de loup en elle ? Ou bien plus simplement à… elle ?

Tomas poussa un grognement agacé, mais la voix de Jenner, étonnamment patiente, attira son attention tandis qu'il s'accroupissait à côté de son siège. A cet instant, il était de nouveau l'homme fort et compétent qui l'avait aidée à sortir de la forêt, sûr de lui mais non dénué de compassion. Et elle ne vit plus que lui, comme s'ils étaient seuls dans la pièce.

— Voir n'est pas le plus important, dit-il. Je sais que ce n'est pas drôle mais repensez à ce qui s'est passé. Avez-vous entendu quelque chose ? Senti quelque chose ? Quelquefois, cela nous en dit plus que nos yeux ne le feraient. C'est une capacité qui vient avec votre nature de loup, ce qui est votre cas maintenant, même si c'est nouveau. Réfléchissez, Mia. Fermez les yeux et essayez de vous souvenir.

Mia soupira et finit par acquiescer d'un hochement de tête réticent. Elle ferma les yeux, en dépit de son appréhension.

Elle fit un effort pour repousser ces pensées qui lui donnaient la chair de poule et essaya de revoir ce qui s'était passé avec un œil plus froid. Alors elle s'aperçut que Jenner disait vrai. Quelques petits détails lui avaient échappé. Mais elle ne voyait pas en quoi ils pouvaient être utiles.

Elle ouvrit les yeux et les plongea dans le calme regard mordoré de Jenner. Cela, plus la conscience nouvelle de sa force, lui donna le courage de s'exprimer sans crainte.

— Je l'ai entendu faire les cent pas sur un plancher qui craquait, dit Mia. Et l'endroit sentait le renfermé. Et le moisi. Il faisait froid. Ça sentait le sous-bois.

Jenner reporta son attention sur Bane.

— Un cabanon de chasseurs, dit-il. Je parie ce que tu veux.

Bane poussa un soupir.

— Bon sang, dit-il. Ça pourrait être n'importe où dans les bois. C'est comme chercher une aiguille dans une botte de foin. Bon, c'est quand même un point de départ.

Cette remarque ne suffit pas à rasséréner Mia, qui vit la déception s'afficher clairement sur son beau visage.

Mais ce fut pire lorsque Kenyon intervint.

— On n'a pas besoin de ça. dit-il. Il est clair qu'il va s'attaquer à elle en premier. Il suffit de nous tenir prêts. Mais je persiste à croire qu'elle serait plus en sécurité ici, en ville. Comment la protéger efficacement si elle n'a qu'un seul gardien ? Elle fait une cible parfaite là-bas, chez vous, poursuivit-il avec un regard furieux en direction de Jenner.

Jenner s'apprêtait à répondre mais Mia s'interposa. Elle commençait à en avoir assez qu'on parle d'elle comme si elle n'était pas là, que ce soit pour son bien ou non.

— « Elle » se sent tout à fait en sécurité où elle est, dit Mia. Et de quoi parlez-vous, d'abord ? Vous avez l'intention de m'utiliser comme appât, c'est ça ?

Le sourire de Kenyon s'effaça. Il semblait plus âgé et nettement plus intimidant lorsque ses fossettes disparaissaient.

— Vous êtes un appât, Mia, que vous le vouliez ou non. Ne le prenez pas comme une insulte, mais c'est la réalité. Il fait une fixation sur vous. Il pense avoir besoin de vous pour ouvrir la voie aux Ombres. C'est ce qui va le faire sortir de sa cachette et qui nous permettra de l'arrêter.

Il secoua la tête et, se retournant vers Jenner, il ajouta :

— Un poignard rituel ? Tu es sûr de ça ?

— Une longue lame incurvée, un manche blanc orné d'inscriptions, dit Mia sans attendre que Jenner réponde à sa place. Je ne l'aurais pas reconnu mais Jenner a tout de suite vu de quoi il s'agissait. J'ai du sang de fée Unseelie. Il en a besoin. Ce n'est pas si difficile à comprendre.

Elle n'avait pas eu l'intention de répondre sur ce ton arrogant mais elle ne le regretta pas lorsqu'elle entendit le grognement appréciateur de Jenner et qu'elle vit le petit sourire en coin sur le visage de Bane. Kenyon était gentil, mais les commentaires de Tomas sur ses origines lui avaient chauffé les oreilles.

Kenyon eut le bon goût de sourire.

— Non, vous avez raison. Et vous prenez les choses bien mieux que ce que nous aurions pu penser. Veuillez m'excuser.

Mia hocha la tête, contente de voir qu'un jour, au moins, les Silverback auraient un chef qui possédait de bonnes manières et aussi un cœur.

— Tout ça, ce n'est rien qu'une légende, intervint Tomas. Les fées Unseelie étaient des créatures mauvaises, si on croit ce qu'on raconte. Malveillantes, narcissiques, rancunières. Puissantes. Personnellement, je n'en ai jamais vu. Ni moi ni personne. Et vous êtes en train de me dire qu'elles vont se servir d'une fille qui possède un peu de sang impur pour ouvrir une brèche par laquelle elles vont s'infiltrer ? Quelle idiotie !

Mia sentit sa bouche se dessécher. Elle déglutit avec difficulté. Elle n'avait plus entendu ces mots depuis la mort de sa grand-mère. *Ton sang est impur. Je sens la noirceur en toi.*

Mais, pour la première fois de sa vie, elle se défendit.

— Mon sang n'est pas impur, dit-elle d'une voix tremblante mais claire. Pas plus que le vôtre.

Les yeux de Tomas s'étrécirent.

— Si c'est ce que vous croyez, vous avez encore beaucoup de choses à apprendre.

La main de Jenner sur son bras la surprit. Mais elle apprécia ce soutien chaleureux.

— Elle n'est pas différente de nous, dit-il. Et elle est en sécurité avec moi.

Ces mots simples suffirent à l'apaiser. Mais Tomas échangea avec Kenyon un regard qui ne lui dit rien de bon.

— Je ne doute pas que tu sois à la hauteur. Mais je crois que ce serait une bonne chose qu'elle apprenne à nous connaître avant de devenir une des nôtres.

Ces mots firent à Mia l'effet d'un rouleau compresseur.

— Excusez-moi, dit-elle, vous pouvez répéter ?

Tomas plissa le front..

— On ne vous a rien dit ?

Soudain, c'était plus qu'elle n'en pouvait supporter. Elle envisagea un instant de partir en courant, mais elle avait déjà fait ça trop souvent dans sa vie. C'était une chose qu'elle allait devoir affronter et il était temps qu'elle s'impose.

— On m'a dit que j'aurais le choix. Et franchement j'en ai plus qu'assez d'être traitée comme si mes sentiments ne comptaient pas. En deux jours, on m'a dit que dans moins d'une semaine j'allais me transformer en loup-garou, que je ne pourrais plus reprendre le cours normal de ma vie, et que je devrais…

Elle n'arrivait pas à prononcer les mots.

— … que je devrais me compromettre afin de ne pas perdre la raison. Oh ! et il y a aussi le fait que mon ex est bel et bien fou, lui, et qu'il me recherche parce qu'il croit qu'il peut utiliser mon sang pour ouvrir un portail magique. Laissez-moi vous dire que, s'il y a d'autres décisions à prendre qui me concernent, je les prendrai moi-même.

Pour la première fois, elle eut un aperçu de cette compassion dont, selon Kenyon, Tomas pouvait faire preuve — celle qui avait valu à Jeff d'être épargné par le passé.

— Je suis désolé, Mia. Ces histoires de sauvages ne sont jamais simples, et il est heureux que ça n'arrive pas trop souvent. Mais, étant donné que Gaines était un membre de ma meute, il me revient de prendre en charge ses victimes. Les lois anciennes qui nous régissent nous y obligent. Si cela peut vous consoler, c'est la même chose pour les hommes et les femmes… ce n'est pas une question de sexe, c'est une question de responsabilité. Nous prenons soin de nos membres.

Il était peut-être sincère, mais Mia le trouvait surtout bouffi de suffisance.

Kenyon attira son attention d'une voix douce et chaude. Son visage avait perdu son expression sinistre et il la regardait avec une évidente lueur d'espoir dans ses beaux yeux bleus.

Mais bien sûr, se dit-elle. *Je comprends mieux maintenant son comportement étrange avec Jenner. Il est clair que je lui plais, mais surtout il essaye de faire valoir ses droits sur moi.*

C'est alors qu'elle se rendit compte que, s'il n'y avait pas eu Jenner, elle aurait pu porter son dévolu sur Kenyon. Ce n'était pas un choix désagréable, seulement voilà, ce n'était pas lui qu'elle désirait. C'était peut-être un signal d'alarme, car jusqu'à présent tous les hommes qu'elle avait désirés dans sa vie avaient été soit indifférents, soit totalement incompatibles, voire catastrophiques. Elle ferait bien d'y réfléchir.

Toutefois, il y avait une chose qui était toute réfléchie.

— On m'a dit que je serais libre de choisir et c'est ce que j'ai l'intention de faire, dit-elle d'une voix plus assurée. Il n'est pas question que l'on me force à faire quelque chose que je ne veux pas. Je me fiche de la meute et je ne vais pas me laisser instrumentaliser. C'est le seul domaine dans cette histoire où je peux exercer mon libre arbitre, je ne laisserai personne décider pour moi.

Elle posa sur les hommes rassemblés devant elle un regard furieux. Elle doutait fort que beaucoup de femmes loups-garous aient été amenées à affronter ce genre de conflit. Bien sûr, soit elles étaient nées comme ça, soit elles avaient choisi cette vie. En tout cas, Mia refusait d'être un trophée qu'on se disputait.

Tomas et Kenyon restaient pétrifiés.

— Ce n'est pas… commença Tomas.

— Elle a raison, l'interrompit Bane d'une voix rauque. Ce n'est pas à nous de décider. Tant pis pour la loi de la Meute.

Tomas prit un air écœuré mais finit par hocher la tête avec réticence avant de reporter sur Mia un regard sombre.

— Bon, je ne vais pas me battre avec vous. C'est votre vie, après tout. Mais vous feriez peut-être bien de vous demander quelle meute peut vous assurer le genre de vie que vous souhaitez. Et autant que vous sachiez que les lunari — les chasseurs d'Ombres — ne se mettent pas en couple. Encore moins lorsqu'ils ont déjà été obligés de tuer une compagne.

— C'est tout à fait hors de propos, Tomas, coupa Bane.

Mia lui sut gré de prendre la défense de Jenner, mais celui-ci évita son regard et sortit de la pièce en claquant la porte. Il lui avait dit qu'il ne pouvait pas se charger de son initiation et qu'il n'assurerait que sa protection. Elle voyait maintenant que ce n'étaient pas des paroles en l'air. Mais les allusions fielleuses de Tomas ouvraient des perspectives troublantes sur la raison de ce refus.

Jenner était si secret, elle se demanda si elle connaîtrait un jour la vérité… et même s'il était important de la connaître.

— J'ai bien l'intention d'examiner tous les choix qui me sont proposés, dit-elle calmement en soutenant le regard de Tomas sans ciller. Je dis bien tous les choix.

— C'est de bonne guerre, intervint Kenyon.

Et pour une fois ce soutien sans restriction la soulagea. Elle se laissa faire lorsqu'il l'aida à se lever de sa chaise. Une fois debout, elle dégagea sa main de la pression rassurante de celle de Kenyon et dit bonsoir. La soirée n'était peut-être pas terminée pour eux, mais pour elle si. Ce n'était pas parce qu'elle voulait rejoindre Jenner, bien que sa soudaine sortie l'ait inquiétée. Mais elle avait besoin de temps et de solitude pour réfléchir.

— On va peut-être le trouver cette nuit, et tout sera fini, dit Bane, d'un air sincère.

— Je l'espère. Bonne chance, dit Mia. J'ai été ravie de vous rencontrer, Tomas.

Le vieux chef inclina la tête et Mia se dirigea vers la

porte. Mais avant qu'elle ne sorte Kenyon la rattrapa, ses yeux bleus luisant faiblement.

— Heu… écoutez… j'ai bien compris que je ne suis pas le premier sur la liste, mais accepteriez-vous quand même de déjeuner avec moi demain ?

Mia hésita un instant, mais la sincérité qui se lisait sur le beau visage de Kenyon, plus le fait que Jenner avait dit très clairement qu'il n'était pas disponible, rendaient évident que seule sa ridicule obsession pouvait être un obstacle. Ce soir, elle avait fini par agir de façon positive et elle avait pris une partie de son destin en mains.

Il était temps de réfléchir de façon réaliste à ce qu'elle allait en faire.

— D'accord, avec plaisir, dit-elle.

Elle se sentit coupable en voyant son sourire joyeux. Il était absolument parfait, à un détail près : il n'était pas Jenner. Et elle allait devoir se faire une raison au moment de faire son choix.

Avec un sourire mélancolique, Mia prit congé.

12

Au milieu de la nuit, Mia s'éveilla et fixa le plafond. Son sommeil avait été agité de rêves étranges, peuplés d'ombres qui se poursuivaient et de lumières sinistres. Pas vraiment des cauchemars, mais perturbants quand même. Elle avait finalement réussi à s'en extraire en ouvrant les yeux dans l'obscurité, en proie à une envie indescriptible. Elle n'avait plus du tout sommeil, au contraire, elle était pleine d'énergie et plus éveillée qu'elle ne l'avait été de toute la journée.

Elle avait envie d'aller courir sous la lune… et de Jenner.

Aucune de ces deux possibilités ne lui parut vraiment raisonnable. Elle jeta un coup d'œil au réveil posé sur la table de nuit : 1 heure du matin. Son estomac criait famine et finalement elle se glissa hors du lit en soupirant et, vêtue seulement d'un boxer et d'un débardeur en coton, elle se dirigea dans la maison silencieuse. Il n'y avait pas de loi interdisant de se préparer un en-cas au milieu de la nuit. En se déplaçant, l'air frais qui lui caressait les jambes lui procura une sensation plaisante qui chatouilla ses terminaisons nerveuses et lui fit repenser à ses rêves.

Mia s'arrêta devant la baie vitrée pour regarder l'obscurité. Les arbres ondulaient doucement sous la brise nocturne et la sensation de manque la parcourut de nouveau. Elle avait envie d'être là-bas, dehors, dans les bois. Elle oublia son estomac et, repliant les bras autour d'elle, elle scruta la nuit et aperçut de-ci de-là des petites ombres qui passaient furtivement entre les arbres. Les créatures de la nuit.

Comme elle. Sa présence ici avait permis à des choses

qu'elle pensait enfouies depuis longtemps de refaire surface. Mia s'était toujours sentie chez elle dans les bois, où sa magie avait fini par devenir une chose aussi naturelle que de respirer. Elle avait de vagues souvenirs d'avoir couru entre les arbres, légère comme les lucioles qui scintillaient autour d'elle. Il n'y avait pas que le sang qui avait sa chanson. C'était vrai pour tout, le monde, la nuit, les créatures.

Elle ne fut pas surprise quand son reflet dans la vitre se mit à luire doucement. Une sensation de chaleur se répandit en elle. C'est cette sensation qu'elle aurait dû garder en mémoire, plutôt que toutes les années de railleries cruelles. Quelque chose, que ce soient les bois ou le sang de loup-garou ou l'atmosphère de Ferry's Hollow, avait permis à sa magie de resurgir de tous les recoins où elle s'était efforcée de la cacher. Et elle ne lui paraissait ni mauvaise ni noire. C'était comme lorsqu'elle était enfant, une part d'elle-même qui était la chose la plus naturelle au monde.

D'abord hésitante, puis plus assurée, elle la laissa s'exprimer et la femme dans la vitre se mit à briller d'une lumière plus vive, tel un feu follet dans la nuit.

Malgré toutes les histoires effrayantes à propos des fées Unseelie, Mia se demandait comment elles étaient réellement, si elles s'étaient éteintes ou avaient simplement disparu de ce monde comme sa grand-mère. Ada s'était raccrochée aux lambeaux de son héritage familial de fée comme à un talisman, s'enorgueillissant des quelques gouttes de sang unseelie, et rêvant à la Cour d'Eté.

Le père de Mia était un Unseelie de sang mêlé, beau et sombre. Mais elle n'avait pas d'autre souvenir que les photos où on le voyait en compagnie de la belle femme blonde qui était sa mère. Elle ne croyait pas qu'ils la considéraient comme une abomination.

Il était peut-être temps qu'elle cesse d'avoir cette opinion d'elle-même.

C'était une idée simple mais qui lui apparut soudain comme une évidence. Les loups, ici, s'acceptaient comme ils étaient. Pour la plupart, ils n'étaient pas ces sombres créatures qu'on trouve dans les légendes. Et le fait que son sang pouvait être utilisé pour faire le mal ne voulait pas dire qu'elle était mauvaise, ni que sa famille l'avait été.

Elle n'est pas différente de nous, avait dit Jenner. Mais continuerait-il à le penser s'il la voyait telle qu'elle était en ce moment même ? Et les autres ? Elle courrait un risque en révélant sa vraie nature. Mais pour la première fois de sa vie elle ne rejetait pas cette idée. Surtout parce qu'elle savait d'instinct que le fait de devenir un loup-garou ne la déposséderait jamais de la magie qu'elle portait en elle.

Quelle que soit la meute qu'elle rejoindrait, ils seraient bien obligés de l'accepter. Sinon… eh bien, elle se débrouillerait seule, comme elle l'avait toujours fait. Au moins, elle ne perdrait pas la raison. Irritée par cette idée, elle soupira. Le moment de dévoiler ses capacités n'était pas encore venu.

Chaque chose en son temps.

L'attention de Mia fut détournée de sa rêverie mélancolique par une forme plus grande, tout à côté de la fenêtre. Elle s'approcha en fronçant les sourcils, se reflétant dans la vitre comme un fantôme rayonnant. Un chevreuil ? C'était possible. Elle scruta la forêt immobile pour discerner la forme étrange derrière la vitre. Sa vision s'aiguisa. Mais la surprise de découvrir qu'elle était capable de voir les arbres comme en plein jour fut tempérée par une sensation de malaise grandissant. Ses cheveux se dressèrent sur sa nuque. Elle s'immobilisa tandis que la forme au-delà de la vitre bougeait de nouveau. Cette fois, elle la distingua très nettement, ce n'était pas un chevreuil.

C'était un loup.

Comme elle l'observait, elle prit conscience d'un bruit sourd à proximité. Un grognement. Soudain, elle se rendit compte que le son sortait de sa propre gorge. Pourtant, ce n'était pas un son humain, c'était bel et bien un grognement animal.

Bien que le son ait été très bas, le grand loup à l'extérieur sembla l'entendre. Il redressa la tête, oubliant ce qu'il reniflait sur le sol, et se tourna vers elle. Un instant, leurs yeux se croisèrent. Instinctivement, Mia grogna plus fort, en signe d'avertissement. Des yeux jaunes brillèrent dans la nuit. Des crocs blancs se dénudèrent.

Elle connaissait ces yeux. Il était difficile de les oublier.

Ils se regardèrent pendant un moment, le temps était comme suspendu. Elle ne fut pas étonnée d'avoir peur mais, plus surprenant, cette fois, sa peur était dominée par un sentiment plus fort encore, la colère. Mia montra les dents au loup qu'elle savait être Jeff Gaines, furieuse à l'idée qu'il l'avait retrouvée, qu'il l'avait pourchassée jusqu'ici… qu'il refusait de la laisser en paix.

Elle sentit monter en elle la sensation de chaleur qu'elle avait déjà ressentie quand, dans le camion de Jenner, elle avait été submergée par la colère. De nouveau, une douleur aiguë la transperça comme des milliers de poignards mais elle ne la refusa pas. Il fallait qu'il sache qu'elle ne se laisserait pas faire. Elle ne fuirait pas cette fois. Ses doigts se crispèrent comme des griffes, elle sentit ses ongles s'allonger, elle se transformait.

La voix de Jeff s'introduisit de force dans sa tête.

Mia, je t'avais dit que je viendrais te chercher.

Le cœur de Mia se mit à battre plus vite et elle prit quelques inspirations rapides. Lui répondre sans bouger les lèvres semblait aussi naturel que de respirer.

Tu ne m'auras pas. Je te tuerai d'abord.

Elle le vit ouvrir la bouche et laisser pendre sa langue en se moquant d'elle.

Tu disais que je te manquais. Allons, Mia, moi, je vois qui tu es vraiment, même si les autres ne le voient pas. Sors et viens jouer avec moi. Laisse-moi t'aimer. Laisse-moi te saigner.

Je te hais. Je te hais pour cela, pensa-t-elle avec toute la férocité qui s'accumulait en elle.

La douleur s'intensifiait au point qu'elle se sentait prête à défaillir, mais elle résista, les yeux rivés sur ceux de Jeff.

Tu m'entends ? Je te hais ! Tu ne m'auras pas !

Il referma la bouche, sa langue disparut. A présent, la voix qu'elle entendait dans sa tête était chargée d'accents douloureux.

Non… ne dis pas des choses comme ça… tu ne vois donc pas que je t'aime ?

— Je te hais !

Elle eut du mal à reconnaître sa propre voix. L'énergie sortit violemment d'elle comme un éclair teinté de pourpre qui atteignit le loup. Il bascula à la renverse lorsque l'éclair le transperça, puis il fit volte-face et s'enfuit dans l'obscurité, échappant à son regard. Un hurlement lugubre résonna à ses oreilles, dans sa tête.

Elle ne pouvait pas le laisser s'enfuir. Elle voulait aller au bout.

Incapable de réfléchir — incapable de penser —, Mia ouvrit brutalement la porte du patio et se précipita dans la nuit à sa poursuite. Elle sentait encore sa présence, son odeur de sueur et d'homme, de loup et de folie. Elle courut à travers les bois, plus vite qu'elle ne l'avait jamais fait, ses pieds touchant à peine le tapis d'aiguilles de pin, de brindilles et de cailloux.

Tu ne m'échapperas pas, pensa-t-elle, tandis que la lumière qui courait en elle se changeait en une colère noire et incandescente. *Je te retrouverai… et à ce moment-là tu regretteras de m'avoir choisie, moi.*

Elle le rattrapait. Elle pouvait entendre sa respiration haletante et rauque, le bruit de ses pattes dans le sous-bois. Elle l'avait blessé, semblait-il, et elle gagnait du terrain. Au bout de ses doigts, de longues griffes meurtrières avaient remplacé ses ongles, ses dents étaient aussi aiguës que des dagues, et c'était *juste*. Chacune de ses terminaisons nerveuses était à vif. La douleur sous sa peau s'était atténuée pour laisser place à une sensation de brûlure agréable. Elle était sur le point de se transformer. Et si elle pouvait le poursuivre en tant que loup, un loup avec les capacités qu'elle possédait déjà, il n'aurait aucune chance de lui échapper…

Elle aperçut sa silhouette dans une brèche entre les arbres, il regagnait de la vitesse. Elle poussa un cri de colère, de désespoir, et dirigea vers lui du bout des doigts un autre éclair de lumière pourpre. Elle entendit un cri pitoyable quand la brûlure de sa flèche l'atteignit en plein dos.

Tu n'as pas compris à qui tu avais affaire, espèce de salaud, pensa-t-elle avec force en espérant que sa voix intérieure l'atteindrait dans sa course.

Soudain, elle se retrouva seule et elle prit conscience de la réalité de ce qu'elle venait de faire, c'était de la pure folie. Elle trébucha comme sa raison reprenait le pas sur son instinct. Et ce n'est qu'à ce moment-là qu'elle perçut les autres choses qui bougeaient autour d'elle dans les bois. Des choses sombres, sinistres, faites seulement d'ombre, qui n'attendaient que de la voir baisser ses défenses pour s'approcher et se refermer sur elle.

Un aboiement aigu attira son attention. Mia se retourna, prête à défaillir, et aperçut un énorme loup gris aux intenses yeux mordorés qui se précipitait vers elle. En un clin d'œil, elle se trouva face à Jenner, vêtu seulement d'un jean. Le froid qui l'avait saisie en prenant conscience des Ombres qui l'observaient fut oublié dès qu'elle vit l'inquiétude qui se lisait sur son visage.

— Mia !

Il s'approcha et la prit dans ses bras en la pressant brusquement contre lui, comme elle en avait rêvé depuis qu'elle le connaissait.

— Bon sang, Mia, vous êtes folle ou quoi ? Tout va bien ? Seigneur ! Regardez-moi.

Elle ne s'était pas rendu compte jusqu'ici de l'effet que cette petite aventure surnaturelle avait produit sur elle. Elle avait maintenu le loup à distance, toute seule cette fois. Par son simple pouvoir, plus un peu de cette autre magie dont elle n'avait jamais pensé être capable.

Mia se passa la langue sur les lèvres.

— Il a disparu, dit-elle dans un souffle tandis que Jenner s'écartait d'elle pour l'observer de la tête aux pieds avant de la serrer de nouveau dans ses bras.

— C'était Jeff. Mais il s'est échappé. Il m'a échappé, poursuivit-elle.

Malgré tout, cela la fit sourire. Après toutes ces années de peurs et de doutes, pendant lesquelles elle avait contrôlé son pouvoir. Cela lui avait coûté mais elle avait aussi appris une chose essentielle.

Jenner ne semblait pas partager son enthousiasme.

— Rentrons à la maison. Vous n'êtes pas en sécurité ici.

Il la souleva comme une plume, en la berçant contre lui comme il l'avait fait la première fois qu'ils s'étaient rencontrés dans les bois. Mia enfouit son visage contre sa poitrine nue tandis qu'il s'élançait en courant pour la ramener à la maison à une vitesse qu'aucun être humain ne pourrait jamais atteindre. Sa poitrine était chaude et il la serrait si fort qu'elle ne pouvait pas faire le moindre mouvement.

Pourtant, elle ne se sentait pas prisonnière. Elle se sentait en sécurité.

Sans résister, Mia se laissa aller contre lui. L'oreille pressée conte sa poitrine, elle percevait les battements réguliers et apaisants de son cœur. Elle ne fut pas étonnée lorsque son propre cœur ralentit ses battements frénétiques, cherchant à se mettre à l'unisson de celui de Jenner. Le vent sifflait à ses oreilles et elle s'abandonna en fermant les yeux. L'instant d'après, ils étaient de retour chez Jenner. Au chaud. En sécurité.

Seule avec le seul homme qu'elle désirait.

Etonnamment, lorsqu'il prit la parole, la voix grave de Jenner lui sembla moins assurée qu'elle ne s'y attendait.

— Qu'est-ce qui vous est passé par la tête ? Vous n'étiez pas seule, là, dehors, même après qu'il s'est enfui. Bon sang, Mia, vous ne les avez pas senties, même un peu ?

— Si… après, murmura-t-elle en s'humectant les lèvres, aussi sèches que du papier de verre. Je suis désolée, poursuivit-elle, je me suis levée parce que je n'arrivais pas à dormir. J'ai vu Jeff, là, dans le noir. Bien sûr, j'ai eu peur, mais j'étais si… en colère. Si terriblement en colère.

Jenner jura en sourdine, puis resta silencieux un moment. Mia supposa qu'il était en train d'appeler la cavalerie à la rescousse. Cela la rassurait, bien qu'elle se dise que Jeff devait être loin maintenant. D'une certaine façon, elle avait réussi à l'atteindre. Mais elle n'était pas assez stupide pour croire que cela serait durable. Sa folie sortait de tous ses pores, dégageant une odeur fétide. Une odeur de mort.

Jenner la transporta jusqu'au canapé sur lequel il s'assit en la gardant blottie sur ses genoux. Il laissait les bras autour d'elle et ça la rendait heureuse. Elle aurait voulu qu'il ne la lâche plus jamais.

— Pourquoi s'est-il enfui ? Vous a-t-il agressée ? demanda Jenner.

— Non, il s'est juste enfui, dit-elle.

— Au fond, c'est un lâche, répliqua Jenner d'une voix blanche. Ça ne m'étonne pas.

Mia se mit à trembler, l'épuisement commençait à se faire sentir.

— Toute cette histoire est complètement démente.

Jenner grogna.

— Ce qui est dément, c'est en premier lieu que les Silverback l'ont laissé partir. Même s'il est doué pour se faire plaindre, ce dont je ne doute pas un seul instant, ils n'ont aucune excuse pour l'avoir laissé libre. Tomas aurait bien dû s'en rendre compte.

— C'est sûr, mais j'ai l'impression qu'il n'est pas du genre à accepter qu'on remette en cause ses décisions.

Jenner eut un grognement de mépris.

— Tomas est snob. Dans sa meute, il y a beaucoup de familles de loups-garous de sang pur qui se croient supérieurs à cause de leur hérédité. Ils n'ont jamais vraiment affaire aux Ombres parce qu'ils vivent en ville au milieu des humains, loin des forêts. Je ne sais pas comment ils peuvent le supporter. Eux se demandent comment nous pouvons supporter de vivre ici. Chacun son truc.

Mia se rappela comment Jenner était sorti de la pièce en claquant la porte. Quand elle était sortie à son tour, il l'attendait devant la porte, mais il était demeuré silencieux. Elle hésitait à en reparler, mais c'était maintenant ou jamais.

— Jenner ?

— Hum ?

— Vous avez vraiment perdu une compagne qui vous a quitté pour rejoindre les Ombres ?

Il demeura silencieux si longtemps qu'elle pensa qu'il ne répondrait pas, et elle fut envahie par la culpabilité. Elle n'aurait pas dû poser cette question. Ça ne la regardait pas. Mais apparemment elle était incapable de refréner son désir de tout connaître de lui... même ses secrets les plus douloureux.

Il finit tout de même par prendre la parole.

— Je n'avais pas encore demandé à Tess de devenir ma compagne. Et nous n'étions pas encore unis officiellement. Mais nous allions le faire. Nous vivions ensemble. Elle était...

Il hésita, cherchant ses mots.

— C'était un être passionné, reprit-il. Elle avait cet amour de la vie qui était contagieux. Elle voulait tout connaître, tout expérimenter. Mais elle avait une part d'ombre. Elle pouvait être très changeante, insatisfaite de sa vie à Ferry's Hollow, des contraintes imposées par la vie avec la meute. Elle voulait partir et ne savait pas comment faire. Je m'efforçais de la satisfaire et de la rendre heureuse. Nous le faisions tous. Mais ce n'était jamais assez. Elle constituait une proie facile pour les Ombres. Quand elle a commencé à changer, à passer toutes les nuits dehors, j'ai compris que quelque chose n'allait pas. Pourtant, je ne voulais pas croire que c'était ça. Pendant un temps, j'ai cru qu'il y avait un autre homme. Ça aurait été trop beau, dit-il avec un rire qui sonnait faux.

Mia fut transpercée par la douleur dans sa voix. Qu'il ait pu ne pas suffire à quelqu'un la dépassait. Cependant, on voyait bien que le jugement de Tess affectait encore la vision qu'il avait de lui-même.

— Vous étiez lunari à ce moment-là ?

— Oh ! non, loin de là. J'étais en train de m'installer et Bane était sur le point de succéder au chef précédent. Tout ce que je voulais, c'était bricoler des voitures, m'installer, avoir une flopée de gamins. Vous voyez, une vie normale. Je suis un mec simple, Mia.

Elle rejeta la tête en arrière pour le regarder.

— Oui et non. Mais c'est ce qui me plaît chez vous.

Son petit sourire fit battre son cœur plus fort.

— Quand les attaques contre la meute ont commencé, que

des gens se sont mis à disparaître les uns après les autres, j'ai su quelque part que c'était elle. Mais ce n'est que lorsqu'elle s'en est prise à un des plus jeunes, un gamin nommé Danny Sawyer qui n'avait que quatorze ans, que j'ai su que je devais en avoir le cœur net. C'est moi qui l'ai trouvée en train de boire le sang d'une des femmes de la meute. Nous avons réussi à sauver la femme. Mais nous n'avons pas sauvé Tess. Elle était en train de devenir l'une d'entre eux. Ils avaient exploité la moindre de ses faiblesses et l'avaient montée contre nous. Même contre moi. Elle voulait les rejoindre, se transformer totalement et faire partie de leur monde, au lieu de rester avec nous. Avec sa famille. Avec moi.

Mia voyait bien que, même maintenant, cette pensée le faisait toujours souffrir.

— C'est donc vous qui y avez mis un terme, dit-elle calmement

— J'ai… j'ai été obligé de le faire. Même à la fin, je continuais à espérer que je pourrais faire revenir la vraie Tess, mais… elle n'est jamais revenue. Et les choses qu'elle a faites… des choses si affreuses. Ses parents n'ont pas pu supporter de rester ici plus longtemps après cela. J'avais été plus proche de son père que du mien, mais j'étais une des choses qu'il devait fuir. Je l'ai compris. Et il m'a fait cadeau de la boutique. Mais cela ne m'a pas consolé. Ils sont partis dans l'Ouest, ils ont rejoint une autre meute. Personne ne leur en a voulu.

— Et c'est à cause d'elle que vous êtes devenu le lunari, dit Mia.

— Vous ne pouvez pas savoir à quel point je hais ces choses, dit Jenner d'une voix rauque, menaçante. Voir quelqu'un que vous connaissez complètement vidé de son sang, et savoir qu'une de ces choses vivra plus longtemps grâce à cela, est un des pires sentiments qu'un loup peut éprouver. Je suppose que c'est ma volonté d'empêcher cela qui me permet de tenir.

— Je suis désolée, dit Mia, et elle le pensait vraiment.

Il n'était pas surprenant qu'après avoir vécu une expérience aussi épouvantable il soit devenu incapable d'envisager une relation sentimentale. Qui pourrait avoir envie d'ouvrir son cœur après cela ? Mais la force dont il avait dû faire preuve pour régler le problème de Tess procurait aussi à Mia un sentiment de respect mêlé d'effroi.

— Vous n'avez pas à l'être, dit Jenner. C'était il y a longtemps. A cette époque-là, j'avais des œillères, j'aurais dû comprendre ce qui lui arrivait. Il y a beaucoup trop de magie noire dans le monde, Mia, vous pouvez me croire. Moi, tout ce que je demande, c'est qu'on me laisse vivre ma vie de loup.

On frappa à la porte et Jenner serra Mia contre lui avant de la déposer sur les coussins du canapé. Elle espérait que, dans la pénombre, il n'avait pas remarqué sa pâleur subite.

— Ne bougez pas. C'est sûrement Meri, dit-il.

Il se dirigea vers la porte d'entrée. De là où elle était, Mia ne pouvait pas voir le visiteur, mais en entendant une voix féminine elle se réjouit que toute la communication entre les membres de la meute ne se fasse pas toujours dans le silence et la télépathie. Bien sûr, les loups-garous étaient aussi des gens, presque comme les autres. Même eux, il arrivait qu'ils se rendent visite juste pour voir si tout allait bien.

Elle entendit des bribes de leur courte conversation et en saisit la teneur. Une battue avait été organisée juste après l'appel de Jenner même s'il n'y avait que peu d'espoir de retrouver Gaines.

Mia eut l'impression que les effets secondaires de la première manifestation de son instinct animal se dissipaient. Elle se sentit soudain très vulnérable, assise là toute seule. Elle remonta ses genoux contre sa poitrine et, plaçant ses bras autour de ses jambes, elle se recroquevilla comme peuvent le faire les enfants.

Elle fut agréablement surprise lorsque Jenner revint vers le canapé et la reprit dans ses bras. La situation aurait pu être embarrassante, mais Mia se laissa aller contre lui avec reconnaissance. Elle avait encore besoin d'être réconfortée. Et Jenner, sous des dehors brusques et plutôt intimidants, le savait et agissait en conséquence. Lorsqu'elle posa la joue dans le creux de son cou, elle trouva sa peau aussi douce et chaude que de la soie. Elle avait envie de s'y blottir et de respirer son odeur. Pour profiter de lui au maximum avant de devoir le quitter, parce qu'il lui serait impossible de se cacher totalement d'un homme comme lui. Il haïrait ce qu'elle était. Tout au moins il la rejetterait pour cela. Il ne voulait pas de magie qui aille au-delà de ce qu'un loup possédait déjà.

Elle avait été comme cela, elle aussi, pendant longtemps. Mais ce soir elle avait commencé à changer d'avis. Elle s'était servie de la magie pour se défendre, elle avait contrôlé sans difficulté le flot d'énergie qui jaillissait du bout de ses doigts. Elle était sûre de pouvoir le refaire. Son nouveau côté loup-garou n'avait fait que renforcer sa magie naturelle.

C'était étrange. Mais moins désagréable que ce qu'elle avait craint au début.

Perdue dans ses pensées, Mia sursauta quand Jenner lui parla à l'oreille.

— Comment vous sentez-vous ? lui demanda-t-il doucement. Mieux ?

Mia hocha la tête.

— Un peu, dit-elle. Je ne dirais pas que je ne me suis pas fait peur moi-même, mais ça va aller.

— Ce n'est pas toujours aussi effrayant. Mais vous, vous semblez bien déterminée à choisir la difficulté.

Mia, piquée au vif, recula, prête à le remettre en place, mais elle s'aperçut que les yeux dorés de Jenner pétillaient d'humour.

— Je ne m'attendais pas à découvrir votre sens de l'humour précisément à cette occasion, dit-elle, impassible.

Le sourire de Jenner s'élargit.

— Ah bon, eh bien, renseignez-vous. On dit généralement que j'ai un sens de l'humour plutôt tordu. Je suis navré.

Elle eut un demi-sourire en reposant la tête contre son épaule.

— Je suis sûre que non.

— Vous avez raison. Mais c'est vrai que je vous fais marcher. En gros, j'aurais cru que vous vous réveilleriez comme quelqu'un qui a bu des litres de café.

— C'est ce qui s'est passé, admit-elle. A quoi est-ce dû ?

— C'est l'attraction de la lune, dit Jenner, et ces mots prononcés d'une voix rauque firent frissonner Mia d'un frisson qui n'avait rien à voir avec le froid.

— Ça vous fait ça, à vous aussi ? demanda Mia. Toutes les nuits ?

— Non, répondit-il. Pas toutes les nuits. Et vous apprendrez à changer vos habitudes en devenant plus nocturne. Mais à cette époque du mois, quand la lune est presque pleine, oui, j'ai du mal à rester tranquille. Vous seriez étonnée de voir toutes les corvées que je termine à 2 heures du matin. C'est dans la nature de la bête.

— Je suis contente que vous ayez été éveillé, dit Mia calmement.

— Ouais, dit-il. Moi aussi.

Ils restèrent assis, silencieux pendant quelques minutes. Mia se rassurait en écoutant les battements réguliers du cœur de Jenner. C'était de la folie de le désirer. C'était stupide de se focaliser sur ce qui ne pourrait jamais arriver. Et pourtant, elle restait là, blottie contre lui, à se torturer, quand il se mit à lui caresser le dos d'une main hésitante.

Il ne se contentait pas de la protéger, il prenait soin d'elle. Et Mia savait que Jenner ne prenait sérieusement soin que des choses qui comptaient pour lui.

Elle espérait seulement qu'il n'allait pas le regretter plus tard… tout comme elle, d'ailleurs.

13

En serrant Mia dans ses bras, Jenner savait qu'il jouait avec le feu. Mais il ne pouvait pas s'en empêcher.

Il ne s'était plus autorisé à réagir de cette façon depuis Tess. Mais, cette fois, c'était différent. Mia n'avait rien de commun avec la femme qu'il avait aimée autrefois, et perdue.

Enfin, presque rien. En dépit de son ingénuité, Mia conservait des zones d'ombre. Rien de vraiment menaçant, mais quand même, elle avait quelque chose… de plus. C'était peut-être cette touche de sang de fée, celle qui avait attiré Gaines, mais il ne le pensait pas. C'était juste *Mia.* A son grand désespoir, chaque seconde qu'il passait avec elle ne faisait que la rendre plus attirante à ses yeux.

Il n'était pas stupide, il savait ce que cela signifierait s'il se laissait aller. Ce n'était pas pour rien si chez les loups-garous la cour était de courte durée et l'union permanente. Chez eux, quand une chose était juste, elle allait de soi.

Et Mia devait le sentir, elle aussi, sinon elle ne resterait pas sur ses genoux, blottie comme un chaton.

Bon sang, il était vraiment sincère en lui disant qu'il ne pouvait pas être son initiateur pour son intégration dans la meute. Il ne voulait plus se remettre en péril de cette façon. Mais il fallait bien admettre qu'il était incapable de se tenir éloigné d'elle. Surtout en pensant à ce qui avait failli lui arriver un peu plus tôt.

— Jenner ?

Sa voix était chaude et douce, onctueuse comme de la crème. Il baissa les yeux vers elle, certain qu'elle percevait son désir et sa frustration. En croisant son regard, Jenner vit qu'il ne se trompait pas, et il fut rassuré de constater qu'il n'était pas le seul à lutter.

Sans le quitter des yeux, Mia leva les mains en un geste hésitant et les plaça de chaque côté de son visage. Elle n'était pas timide. Calme parfois, mais au fond d'elle-même elle n'était pas timide. Ce soir, elle avait subjugué les Silverback… et obtenu exactement ce qu'elle voulait. Il avait de plus en plus l'impression qu'il valait mieux ne pas sous-estimer Mia D'Alessandro. C'était une des nombreuses choses qu'il trouvait si attirantes chez elle.

— Mia, dit-il d'une voix douce, ce seul mot sonnant comme une supplique.

Soudain, ils se jetèrent l'un sur l'autre d'un même mouvement.

Au premier contact, Jenner sentit son sang affluer dans ses veines. Les lèvres de Mia étaient aussi douces que dans son souvenir, faites pour le plaisir. Elle s'abandonna à son baiser avec un petit soupir et plus rien au monde ne compta pour lui que sa bouche explorant la sienne, et ses mains sur son corps.

Mia caressa son visage, passant sur sa barbe naissante, puis le long de ses épaules pour descendre sur sa poitrine. Jenner sentit les battements de son cœur s'accélérer en prenant dans sa main un de ses seins au galbe parfait. Du pouce il en caressa la pointe dressée jusqu'à ce que Mia gémisse. La passion entre eux était d'une telle intensité qu'elle faisait comme un arc électrique.

Jenner emmêla ses doigts dans ses cheveux en grognant. Mia émit un gémissement, une sorte de douce supplique de soumission, et se pressa contre lui. Il faillit en perdre la raison, perdre ce contrôle qui lui était si précieux. Il était au bord de l'abandon, et c'était dangereux. Il y avait eu d'autres femmes depuis Tess. Mais elles n'étaient que des passades qu'il n'avait pas profondément désirées. Aujourd'hui, c'était différent.

Il s'arracha à leur baiser et Mia poussa un petit cri de frustration. Elle le regarda, avec dans les yeux les étincelles d'un feu ardent, et Jenner vit que Mia était, comme lui, à la limite de perdre tout contrôle. Il voyait la bête dans ses yeux… et quelque chose de plus. Un chatoiement sauvage d'une beauté irrésistible, qui faisait de Mia un être singulier. Il aurait voulu s'en détourner mais la majeure partie de son être n'avait qu'un désir, s'y plonger.

— Mia, dit-il, le souffle court. Je ne peux pas… nous ne devons pas…

— Je sais, dit-elle. Mais j'ai besoin que tu me touches, Jenner. Même si ce n'est que pour une nuit. Reste avec moi.

Cédant finalement à la tentation, il lui répondit par une succession de baisers haletants et passionnés.

Avec une rapidité dont elle ne se serait pas crue capable, Mia changea de position pour venir chevaucher Jenner. Le grognement guttural qu'il poussa et la façon dont il agrippa ses hanches lui indiquèrent qu'elle avait gagné. Le désir embrasait ses sens. Son corps était prêt à s'enflammer.

La magie en elle se réveilla, envoyant des éclairs de feu et de désir à travers tout son corps. Elle entendit sa propre musique secrète, qui se mêla à celle qui battait sous la peau de Jenner, jusqu'à ne plus faire qu'une musique singulière qui était la leur. Toute raison disparut, remplacée par des instincts vieux comme le monde. Mia s'arc-bouta contre Jenner et perçut sa respiration sifflante. Elle rejeta la tête en arrière, exposant sa gorge à son regard.

Rejoins-moi, pensa-t-elle. *Prends-moi.*

Bien qu'elle sache que c'était impossible, elle aurait pu jurer qu'elle entendait la réponse de Jenner directement dans sa tête.

Comme tu voudras.

En un instant, Mia se retrouva allongée sur le dos sur le canapé confortable. La sensation du corps de Jenner pesant sur le sien l'envoyait au paradis. Elle sentit ses mains, si grandes et sûres, se glisser sous son débardeur. Elle l'aida à le retirer, avide de sentir sa peau directement contre la sienne. Le vêtement fut promptement éliminé et Mia poussa un cri rauque de plaisir quand plus rien ne subsista entre eux.

Si elle avait eu des doutes à propos de l'attirance qu'elle provoquait chez Jenner, ils furent balayés par la manifestation de son désir. Ses mains étaient partout sur elle, tandis que leurs corps s'emmêlaient sur le canapé. Sa bouche chaude et dure était exigeante. Mia se pressa contre lui, l'encourageant silencieusement à continuer comme il plaçait ses mains sur ses seins en les pressant. Elle eut le souffle coupé quand une de ses mains s'insinua sous la ceinture de son short. Son nom emplissait sa tête et son cœur.

— Nick, murmura-t-elle, tandis que des doigts il commençait à caresser les zones les plus sensibles de son intimité. Pour une fois, l'usage de son prénom ne sembla pas perturber Jenner.

— Mmm, acquiesça-t-il dans une sorte de ronronnement.

Mia se souleva sous l'effet de sa caresse, le souffle aussi court que celui de Jenner. Elle sentait son regard sur elle tandis qu'il l'amenait vers la culmination de son plaisir. Mia ferma les yeux. Elle ne voyait rien, entièrement concentrée sur ses sensations, qui étaient multiples.

— Regarde-moi, dit-il d'une voix gutturale. Je veux que tu me regardes.

Elle ouvrit les yeux et les plongea dans les siens, et au même moment elle fut submergée par une vague de plaisir qui la tétanisa. Elle poussa un cri, le corps tendu par les vagues déferlantes de son orgasme. Jenner poursuivit ses caresses, la forçant à exprimer son plaisir jusqu'à la dernière vibration. Mais elle n'était pas encore rassasiée.

— Fais-moi l'amour, implora-t-elle.

Se tordant contre lui, elle glissa la main pour s'emparer de son sexe dressé qui palpitait, tendu et soyeux sous ses doigts. Jenner haletait plus que jamais, son cœur battait la chamade contre sa poitrine. Il avait enfoui son visage dans son cou et quand Mia le caressa il frissonna. C'est seulement à cet instant qu'elle comprit à quel point il était près de perdre tout contrôle.

— Il faut… il faut…

Mia se demanda comment les loups-garous faisaient pour avoir des rapports sexuels sans transformer tous leurs partenaires en loups-garous. Elle comprit soudain que la réponse était simple. Elle était prête à se ruer dans la direction que lui indiquerait Jenner pour aller chercher la boîte dont il avait besoin.

— Où ? demanda-t-elle, le souffle court.

— Attends, dit-il dans un souffle. Juste… bon sang…

Il disparut si vite qu'elle le vit à peine et elle fut envahie par une peur aussi soudaine qu'horrible qu'il ne revienne pas. Mais il revint aussi vite qu'il avait disparu. Elle l'entendit déchirer l'enveloppe tout en s'allongeant maladroitement sur le canapé en un mouvement peu gracieux qui ne lui ressemblait pas, si grande était l'impatience de son désir. Mia le prit dans ses bras et il s'immobilisa, respirant bruyamment.

— Je ne veux pas tout gâcher, dit-il.

— Ne t'inquiète pas, dit Mia d'une voix rassurante. Elle l'aida à placer le préservatif, sentant avec plaisir son souffle haletant sur elle. Alors leurs corps se retrouvèrent, emmêlés de nouveau, s'accordant dans le même mouvement. Ils se débarrassèrent du reste de leurs vêtements. Jenner la porta sur l'épais tapis de laine qui recouvrait le sol devant le canapé et prit position au-dessus d'elle. Il posa son front contre celui de Mia et l'embrassa en un long et lent baiser qui l'irradia de plaisir de la tête aux pieds. Mia gémit et s'étira sous lui. A ce moment, il la pénétra, et elle retint sa respiration tandis qu'il s'immobilisait en elle.

— Seigneur, murmura-t-il. Tu es si étroite, Mia…

Elle souleva ses hanches contre lui et il commença à se mouvoir en elle à un rythme qui lui était propre. Mia calqua son mouvement sur le sien, sentant le plaisir qui montait en elle de nouveau. Il l'emplissait complètement et chaque caresse la transportait de plus en plus près d'un état où plus rien n'existait qu'une sorte de félicité intégrale.

Elle regarda son visage magnifique. Ce soir, il lui appartenait.

Il accéléra le rythme de son mouvement en elle, et Mia sentit son plaisir se concentrer. Et pourtant elle avait l'impression que Jenner pouvait lui donner encore plus, s'il le voulait. Elle sentit son cœur battre contre sa poitrine en parfait accord avec le sien.

Jenner emmêla ses doigts avec les siens, et repoussa ses bras au-dessus de sa tête, si bien qu'elle fut totalement captive. Il posa une série de baisers brûlants sur son visage, sur ses seins. Mia poussa un long gémissement rauque, oubliant tout ce qui n'était pas le plaisir qui affluait en elle.

L'orgasme s'abattit sur elle comme une tempête tropicale. Elle cria, le corps cambré contre celui de Jenner, qui atteignit sa propre jouissance en libérant un cri.

Mia fut secouée de frissons tandis que les ondes de son plaisir s'éloignaient une par une en cercles concentriques. Ils absorbèrent ensemble ces frémissements jusqu'à ce qu'ils refluent en de délicates ondulations de plaisir. Mia avait l'impression que son corps tout entier était recouvert de poussière d'étoiles.

Elle se blottit contre Jenner, sa respiration reprenant un rythme normal, en se demandant ce qu'ils avaient traversé ensemble. Même après qu'il s'était retiré, elle le sentait encore en elle.

Quelque chose avait irrémédiablement basculé dans son monde lorsqu'ils s'étaient unis. Elle n'était pas encore en état de se concentrer suffisamment pour analyser ce que c'était, ni ce que cela allait signifier dans l'avenir. La seule chose à laquelle elle pouvait penser, c'était que, aussi formidable que leur acte d'amour ait pu être, ils s'étaient approchés d'un précipice bien plus profond.

Elle sentit confusément qu'il la soulevait pour l'emporter dans sa chambre et l'allonger sur le lit.

Elle comprit que Jenner n'avait pas plus envie de la laisser qu'elle ne voulait qu'il la laisse. Encore quelque chose qu'il faudrait analyser… plus tard. Il s'éclipsa pendant quelques secondes qui lui parurent une éternité.

Quand il revint se coucher auprès d'elle, Mia se glissa entre ses bras, son corps épousant la forme du sien.

Jenner poussa un doux grognement qui la fit sourire.

— Si on avait voulu passer outre la loi de la meute, on n'aurait pas fait mieux, dit-il.

Il avait l'air aussi comblé qu'elle. Mia commença à glisser dans le sommeil, transportée par l'euphorie qui succède à une extraordinaire session d'amour.

Jenner n'ajouta rien, apparemment satisfait de la serrer contre lui.

Quelque part au fond de sa conscience, Mia sentit qu'elle essayait de l'atteindre pour faire revivre la musique magique qu'ils avaient créée ensemble. Elle la laissa vibrer en elle, absorbant Jenner jusqu'à ce que plus rien n'existe d'autre que lui. Elle se voyait danser avec lui sous la lune au milieu d'un cercle de fées lumineuses. Des yeux, amicaux et d'une certaine façon familiers, les observaient avec sympathie depuis les arbres qui ondulaient doucement.

Fée-loup, soufflèrent-ils d'une seule voix. *Fille de la lune magique.*

Dans son sommeil innocent, Mia ne pensait qu'à une chose, elle était enfin arrivée chez elle.

— Nick.

Son nom, doucement murmuré, parvint aux oreilles de Jenner et il frissonna en la serrant plus fort, s'efforçant jusque dans son sommeil de la protéger de quelque chose qui semblait venir de partout et de nulle part à la fois et qui palpitait tout autour d'eux.

En rêve, il vit Mia qui dansait en riant dans une obscurité étrange et hostile. Ses yeux brillaient du même éclat que la lune… et soudain il vit les yeux sans vie de Tess. Ses yeux qui se moquaient de lui pour l'avoir aimée. Pour lui avoir fait confiance.

Lui rappelant de ne plus jamais ouvrir son cœur.

14

Après avoir dormi d'un sommeil étonnamment profond, Mia s'éveilla dans une maison silencieuse.

Elle n'avait pas besoin de vérifier pour savoir que Jenner était parti. Elle ne l'avait pas entendu partir mais elle sentait son absence aussi sûrement que si elle l'avait vu passer la porte. C'était étrange mais, en y repensant, pas plus que les quelques jours qui venaient de s'écouler.

Le bon côté était que le calme lui donnait le loisir de réfléchir sans être interrompue. Elle aurait aimé le voir ce matin, se réveiller dans ses bras. Ce qui s'était passé entre eux la veille au soir n'était pas qu'une simple histoire de sexe, elle l'avait senti d'une façon qui ne laissait pas de doute. Et il était impossible qu'il ne l'ait pas senti lui aussi.

Ou alors il l'avait senti et c'était pour cela qu'il était parti.

Elle prit une douche et s'habilla, puis elle sortit de sa chambre et descendit l'escalier avec l'idée de trouver quelque chose à manger. La maison était totalement silencieuse. Elle se rendait compte maintenant à quel point la présence de Jenner lui était vitale. Elle aurait voulu qu'il soit là.

D'un autre côté, elle voulait un tas de choses qu'elle ne pouvait pas avoir.

Mia repassa dans sa tête les événements de la veille sans vraiment porter attention à ce qui l'entourait. Quelque chose lui avait peut-être échappé ? Quelque chose qui s'était mal passé ? Ou bien ça venait peut-être tout simplement de Jenner, qui culpabilisait et déambulait dans Ferry's Hollow en ressassant le fait qu'il l'avait touchée alors qu'il avait juré de ne pas le faire ?

Elle aurait bien aimé le savoir.

Mia s'arrêta net au milieu des marches en voyant une longue jeune femme mince allongée sur le canapé. La femme, elle, ne sembla pas remarquer Mia, qui la regardait, interloquée. Une de ses jambes passait par-dessus le bras du canapé et semblait marquer la mesure. Mia tendit l'oreille et entendit vaguement de la musique. Le pied qui terminait cette jambe était nu et ses ongles étaient recouverts d'un vernis violet brillant. La deuxième jambe était repliée.

Quelle que soit cette personne, elle semblait se sentir parfaitement chez elle dans cette maison.

— Hum, bonjour… dit Mia sur un ton interrogateur en finissant de descendre l'escalier.

La jambe s'immobilisa un instant puis disparut. Il y eut un moment de confusion et une tête apparut.

— Salut, dit l'inconnue en retirant les écouteurs de ses oreilles.

— Salut, répondit Mia en haussant les sourcils.

Voilà qui apportait un peu de distraction. La jeune femme était adorable, dans un style fée gothique. Ses cheveux noirs coupés au carré encadraient son visage fin et délicat illuminé par une paire d'yeux ourlés de cils épais et d'un bleu presque aussi sombre que de l'onyx. Comme Mia restait là, complètement déconcertée, les lèvres roses de la petite fée s'élargirent en un grand sourire irrespectueux.

— Je parie que vous vous demandez ce que je fais sur ce canapé, dit-elle d'un ton enjoué.

— Ouais, dit Mia lentement, je pense qu'on peut dire ça. Je m'appelle Mia.

— Aislynn. Aislynn O'Doyle.

Elle se leva d'un bond léger et fit le tour du canapé. D'après ses vêtements, elle devait avoir quelques années de moins que Mia, jean noir moulant, T-shirt affichant le nom d'un groupe dont Mia avait entendu parler mais qu'elle n'écoutait pas spécialement, et une chemise de flanelle râpée trois fois trop grande, aux manches roulées. Elle était petite et menue et pourtant elle dégageait une incroyable énergie.

Mia se demanda si elle devait lui serrer la main ou partir en courant.

— Désolée, j'aurais dû faire plus attention, mais j'écoutais de la musique sur mon iPod avec le casque. Jenner m'a dit pas de jeu vidéo pendant que vous dormiez, il n'y a rien d'autre à lire que des magazines automobiles, il n'y a rien dans le frigo, alors je suis contente que vous soyez réveillée. J'étais à deux doigts de me jeter par la fenêtre.

Mia ne put s'empêcher de rire.

— Et moi je suis contente que nous ayons évité ça. Ecoutez, j'espère ne pas être indiscrète, mais… vous êtes qui ? Où est Jenner ?

Aislynn plissa son petit nez pointu, prenant un air dégoûté qui était absolument charmant.

— Je fais partie des chasseurs de la meute. Je suis la plus jeune pour l'instant puisqu'ils n'engagent les nouveaux qu'à la sortie de la fac. Moi, j'ai eu mon diplôme en mai. Ce qui me vaut une quantité considérable de tracasseries de la part des anciens, et c'est aussi à moi qu'on demande d'assurer le baby-sitting quand on a envie de sortir se dégourdir les jambes.

Elle fit une grimace.

— Désolée. Je ne voulais pas dire que vous êtes un bébé. C'est juste une façon de parler, ajouta-t-elle.

Impressionnée par le débit constant de paroles d'Aislynn, si différent de la conversation laconique de Jenner, Mia n'avait pas relevé l'insulte involontaire.

— Il n'y a pas de problème, dit-elle. Je ne suis pas complètement inculte.

Cela sembla amuser Aislynn.

— Inculte ? J'aime bien, c'est plutôt soutenu, comme vocabulaire, non ?

Elle secoua une main aux ongles du même violet chatoyant que ses doigts de pieds, faisant tinter une multitude de bracelets d'argent qui reflétèrent la lumière au passage.

— Bref, Jenner a été appelé pour aller vérifier quelque

chose dans la forêt tôt ce matin. Et on m'a ordonné de venir vous tenir compagnie, poursuivit-elle.

Mia essaya de ne pas montrer son soulagement. C'était donc la raison pour laquelle Jenner était parti, elle était heureuse de savoir qu'il ne s'était pas enfui parce qu'il avait couché avec elle.

Bien sûr, cela ne disait pas ce qu'il en pensait vraiment, mais ça aurait pu être pire. Maintenant qu'elle pouvait penser à autre chose, son interrogation obsessionnelle fit place à la curiosité.

— Merci d'avoir joué les baby-sitters, alors, dit Mia en souriant.

— Je vous en prie, dit Aislynn avec simplicité, en dansant d'un pied sur l'autre avec grâce.

Elle semblait avoir un trop-plein d'énergie qui l'empêchait de rester tranquille.

— Je ne m'attendais pas à faire votre connaissance ce matin. Je pensais que Jenner serait rentré avant, mais c'est vrai que dans cette histoire rien n'est normal.

Elle s'arrêta, les yeux arrondis.

— Je ne veux pas dire que vous êtes anormale, reprit-elle. C'est juste toute cette histoire de sauvage psychopathe.

— J'avais compris, répliqua Mia en essayant de ne pas rire.

A ce moment-là, elle se rendit compte à quel point elle avait manqué de compagnie féminine.

Aislynn regarda autour d'elle et sauta sur place.

— Si on allait déjeuner ? Je meurs de faim. Je ne sais pas ce que Jenner mange, mais je doute fort qu'il survive uniquement avec des bretzels rassis et de la bière.

— Je crois qu'il a utilisé toutes ses réserves pour le petit déjeuner il y a deux… attendez, vous avez dit déjeuner ?

Aislynn hocha la tête en haussant un sourcil.

— Eh oui, la belle au bois dormant. Vous avez fait la grasse matinée. Je pense que je ne vais pas pousser la grossièreté jusqu'à vous mettre en boîte à ce sujet. En général, j'attends au moins une heure avant de me montrer vraiment peste.

Le sentiment de panique soudain qui saisit Mia l'empêcha de trouver ça drôle. La seule chose qu'elle avait en tête était qu'elle avait dormi jusqu'à l'heure du déjeuner. Et c'était le moment où elle était censée retrouver un type qui n'était évidemment pas celui avec qui elle avait passé la nuit.

A cet instant, quelqu'un frappa à la porte. Mia ferma les yeux en grognant.

Aislynn regarda en direction de la porte et leva le nez avec l'air attentif. Elle semblait apprécier ce qu'elle sentait.

— Hmm. Tu n'aimes pas cette odeur ?

Mia renifla et reconnut immédiatement son odeur — chaude, vivante et très virile, un mélange d'épices très agréable. Elle se demanda si elle ne pourrait pas envisager de s'enfuir par la fenêtre de la salle de bains.

— Il sent bon, admit Mia.

— En plus, il n'est pas mal du tout, dit Aislynn avec un sourire espiègle. Un peu trop propre sur lui, à mon goût, mais on ne sait jamais, il cache peut-être un côté plus sauvage.

Elle regarda Mia attentivement et, même si elles ne communiquaient pas par télépathie, l'intuition féminine fut suffisante.

— Oh ! Oh ! Un rendez-vous pour déjeuner ?

— Ouais.

— Il est au courant pour Jenner et toi ?

Mia lutta contre l'envie de se masser les tempes pour chasser la migraine qui s'annonçait.

— Quand j'ai accepté ce déjeuner, il n'y avait pas de Jenner et moi. Et d'ailleurs je ne suis pas sûre que ce soit différent maintenant. Mais ce n'est pas…

Aislynn leva la main.

— Ne m'en dis pas plus. Je suis ta baby-sitter, d'accord ? Où tu vas, je vais. Même si cela doit créer une situation embarrassante pendant laquelle je ferai tout ce que je pourrai pour faire rougir le mignon petit Silverback.

Mia lança à Aislynn un regard de gratitude muette. Elle comprit ce que signifiait appartenir à une meute. Cela voulait dire avoir une grande famille qui veille sur vous. Et même qui intervient pour gérer les rendez-vous importuns.

Jenner avait raison… Ferry's Hollow n'était peut-être pas

Philadelphie, mais cet endroit avait ses avantages. Peut-être même plus qu'elle ne le croyait.

— Merci, dit Mia. Je veux dire, on ne se connaît même pas…

— Tout le plaisir est pour moi, répondit Aislynn avec un petit geste de la main. Vraiment, ajouta-t-elle avec un clin d'œil.

15

Contre toute attente, Mia s'amusait plus qu'elle ne l'avait fait depuis fort longtemps.

Elle se dit que quoi qu'il arrive Aislynn allait vraiment devenir une amie. Elle était tellement drôle que Mia avait mal aux côtes à force de rire, et elles avaient plein de choses en commun. Elles étaient assises l'une en face de l'autre et Aislynn sélectionnait les chansons sur le mini-juke-box fixé au mur. Chaque alcôve en avait un, relié au grand juke-box situé au fond du restaurant.

Cela faisait un moment qu'Aislynn cherchait la meilleure façon de torturer les autres clients. Elle hésitait entre un teenager à la voix de fausset inexplicablement populaire et une jeune star de la télévision qui était totalement dépourvue de talent.

— Je vais me boucher les oreilles, protesta Kenyon en riant. Je ne veux même pas savoir ce que vous allez choisir et je crains que mes tympans ne résistent pas si je l'entends.

Mia regarda Kenyon, qui était assis à ses côtés. Il avait des fossettes, comme elle l'avait déjà remarqué, et rien de ce qu'il faisait n'était venu altérer l'impression que Mia avait de lui. Il était bien élevé, charmant et si juvénile qu'il semblait plus jeune qu'il ne l'était en réalité. De plus, il était beau et toutes les femmes dans le restaurant, les adolescentes comme les femmes mûres, n'avaient d'yeux que pour lui. Kenyon était absolument… craquant.

Elle était aussi absolument sûre qu'il n'était pas fait pour elle. Mais, elle devait bien le reconnaître, il ne manquait pas de persévérance.

Il se tourna vers elle en plissant ses yeux bleus. Mia remarqua qu'il s'était rapproché d'elle en glissant sur la banquette, sans qu'elle s'en aperçoive.

Oh ! oh...

— Je me disais... que diriez-vous de sortir avec moi ce soir ? On pourrait aller manger un morceau, et peut-être se faire un ciné. Il y a une salle assez sympa dans le coin.

Mia sourit en réfléchissant à une façon aimable de refuser. Même si Jenner se dérobait encore une fois, Kenyon n'était pas le genre de type qui se contenterait d'une seule nuit. Il méritait mieux que ça... il méritait quelqu'un qui... eh bien, qui le regarde exactement comme le faisait Aislynn, s'il voulait bien se donner la peine de le remarquer.

— En fait, Kenyon...

Elle fut interrompue par le tintement de la clochette de la porte d'entrée et une vague de joie s'abattit sur elle, la prenant totalement au dépourvu.

Elle leva les yeux et vit Jenner franchir la porte. Il paraissait beaucoup trop grand et dangereux pour avoir le droit d'entrer dans ce restaurant kitsch et ridiculement exigu. Il la repéra immédiatement et, au moment où leurs regards se croisèrent, tout le reste disparut autour de Mia. Au bout de quelques secondes, elle recommença à respirer normalement. Elle luttait contre le désir instinctif de se lever et d'aller vers lui, attirée comme par un aimant.

Avant déjà, il provoquait chez elle une réaction intense. Mais la nuit qu'ils avaient passée ensemble semblait avoir démultiplié l'effet qu'il lui faisait.

Son cœur battit une fois, puis deux, et elle entendit l'écho de celui de Jenner dans sa tête. Elle éprouva alors la plus curieuse des sensations : son esprit s'emplit du doux son de sa voix prononçant son nom avec une tendresse infinie. Puis la voix disparut comme un battement d'aile de papillon. Elle se demanda si son imagination lui jouait des tours. En tout cas, Jenner, lui, était bien réel.

Tout comme le regard meurtrier qui s'afficha sur son

visage lorsqu'il vit qui était assis à côté d'elle. Et elle ne manqua pas de percevoir, venant de là, un grondement, léger mais tout à fait réel. Au prix d'un effort considérable, Mia parvint à détacher son attention de Jenner pour lancer à Kenyon un regard incrédule.

— Non, dit-elle d'une voix implorante. Je vous en prie. Pas dans le restaurant.

La seule personne qui semblait s'amuser, c'était Aislynn. Elle regardait avec beaucoup d'attention la scène qui se déroulait sous ses yeux et ne semblait pas particulièrement inquiète. Contrairement à Mia, horrifiée à l'idée que Jenner et Kenyon puissent en venir aux mains d'un instant à l'autre.

Jenner se dirigea vers eux à grandes enjambées, terriblement sexy avec son jean déchiré, qui descendait sur ses hanches, ses bottes élimées, son T-shirt noir et son blouson tout froissé. Sa lèvre supérieure tremblait comme si elle allait se retrousser et ses yeux lançaient des éclairs. Mais malgré cette rage, lorsqu'il posa les yeux sur elle, Mia eut l'impression qu'elle se liquéfiait sur place.

— Désolé de jouer les trouble-fête, grommela-t-il sur un ton qui démentait ses paroles, mais vous allez devoir interrompre cette petite réunion.

— Tout de suite ? demanda Mia en essayant de rassembler ses idées. Pourquoi ?

— Je t'expliquerai quand nous serons dehors.

— Si ça a un rapport avec Gaines, alors cela me concerne aussi, dit Kenyon d'une voix qui avait perdu toute trace de gentillesse. Je viens avec vous.

— Ça m'étonnerait étant donné que tout ceci ne concerne que moi et Mia, et que, de plus, tu n'es pas convié, rétorqua Jenner, et cette fois sa lèvre supérieure était franchement retroussée sur ses dents.

Kenyon se leva vivement, attirant l'attention d'un certain nombre de clients. Mia se recroquevilla intérieurement. Les gens commençaient à remarquer qu'il y avait de la bagarre dans l'air et le taux de testostérone dans la salle atteignait un niveau critique. Elle se leva à son tour, plus lentement toutefois, et essaya de paraître moins paniquée qu'elle l'était en réalité. Aucun homme ne s'était jamais battu à cause d'elle. Et, maintenant que cela arrivait, elle trouvait que ce n'était pas aussi sympa qu'on aurait pu le croire.

— Tu ne vas pas te débarrasser de moi comme ça, gronda Kenyon à l'intention de Jenner.

Toutes les traces de juvénilité que Mia avait constatées chez lui avaient disparu et elle percevait nettement le loup tapi sous la surface. Kenyon était peut-être un amoureux, mais en tout cas c'était aussi un combattant.

Elle posa la main sur son bras, sentant ses muscles tendus comme des câbles d'acier. Elle donna une légère pression des doigts pour attirer son attention.

— Je vais avec lui, dit-elle. Restez avec Aislynn. Vous n'avez aucune raison de partir à cause de moi.

Le visage de Kenyon se décomposa et Mia se sentit très mal. Elle vit le regard furieux que Jenner posa sur sa main, mais tant qu'il ne se mettait pas en tête d'arracher le bras de Kenyon avec les dents elle ferait comme si de rien n'était.

Kenyon ne répondit pas et se contenta de hocher la tête en s'effaçant pour la laisser passer. Cependant, elle l'entendit murmurer à l'intention de Jenner.

— On en reparlera.

En guise de réponse, Jenner lui jeta un regard goguenard qui irrita Mia. Ce n'était pas parce qu'elle lui avait donné raison qu'il devait accabler son adversaire. Elle se retourna pour dire au revoir à Aislynn, qui promit de la revoir dans la journée. Puis elle sortit sans ajouter un mot, doutant d'être capable de se retenir d'exploser contre Jenner. Il était sur ses talons et elle sentait la chaleur de sa présence comme si le soleil frappait sur son dos.

Elle adorait cette sensation, et elle la haïssait en même temps. Alors que tout son être était excité du seul fait d'être de nouveau près de lui, sa raison l'obligeait à penser que tout cela allait se terminer par une immense déception, et elle était horrifiée. Jenner lui avait dit dès le début qu'il n'était pas intéressé par une relation durable. Pourtant, si c'était le cas, pourquoi la regardait-il comme il le faisait ? Et pourquoi l'avait-il caressée comme si elle était précieuse à ses yeux ? La nuit dernière l'avait comblée… en fait, pas complètement. Elle voulait être la seule à compter pour lui. Elle voulait qu'il lui demande de rester.

Et Mia n'avait pas la moindre idée de ce qui allait se passer.

Elle ne fit que quelques pas dehors avant de se retourner vivement vers lui.

— Alors ? demanda-t-elle d'un ton cassant.

— Alors quoi ? répliqua-t-il, renfrogné.

Il avait toujours l'air contrarié, les mains enfoncées dans les poches et les épaules légèrement voûtées.

— Tu entres en trombe, tu te conduis comme un vrai macho, tu exiges que je te suive sans donner la moindre explication et tu ressors comme une furie. Ça te paraît normal ?

Jenner haussa les épaules.

— Je ne vois pas ce qu'il y a d'anormal à ça.

Mia poussa un profond soupir.

— Ça ne m'étonne pas de toi. Pourtant, il y a un monde en dehors de Ferry's Hollow, et dans ce monde les gens n'ont pas pour habitude de se comporter comme des brutes. Ta conduite y serait considérée comme grossière.

Jenner haussa un sourcil.

— J'ai raison d'habiter ici, alors.

Interloquée, Mia poussa un grognement de frustration.

— Pour l'amour de… pourquoi es-tu si odieux avec Kenyon ?

— Parce qu'il te veut.

Mia resta bouche bée. La réponse, franche et directe, l'avait prise au dépourvu.

— Et moi aussi, je te veux, Mia, poursuivit Jenner. Chez les loups, cela signifie que Chase et moi ne pouvons pas être amis. Cela signifie aussi que je ne vais pas sourire et prendre les choses du bon côté quand tu décides de déjeuner avec lui dans mon dos.

— Tu… me… veux, répéta-t-elle lentement en séparant les mots, comme pour s'assurer qu'elle avait bien compris.

Il l'avait bien montré par ses actes, bien sûr, mais elle ne s'attendait pas à ce qu'il le reconnaisse.

Jenner lui lança un regard noir.

— Il me semblait qu'on était d'accord là-dessus la nuit dernière.

Mia eut un petit rire exaspéré et repoussa une mèche de cheveux de son visage.

— Je… bon, d'accord. Premièrement, tu as bien vu que je n'étais pas seule avec lui, non ?

Le visage de Jenner ne s'adoucit pas.

— Ouais. D'ailleurs, Aislynn va m'entendre.

Mia leva les yeux au ciel.

— C'est elle qui a proposé de venir avec moi, Nick, dit-elle en espérant qu'en utilisant son prénom elle lui remettrait à la mémoire l'intimité qu'ils avaient partagée la nuit dernière.

Le regard de Jenner se radoucit légèrement. Comme il restait silencieux, Mia revint à l'attaque, énervée par sa réaction. Les loups-garous jaloux de leur territoire étaient quelque chose de nouveau pour elle.

Comme de constituer le territoire en question.

— Je ne suis pas certaine de ce que je suis censée te dire. Je te veux, moi aussi ? Il y a plus romantique !

— Je ne suis pas romantique, Mia. Je te préviens tout de suite.

— C'est bon, dit-elle lentement. Je peux accepter ça, si c'est ce que tu veux savoir.

— Non, ce n'est pas ce que je te demande, dit-il d'une voix rauque.

Mia mit les mains sur les hanches, totalement exaspérée.

— Alors, qu'est-ce que tu veux savoir ?

Finalement, la carapace tomba et Mia put voir ce qu'elle dissimulait. Il était tout simplement aussi nerveux et peu sûr de lui qu'elle l'était elle-même. Quelque part, cela la rassura de savoir que tout ceci était nouveau pour l'un comme pour l'autre.

— Je pensais que tu aimerais peut-être faire un tour en voiture.

C'est seulement à cet instant qu'elle remarqua la voiture garée au bord du trottoir, aussi imposante qu'un puissant animal de métal et étincelant dans les rayons du soleil.

— Je croyais qu'elle n'était pas terminée.

— Pratiquement, dit Jenner.

Il la regarda sans ciller avec ses yeux si intenses.

— C'est une belle journée, ajouta-t-il.

— En effet, acquiesça Mia, déconcertée.

Jenner semblait produire cet effet sur elle. Il constituait un mélange de sauvagerie et de courtoisie qui la fascinait.

— Alors ? demanda-t-il.

Il y avait une foule de sous-entendus dans cette question toute simple.

Mais en ce qui concernait Jenner tout semblait la ramener à une réponse toute simple.

— Allons-y, répondit-elle en se dirigeant vers la voiture.

Monter dans une voiture puissante s'avéra être mieux que bien. C'était exactement la sensation que Mia recherchait.

Alors qu'ils roulaient à toute vitesse le long d'une petite route vallonnée, elle fut tentée de passer la tête par la portière comme le font les chiens. La journée était plus chaude que prévu, on se serait cru à la fin de l'été. Le regard surpris de Jenner ne lui avait pas échappé lorsqu'elle avait sorti un élastique de son sac pour attacher ses cheveux avant de baisser la vitre.

— C'est une belle journée, dit-elle simplement. Je démêlerai les nœuds plus tard.

— C'est un choix avisé, répliqua Jenner, et elle se demanda s'ils parlaient vraiment de ses cheveux, l'un et l'autre.

Il y avait quelque chose de libérateur dans la vitesse et les couleurs éclatantes du paysage qui se déroulait sur leur passage. Mia sentit s'envoler le poids qu'elle avait eu sur la poitrine pendant tout le week-end. Elle voulait que les choses soient simples. Rien ne l'était jamais. Sauf ça.

La présence de Jenner à ses côtés était solide et rassurante et, quand elle le regardait à la dérobée, il avait l'air tout à fait à l'aise pour conduire cette voiture puissante dans les virages et sous la voûte des arbres. Ils s'enfoncèrent plus avant dans la campagne et Mia voyait défiler les fermes et les habitations. L'air était chargé des riches senteurs de feuilles mortes et de feu de bois. Certaines parmi les odeurs qu'elle préférait.

Mia regarda autour d'elle avec curiosité quand Jenner ralentit et engagea la voiture dans une longue allée, au bout de laquelle se trouvait une vieille ferme, flanquée d'une grange et d'un poulailler. Des vaches paissaient tranquillement dans les prés entourant le bâtiment principal.

Elle tourna la tête pour regarder Jenner en face.

— Quoi que tu dises, tu n'arriveras pas à me convaincre d'essayer d'attraper des poulets, en tout cas, pas tout de suite.

Son rire franc et profond la poussa un peu plus vers le bord de ce précipice dans lequel elle menaçait de tomber depuis le moment où elle l'avait rencontré.

Il arrêta la voiture dans l'herbe près de la maison et éteignit le moteur. Ils restèrent assis sans parler pendant un long moment. Curieusement, ce silence n'était pas inconfortable. Finalement, Mia tourna la tête vers lui, piquée par la curiosité.

— Est-ce que je peux savoir ce que nous faisons ici ?

Jenner tourna la tête et plongea son regard doré dans le sien. Le demi-sourire sur ses lèvres la fit fondre instantanément. Mais il y avait quelque chose en plus dans son expression qui l'intriguait… on aurait dit une sorte de résignation. Mia se demandait à quoi elle était due. A elle, peut-être ?

— Je me suis levé tôt.

Elle haussa les sourcils.

— Et ?

— J'ai eu tout le temps de réfléchir pendant que je pistais ce matin. Au fait, nous avons trouvé un corps. Ce n'était pas celui de Gaines.

Il plissa le front et leva une main pour prévenir ses questions.

— Je n'aurais pas dû mettre ça sur le tapis. Ce n'est pas pour te parler de ça que je t'ai amenée ici, poursuivit-il.

— C'était un des … vôtres ?

Elle avait failli dire « des nôtres ». Elle avait eu le mot sur le bout de la langue.

Il secoua la tête.

— Non. On pense que c'était un des hommes de Gaines.

Malheureusement, c'est à peu près tout ce qu'on peut dire pour le moment. Le corps n'était pas en très bon état.

— Oh.

Il avait raison… il y avait mieux comme entrée en matière.

Jenner rit doucement comme s'il lisait dans ses pensées.

— Je crois t'avoir dit que je ne suis pas un très bon parleur. On marche un peu ? L'endroit est superbe et je crois qu'il faut qu'on parle de certaines choses.

Elle préférait le tour que prenait la conversation.

— Oui, je le crois aussi, acquiesça-t-elle.

Jenner sortit de la voiture. Mia l'imita, notant au passage qu'il avait fait le tour de la voiture pour lui donner la main et refermer la portière. C'était un détail, mais il garda sa main dans la sienne alors qu'ils empruntaient un sentier étroit qui partait de la maison et traversait un pré qui devait être magnifique au printemps. Il y avait une mare au loin, et on pouvait entendre cancaner des canards et des oies.

Jenner marchait silencieusement à ses côtés et Mia attendit qu'il se décide. Elle ne le connaissait pas depuis longtemps mais elle avait compris comment il fonctionnait. Jenner était l'illustration vivante de l'eau qui dort.

Tout à coup, il se lança.

— Je n'aurais jamais cru que je pourrais de nouveau m'intéresser à quelqu'un, Mia. Mais chaque fois que je suis près de toi j'oublie les règles que je me suis fixées. La nuit dernière…

Il hésita, puis s'arrêta pour la regarder en face.

— La nuit dernière, il s'est passé quelque chose d'important. Je le savais d'avance et c'est pour ça que je ne voulais pas que ça arrive. Mais c'est arrivé et je ne peux pas revenir en arrière. D'ailleurs, si je le pouvais, je ne le voudrais pas.

Le nœud qui s'était formé dans la gorge de Mia sans qu'elle s'en rende compte commença à se desserrer.

— Je pense à toi sans arrêt, reconnut Mia. Cela devrait me sembler fou, mais ce n'est pas le cas. Je pense à tout ce qui m'est arrivé, à tout ce que je dois affronter. Et j'ai toutes les peines du monde à ne pas te sauter dessus chaque fois que tu entres dans une pièce. Et hier soir…

Elle essaya de trouver les mots et échoua misérablement.

Le roulement profond du rire de Jenner la secoua, lui indiquant qu'il comprenait ce qu'elle voulait dire.

— C'est comme ça chez les loups quand ça… colle entre deux individus, dit Jenner. Ça a été encore plus rapide pour nous parce que tu avais déjà été mordue. Personne ne sait pourquoi les loups-garous font une cour accélérée, mais cela n'a rien d'étonnant pour les membres de la meute.

Il l'observait sous ses cils incroyablement longs et noirs.

— Je ne vais pas te mentir, Mia. Cette histoire pourrait mal finir, que cela nous plaise ou non. Mais il est hors de question que je laisse Kenyon Chase ou n'importe quel autre homme s'approcher de toi, ne serait-ce qu'une seule nuit.

— Tu me proposes de faire mon initiation, dit Mia.

Jenner dansa d'un pied sur l'autre et se passa la main dans les cheveux, dévoilant finalement un peu de sa nervosité. Il poussa un soupir et dit :

— C'est ça. Et après, eh bien… on pourra peut-être, je ne sais pas… voir comment ça tourne. J'avais de bonnes raisons de te dire que je n'étais pas le bon choix pour ton initiation, ou autre chose d'ailleurs. Je ne sais pas ce que j'ai à t'offrir. Je ne peux rien te promettre. Mais je peux te dire que d'après ce que tu ressens, et ce que je ressens, on pourrait être bien ensemble. Et je voudrais tenter le coup. Je sais que tu as dit que tu voulais partir, mais… j'aimerais que tu restes un peu. Faire un essai avec les Blackpaw. Avec moi.

Mia regarda le sauvage loup-garou protecteur qui se tenait en face d'elle et sentit son cœur se serrer douloureusement puis se relâcher. Elle ne s'attendait pas à ce qu'il prenne un tel risque.

Apparemment, elle n'était pas la seule à apprendre qu'il était parfois nécessaire d'en prendre.

Et elle était consciente qu'elle allait devoir en prendre d'autres d'ici peu. Elle ne pouvait pas maintenir Jenner dans l'ignorance au sujet des pouvoirs dont elle était dotée. Elle devait trouver un moyen de lui en parler. Rapidement.

— Bane sera d'accord ? demanda-t-elle, furieuse que la question se pose.

Mais ce n'était pas son monde et elle ne voulait pas que Jenner s'attire des ennuis à cause d'elle.

Il hocha la tête.

— Ouais. Il … heu… cela ne l'a pas vraiment étonné. Ça ne va pas plaire à tout le monde, mais tu t'es montrée très claire à propos de ton libre arbitre.

Elle vit un demi-sourire effleurer ses lèvres.

— Il demande seulement que nous attendions deux jours. La nuit qui précédera la pleine lune. Il craint que, si tu fermes toutes les portes pour Gaines, il ne s'échappe et ne s'en prenne à quelqu'un d'autre. Le sang d'une fée Unseelie est une denrée rare, mais…

Mia hocha la tête, soulagée. Cela lui laissait un peu de temps pour trouver comment dire à Jenner tout ce qu'il devait savoir… en espérant qu'elle trouverait un moyen de ne pas tout gâcher. C'était peut-être égoïste de sa part, mais elle avait envie de profiter de lui tout de suite, sans attendre. Elle n'avait jamais été avec personne, jamais vraiment. Il n'y avait sûrement pas de mal à vouloir profiter de quelques heures de ce bonheur, sans penser à plus tard.

— Alors, dit Jenner doucement. Tu en penses quoi ?

Mia vit sa pomme d'Adam jouer au Yo-Yo et comprit à quel point cette histoire le perturbait. Elle avait envie de lui passer les bras autour du cou et de le rassurer, de sentir cette chaleur et cette force magnifique et de savoir qu'il était à elle… ne serait-ce que pour un court moment.

— Oui, dit-elle simplement.

En un clin d'œil, elle se retrouva écrasée contre la poitrine de Jenner, sa bouche sur la sienne. Plus rien n'existait autour d'elle et on aurait dit que chaque pouce de sa peau faisait des étincelles. Elle ouvrit les lèvres sous son baiser et gémit lorsque sa langue vint rencontrer la sienne. Jenner la souleva et elle croisa les jambes autour de sa taille. Elle sentait comme il était dur contre elle et elle se cambra, le souffle court, s'offrant à cette délicieuse chaleur.

Sa frustration fut d'autant plus grande lorsqu'il la reposa tout à coup sur le sol, tout en gardant les bras autour d'elle, le menton posé sur sa tête. Le fait de sentir son cœur qui battait aussi vite que le sien fut une piètre consolation.

— Je me suis promis que cette fois-ci nous allions prendre notre temps, dit Jenner d'une voix enrouée.

Mia se mit à rire.

— Tout va trop vite dans cette histoire, dit-elle.

— Tu as raison, et je me suis promis que je n'arracherais pas tes vêtements au milieu de ce pré si tu disais oui.

Il posa les yeux sur elle.

— Je te ramène à la maison, Mia.

Elle hocha la tête et mit la main dans la sienne en espérant qu'ils ne regretteraient pas de n'avoir pas saisi l'instant.

16

Le lendemain soir, Mia avait presque oublié les yeux qui observaient dans l'obscurité.

Malgré l'intensité de sa connexion à Jenner, elle ne faisait que commencer à entrevoir à quoi ressemblait sa vie. Pour son plus grand plaisir, il avait commencé à la lui montrer. Elle était allée voir le garage qui lui appartenait, appréciant la façon dont il évoluait au milieu des voitures comme un animal surexcité. C'était son domaine, et elle découvrit qu'elle aimait le regarder faire.

Elle s'étonnait que ce loup-garou bourru soit toujours aussi hésitant avec elle, comme s'il craignait d'une certaine façon de la décevoir. Il ne savait pas à quel point il n'avait rien à craindre. Il était absolument parfait. De toute manière, s'il y avait quelque chose qui clochait chez lui, elle trouvait ça étrangement sexy.

Alors Mia observait, appréciait et regrettait de ne pas pouvoir lui montrer plus de sa propre vie. Elle avait aimé le silence respectueux avec lequel il avait regardé ce qu'elle lui avait montré de son travail. Mais ce n'est que quand elle fut témoin des interactions de Jenner avec la communauté soudée de la meute qu'elle comprit ce qui lui avait manqué. La chose dont elle ne pouvait lui parler parce qu'elle n'avait jamais vraiment existé.

Un réseau d'amis et de parents. Un foyer.

Elle ne s'était pas rendu compte à quel point elle était seule. Ici, elle était plus visible que dans la ville… et infiniment plus heureuse. Aislynn était déjà passée la voir, et les gens avaient commencé à lui faire signe comme s'ils la connaissaient. De plus, elle commençait à se sentir plus chez elle dans la maison de Jenner qu'elle ne l'avait jamais été ailleurs. Et son lit, comme elle avait eu plusieurs fois l'occasion de s'en apercevoir, était un endroit où elle aurait pu passer des journées entières à condition qu'il y soit aussi.

Elle pouvait se sentir chez elle ici. Elle pouvait même presque croire que rien ne pouvait l'atteindre.

Presque.

La lune était ronde et pleine dans le ciel quand Mia ouvrit les yeux dans l'obscurité de la chambre. Elle fronça les sourcils, se demandant ce qui l'avait réveillée. Jenner était allongé près d'elle, diffusant sa chaleur rassurante dans le silence de la nuit.

C'est alors qu'elle entendit les voix qui murmuraient.

Mia... Miiiiiaaaaaaaaaa...

Quelque chose voleta devant une fenêtre, plus noir que la nuit. Mia retint sa respiration. Elles étaient dehors. Elles l'attendaient.

Elle leva la main pour réveiller Jenner mais s'arrêta net. Le clair de lune entrait dans la chambre, inondant son système de l'espèce d'énergie dont elle avait parlé avec Jenner. C'était le pouvoir de la lune qui appelait le loup qui courait maintenant dans ses veines. En une seconde, elle fut parfaitement éveillée. Et à cette vigilance s'ajouta une colère d'une intensité qui la stupéfia.

Tout ceci était à elle. Rien jusqu'ici ne lui avait jamais inspiré un sentiment de possessivité aussi féroce. Elle se trouva instantanément en proie à une envie irrésistible de se précipiter dans la nuit, toutes dents dehors, pour affronter les choses qui voulaient lui enlever ce qui lui appartenait. Qui voulaient lui enlever Jenner.

Elle savait ce qu'il ferait si elle le réveillait. Il ferait exactement ce qu'elle essayait de ne pas faire. Il avait beau être fort, si ces choses avaient réussi à pénétrer aussi loin en territoire protégé pour la narguer, c'est qu'elles se sentaient sûres d'elles.

Mia retira sa main, et posa sur Jenner endormi un regard caressant. Le pincement au cœur qu'elle éprouva était profond, réel, et s'accompagnait d'une douleur qu'elle n'avait jamais connue auparavant. Il avait l'air si innocent dans son sommeil, moins endurci, moins méfiant. Ses lèvres entrouvertes laissaient passer son souffle régulier.

Mia soupira doucement tandis qu'une deuxième Ombre passait devant la lumière de la lune, suivie d'une troisième.

Elle savait ce qu'elle ressentait, bien que ce sentiment soit nouveau pour elle, inattendu et étranger. Jenner avait dit que quand deux loups étaient faits pour s'entendre les événements se précipitaient. C'était un euphémisme, mais elle était certaine, viscéralement, qu'elle donnerait tout pour le protéger.

Miiiiiiiaaaaaaa…

Elle tourna la tête pour lancer un regard incendiaire aux Ombres qui continuaient à flotter en jubilant dans sa ligne de vision. Les Ombres en avaient assez d'attendre. Et, elle, elle en avait assez d'être une victime. L'image de Jeff sous sa forme de loup, qui s'enfuyait en hurlant, lui passa par la tête. *Je peux le refaire,* pensa-t-elle. Elle n'avait pas besoin de sortir. Jenner et elle seraient saufs, pour le reste de la nuit, au moins. Il n'avait pas besoin de le savoir.

En silence, Mia se leva. A son grand soulagement, Jenner ne fit pas un geste.

Sa rage montait rapidement, elle allait devoir la canaliser si elle ne voulait pas se laisser de nouveau déborder par le loup en elle. Cette fois, elle pensait pouvoir le gérer. Et ça ne ferait que s'améliorer si elle réussissait à faire fuir quelques Ombres dans les bois en criant.

Elle descendit les escaliers pieds nus, les yeux fixés sur l'immense baie vitrée. Elle essayait de s'en approcher le moins possible. Il faisait nuit mais elle n'était pas la seule à voir dans l'obscurité. Son assurance vacilla, mais elle se reprit aussitôt. Il ne fallait pas qu'elles puissent déceler la moindre faiblesse en elle.

Et elles étaient des dizaines.

Les bois en étaient pleins, de ces Ombres à forme humaine,

bien plus noires que la nuit la plus noire. Elles se glissaient entre les arbres, certaines marchaient, ou couraient, d'autres semblaient flotter… il y en avait même qui volaient. On voyait les éclairs rougeoyants d'étincelles flamboyantes. Leurs yeux.

Mia frissonna.

Tout à coup, elles s'immobilisèrent toutes en même temps pour regarder dans sa direction.

Pendant un moment qui lui sembla une éternité, rien ne bougea. Elles attendaient… tout simplement. Et c'est à ce moment que Mia sentit la puissance qui montait en elle avec une force qu'elle n'avait jamais connue auparavant. Le flot d'énergie courait dans ses veines, entonnant sa chanson sauvage de minuit tandis que sa peau s'illuminait d'un feu de plus en plus brillant. Des volutes de lumière violette montèrent de sa peau comme de la fumée. Et, en même temps que la magie, la rage monta en elle.

Elle allait bannir ces choses de sa vie, de ce lieu, pour de bon. Elle savait qu'elle en était capable, si elle pouvait seulement rentrer un peu plus profondément en elle-même, si elle s'approchait un peu plus.

Mia se sentit descendre le reste des marches sans en être pleinement consciente. Elle se laissa attirer par la lumière de la lune, par la nuit étoilée — les sources de sa magie. Soudain, elle entendit les chuchotements qui montaient autour d'elle, persiflant à propos de ce que les Ombres allaient faire aux Blackpaw, ou la raillant parce qu'elle croyait pouvoir les arrêter.

Tout son être vibrait sous l'effet de la magie et elle se mit à trembler. Tout au fond de sa tête, les sonnettes d'alarme se mirent à tinter. Cela allait trop loin. Elle ne savait pas si elle pourrait garder le contrôle, elle leur avait permis de se servir de ses émotions pour dépasser les limites. Et déjà c'était trop tard, Mia n'avait pas la moindre idée du moyen de tout arrêter sans libérer ce qui montait en elle. Il fallait qu'elle sorte de cette maison, sinon elle allait libérer l'enfer et elle n'avait pas la moindre idée de ce qui en découlerait.

En titubant, elle réussit à se traîner jusqu'à la porte, l'ouvrit grande et obligea ses jambes à la porter jusqu'à l'endroit où les Ombres l'attendaient en ondulant sur place. Alors elles se rapprochèrent pour l'entourer avec insistance.

Toute cette puissance. Montre-nous…

Elle entendit vaguement un cri derrière elle, puis un grondement féroce. Son cœur se serra mais elle lâcha prise. Un éclair violent secoua le sol quand une onde de magie traversa les Ombres rassemblées. Mais au lieu de les blesser, Mia sentit leur jouissance, comme un soupir de bien-être. Elles disparurent d'un seul coup de la clairière, chevauchant l'onde d'énergie noire que Mia leur envoyait.

Mia tomba à genoux, inerte. Toute sa force l'avait quittée… elle l'avait donnée, involontairement bien sûr mais quand même, aux choses mêmes qu'elle avait voulu détruire. Elle comprit confusément que c'était cela qu'elles voulaient. Elle fut prise de nausées et frappa le sol de ses poings. Sa vision commença à se troubler mais pas assez pour qu'elle ne puisse pas voir les pieds nus de Jenner s'approcher d'elle.

— Jenner, dit-elle d'une voix faible, aide-moi.

Mais, quand elle leva les yeux, elle vit un visage tellement déformé par l'horreur qu'elle ne le reconnut pas.

— Mia ?

La question était chargée de sous-entendus et Mia sut immédiatement que si elle ne donnait pas la bonne réponse l'amant s'effacerait devant le lunari. Que pensait-il avoir vu ? Que croyait-il qu'elle était ?

Mia comprit trop tard que tout ce déploiement des Ombres n'avait eu lieu que pour cela. Elles ne lui avaient pas seulement pris sa force ce soir, elles lui avaient aussi pris la confiance de Jenner. Et Mia était trop faible pour se défendre de l'accusation qu'elle lisait dans ses yeux.

— J'essayais de les faire partir, dit Mia dans un murmure. Je croyais que je pourrais y arriver.

Elle sentit les mains de Jenner se poser sur elle juste avant de perdre connaissance et se dit qu'il lui accordait le bénéfice du doute… sans en éprouver de soulagement.

Elle avait vu le mot « trahison » s'afficher sur son visage.
Il n'allait pas lui ôter la vie.
Mais il était clair que Jeff et les Ombres qui gravitaient autour de lui lui avaient pris tout le reste.

17

Jenner, assis au bar, se désintéressait totalement de l'assiette d'œufs au bacon que Rowdy lui avait mise sous le nez dix minutes plus tôt. Maintenant, ils étaient froids et il était encore moins intéressé. Il entendait autour de lui le bavardage animé de ses compagnons, de retour de la chasse. Tout le monde savait que les bois avaient grouillé d'Ombres la nuit dernière, et qu'elles avaient disparu comme par enchantement avant même qu'ils n'aient eu besoin de les chasser.

Il était le seul à savoir pourquoi.

Furieux, il gardait les yeux rivés sur le bois ciré du comptoir, sur lequel reposait son assiette. Il savait que les autres remarqueraient son humeur et le laisseraient tranquille. La course et la chasse n'avaient pas réussi à lui remettre les idées en place. Au lieu de se concentrer sur la piste de Jeff Gaines, il n'avait fait que se repasser à la mémoire l'image de Mia, illuminée comme un candélabre et si débordante d'énergie qu'il ne pouvait croire qu'elle ne savait rien de ce pouvoir. Cette vision passait et repassait dans sa tête, la lumière violette qui traversait l'air, les yeux de Mia jetant le feu. Elle avait attiré les Ombres qui s'étaient nourries de son énergie, la laissant dans un tel état de faiblesse qu'il était peu probable qu'elle ait déjà récupéré. Aislynn surveillait la maison… à distance cette fois, selon ses ordres.

En observant Mia la veille, il avait eu la certitude, l'espace de quelques minutes absolument terrifiantes, que pour la deuxième fois de sa vie il allait finir avec le sang d'une femme sur les mains. Convaincu qu'en regardant dans ses yeux il verrait la chose obscure et tordue qui la dévorait, et qu'il devrait agir en conséquence.

Pourtant, bien qu'elle ait été vidée de toute son énergie, elle était toujours elle-même. Même s'il ne savait plus très bien ce que cela voulait dire.

Elle était toujours belle, bien qu'un peu effrayante, et pleine de cette magie particulière dont il avait juré qu'il ne s'approcherait plus jamais. Elle représentait plus qu'une cible pour les Ombres, et il n'y avait rien d'étonnant à ce qu'elles la veuillent tellement. Si elle n'était pas une demi-sang, elle en était très près. Elle était une arme de destruction massive ambulante, qui n'avait nul besoin du secours d'une seule de ces Ombres pour détruire tout ce qu'il aimait.

Sauf qu'elle ne ferait pas ça. Mia ne ferait jamais une chose pareille, et tu le sais très bien.

Il n'en était pas si sûr. Plus maintenant. Quand une femme soi-disant humaine commençait à lancer du feu du bout des doigts, on ne pouvait plus être sûr de rien. Que ses intentions soient mauvaises ou non — et au fond de lui-même il avait du mal à croire qu'elles l'aient été —, il n'en restait pas moins qu'elle avait pratiquement perdu le contrôle de la situation.

Et surtout, elle lui avait menti pendant tout ce temps.

Même s'il ne se l'avouait pas, c'était probablement ce qui le blessait le plus. Il lui avait ouvert son cœur. Il lui avait dit des choses qu'il n'avait jamais dites à personne. Et, elle, elle avait gardé tout ça pour elle, jusqu'à ce que cela manque de leur exploser à la figure.

Peut-être qu'elle ne lui faisait pas confiance. Ou alors, elle avait d'autres raisons, bien plus obscures. Dans les deux cas, cela revenait au même.

Perdu dans ses sombres pensées, il ne remarqua pas la silhouette élancée qui vint s'asseoir sur le tabouret à côté de lui. La douce voix grave de Bane le fit sursauter.

— Pourquoi tu fais cette tête-là ? Elle t'a fichu à la porte.

Jenner leva les yeux vers son chef, une lueur assassine dans le regard, prêt à lui rentrer dedans s'il voulait la bagarre. Mais Bane avait l'air réellement curieux, donc Jenner prit sur lui et retint son poing. Il attendait le moment de parler à Bane, mais il aurait préféré entamer la conversation d'une autre manière.

En réalité, il ne savait pas du tout par où commencer.

— Non, déclara-t-il avec réticence.

C'était la seule chose qu'il trouvait à dire. Bane renâcla doucement.

Jenner prit une profonde inspiration et se lança.

— Je crois qu'on a un problème, Bane.

Le sourire prudent de Bane s'effaça instantanément.

— Un problème ? Qu'est-ce qu'il y a ?

— Tout d'abord, cette femme est une menteuse.

Le chef sembla ne pas comprendre.

— Mia ? C'est bien d'elle qu'il s'agit ? Tu m'étonnes, Jenner. Généralement, je flaire les menteurs, et elle…

— … est visiblement très forte, interrompit Jenner. Elle nous balade depuis le début, Bane.

— Qu'est-ce que tu racontes ? demanda Bane.

Il s'interrompit brusquement et plissa les yeux en regardant par-dessus l'épaule de Jenner.

— Non, je vais plutôt le lui demander moi-même, dit-il.

Jenner ferma les yeux tandis que l'odeur de Mia l'inondait, provoquant en lui une sensation vertigineuse de faim et de désir. Il espérait seulement qu'il pourrait persuader son corps qu'il ne la désirait plus, mais cela prendrait du temps. Et il semblait évident qu'il allait bientôt avoir de nouveau pas mal de temps à passer tout seul.

Il se tourna et la vit debout devant la porte, sa silhouette se détachant sur la lumière extérieure. Il était devenu si accoutumé à sa présence qu'il l'aurait reconnue même sans lever les yeux. Pourtant, il n'avait pas anticipé que sa beauté lui ferait si mal. Bon sang, elle n'avait pas l'air en forme. L'inquiétude se lisait dans ses yeux tandis qu'elle scrutait l'obscurité de la pièce avec nervosité. A cet instant, leurs regards se croisèrent brièvement, et il aurait pu jurer qu'il avait entendu sa voix résonner faiblement dans sa tête.

Je suis désolée. S'il te plaît. Ce n'est pas ce que tu crois.

Furieux et surpris, il repoussa brutalement l'intrusion.

Le fait de pénétrer dans ses pensées était-il un autre de ses tours, qu'elle avait juste oublié de mentionner ?

— Elle a l'air d'être inquiète, dit Bane. Et bouleversée.

— Ah ouais ? Eh bien, elle a de quoi, rétorqua Jenner, en maudissant Aislynn, qui n'avait rien trouvé de mieux à faire que de l'amener ici.

Il détourna la tête et se leva en repoussant le tabouret d'un coup de pied rageur.

Il lut le doute sur le visage de Bane, ce qui ne fit qu'attiser la colère qui couvait en lui depuis le matin.

— Tu ne me crois pas ? demanda-t-il d'un ton tranchant.

— Je veux savoir à propos de quoi elle a menti, avant de prendre une décision. Bon sang, Jenner, de quoi est-elle coupable selon toi ? Je sais reconnaître la culpabilité à un kilomètre. Ça fait partie de mon boulot. Je peux te dire qu'il y a un peu de ça chez elle, mais je sens surtout une grande quantité d'inquiétude. Et un bon paquet de tristesse. Tu es sûr de toi sur ce coup ?

Au lieu de répondre, Jenner fit ce qu'il avait toujours fait depuis qu'il avait le poste de lunari. Il attaqua de front sans attendre de tomber dans une embuscade. En deux ou trois longues enjambées, il se trouva face à Mia, ne quittant pas du regard son visage aux traits tirés dont la pâleur soulignait effectivement la tristesse et l'inquiétude. Mais qui demeurait, malgré tout, le plus joli visage qu'il ait jamais vu. Le doute, avec lequel il n'avait jamais fait bon ménage, essayait de s'insinuer en lui, mais il le rejeta impitoyablement.

Tu ne sais rien d'elle. Cette femme est une fée Unseelie, bon sang. Tu lui as demandé clairement si elle savait pourquoi Gaines la poursuivait, et elle a menti. Elle aurait pu tuer quelqu'un la nuit dernière avec la puissance de feu qu'elle portait en elle. Si elle a caché tout ça, on peut se demander ce qu'elle cache d'autre.

— Est-ce que je peux te parler ? demanda-t-elle calmement.

— Sans problème, répliqua Jenner.

Il avait dû parler sur un ton brusque car elle tressaillit légèrement avant de redresser les épaules. Il essaya de rester calme mais le souvenir de la veille était trop vivace… il la dévora du regard, notant avec avidité la façon dont son jean et son pull mettaient ses formes en valeur. Des courbes dont ses mains et sa bouche avaient déjà mémorisé le contour…

— Je veux dire, seule à seul, ajouta Mia en jetant un regard embarrassé autour d'elle.

— Quoi, il n'y a pas assez de lumière pour toi ? Tu as peur de te mettre à briller dans le noir ?

Il avait dit ça brutalement, sans réfléchir. Et il avait parlé trop fort. Toutes les conversations s'arrêtèrent et les têtes se tournèrent vers eux. Ils observaient et écoutaient, sur le qui-vive, prêts à attaquer au moindre signal.

Mais il oublia toute velléité de violence en voyant le regard blessé de Mia. Elle n'était pas seulement blessée, elle était aussi lasse et résignée et il comprit qu'elle s'était attendue à sa réaction, et qu'elle avait peut-être déjà connu cette situation auparavant. Encore une de ces choses qu'elle avait préféré garder pour elle, se dit-il pour ne pas se laisser attendrir. Mais il ne put empêcher un sentiment de culpabilité de poindre en lui en entendant sa réponse.

— Non, dit-elle. Il y a bien longtemps que j'ai appris à maîtriser ça.

Il montra les dents.

— Tu aurais pu te maîtriser hier soir ? Ça veut dire que tu savais ce que tu faisais ?

Mia retint son souffle et secoua la tête.

— Non ! Je ne voulais pas que tu sois blessé. Je n'étais jamais allée si loin. Je pensais pouvoir le faire toute seule.

Elle semblait si sincère. Il aurait tellement voulu la croire que c'en était douloureux. Mais, alors qu'il lui avait fait confiance, elle avait failli mettre le feu à la forêt.

— Vous les avez rendues plus fortes, grogna Bane.

Mia se décomposa.

— Je ne savais pas ce qui allait se passer. Je voulais seulement aider. Je… Je voulais te protéger, dit-elle dans un souffle.

Jenner la regarda, éberlué. Le protéger ? Il ne s'attendait pas du tout à ça. Mais en y réfléchissant, d'après ce qu'il savait — ou ce qu'il croyait savoir — d'elle, cela avait du sens. La colère et la frustration l'empêchèrent de répondre autrement que par un grognement. Il ne trouvait pas les mots pour exprimer ses sentiments. Mia profita du silence pour continuer.

— J'ai toujours été dotée de ce pouvoir magique. Je sais que j'aurais dû te le dire, mais on m'a appris à le cacher. Pendant toute mon enfance, j'ai cru que j'étais quelque chose d'abominable et de mauvais. Je sais que ce n'est pas une excuse, mais cela ne change pas le fait que je suis exactement la même maintenant que celle que j'étais avant-hier soir. Si tu l'avais su, est-ce que cela aurait changé quelque chose ?

La compassion pointa en lui mais il la repoussa rageusement.

— Je ne sais pas. Tu ne m'as pas laissé la possibilité de décider. Tu m'as menti. Tu nous as menti à tous. Tu prétends que lorsque je t'ai trouvée hier soir tu étais en train de tenter de combattre une cinquantaine d'Ombres à toi toute seule, en utilisant une arme que tu ne sais même pas contrôler et qui a fini par se retourner contre toi. Si tu veux mon avis, soit tu mens une fois de plus, soit tu as complètement perdu la tête.

Cette fois, ce fut un éclair qu'il vit dans ses yeux. Elle était touchée et en colère. Tant mieux. Il serait plus facile de rompre nettement, sans risque de rechute. Elle n'était pas pour lui. Il le savait depuis le début. Pourquoi avait-il cédé ? Il n'arrivait pas à la comprendre… et le désir qu'il éprouvait pour elle, encore maintenant, était une chose qu'il n'arrivait pas à contrôler.

— Je ne suis pas folle, dit Mia d'un ton tranchant. Je veux bien reconnaître que je manque d'expérience. Tu veux la vérité ? Mon père était un métis Unseelie. Ma mère avait du sang de fée, mais il était plus dilué. Ils sont morts tous les deux dans un accident de voiture quand j'étais toute petite, et j'ai été élevée par ma grand-mère, qui m'a répété pendant toute mon enfance que je n'aurais jamais dû naître. J'avais la tache originelle, d'après elle. Et pendant très longtemps j'ai cru que c'était vrai.

Mia paraissait si perdue, si meurtrie, que pendant un instant Jenner crut se reconnaître lui-même. Mais il ne voulait pas de ça, il ne voulait pas de cette connexion. Il ne voulait pas comprendre ni compatir. Après tout, son mensonge, même par omission, avait mis la meute en danger.

Mia regarda autour d'elle, et c'est sur un ton plus léger qu'elle s'adressa à tous ceux qui se trouvaient là.

— Et puis je suis arrivée ici et je vous ai rencontrés. Vous acceptez votre singularité, même s'il existe des gens pour penser que vous avez, vous aussi, cette prétendue tache originelle. J'ai commencé à penser que peut-être…

Elle hésita et secoua la tête, d'un air furieux. Jenner comprit qu'elle était au bord des larmes.

— Je suis désolée que vous le découvriez de cette façon. On m'a appris à dissimuler cette… ce don — je suppose qu'on peut l'appeler comme ça depuis ma plus tendre enfance. Mais il ne reste pas toujours enfoui.

Elle eut un petit rire amer.

— Je voulais me rendre utile, faire ce qui est en mon pouvoir pour arrêter ces choses qui nous pourchassent, vous et moi. Alors je me suis servie de ce que je possède, et c'était exactement ce qu'elles attendaient. Je ne voulais faire de mal à personne. Je n'ai jamais fait de mal à personne. Sauf à toi, dit-elle en s'adressant à Jenner. J'ai trahi ta confiance, alors que je savais que c'était probablement la seule chose que tu étais incapable de pardonner. Je voulais… je voulais simplement que tu voies qui je suis, pas ce que je suis. Je ne voulais pas te perdre. Je ne voulais pas qu'elles t'enlèvent à moi. Et je ne voulais certainement pas ce qui est arrivé.

Elle recula d'un pas et soudain elle fut de nouveau incandescente, brillant d'un éclat argenté qui donnait à sa beauté les nuances de la lune. A son corps défendant, Jenner eut le souffle coupé. C'était bien Mia, mais avec quelque chose en plus. Elle était devenue la Mia de ses fantasmes — Diane chasseresse. La déesse de la chasse. Il entendit des murmures autour de lui. Mia tendit le bras vers lui et ouvrit la main. Dans sa paume palpitait une boule de lumière.

Il eut l'impression qu'elle tenait son cœur dans sa main. Si elle la refermait, elle le briserait, comme Tess n'avait pas réussi à le faire.

Comment avait-il laissé les choses aller si loin ?

Mia l'observait avec attention. Elle ouvrit la bouche et, lorsqu'elle parla, même sa voix semblait exprimer la magie. La personne qui lui avait appris à dissimuler cette partie d'elle-même avait vraiment fait du bon travail. Mais, une fois encore, quand il commença à se demander ce que cette dissimulation lui avait coûté à lui et à ressentir de la compassion en se rappelant sa propre expérience avec son père, Jenner se força à la repousser.

— Tu as dit à Tomas que j'étais comme tout le monde, reprit Mia. Et c'est vrai. Je suis toujours moi. Cela ne fait pas de moi une personne différente. Je crois — je sais — que je peux apprendre à utiliser ce pouvoir avec lequel je suis née, d'une façon qui sera utile. Mais je ne peux pas changer le fait que je possède ce pouvoir.

Bane s'approcha de Mia et posa une main apaisante sur son épaule.

— Mia, dit-il d'une voix dont la douceur la surprit. Arrêtez. On ne s'y attendait pas, c'est un fait, mais ce n'est pas la fin du monde. Nous allons trouver un moyen. Vous êtes toujours l'une d'entre nous…

— Comment peux-tu dire ça, interrompit brusquement Jenner, stupéfait que Bane puisse prendre les choses avec autant de légèreté. Elle nous a menti à ce sujet, qui sait ce qu'elle nous cache encore ? Est-ce que tu sais en quoi elle va se transformer ? Et ce qu'elle est capable de faire ?

— Jenner, dit Bane sur un ton plus cassant. On ne parle pas de Tess. Mia n'a rien à voir avec elle. Si tu n'es pas capable de le voir, alors, non seulement tu es un imbécile, mais en plus tu es aveugle.

— Je t'en prie, dit Mia d'une voix douce en faisant un pas vers Jenner.

Un seul mot mais qui lui demandait l'impossible.

Pour le moment, il ne pouvait rien voir d'autre que ce qui était arrivé. Il avait baissé la garde une fois et des gens en étaient morts, emportant avec eux une partie de lui.

Il ne voulait pas courir ce risque de nouveau.

— Quoi que tu penses, dit-elle calmement, tu as connu la vraie Mia. La magie… c'est juste un petit plus.

— Il y a bien longtemps que j'ai compris que je ne peux pas croire quelque chose comme ça, tout simplement parce que je le voudrais, répliqua Jenner, et chaque mot s'enfonçait dans son cœur comme un poignard. Je ne peux pas prendre ce risque. C'est au-dessus de mes forces.

— Bon sang, Jenner, gronda Bane, lui rappelant tout à coup qu'ils n'étaient pas seuls. Ecoutez, Mia, je vais vous ramener chez moi. Vous n'avez blessé personne. Moi, je vous accorde le bénéfice du doute, même si lui ne le fait pas.

Mia fit un signe de tête mais elle ne détacha pas ses grands yeux sombres de Jenner. Il pouvait entendre sa voix dans sa tête, aussi intime qu'une caresse.

C'était tellement important pour moi.

— Je ne peux pas, dit-il, la voix enrouée.

Il détestait la peur qui perçait dans sa voix. Parce qu'il savait, même maintenant, que ce n'était pas elle qui lui faisait peur.

— D'accord, je vais chercher mes affaires. Mais je veux que tu saches… elle hésita et secoua la tête. Bane a raison, reprit-elle. Je ne suis pas Tess, Nick. Je suis juste Mia. Et pour la dernière fois, que tu me croies ou non, je suis désolée. Je t'ai fait confiance, moi aussi. J'aurais pu avoir peur. Je prenais un risque. Je ne pensais tout simplement pas que cela avait de l'importance. Je ne le voulais pas.

Il ne sut quoi répondre. Il avait besoin de temps. Il avait besoin de se poser pour prendre de la distance, sans avoir à parler parce que, pour l'instant, il était incapable de réfléchir ou d'analyser ce qu'il ressentait. Il avait tellement envie de la prendre dans ses bras que faire une pause était la seule chose à faire. Il avait aussi ses propres fantômes.

— Allons-y, dit Bane à Mia. Je vais vous conduire chez lui pour prendre vos affaires.

— Non, c'est moi qui vais l'emmener, s'interposa Jenner, à leur grande surprise.

Il ne savait pas lui-même pourquoi il avait dit ça. Mais il se fia à son instinct. Bon sang, pourquoi n'arrivait-il pas à dire ce qu'il ressentait réellement ? Pourquoi ne l'avait-il pas emmenée ailleurs dès le début ?

Il était tout à la fois mortifié, perplexe et furieux. Et pourtant il ne parvenait pas à laisser quelqu'un d'autre s'occuper d'elle. Pas encore. Pas tant qu'il n'aurait pas vidé son sac. Et les mots ne lui viendraient que lorsqu'il serait prêt. Bane lui lança un regard d'avertissement.

— Je dois le faire, dit Jenner. J'ai des choses à dire. Ça ne prendra pas longtemps. J'ai besoin d'un peu de temps.

— Vous n'êtes pas obligée, dit Bane à Mia.

— Non, dit-elle. Ça ira. Je n'ai pas peur de lui, malgré tout ce qu'il peut penser de moi.

Elle se détourna et se dirigea vers la sortie. Jenner la regarda partir et pour la première fois depuis des années il se demanda s'il essayait de protéger sa meute ou s'il ne pensait qu'à se protéger lui-même.

Mais, à en juger par ce qu'il ressentait à ce moment précis, il était déjà trop tard.

Jeff était assis calmement dans un coin de sa cabane, les jambes allongées devant lui. Les rideaux étaient tirés, empêchant la lumière du soleil d'entrer. Il décida qu'il ne voulait plus jamais voir le soleil. Seulement la nuit et l'obscurité.

Au moins, tout était calme, maintenant. Il avait envoyé Pete et Jay en ville pour faire des provisions. Sy traînait dans les bois, s'imaginant en créature de la nuit toute-puissante, en attendant Jeff. Sy, il allait falloir le droguer rapidement, pendant que les autres étaient partis. Il fallait du sang pour entamer le rituel — et il y en aurait beaucoup avant la fin de la nuit. Ceux qui avaient le moins de cervelle seraient en première ligne, et ce garçon, au moins, était assez stupide pour faciliter les choses. Eh bien, pensa Jeff, il sacrifierait sa vie pour la noble cause qui devait apporter au monde l'ordre nouveau des ténèbres.

Et Troy… En fait, il se demandait où Troy était passé. Il n'était pas dans la cabane quand ils s'étaient tous levés la veille. Ses affaires étaient toujours dans la pièce que ses hommes se partageaient, même son portefeuille, ce qui avait diverti les autres, qui s'étaient partagé l'argent qu'il contenait. Ils avaient l'air de croire qu'il s'était dégonflé et qu'il avait pris la tangente. Jeff en doutait mais les autres n'avaient pas besoin de le savoir.

S'ils comprenaient, il était fort probable qu'ils se sauveraient aussi. Ils croyaient qu'il avait l'intention de leur donner le pouvoir. Mais en réalité il avait besoin d'eux pour leur force et leur capacité à aller où lui ne pouvait pas aller sans passer pour fou. Ils seraient peut-être récompensés par une nouvelle vie, ou seraient broyés et recrachés, vidés par les Ombres au cours de leur festin, qui était imminent. Il ne le savait pas et il s'en fichait. Ses moments de lucidité étaient de plus en plus rares. Il entendait la voix de Mia résonner dans sa tête tout le temps, parlant, riant, pleurant. Il rêvait de sa bouche sur la sienne, de son sang sur ses mains. Est-ce que c'était réel ? Y avait-il encore quelque chose de réel ?

Aucun de ses hommes ne semblait avoir entendu les chuchotements doux et interrogateurs au creux de la nuit, qui se répondaient dans les bois. Lui, si. Il avait entendu les Ombres qui s'appelaient pour se rassembler.

Jeff savait que ses hommes et lui étaient surveillés depuis leur arrivée. Ses amies de l'ombre voulaient s'assurer qu'il faisait bien ce qu'il était censé faire et qu'il avait arrêté de faire n'importe quoi. Dans la mesure où il n'y aurait pas d'autres contretemps, on lui avait promis la vie sauve et l'immunité. Le fait que les Ombres aient, selon toute vraisemblance, attiré un de ses hommes à l'extérieur pour s'en délecter était un peu contrariant. Mais il valait mieux que ce soit Troy plutôt que lui. Personne n'était indispensable.

Pour l'instant, il se reposait pour économiser ses forces. Il repassait dans sa tête les mots qu'il avait mémorisés, des mots antiques, qui lui avaient été confiés par une silhouette obscure aux yeux rouges. Et il rêvait d'ombre.

18

Bien qu'il ait déclaré qu'il voulait lui parler, Jenner garda le silence pendant tout le trajet jusque chez lui. On aurait dit qu'il se préparait à faire une suggestion — Mia avait appris à identifier l'odeur de l'anxiété, désormais. D'un côté, elle voulait qu'il essaye… d'un autre côté, elle avait juste envie de prendre ses affaires et de partir en courant.

Ce n'était pas ce qu'elle allait faire, cependant. Elle avait vu dans ses yeux qu'il commençait à comprendre, même contre sa volonté. Il avait beaucoup à donner, même si cela lui faisait peur. Même si au bout du compte il finissait par lui fermer la porte complètement, elle n'était pas prête à s'enfuir.

Il avait pris le risque de se laisser aller avec elle une première fois, oubliant toutes les promesses qu'il s'était faites.

A présent, elle allait saisir sa dernière chance, puisqu'il était vraiment l'homme dont elle était tombée amoureuse.

Mia était si absorbée par ses pensées qu'elle ne fit pas attention lorsque le camion s'engagea dans la longue route de campagne qui menait à la maison de Jenner. Le soleil brillait de façon intermittente entre les nuages qui dérivaient, dessinant des rayures sur ses genoux. Jenner tourna dans l'allée, les pneus crissant sur le gravier.

A mi-chemin de la maison, il poussa un juron étouffé qui la ramena brusquement à la réalité.

— Bon sang, grogna-t-il. Attends une minute.

Mia releva la tête brusquement. Jenner, le font plissé, regarda dans son rétroviseur et accéléra en direction de la maison. Elle tourna la tête pour regarder derrière et vit un gros 4x4 débouler dans l'allée. Son estomac se serra et les battements de son cœur s'accélérèrent sous la poussée d'adrénaline.

— C'est Jeff ? demanda-t-elle.

Jenner avait les mâchoires serrées et il semblait furieux.

— On dirait bien, dit-il d'une voix qui n'était guère plus qu'un grondement. Et il n'est pas seul.

Elle n'eut qu'une demi-seconde pour comprendre que Jeff et les truands qu'il avait recrutés pour l'aider étaient finalement passés à l'action et que les perspectives n'étaient pas très bonnes, avant que Jenner donne un coup de volant à droite et engage le camion sur l'herbe.

Ils bondirent sur le terrain inégal, mais Jenner réussit à garder le contrôle du véhicule. Il donna un autre coup de volant et les pneus dérapèrent, mais il ne s'arrêta pas. Elle comprit ce qu'il faisait. Il essayait de contourner le 4x4 pour retourner sur l'allée et ensuite récupérer la route principale afin d'échapper à leurs poursuivants.

Malheureusement, le chauffeur du 4x4 était un expert du volant lui aussi. Il fit demi-tour et, pointant son véhicule dans la même direction, revint à la hauteur du pick-up de Jenner côté conducteur. Les vitres du véhicule étaient fumées et Mia ne pouvait pas voir les occupants, mais elle mit en pratique ce qu'Aislynn lui avait dit et en se concentrant elle réunit autant d'informations qu'elle pouvait, simplement avec son flair.

Quatre hommes. Jeff Gaines était l'un d'eux.

— Appelle Bane, cria-t-elle en regardant désespérément le 4x4 qui roulait à côté d'eux.

Le vieux pick-up de Jenner ne pouvait rivaliser avec un véhicule plus récent et beaucoup plus puissant.

— Il est loin ? Appelle n'importe qui, reprit-elle.

Il tourna la tête vers elle et la panique qu'elle lut dans ses yeux lui glaça le sang. Si Jenner avait peur, ce devait être l'horreur absolue.

— Je ne sais pas, dit-il. Bon sang ! Ils se rapprochent, Mia. Accroche-toi, bébé. Accroche-toi !

Le 4x4 fit une embardée et percuta violemment la portière

de Jenner. Le monde se mit à tourner au ralenti, Jenner grogna sous la violence de l'impact, tout son corps bascula d'un côté. Le pick-up dérapa et avec une lenteur extraordinaire tourna sur lui-même. Mia entendit les grondements du métal et vit par la vitre le monde se retrouver tête en bas. Dans un terrible fracas, le pare-brise vola en éclats. Des débris de verre furent projetés dans l'habitacle et instinctivement elle ferma les yeux pour se protéger.

Le choc fut suivi d'un silence de mort, si étrange après ce terrible tumulte que Mia sut qu'il resterait gravé à jamais dans sa mémoire. Mais presque aussitôt il fut rompu par des claquements de portières, des bruits de pas, des voix…

— Sors-la tout de suite. On n'a pas de temps à perdre.

Toujours étourdie, Mia pendait la tête en bas, retenue par sa ceinture de sécurité. Elle tourna la tête et vit tout de suite que Jenner était plus mal en point qu'elle.

— Jenner, murmura-t-elle.

Ses mains ne semblaient pas vouloir lui obéir et tremblaient comme des feuilles quand elle les tendit vers lui.

— J… Jenner ? Oh ! mon Dieu, je vous en supplie… non… Jenner ? Parle-moi…

Il y avait du sang sur son crâne, sur son visage. Il avait les yeux à demi fermés et sa tête, en reposant sur le toit du pick-up, au-dessous d'eux, faisait un angle bizarre avec son cou. Elle essaya d'attraper sa main, qui pendait, inerte.

Elle fut prise de panique.

— Jenner, répéta-t-elle en sanglotant. Réveille-toi. Nick ! Je t'en supplie.

Soudain, quelqu'un ouvrit la portière brutalement et des mains inconnues la saisirent et la tirèrent hors du véhicule. Mia, affolée, se débattit farouchement. Elle continua à regarder les yeux vides et sans vie de Jenner. Ses merveilleux yeux dorés.

— Non ! hurla-t-elle. Non, qu'est-ce que vous faites ? Appelez une ambulance. Lâchez-moi. Il est blessé. Qu'est-ce que vous avez fait ?

Mais il n'y avait personne pour l'aider et ceux qui étaient là semblaient vouloir l'enlever. Quelqu'un l'arracha à la carcasse du pick-up accidenté, en la faisant passer à travers le pare-brise explosé sans qu'elle sente les multiples éclats de verre qui lui tailladaient la peau et pénétraient sa chair.

— Attache-lui les bras, dit une voix qu'elle reconnut sans peine.

L'individu qui l'avait sortie du pick-up lui tordit les bras derrière le dos sans ménagement. Mia se mit à lancer les jambes en tous sens pour donner des coups de pied désespérés. Ce qui eut pour effet d'énerver un peu plus son sauveteur.

— Bon sang, arrête de bouger ou c'est moi qui vais te calmer.

Quand les mains qui encerclaient ses bras serrèrent si fort qu'elle eut mal, Mia s'immobilisa et leva les yeux. Jeff se tenait devant elle. Il ne semblait pas du tout affecté par ce qu'il venait de provoquer et, quand leurs regards se croisèrent, ses yeux étaient dénués de toute expression. Il avait l'air beaucoup plus mal en point que la dernière fois qu'elle l'avait vu. Ses vêtements étaient sales et en piteux état. Il avait les cheveux bizarrement dressés sur la tête et des rougeurs suspectes sur ses joues pâles. Ce n'était pas l'homme qu'elle avait connu.

Ce Jeff-là avait été dévoré par quelque chose de beaucoup plus sombre.

— Pourquoi ? supplia-t-elle. Sors-le au moins du camion. Tu m'as, moi. Tu n'as pas besoin de lui faire du mal !

Elle savait que pour le reste de sa vie, qui ne serait probablement plus très longue, elle serait hantée par le souvenir du corps de Jenner, recroquevillé dans ce camion. Par ses yeux, privés de leur éclat.

— C'est très simple, Mia. Il a pris ce qui m'appartenait, dit Jeff. Si les Blackpaw avaient renoncé, il aurait peut-être eu un peu plus de temps, encore que ce ne soit pas sûr, tu peux me croire. C'est comme ça, il ne pouvait pas en être autrement.

Mia le regardait, horrifiée par les implications de ce qu'il était en train de lui dire.

— Tu vas les tuer tous ? Pourquoi est-ce que tu veux aider ces choses ? Tu étais un homme bien, Jeff. Au fond de toi, tu l'étais, avant. Quoi qu'il te soit arrivé…

Ces mots semblèrent briser son masque glacé. Pendant un court instant, son visage se déforma pour reprendre les traits qu'elle lui avait vus le soir de l'agression.

— Ça suffit ! gronda-t-il férocement. Je ne suis pas ce que tu crois ! Je suis meilleur que ça, plus fort que ça. Je n'ai rien fait de bien de toute ma vie. Je n'étais jamais assez bien ! Mais cette fois je t'ai. Et je vais finir par obtenir ce qui me revient. Jenner, lui, va faire ce qu'on attend de lui, c'est-à-dire mourir.

Il secoua la tête, les lèvres retroussées de dégoût, et posa les yeux sur l'épave du camion.

— Quel imbécile ! Les gens de son espèce ne peuvent pas gagner.

— Tu es de la même espèce, toi aussi, Jeff, dit Mia doucement.

— Non, répliqua Jeff. Certainement pas. Ils m'ont rejeté. Ils voulaient que je sois autre chose que ce que je suis, et comme je ne pouvais pas ils m'ont chassé. Mais les Ombres, elles, ne l'ont pas fait. Elles ont toujours été là pour moi. Même quand tout allait mal.

Soudain, son visage se fissura en une grimace hideuse, et même ses impitoyables hommes de main le regardèrent avec inquiétude. Elle sut qu'ils se rendaient compte de sa folie. Ils espéraient seulement soutirer de lui le maximum de ce qu'il leur avait promis avant qu'il ne perde complètement la raison. Mais elle voyait autre chose… pendant un éclair, elle entrevit l'enfant blessé sous les multiples couches de haine et de déception. Elle fut envahie d'un sentiment de pitié sans espoir. Jeff aurait peut-être pu être sauvé de lui-même il y a longtemps. Mais maintenant il était allé trop loin.

Elle regarda le camion. Il n'y avait aucun mouvement à l'intérieur et sa poitrine se serra. Elle respirait difficilement.

— S'il te plaît, dit-elle. Je t'en prie, ne fais pas cela.

En désespoir de cause, elle essaya de rassembler la belle musique noire qui coulait dans ses veines. Mais la peur semblait l'avoir figée, ne lui laissant rien de plus qu'un faible écho et une flamme vacillante.

A ce moment-là, elle maudit la femme qui l'avait élevée.

Tant de secrets qu'il restait à percer, tant de potentiel qu'elle ne pouvait pas utiliser. Elle n'aurait pas le temps.

— Si tu m'attaques, j'y mettrai fin immédiatement, dit Jeff en la regardant.

Mia comprit qu'il avait vu la lueur. Terrorisée à l'idée que si elle entreprenait quelque chose il s'en prendrait à Jenner, elle laissa tomber.

— C'est bien. De toute manière, il est mort, chérie. Mais nous laisserons à ses copains le plaisir de trouver son corps. Quel dommage ! Les Ombres se seraient régalées.

Elle vit Jeff faire un signe à celui qui la tenait. Elle sentit une douleur aiguë à la tempe et elle perdit connaissance.

Jenner entendait ses pleurs.

C'est ce qui lui permit de surmonter sa douleur et son envie irrésistible de se laisser glisser au fond, de s'endormir pour toujours.

Péniblement, il parvint à entrouvrir les yeux.

Il avait une douleur terrible à la tête et tout son corps était meurtri comme si on lui avait roulé dessus à plusieurs reprises. Comme il reprenait conscience peu à peu, il s'aperçut que ce n'était pas loin de la réalité. Il fut saisi d'une rage aveugle qui dépassa en intensité toute la douleur qui subsistait.

Il avait eu de la chance. Le fait qu'il ait survécu à l'accident montrait que son corps était déjà bien avancé dans son travail de guérison. Pourtant, il se rendait compte qu'il ne serait pas à cent pour-cent de sa forme avant un petit moment. Trop long pour ce qu'il avait à faire.

Mia avait disparu.

Enlevée, destinée à devenir le prochain agneau du sacrifice sur l'autel des Ombres. Mais cette fois leur victime n'avait rien fait de plus que de posséder du sang ancien, du sang magique.

Il entendait encore ses cris résonner dans ses oreilles. Elle n'avait pas voulu cela. Comment avait-il pu croire un seul instant qu'elle l'avait provoqué volontairement ? Elle n'avait même pas été capable de se protéger elle-même.

Dire qu'il avait eu peur de son terrible pouvoir ! se dit-il en geignant parce qu'il essayait de bouger. Mais même cela n'avait été qu'une excuse lamentable pour fuir. Parce qu'il avait compris quelque chose tandis qu'elle se tenait devant lui, s'offrant à lui une dernière fois sans autre motivation que son inquiétude pour lui.

Il était tombé amoureux d'elle. Et, pour la partie de sa personne qui avait été déformée la nuit où il avait été contraint de supprimer Tess, c'était inconcevable. Terrifiant. Alors il l'avait fait taire, il avait repoussé cet amour.

Quel imbécile ! Il allait perdre la femme qu'il aimait plus que tout. Et cette fois ce serait vraiment sa faute.

Jeff Gaines. Il tuerait ce salaud, même si c'était la dernière chose qu'il faisait.

Bien que ses membres soient lourds comme du plomb, la colère lui donna la force de se mettre en mouvement. Il détacha sa ceinture de sécurité avec précaution, en essayant d'être le moins brusque possible pour ne pas se blesser davantage en retombant. Il amortit le choc avec son épaule, tandis que des morceaux de verre lui tailladaient la peau à travers sa chemise. Lentement, il traversa le toit du camion, passa sur le siège où Mia était assise et se contorsionna pour sortir par la portière tordue.

Jenner serra les dents en se redressant, et se mit sur ses pieds au prix d'un effort considérable. Il se palpa la tête d'une main hésitante, inquiet de ce qu'il allait découvrir. Quand il regarda sa main, elle était couverte de sang, mais il n'avait que des blessures superficielles.

Diable ! Il avait vraiment eu de la chance.

Soudain, il entendit le son se répéter. Celui qui l'avait réveillé. Le son lointain des pleurs de Mia. Sur le qui-vive, il regarda autour de lui mais il ne vit que les ornières que son camion et le 4x4 de Jeff avaient creusées dans sa pelouse. Non, elle avait vraiment disparu.

— Mia, murmura-t-il en claudiquant vers sa maison.

C'était peut-être une hallucination auditive, une séquelle du choc qu'il avait reçu sur la tête. Mais soudain il entendit son nom prononcé au milieu de sanglots déchirants. C'était le son le plus triste qu'il ait jamais entendu.

A ce moment, il comprit ce qui se passait. Tous ces moments éclairs de connexion entre eux avaient vraiment une signification, même s'il avait fait tout son possible pour les repousser. Tout d'abord en disant que c'était le fruit de son imagination, ensuite en prétendant que c'était la manifestation d'une sorte de magie noire.

Maintenant, il comprenait que non seulement il l'aimait, non seulement il la désirait, mais il avait vraiment trouvé son âme sœur.

Frappé par l'évidence de cette vérité toute simple, il se figea sur place.

Mia était sa moitié, la seule et unique.

Après avoir passé des années à se dire qu'il avait eu sa chance avec la compagne de sa vie et qu'il l'avait perdue, il comprenait enfin que Tess n'était pas cette compagne. Que son sentiment pour elle n'avait été qu'un amour de jeunesse mêlé de désespoir, parce qu'il savait que sa partenaire ne lui appartenait pas réellement et ne le ferait jamais.

Mais toutes les histoires qu'il avait entendues, tout ce qu'on lui avait dit au sujet du lien qui se crée entre deux êtres qui sont vraiment faits l'un pour l'autre, se réalisaient aujourd'hui. Cela expliquait pourquoi il n'avait jamais fait ce qu'il fallait pour sceller son lien avec Tess. Elle n'était pas faite pour lui.

Et la femme qui lui était destinée était là, quelque part en train de le pleurer, parce qu'elle le croyait mort.

Jeff aussi le croyait, sinon il ne serait pas parti. Jenner pouvait peut-être utiliser cela à son avantage, mais il fallait faire vite. Plus vite que son corps douloureux ne le lui permettait, car il allait bien falloir qu'il se dépasse s'il voulait sauver la vie de la femme qui avait déjà sauvé la sienne.

Déterminé à agir, Jenner boitilla aussi vite qu'il le put vers la maison tout en appelant tous ses frères et sœurs à la rescousse. Ils répondirent avec tant de force et de fureur que Jenner sentit ses forces lui revenir. Sa démarche se fit plus régulière et la douleur commença à refluer. Il fallait qu'il guérisse de ses blessures, pour la meute. Pour Mia.

Il n'entendait plus les pleurs de Mia mais il était certain qu'elle était toujours vivante, là, quelque part, et que l'espoir était en train de l'abandonner.

Il ne savait pas si elle pouvait l'entendre comme lui l'avait entendue, mais il allait faire en sorte que ce soit possible, rien que par la puissance de sa volonté.

De toutes ses forces, il envoya un message dans le vaste espace obscur qui s'étendait au-delà du cercle de sa meute. Il espérait qu'il l'atteindrait. Si ses mots ne passaient pas, peut-être ses sentiments le feraient-ils.

Tiens bon, Mia. Je t'aime. J'arrive.

19

Mia se recroquevilla sur elle-même. Elle aurait voulu se faire toute petite, pour qu'ils ne la voient pas. Si seulement ils pouvaient l'oublier ! Mais cela ne risquait pas d'arriver.

Une fois de plus, ses blessures s'étaient refermées à une vitesse surprenante. Tous les petits morceaux de verre incrustés dans sa peau étaient sortis d'eux-mêmes et étaient tombés tandis que la chair se refermait. Au début, son corps était très douloureux mais la douleur avait disparu alors qu'ils étaient dans le 4x4, elle avec les mains liées dans le dos, allongée à l'arrière, et les trois hommes qui l'avaient enlevée la surveillant depuis les sièges où ils étaient assis.

Ils l'avaient prévenue que si elle essayait de s'échapper elle subirait une mort longue et douloureuse quand ils en auraient fini avec elle, une alternative à la version plus rapide qu'ils avaient préparée pour elle, sans doute. Elle n'avait aucune raison de ne pas les croire. Après tout, ils avaient tué Jenner… et cela les avait fait rire.

Ce souvenir lui soulevait l'estomac et elle s'efforça de le chasser de son esprit. Elle aurait voulu tout effacer de sa mémoire. En particulier l'image de Jenner, couvert de sang, suspendu dans le pick-up, la tête en bas. Mia ne laissait rien paraître de ses émotions pour ne pas attirer l'attention de ses ravisseurs. En son for intérieur, cependant, elle pleurait Jenner, et la douleur causée par sa perte était considérable, bien au-delà de tout ce qu'elle aurait pu imaginer.

— On devrait peut-être faire couler un peu de son sang, suggéra un des hommes en lui lançant un regard terrifiant.

D'une certaine façon, il ne la considérait pas comme un être humain mais comme un objet. Et, si c'était à la fois utile et amusant de la mutiler, il se ferait un plaisir de le faire.

— Pas tout de suite. Le moment n'est pas encore venu. Ce serait du gaspillage. Et puis, elle est sage, maintenant, hein, Mia ? grogna Jeff, qui se tenait debout, les bras croisés sur la poitrine.

Mia ne le voyait que de profil mais il n'était pas difficile de constater que son excitation grandissait et que son sens de la réalité s'estompait peu à peu. Il posa sur elle des yeux hagards et lui décocha ce qu'il croyait probablement être un sourire chaleureux.

— Tu ne crois pas que les Ombres arriveraient plus vite si on répandait un peu de son sang ? Juste un petit peu ?

Jeff montra les dents en regardant l'homme appelé Sy. Lui et les deux autres brutes qui travaillaient pour Jeff terrifiaient Mia, surtout parce qu'elle voyait bien qu'ils vouaient à leur cause, sinon à Jeff, une loyauté sans faille. Ils voulaient le pouvoir. Et ils posaient sur elle un regard froid et impassible.

— Espèce d'idiot. Elles savent que nous sommes ici. J'attends seulement qu'elles me disent où aller. Elles sont en train de préparer l'endroit… je le connais.

Mia était assise à même le sol, adossée au tronc d'un arbre. Jeff se tourna vers elle et elle l'observa tandis qu'il s'approchait. Elle réussit à refréner une réaction de recul, et le regarda d'un air impassible. En réalité, elle était terrorisée. Ils avaient abandonné leur véhicule dans une station-service désaffectée à la périphérie de la ville, plusieurs heures auparavant, puis ils avaient continué à pied à travers bois.

Elle avait espéré que les Blackpaw pourraient les suivre à la trace… mais personne ne venait. Personne ne savait ce qui était arrivé. Et, quand ils s'en apercevraient, il serait trop tard. Jeff avait été très clair.

En dépit de sa folie, elle savait qu'en ce qui concernait ses projets avec les Ombres il disait la vérité.

Jeff s'arrêta à quelques centimètres d'elle et la regarda avec ce qu'elle aurait pu prendre pour de l'intérêt si elle n'avait pas vu l'éclat cruel qui brillait dans ses yeux.

— Mia, dit-il, appelle les Ombres.

Son souffle se bloqua dans sa gorge.

— Je… Je ne sais pas…

Le sourire de Jeff se transforma en grimace.

— Mais si, tu sais, espèce de garce ! Elles viendront plus vite quand elles sentiront l'intensité de ton pouvoir. Appelle-les avec ton sang de fée. Fais-le tout de suite, tu m'entends ?

Il lui donna une claque du plat de la main, qui envoya sa tête cogner violemment contre le tronc de l'arbre.

Mia poussa un cri de douleur et de terreur. Elle n'avait pas demandé à être là, elle n'avait pas voulu provoquer tout ça. Elle aurait voulu se retrouver avec Jenner, quand il était encore vivant, pour qu'ils essayent de discuter calmement de ces choses.

Rien n'irait plus jamais bien.

Jeff la regarda avec des yeux qui brûlaient d'un éclat incendiaire en éclairant la pénombre du sous-bois.

— Appelle-les, espèce de petite garce sauvage. Je n'ai pas de temps à perdre. Le loup dans ton sang va les attirer autant que ta magie. Elles ne pourront pas te résister.

Sa voix était à peine humaine. Mia ferma les yeux, poussée en partie par un réflexe de défense. Si elle le regardait plus longtemps, elle craignait de… s'effondrer. Lentement, elle suivit les instructions de Bane. Mais cette fois ce n'était pas un homme qu'elle cherchait à joindre.

Elle se trouva presque instantanément plongée dans une obscurité profonde peuplée d'une soudaine cacophonie de grondements, de gémissements et autres plaintes parmi lesquelles il était difficile de discerner la moindre pensée cohérente. Et pourtant cette énorme ombre collective paraissait la sentir comme un seul individu. Mia sentit son front se couvrir d'une sueur glacée et son estomac se révulser. Mais elle n'avait pas le choix.

— Qui nous appelle ?

— C'est moi, Mia.

— Tu es une fée loup. Tu es la clé. Cet imbécile a quand même fini par faire son travail.

La voix était profonde, sonore et prometteuse de sombres plaisirs. Elle était séduisante, à sa façon. Il serait facile de se perdre à cause d'une voix comme celle-là… mais Mia avait d'autres raisons de vivre, bien meilleures que ce que cette chose lui promettait.

Alors elle supplia, même si elle savait qu'en faisant cela elle entrait dans le jeu de la créature.

— Je ne veux pas mourir.

— Tu ne mourras pas. Nous allons prendre ton essence et te donner la nôtre en échange. Tu seras parfaite, différente. Notre fée loup noire, libérée de ton humanité dégoûtante.

— Non, s'il vous plaît…

— Inutile de t'alarmer. Nous te permettrons de le tuer. Le fou. Il se pourrait même qu'il soit ton premier. Inutile, faible chose qu'il est. Viens à nous. Je te montrerai la voie.

Après de longues minutes de ce discours alambiqué, Mia ouvrit les yeux. Elle avait l'impression d'avoir plongé dans un abîme. Mais elle avait fait ce qu'on lui avait dit parce que chaque seconde de sa vie comptait.

Elle se demanda ce que Jeff allait faire lorsque les Ombres se retourneraient contre lui. Et elle, que ferait-elle ? Elle sentait déjà à quel point il serait facile pour les Ombres de la corrompre, en la vidant de tout ce qu'il y avait de bon en elle.

Seigneur, qu'allait-il advenir d'elle ?

Elle avait la sombre intuition que la mort serait la meilleure des options… mais une option qu'elle n'aurait probablement pas la possibilité de choisir. Pas tout de suite, en tout cas.

— Alors, demanda Jeff d'un ton impérieux, lui as-tu parlé ? Inutile de me mentir, Mia, je le saurai.

— La voix a dit qu'ils se préparaient pour le rituel, dit Mia doucement, et m'a indiqué où te conduire. Elle a dit aussi…

Elle hésita et Jeff leva le bras comme pour la frapper de nouveau. Mia le regarda tristement, elle se doutait qu'il y aurait d'autres coups, quoi qu'elle fasse.

— Elle a ajouté qu'ils étaient prêts à t'accueillir parmi eux.

Jeff baissa le bras, mais ses yeux conservaient leur éclat menaçant.

— J'espère bien, dit-il. Montre-nous le chemin, Mia. Et

tu as intérêt à ne rien tenter, sinon j'ai…, nous avons des tas de moyens de te faire souffrir sans verser la moindre goutte de ce précieux sang.

Il lui tourna le dos et alla vers les autres pour discuter à voix basse. Mia s'en fichait. Elle n'avait jamais été aussi désespérée de sa vie.

Jenner, pensa-t-elle, s'accrochant à son souvenir comme à un talisman. Et là, comme par miracle, elle entendit le faible écho d'une réponse. C'était probablement dans son imagination. Mais, quand même, entendre la voix de Jenner, aussi lointaine soit-elle, lui redonna une minuscule lueur de quelque chose qu'elle croyait avoir définitivement perdu : l'espoir.

Accroche-toi, Mia. J'arrive. On arrive.

Ils couraient en groupe, chaque membre des Blackpaw qui était disponible ayant répondu à l'appel.

Les loups fonçaient entre les arbres dans la lumière déclinante de la fin du jour, les rayons dorés du soleil couchant qui filtraient à travers la cime des arbres se reflétant par intermittence sur leurs pelages, qui allaient du roux éclatant au noir de jais.

Jenner courait en tête avec Bane. Son cœur battait follement sous le flot d'adrénaline. Sa tête continuait à le faire souffrir, mais on lui avait donné quelque chose pour soulager la douleur. Et peu importait qu'il souffre ou non. Rien d'autre ne comptait que Mia.

Ils avaient mis un temps fou à retrouver ce maudit 4x4. Jenner savait que Mia et ses ravisseurs étaient quelque part au plus profond de la forêt, mais il ne voyait pas pourquoi. Heureusement pour eux, une fois leur piste repérée, il avait été plus facile de les suivre.

Les rattraper, en revanche…

Cela faisait des années qu'il combattait les Ombres qui hantaient ces bois comme des fantômes malveillants, à l'affût des jeunes, des malades, des faibles qui s'aventuraient trop loin, seuls. Il avait vu ce qu'elles pouvaient faire aux esprits des plus vulnérables. Et, s'il n'était pas assez rapide, il lui faudrait les combattre sous une forme qu'aucune Ombre ne devrait être autorisée à prendre dans ce monde. Une forme dont il ne savait pas du tout si lui et les autres pourraient la vaincre.

Jenner refusa d'y penser, se concentrant sur ce qui l'attendait. Il s'efforçait aussi de ne pas penser au loup au pelage clair qui courait sur l'autre flanc de Bane, ni à celui, plus massif et au pelage fauve, qui était juste derrière lui, à la tête de leur petit contingent de Silverback.

Kenyon, sincèrement inquiet pour Mia, avait absolument tenu à les accompagner. Tomas, lui non plus, n'avait pas hésité, malgré l'expression de son regard quand le sang de fée de Mia avait été mentionné. Jenner doutait que Tomas soit toujours aussi désireux d'accoupler son second avec elle maintenant, mais il était conscient que, si Mia lui donnait le moindre espoir de réciprocité, Chase se battrait pour l'avoir.

Mais cela n'arriverait pas. Parce qu'il était prêt à se traîner à genoux et à la supplier pour la reconquérir. Il n'allait pas la perdre une seconde fois, juste après s'être remis de l'avoir perdue.

Il sentait sa trace maintenant, son doux parfum de plus en plus perceptible. Mais la lumière baissait. Et, d'après le peu qu'il savait, le crépuscule semblait être le meilleur moment pour appeler les Ombres en espérant obtenir une réponse. Pourtant, il n'avait jamais essayé, sauf pour les maudire les rares fois où il n'avait pas pu les empêcher de causer des dommages.

Il y avait d'autres odeurs dans l'air ce soir. Des odeurs de folie et de feu, de sueur et d'attente. Et depuis un moment, ténue, mais de plus en plus forte, l'odeur caractéristique du sang.

La peur noua son estomac.

S'il vous plaît, faites que ce ne soit pas Mia, pensa-t-il. *C'est tout ce que je demande.*

Mia, pensa-t-il, s'adressant à elle par l'esprit, dans l'espoir qu'elle pourrait l'entendre, le sentir. Souhaitant de toutes ses forces être rassuré sur son sort.

Il fut stupéfait quand il entendit sa voix, faible certes, mais incontestablement là. Elle paraissait hésitante, effrayée… mais vivante. En un instant, il fut plongé dans son essence, aussi proche et réelle que si elle avait été à côté de lui. Il sentit sa chaleur, son amour… et sa tristesse déchirante.

Jenner ? Est-ce... est-ce que c'est vraiment toi ? Ou est-ce mon imagination qui me joue des tours ?

Je viens te chercher. J'arrive. Est-ce que tu m'entends ? Mia, je suis si désolé, bébé. J'avais tort. Je t'aime. Je t'aime…

Mais, comme au cours d'une mauvaise connexion téléphonique, sa voix s'évanouit, ainsi que toute perception d'elle, rendues inaccessibles par l'obscurité suintante qui semblait recouvrir toute la zone, et qui allait s'épaississant à mesure qu'ils s'enfonçaient dans les bois.

La lumière qui les entourait prit une nuance mauve argenté, et des choses commencèrent à sortir de derrière et de dessous les arbres, rien de plus palpable que des silhouettes immatérielles constituées d'obscurité elle-même. Bane fit signe d'arrêter et la meute se tint en silence tandis que les chimériques volutes de pure noirceur étaient attirées par quelque chose qui se tenait à distance. C'était la première fois que, de mémoire de Jenner, les Ombres ne réagissaient pas à la présence de loups dans la forêt. Elles avaient des affaires plus importantes à régler ce soir.

Bane, un loup noir et imposant aux yeux jaunes étincelants, se tourna vers Jenner.

Il faut que l'un d'entre nous continue, pour se faire une idée de ce qui se passe.

Jenner savait que c'était à lui d'y aller. Il était le lunari, le chasseur de lune, le pourfendeur d'Ombres. Et, malgré le péril qu'il courait, il n'aurait jamais accepté qu'il en soit autrement.

Encercle-les. Je te ferai savoir quand agir.

Kenyon semblait savoir ce qui se tramait, même si, en tant que Silverback, il n'avait pas accès à leur échange. En un clin d'œil, il avait repris sa forme humaine, mais il fallait reconnaître que sa prestance était plutôt celle d'un animal prêt à mordre.

— Il est hors de question que tu entres là-dedans sans moi, gronda-t-il.

Jenner n'avait pas l'intention de s'embarrasser d'un pot de colle qui avait des vues sur sa compagne. Il se transforma pour retrouver sa forme humaine et lança à Kenyon un regard furieux.

— Il est hors de question que tu viennes. Une personne suffit. En plus, ils sauront immédiatement que nous sommes là. Ils le savent peut-être déjà. Il est inutile de sacrifier un autre loup.

Kenyon montra les dents.

— Epargne-moi les violons. J'ai autant d'intérêts que toi dans cette histoire, Jenner. Ça m'étonnerait qu'elle oublie que tu l'as rejetée.

Bane se transforma et vint se placer entre les deux hommes.

— On n'a pas de temps à perdre avec vos querelles d'ego. Jenner, prends-le avec toi. Dans ce cas, il vaut mieux être deux. Et c'est son droit autant que le tien.

— C'est exact, dit Tomas, qui ressemblait plus à un taureau qu'à un loup en apparaissant à côté de Bane. Je ne sais pas ce que cette femme veut, et elle semble déterminée à passer outre la loi de la meute de toute façon, mais vous devez y aller à deux. Kenyon est notre meilleur élément. Elle aurait de la chance de l'avoir… surtout quand on pense à ce qu'elle est.

Jenner grogna.

— Je ne doute pas qu'elle vous serait reconnaissante d'oublier son statut d'hybride, Tomas. Mais Mia est à moi. Je ne la laisserai à personne.

Il ne manqua pas de voir la lueur de soulagement qui passait sur le visage de Tomas, tandis que Kenyon se hérissait.

— Ce n'est pas à toi d'en décider.

Pour une fois, les mots pour exprimer ce qu'il ressentait lui vinrent tout naturellement aux lèvres.

— Si. Je l'aime. Je sens le lien qui nous lie. Elle va devenir ma compagne.

— Tu parles !

En un clin d'œil, Kenyon avait repris sa forme de loup et

bondissait sur Jenner. Celui-ci acheva sa transformation juste à temps pour arrêter le coup et ils roulèrent à terre ensemble, mordant, claquant des dents, sans se soucier du bruit qu'ils faisaient. Une griffe vint racler le visage de Jenner, faisant couler le sang. En grimaçant, il enfonça ses dents dans la nuque de Kenyon et lui secoua la tête, tirant un jappement de son adversaire. Bane, sous sa forme de loup, leur fonça dessus pour les séparer. Il se dressa sur ses pattes arrière, et la fureur dans ses yeux était évidente lorsqu'il reprit sa forme humaine. Il leva un bras pour faire reculer Jenner, pendant que Tomas maintenait au sol un Kenyon enragé.

— Debout, tous les deux, ordonna Bane. Il ne s'agit pas seulement de savoir qui va avoir cette fille, bon sang ! Il y a bien plus en jeu. Jenner, tu devrais le savoir, toi plus que quiconque. Les Ombres sont pratiquement inexistantes dans ces parages. Je ne sais pas d'où elles viennent et je ne veux pas le savoir — elles sont déjà bien assez dangereuses comme ça —, mais donnez-leur une forme et alors nous aurons un sérieux problème. Nous devons les arrêter. Maintenant. Alors reprenez vos esprits et arrêtez de vous conduire comme des adolescents attardés. Si on arrive à régler cette histoire et à leur reprendre la fille, vous aurez tout le temps de vous battre pour elle après. Je suis sûr qu'elle sera impressionnée, par l'un comme par l'autre, dit-il avec un sourire narquois.

Jenner, toujours sous sa forme de loup, regarda Kenyon d'un air méfiant. Il savait que Bane avait raison. Ils régleraient leurs comptes plus tard. Mais il n'allait pas faire semblant de reculer. Il se leva et fit un signe de tête à Bane. Kenyon fit de même, encouragé, comme Jenner le remarqua, par un coup de pied au derrière de Tomas.

— Alors, dépêchez-vous, dit celui-ci. Nous les encerclerons et nous attendrons votre signal. Allez-y.

Sans ajouter un mot, les deux loups disparurent dans la nuit en courant.

20

Poussée par Jeff, Mia avança dans la clairière d'un pas mal assuré. Ses yeux s'arrondirent quand elle vit le spectacle qui se présentait à elle. Elle s'arrêta net et tenta de retourner sur ses pas, mais les hommes qui la suivaient l'arrêtèrent tout de suite.

— Non, non, chérie. C'est le bout du chemin pour toi.

— Continue, dit Jeff en fredonnant derrière elle.

Il avait l'air tout excité, comme s'il était sur le point de recevoir le plus beau cadeau qu'on puisse offrir à un homme.

— Tu n'as rien à craindre… pour le moment.

Mia déglutit avec difficulté. Elle n'était pas sûre de pouvoir continuer à avancer. Pas vers ça.

Un personnage se tenait devant eux, torse nu, au centre d'un cercle de feu. Bien qu'il ressemble, en grande partie, à un homme, il y avait quelque chose d'immatériel dans sa forme, et quand il se tourna du bon côté Mia se rendit compte qu'elle voyait à travers lui.

Il était de très haute taille, d'une carrure impressionnante, et une aura de cruauté se dégageait de lui. Son épaisse chevelure d'une blancheur immaculée contrastait avec ses sourcils foncés. Il avait le visage d'un jeune guerrier, mais ses yeux qui brillaient d'un feu intense n'avaient pas d'âge. Sa poitrine était éclaboussée de sang, mais cela ne semblait pas être le sien. C'était plus probablement celui de l'homme qui gisait sur le sol à ses pieds.

— Ah, voilà où était passé Troy.

Jeff passa devant elle et s'approcha du cercle d'un air indifférent.

Quand le guerrier aux cheveux blancs ouvrit la bouche, Mia reconnut immédiatement sa voix. C'était celle qui l'avait conduite jusqu'ici.

— Une créature bien utile. Son sang m'a permis d'allumer le feu d'Ab-ashoth.

Ses yeux étranges se posèrent sur Mia.

— Et voici la femme ? Notre fée loup.

Sa voix se fit presque tendre.

— Il y a bien longtemps que nous vous attendions. Le sang de votre lignée se raréfie, la magie des Unseelie perd de sa force. Ils se sont retirés dans la clandestinité, loin des humains, qui les ont oubliés. Et pourtant vous êtes là.

— Ce n'est pas ma volonté, murmura Mia d'une voix presque inaudible.

Le sourire de la créature était aussi fin qu'une lame.

— Vous y viendrez.

Jeff se retourna et regarda Mia d'un air furieux, visiblement contrarié qu'elle reçoive plus d'attention que lui.

— Tu n'es qu'un accessoire pour moi, Mia. Je sais, la vie est une saloperie. Vous, amenez-la, ordonna-t-il à ses hommes.

Mia sentit qu'on l'attrapait par les bras et qu'on la poussait vers le cercle de feu. Elle se laissa faire sans se débattre… à quoi bon ? Plus elle se rapprochait, moins elle réagissait. Une sorte de léthargie s'était emparée d'elle, elle était dans une sorte d'état second. Elle chercha des yeux un point sur lequel se concentrer afin de sortir de cette torpeur grandissante, mais elle ne rencontra que le regard brillant du guerrier des Ombres. Ses jambes se dérobèrent sous elle. Sa tête pendait au bout de son cou.

— Tu vas avancer, espèce d'idiote, siffla un homme derrière elle.

Mia.

Elle releva péniblement la tête, son attention attirée par la voix douce et si familière qui l'appelait une nouvelle fois. La première fois, elle avait cru que ce n'était qu'une illusion. Mais… et si c'était vraiment Jenner ? Poussée par un élan d'espoir irrationnel, elle l'appela par la pensée. Le début d'une réponse imperceptible lui parvint pour s'évanouir immédiatement. Les mots qu'elle avait eu le temps d'entendre fouettèrent son sang et lui donnèrent quelque chose à quoi se raccrocher.

On arrive.

Elle sentit qu'on l'emmenait jusqu'au cercle de feu et se mit à trembler en voyant les Ombres noires qui commençaient à sortir du bois en ondulant et venaient tournoyer paresseusement au-dessus du cercle comme des oiseaux charognards. Il y avait de l'énergie dans l'air, de l'énergie noire. La nuit semblait vibrer comme un câble à haute tension.

— Venez jusqu'à moi. Tous, dit le guerrier, sur un ton qui ne souffrait aucune discussion.

Elle eut l'impression que les hommes qui l'entouraient hésitaient, et l'odeur de la peur se répandit soudain dans l'air.

D'accord ! Alors, c'est maintenant que vous choisissez d'avoir peur ? pensa-t-elle, prise d'une colère soudaine.

Que croyaient-ils donc ? Qu'une créature qui vous promettait la vie éternelle et un pouvoir extraordinaire aurait l'air d'un gentil toutou ?

Jeff leur décocha un regard cinglant et plein de mépris.

— Faites ce que Murdock vous dit. Il est trop tard pour reculer. Vous savez ce qui vous attend sinon.

D'un geste de la main, il désigna les silhouettes noires qui tournoyaient autour d'eux maintenant. Ses lèvres esquissèrent un petit sourire.

— Jeff, dit Mia, d'une voix douce. Tu crois vraiment qu'ils vont te laisser la vie ? Tout ce qui les intéresse, c'est moi.

La cause était sans doute perdue. Mais elle devait essayer une fois encore de le raisonner. Murdock se contenta d'une petite grimace hautaine. Et Jeff, fidèle à lui-même, repoussa tout appel à la raison.

— Ça ne m'étonne pas que tu croies ça. Tu penses que ton sang te rend meilleure que moi, meilleure que tout le monde. Eh bien, tu te trompes. Eux, ce sont mes amis. Mes seuls amis. Ils m'ont choisi, il y a longtemps, quand personne ne voulait de moi. Mais ne t'en fais pas. Tu l'auras ton moment de gloire. Même s'il ne dure pas longtemps.

— Ils se servent de toi.

Jeff la regarda un moment, et tout d'abord elle crut qu'elle avait réussi. Il semblait être redevenu le Jeff qu'elle avait connu, poli, raisonnable, un peu triste. Mais, quand il ouvrit la bouche, elle se rendit compte que ce qu'il y avait de bon en lui était irrémédiablement brisé.

— Ils… m'aiment, murmura-t-il. Ils ont besoin de moi, Murdock me l'a assuré. Est-ce que tu sais ce que c'est que de n'avoir jamais été aimé ? Moi, je le sais, Mia. Mais tout va changer maintenant. Enfin je vais être chargé de quelque chose d'important. Enfin j'aurai réussi quelque chose. Tout va être possible. Tout.

Il lui faisait pitié, pour autant qu'elle pouvait ressentir de la pitié pour un monstre comme lui, parce qu'elle entendait le fond de vérité dans ce qu'il disait. Cependant, rien ne pouvait excuser ce qu'il était devenu en sacrifiant sa santé mentale à son désir de puissance. Son sourire était celui d'un dément.

— Je regrette de ne pas t'avoir rencontré plus tôt, reprit Mia. J'aurais peut-être pu t'aider.

— Tu es jalouse parce que ce n'est pas toi qu'il a choisie, poursuivit Jeff, imperturbable. Allez, viens, Mia. Les réjouissances vont commencer.

— Oui, acquiesça Murdock. Entrez tous dans le cercle. La lune se lève. C'est l'heure.

L'attention de Mia fut attirée par l'homme gisant aux pieds de Murdock. Il gémissait et se tordait de douleur. Elle vit avec horreur que sa peau était couverte de dizaines de minuscules coupures d'où s'écoulaient de fines rigoles de sang. L'homme semblait mal en point. Drogué, peut-être, ou revenant à lui après avoir été assommé.

Jeff suivit la direction de son regard et lui fit un petit sourire.

— Ne t'en fais pas pour lui. Ce n'est qu'un sacrifice nécessaire.

Il agita la main au-dessus de sa tête et leva les yeux.

— Elle est à toi. Tu peux prendre les hommes, aussi. Comme promis.

Plusieurs Ombres en lambeaux se séparèrent de la horde qui tournoyait et se précipitèrent sur eux. Un des hommes qui la tenaient poussa un hurlement aigu, mais son cri fut immédiatement étouffé.

Quelqu'un la bouscula dans le feu, mais elle ne sentit même pas les flammes quand elle trébucha par-dessus le cercle. Elle se retourna pour voir ce qui se passait et vit avec horreur une couverture de ténèbres, mouvante et ondulante, recouvrir les compagnons de Jeff. Deux d'entre eux s'échappèrent en courant vers les arbres, poursuivis par deux ombres implacables.

Il n'en restait plus qu'une, qui fonça sur Jeff. Le pauvre fou écarta les bras comme pour recevoir une accolade.

— Viens, je suis prêt, s'écria-t-il.

— Je ne regarderais pas si j'étais vous… nous sommes affamés, ce soir, murmura Murdock à l'oreille de Mia.

D'une main glacée, il lui caressa le bras.

Le hurlement déchirant de Jeff emplit la nuit et son corps fut secoué de convulsions tandis que d'autres Ombres s'abattaient sur lui pour l'envelopper de ténèbres aux reflets rouges. Horrifiée, Mia trouva pourtant la force de s'enfuir.

Murdock poussa un terrible grognement de surprise quand elle se mit à courir, retraversant l'anneau de feu avec une rapidité comparable à celle qu'elle avait expérimentée la nuit où elle avait poursuivi Jeff dans les bois. Une poussée d'adrénaline la sortit brusquement de la léthargie dans laquelle elle était tombée. Un terrible espoir l'envahit tandis qu'elle courait, sentant à peine le sol sous ses pieds. Elle allait peut-être s'en sortir. Les loups étaient peut-être assez près pour venir la sauver. Peut-être…

Une Ombre massive tomba du ciel en fonçant directement sur elle. Mia leva les mains en une piètre protection, son corps se raidit dans l'attente de l'impact. Mais, à sa grande surprise, l'Ombre dévia sa course juste avant de s'abattre sur elle. Maintenant qu'elle était plus près, Mia put voir ses yeux rouges qui s'étrécissaient, pour se concentrer sur le loup.

Son loup.

— Jenner.

Elle était sûre que c'était lui, même si elle ne l'avait vu sous cette forme qu'une seule fois auparavant, et très brièvement. Mais son cœur le reconnaissait. Et cette certitude lui procura un tel soulagement qu'elle faillit s'écrouler. Tout ce qui était arrivé, toutes les épreuves qu'elle avait traversées, tout disparaissait devant la seule chose dont elle était sûre : Jenner était vivant. Il était là.

Du coin de l'œil, Mia aperçut un autre loup, au pelage roux et brillant, qui sortait de la forêt et s'approchait furtivement, tel un fantôme, pour contourner le bord du cercle. Elle se dit qu'il cherchait à prendre Murdock de flanc. Mais elle eut le terrible pressentiment que, même s'il n'était pas complètement un être matériel, Murdock ne serait pas une proie facile. Le guerrier des Ombres avait l'air furieux.

— Loup ! Chasseur d'Ombres ! Tu arrives trop tard !

Comme l'Ombre qui restait reculait, Jenner se posta contre Mia pour faire face à Murdock. Il ne la regarda pas, n'émit aucun son. Mais la sensation de sécurité qu'elle tirait de la chaleur de son contact était amplement suffisante pour le moment. Elle n'était plus seule. Jenner avait surmonté tous les obstacles pour venir la délivrer. Mia avait tellement envie de le serrer dans ses bras que c'en était presque douloureux.

— Toi, gronda Murdock. Tu es venu chercher son ravisseur, c'est ça ? J'ai bien peur que nous ne nous soyons déjà chargés de lui. Il ne reste plus rien pour vous. Je te suggère de retourner vers tes compagnons pour leur dire de se cacher. On va s'amuser. On va voir si vous aimez être chassés à votre tour. Au moins il y a aura un défi. Pas comme avec celui-là.

Il fit un signe de tête en direction du corps de Jeff, qui gisait sur le sol. Mia eut le souffle coupé en le découvrant. Jeff était blanc comme un linge et elle comprit qu'il avait été complètement vidé de son sang. Mia sentit son estomac se soulever et elle porta la main à sa bouche. De l'homme qui marchait et parlait encore quelques instants plus tôt, ne restait plus, maintenant, qu'un cadavre desséché. Elle parvint à trouver au fond d'elle-même un minuscule éclair de pitié pour lui. Après tout, il avait été si malheureux.

Murdock tendit la main vers elle, même si l'Ombre qu'il avait dépêchée pour la rattraper restait là, suspendue en arrêt devant les grognements menaçants de Jenner.

— Venez à moi, Mia. Ne rendez pas les choses difficiles. Il va mourir. Ils vont tous mourir. Vous, vous pouvez vivre éternellement.

— Plutôt mourir avec eux ! s'écria-t-elle, sa terreur faisant soudain place à la colère.

Une grimace déforma les traits de Murdock et il découvrit ses dents pointues et irrégulières.

— Vous devriez être honorée. Nous avons tous les deux du sang unseelie, vous et moi ! Notre reine m'a accordé ses faveurs autrefois, il y a longtemps, avant de me rejeter ! Nous sommes semblables.

— Nous n'avons rien en commun, cracha Mia.

La présence de Jenner semblait lui avoir permis de redevenir elle-même en lui donnant une force qu'elle n'aurait pas eue autrement.

Son sang s'échauffait dans ses veines et Mia se rendit compte qu'elle allait devoir être prudente. Elle ne devait pas perdre le contrôle d'elle-même. La lune était presque pleine et elle sentait les poussées frénétiques de la bête en elle. Elle ne devait pas laisser sa colère l'entraîner à se transformer et risquer de devenir sauvage pour toujours. Surtout maintenant que Jenner lui était revenu et qu'elle avait tant de raisons de vivre… si elle arrivait à s'en sortir.

Jenner fit un pas, puis un autre, sans cesser de grogner férocement. Cela fit revenir quelques ombres vers le cercle et Mia se rendit compte qu'elle entendait leur sifflement.

— C'est votre dernière chance, Mia, dit Murdock. Vous venez sans faire d'histoire ou vous allez assister à sa mise à mort.

— Vous le sous-estimez. Vous les sous-estimez tous. Même moi, répliqua-t-elle, en espérant ne pas se tromper.

Murdock fit un signe dédaigneux de la main, son visage montrant clairement sa contrariété.

— Très bien. Vous allez les voir mourir de près. Ça n'a pas beaucoup d'importance.

Il leva les bras et cria un mot que Mia ne comprit pas. Les flammes montèrent autour de lui, faisant un mur. Jenner poussa un aboiement, unique et bref.

On entendit un hurlement lugubre et tout à coup des tas de loups apparurent, se ruant à travers les arbres, une marée de pelages luisants et de crocs acérés. En une seconde, Mia se retrouva au milieu de la meute, impressionnée par tant de force et de beauté. Tous ensemble, ils étaient formidables. Mais l'espoir qui avait surgi en elle à leur apparition fut rapidement anéanti lorsqu'elle vit les loups essayer de traverser les flammes pour attaquer. L'un après l'autre, ils retombaient sur place comme s'ils s'étaient heurtés à un mur invisible.

A travers les flammes qui dansaient, Mia pouvait voir Murdock psalmodiant des incantations, les bras levés au-dessus de sa tête. L'homme qui était au sol se tordit et tout à coup il se mit à rougeoyer. Il répandait une vibrante lumière rouge qui semblait provenir de l'intérieur de son corps, et une à une les Ombres se laissèrent tomber sur le sol autour de lui, formant un cercle à l'intérieur du cercle. Et elles commencèrent à changer… à se transformer… leurs formes devenant de plus en plus humaines.

Mia regardait, médusée. Jenner avait disparu dans la marée de loups, rejoignant probablement ceux qui essayaient de percer la barrière de flammes pour aller mettre un terme à ce que Murdock était en train de faire. Mais elle était tellement fascinée par la terrible transformation qui se produisait sous ses yeux qu'elle n'y prêta pas vraiment attention.

Soudain, elle sentit le courant d'air froid. Il s'enroula autour d'elle, la souleva jusqu'à ce que ses pieds ne touchent plus terre. Elle voulut hurler, mais son cri s'étouffa dans sa gorge comme elle aspirait l'air glacial.

Elle se sentit envahie par un terrible engourdissement. Elle ne pouvait plus bouger ni les bras ni les jambes. Tout lui paraissait soudain extrêmement loin. Elle se mit à dériver en s'éloignant de toute la violence, la douleur et la peur.

Une voix murmura dans sa tête. Murdock.

Dors, ma jolie. Laisse-moi boire à ta source. Nous sommes protégés ici, oh oui, dans le cercle rituel. Bientôt nous évoluerons parmi les hommes de nouveau. Le loup est un imbécile... oublie-le. Oublie tout. Dors... Dors pendant que nous nous levons... et que tu te lèves avec nous.

Mia essaya de lutter. Mais ses yeux se fermaient. Elle sentit qu'on la déposait délicatement sur le sol à l'intérieur du cercle, entourée du mur de flammes. Le monde devint gris, puis noir et froid.

Jenner ne l'avait quittée qu'un bref instant mais cela avait suffi. Il vit avec horreur une de ces ombres abominables envelopper Mia et la soulever pour la déposer à l'intérieur du cercle.

Il voulut crier « non ! » mais c'est un hurlement déchirant qui sortit de sa gorge. Il se jeta dans les flammes, retombant encore et encore. Il sentait à peine les impacts. Tout ce qu'il savait, c'était que, s'il n'arrivait pas à passer au travers, Mia mourrait et les bois seraient envahis par des Ombres arborant une forme beaucoup plus dangereuse que celle sous laquelle il les avait vues jusqu'à présent.

Gaines avait disparu, jeté comme un jouet cassé. Le véritable ennemi, à présent, tenait Mia dans ses mains.

Tout ce qu'il avait défendu serait perdu. La femme qu'il aimait lui serait arrachée. A jamais.

Il reprit sa forme humaine sans même y penser. Il voulait qu'elle puisse l'entendre.

— Mia ! rugit-il en essayant de couvrir le vacarme des loups et les incantations démentes qui leur parvenaient depuis l'intérieur du cercle. Il la voyait sur le sol, recouverte de ténèbres tournoyantes, le guerrier aux cheveux blancs penché sur elle. Il se précipita dans les flammes une fois de plus, cogna des poings contre la muraille invisible.

— Mia, non ! Résiste ! Je t'aime !

Sa voix se brisa quand l'angoisse de la perdre vint se mêler à sa fureur.

— Ne me laisse pas !

Il voyait les Ombres qui prenaient forme, se regroupant autour de Mia. L'agneau du sacrifice. Murdock, lui, continuait à psalmodier, rejoint par tous les autres, des mots plus vieux que l'humanité, plus vieux que ce monde même. Un rayon lumineux jaillit du corps de Mia, du centre de sa poitrine. Jenner vit tout son corps sursauter, et ses yeux grands ouverts qui ne voyaient rien.

Il rugit son nom encore une fois et vit qu'elle tournait brusquement la tête vers lui, essayant de se libérer de la lourde couverture de ténèbres qui l'oppressait.

Murdock passa dans la lumière qui jaillissait d'elle, pour se baigner dans sa magie.

Mia pouvait l'entendre, Jenner aurait pu le jurer. Si seulement il réussissait à lui envoyer la force de se libérer…

Et tout à coup il sut exactement ce qu'il devait faire.

Sachant maintenant que la connexion entre eux était réelle et avec l'espoir qu'elle serait encore assez forte pour qu'elle l'entende, Jenner appela Mia en esprit. Et, si jamais il n'arrivait pas à la sauver, au moins lui ouvrirait-il son cœur.

Je t'en supplie, s'il te plaît, ne me quitte pas, Mia. Je n'aurais pas dû résister, je me suis conduit comme un idiot. Je t'aime. Je t'en supplie, bats-toi, essaye. Tu es ce qu'il y a de plus beau dans ma vie. Je ne veux pas te perdre.

Les mains appuyées contre la barrière qui entourait les flammes, il regardait désespérément autour de lui ses frères et sœurs qui faisaient tout ce qu'ils pouvaient pour entrer. Au début, ce fut le silence. Puis il entendit une petite voix :

Jenner.

Ce n'était pas une question mais un signe de soulagement, à peine plus qu'un soupir, plein de chaleur… qui ressemblait à Mia.

J'essaie. Je n'y arrive pas. Je t'aime, moi aussi…

Les flammes s'éteignirent sous ses mains au moment où elle prononçait ces mots, ne laissant devant lui qu'un écran de fumée. Il fonça à travers la brèche, et sentit la puissance monter en lui comme il bondissait dans le cercle formé par les Ombres. Murdock, dont le corps était maintenant totalement matérialisé, pivota sur lui-même pour regarder

Jenner au moment où celui-ci bondissait de nouveau, se changeant en loup au milieu des airs.

En une seconde, Murdock comprit ce qui se passait. Il poussa un seul rugissement de rage.

— Non !

Jenner eut le temps de voir un éclair de pure terreur se refléter dans l'œil de l'Ombre avant de retomber sur lui, plongeant ses crocs dans sa chair, alors que le sang abject jaillissait de la gorge de la créature tandis que sa nouvelle vie la quittait aussi vite qu'elle l'avait obtenue. Les Ombres qui étaient toujours en train de se repaître de leur victime enchaînée au sol se dispersèrent quand le reste de la meute des Blackpaw se précipita sur elles, taillant en pièces les lambeaux de ténèbres malignes qui étaient rassemblées dans le cercle et faisant jaillir des jets de sang d'un noir d'encre.

Jenner ne prit pas le temps de savourer la mort de Murdock. Il chargea les quelques Ombres qui continuaient à envelopper Mia et qui léchaient le sang qui coulait des petites morsures qu'elle avait sur les bras et le cou, essayant désespérément d'avaler assez de sa magie pour garder le portail ouvert.

Il bondit, mordit et secoua la tête furieusement quand une des créatures immatérielles qu'il tenait dans ses mâchoires poussa des cris aigus de douleur et de terreur.

Il la recracha loin de lui, ses restes se traînant lamentablement derrière elle.

En quelques secondes, les Ombres disparurent, regagnant les ténèbres reculées où elles étaient confinées, dans quelque autre contrée.

Mais alors qu'il reprenait sa forme d'homme et soulevait Mia inconsciente pour la bercer contre lui en appelant à l'aide, il s'aperçut qu'ils étaient arrivés un peu trop tard. Trois hommes, dont la noirceur intérieure continuait à les envelopper comme des capes, bondirent hors du cercle, se ruant loin de leur victime à une vitesse que même le plus rapide des loups-garous ne pouvait pas atteindre.

L'un d'eux se retourna pour regarder Jenner droit dans les yeux avec un sourire condescendant avant de rejoindre les deux autres et de se fondre dans la nuit.

Trois d'entre eux leur avaient échappé et circulaient librement dans le monde pour la première fois depuis mille ans. Le cœur de Jenner se serra mais il chassa cette idée de son esprit. Il n'y en avait que trois et il ne pouvait rien y faire dans l'immédiat. Pour le moment, tout ce qui comptait pour lui était que Mia vive.

Il leva brièvement les yeux et croisa le regard de Kenyon Chase. L'espace d'un instant il pensa que le jeune loup allait le défier sur-le-champ, pour tenter de la lui enlever. Les réactions de Jenner étaient encore un peu animales, échauffées par le combat qu'il venait de mener. Mais au lieu de s'approcher, Kenyon regarda Mia puis Jenner et baissa la tête en signe de déférence.

Le sentiment de possessivité triomphante qui submergea Jenner fut de courte durée. La peau de Mia était glacée et ses lèvres légèrement bleues. Pourtant, en la serrant contre lui, il fut certain qu'elle ne se laisserait pas couler.

Alors il sentit les battements de son cœur à l'unisson avec les siens.

21

Quand Mia s'éveilla, elle flottait dans une chaleur merveilleuse.

Elle émergea lentement des profondeurs du sommeil avec pour seule sensation celle des bras qui l'enveloppaient, incapable de penser à autre chose, tant cette sensation était agréable.

Elle aurait voulu ne jamais plus être ailleurs que dans les bras de Jenner mais sa mémoire vint aiguillonner cette bulle de félicité, d'abord doucement, puis avec plus d'insistance. La terreur et la douleur de la perte… et la joie lorsqu'elle avait compris qu'il était vivant et qu'il venait la chercher, finalement. Mais cette joie avait été suivie du froid, et d'une sensation confuse qu'elle et Jenner avaient échangé des paroles cruciales.

Une voix grave murmura doucement dans son oreille.

— Tu ne devrais pas penser autant dès ton réveil. Tu vas avoir la migraine.

Mia ouvrit les yeux, et vit qu'elle était roulée en boule dans le lit de Jenner. Elle suspendit son souffle en retrouvant cet environnement familier et la certitude qu'elle était à sa place dans les bras de Jenner. Elle avait cru qu'elle ne les retrouverait pas.

Elle se retourna pour le regarder, elle aimait tellement ce beau visage au demi-sourire paresseux. Pourtant, ses yeux reflétaient les sentiments qu'il ressentait en la regardant. C'était comme regarder une tempête.

Elle se sentit mal mais ravala les larmes qui montaient.

— Hé, ne fais pas ça, dit Jenner gentiment, rattrapant du pouce une larme égarée et en caressant sa joue. C'est fini. Tout est fini. Tu es avec moi, maintenant, et ça restera comme ça.

Ses lèvres tremblantes esquissèrent un sourire.

— Même si je ne suis pas celle que tu aurais voulu ?

Les beaux yeux dorés de Jenner prirent une telle expression de remords qu'elle lui pardonna instantanément.

— Tu es exactement celle que j'ai toujours voulue. Exactement. Je suis si désolé, Mia. J'étais… Je ne savais pas…

Elle l'interrompit en posant ses lèvres sur les siennes.

— Chut, dit-elle. Je sais. Tout va bien. Nous sommes ici, maintenant. Il n'y a que ça qui compte.

— Personne n'avait le droit de te faire croire que tu n'étais pas quelqu'un de bien, moi, y compris. Je vais me rattraper, je te le jure.

Sa voix enrouée était chargée de toutes les émotions qu'elle voulait qu'il éprouve pour elle.

— Eh bien, dit-elle, tu m'as arrachée aux griffes d'un monstre en traversant un cercle de feu magique, ce n'est déjà pas si mal.

Son sourire était la chose la plus merveilleuse qu'elle ait jamais vue.

— Reste avec moi, bébé. Tu n'as encore rien vu !

Elle se mit à rire, en essayant désespérément de retenir ses larmes. Comment était-il devenu aussi important pour elle en si peu de temps, elle ne savait pas. Tout ce qu'elle savait, c'était qu'elle ne voulait plus jamais être séparé de lui.

— J'ai eu si peur, dit-elle. J'ai pensé que tu étais mort. Je t'ai vu et j'ai pensé…

— Et je ne l'étais pas. Je suis un dur à cuire, dit-il d'un ton apaisant, en repoussant les mèches qui tombaient sur son visage.

Il semblait ne pas vouloir arrêter de la toucher. Il croyait peut-être qu'elle allait disparaître s'il la lâchait. Elle, pour le coup, avait vraiment peur qu'il s'évanouisse dans la nature et qu'elle découvre que cela n'avait été qu'un beau rêve.

Mais non. Il était réel, solide. Il était là. Et il restait.

D'une voix calme, il lui raconta ce qu'il s'était passé. Comment il s'était traîné hors du camion et avait appelé sa meute, tout le temps qu'ils avaient perdu à retrouver sa trace parce que Gaines avait bien prévu son coup et avait effacé toutes les traces. Comment Kenyon avait répondu à l'appel et s'était avéré être un allié redoutable même une fois qu'il avait compris que Mia ne lui appartiendrait jamais. Et comment, au bout du compte, trois des Ombres avaient vu leur souhait exaucé et s'étaient envolées au moment même où Murdock avait été abattu, et son cercle, détruit.

Mia écouta son récit en passant de l'espoir à la tristesse.

— Je sais que ces gens étaient mauvais, murmura-t-elle. Mais j'aurais préféré qu'il n'y ait pas autant de morts. Ce pauvre bougre qui a servi de repas aux Ombres…

Jenner secoua la tête.

— C'était trop tard pour lui. Si ça peut te consoler, Mia, sache qu'il était déjà dans la bande de Gaines quand il était ici, sans doute même depuis plus longtemps. Il savait ce qu'il risquait. C'est déjà assez préoccupant que trois de ces créatures soient en liberté en ce moment. Gaines a fait pas mal de dégâts avant de mourir. Nous allons devoir avertir les autres meutes pour qu'elles soient sur leurs gardes. Les Ombres causent déjà des problèmes quand elles sont sous leur forme immatérielle, mais sous une forme humaine…

Il n'alla pas plus loin et Mia ne posa pas de questions. Elle devinait la suite.

Elle soupira en posant sa tête sur l'oreiller, toute au plaisir du contact avec Jenner. Elle avait des dizaines d'autres questions, mais cela pouvait attendre. Pour l'instant, il lui suffisait de savoir qu'elle était vivante et avec lui. C'était tout ce qui comptait.

Pourtant, il y avait un sujet qu'elle devait régler.

— Tu as parlé de Kenyon, commença-t-elle, en marchant sur des œufs.

Elle craignait la réaction que la mention de ce nom risquait de déclencher. A sa grande surprise, Jenner eut un petit sourire contrit.

— C'est vrai. Sa meute a une très haute opinion de lui et

je crois que je sais pourquoi, maintenant. C'est un combattant redoutable. Et en dépit de tout ce qu'il avait dit, quand il a vu ce qu'il se passait entre toi et moi, il s'est incliné sans discuter. Il est même allé jusqu'à s'excuser.

Jenner secoua la tête.

— J'ai l'impression que ça va être difficile de continuer à le haïr, reprit-il. Mais je crois que je vais essayer, par principe. Peut-être qu'il va s'endurcir. Ça va peut-être lui faire du bien de te perdre à mon profit.

Mia le regarda, surprise.

— Tu crois vraiment que ce serait une bonne chose que Kenyon devienne amer et cynique ?

Jenner haussa les épaules et décocha à Mia un de ses merveilleux sourires.

— Ça ne peut pas faire de mal.

Mia le regarda sans comprendre. Les hommes l'étonneraient toujours. Mais elle était soulagée de connaître la réaction de Kenyon.

— Il est… si craquant. Il trouvera la personne qui lui convient, un jour, j'en suis sûre, dit-elle. Il a tout le temps.

Jenner grogna.

— Craquant, tu parles ! Mais, tant qu'il ne pose pas ses pattes sur toi, il peut chercher où il veut.

Mia garda le silence un moment, puis leva les yeux vers Jenner.

— Qu'est-ce que tu veux dire par « quand il a vu ce qu'il se passait entre toi et moi » ? Que s'est-il passé exactement ?

— Tu ne te souviens pas ?

Mia secoua la tête.

— C'est très vague dans mon esprit. J'ai comme un souvenir que nous avons dit…

— Nous l'avons dit, l'interrompit brusquement Jenner. Et je le redirai. En fait, je le dirai aussi souvent que tu voudras. Je t'aime, Mia. Je t'aime de tout mon être. Et je ne te laisserai jamais partir. Te perdre aurait été comme de m'arracher le cœur, et devoir continuer à vivre. Je pensais que je savais ce que c'était, mais cela aurait été mille fois pire.

Il appuya son front contre le sien, un geste tout simple dont la douceur toucha profondément Mia.

— Je t'aime, Mia. Ça me fiche une peur bleue, mais je ne veux pas que ça s'arrête. Quelle que soit la magie que tu possèdes, je ne veux plus jamais être séparé de toi. S'il te plaît, sois à moi. Je passerai ma vie à essayer d'être digne de toi.

Elle ne répondit pas tout de suite, mais posa sur ses lèvres un long baiser qui le fit frémir jusqu'à la pointe de ses orteils. Elle le savourait paresseusement, s'abandonnant à la caresse de sa langue sur la sienne, prenant conscience avec plaisir de sa température qui montait. Quand leurs lèvres se séparèrent, elle constata qu'elle avait beaucoup contribué à chasser les événements de la veille de l'esprit de Jenner.

— Moi aussi, je t'aime, Nick, dit-elle d'une voix douce. Et la seule chose dont j'ai peur, c'est de te perdre. Je ne veux jamais revivre ça.

Une lueur passa dans les yeux de Jenner.

— Cela n'arrivera pas. Veux-tu faire ta vie avec moi, Mia ? Veux-tu être ma femme ? Ma compagne. Je ne m'étais jamais rendu compte de tout ce qui me manquait avant de te connaître. J'ai mis tellement d'énergie à lutter contre ce que je ressentais que je n'ai pas compris tout de suite le sens de ce qui m'arrivait : tomber amoureux si violemment et si rapidement, être capable de partager tes sensations, et même d'entendre certaines de tes pensées alors que nous n'étions pas unis par la meute. Nous sommes faits l'un pour l'autre. Les vrais couples n'existent pas si souvent. Quand je pense que j'ai failli passer à côté ! Quel imbécile !

Mia sentit son cœur bondir dans sa poitrine. Elle en avait rêvé, l'homme qui était fait pour elle lui offrait ce qu'elle avait toujours désiré. Il n'y avait qu'une seule réponse possible.

— Oui, dit-elle dans un souffle.

Puis, en enfouissant son visage sur sa poitrine et en le serrant fort, elle répéta :

— Oh, oui !

Il eut un petit rire et Mia se rendit compte qu'en fait il était nerveux.

— Je vais… Je n'ai pas encore acheté la bague. Mais,

avec tout ce qui est arrivé, je ne voulais pas attendre un jour de plus pour te faire ma demande, Mia. Je suis loin d'être parfait, et je vais te rendre folle, par moments, c'est sûr. Mais je te promets de t'aimer jusqu'à la fin de mes jours, avec ta peau qui s'illumine, et tout, et tout. Et j'espère que cela compensera toutes les choses qui te donneront envie de me tuer dans l'avenir.

— Je ne suis pas parfaite, moi non plus, donc ça vaut également pour moi, répliqua Mia, en relevant la tête pour plonger son regard dans ses yeux magnifiques. Mais je ne recherche pas la perfection, Nick. Je te veux comme tu es, avec ta fourrure et tout ce qui va avec…

— A ce propos, dit-il, sa voix s'enrouant jusqu'à devenir un grognement, c'est le milieu de l'après-midi. Je ne vais pas te mettre la pression si tu n'es pas prête, mais ce soir c'est la pleine lune et il y a un petit problème qui n'a pas été réglé concernant ton initiation…

Il s'interrompit, et la regarda, plein d'espoir. Mia se mit à rire et passa une jambe par-dessus sa hanche. Il était déjà prêt et l'attendait, elle sentit toute trace de fatigue s'envoler. Le désir se répandit dans tout son corps, l'irradiant d'un chaud rayonnement.

— Mmm, ronronna-t-elle, en touchant son nez de la pointe du sien. Je ne voudrais surtout pas être à l'origine d'un problème non résolu. On ferait mieux de régler ça dès que possible.

Le terme le plus approprié pour décrire le sourire qui s'afficha sur le visage de Jenner était sans conteste : lupin.

— Avec plaisir.

Instantanément, il l'agrippa par les hanches et l'attira vers lui. Avec un grognement de plaisir guttural, il appuya les seins de Mia sur la peau nue de sa poitrine. Ils retirèrent avec précipitation le peu de vêtements qu'ils portaient. Elle adorait sentir contre elle la fermeté de son corps et sa chaleur si délicieuse. Il posa sa bouche sur la sienne et elle fut inondée de pures sensations. Sa langue experte allumait en elle un feu que lui seul pourrait éteindre. Ses mains se déplaçaient sur elle, elles étaient partout à la fois comme s'il ne pouvait jamais se contenter.

Le frôlement du bout de ses doigts sur son sexe gonflé de désir lui coupa le souffle.

Jenner l'amena rapidement par ses caresses à bouger en rythme, cambrant ses reins pour accompagner le mouvement de ses doigts caressants tandis qu'il couvrait sa bouche de baisers brûlants. Mia sentait déjà culminer son plaisir. Elle essaya de le retenir pour le faire durer. Elle rejeta la tête en arrière et poussa un petit cri de plaisir.

— Oui, murmura Jenner, déposant une série de baisers sur sa mâchoire et son cou, en la poussant de plus en plus vers ses limites. Jouis pour moi maintenant. Je veux que tu sois prête.

La sourde vibration de sa voix contre sa peau suffit. Mia planta ses ongles dans son dos tandis que tout son corps s'arc-boutait contre le sien, chevauchant la constellation d'étincelles qui explosèrent dans ses veines. Quand elles commencèrent à refluer, elle ouvrit les yeux et, en plongeant dans le regard de Jenner, elle y vit l'expression de son désir ardent et d'une satisfaction purement masculine.

Avec stupéfaction, elle constata que son propre désir pour lui se rallumait avec encore plus de force que la première fois.

Sa part la plus sauvage, si nouvelle pour elle, exacerbait sa perception de l'homme penché sur elle, son corps pressé contre le sien, son cœur battant à coups redoublés contre sa poitrine. Mia s'étira sous lui, respirant contre lui, tandis que toutes ses terminaisons nerveuses se mettaient à chanter au moindre contact. Il retira sa main de l'endroit où elle continuait à palpiter pour lui et s'appuya plus lourdement sur elle, pour lui faire sentir comme il était ferme pour elle.

Jenner roula des hanches contre elle, ses yeux s'embrumèrent et ses paupières s'alourdirent. Il prononça son nom dans un souffle. C'est seulement à ce moment-là qu'elle mesura le pouvoir qu'elle avait réellement sur lui. C'était une sensation grisante qui éveillait en elle des instincts qu'elle ne se connaissait pas. Elle éprouva soudain un besoin irrésistible de s'unir à lui, de le sentir bouger en elle. Mais tout aussi puissant était son besoin de lui donner autant de plaisir qu'il lui en avait donné. De le sentir frémir sous ses mains, de susciter chez lui un désir aussi grand que celui qu'elle ressentait pour lui. Avec un doux grognement, elle glissa ses jambes le long des flancs de Jenner, le berçant plus douillettement contre elle.

Ses yeux luisaient comme deux flammes jumelles quand il la regarda. Il y avait une telle expression de possession dans ce regard que Mia se demanda comment elle ne l'avait pas vue plus tôt. Elle s'était inquiétée... mais l'amour était là depuis le début, avant même qu'il n'ait réussi à l'admettre.

Mia se mit à genoux, et Jenner se souleva contre elle, glissant peau contre peau. Il parcourut son torse de ses mains si grandes et pourtant si délicates et les posa sur ses seins. En baissant la tête, il passa la langue sur chacune de leurs pointes dressées, les mordillant de telle façon que Mia sentit la moiteur perler entre ses jambes. Puis sa bouche descendit plus bas... plus bas...

Elle se rejeta en arrière, agrippant son bras pour l'entraîner avec elle. Et il se retrouva contre elle de nouveau, chaud, insistant, plus rien ne les séparant que leur peau. Enhardie par la chaleur qui montait en elle, Mia mordit la lèvre de Jenner quand il l'embrassa. En réaction, ses caresses devinrent plus rudes et sa respiration se fit plus haletante.

— J'ai envie de toi, Mia, gronda-t-il. Tellement envie. J'ai du mal à me retenir.

— Alors, ne te retiens pas, souffla-t-elle.

Il recula juste assez pour qu'elle voie ses yeux, c'étaient les yeux brillants d'un loup. Quand il ouvrit la bouche, elle vit que ses canines s'étaient allongées et aiguisées. Elle comprit pourquoi il avait peur de se laisser aller avec elle. Mais il n'y avait pas de raison.

— Je ne veux pas te faire fuir, dit-il. Jamais.

— Cela n'arrivera pas.

Mia glissa les mains dans ses cheveux et attira sa bouche vers la sienne avec une impatience accrue. Elle sentit que Jenner fléchissait, elle sentit la pointe de ses crocs à chacun de ses baisers, la pointe de ses ongles qui se transformaient en griffes contre sa peau. Ce changement attisait la part sauvage en elle qui luttait maintenant pour se libérer.

Ils roulèrent en travers du lit, rivalisant pour prendre le pouvoir. Une force décuplée, comme elle n'en avait jamais eue, permit à Mia de retourner Jenner, qui se retrouva sous elle. Triomphante, elle se plaça au-dessus de lui, mais à peine avait-elle réussi à glisser ses doigts autour de son membre dans l'intention de le guider en elle qu'il l'avait remise sous lui, et en une seule poussée vigoureuse il la pénétra jusqu'à la garde.

Mia cria, le corps arc-bouté. Le plaisir était intense. Il l'emplissait complètement, et le moindre de ses mouvements lui procurait un tourment exquis. Et pourtant, ce n'était pas assez. Elle savait qu'il y avait autre chose, à portée de main. Le regard incertain, Mia vit l'inquiétude sur le visage de Jenner.

— Seigneur, Mia, je suis désolé. Je ne t'ai pas fait mal, au moins ?

Elle ne pouvait pas parler. Elle n'était pas vraiment sûre d'être capable de prononcer des phrases cohérentes, là, tout de suite. Au lieu de cela, elle bougea les hanches contre lui, en un mouvement lent et rythmé qui lui fit fermer les yeux avec un air de totale félicité. Il commença à bouger en elle, de plus en plus fort jusqu'à secouer le lit. Mia leva les genoux et le fit pénétrer plus profondément en elle, se précipitant juste au bord d'un orgasme extraordinaire. Comme elle se raidissait, son corps tout entier se collant contre le sien et réclamant sa satisfaction, un éclair de chaleur si intense qu'il aurait dû la réduire en cendres la traversa. La magie, éclatante et pure, s'embrasa autour d'eux tandis que sa peau se mettait à rayonner une fois encore.

Cette fois, son cri n'avait rien à voir avec le plaisir.

Jenner gronda son nom, mais ne ralentit pas. Il semblait emporté par un courant invisible, et ses hanches bougeaient de plus en plus vite. L'explosion de douleur reflua rapidement, faisant place à une tension exquise qui montait en elle. Une chaleur liquide se répandit sur ses jambes, dans son corps, comme si elle courait dans ses veines. Jenner lui dévora la bouche, puis glissa ses dents aiguisées le long de son cou.

Mia ne pensait plus, elle suivait son instinct qui lui criait maintenant de s'unir totalement à Jenner pour aller jusqu'au bout du rituel.

Autour d'eux, l'atmosphère s'emplissait d'une brume chatoyante. Elle sentait ses propres griffes, ses dents, elle percevait que l'émerveillement d'être un enfant de la lune était à portée de sa main.

— S'il te plaît. S'il te plaît.

Ce fut tout ce qu'elle réussit à dire en s'accrochant à lui.

Il poussa un grognement qui n'avait plus rien d'humain et s'enfonça encore plus profondément en elle.

Au même moment, elle sentit ses dents pénétrer sa chair tendre à la base de son cou, à l'endroit même où Jeff l'avait mordue. Mais cette fois elle n'éprouva ni peur ni douleur.

Mia jouit dans un éclair de lumière aveuglante, tout son corps cambré sur le lit permettant à Jenner de la pénétrer encore plus profondément. Elle ressentit un plaisir intense qui la consuma, et fit disparaître tout ce qui n'était pas la sensation de son corps dans le sien. Alors qu'elle se collait contre lui, Jenner rejeta la tête en arrière et poussa un cri rauque, comme sa propre jouissance le traversait tout entier et se répandait en Mia comme une vague. Il s'abattit sur elle, hors d'haleine.

Sa tête était pleine de voix qui montaient et descendaient en une incantation prononcée dans un langage qui lui était inconnu. Puis il y eut un hurlement, un cri sauvage et lugubre qui résonna au plus profond de son âme. Et, au loin, la musique sauvage de sa moitié, s'envolant en tournoyant dans le ciel nocturne, devenant la chanson dont elle avait rêvé. Sa chanson à elle. La chanson de Nick.

Leur chanson.

Le bruit disparut peu à peu et son corps redescendit lentement des sommets enivrants qu'il avait gravis.

Mais quand elle finit par ouvrir les yeux, Jenner était toujours là. Il l'entourait de ses bras et il était réel et chaud et solide. Et il était à elle.

L'air encore étourdi, Jenner s'allongea sur le côté et tendit le bras pour attraper la couverture pliée au pied du lit et la poser sur eux avant de reprendre le corps de Mia contre lui. Il lui releva les cheveux et posa un baiser délicat à l'endroit où il l'avait mordue.

Mia se pelotonna contre lui. Elle continuait à entendre l'écho d'autres voix, mais elle s'aperçut qu'avec un petit effort elle réussissait à les faire taire si elle le voulait. Les voix de la meute, pensa-t-elle. De sa meute.

— Tu es une Blackpaw, à présent, dit Jenner doucement en se rallongeant. Puis il la prit dans ses bras. Et, ce qui compte le plus, tu es à moi. Pour toujours. Je t'aime, Mia.

— Je t'aime, Nick.

Ils s'enroulèrent l'un dans l'autre, parfaitement emboîtés, les deux moitiés d'un tout, et attendirent que la lune se lève.

Ils ne faisaient plus qu'un.

KAREN WHIDDON

Le choix du loup

Traduction française de
MARIE-CHRISTINE TRICOTTET

NOCTURNE

HARLEQUIN

Titre original :
WILD WOLF

Ce roman a déjà été publié en 2011

1

— Encore un métamorphe sauvage !

Simon raccrocha le téléphone. Il se passa la main sur le visage et essaya de sourire à son ami et collègue protecteur, Anton Beckham, dit Beck.

— Il y a eu un meurtre — un professeur de l'université du Colorado, à Boulder. Ils pensent qu'il a été tué par un sauvage. Ça veut dire une nouvelle mission pour nous : le retrouver et l'éliminer. Le sauvage a été localisé, il vit dans les montagnes, au-dessus. C'est pour toi, cette fois.

Beck recevrait le reste des renseignements dans le dossier qui suivrait.

Beck fronça les sourcils.

— Le Conseil ne se rend pas compte que je n'en peux plus ? Par les chiens de l'enfer, j'ai été forcé d'éliminer les trois derniers.

— Je peux en parler à Ross.

Simon aurait dû s'y attendre. Le surmenage. Tous les signes étaient là.

— Je vais me charger de cette mission. Tu as besoin de vacances.

— Tu as dû tuer les sept derniers que tu as chassés, fit remarquer Beck, si quelqu'un doit être surmené, c'est bien toi.

— Je ne suis jamais surmené.

— Ça, c'est sûr, dit Beck en faisant une grimace, toi, tu es l'Exécuteur.

Souriant, Simon haussa les épaules et se servit une autre

tasse de café. Il retourna s'asseoir à la table en acier poli et but une longue gorgée.

— Contrairement à toi, je ne laisse pas mes émotions interférer avec mon travail.

— Les émotions n'ont rien à voir là-dedans. Un des trois derniers sauvages pouvait être rééduqué. J'en suis sûr.

— Tu en *étais* sûr, non ? A quel moment t'es-tu rendu compte que tu pouvais te tromper ? Quand il t'a attaqué et que tu as failli perdre un bras ?

— Le Conseil aurait dû me laisser plus de temps. Allez, fais preuve d'un peu de compassion.

Simon ne répondit pas, il savait qu'il était inutile de discuter. Beck connaissait le credo des protecteurs aussi bien que lui. Pianotant sur la table de métal, qui d'après lui aurait été plus à sa place dans un laboratoire que dans une cuisine, il buvait son café, le regard dans le vide.

— Tu t'en fiches complètement, hein ? dit Beck sur un ton de reproche.

— Pas du tout. Mais il n'y a qu'à voir les statistiques.

Simon but une longue gorgée.

— Sur les quarante-sept sauvages que nous avons rencontrés depuis un an, seuls six ont pu être sauvés.

— Ce n'est pas encourageant, c'est vrai. Mais tu sais aussi bien que moi que certains protecteurs ont la gâchette facile, surtout dans les contingents d'Europe et du Moyen-Orient.

— Au premier geste menaçant, tu tires.

Simon détestait avoir à rappeler les évidences. Dès que son ami aurait quitté la pièce il ferait une demande pour que Beck soit mis en arrêt maladie. Un protecteur hésitant était un protecteur mort. Il ne voulait pas que cela arrive à Beck.

— On doit leur laisser leur chance.

Voyant que Simon ne répondait pas, Beck s'éloigna de la table.

— Tu sais quel est ton problème, Caldwell ?

— Non, mais je suis sûr que tu vas me le dire.

Simon n'arrivait pas à cacher son agacement.

— Laisse-moi deviner. Je suis trop dur. Trop insensible. Trop vieux ?

— Non, dit Beck, tu n'es pas trop vieux, tout juste trente-quatre ans, un an de plus que moi. Je vois bien que tu penses que je ne devrais pas accepter cette mission, parce que tu crains que j'échoue. Mais tu as un problème pire que le mien. Je crois que tu t'identifies trop avec les sauvages. C'est pour ça que tu les tues si rapidement. Ils te font peur.

Simon grogna.

— Tu te trompes.

— C'est possible, dit Beck d'un ton las, mais franchement, Simon, parfois tu n'es pas loin de ressembler toi-même à un sauvage, c'est inquiétant.

— Il n'y a que le résultat qui compte.

Simon plissa les yeux et posa bruyamment sa tasse sur l'égouttoir.

— Je ne relèverai pas ton insulte, pour cette fois. Mais je te rappelle que c'est à moi que le Conseil fait appel pour réparer les dégâts commis par des types comme toi.

Beck soupira, la tête dans les mains.

— Excuse-moi.

— Je vais me charger de cette affaire, lui dit Simon, pas seulement parce que tu as besoin de vacances, mais parce qu'elle semble particulièrement intrigante. On dit que le professeur qui a été assassiné détenait deux sauvages depuis des années. L'un d'eux est celui qu'on cherche.

— Comment l'avons-nous localisé ?

Simon eut conscience de la cruauté de son sourire.

— Comment fait-on d'habitude ? On écoute les rumeurs : on a vu un loup-garou, il y a eu des vols, des apparitions. Les humains parlent. Et finalement, un métamorphe fait une déclaration à son conseil local.

— Et pour l'autre sauvage, le deuxième ?

— La société ne l'a pas encore localisée. Soit elle est très prudente, soit elle a beaucoup de chance.

— Elle ?

Beck eut l'air encore plus troublé. Simon hocha la tête.

— Deux femelles. L'une d'elles est probablement la meurtrière, ou les deux.

— Elles étaient prisonnières ? Bon sang, elles avaient une bonne raison de commettre ce meurtre, dans ce cas.

— Tu recommences !

Simon hocha la tête, ne cherchant pas à cacher son dégoût.

— Bon ! Je vais m'occuper de cette affaire.

— Comme tu veux.

Beck ne discuta pas. Ce n'était pas la peine de revenir là-dessus.

— Mais tu sais ce que je pense ? Tu es froid. Dur. Je crois qu'il serait temps que le Conseil reconsidère ses méthodes d'entraînement. Nous prendre à nos parents avant même que nous n'ayons l'âge d'entrer à l'école n'est pas forcément une bonne idée.

Il n'essayait pas de cacher son amertume.

— La plupart d'entre nous ne se souviennent même pas de leur famille. Je ne vois pas à quoi ça sert.

— D'abord, on ne nous *prend* pas. On nous donne. C'est différent. Quand on montre des capacités supérieures à celles des autres enfants de notre âge. Nos parents sont *honorés* de ce choix. Tu le sais bien.

— C'est possible, dit Beck, mais je continue à penser que c'est trop tôt pour nous envoyer en formation.

— Tu crois ? Toutes ces années d'enseignement affûtent nos compétences, forgent notre loyauté. Au bout du compte, tout cela n'a guère d'importance.

Simon croisa les bras, lassé de ces discussions.

— Nous sommes nés pour être ce que nous devons être. Si tu oublies ça, tu vas au-devant de graves ennuis.

Beck se leva et posa sa tasse dans l'évier.

— Je monte. Tu appelles, ou tu préfères que je le fasse ?

— Je vais le faire.

Dès que Beck eut quitté la pièce, Simon se saisit du téléphone et composa le numéro de Ross, le commandant de son unité. Il était hors de question de laisser cette mission à Beck. Tant qu'il n'aurait pas les idées en place, Beck constituerait un danger latent.

Sous les rafales de neige et la morsure du vent Raven frissonnait, malgré l'épaisse fourrure que lui avait léguée l'Ancienne en mourant. Raven avait pleuré quand la vieille louve s'était éteinte, elle avait levé son visage humain pour hurler dans la nuit, exactement comme le faisait sa famille loup. L'Ancienne était morte l'hiver précédent, une saison marquée par les tourbillons de neige, de glace et un froid terriblement cruel.

Raven ne pouvait pas rester louve en permanence, et sous sa forme humaine elle détestait le froid. Ce froid qui la transperçait jusqu'aux os était la seule chose qui pouvait lui donner envie de retourner dans le monde des humains. Quand elle devenait louve elle avait assez chaud. Mais lorsqu'elle était humaine, c'était une autre histoire. Elle avait beau enfiler plusieurs couches des vêtements qu'elle avait volés, elle était gelée jusqu'aux os.

A la fin de l'hiver précédent, elle avait failli tout abandonner et renoncer. Seule sa meute de loups sauvages l'avait retenue dans la grotte, grelottant lorsqu'elle avait forme humaine, rongeant son frein et comptant les heures la séparant du moment où elle pourrait redevenir louve.

Quand le printemps avait finalement fait son apparition, la meute s'était réjouie. Pendant l'été et l'automne, chaque jour avait été une célébration de la vie, du plaisir de vivre.

Mais cette année, l'hiver était en avance. En frissonnant elle maudit sa forme humaine, elle haïssait la faiblesse de son sens olfactif, si aigu lorsqu'elle était une louve. Malgré cela, aujourd'hui elle avait la sensation que quelque chose n'allait pas, et ce n'était pas seulement le vent glacial qui passait par-dessus les montagnes ou la promesse de la neige dans l'air.

A ses côtés, Shadow gémit.

— Tu as senti quelque chose, toi aussi.

Distraitement, elle caressa la fourrure épaisse du loup couché près d'elle. Sa meute reconnaissait son odeur, qu'elle soit humaine ou louve, et elle avait toujours un ou deux membres du clan auprès d'elle pour la protéger ou lui tenir compagnie.

Deux loups à la fourrure encore plus épaisse se glissèrent jusqu'à elle. Cela faisait plusieurs semaines que leur pelage s'épaississait, car leur horloge interne les avertissait de l'approche de l'hiver. Raven avait remarqué le changement et, gardant à la mémoire le long hiver précédent, elle avait commencé ses provisions. Elle s'était juré qu'aucun de ses loups ne souffrirait de la faim cette année-là.

Pourtant, malgré ses précautions, elle se sentait mal à l'aise. Il y avait vraiment quelque chose qui n'allait pas.

Plus tard elle se transformerait en loup et ferait un tour de reconnaissance, mais pour l'instant elle devait ramasser du bois. Elle pensait avoir entassé suffisamment de nourriture : des noix, des baies, tout ce qu'elle trouvait. Des années auparavant elle avait appris à saler la viande, mais à présent, elle n'avait plus aucun moyen de se procurer du sel pour la saumure. Sa meute, toujours prête à partager le gibier avec elle, n'avait pas protesté quand elle s'était réservé des morceaux de choix pour essayer de les congeler en les enterrant dans des crevasses profondes, dans sa grotte.

Elle ne voulait pas être prise au dépourvu et elle s'inquiétait de voir que l'hiver arrivait prématurément. Elle avait besoin de ces fournitures qui servent aux humains — du sel, des allumettes, des couvertures, un nouveau sac de couchage de survie pour remplacer celui qu'elle avait volé et qui était tout déchiré. Un feu était essentiel si elle voulait survivre par une température qui plongeait très au-dessous de zéro, dans ces montagnes. Sa meute aussi aimait la chaleur, mais pour elle c'était une nécessité. Contrairement à eux, avec leur fourrure, elle n'avait pas la capacité de garder indéfiniment sa forme de loup et son pelage épais. Elle finissait toujours par reprendre la forme dans laquelle elle était venue au monde, et elle en souffrait.

Pendant l'été, profitant de l'afflux de randonneurs et de campeurs dans les montagnes, elle avait dérobé ce dont elle avait besoin, en essayant de ne faire de tort à personne. Mais maintenant que le vent du nord glacial soufflait, les humains ne se montraient plus. Elle n'avait pas le choix, dès la fin de la tempête elle allait devoir faire un petit tour dans le monde civilisé pour voler ce qui lui manquait.

Un mouvement à l'horizon attira son attention. L'animal à ses côtés gronda.

Les autres loups se rapprochèrent, l'entourant silencieusement pour assurer sa protection.

Raven écarquilla les yeux, doutant de la réalité de ce qu'elle voyait. Si ce n'était pas une vision, alors elle avait un problème. Affrontant le blizzard, un humain escaladait la montagne et se dirigeait droit sur elle.

Le vent furieux et la neige qui tombait avaient masqué son odeur et il était beaucoup trop près du sanctuaire de sa meute.

Bien sûr, il était possible qu'il se soit égaré. Un humain perdu dans le blizzard, cela voulait dire la mort, sauf si elle lui montrait le chemin vers un lieu plus sûr. Elle préférait choisir la seconde solution. Deux hivers plus tôt un homme était mort dans la montagne. Les équipes de recherche avaient failli découvrir sa grotte et sa meute avant de repérer le corps.

Avec un humain dans les parages, il valait mieux qu'elle prenne sa forme de loup.

Elle s'accroupit donc sur le sol et ôta ses vêtements. Puis, murmurant sa prière rituelle, entreprit sa transformation. Avec les années elle avait appris à se métamorphoser en quelques secondes. Maintenant elle allait pouvoir pister cet étranger et découvrir ce qu'il venait faire sur son territoire au beau milieu d'une tempête de neige.

Shadow et Myst, deux loups de sa meute, se tenaient à ses côtés. Au moment où ils étaient sortis de la grotte, la neige et la glace avaient recouvert leur fourrure, leur permettant de se fondre dans le paysage.

Dans cet environnement l'homme, avec sa parka bleue, aurait dû être aussi visible qu'un loup au milieu d'une ville. Mais ni elle ni sa meute ne trouvèrent aucun signe de lui. L'intrus avait disparu dans la tempête.

Relevant la tête, elle huma l'air. Rien, seulement la neige, la glace et le froid. Flairer la neige serait tout aussi inutile.

L'homme était peut-être tombé dans une crevasse, à moins qu'il n'ait trouvé refuge quelque part. La première éventualité était la plus probable, ce qui n'était pas bon pour sa meute.

Elle n'avait pas le choix, il fallait le retrouver. Raven n'avait pas survécu à sept hivers pour prendre le risque d'être découverte maintenant. L'homme ne pouvait pas être loin. Personne, pas même les loups, ne pouvait se déplacer rapidement dans un tel blizzard. Le vent et la neige devaient avoir effacé ses traces. Elle s'approcha prudemment de l'endroit où elle l'avait vu pour la dernière fois.

Son odorat était engourdi, elle ne pouvait donc s'en remettre qu'à sa vue. Si l'homme avait été un loup, il se serait couché sous un arbre, roulé en boule, et se serait laissé recouvrir par la neige, pour créer une poche de chaleur autour de lui.

Mais ce n'était qu'un humain.

Soudain, elle aperçut la tache de couleur et s'approcha un peu plus. La tente jaune vif était partiellement recouverte de neige, c'était sa façon à lui de créer sa propre poche de chaleur.

Décrivant un grand cercle, elle s'assura qu'il n'y avait pas le moindre danger aux alentours.

Il s'était installé sous le vent par rapport à sa grotte qu'une ligne d'arbres dissimulait à sa vue. Satisfaite, elle baissa la tête et reprit le chemin de la maison. Comme d'habitude, elle avait gardé sa forme de loup aussi longtemps que possible, mais son corps commençait à la trahir et elle allait devoir redevenir humaine. Elle préférait de beaucoup être un loup. Pas de questions, pas de peurs, rien que des sensations. Tout était plus facile, plus exaltant. Et on avait plus chaud.

A l'intérieur de la grotte, sa meute l'attendait. L'intrusion de l'étranger avait créé une certaine agitation chez les loups. Dès qu'elle entra, ils l'entourèrent, tandis qu'elle se secouait pour faire tomber la neige qui la recouvrait. Par des sons gutturaux et de sourds gémissements ils exprimaient leur malaise.

Ils se serrèrent contre elle pour la réchauffer, et elle les laissa faire jusqu'à ce que le givre qui recouvrait son pelage ait fondu. Puis elle se glissa parmi eux, toucha leurs museaux, frotta sa fourrure humide contre la leur, se laissant renifler. Elle savait que son calme et son autorité finiraient par dissiper leur inquiétude. Elle était le chef, même si elle n'était pas entièrement loup comme eux. Malgré tout, ils la suivaient toujours. Aujourd'hui n'était pas une exception.

Au-dehors, la tempête faisait rage. Le mugissement du vent était dix fois plus angoissant que n'importe quel cri animal. Des congères s'accumulaient devant la grotte et en protégeaient l'entrée. Petit à petit la meute se calma et comme Raven l'avait prévu, les loups se couchèrent en rond autour d'elle. Elle s'endormit dans son pelage de louve, consciente qu'elle se réveillerait probablement sous sa forme humaine, nue et transie de froid.

Malgré cette terrible tempête de neige et une visibilité pratiquement nulle, Simon connaissait sa position exacte grâce à un GPS et à une liaison satellite avec la base. La veille, avant le début de la tempête, il avait fait un vol de reconnaissance. Les appareils à infrarouge sophistiqués avaient repéré une possible présence humaine quelque part sur cette pente. En dépit des alertes météo, il avait décidé de partir en chasse, sachant qu'il pourrait toujours se changer en loup et se recroqueviller sous la neige.

Mais il ne se transformerait que s'il y était obligé. Cette sorte particulière de chasse se faisait mieux sous forme humaine. Tant qu'il ne connaissait pas l'état mental de l'individu qu'il chassait, il devait se tenir sur ses gardes en permanence. Comme il l'avait fait remarquer à Beck, trop de protecteurs négligents s'étaient fait tuer par des sauvages. Simon n'avait pas l'intention d'alimenter les statistiques.

Il s'arrêta et tourna lentement sur lui-même pour se repérer. Sur sa gauche s'étendait la vallée enneigée qu'il avait remarquée depuis l'avion. Cela voulait dire que la tanière de la sauvage devait se trouver sur sa droite, un peu plus haut sur la pente. Il chercha des grottes du regard, ou du moins il essaya car un voile de neige rendait cette recherche impossible.

Un instant, il envia Beck, en vacances forcées sous le soleil des tropiques. Beck l'avait maudit, mais Simon savait bien qu'au fond son ami était soulagé.

Son regard fut attiré par un mouvement. Là-haut, dans le bosquet de sapins enneigés, à moins de cinq cents mètres de lui, un loup l'observait.

Jurant silencieusement il fit mine de regarder ailleurs, tout en conservant le loup dans son angle de vision. La tempête masquait les odeurs, ce qui voulait dire qu'il pouvait avoir surpris l'animal autant que celui-ci l'avait surpris lui-même.

Mais il faudrait le voir de plus près pour savoir si c'était un loup naturel ou le métamorphe sauvage qu'il recherchait.

Il recula et s'abrita du vent sous sa tente où il entreprit de se dévêtir. Il risquait l'hypothermie et les engelures si sa peau était exposée au froid trop longtemps, c'est pourquoi il commença sa transformation en même temps qu'il retirait prestement ses chaussures. On enseignait aux protecteurs comment faciliter la métamorphose et depuis qu'il était tout petit, Simon était capable de se transformer en loup et de revenir à sa forme humaine en un clin d'œil. Il se félicita de cette capacité qui lui éviterait de grelotter de froid sous sa forme humaine.

Un instant plus tard, son épais pelage d'hiver assurait sa protection. Il s'avança et pointa la tête hors de son abri de fortune. L'autre loup n'était pas en vue.

Il tenta d'explorer les lieux autour de sa tente mais sous les rafales de neige il était impossible de repérer des traces. Il était inutile de poursuivre ses recherches avec un temps pareil. S'avouant provisoirement vaincu, il retourna dans sa tente et reprit sa forme humaine. Il se glissa dans son sac de couchage de survie, remonta la fermeture Eclair et s'endormit.

Le lendemain matin, Simon s'éveilla dans ce calme absolu qui suit généralement un blizzard. La neige, qui avait recouvert sa tente, pesait sur les côtés mais l'isolait du vent et réduisait sensiblement le froid. Réchauffé et reposé il ouvrit son sac de couchage et s'assit, conscient qu'il lui faudrait creuser pour sortir. Il fallait espérer qu'en émergeant de la tente il ne se retrouverait pas entouré de loups.

Mais d'abord il devait faire son rapport. Son portable avait une liaison satellite, il n'aurait aucune difficulté à se connecter. Ce gadget fonctionnait même dans les coins les plus reculés.

— Protecteur Simon au rapport.

Simon parla d'une voix brève et neutre. Le Conseil n'encourageait pas l'optimisme quand il s'agissait des sauvages. Il était préférable d'adopter une approche du style coupable jusqu'à preuve du contraire.

— Sauvage repéré, localisation enregistrée.

— Dans combien de temps pouvons-nous espérer un rapport complet ?

— Je ne sais pas.

Simon serra les dents, retenant un juron.

— Il y a une tempête de neige ici, c'est difficile à évaluer.

— Il nous faut une fourchette de temps.

— Cela dépendra de quand je la reverrai. Je dois encore entrer en contact avec elle pour pouvoir faire une meilleure évaluation. Je dirais un mois.

— C'est trop long. Vous avez deux semaines. C'est la procédure standard quand on a des affaires en retard. Revenez au rapport dans sept jours.

La connexion fut interrompue avant que Simon n'ait pu répondre.

En clair, il ne disposait que de deux semaines pour décider si la femme qu'il avait repérée allait vivre… ou mourir.

A présent il était libre de jurer et il ne s'en priva pas.

Il rangea son portable dans son sac à dos, regarda sa montre. 11 heures. Il était plus tard qu'il ne pensait. Il sortit des rations de terrain de son sac, fit sauter le couvercle et les engloutit prestement. Il avait le choix : pister sa proie sous sa forme humaine, ce qui impliquait de multiples couches de vêtements pour se protéger du froid, ou se transformer en loup. Pour lui, le choix était simple, c'est en tant que loup qu'il se mettrait en chasse. Sa fourrure était épaisse et ses sens aiguisés. De plus il avait perfectionné son pouvoir de se transformer au point qu'il le faisait pratiquement sans effort. Tant qu'il ne restait pas loup trop longtemps, la transformation elle-même n'épuisait pas trop son énergie.

Hier, la tempête avait rendu son flair pratiquement inutilisable ; mais aujourd'hui le vent était tombé, et la surface immaculée de la neige fournirait des indices faciles à suivre. Il allait dénicher la sauvage et faire son évaluation.

Il rampa vers le centre de sa tente et s'apprêta à se transformer. Il était temps de reprendre la traque.

Restant à distance, Raven traquait l'homme, sa fourrure d'un noir de jais se détachant sur la blancheur de la neige. Sous sa forme de loup, elle se déplaçait au ras du sol, contournant la tente qu'il n'avait pas démontée, signe qu'il avait prévu de rester plus longtemps. Elle ne comprenait pas pourquoi. La tempête était finie et le soleil matinal montrait clairement le chemin pour redescendre de la montagne.

Elle avait donc décidé de le suivre, espérant découvrir ce qu'il était venu chercher dans sa montagne.

Sa meute, affamée et sauvage, voulait tuer l'intrus. Sa part sauvage, sa part loup, comprenait et était plutôt d'accord — mais sa part humaine avait su instinctivement que cela apporterait la mort et la destruction dans leur montagne. De plus étant à moitié humaine, elle ne pouvait pas tuer un membre de sa propre espèce.

Ne pouvant le supprimer, elle allait l'observer jusqu'à ce qu'il s'en aille et s'il ne partait pas assez vite, elle trouverait un moyen de l'en persuader.

Devant elle, l'homme s'était réfugié dans sa tente et avait allumé une sorte de lanterne. Elle voyait sa silhouette à l'intérieur se déplacer à quatre pattes. La louve Raven s'immobilisa, ses poils se hérissèrent sur son dos. Sous ses yeux, la forme humaine ondulait, se transformait, devenait … un loup.

Interdite, Raven fit demi-tour. Le cœur battant, elle bondit en direction de sa grotte.

Une fois à l'intérieur elle se glissa au milieu de ses loups, haletante. Au bout d'un moment, calmée par leur odeur et leur présence, elle alla dans un coin et se coucha sur le sol glacé. Elle reprit sa forme humaine et s'habilla prestement, entourant la lourde fourrure de l'Ancienne sur ses épaules.

Elle ne parvenait pas à comprendre ce qu'elle venait de voir. Cet homme, cet étranger avec son odeur inhabituelle, avait fait comme elle. Il était passé de l'état d'humain à celui d'animal, s'était transformé en un clin d'œil.

Elle ne savait pas qu'une telle chose était possible chez les autres. Le fondement même de son monde se fissurait sous ses pieds. Toute sa vie, elle avait cru qu'elle était une erreur de la nature, un monstre. La seule de son espèce.

A présent, l'apparition de cet étranger prouvait que ce n'était pas le cas. Le fait d'avoir été témoin de cette transformation signifiait qu'elle n'était plus seule.

Elle prononça ces paroles à voix haute, une fois, deux fois, encore et encore, en savourant la sonorité. Plus seule. Elle aurait dû se sentir euphorique, vivifiée. D'une certaine façon, c'était le cas. Tout au moins pour une petite partie d'elle-même. Mais surtout, elle avait peur.

Elle s'était habituée à une existence solitaire, sans doute inconfortable — qui pourrait dire que la vie dans une grotte était confortable ? — mais sûre. Protégée. La solitude n'était pas un souci pour elle, pas avec sa meute toujours à ses côtés. Après tout les loups étaient aussi sa famille, et si l'autre partie d'elle-même, la partie humaine, n'était pas satisfaite, et bien tant pis. Elle la détestait, de toute façon. Tout ce qui lui était arrivé de mauvais l'avait été quand elle était humaine. Si elle avait le choix elle resterait toujours loup.

Mais qu'il puisse exister quelqu'un comme elle, à moitié loup, cette simple idée la stupéfiait.

Elle repensa à l'homme en train de se changer en loup. Alors, elle se rappela le professeur et les expériences qu'il avait menées sur elle, et l'acharnement qu'il avait montré à découvrir ce qui lui donnait le pouvoir de se transformer en loup puis de redevenir humaine. Elle se demandait s'il savait qu'il y en avait d'autres comme elle et, si oui, pourquoi il ne lui avait rien dit. Et lorsqu'il avait décidé qu'elle ne lui était plus utile, pourquoi ne l'avait-il pas conduite parmi les siens au lieu de la laisser seule dans les bois, l'abandonnant à une mort certaine ?

Elle était face à un choix. Elle pouvait faire comme si elle n'avait pas vu l'étranger se transformer et se mentir à elle-même en croyant que son univers était toujours inchangé.

Ou elle pouvait entrer en contact avec lui, lui parler, l'obliger à apporter des réponses aux centaines de questions qui, maintenant, se bousculaient dans sa tête.

Elle soupira. Elle n'avait jamais cru qu'il soit bon de mentir — ni à elle-même ni aux autres — donc elle savait déjà quel serait son choix.

Elle devait entrer en contact avec l'étranger. Mais comment ? Allait-elle le rencontrer face à face ? Et si oui, en tant que loup ou en tant qu'humaine?

Elle décida de commencer par dormir, ensuite elle prendrait une décision.

Tôt, le lendemain, juste avant le lever du soleil, alors que l'ombre recouvrait encore une partie de la montagne, Raven se rendit à sa tente. Il était déjà parti. Elle pouvait suivre les empreintes qu'il avait laissées dans la neige, à moins que…

Le cœur battant, elle prit la liberté d'entrer dans la tente sans y avoir été invitée.

A l'intérieur, elle ne vit rien d'intéressant. Un sac de couchage de survie, encore chaud, qu'elle se serait bien approprié, un petit réchaud qui fonctionnait grâce à une cartouche d'air comprimé et un sac à dos du même tissu jaune vif que la tente. Son épaisse parka — encore un effet qu'elle aurait bien aimé posséder, puisqu'une crue au printemps avait emporté la sienne — avait aussi été laissée là. Elle en déduisit qu'il était parti chasser sous sa forme de loup. Cela la rassura, cela voulait dire qu'il n'avait pas emporté de fusil ou d'autres armes que les humains utilisent pour tuer leurs proies.

La panique lui serra la gorge. Tout à coup la petite structure lui semblait trop chaude. Etouffante. Elle ne voulait pas être prise au piège à l'intérieur quand il reviendrait. Comme elle l'avait décidé, elle lui laissa un râble de lapin à moitié congelé, les restes de son repas de la veille. Elle espérait qu'il comprendrait que c'était un gage de paix et qu'après l'avoir mangé, il accepterait son invitation à lui rendre visite dans sa grotte. Elle serait attentive à laisser des traces faciles à suivre.

En revenant de sa chasse, alors que le soleil se levait sur les montagnes, Simon tomba en arrêt à dix pas de son abri. Des traces dans la neige indiquaient qu'il avait eu de la visite.

La sauvage. Sur ses gardes il approcha de la tente par l'arrière, en fit le tour puis tourna sur lui-même pour inspecter le périmètre.

La tente était vide. Son flair lui disait que quelqu'un était entré. Un humain. Il entra. Elle avait laissé une offrande de paix. C'était bon signe.

Délaissant le râble de lapin, il ressortit et suivit ses traces jusqu'à sa tanière.

La grotte était bien choisie. Dissimulé derrière un bosquet de végétaux persistants, l'endroit fournissait une bonne protection à la fois contre les éléments et contre d'éventuels humains égarés.

Il entra lentement, fit quelques pas à l'intérieur puis s'arrêta pour permettre à ses yeux de s'accoutumer à l'obscurité.

Adossée à une paroi, la sauvage l'observait. Elle avait choisi de le rencontrer sous sa forme humaine. C'était inhabituel, surtout pour quelqu'un qui avait la réputation d'être aussi farouche. Tout d'abord, il plissa les yeux et, le museau tout empli du parfum musqué de la femme, se tint immobile, attendant qu'elle fasse le premier mouvement.

— En homme, dit-elle, une insistance dans sa voix basse et rauque.

Au son de cette voix il sentit un frisson le parcourir, un signe qu'il choisit instantanément d'ignorer.

— Prenez votre forme humaine, répéta-t-elle, comme si elle n'était pas sûre qu'il l'ait comprise. Je veux vous parler.

De nouveau ce frisson, comme un pressentiment. Rejetant cette pensée, il baissa la tête et se métamorphosa.

Redevenu homme, il se dressa sur ses jambes et se tourna

vers elle. Bien qu'ils soient nus tous les deux, la conscience de son érection le mit mal à l'aise. Tous les métamorphes qu'il connaissait avaient une érection lorsqu'ils se transformaient. Elle était de cette espèce elle-même, elle devait le savoir et ne s'en offusquerait probablement pas. Du moins l'espérait-il.

Mais dans quelle mesure était-elle sauvage ? Que savait-elle de sa propre espèce ?

Ses yeux s'élargirent alors qu'elle le dévisageait des pieds à la tête. Il fut très surpris de ressentir de la chaleur aux endroits où ce regard le touchait. Une sourde brûlure. Il ne put se retenir de faire un pas vers elle.

Elle émit un son, venu du fond de sa gorge. Ce n'était ni un feulement, ni un gémissement, ni une plainte. Cela ne ressemblait à rien de ce qu'il avait entendu auparavant, venant d'un humain ou d'un animal. Quelle qu'en soit la signification, ce son attira sa meute autour d'elle. Les loups entrèrent dans la grotte, glissant silencieusement, puis se couchèrent, prêts à attaquer. Pour la défendre.

Il jura. Il avait oublié ses loups. Son arme était restée avec ses vêtements, empilés à la hâte à l'intérieur de sa tente. S'il ne voulait pas mourir, il n'avait pas d'autre choix que de revenir à son état de loup.

C'est ce qu'il fit, tout en se maudissant pour sa légèreté.

En une seconde il passa de l'état d'homme à celui de loup.

La meute de loups s'immobilisa. L'un d'eux émit un sourd gémissement. Un autre, un mâle, gronda. Tous avaient le regard tourné vers la femme, attendant un ordre de sa part.

Avec un choc, il comprit qu'elle était leur chef. C'était inhabituel. La plupart des sauvages qui se faisaient adopter par une meute se contentaient de la vie tranquille de suiveur.

Elle ne faisait pas un geste, n'émettait pas un son, ne faisait rien qui puisse laisser prévoir ce qu'elle allait faire. Au contraire, elle restait immobile, le regard fixe, les yeux rivés sur les siens, grelottant dans sa peau d'humaine. Puis, sans détourner le regard, elle remua les lèvres silencieusement et se métamorphosa en loup en une fraction de seconde.

Intérieurement Simon tressaillit. Elle se transformait aussi vite que lui qui avait subi des années de formation pour y parvenir. C'était une sauvage, solitaire et sans instruction, une telle rapidité n'aurait pas dû être possible.

Le grondement sourd d'un des loups lui fit oublier cette question. Il verrait plus tard, s'il survivait à cette rencontre.

La sauvage fit un pas dans sa direction. Sous sa forme animale, elle était cent fois plus dangereuse, tous crocs et griffes dehors, dans son épais manteau d'hiver.

Sous sa forme de loup, Simon se tenait parfaitement immobile, prêt à combattre si nécessaire, résigné au fait qu'il lui faudrait le concours de la chance pour s'en sortir indemne.

Pendant un moment on n'entendit que les battements réguliers du cœur de Simon. Puis sans même un grognement d'avertissement, la louve sauvage bondit, tous crocs dehors.

2

Raven n'avait pas vraiment l'intention d'attaquer l'homme-loup. Elle voulait seulement l'intimider afin de lui faire dire ce qu'elle avait besoin de savoir.

Habituée à être le chef de sa meute, elle s'était imaginé que ce serait facile, réglé d'avance. C'était sans compter avec le fait qu'il était en partie humain et donc, doué de raison.

C'est pourquoi quand elle s'élança, et bien qu'elle soit moins lourde que lui, elle ne s'attendait pas à ce qu'il oppose la moindre résistance. Après tout ses loups ne le faisaient jamais.

Elle le percuta violemment, mais il ne se coucha pas. Au contraire, à sa grande surprise, il contre-attaqua, grondant et mordant, utilisant ses crocs et ses griffes qui faisaient au moins deux fois la taille des siens.

Agrippés l'un à l'autre, ils roulèrent sur le sol glacé, dans un vrai combat. Sa meute formait un cercle autour d'eux, les observant à distance respectueuse, leurs yeux luisant dans la pénombre. Ils ne la défendraient pas contre un autre membre de leur espèce. Cette lutte de domination était naturelle pour eux. Celui qui en sortirait vainqueur serait leur nouveau chef.

Les émotions — savoir s'ils *aimaient* Raven ou pas — n'étaient pas à prendre en compte. Ils n'étaient rien d'autre que des bêtes sauvages et les humaniser était une erreur inspirée par sa part humaine.

Mais pour l'instant l'important était de défendre sa propre

vie. Elle était sur lui, les crocs à deux doigts de sa gorge, quand soudain son corps la trahit, inexplicablement.

Sans qu'elle l'ait voulu, elle sentit venir la métamorphose. Pas maintenant ! Pas maintenant ! Elle mourrait si elle devenait humaine au milieu de ce combat.

Elle détestait son manque de contrôle sur les pulsions de son propre corps. Bien sûr, au moment même où elle deviendrait humaine, elle pourrait se contraindre à reprendre sa forme de loup, mais la dépense d'énergie que cela supposait la rendrait incapable de continuer à se battre.

Au moment où le loup immense la renversait sur le côté, elle se sentit changer. Mais elle n'était pas prête à mourir.

L'autre — l'homme-loup — hésita. A son grand étonnement, alors qu'il aurait pu l'égorger sans difficulté, mettant ainsi un terme au combat, il recula. Se contentant d'effleurer sa peau avec ses crocs.

Comme ses loups se rapprochaient, prêts à la défendre maintenant qu'elle était redevenue humaine, l'étranger lui lança un regard furieux, les yeux flamboyants.

Elle demeura immobile, attendant qu'il décide de son sort. Le fait qu'il ait gagné le combat pour des raisons techniques ne faisait pas de lui le chef de la meute, du moins en ce qui la concernait.

Il secoua la tête, puis dans un tremblement puissant redevint humain lui aussi.

— Il faut qu'on parle, dit-il.

Son accent, qui ne lui était pas inconnu, donnait une inflexion exotique à ses paroles.

Exotique ! Elle eut un petit rire. Y avait-il quelque chose de plus exotique que deux monstres qui pouvaient se transformer en animaux pour ensuite redevenir humains ?

Elle voulait le questionner, savoir si son existence signifiait qu'il y en avait d'autres comme eux, peut-être toute une meute, mais la peur la retint. La peur mais aussi une certaine forme d'obstination.

Il lui tendit la main, pour l'aider à se relever, et elle se surprit elle-même à la saisir. Se redressant sur ses jambes, elle lâcha sa main dès qu'elle fut debout et lui lança un regard furieux, ne sachant pas quoi dire.

Il l'entraîna vers le recoin de la grotte où elle avait laissé ses vêtements et lui tendit la fourrure de l'Ancienne, mais le manteau lui échappa et tomba sur le sol.

Ils se baissèrent en même temps pour le ramasser et leurs nez faillirent se toucher.

Les narines de l'homme frémirent. Raven ne recula pas assez vite pour éviter son regard. Ses yeux s'imposèrent à elle, l'attirant de leurs iris si sombres qu'ils étaient presque noirs. Des yeux magnifiques, ourlés de cils immenses.

Elle recula enfin. Même avec son odorat humain elle percevait l'odeur de son désir. Son membre dressé était là pour le confirmer. Il sentait la menthe, l'homme et la luxure.

Raven se rappelait cette odeur. Elle la connaissait et la haïssait.

Elle sentit monter en elle l'horreur… et la rage. Plus jamais. Elle se l'était juré et comptait bien tenir son serment. Le toisant d'un regard furieux, elle retroussa les lèvres, montrant sa fureur et sa peur.

Il leva les mains, paumes en l'air, baissa le menton.

— Je ne vous veux pas de mal. Ceci se produit généralement chez nous, les mâles, quand nous nous transformons de loup en homme. Je vous en prie, habillez-vous.

Elle n'aimait pas la façon dont il l'avait acculée contre la paroi, mais elle ne perdit pas de temps. Elle se vêtit en silence, l'observant à travers ses cils alors qu'il se tenait en face d'elle, apparemment indifférent au froid.

— Habillez-vous, vous aussi, ordonna-t-elle.

— Mes vêtements sont restés dans ma tente.

Elle lui montra un tas de vieux chiffons que la meute utilisait pour se coucher.

— Couvrez-vous avec ça ! dit-elle.

Elle continuait à l'observer, se demandant ce qu'il voulait à sa montagne, à sa grotte, à sa meute, à elle.

Il noua un morceau de tissu autour de sa taille et se tourna de nouveau vers elle. Elle redressa la tête, attendit.

— Rappelez-les.

Il fit un signe vers les loups qui les encerclaient toujours, hésitants et méfiants.

Elle ne fit pas un geste. Comment osait-il lui donner des ordres ?

Ses yeux noirs s'étrécirent.

— Vous cherchez vraiment les ennuis ?

Des ennuis ? Pour la première fois elle se demanda s'il avait une arme, un revolver ou quelque chose dans le genre. Si c'était le cas, pourquoi ne pas l'avoir sortie plus tôt ? Il n'en avait probablement pas. Mais elle ne voulait courir aucun risque.

Sa meute se rapprocha. Deux ou trois des plus dominants grondèrent. Un frisson d'excitation la parcourut, immédiatement tempéré par la conscience d'un danger potentiel.

L'idée qu'un seul de ses loups puisse être blessé par sa faute lui était insupportable. Et bien qu'elle déteste donner l'impression de se soumettre — c'était elle le chef, après tout — elle donna un ordre bref et autoritaire.

— En arrière.

Ses loups s'immobilisèrent. Elle leur avait enseigné quelques ordres et ils comprenaient celui-là. Ils reculèrent immédiatement. Si l'homme était surpris, il ne le montra pas. Au contraire, il redressa la tête et l'observa avec attention.

— Vous voulez bien que nous parlions ? demanda-t-il d'un ton arrogant qui contrastait avec ses paroles.

Elle était perplexe. Avait-elle à ce point perdu contact avec le langage humain qu'elle se trompait sur la signification de ces mots ?

Ses loups ne la quittaient pas des yeux, attentifs à ce qu'elle allait faire.

Elle décida d'écouter ce qu'il avait à dire.

— Je vous écoute.

Sa voix était comme rouillée, sans doute par manque d'habitude.

— Que me voulez-vous ? Pourquoi êtes-vous ici ?

— Je suis ici pour vous. Son regard restait rivé sur son visage. Avez-vous besoin d'aide ?

Besoin d'aide ? De sa part ? Sans savoir pourquoi, elle

se sentait mal à l'aise, comme si elle s'était trompée d'enveloppe humaine.

Elle écarta cette étrange pensée, elle y reviendrait plus tard.

— Que voulez-vous dire ? Vous êtes venu pour moi ? Tout va bien, je n'ai appelé personne, je n'ai pas besoin d'aide.

— Vous êtes sauvage. Vous vivez en dehors de la norme.

Quelle idiotie ! Elle ne dissimula pas son mépris.

— Et alors? Ce que je fais ne regarde personne. Je vis comme il me plaît, le plus loin possible des humains.

— Vous êtes humaine, vous aussi.

— En partie, seulement.

— Tout comme moi. Il inclina la tête. Moitié-moitié.

Il avait raison, et elle le laissa s'approcher d'elle. La curiosité était plus forte que la prudence.

— Je ne savais pas qu'il y en avait d'autres.

— Vous pensiez que vous étiez… ?

— La seule. Toute seule.

Un éclair de pitié passa sur le visage de l'homme, ce qui lui fit serrer les dents. Enfin il hocha la tête.

— Il y en a beaucoup d'autres. Ordinaires, comme nous deux.

— Ordinaires ? Elle ne put cacher sa surprise. Vous pensez vraiment que se transformer en loup est ordinaire ?

— D'accord, le mot était mal choisi.

Il lui décocha un sourire qui l'atteignit au plus profond d'elle-même, ce qui exacerba sa haine envers lui.

— Des gens normaux, comme vous et moi.

Des gens normaux.

— Je ne me considère pas comme une personne, lança-t-elle avec une agressivité due en partie à la beauté de son sourire, et en partie à quelque chose dans ce qu'il lui avait dit qui lui serrait l'estomac.

Sa fureur et sa peur étaient palpables.

A ces mots, plusieurs de ses loups se rapprochèrent en grondant sourdement.

— Vous ne pouvez pas nier ce que vous êtes, dit-il calmement.

— Je suis louve avant d'être humaine.

Une fois de plus un de ses loups grogna.

— Vous vous trompez.

Il leur serait facile de le tuer, mais il ne leur accorda même pas un regard.

— Vous désirez être essentiellement louve, mais vous êtes humaine aussi. Vous êtes les deux à la fois. Humaine et louve. Vous devez apprendre à vivre avec cette double nature, en harmonie.

— Je dois ?

Elle se sentait comme une enfant défendant son droit de croire ce qu'elle veut et elle détestait ça.

— Et selon qui ? Je n'ai pas besoin des humains. Le mot sortit de sa bouche comme un crachat. J'ai mes loups, ma meute. Cela me suffit.

Il la regarda avec dureté.

— J'essaie de vous donner votre chance. Vous feriez mieux de collaborer.

Comme elle ne comprenait pas le sens de ses paroles, elle ne les releva pas.

— Allez-vous-en.

Il soupira.

— Comme vous voudrez. Pourquoi haïssez-vous les gens ?

De la haine ? Raven n'avait jamais envisagé sa répugnance pour le genre humain en des termes aussi amers, mais il avait peut-être raison. Comme elle ne trouvait pas de mots pour décrire les horreurs qu'elle avait subies de la part des humains, elle n'essayait même pas.

— Je les évite.

— Vous jouez sur les mots. D'accord. Il soupira. Alors, pourquoi *évitez-vous* les gens?

— Cela ne vous regarde pas. Disons que j'ai mes raisons et restons-en là.

— Vous pensez que je ne peux pas comprendre ?

Cette fois elle se permit un léger sourire.

— Vous ne savez pas de quoi les humains sont capables.

— Là, vous vous trompez. Je le sais très bien, vous pouvez me croire. Sa froideur demeurait inchangée. Mais ils ne sont pas tous mauvais.

Il fit un pas vers elle. Son instinct lui dictait de reculer, mais elle refusait de battre en retraite. Redressant le menton, elle tint bon.

— Qu'est-ce que vous me voulez ? Pourquoi êtes-vous venu jusqu'ici ?

— Je suis un protecteur.

— Et alors?

Il secoua la tête. Il pensait sans doute que si elle ne savait pas ce qu'était un protecteur, elle n'avait pas besoin de le savoir. Au lieu de s'expliquer il continua de la regarder.

— Je voudrais rester et me joindre à votre meute.

S'il avait eu l'intention de la choquer, c'était réussi.

— Vous joindre à ma meute ? Mais pourquoi ?

— Pour étudier votre mode de vie.

Tu parles. Cet homme voulait étudier son mode de vie à peu près autant qu'elle voulait étudier le sien.

Elle savait par expérience que les gens mentaient toujours, elle ne fut donc pas surprise. Mais elle était fatiguée maintenant. Elle désigna l'entrée de la grotte.

— Partez.

Bien sûr, il ne bougea pas. Avait-elle vraiment pensé qu'il le ferait ?

Trois de ses loups, de nouveau alertés par le ton de sa voix, s'approchèrent à pas feutrés, grondant sourdement.

Il leur jeta à peine un coup d'œil.

— Vous feriez mieux de faire ce que je vous dis. Partez.

— Et qu'est-ce que vous allez faire ? Les lâcher sur moi ?

Raven ouvrit la bouche, puis la referma. Il pouvait penser ce qu'il voulait.

Fléchissant les doigts, il la regardait toujours.

— Si je me transforme, je peux les affronter tous les trois.

— C'est possible.

Il était peut-être capable de le faire. Comme loup, il était le plus grand mâle qu'elle ait jamais vu. Elle admit la justesse de ce qu'il avait dit d'un hochement de tête.

— Mais pourrez-vous affronter toute la meute ?

Comme si ces mots étaient un appel, le reste des loups les encerclèrent, prêts à la défendre au moindre signe de sa part.

Il avait certainement conscience de la menace, cependant il n'avait pas l'air inquiet. Pourtant, même s'il cachait bien son jeu, il était probable que les loups sentaient sa peur, comme elle-même la sentirait si elle se transformait.

— Je vous en prie, dit-il visiblement à contrecœur.

Elle savait bien ce qu'il devait lui en coûter, les hommes comme lui n'aimaient pas avoir à demander. Pourtant elle secoua la tête.

— Il faut que vous partiez.

Au lieu de se diriger vers l'entrée de la grotte, il fit un pas vers elle.

Jeune, impétueuse — et extrêmement susceptible après ses premières chaleurs —, la louve que Raven appelait Mandy perdit alors tout contrôle d'elle-même. Elle bondit sur lui, le faisant tomber sur le sol. En un instant toute la meute la rejoignit, dans des claquements de mâchoires et des grognements.

L'homme ne se laissait pas faire et essayait de se transformer, tandis que Mandy, couchée sur lui, tentait de l'égorger.

Raven observait la scène, consciente qu'elle devait les arrêter — si elle le pouvait. Elle ordonna à sa meute d'arrêter. Un ou deux loups qui se tenaient sur le bord reculèrent, mais les autres l'ignorèrent. Raven sentit un début de panique lui serrer la poitrine.

— Non, hurla-t-elle de nouveau.

Elle ne pouvait pas le laisser se faire tuer. Sa mort signifierait l'éradication de toute sa meute et de leur mode de vie. Il n'y avait rien de tel que la mort d'un humain pour en amener des milliers d'autres, criant vengeance. Ils massacreraient les loups l'un après l'autre, jusqu'à ce que rien ne reste dans ces montagnes que leurs empreintes sanglantes.

— Non, cria-t-elle encore.

Se frayant un chemin parmi eux, elle les écarta en agrippant les poils hérissés de leur cou. A la suite des deux ou trois premiers, le reste de la meute recula. Même Mandy releva la tête, le museau rouge du sang de l'homme, mais elle le fit avec une réticence évidente.

Raven lui ordonna de reculer jusqu'au fond de la grotte.

Tête baissée, Mandy s'éloigna, penaude, trois autres loups à ses flancs. Raven se dit qu'il faudrait la surveiller à l'avenir. Le temps viendrait peut-être où cette autre louve voudrait la défier pour le titre de chef de la meute.

Raven alla vers l'homme pour lui porter secours. Il n'avait pas perdu connaissance. Il l'éloigna d'un signe de la main et se releva lentement. Son sang s'écoulait d'une profonde morsure au bras et d'une autre à l'épaule. On pouvait lire la fureur dans ses yeux noirs, malgré la quantité de sang qu'il avait perdue.

— Merci.

Un coin de sa bouche se retroussa, pour montrer les crocs, à moins que ce ne soit l'esquisse d'un sourire ironique. Il tendit vers elle son bras blessé.

— Auriez-vous quelque chose pour l'envelopper ? Il faut arrêter le sang.

Elle attrapa plusieurs bouts de tissu sur le tas de chiffons.

— C'est tout ce que j'ai.

Elle cicatrisait toujours très vite. Mais c'était peut-être différent pour lui.

Il hocha la tête et attendit, le bras toujours tendu, son sang s'écoulant de ses plaies. Elle s'approcha de lui et tenta de lui faire un bandage serré pour arrêter le saignement. Mais le manque d'habitude rendait ses mains hésitantes et finalement il lui prit le chiffon des mains et se fit un bandage lui-même. Il refusa d'un geste ses tentatives pour l'aider, même quand il eut des difficultés à nouer la bande de fortune avec ses doigts poisseux de sang.

— Ces chiffons ne sont pas très propres, remarqua-t-elle, ça risque de s'infecter.

Il n'avait pas le choix, mais elle se sentait obligée de le mettre en garde.

— Si j'étais vous, je partirais tout de suite. Si vous allez dans la ville la plus proche, vous trouverez un médecin.

Il la regarda fixement et s'apprêtait à parler lorsqu'il se mit à tituber et s'effondra sur le sol sans un mot.

Il devait avoir perdu plus de sang qu'il ne le pensait.

Il ne manquait plus que cela ! Maintenant elle allait devoir s'occuper de lui.

Avec un regard d'avertissement en direction de Mandy, elle revint vers lui et chercha son pouls. Son cœur battait toujours et il respirait. Il était vivant. Comme il était très grand, Raven savait qu'elle ne pouvait pas le déplacer. Donc elle s'enveloppa dans sa fourrure la plus chaude et alla à sa tente. Elle y trouverait probablement ce dont elle aurait besoin pour le maintenir en vie.

Une fois dans la tente, elle fouilla dans son sac à dos et trouva un T-shirt en coton facile à déchirer pour faire un bandage. Elle prit aussi son caleçon long, son jean, un sweat-shirt, des chaussettes et ses bottes. Elle roula le sac de couchage pour l'emporter dans la grotte. C'était ce dont il aurait le plus besoin. Sans cela, comme on ne pouvait pas compter sur ses loups pour se regrouper autour de lui et le réchauffer, il mourrait de froid.

Elle transporta tout ça dans sa grotte. Toujours inconscient et nu, l'homme était agité de tremblements. Elle entreprit de l'habiller, du mieux qu'elle pouvait, en commençant par soulever ses jambes l'une après l'autre pour lui enfiler son caleçon. En arrivant à ses parties viriles, elle eut une hésitation. Le cœur battant, elle essayait de comprendre sa propre peur. Une partie d'elle-même s'attendait à ce qu'il ouvre les yeux brusquement et à ce que son membre s'allonge et enfle.

Quand elle vit qu'il ne se passait rien, elle continua à le vêtir, enfilant le jean, les chaussettes et les bottes. Elle ne réussit pas à lui mettre son sweat-shirt et le posa sur les rochers près de lui. Puis elle posa sa parka sur lui, sachant que ce vêtement isolant le maintiendrait au chaud.

Finalement elle lui glissa les pieds dans son sac de couchage qu'elle remonta par des petits mouvements successifs aussi haut qu'elle le put. Au moins la plus grande partie de son corps serait au chaud et s'il se réveillait assez pour se redresser, il pourrait finir ce qu'elle avait commencé.

Elle se leva en soupirant. Ayant pris soin de cet hôte non

désiré, elle alla rejoindre ses loups pour se préparer à la nuit glaciale qui l'attendait.

Quand Simon se réveilla avec des élancements dans la tête, sa bouche était si sèche qu'il avait l'impression que sa langue collait sur ses dents. Il ouvrit les yeux à demi, luttant contre la douleur que lui causait la lumière. Quand il essaya de les ouvrir davantage, tout se mit à tourner autour de lui, comme dans un kaléidoscope de couleurs qui ne formait aucune image sensée.

Il se demanda où il était et ce qui lui était arrivé.

Son cœur battait la chamade dans sa poitrine. Il se concentra pour rassembler ses souvenirs.

Quand les événements de la veille lui revinrent à la mémoire, il remarqua avec confusion qu'on l'avait vêtu et recouvert de son épaisse parka et trouva cette délicate attention prometteuse. Généralement les sauvages ne s'inquiétaient que d'eux-mêmes. D'un autre côté, comme la louve n'avait pas rencontré beaucoup de métamorphes, elle ignorait probablement tout de la rapidité avec laquelle ils cicatrisaient. Ses blessures commençaient déjà à se refermer. Il pourrait peut-être profiter de cet avantage.

Se redressant sur ses coudes, il regarda autour de lui.

A ce mouvement, l'énorme loup à la robe argentée qui était couché à côté de lui, émit un grognement sourd.

La sauvage l'avait-elle laissé à la garde d'un de ses loups? Sans réfléchir, il retroussa les lèvres et grogna en retour. Le son qui sortit de sa gorge humaine n'était pas aussi menaçant mais il suffit à attirer la sauvage auprès de lui. Il l'observa à travers ses paupières à demi fermées, furieux de son impuissance.

Elle ressemblait à une femme des cavernes surgie des temps anciens. Vêtue d'une méchante peau de loup mal tannée, frissonnant dans sa forme humaine, elle s'agenouilla non loin de lui, suffisamment cependant pour rester hors de sa portée. Sans le quitter des yeux, elle poussa vers lui une vieille tasse en fer-blanc, faisant déborder l'eau qu'elle contenait. Elle l'observait avec méfiance. Derrière eux il pouvait voir, brillant dans la pénombre, la lueur bleuâtre des yeux des autres loups, prêts à l'attaque.

Il se secoua, ravalant sa rage.

— C'est de la neige fondue, dit-elle en poussant un peu plus la tasse. Buvez.

Son souffle formait des petits nuages de vapeur dans l'air glacial.

De l'eau. Il passa sa langue sur ses lèvres desséchées. Il avait autant besoin d'eau que d'air. D'une main tremblante il se saisit de la tasse, à ce mouvement la douleur qui lui transperça l'épaule le fit grimacer. Sans savoir comment, il parvint à porter la tasse à sa bouche, renversant une partie de l'eau sur sa main. Il lapa comme un loup puis but bruyamment comme un enfant, incapable d'incliner la tasse pour boire. Chaque gorgée le faisait souffrir et il se demanda comment il s'était blessé à la gorge.

C'était elle. La sauvage. Il lui jeta un regard furieux. Elle avait de la chance qu'il soit un métamorphe et qu'il cicatrise rapidement.

Elle continuait à l'observer en silence, regardant tour à tour son visage et la tasse qu'il tenait maladroitement. Ses yeux bleus brillaient dans la faible lumière.

Respirant profondément, il rassembla ses forces. Il porta de nouveau la tasse à ses lèvres et réussit à boire une gorgée, puis une autre. Cette fois, l'eau glacée lui procura une sensation merveilleuse en coulant dans sa gorge desséchée. Le froid était agréable même sur ses dents.

Avec reconnaissance il vida la tasse, puis la renvoya brusquement vers elle.

— Merci.

Elle la ramassa en le regardant d'un air grave. Il se demanda comment elle serait si elle souriait. Il était vrai que pour la plupart, les sauvages n'étaient pas assez humains pour avoir recours à des expressions faciales comme un sourire ou un froncement de sourcils. Mais il aurait parié que celle-ci le pouvait. Elle s'était déjà montrée différente des autres sauvages qu'il avait rencontrés.

— Si vous pouvez rester assis assez longtemps, vous

pourrez arranger votre caleçon et enfiler votre chemise. Elle désigna son sweat-shirt de l'université du Colorado posé près de lui. Vous aurez plus chaud.

Il se dit qu'il faudrait qu'il note cela dans son rapport. Puis, comme le sol de la grotte était glacé dans son dos, il se redressa sur ses coudes, serrant les dents pour ne pas jurer.

En grognant, il essaya de boutonner sa chemise. Sa vision se brouillait, ce qui rendait l'opération plus difficile. Il avait beau savoir que dès le lendemain la douleur serait partie et que la cicatrisation de ses plaies serait en bonne voie, cela ne lui était pas d'un grand secours en ce moment.

En respirant avec difficulté, il se reposa un instant, déterminé à aller jusqu'au bout. Après avoir boutonné les quatre boutons du bas, il abandonna, lui lançant un nouveau regard. Immobile, elle l'observait sans ciller, ce qui aurait pu être déconcertant s'il n'avait pas su ce qu'elle était.

Quand il voulut attraper son sweat-shirt, une douleur le transperça de nouveau, plus aiguë, cette fois. La sueur perla sur son front et coula le long de son dos, mais il ne proféra aucun son.

Malgré tout il réussit à finir de s'habiller. Après quoi, il se renfonça dans son sac de couchage et remarqua le regard de convoitise que la sauvage jetait à sa parka.

Il lui fit un signe de la tête.

— Vous pouvez la prendre.

Elle n'essaya même pas de faire comme si elle ne comprenait pas de quoi il parlait. Elle s'approcha rapidement, se saisit de la parka et recula vivement. Laissant tomber sa peau de bête, elle enfila le manteau, sans relâcher son attention. Les manches couvraient ses mains et la ceinture lui arrivait presque aux genoux.

Sans se rendre compte de l'image comique qu'elle offrait, elle remonta la fermeture Eclair et rabattit la capuche sur sa tête. Puis reportant son regard sur lui, elle croisa les bras.

S'il avait espéré un remerciement, il s'était trompé. Mais bien sûr il n'en attendait rien. Les sauvages n'étaient pas versés dans les conventions sociales.

— Il n'y a pas de quoi, dit-il pour la provoquer.

Mais elle ne réagit pas. Au lieu de cela elle lui montra l'entrée de la grotte.

— Dès que vous serez capable de marcher, je veux que vous quittiez cette grotte. J'ai démonté votre tente et emballé vos affaires.

D'un signe de la tête elle désigna son sac à dos jaune vif.

Il s'étonna qu'elle connaisse les noms de ses différents vêtements — le caleçon, le sweat-shirt et la parka — et qu'elle sache démonter une tente et faire des bagages.

Jusqu'à quel point cette femme était-elle vraiment sauvage ?

C'était pour le découvrir qu'il était là. Moins elle était sauvage, plus il y avait de chances qu'elle puisse être réhabilitée. Pour faire son rapport il devait maintenant réussir à la convaincre de le laisser rester assez longtemps. C'était la partie la plus difficile de sa tâche de protecteur — gagner la confiance du sauvage.

— Bien sûr, je partirai dès que j'en serai capable. Mais pour l'instant ce n'est pas possible.

Elle le regarda et eut un hochement de tête hésitant, les sourcils toujours froncés. On n'entendait que les loups qui renâclaient et tournaient en rond dans la grotte.

Il s'éclaircit la gorge, décidé à engager la conversation. Il évaluait les sauvages selon une échelle qui comportait beaucoup de variables, et la capacité à soutenir une longue conversation se situait en haut de l'échelle.

— C'est ici que vous vivez ?

Il inclina la tête, montrant la grotte.

Le dossier qu'on lui avait donné spécifiait que c'était le cas, mais sa conduite très humaine et sa façon de parler qui dénotait des connaissances, le faisaient douter de l'exactitude de ces renseignements.

Une chose était sûre, il n'avait jamais eu à enquêter sur une sauvage comme elle. La plupart de ses semblables n'étaient guère plus évolués que de simples animaux, incapables de traiter les données les plus simples dans leur cerveau détruit. Ils l'auraient laissé mourir, mis en pièces par les loups sauvages, et ne l'auraient certainement pas aidé après l'attaque.

Les lèvres de Simon se retroussèrent en un sourire. Il

aimait les énigmes, et le défi que représentait cette sauvage arrivait à point nommé dans sa carrière.

— C'est ici que vous vivez ? reprit-il.

Elle fit la moue, silencieuse, et il fit une autre tentative.

— Je veux dire : si vous vivez ailleurs, depuis combien de temps campez-vous dans cette grotte ?

— Ça ne vous regarde pas. Vous semblez assez bien-portant pour partir, alors levez-vous, prenez vos affaires et redescendez de la montagne.

Elle parlait d'un ton farouche, le visage totalement fermé.

Comme il n'était pas question pour lui de quitter la grotte, il se contenta de fermer les yeux, faisant comme si ses forces l'abandonnaient soudain. Il misait sur le fait qu'elle ignorait peut-être tout des pouvoirs de guérison de leur espèce, et il n'avait pas l'intention de les lui dévoiler.

Puis il fit semblant d'avoir des difficultés à garder les yeux ouverts.

— Je partirai dès que j'aurai repris suffisamment de forces pour marcher.

Il bougea le bras et grimaça pour lui faire croire qu'il souffrait. La douleur avait déjà diminué mais elle n'avait pas besoin de le savoir.

— Aujourd'hui, insista-t-elle.

— Je ne pourrai jamais descendre la montagne à pied dès aujourd'hui.

La comédie qu'il jouait n'était pas si éloignée de la réalité, mais il se dit qu'il devait faire attention à ne pas en faire trop. Cette femme était peut-être une sauvage, mais ses yeux bleus reflétaient son intelligence. Aussi sauvage soit-elle, il se rendait bien compte qu'elle était loin d'être stupide.

Elle l'étudia silencieusement pendant un moment qui lui sembla très long, comme si elle essayait de prendre une décision. En fin de compte, elle hocha la tête.

— Vous pouvez rester une nuit de plus.

Les mots *de plus* retinrent son attention.

— Que voulez vous dire ? Combien de temps ai-je été inconscient ?

Plus de quelques heures serait inhabituel chez lui.

Elle détourna son regard clair.

— Un jour, une nuit et la plus grande partie de cette journée. C'est presque le crépuscule, dit-elle en jetant un regard vers l'entrée de la grotte.

Simon jura, ce qui lui valut un regard pénétrant. Il lui restait un jour pour rendre son premier rapport. Il avait perdu beaucoup trop de temps. Il n'en revenait pas. C'était peut-être dû à l'altitude.

Il lui faudrait demander plus de temps. Ils avaient beaucoup d'affaires en retard et Ross détestait que les protecteurs demandent des délais, mais Simon n'avait pas le choix. Son chef ne pourrait lui reprocher d'avoir été blessé.

En revanche, il devrait minimiser ce qui s'était passé réellement. Si Ross croyait la sauvage dangereuse, il lui ordonnerait de la tuer. Et Simon espérait de tout son cœur qu'il n'aurait pas à le faire.

Contrairement à ce que croyait son ami Beck, supprimer une vie ne lui était jamais agréable et il n'aimait pas cet aspect de son travail. La seule raison pour laquelle on l'appelait l'Exécuteur était que quand il savait que c'était nécessaire, il n'hésitait pas.

La sauvage émit un son pour attirer son attention. Il reprit ses esprits, surpris d'avoir dérivé, mais soucieux d'utiliser cette absence à son avantage. Heureusement cette petite divagation avait produit l'effet souhaité. Il n'eut même plus besoin de plaider sa cause.

— Une nuit, pas plus, répéta-t-elle. Quand nous reviendrons de la chasse, je vous donnerai un peu de notre viande.

Il la remercia d'un signe de tête, conscient que cela lui parlerait plus que des mots. Selon des critères humains, son offrande pouvait passer pour minime. Mais quand on savait, comme lui, que d'habitude les sauvages et les animaux ne partageaient pas, elle était énorme. Il se dit que c'était encore une chose à noter dans son rapport et regretta de ne pas avoir son émetteur.

Si, comme elle l'avait dit, elle avait emballé toutes ses affaires, l'émetteur devait se trouver dans son sac à dos, hors de portée. Le signal devait relayer sa position en continu, mais tant qu'il n'appuierait pas sur le bouton pour composer son code, il ne pourrait pas communiquer avec sa base.

Il avait encore un jour devant lui. Comme il ne pouvait pas attraper son sac sans se trahir, il collecterait le plus de renseignements possible pour son premier rapport.

Il s'éclaircit la gorge.

— Vous avez un nom ?

Elle ne détourna pas le regard.

— Pourquoi ?

Il se demanda si elle croyait que donner un nom revenait à donner du pouvoir. Il en doutait. Une croyance aussi sophistiquée supposait des contacts avec les autres. Cette femme était seule et ce, apparemment, depuis des années, si on exceptait la compagnie de sa meute de loups sauvages.

Simon esquissa un sourire.

— Tout simplement pour savoir comment je dois vous appeler.

— Ne faites pas ça, grogna-t-elle, ses yeux lançant des éclairs bleus.

Interdit, il redressa la tête.

— Que je ne fasse pas quoi ?

— Sourire. Ne souriez pas.

De plus en plus étrange. Conscient qu'il n'avait pas d'autre choix que de s'exécuter, il fronça les sourcils.

— C'est mieux comme ça ?

— Oui, répondit-elle à contrecœur. Merci.

— Je m'appelle Simon.

— Simon.

Elle répéta son nom à voix basse. Puis, comme si le fait de connaître son nom rendait les choses plus faciles, elle releva le menton

— Moi, c'est Raven.

Encore une étape importante. Pour la première fois depuis longtemps, Simon pensa qu'il avait trouvé une sauvage qu'il pourrait peut-être rééduquer.

A ce moment précis son émetteur, allumé en permanence, vibra bruyamment dans son sac à dos.

3

Quand le sac à dos de l'étranger — de *Simon,* se rappela-t-elle — se mit à vibrer de façon discordante, sa meute tout entière fut aussitôt aux aguets. En se redressant, les loups qui étaient le plus près d'elle la regardèrent, attendant qu'elle leur indique comment réagir.

Même Simon s'immobilisa, fronçant les sourcils.

— C'est mon émetteur, dit-il d'une voix rauque, pourriez-vous me l'apporter ?

Un émetteur. Elle connaissait vaguement le terme, mais elle n'avait pas la moindre idée de ce qu'il signifiait. Ça ne présageait certainement rien de bon ni pour elle ni pour sa meute.

Hésitante, elle ne bougea pas.

— Cet émetteur, est-ce que c'est une sorte d'arme ?

Il fronça les sourcils, puis secoua lentement la tête.

— Non, c'est un instrument de communication. Si je ne les joins pas rapidement, ils vont envoyer quelqu'un pour me chercher.

Bien qu'elle entende ses paroles, elle n'arrivait pas à déchiffrer son expression, ni à sentir s'il disait la vérité. C'était une des caractéristiques qu'elle détestait lorsqu'elle était sous sa forme humaine.

— Ils ?

— Les gens pour lesquels je travaille.

Elle ne savait pas qui cela pouvait être. Comme la dernière chose qu'elle voulait était que cet homme appelle ses employeurs et leur donne sa position, elle ne fit pas un mouvement pour aller chercher son émetteur.

L'objet vibra de nouveau et le visage de l'homme se fit plus soucieux lorsqu'il comprit qu'elle n'avait nullement l'intention d'aller le chercher. Il se redressa et fit une faible tentative pour attraper son sac lui-même. Prestement, elle le fit glisser hors de sa portée et attendit. S'il allait assez bien pour se lever et venir jusqu'à elle, alors il allait assez bien pour partir.

Elle espérait ardemment qu'il allait pouvoir s'en aller. Ainsi elle pourrait reprendre le cours normal de sa vie. Sa présence dans la grotte ne perturbait pas seulement ses loups, elle lui remettait à la mémoire des choses de son passé qu'elle préférait oublier.

Mais soit sa faiblesse était réelle, soit son visage avait trahi ses attentes. Au lieu de se lever, il se laissa retomber contre la paroi de pierre et s'écroula sur le sol. Croisant les bras, il la regarda d'un air furieux.

— Vous ne comprenez pas à quel point il est important que je leur parle.

C'était si vrai qu'elle ne prit pas la peine de répondre.

Son absence de réaction le fit soupirer. Il fit un effort visible pour se calmer.

— Ecoutez, Raven, je ne plaisante pas. Mon temps est limité. Je dois faire mon rapport.

En l'entendant prononcer son nom de sa voix profonde, elle sentit un frisson la parcourir, ce qui la troubla, une fois de plus.

— Je ne comprends rien à ce que vous dites, et cela ne me concerne pas.

— Vous pensez cela, mais vous vous trompez, dit-il. Si je n'appelle pas, ils vont envoyer quelqu'un d'autre, un autre protecteur, et s'il croit que je suis en danger, il tuera tout ce qui pourrait représenter une menace, y compris vos loups.

Elle s'efforça de ne rien laisser paraître, mais cette phrase l'inquiéta plus que tout ce qu'il avait dit auparavant. Elle ne voulait pas faire courir de risques à sa meute. Sa bande de loups sauvages comptait sur elle pour assurer leur sécurité.

— Si c'est vrai, vous devez partir immédiatement, et vous pouvez emporter votre émetteur avec vous.

De nouveau, il eut ce petit sourire ironique, étrangement attirant.

— Vraiment ? Et comment ? C'est tout juste si je peux m'asseoir sans aide.

— Je pourrais peut-être bricoler une espèce de luge.

Elle avait avancé cette suggestion pour voir sa réaction. D'après son expérience, les hommes, en particulier les hommes comme lui, prendraient cela pour un défi. Comment pourrait-il savoir qu'elle n'avait ni le matériel nécessaire, ni la force de le traîner jusqu'au bas de la montagne ?

Quand son regard noir se porta sur elle, elle se sentit nue. L'absurdité de cette impression lui fit serrer les dents.

— Bricoler une luge ? Avec quoi ? Et quand bien même vous y arriveriez, comment feriez-vous pour me tirer jusqu'en bas ?

Elle se demanda s'il avait lu dans ses pensées. Une telle chose était-elle possible? Peut-être que oui après tout. Si les gens pouvaient se changer en loups, alors tout était possible.

Elle ne pouvait détacher son regard de son visage. Malgré la répulsion qu'il lui inspirait, elle devait reconnaître qu'elle n'avait jamais vu un mâle humain aussi beau. Le fait qu'il soit comme elle, mi-humain, mi-loup, le rendait encore plus attirant. Et cela la rendait furieuse.

— Bien sûr, je pourrais aussi vous pousser du haut d'un rocher, dit-elle d'une voix douce.

— Vous ne feriez pas ça, dit-il avec certitude.

Cela l'étonna.

— Qu'en savez-vous ?

— Vous n'êtes pas stupide.

Elle lui lança un regard pénétrant et il conclut d'un ton las :

— Et je ne le suis pas non plus.

Sur ces mots il ferma les yeux, comme pour la congédier.

Raven ne bougea pas, du moins pas avant que sa respiration régulière ne lui indique qu'il dormait pour de bon.

Profitant de son sommeil, elle s'avança pour l'étudier de près. Toujours sous sa forme humaine, elle s'agenouilla près de lui et approcha son nez de ses cheveux, essayant de déchiffrer les complexités de son odeur comme si elle pouvait y trouver l'explication de cette étrange attirance/répulsion qu'il lui inspirait.

Mais pour son odorat humain ordinaire il ne sentait que l'homme, ce qui ne l'aidait pas à comprendre pourquoi elle avait envie de poser sa bouche sur sa peau pour le goûter, pas comme de la nourriture, non. Elle pensait sincèrement que si elle pouvait déchiffrer son mystère et connaître son secret, elle pourrait vaincre cette nostalgie si puissante qui la rendait furieuse et insatisfaite.

Mais elle ne pouvait pas et ne voulait pas le faire. Troublée, elle se retint de le toucher et se releva, plus certaine que jamais qu'il devait partir. En désespoir de cause elle alla même jusqu'à envisager la possibilité d'utiliser sa tente comme une sorte de travois et de l'atteler à ses loups.

L'idée était plaisante, mais elle doutait qu'ils se laissent faire.

Il semblait bien qu'elle ne pourrait pas se débarrasser de lui, du moins jusqu'à ce qu'il ait retrouvé des forces.

Elle se dirigea vers l'autre côté de la grotte, emportant son sac à dos. Il fallait qu'elle jette un coup d'œil à cet émetteur. Si elle trouvait comment faire, elle allait le désactiver.

Elle sortit du sac un petit boîtier en plastique noir, qu'elle leva pour mieux le voir. Un voyant rouge brillait sur le côté, indiquant qu'il était allumé. Elle avait beau vivre dans une région sauvage, elle allait de temps en temps en ville où elle séjournait dans un hôtel. Cette chose n'était probablement pas très différente d'une télécommande. Sans difficulté elle trouva l'interrupteur sur le dessus et appuya jusqu'à ce que le voyant s'éteigne. Pas question de passer un appel, ou de faire un rapport tant qu'il serait dans sa grotte ou dans sa montagne.

Indifférent, Simon continuait à dormir. Attentive à ne pas le réveiller, elle se dirigea doucement vers le fond de la grotte et enfouit le sac à dos dans une petite alcôve qui s'enfonçait profondément dans le sol.

Puis, soucieuse de mettre à profit le temps dont elle

disposait avant que son invité importun ne s'éveille, elle fit signe à ses loups. Quand ils furent tous près de l'entrée de la grotte, elle se déshabilla, murmura son incantation et se transforma en loup. Sa meute sauvage à ses côtés, elle sortit dans l'étendue neigeuse et froide pour chasser.

La neige dure et glacée sous ses pattes les rendit vite insensibles. Elle se secoua, allongeant sa foulée, ses loups courant à ses côtes. Elle courut jusqu'à ce que ses muscles soient endoloris, courut jusqu'à être essoufflée, jusqu'à avoir l'impression qu'elle avait évacué l'inquiétude apportée par cet homme qui s'appelait Simon.

Maintenant elle pouvait se mettre en chasse pour le repas de ce soir.

Toujours consciente des contraintes de temps, même en tant que louve, elle limita son temps de chasse, tuant un lapin à moitié mort de froid et marquant l'emplacement avec du sang pour que les autres loups sachent où trouver la viande. Ils se dirigèrent tous vers le corps de l'animal encore fumant.

Dans des grognements et des claquements de mâchoires, ils se battaient pour la nourriture. Elle savait que cela ne suffirait pas à calmer leur faim et le faisait pour les inciter à continuer leur chasse et trouver plus de gibier. Une fois rassasiés, ils retourneraient à la grotte.

S'éloignant d'eux, elle chercha un autre lapin pour le rapporter à la grotte pour Simon. Il avait besoin de viande pour retrouver assez de force et partir.

De retour à la grotte, elle secoua la neige accumulée sur sa fourrure et toujours sous sa forme de louve, s'avança vers l'humain. Satisfaite de voir qu'il dormait encore, elle reprit sa forme humaine et s'habilla en frissonnant. Un froid mordant s'était installé sur la montagne et elle savait que la température allait descendre encore après le coucher du soleil.

En attendant que ses loups aient fini de chasser, elle ressentait leur absence de façon aiguë. Elle était leur chef et c'était à elle de conduire la chasse, au lieu de rester dans la grotte. Mais elle devait surveiller Simon. Elle ne pouvait pas courir le risque qu'il signale sa position aux autres.

Les autres. Cette pensée raviva son agitation. Elle n'avait pas imaginé que d'autres puissent exister. D'autres comme elle. Quand elle était enfant elle avait lu des livres parlant de loups-garous, vu des films d'horreur, entendu des légendes. Mais toutes ces histoires n'étaient que de la fiction.

Les loups-garous n'existaient pas. Il n'y avait qu'elle. Elle croyait être une anomalie, une erreur de la nature. Jusqu'à ce que Simon vienne dans sa montagne, et qu'elle le voie faire ce qu'elle croyait être seule à pouvoir faire — se changer en loup.

A cause de cela, une faim la tourmentait qui n'avait rien à voir avec la nourriture. Elle avait faim de savoir, de désir d'en apprendre plus sur son espèce, sur sa communauté. Mais elle savait que si elle lui demandait, il lui raconterait et que la sérénité de son monde parfait serait à jamais détruite.

Qu'il aille au diable.

Elle n'avait jamais été lâche, même quand le professeur l'avait mise en cage comme un animal sauvage. Elle n'allait pas le devenir maintenant. Cette nuit même, quand Simon serait encore trop faible pour bouger, elle obtiendrait les réponses qu'elle désirait si désespérément. Ensuite, une fois qu'elle saurait ce qu'elle voulait savoir, elle trouverait bien un moyen de se débarrasser de lui.

Une heure plus tard, ses loups revinrent avec les restes de leur chasse. Le gibier avait été abondant car les petits animaux sortaient de leurs terriers pour chercher leur subsistance. Raven préleva une portion pour elle et une pour Simon puis elle enterra le reste dans la partie la plus froide de la grotte. Cette viande serait la bienvenue quand la prochaine tempête de neige s'abattrait sur eux.

Bien qu'elle ne puisse pas le leur expliquer, ses loups lui faisaient confiance et ils l'observèrent sans protester alors qu'elle emportait la viande. Ils étaient rassasiés, ayant déjà festoyé pendant la chasse.

Quand Simon commença à s'agiter, elle prit dans sa précieuse réserve quelques allumettes et des morceaux de bois pour allumer un petit feu. Ensuite elle embrocha les deux derniers lapins et les suspendit au-dessus des flammes pour les faire cuire.

Dans son monde, cela équivalait à offrir un présent. Une fois que l'intrus l'aurait accepté, il serait bien obligé de répondre à ses questions.

Le fumet de la viande qui rôtissait avait dû avoir pour effet de le réveiller complètement. Se mouvant plus facilement qu'il ne l'avait fait plus tôt, il s'assit, passa la main sur sa barbe naissante.

— Salut, dit-il doucement.

Sa voix profonde fit de nouveau courir un frisson le long de l'épine dorsale de Raven.

Les dents serrées, elle ne répondit pas, mais fit un geste de la main vers la viande qui cuisait, attendant en retenant son souffle de voir s'il allait accepter ce modeste présent.

— Ça a l'air rudement bon, je meurs de faim, dit-il tandis qu'un sourire naissait sur ses lèvres parfaitement dessinées.

Elle maudit l'homme et son sourire. Elle détourna vivement le regard et vit que la viande était en train de carboniser d'un côté. Lui tournant le dos, elle s'approcha du feu. Elle sortit le lapin des flammes d'un coup sec puis porta un râble à Simon et le laissa tomber près de lui.

— Mangez, ordonna-t-elle, reculant immédiatement pour plus de sûreté.

Son propre estomac se mit à réclamer. D'habitude elle mangeait la viande comme un loup, crue, juste après l'avoir tuée. Il y avait des mois qu'elle n'avait pas mangé de viande cuite, et prenant l'autre lapin pour elle, elle arracha une cuisse et mordit dedans en se disant qu'elle ferait cuire la viande plus souvent à l'avenir.

Avec difficulté, Simon se hissa sur ses coudes.

Elle se demanda de nouveau si sa faiblesse était réelle ou s'il faisait semblant. Malgré tout ce qu'il avait pu dire au sujet des délais qui lui étaient imposés, il ne semblait pas pressé de partir.

Une fois assis, il attrapa son cadeau sans hésitation et mordit dans la viande comme s'il n'avait pas mangé depuis une éternité. Le lapin était dur et filandreux, brûlé d'un côté et pratiquement cru de l'autre, mais il l'engloutit en émettant des petits grognements de satisfaction.

Elle le regardait dévorer la nourriture avec fascination, mais pour d'autres raisons que ses loups qui, bien qu'ils aient le ventre plein, regardaient sa viande avec convoitise. Seul leur respect pour Raven, leur chef, les empêchait de lui disputer son repas.

Il rongea jusqu'aux tendons accrochés aux os ridiculement minuscules qu'il jeta ensuite aux loups qui se tenaient le plus près de lui, puis se lécha les doigts. Malgré la boule qu'elle avait dans la gorge, Raven continua de manger. Quand elle eut fini, imitant Simon, elle se leva et donna tous les os à un seul loup, le plus petit de la meute, un animal maigrichon qu'elle appelait Ben. Les autres la regardaient silencieusement, mais ils n'essayèrent pas de lui prendre sa récompense. Tant que Raven les surveillait, aucun de ses loups n'oserait voler sa nourriture à Ben.

Elle attendit que Ben ait avalé jusqu'au dernier morceau pour reporter son attention sur Simon.

— Maintenant que vous avez mangé, vous sentez-vous assez fort pour repartir ?

Il ne répondit pas, alors elle se leva et ajouta du bois dans le feu. Quand elle se retourna, son regard noir était fixé sur elle avec intensité. Il savait.

Elle détestait qu'un homme la regarde de cette façon.

— Approchez, ordonna-t-il. Vous avez des questions à me poser, n'est-ce pas ?

Des questions. En dépit de ses intentions, le fait qu'il connaisse ses pensées bloquait les mots dans sa gorge.

Se refusant à lui montrer à quel point il la mettait mal à l'aise, elle s'éloigna et s'assit brusquement à bonne distance, se laissant tomber sur le sol glacé de la grotte. Réprimant une grimace, elle afficha un air insolent.

Elle s'éclaircit la gorge, essayant de paraître indifférente.

— Des questions ? Oui, peut-être quelques-unes. Je n'avais pas imaginé qu'il puisse exister d'autres personnes comme moi jusqu'à ce que je vous voie. C'est par hasard que j'ai découvert que j'avais ce pouvoir de me transformer.

Elle le détesta pour le regard compatissant qu'il lui lança.

— Personne ne vous l'avait appris ?

Le rouge lui monta aux joues, mais elle contint sa colère, sachant qu'elle était irrationnelle.

— Non. Je pense qu'ils ne le savaient pas eux-mêmes. Vous avez toujours su ce que vous étiez ?

Il hocha la tête.

— Vous ne savez donc rien de l'histoire de notre peuple, ni de comment nous sommes apparus ?

— Non. Comment le pourrais-je ? J'ai toujours été seule.

— Toujours ? Il fronça les sourcils. Et vos parents ? Je ne comprends pas. Ils devaient bien savoir. Pourquoi ne vous ont-ils rien dit ?

— Mes parents sont morts dans un accident de voiture quand j'étais petite. C'est à peine si je me souviens d'eux. Les services de la protection de l'enfance ont fait des recherches, mais ils n'ont pas trouvé trace de ma famille. J'ai été placée dans une famille d'accueil. Une famille humaine.

Elle insista sur ces derniers mots.

De nouveau il sourit. Ce sourire lui faisait comme un coup de poing à l'estomac.

Faisant comme si de rien n'était, elle se tenait parfaitement immobile, le regard perdu dans le vide.

Simon poussa un soupir et son sourire s'évanouit.

— Vous arrive-t-il d'être heureuse ?

— Bien sûr, je suis heureuse. Pourquoi cette question ?

— Etes-vous toujours aussi sérieuse ?

— Répondez, vous toujours à une question par une autre question ?

— Non.

Un nouveau sourire produisit le même effet sur son estomac.

— Excusez-moi. Vous avez raison. Je vous aime bien, Raven. Laissez-moi vous raconter un peu de notre histoire.

Elle ne voulait pas qu'il l'aime bien. Mais elle voulait entendre ce qu'il avait à dire, aussi acquiesça-t-elle de la tête.

— Ceci est une version abrégée de l'histoire de la meute.

— La meute ? Surprise, elle insista sur le mot. Comme pour mes loups ?

— Oui. Et comme pour notre espèce. Il y a des siècles, quand les humains parcouraient la terre en tribus, notre espèce parcourait la terre en meutes. Nos histoires suggèrent que nous sommes le produit d'une sorte d'étrange mutation, si on tient pour vrai que toute l'humanité descend du singe. Dans le cas contraire, nous avons été créés par une puissance divine. Comme pour les humains de pure souche, il y a deux écoles de pensée, qui sont très controversées. Beaucoup pensent que nous, les métamorphes, avons été créés spécialement par la main de Dieu.

Bien qu'elle ne soit pas superstitieuse de nature, Raven frissonna. Elle s'était depuis si longtemps considérée comme un produit de l'enfer, un des noms que lui avait donnés le professeur, qu'entendre ses pouvoirs naturels décrits comme sacrés s'apparentait à un blasphème. Elle ricana. Elle n'était même pas certaine de croire en l'existence de Dieu.

— En tout cas, reprit-il, notre peuple est sur terre depuis aussi longtemps que les humains.

Cela n'avait pas de sens.

— Dans ce cas, pourquoi n'a-t-on pas retrouvé de squelettes ? Ou de tombes ? Les archéologues en auraient parlé, le monde des humains serait au courant et nous accepterait.

Elle ne le quittait pas des yeux, elle voulait savoir à quel moment il commencerait à lui mentir. Elle savait qu'il le ferait tôt ou tard. Les humains mentaient. Tous. Pourquoi celui-ci serait-il différent ?

— Vous ignorez vraiment tout, hein ?

Ne lui laissant pas le temps de répondre, il poursuivit.

— Lorsque nous mourons, quelle que soit la forme que nous avons au moment de la mort, notre corps reprend sa forme humaine. Et, mis à part la vieillesse, pour ceux d'entre nous qui sont de purs métamorphes, il n'y a que deux façons de nous tuer — le feu ou l'argent.

Un mot retint son attention.

— Que voulez-vous dire par pur ? Comment peut-on être autre chose ?

Il eut un nouveau sourire, bref et magnifique.

— On sait qu'il y a eu des croisements entre les humains

et les métamorphes. Quelqu'un qui n'a qu'un quart de sang métamorphe a quand même le pouvoir de se transformer. Nous appelons tous ceux qui sont en partie humains des demi-sang.

— Des demi-sang.

Dans sa bouche le mot sonnait comme prononcé dans une langue étrangère.

— Et comment sait-on ce qu'on est ?

Son regard se fit plus pénétrant.

— Qui étaient vos parents ?

Elle haussa les épaules d'un air nonchalant.

— Aucune idée. Je n'ai d'eux que de vagues souvenirs. Comme je vous l'ai dit, ils sont morts quand j'avais cinq ans. Je ne m'en souviens pratiquement pas. Je ne sais même pas leurs noms.

— On peut le trouver.

Sans le savoir, il avait touché un de ses désirs les plus secrets. Ou peut-être le savait-il, puisqu'il semblait capable de lire dans ses pensées.

— Notre communauté conserve des archives très détaillées. Votre naissance est certainement consignée quelque part.

Malgré tout, son cœur continuait à battre la chamade dans sa poitrine. S'efforçant de respirer normalement, elle fronça les sourcils.

— En fait, je ne saurais même pas par où commencer à chercher, ni comment.

— Tout ce que vous vous rappelez peut être utile. La meute est très organisée. Nous avons des Conseils, au niveau local et national, qui fonctionnent à l'insu des humains.

En dépit de ses efforts, elle ne put cacher sa surprise.

— National ? Mais vous êtes — nous sommes — combien ?

En l'écoutant, elle avait imaginé qu'ils étaient quelques milliers, pas plus.

Un coin de sa bouche se souleva et elle se rendit compte qu'il faisait des efforts pour ne pas sourire. Elle l'en remercia intérieurement.

— Des centaines de milliers. Peut-être même des millions. Comme nous ne sommes pas recensés comme une ethnie aux Etats-Unis, on ne sait pas exactement. Et je ne parle que de ce pays. Il y en a d'autres dans chaque pays du monde.

Des centaines de milliers ? Des millions ? Elle ne savait pas si elle devait rire ou pleurer. Elle restait assise, abasourdie, essayant d'assimiler ses paroles, lorsqu'il dit quelque chose qui lui transperça le cœur comme une flèche

— Vous avez peut-être de la famille quelque part, vous savez.

Son cœur battit plus vite. Elle le regarda fixement.

— De la famille ?

— Oui. Vos parents avaient certainement des frères et sœurs, ils avaient eux-mêmes des parents. Vous avez peut-être des grands-parents et tout un tas d'oncles et de tantes, de cousins et de cousines prêts à vous accueillir à bras ouverts.

Qu'il aille au diable ! Comment osait-il lui faire miroiter la réalisation de son rêve secret, de son désir le plus profond ? Cette simple évocation lui coupait le souffle. Elle n'avait jamais osé imaginer, espérer, qu'il puisse exister quelqu'un pour se préoccuper de son sort

Et même maintenant sa part sauvage, distanciée, se moquait de cette idée, la trouvait grotesque.

Elle avait sa meute de loups. Pourquoi aurait-elle besoin d'autre chose ? En outre, si elle avait vraiment de la famille, pourquoi personne n'avait-il cherché à la sauver de l'enfer qu'avait été son passé ?

— J'en doute, finit-elle par dire lentement, personne n'a jamais essayé de me retrouver.

— Peut-être ignoraient-ils votre existence.

Elle réfléchit un moment. Pendant toutes ses années de captivité avec le professeur, il lui avait souvent dit avec jubilation que personne ne la recherchait.

Donc, soit ils ne savaient pas qu'elle existait, soit elle n'avait pas de famille. Elle ne voulait pas révéler à cet étranger combien elle avait espéré et rêvé que la première possibilité soit la bonne.

Comme elle avait été stupide. C'était en partie pour cela qu'elle préférait être une louve. Elle ne réussissait à totalement oublier cette nostalgie stupide que lorsqu'elle était sous sa forme animale.

Il était temps de changer de sujet. Elle avait d'autres questions à lui poser. Mais il était difficile d'en choisir une quand il y en avait tellement qui se bousculaient dans sa tête.

— J'essaie de rester louve tout le temps, lui dit-elle, mais mon corps s'y refuse. Et le pire, c'est que je le maîtrise difficilement. Après quelques jours au plus, mon corps revient à sa forme initiale. Comment cela se fait-il ?

— C'est parce que vous êtes principalement humaine.

— Mais je ne veux pas !

Sans tenir compte de sa réaction, il continua résolument, comme s'il citait un manuel.

— Vous êtes née humaine et quand vous mourrez, votre corps reprendra sa forme humaine. Il faut être réaliste — d'un geste de la main il l'empêcha de protester — la part de loup qui est en vous est un bonus.

— Pourquoi le dites-vous comme ça ?

Il la regarda avec intensité, son regard noir fixé sur le sien.

— Je le dis comment ?

— Comme si vous récitiez quelque chose que vous avez appris par cœur, comme si vous répétiez ce qu'on vous a dit sans y croire vraiment.

— Y croire ? Mais ce n'est pas un choix. Ce sont les faits, ni plus ni moins. C'est tout ce que je peux vous dire. Il est possible que vous désiriez rester plus longtemps dans votre état de loup, mais le vouloir n'y changera rien.

Elle se renfrogna et croisa les bras.

— C'est bien dommage. La vie est plus facile quand on est un loup.

Une expression étrange passa sur son visage, comme s'il était surpris de comprendre ce qu'elle voulait dire, comme si lui-même pensait la même chose.

— Ceux qui essaient de rester loups trop longtemps deviennent fous.

— Et ceux qui essaient de rester humains ?

Elle ne savait pas si quelqu'un avait déjà essayé, mais cela lui semblait légitime.

— C'est la même chose. On a répertorié de nombreux cas de métamorphes qui refusent de se transformer. Ils deviennent fous aussi.

— Et que leur arrive-t-il ?

Apparemment la conversation franche et ouverte était arrivée à son terme. Il se referma. Il n'y avait pas d'autre mot pour décrire son attitude. Comme si sa dernière question avait appuyé sur une sorte d'interrupteur interne.

— Combien de temps parvenez-vous à rester sous votre forme de loup? demanda-t-il d'un ton neutre.

— Pourquoi? Vous pensez que je suis folle ?

Il resta un moment interdit, puis il rit.

— Non. Mais j'essaie moi-même de repousser mes limites. J'arrive à rester six jours sous ma forme de loup.

— Et on ne vous a pas pris pour un cinglé, tout juste bon à être abattu ou enfermé ou à subir je ne sais quel traitement réservé par la toute-puissante meute à ses membres jugés mentalement instables ?

Il rit.

— Non. Et pour vous ? Combien de temps ?

— Plusieurs fois, je suis restée louve pendant trois jours.

— C'est pas mal.

— Vraiment ? Quand j'y arrive, je suis épuisée. Six jours ? Comment faites-vous ? Moi quand j'essaie de rester plus longtemps, mon corps se rebelle et se retransforme.

— Je ne sais pas, dit-il lentement, j'y arrive, c'est tout. Quand j'étais plus jeune, on s'entraînait à rester loup le plus longtemps possible.

— Et quand c'est fini, que se passe-t-il ? Après six jours, le retour est-il violent ?

— Pas vraiment, seulement involontaire.

— Comme pour moi.

— Oui.

De nouveau il étudia son visage en réfléchissant.

— Vous semblez avoir une conscience assez claire de votre nature, pour quelqu'un comme vous.

— Quelqu'un comme moi ?

— Vous savez ce que je veux dire, il fit un geste de la main, quelqu'un de sauvage, sans instruction.

Elle serra les dents, réprimant difficilement sa colère.

— Je vis comme ça par choix, non pas parce que je suis une malade mentale, ou que je prends de la drogue, ou je ne sais quoi. J'ai passé la plus grande partie de ma vie avec des humains, jusqu'à une période récente. Et le fait que je n'ai pas été élevée par ma famille biologique ne signifie pas que je sois stupide.

— Ah oui, j'oubliais. Je m'excuse.

Son repentir ne semblait pas très sincère.

Elle haussa les épaules.

— Je ne suis pas allée à l'école très longtemps, mais j'ai toujours aimé lire. Je pense qu'on peut dire que je suis autodidacte. J'ai passé beaucoup de temps seule.

Au bout d'un moment, Simon redressa la tête.

— J'ai étudié votre dossier, dit-il avec douceur, je suis au courant au sujet du professeur et de ce qu'il vous a fait.

4

Elle n'aurait pas été plus choquée s'il lui avait dit qu'il pouvait voler.

— Vous êtes au courant… de quoi ?

— De tout.

Elle ne put réprimer une grimace.

— Donc vous devez savoir qu'il vit à North Boulder, qu'il travaille à l'université du Colorado et que c'est un homme très respecté ?

— Oui.

A la façon dont il la regardait, elle se dit qu'il y avait autre chose, qu'il ne lui disait pas tout.

Peu importe. Elle lui lança un regard provocateur.

— Vous rendez-vous compte que s'il apprend que je suis en vie, il enverra quelqu'un pour me tuer ? Vous le saviez ?

— Je vous l'ai dit, l'organisation pour laquelle je travaille est très bien renseignée.

— Vous ne pouvez pas savoir.

Elle ferma les yeux, détestant la honte qui l'envahissait, mais impuissante à la contenir.

— Je suis désolé. Je suis au courant pour la cage, les expériences, les vidéos.

La colère la submergea, une fureur si profonde et puissante que son corps tout entier se mit à trembler.

— Si vous savez tout cela, pourquoi n'est-il pas en prison ?

Elle serrait les poings, la louve en elle se mit à gronder.

— Je vous préviens, si vous me dites que ce qu'il fait ne tombe pas sous le coup de la loi, je vous tue.

— Il est mort.

D'un seul coup toute son hostilité s'évanouit.

— Que dites-vous ? Il est mort ? Quand ? Comment ?

— La police pense qu'il a été assassiné.

Une fois de plus la façon dont il la regardait la mit mal à l'aise.

C'est alors qu'elle comprit pourquoi.

— Ah, je vois, vous pensez que c'est moi qui l'ai tué, c'est ça ?

— L'avez-vous fait ?

— Non.

Serrant les poings, elle ajouta :

— Mais je l'aurais fait si j'avais pu. Je haïssais cet homme.

— On peut le comprendre.

— Comment est-il mort ?

Ils baissèrent les yeux. Elle entendait la neige qui fondait à l'extérieur, rompant le silence absolu.

Finalement il hocha la tête.

— Il a été tué dans son laboratoire. Quelqu'un est entré par effraction. C'est comme ça que nous avons appris votre existence. Quand les policiers ont fouillé, ils ont découvert une pièce cachée, une grande cage. Il y avait des carnets racontant en détail votre séjour chez lui.

— Ça ne m'étonne pas. Elle frissonna. C'était un vrai salaud.

— Combien de temps? demanda-t-il d'une voix douce, combien de temps vous a-t-il gardée prisonnière ?

Par habitude, elle fut tentée de baisser la tête pour cacher sa honte, comme si c'était elle qui avait fait quelque chose de mal. Mais ce n'était pas le cas, alors elle redressa la tête et soutint son regard comme un nageur qui se noie s'accroche à un radeau.

— Trois ans.

Il jura, d'une voix profonde, si basse et féroce qu'elle sonnait comme un rugissement. Plusieurs loups dressèrent la tête et les regardèrent attentivement.

— Comment avez-vous fait pour survivre ?

Elle haussa les épaules, repoussant une bouffée de colère.

— J'ai survécu, voilà tout. On apprend à faire ce qu'il faut pour vivre.

— Vous vous êtes échappée ?

— Non. Il m'a libérée. En fait il avait décidé de me tuer, mais au dernier moment, il n'a pas pu le faire. Au lieu de cela, il m'a abandonnée dans les montagnes, tout en haut, au-delà de la ligne des arbres. C'était au beau milieu de l'hiver et il ne m'a même pas laissé un manteau.

— Vous auriez dû mourir de froid.

— Je sais.

Le souvenir de ce long après-midi-là et de la nuit qui avait suivi était vivace, elle en faisait encore des cauchemars.

— Si j'étais restée sous ma forme humaine, je serais morte. Mais je me suis métamorphosée. En tant que louve, j'ai eu l'instinct de redescendre vers la forêt. J'ai trouvé un arbre au feuillage persistant qui m'a protégée du vent et je me suis enfouie sous la neige, j'y suis restée jusqu'à la fin de la première tempête de neige.

Il hocha la tête d'un air désolé.

Le seul fait d'en parler la faisait frissonner. Pendant cette première semaine elle avait bien cru qu'elle n'aurait plus jamais chaud de toute sa vie. Mais elle avait survécu, elle était devenue plus forte, c'était tout ce qui comptait.

— Comment ? demanda-t-il, et elle comprit qu'elle avait pensé à voix haute. Comment avez-vous fait ?

Elle désigna ses loups de la main.

— Grâce à eux. Ils m'ont trouvée. Apparemment j'étais tombée sur leur terrain de chasse.

En observant ses loups qui les regardaient avec des yeux pleins d'intelligence, il déglutit et elle trouva le petit mouvement de sa pomme d'Adam étrangement fascinant.

Lorsque ses yeux revinrent vers les siens, ils avaient perdu toute trace de colère et de tristesse. A moins que, comme elle, il n'ait réussi à repousser la fureur au fond de lui-même.

— Vous êtes leur chef. Est-ce que vous avez dû vous battre contre eux ?

— Naturellement. Oui, j'ai été blessée, et oui je me suis battue avec plusieurs d'entre eux. Mais j'ai gagné et mes blessures ont cicatrisé et je suis devenue un membre de leur meute, leur chef. Ils me font confiance et je leur fais confiance. Je suis ici depuis ce temps-là.

— Six ans.

— Oui. Pourtant je n'ai pas encore vraiment réussi à me libérer de lui.

— Du professeur ?

— Oui.

— Revenons à lui.

Il prit une profonde inspiration.

— Ce n'est pas tout. Il y en a eu une autre après vous.

Elle le regarda, stupéfaite.

— Vous voulez dire que…

— Une autre petite fille.

Raven revit toutes les choses horribles qu'il lui avait fait subir… Elle ferma les yeux pour effacer la douleur.

— De quel âge ? murmura-t-elle.

— Plus jeune que vous, dix ou onze ans à l'époque.

Son estomac se serra.

— Que lui est-il arrivé ?

Comme il ne répondait pas, elle se tourna vers lui, dévoilant sa douleur.

— Que lui est-il arrivé ? insista-t-elle, essuyant les larmes qui coulaient en rigoles argentées sur ses joues.

— On ne sait pas. On pense qu'elle s'est échappée.

Lui tournant le dos, elle laissa libre cours à ses larmes. Elle pleurait sur cette pauvre enfant — ou ces enfants — qui lui avaient succédé, priant qu'ils n'aient pas eu à endurer les mêmes horreurs qu'elle, bien qu'elle craigne que si. En proie à son tourment, elle avait l'impression que sa poitrine allait exploser.

Alors il la toucha. Il la fit se retourner et l'attira contre sa poitrine.

— Je vous en prie. Ne pleurez pas. Il est mort, il ne peut plus vous faire de mal, et à elle non plus.

Un geste de gentillesse humaine, si simple, venant d'un étranger, aurait dû la faire s'effondrer, elle qui avait vécu sans aucune tendresse ni compassion depuis si longtemps.

Au lieu de cela, le fait qu'il la tienne dans ses bras lui donna la force de s'extirper de l'abîme obscur de son passé.

— Merci, murmura-t-elle, en s'éloignant de lui.

Soudain, une chose frappa son esprit et elle s'exclama :

— Mais vous êtes debout ! Vous pouvez vous lever. Vous pouvez marcher.

Il hocha la tête, son regard intense toujours rivé sur elle.

— A peine. Mais il est vrai que mes forces me reviennent. Je devrais pouvoir vous débarrasser de ma présence dès demain.

Elle s'apprêtait à exiger qu'il parte immédiatement, mais la nuit était tombée et il n'y avait pas de lune.

— Merci de m'avoir prévenue pour le professeur. Pour cela, je vais vous autoriser à rester.

— Si je pars maintenant, ils enverront quelqu'un d'autre.

— Pourquoi ? Je vis ici depuis longtemps. Je vis avec ma meute, nous ne gênons personne. Pourquoi avez-vous besoin de venir vous occuper de mes affaires ?

Il détourna le regard.

— Quand nous avons appris la mort du professeur, nous avons découvert votre existence. D'autres comme moi recherchent l'autre fille. Quand ils l'auront trouvée, ils l'évalueront, tout comme vous.

— Comment ça, évaluer ?

— Je dois faire un rapport.

— Et ensuite, qu'est-ce qui se passe ?

— Tout dépend de ce que j'écris dans mon rapport.

— Ça me gêne beaucoup que vous ayez à me juger de cette façon.

— Je suis bon dans mon boulot. La Société sait que je leur dirai la vérité.

— La Société ?

— L'organisation pour laquelle je travaille. Le nom complet est la Société des protecteurs.

Elle hocha la tête, faisant comme si elle comprenait. Elle trouvait que le nom faisait penser à une confrérie, mais elle se dit que le groupe lui-même pouvait être beaucoup plus dangereux.

— Donc si je vous rends l'émetteur, vous allez les appeler et faire votre rapport. Qu'allez-vous leur dire à mon sujet ?

Il la regarda fixement, sa bouche formait une ligne dure sur son visage viril. Elle soutint son regard.

Comme il ne répondait pas, elle plaça les mots dans sa bouche.

— Vous pourriez leur dire que je mérite qu'on me laisse tranquille.

Il fit la moue.

— Je pourrais, mais ils ne m'écouteront pas.

— Je croyais qu'ils savaient que vous diriez la vérité.

— C'est trop tôt. Ils savent que je ne ferais pas une véritable évaluation si rapidement. D'autre part, je ne leur dirais jamais qu'un sauvage mérite qu'on le laisse tranquille.

— Mais c'est ce que je veux, s'écria-t-elle.

S'efforçant de parler de façon plus calme, elle ajouta :

— Que faites-vous de ce que je veux ? Est-ce que cela ne compte pas à leurs yeux ?

— Non. Pour eux il n'y a qu'une alternative quand il s'agit des sauvages.

— Des sauvages ? Encore un mot nouveau pour elle. Que voulez-vous dire ?

— Les sauvages sont des métamorphes qui vivent en marge de la norme.

— Comme moi.

— Comme vous, en effet. Et il y a deux genres de sauvages. Ceux qui peuvent être rééduqués et ceux qui ne peuvent pas.

Cela ne lui disait rien qui vaille.

— Rééduqués ? Expliquez-moi ça.

— Assimilés dans la société.

Quelque chose dans sa voix… elle lui lança un regard furieux.

— Vous voulez dire dressés, comme des chiens domestiques ?

— Pas du tout…, commença-t-il.

Hors d'elle, elle ne le laissa pas finir.

— Bon, admettons. Mais les autres, ceux qui ne peuvent pas être rééduqués, que leur arrive-t-il ?

Quand il la regarda, son regard était sans expression, ses lèvres serrées en une ligne dure.

— Nous sommes obligés de les tuer. Ils sont éliminés.

Au moment même où il prononçait ces mots, Simon sut qu'il avait fait une erreur. Il n'avait fait que lui dire la vérité, mais elle n'était pas prête à l'entendre.

Elle eut un mouvement de recul, son regard bleu saphir devint glacial.

— Eliminés ? Vous tuez des gens simplement parce qu'ils ne s'intègrent pas dans votre précieuse société ?

Présentées comme cela, les choses semblaient plutôt cruelles. Il repensa à la conversation qu'il avait eue avec son ami Beck et grimaça.

— Pour la plupart ils sont dangereux, dit-il doucement, j'en ai vu plusieurs devenir fous et attaquer des humains et même d'autres métamorphes.

— Comment pouvez-vous amalgamer des individus si divers en un seul groupe ? Il faut les prendre un par un.

— C'est ce que je fais. J'enquête sur les sauvages, puis je les évalue. Il est rare que j'en rencontre un qui ne constitue pas une menace pour lui-même ou pour les autres.

Elle ricana, ses yeux lançaient des éclairs bleus.

— Les humains aussi sont dangereux. Regardez les terroristes. Pourtant il n'y a pas d'organisation pour les traquer et les tuer, ceux-là.

Cette remarque l'intrigua.

— Les terroristes ? Comment avez-vous entendu parler de terroristes ?

— Je sais lire, dit-elle d'un ton méprisant. J'essaie de me tenir au courant de l'actualité. Une ou deux fois par an, je vais à Boulder chercher ce dont j'ai besoin. Je prends les journaux, des magazines, tout ce que je veux.

Cela le surprit. Plus elle parlait, moins elle avait l'air sauvage.

— Vraiment ?

— Vraiment. Ne pensez-vous pas que je finis par m'ennuyer ici, à ne rien faire d'autre que chasser, manger et dormir ?

— Où trouvez-vous l'argent ?

— Je n'ai pas d'argent.

Elle redressa le menton, le mettant au défi de lui faire la morale.

— Je vole quand c'est nécessaire. Je suis aussi devenue très habile à faire les poubelles. Et très souvent, les gens ont plus qu'ils n'ont besoin, alors je leur emprunte le superflu.

— Vous savez, c'est ce qui a attiré notre attention sur vous. Des déclarations de vols.

— C'est possible. Elle haussa les épaules. J'ai fait ce que j'avais à faire.

Une autre chose l'intriguait. Elle était belle, propre et, il devait bien l'admettre, très séduisante. Rien à voir avec les autres sauvages sur lesquels il avait enquêté jusqu'ici.

— Et pour l'hygiène ? Comment faites-vous pour prendre des bains, vous brosser les dents, ce genre de choses ?

Elle rit.

— Je sens mauvais ?

Il déglutit et secoua la tête. Sous sa forme humaine, elle sentait les fleurs ou l'herbe sauvage. Et la femme.

— Je ne suis pas complètement sauvage.

Elle se leva, se dirigea vers le fond de la grotte et revint avec une grande caisse en plastique.

— J'ai toujours une réserve de savon, dentifrice, shampooing et tout ça là-dedans.

— Ça ressemble plus à un séjour de camping prolongé qu'à une existence sauvage, non ?

Son sourire s'élargit, lui donnant envie de sourire en retour, mais il se rappela combien elle semblait détester ça, alors il resta impassible.

— Pour vous, peut-être. Moi, je dois me battre pour survivre. J'ai choisi cette vie. Je devrais peut-être vous rendre votre émetteur. Vous pourriez faire votre rapport, leur dire que je suis civilisée et propre et que je ne suis un danger pour personne. Pas besoin de me… rééduquer.

Elle buta sur le mot, grimaça, puis elle poursuivit.

— Une fois que vous leur aurez dit cela, vous pourrez me laisser tranquille.

Ils ne le laisseraient jamais faire. Il avait essayé de le lui dire, mais apparemment elle n'était pas prête à l'entendre. Ils ne la laisseraient jamais vraiment tranquille. Pas tant qu'ils ne seraient pas sûrs à cent pour cent qu'elle n'était pas folle. Pas tant qu'elle n'aurait pas prouvé qu'elle pouvait mener une vie normale.

Une des choses qu'il détestait dans son travail de protecteur était cette certitude absolue que leur mode de vie était le seul qui soit le bon. *Vivez comme nous ou Mourez* aurait dû être leur devise plutôt que *Protéger et Défendre*.

Cette pensée le choqua. Jusqu'à maintenant, il ne s'était jamais autorisé la moindre pensée critique envers la Société. Depuis quand était-il devenu tellement cynique ? Ses pensées ressemblaient aux sentiments exprimés par Beck. Cette amertume qui lui avait fait penser que son ami avait besoin de vacances.

Apparemment, il en avait besoin lui aussi, peut-être plus qu'il ne le pensait. La lenteur avec laquelle il récupérait de ses blessures était peut-être un signe. Quand il retournerait à la base il s'occuperait de planifier des vacances, de préférence dans un endroit tropical. Après quelques semaines tout rentrerait dans l'ordre.

L'ordre, c'était une bonne chose. Après tout, son travail était toute sa vie. Il ne pouvait pas plus dissocier Simon du protecteur, qu'il ne pouvait arrêter de respirer. Ce qu'il faisait pour gagner sa vie était juste et nécessaire, il en était profondément convaincu.

La Société des protecteurs existait depuis des siècles. Leurs méthodes, même si elles n'étaient pas approuvées universellement, fonctionnaient. Les métamorphes étaient en sécurité, leur existence était ignorée de la plupart des humains. La communauté des loups-garous fonctionnait bien, à tous les niveaux, leur permettant de préserver leur histoire et leurs qualités uniques, tout en ayant l'air de se mélanger à l'humanité.

Si leurs lois semblaient un peu dures, qui était-il pour les remettre en question ? Les lois de la nature n'étaient pas moins cruelles.

Il s'éclaircit la gorge et s'obligea à revenir au présent.

La sauvage, Raven, ne le quittait pas des yeux. Il se demanda si elle lui rendrait vraiment son émetteur. En fait il avait suffisamment récupéré ses forces pour le reprendre lui-même, mais il avait besoin de continuer à faire semblant assez longtemps pour terminer son évaluation. S'il se bagarrait avec elle pour son émetteur, elle saurait qu'il allait assez bien pour partir.

L'idée de lutter avec elle le tentait beaucoup plus qu'elle n'aurait dû. Furieux de manquer à ce point de self-control, Simon écarta cette image. S'accoupler avec un sauvage était le tabou absolu. A cette seule évocation, Simon se sentait sale, dégoûtant.

Il ne devait plus se permettre de telles pensées à l'avenir. Il avait un travail à faire. La qualité de son travail était une de ses plus grandes fiertés. Il le faisait bien. Son rapport pouvait attendre encore un peu.

Au fil des années il avait enquêté sur des centaines de sauvages. Grâce à lui quelques-uns, un certain nombre en fait, avaient pu être réintégrés dans la société. Pour d'autres il n'y avait pas eu d'autre choix que l'élimination. Dans certains cas, comme le sauvage enragé qui était devenu si incontrôlable qu'il tuait tout ce qui passait à sa portée, la décision n'avait pas été difficile à prendre.

Il devait reconnaître que cette mission était différente. Raven ne ressemblait à aucun des sauvages qu'il avait rencontrés auparavant. Elle n'était pas seulement belle, elle était intelligente, et pas du tout sauvage.

Son évaluation. Ce qu'il avait vu jusqu'à présent lui semblait extrêmement prometteur. Plus elle lui parlait, moins elle lui semblait sauvage. Elle serait facilement rééduquée, si seulement il parvenait à lui faire accepter ne serait-ce que d'envisager d'essayer de revivre en société.

Il cligna des yeux, réalisant qu'il s'était encore évadé en pensée. L'émetteur. Ils étaient en train de parler de l'émetteur.

— Allez-vous me rendre mon émetteur ?

— Je ne sais pas.

Elle baissa la tête.

— Franchement, j'ai peur.

— De mon rapport ? Je vous ai déjà dit que je ne peux pas faire une évaluation complète aussi rapidement. Ce que je leur dirai maintenant va les intéresser mais seul le rapport définitif compte.

— Que pouvez-vous leur dire ? Elle passa une main dans ses cheveux. Je suis déjà rééduquée, vraiment.

— Il faudrait que vous prouviez que vous pouvez vivre parmi les humains.

— J'en suis capable. Elle redressa la tête. Je l'ai déjà fait. Simplement, je choisis de ne pas le faire.

— Vous avez peut-être besoin de vacances, suggéra-t-il d'une voix douce. De rester en ville pendant un certain temps.

Ses yeux s'étrécirent.

— Pourquoi ferais-je une chose pareille ?

— Pour le prouver. Cela pourrait vous faire du bien, vous savez. Atténuer quelques mauvais souvenirs, briser la routine. Donner une nouvelle chance aux humains.

Il montra de la main la grotte sombre et froide.

— Imaginez-vous vous endormant dans un bon lit bien doux, prenant des douches chaudes.

Malheureusement, en prononçant ces paroles, il l'imagina nue, debout sous la douche, l'eau ruisselant sur ses seins ronds et le long de son ventre plat et musclé. Aussitôt son corps réagit, son membre durcit. Il jura.

Qu'est-ce qui n'allait pas chez lui ? Depuis quand était-il si dépravé ?

Il n'était pas possible qu'elle soit consciente de son excitation et pourtant il vit ses narines palpiter comme si elles la flairaient.

— Ma vie me plaît comme elle est, répétait-elle avec obstination. Je ne veux pas faire semblant d'être ce que je ne suis pas.

A propos de flair, il aurait pu jurer qu'il percevait l'odeur musquée du désir féminin. C'était certainement un tour que lui jouait son imagination. Pourtant son corps continuait à le trahir, son membre à enfler.

Par les chiens de l'enfer ! Se saisissant de son sac de couchage, il tourna le dos et se glissa à l'intérieur.

— Je suis fatigué, grommela-t-il en guise d'explication.

Il remonta le sac de couchage autour de lui et essaya de se concentrer. Le boulot. La mission. La rééducation. Et ensuite de longues et agréables vacances. Quelque part, loin, très loin. Loin de la montagne, de la neige et du froid. Loin de Raven.

— Je ne veux pas vivre en ville, répéta-t-elle, non merci.

— Réfléchissez-y, insista-t-il.

Sa voix résonnait comme s'il avait avalé du verre pilé.

— Peut-être pas de façon permanente, insista-t-il, juste un petit séjour. Vous avez dit que vous alliez de temps en temps à Boulder. Pourquoi ne pas essayer d'y rester deux trois semaines, un mois ?

— Vous ne comprenez pas.

Son ton haletant ne faisait qu'accroître son excitation.

— Je *refuse* d'être domestiquée. J'aime ma vie exactement comme elle est.

— Domestiquée ?

Il se raccrocha à ce mot, sachant que s'il n'arrivait pas à se concentrer il risquait de se noyer. Il eut un petit rire forcé.

— On croirait que je vous demande de devenir un petit toutou.

Un petit toutou, l'expression était mal choisie. Il se la représenta aussitôt en train d'effectuer une danse sexy devant lui.

Bon sang, il devait arrêter ces bêtises.

Totalement inconsciente de l'effet qu'elle produisait sur lui, elle le regardait fixement. Etait-ce à cause de la lumière, il lui sembla que ses pupilles s'étaient distendues, devenant plus sombres.

— Comment appelez-vous ça ? Il faudrait que je reste tout le temps sous ma forme humaine. Quand vous vivez dans la société des humains, vous devez vous plier à ses règles. Je ne pourrais pas me transformer en loup à mon gré.

Tout à ses efforts pour se rappeler la dernière sauvage qu'il avait rééduquée, une femme d'âge mur, toute ridée, avec des dents jaunes et ébréchées et des bourrelets de graisse, il faillit ne pas entendre les paroles de Raven.

— Vous avez peur de ne plus pouvoir vous transformer?

— C'est exactement ce que je veux dire.

Elle agitait ses mains aux longs doigts gracieux quand elle s'énervait.

— Mais bien sûr que vous pourrez, nous le faisons tous. Il suffit de faire attention à ce qu'aucun humain ne nous voie.

— Mais je n'ai pas besoin de me soucier de cela actuellement. Ici, dans les montagnes, je suis libre. Je peux aller où je veux, faire ce que je veux, il n'y a personne pour me surveiller. Quand je veux être une louve, je deviens une louve. Je n'ai pas de règles, pas de barrières.

Simon ressentit une pointe d'envie, qu'il repoussa aussitôt.

— Ce n'est pas tout à fait vrai. Il y a des règles aussi dans la nature, comme il y en a en société. Vous avez dit vous-même que vous étiez attentive à ne pas faire de mal aux humains.

— C'est du simple bon sens. Si vous tuez ou blessez quelqu'un qui est au-dessus de vous dans la chaîne alimentaire, tous les autres vont vous tomber dessus.

Elle se pencha vers lui, dégageant un parfum féminin et excitant. Et d'abord pourquoi l'avait-il touchée ? Il aurait mieux fait de s'abstenir.

Mais il avait juste voulu lui apporter un peu de réconfort, et non provoquer ce désir tout à fait inapproprié.

Il s'obligea à se concentrer sur leur conversation.

— Même dans une meute, on doit apprendre à respecter les autres. Vous avez beau être le chef, vous devez faire attention à eux.

Elle secoua la tête, en faisant voler ses longs cheveux emmêlés.

— C'est parce que je le décide, et non parce qu'on me l'impose. C'est vrai, je suis leur chef. Ils me respectent et, en échange, je les protège. Je suis heureuse ici et je ne les abandonnerai pas. Faites votre rapport et ensuite laissez-moi tranquille.

— C'est impossible.

Son regret était sincère.

Raven jura, ce qui le surprit.

— Je ne comprends pas. Je ne gêne personne.

— Vous avez volé beaucoup de choses à des campeurs toutes ces années. Il y a eu des plaintes, tellement qu'on risque de venir chasser votre meute.

— C'est contraire à la loi !

— Vous croyez ? Il haussa les sourcils. Vous savez, c'est la première fois qu'un sauvage discute ce que je dis.

— Ne m'appelez pas comme ça ! lui lança-t-elle d'un ton féroce.

— Pardon ? Que je ne vous appelle pas comment ?

— *Sauvage*. Je commence à haïr ce mot. Je ne suis pas sauvage, pas du tout. Je suis juste moi, Raven.

S'approchant de lui, elle agrippa son bras.

— Osez me dire en face que vous ne préféreriez pas avoir ma vie. Regardez-moi dans les yeux et dites-le. Alors, peut-être que je vous croirai.

Simon la regarda fixement. Trop occupé à calmer son désir furieux pour répondre, il secoua la tête. Il était partagé entre l'envie qu'elle le lâche et le désir qu'elle vienne plus près.

Elle vint plus près, si près que son nez toucha le sien. Il réprima un grognement. Il désirait embrasser ces lèvres pleines et entrouvertes. Il savait qu'elles seraient douces comme des baies sauvages, fraîchement cueillies.

Il fallait que ça s'arrête. S'il se laissait aller à faire ne serait-ce qu'une de ces choses qu'il imaginait, c'en était fini de lui. Il serait expulsé de la Société, passerait en cour martiale, voilà ce que l'avenir lui réserverait. Et il l'aurait bien mérité.

Lui. Simon l'Exécuteur. Qu'est-ce qui ne tournait pas rond chez lui ? C'était peut-être dû à sa chute. Il avait perdu l'esprit en se cognant la tête. Il fallait espérer qu'après une bonne nuit de sommeil, tout rentrerait dans l'ordre.

Il le fallait.

Comme il ne répondait pas, elle lui lança un sourire triomphant.

— Votre vie est nulle, dit-elle avec une satisfaction non dissimulée. Non merci, continuez sans moi.

— Vous n'avez aucune idée de ce qu'est ma vie.

— Si, insista-t-elle. Vous oubliez que j'ai vécu en société, avec eux. J'ai essayé, cela ne m'a pas plu. J'ai tout ce que je désire et je préfère ça de beaucoup.

— Vous étiez en cage, fit-il remarquer, ce n'est pas exactement ce qu'on peut appeler vivre.

— Même avant, quand j'étais enfant. Je n'ai jamais été à ma place nulle part. Ici, je suis à ma place.

A son grand soulagement, elle recula et montra sa grotte de la main.

— Ceci, et mes loups, c'est bien mieux que la cruauté des humains.

La cruauté. Le professeur. Sans chercher plus loin, il se raccrocha à la seule chose qui pourrait peut-être l'empêcher de se jeter sur elle pour l'embrasser. Il jura à voix basse.

— Que se passe-t-il ? demanda-t-elle, écarquillant ses yeux d'un bleu impossible.

De nouveau il ressentit une bouffée de désir. Il devait y avoir une autre raison. Peut-être la nécessité de faire un rapport le perturbait-elle. C'était sûrement ça qui l'empêchait de contrôler ses réactions. Il ne comprenait pas comment il était devenu à ce point esclave de sa routine et du règlement, mais sa pendule interne, dont il avait toujours eu vaguement conscience, lui ordonnait de contacter la Société sans attendre.

Mais cette sauvage — cette femme, Raven — avait son émetteur et elle ne semblait pas avoir l'intention de le rendre. Elle ne savait pas que si trop de temps s'écoulait entre deux contacts, ils enverraient quelqu'un pour le rechercher. Un autre protecteur viendrait, et s'il croyait que la vie de Simon était en danger, il serait autorisé à tuer la sauvage à vue.

A tuer Raven.

Il lui lança un coup d'œil, se demandant comment faire comprendre la situation à quelqu'un qui n'avait pas la moindre idée de ce qu'il voulait dire. De nouveau il fut frappé par sa beauté, et la puissante attraction qu'elle exerçait sur lui le bouleversa.

— Il faut absolument que j'envoie mon rapport, dit-il d'une vois grinçante.

Comme réglé d'avance, l'émetteur émit comme un petit cri. Simon sursauta, tout comme Raven. Elle se retourna et regarda vers le fond de la grotte, révélant ainsi l'endroit où elle avait caché son sac à dos.

— Je croyais avoir éteint ce maudit truc, dit-elle.

— C'est impossible.

— C'est ce que je vois.

L'émetteur poussa un nouveau cri.

— Qu'est-ce que ça veut dire ? La batterie est faible ?

— Non.

L'air maussade, il fit un geste de la main.

— C'est le signal d'alerte. Je n'ai pas donné de mes nouvelles depuis quarante-huit heures. Si je ne réponds pas dans les dix minutes, ils enverront quelqu'un d'autre.

5

— Mais je vous assure que je l'avais éteint.

— Je vous l'ai dit, c'est impossible. Même si vous l'éteignez, il y a une batterie interne qui maintient le contact avec la base.

Elle jura de nouveau.

— Donnez-le-moi.

En voyant son expression furieuse il atténua son ordre par un « s'il vous plaît ».

— Je pense que ce n'est pas une bonne idée, répliqua-t-elle en se levant et en se dirigeant d'un pas furieux vers le fond de la grotte.

Elle récupéra le sac à dos et en sortit l'appareil électronique jaune avant de reposer le sac.

— Merci.

Elle s'assit en silence tandis qu'il allumait l'appareil et composait un numéro sur le cadran.

Il la regarda en attendant que quelqu'un réponde mais elle ne broncha pas.

— Ça m'est égal. Je ne bougerai pas. Je veux entendre ce que vous leur dites.

— Comme vous voudrez, dit-il d'un ton coupant.

Finalement quelqu'un répondit.

— Caldwell au rapport. J'ai reçu un signal d'alerte. Oui, la voie est libre.

Le standardiste lui passa Ross. Simon lui parla de sa blessure sans lui dire toutefois qu'un loup l'avait mordu.

Sans vraiment lui mentir il laissa entendre qu'il avait eu un petit accident de ski.

La voix de Ross laissa filtrer une inquiétude toute professionnelle.

— Vous allez bien ?

— Oui, ça va mieux. Simon savait que son ton était assuré et professionnel. Je suis prêt à faire mon second rapport.

Incapable de résister, il lança un regard vers Raven et vit qu'elle souriait. Il savait qu'elle pensait qu'il allait dire qu'elle ne présentait aucun danger pour la société et qu'il fallait la laisser tranquille. Elle ne comprenait pas. La Société ne fonctionnait pas comme ça. Tant que Simon n'aurait pas rendu un rapport complet, ils la considéreraient comme une sauvage dangereuse.

On lui avait donné deux semaines. Il devrait employer la totalité de ce temps.

— Oui, j'ai établi le contact. Elle est beaucoup moins sauvage que je ne l'imaginais.

Il ajouta qu'elle campait plus ou moins dans une grotte, qu'elle était propre et civilisée. Rien que des choses positives.

— Très bien, très bien. C'est super. Toutefois j'ai bien peur qu'il ne soit trop tard.

Le ton faussement enjoué de Ross alerta Simon.

— Que voulez-vous dire ?

— Nous savons ce qui s'est passé. L'émetteur a transmis l'attaque et nous savons que vous êtes blessé et que vous avez besoin d'aide. Ne vous inquiétez pas, vous n'avez pas besoin de parler. Nous connaissons la situation.

— Il n'y a pas de situation. Simon se gratta la tête. Franchement je suis déjà remis de mes blessures et c'est un loup qui m'a attaqué, ce n'est pas la sauvage.

— D'accord, dit Ross d'un ton sarcastique. Ne bougez pas. On va vous sortir de là.

Stupéfait, Simon eut du mal à rester poli.

— Ecoutez-moi. Je ne suis pas en danger. Ce n'est pas la peine d'envoyer quelqu'un. Je finis ce que j'ai commencé et…

— C'est trop tard. Un hélico est déjà en route avec votre remplaçant à son bord. Vous serez rapatrié.

— C'est inutile, répéta Simon en essayant vainement de calmer les battements de son cœur. Rappelez-le.

— Il va arriver sous peu. Et ne vous inquiétez pas, poursuivit Ross comme s'il n'avait pas entendu Simon. Une fois qu'on vous aura remis sur pied, nous vous enverrons en vacances. Ce petit écart ne figurera pas dans votre dossier.

Dans son dossier ? Un écart ? Bon sang, qu'est-ce qui se passait ?

— Qu'est-ce qu'il y a, Ross ? Cela ne vous ressemble pas.

— Fin de la conversation.

Il raccrocha. Abasourdi, Simon regardait l'émetteur, ne sachant plus quoi penser.

— Merci, dit Raven en souriant. Ça devrait aller maintenant. Ils vont me laisser tranquille, non ?

— Non. Le cœur lourd, il grimaça. Ils ont déjà envoyé quelqu'un.

Son esprit était en ébullition. De toute sa carrière il n'avait jamais abandonné une mission en cours. Il n'allait pas commencer. Son honneur professionnel était en jeu.

Le protecteur tirerait sur Raven à vue. Sans sommations. Parce que Ross croyait qu'elle l'avait attaqué.

— Mais pourquoi ? Raven s'approcha. Vous avez fait votre rapport.

— Ils ne me croient pas.

Il sentait que ce n'était pas très convaincant.

— Ils ont entendu votre loup m'attaquer grâce à l'émetteur. Le signal de localisation est si précis qu'ils savent que je n'ai pas bougé de la grotte. Ils pensent que vous me gardez prisonnier.

Elle l'observa, les bras croisés.

— C'est mauvais, dit-elle lentement. Vraiment mauvais, c'est ça?

— Oui.

Il inspira profondément, se demandant si elle pouvait lire ses pensées, comme il pouvait parfois lire les siennes.

Raven hocha la tête. Elle aurait pu gémir, se plaindre, se répandre en injures, elle se contenta de baisser la tête et de prendre une profonde inspiration.

— Il me reste combien de temps avant qu'il n'arrive ?

Il était inutile de continuer à faire semblant de souffrir. Il se leva.

— Je ne sais pas. Il est déjà en route. Nous devons partir d'ici immédiatement.

— Nous ? Elle le regarda d'un air de défi. Je ne me rappelle pas vous avoir invité à vous joindre à ma meute.

— Je sais ce qu'ils ont dans la tête. Je peux vous aider.

— Pourquoi feriez-vous ça ?

De nouveau il prit une profonde inspiration.

— Parce que je suis responsable. Le nouveau a reçu l'ordre de vous abattre.

Elle le fixa de son regard d'un bleu changeant.

— Vous comprenez ce que je vous dis ? Il a été envoyé pour vous tuer.

— Ils sont complètement fous, cracha-t-elle. Ce sont des assassins. Comment pouvez-vous laisser faire une chose pareille ?

Tout en parlant, elle rassemblait ses maigres affaires, les jetant dans un sac à dos rouge vif, qu'elle avait sorti de nulle part.

Les mots pour répondre s'étranglèrent dans la gorge de Simon. Un ordre de tuer, à cause de son erreur. Et le pire était que Ross avait refusé d'écouter ses explications.

Bien sûr, le quartier général ne faisait qu'appliquer la procédure courante. Mais le fait de le savoir ne rendait pas les choses plus rassurantes. La vie de Raven était menacée à cause de lui.

Il se sentait désavoué. On lui avait donné l'ordre de ne pas bouger et de se détendre. L'assistance était en chemin.

Les ordres étaient directs. Quelqu'un d'autre allait reprendre ce dossier. Même cette expression l'ennuyait. Raven n'était pas qu'un dossier. Il n'était pas question qu'il les laisse la tuer. Jamais de la vie. Simon ne savait pas du tout quand son remplaçant était parti, quand il arriverait ni de quel armement il disposait, mais une chose était sûre, il n'allait pas rester planté là pour le découvrir.

Il allait sauver la vie de Raven. Elle ne méritait pas de

mourir. Et, par les chiens de l'enfer, il allait faire son rapport et mener cette mission à son terme.

Raven émit un grognement de frustration, ce qui attira son attention.

— Qu'est-ce que je dois faire ?

Sa voix était ferme mais la panique se lisait dans ses yeux.

Une fois de plus, les mots s'étranglaient dans la gorge de Simon. Son plan, même s'il était nécessaire, allait à l'encontre de toutes ses valeurs.

Mais toutes ses valeurs avaient changé. Un ordre de tuer avait été émis que Ross croyait justifié. Pourtant la Société ne fonctionnait pas comme ça d'habitude. Ils prêtaient tous le même serment de se montrer justes et impartiaux, d'évaluer et de faire un rapport. Jusqu'à maintenant.

Donc il ferait ce qu'il avait à faire. Il se sauverait avec Raven, sa sauvage toute rééduquée. Et continuerait à faire son travail jusqu'à ce qu'il puisse alerter le quartier général. Il observerait et prendrait des notes, conserverait ses rapports et dans deux semaines, il rendrait son évaluation. Il ne lui ferait aucun mal, ni à elle, ni à sa meute sauf si l'un d'entre eux essayait de l'attaquer, comme sa louve l'avait fait. Ce qui n'était pas de la faute de Raven.

Simon secoua la tête. Maintenant qu'il connaissait son nom cela le gênait de penser à elle avec autant de familiarité. Son travail exigeait qu'il demeure objectif. Il devait observer et évaluer mais non fraterniser ou sympathiser.

Son travail était sa vie entière. Il s'impliquait à fond dans ses évaluations. Son dévouement était sans pareil.

— Simon ? insista Raven. J'ai besoin de votre aide. Qu'est-ce que je dois faire ? Donnez-moi une idée, un conseil. Il est évident que je dois quitter mon foyer. Je ne suis pas prête à mourir.

— Je vais vous aider, dit-il en lui attrapant le bras. Venez, il faut partir d'ici.

Dans leur dos, un des loups gronda. Dégageant brusquement son bras, Raven calma l'animal d'un regard.

— Ne me touchez pas.

Lui tournant le dos, elle continua à empiler ses affaires

dans son sac. Elle ne fit pas de commentaire au sujet de sa guérison miraculeuse. Elle avait peut-être déjà soupçonné qu'il exagérait ses symptômes. Pourtant elle n'avait pas l'air furieuse, plutôt... il étudia son attitude, compatissante ? nonchalante ? Ou simplement désespérée ?

C'était un mystère, une autre pièce du puzzle à mettre en place. Il mit cette question de côté pour y réfléchir plus tard.

— On n'a pas beaucoup de temps.

L'urgence dans sa voix sembla la faire réagir, à moins qu'elle n'ait fini. En tout cas elle ferma son sac d'un coup sec et enfila les sangles sur ses épaules. Son sac à dos avait l'air très vieux, usé aux coutures, prêt à se déchirer et à répandre son contenu sur le sol.

— Pas de temps pour quoi ?

— Vous le savez bien.

Il fit un geste vers l'entrée de la grotte, désignant la menace invisible qui s'approchait.

— Vous m'avez demandé de vous aider, de vous conseiller. Je vais le faire maintenant. Si vous voulez vivre, vous devrez faire ce que je vous dirai.

Ses yeux magnifiques s'étrécirent.

— Je ne pense pas...

Simon l'interrompit brusquement et croisa les bras.

— Tant mieux. Où avez-vous mis le reste de mes affaires.

Elle ne fit aucun geste pour les récupérer.

— Je continue à penser que je devrais partir seule. Après tout ils sont de votre monde, pas du mien. Vous, vous restez pour les intercepter. Je connais bien ces montagnes. Je me débrouillerai avec mes loups. Je n'ai pas besoin de votre aide.

Avec un petit ricanement, il haussa les épaules.

— Il n'y a pas à discuter. Vous êtes peut-être leur chef, dit-il en montrant les loups qui attendaient, mais pas le mien. Je vais avec vous. Pourriez-vous, je vous prie, me montrer où sont mes affaires ?

Ils se regardèrent fixement pendant une seconde ou deux. Il ne pouvait s'empêcher de se demander si elle avait l'intention de le combattre, comme ses loups l'avaient fait, pour lui prouver qu'elle le dominait. Si c'était le cas, ils savaient tous les deux qu'elle perdrait.

Finalement, elle traversa la grotte et fouilla dans une crevasse dans le mur. Elle en sortit son sac à dos, qu'elle lui tendit, impassible.

— Vous êtes prête ? demanda-t-il de nouveau.

— Oui, dit-elle d'un ton renfrogné, que Simon ne releva pas.

La seule chose qui comptait était de s'éloigner le plus possible de cet endroit avant que son remplaçant n'arrive.

— Allons-y, dit-il en se dirigeant vers l'entrée de la grotte.

— Attendez.

— Qu'y a-t-il ?

Essayant de cacher son agacement, il se retourna.

— Je sais que vous voulez venir, mais je suis désolée, je voyage seule avec ma meute. J'ai été ravie de vous rencontrer.

L'expression dans sa voix était maladroite, comme si elle était étrangère à ces formules de politesse utilisées par les humains.

— Je vous souhaite bonne chance dans votre travail et le reste. Et merci de m'avoir prévenue que quelqu'un d'autre me cherche. Prenez soin de vous.

Il comprit brusquement qu'elle était en train de lui faire ses adieux.

— Je vous ai déjà dit que nous n'avions pas de temps à perdre avec ces sottises.

Elle plissa les yeux.

— Vous ne venez pas avec moi. Je n'ai pas confiance en vous.

Ah. Il comprenait mieux. Dans le monde des loups, si un autre loup pouvait être bénéfique à la meute, il n'était jamais rejeté.

— Regardez.

Simon sortit l'émetteur de son sac et le fracassa sur le sol. Pour faire bonne mesure, il l'écrasa avec sa lourde chaussure de marche, pulvérisant les morceaux de plastique sur la roche. Il utiliserait son téléphone portable pour donner de ses nouvelles. La dernière chose dont il avait besoin c'était bien d'un signal de localisation qui indiquerait ses moindres déplacements.

— C'est mieux comme ça?

Elle hocha la tête lentement.

— C'est bon, vous pouvez venir.

Tout en parlant, elle s'approcha de lui. Il ne voulait pas se flatter, mais il avait le sentiment qu'elle n'avait pas envie de perdre contact avec le seul de ses semblables qu'elle ait jamais rencontré.

— Nous irons aussi loin que possible avant qu'il ne fasse nuit, puis nous cacherons nos sacs et nos vêtements. Après nous continuerons sous forme de loups. Il sera plus difficile pour les détecteurs à infrarouge de suivre notre piste. Les instruments ne font pas la différence entre des loups naturels et des métamorphes.

Elle le fixa d'un regard dur et soucieux.

— Vous savez que je ne peux garder ma forme de loup que trois jours. Est-ce que cela suffira ?

— J'espère, répondit-il avec franchise.

— Sinon, j'essaierai de tenir plus longtemps.

Elle fronça les sourcils. Il voyait qu'elle réfléchissait. Il pouvait presque lire ses pensées. Quand elle parla de nouveau, elle confirma son impression.

— Pourquoi faites-vous cela ? demanda-t-elle. On se connaît à peine.

— Je fais mon boulot, répondit-il simplement.

— Pas quand vous vous retournez contre eux.

Elle n'avait pas tort, en un sens. Mais les choses étaient mille fois plus compliquées. Comment expliquer le lien qu'il pressentait entre eux ? Il en était incapable et donc n'essaierait pas de le faire.

— Ecoutez Raven. Tout ceci arrive par ma faute. Je ne peux pas juste m'en aller et les laisser vous pourchasser. Je connais leurs méthodes. Vous avez plus de chance de vous en sortir si vous restez avec moi. Je vous dois bien ça.

L'espace d'un instant elle resta immobile, le regard rivé sur lui. Cette fois il n'arriva pas à lire dans ses pensées et il ne put déceler aucun indice dans ses yeux clairs.

Finalement, elle baissa la tête.

— Vous ne me devez rien. Allons-y.

Simon se rendit compte que les loups les accompagnaient sans qu'elle leur ait donné le moindre signal. Deux d'entre eux marchaient en tête, quelques-uns étaient derrière, les autres les flanquaient de chaque côté, assez près pour qu'on les voie mais pas assez pour qu'on les touche.

Soudain la nostalgie l'envahit. Au début de ses années d'instruction, les formateurs emmenaient souvent des petits groupes d'enfants dans les bois où ils se transformaient et chassaient. C'est là qu'ils apprenaient les règles de la meute. Ces expériences constituaient des moments de bonheur dans une enfance par ailleurs plutôt morose.

Ils dépassèrent l'endroit où il avait monté sa tente, descendirent la montagne, et remontèrent un autre versant. Comme ils traversaient un ravin, suivant un sentier que Raven disait avoir emprunté souvent, ils entendirent le bruit d'un hélicoptère qui approchait.

Simon jura.

— Par les chiens de l'enfer. Ils n'ont pas perdu de temps. Il faut qu'on se cache.

Ils plongèrent tous les deux en même temps dans le bosquet d'arbres persistants le plus proche pour se mettre à couvert. Les loups de la meute se fondaient dans les ombres de la forêt.

Raven souffla.

Côte à côte, tapis dans la neige, Simon percevait des effluves de son odeur terriblement excitante.

Son corps réagit malgré la proximité du danger. L'adrénaline avait toujours eu un effet aphrodisiaque sur lui. Pour penser à autre chose, il chercha l'hélico des yeux.

— Ils ne se sont même pas donné la peine d'appeler.

Raven secoua la tête.

— Pour quoi faire ? Ils vous ont prévenu de son arrivée.

— C'est vrai.

Il s'assombrissait à mesure que l'hélico approchait et remarqua :

— J'ai dans l'idée qu'ils n'avaient jamais imaginé que leur protecteur-vedette pourrait se révolter.

— C'est ce que vous faites, vous vous révoltez ?

On aurait dit qu'elle parlait d'un garçon de dix ans qui faisait une fugue.

— Je n'en sais rien.

Il avait assez menti comme ça, maintenant il allait lui parler franchement.

— En fait, si. Quand la Société donne un ordre, nous sommes censés obéir.

— Et vous êtes vraiment le protecteur-vedette ?

Un peu raide, il hocha la tête.

— Je l'étais. Ce ne sera plus le cas après cette histoire.

Le vrombissement de l'hélico s'amplifiait. Il survolait la vallée en contrebas de sa grotte.

— Vous pensez qu'ils vont essayer de se poser ?

Il haussa les épaules.

— C'est possible. Mais à mon avis, ils vont plutôt descendre assez bas pour que mon remplaçant puisse sauter.

Il sortit une paire de jumelles de son sac.

— Je veux voir qui c'est.

— Faites attention qu'il ne vous voie pas. Cette parka bleu électrique n'est pas ce qu'on peut appeler une tenue de camouflage.

Ce commentaire lui tira un sourire ironique.

— C'est une bonne raison pour que nous nous changions en loups rapidement.

L'hélicoptère descendit. Ils plissèrent les yeux pour essayer de voir, malgré le soleil qui les éblouissait. Avec la distance, ils ne voyaient que l'hélicoptère, dont les pales soulevaient la neige en tournant.

— Là, dit Raven en pointant du doigt. Quelqu'un a sauté. Il est en rouge. C'est presque aussi voyant que votre parka bleue. Dites donc, vous avez vraiment le chic pour choisir des tenues de ski aux couleurs pétantes, vous autres.

Portant les jumelles à ses yeux, il les régla, grognant quand il fit la netteté sur la forme en rouge. Emmitouflé comme il l'était, Simon ne parvint à voir que le visage de son remplaçant, il ne le reconnut pas. L'homme avait l'air jeune et motivé. Il ne devait pas avoir l'expérience du terrain.

— Je ne l'ai jamais vu. Il rangea les jumelles. On va continuer jusqu'à ce qu'on trouve un endroit sûr pour se transformer.

En frissonnant elle hocha la tête.

— Je serai contente de le faire, j'aurai beaucoup plus chaud.

Ils repartirent. Ses loups réapparurent et coururent avec eux, certains faisaient des zigzags pour effacer leurs traces. Simon se demanda si elle leur avait donné l'ordre de protéger leur fuite.

Il se moqua intérieurement de cette pensée. Les loups sauvages ne parlaient pas, et les humains ne pouvaient pas leur donner d'ordres. Tout ce qu'ils faisaient n'était que pure coïncidence, rien de plus.

Se déplaçant prudemment dans la neige épaisse, ils gravirent deux autres collines, traversèrent une vallée enneigée, et commencèrent à gravir une autre montagne. Le ciel était clair et le soleil radieux, mais un vent glacial soufflait autour d'eux, faisant voler la neige qui venait leur piquer le visage. Comme ils progressaient dans leur ascension, l'air de plus en plus froid rendait leur respiration difficile. Ils arrivaient en vue de la bordure des arbres et la neige craquait sous leurs pas.

— On ferait mieux de se métamorphoser rapidement, fit-elle remarquer, sinon nous devrons attendre d'avoir traversé cette passe.

Elle avait raison.

— Là-bas. Il pointa le doigt vers un petit bosquet de trembles. Je sais, ce n'est pas terrible pour se cacher, mais ce sera facile à retrouver. Nous cacherons nos affaires sous ces rochers.

— D'accord.

Elle pressa le pas et se dirigea vers le groupe d'arbres blancs, hauts et minces.

Ils entendaient dans le lointain le rugissement de l'hélicoptère. En se retournant ils le virent qui gagnait de l'altitude avant de disparaître dans le bleu du ciel.

Le remplaçant était au sol. Simon se demanda si ce nouveau protecteur avait commencé l'ascension de la pente qui menait à la grotte de Raven. Une fois sur place il se rendrait compte qu'elle était vide et ne tarderait pas à retrouver leurs traces. Même si les loups faisaient de leur mieux pour les effacer, ils ne réussissaient pas complètement à recouvrir les empreintes de leurs bottes d'humains. En outre, il était bien connu que Raven se déplaçait avec une meute de loups. D'une façon comme d'une autre, il serait facile de les repérer.

Ils n'avaient pas beaucoup de temps devant eux.

Dès qu'ils eurent atteint le bosquet de trembles, Raven commença à se défaire rapidement de ses vêtements. Simon essaya de ne pas la regarder et fit de même.

Elle lui lança un regard rapide, ses lèvres bougèrent comme elle murmurait quelque chose pour elle-même, puis elle se changea en louve.

Il ne put s'empêcher de la regarder, il était aussi humain après tout, fasciné une fois de plus par la rapidité de sa métamorphose. Quand elle se tint devant lui, complètement transformée, son épaisse fourrure était de la couleur d'encre d'une nuit sans lune, brillante de santé.

Si les loups avaient su rire, on aurait pu croire qu'elle se moquait de lui. Par les chiens de l'enfer.

Nu, grelottant de froid, il attrapa ses vêtements et les roula en boule avec les siens. Il dissimula le tout parmi de gros rochers, mettant les manteaux en dessous.

Puis, prenant une profonde inspiration, il commença sa transformation.

Les loups les observaient à distance. L'un d'entre eux gémit, mais dans l'ensemble ils acceptèrent le miracle sans broncher. Evidemment, bien qu'ils soient leurs frères, ils n'avaient pas la capacité de raisonner ou de s'émerveiller.

Une fois sa transformation terminée, Simon, en loup, regarda Raven de nouveau. A présent, il la sentait plus qu'il ne la voyait. Oui, même ainsi, il la trouvait belle.

Avec un mouvement brusque de la tête elle se mit à courir. Sans hésiter, Simon la suivit, les loups sauvages sur ses talons.

Les nuits succédèrent aux jours alors qu'ils parcouraient la montagne. Ils se déplaçaient en meute, chassaient en meute et dormaient en meute. La différence entre les loups sauvages et les métamorphes s'atténuait avec le temps et Simon avait l'impression qu'il pourrait rester loup à jamais. Maintenant il comprenait ce qu'avait dit Raven et finalement, après des années passées à les chasser, il était d'accord avec les sauvages qui refusaient de revenir à leur forme humaine.

Il sut que s'il pouvait garder sa forme de loup définitivement sans devenir fou, il le ferait.

Le matin du troisième jour, une belle tempête de neige éclata.

Il y avait eu des signes avant-coureurs — le ciel était devenu couleur ardoise et le vent apportait la senteur humide de la neige.

Les premiers flocons furent hésitants et clairsemés, puis la neige se mit à tomber dru et forma très vite un rideau blanc qui empêchait toute visibilité. Les humains pouvaient mourir dans de telles conditions et les animaux sauvages savaient d'instinct qu'ils devaient s'abriter.

Si Raven et Simon avaient pu communiquer autrement que par des grognements ou des aboiements, ils auraient discuté du bien-fondé de trouver un refuge. Les choses étant ce qu'elles étaient, il leur suffit de se regarder rapidement puis de regarder le ciel pour se mettre d'accord.

La meute les suivant toujours, ils se rapprochèrent de la montagne, cherchant une grotte, un refuge abandonné, n'importe quoi où il pourrait s'abriter de la neige.

Par chance, ils tombèrent sur une cabane de chasseurs, fermée à clé. Simon et Raven, sous leur forme de loups, se relayèrent pour se jeter contre la porte de bois jusqu'à ce que le verrou gelé finisse par céder.

Une fois que toute la meute fut entrée, Raven reprit sa forme humaine et ferma la porte.

— Il y a une cheminée, dit-elle à Simon, toujours sous sa forme de loup. Mais il n'y a pas de bois ici. S'il y en a un tas à l'extérieur, nous ne le trouverons jamais avec cette tempête. Je vais quand même aller voir.

Il hocha la tête pour montrer qu'il avait compris. A ce moment-là elle murmura quelques mots à voix basse et reprit sa forme de loup. Elle alla vers la porte et l'ouvrit de la tête, puis elle disparut dans le blizzard.

Les loups se couchèrent sur le sol. Pour des animaux sauvages, bizarrement, ils ne semblaient pas être dérangés par le fait d'être confinés à l'intérieur. Leur confiance en Raven était vraiment sans limites.

Raven avait ses propres problèmes en ce moment. Elle savait que la nuit la température descendrait bien au-dessous de zéro. La cabane leur fournirait un abri mais s'ils n'avaient pas de feu, le froid serait insupportable. Déjà, en tant que loup elle avait froid et frissonnait. Elle ignorait combien de temps encore elle pourrait combattre le désir de son corps de reprendre sa forme humaine. Elle savait qu'elle avait atteint la limite de sa capacité à rester sous sa forme de loup. A chaque respiration, son corps essayait de se transformer.

Cette lutte consumait le reste de son énergie qui faiblissait, mais elle continuait à se battre. Elle savait que si elle laissait son corps prendre le dessus, elle mourrait. Sa peau humaine, sans fourrure, ne lui permettrait jamais de survivre dans ces températures. Aussi luttait-elle pour garder le contrôle et rester louve, consciente que si elle arrivait à passer la nuit sans se transformer, elle dépasserait des limites qu'elle n'avait encore jamais atteintes.

Elle retourna à la cabane, une grosse branche dans la gueule. Elle la laissa tomber près de la cheminée, aboya deux fois pour faire savoir à Simon qu'elle avait trouvé du bois puis ressortit dans la tempête pour aller en chercher d'autre. L'instant d'après Simon la suivit. La tâche aurait été mille fois plus simple sous leur forme humaine, mais ils n'avaient pas de vêtements. Nus, ils ne tiendraient pas une minute dans ce froid.

Elle irait jusqu'au bout, surtout si cela leur permettait de faire assez de feu pour avoir chaud pendant toute la nuit.

Pourtant, peu à peu, cette lutte interne avait raison de son énergie. Elle cessa de compter après cinq ou six voyages. Ils avaient rentré tous les petits morceaux de bois, et les grosses bûches qui restaient demanderaient plus d'efforts.

Se détestant pour sa faiblesse, Raven regarda Simon qui grattait le tas de bois. Il fit un bond en arrière quand plusieurs bûches dégringolèrent. Une bûche l'atteignit à l'épaule et il glapit.

Inquiète, elle s'approcha mais Simon se secoua en faisant voler la neige de sa fourrure. Il montra les dents, lui signifiant de reculer.

Plusieurs bûches de bonne taille se trouvaient maintenant sur le sol enneigé. Elles étaient trop grosses pour que Simon les transporte dans sa gueule, aussi entreprit-il de les pousser vers la porte à l'aide de ses pattes et de son museau.

Prenant une profonde bouffée d'air glacial, Raven l'imita.

Finalement ils réussirent à rassembler suffisamment de bûches près de la cheminée.

Raven se transforma de nouveau et ferma la porte.

— Ces bûches sont humides, dit-elle pour elle-même plus que pour Simon. Il doit bien y avoir des allumettes dans cette cabane. Je vais peut-être pouvoir faire du feu.

Elle trouva des vieux journaux dans un placard.

— Regardez, il y a aussi de l'allume-feu et un briquet.

Tout en frissonnant elle réussit tant bien que mal à allumer un petit feu. Le bois mouillé fumait et crachotait, mais il brûlait.

Les loups épuisés se blottirent les uns contre les autres près de la cheminée, formant comme un cocon pour se protéger du froid.

Ayant conservé sa forme de loup, Simon attendait Raven. Une fois redevenue louve, elle se blottit contre son flanc et s'endormit, le museau enfoui dans la fourrure humide de Simon.

Au beau milieu de la nuit, alors que la tempête battait furieusement les murs de bois de la cabane, le corps de Raven se transforma dans son sommeil.

Elle s'éveilla, sentant que quelque chose n'allait pas. La bouche sèche, le cœur battant, elle ouvrit les yeux dans le noir complet. Elle ressentit un instant de panique, puis se rappela où elle était. A l'intérieur d'une petite cabane, en sécurité avec ses loups.

Sauf qu'une fois de plus son corps l'avait trahie. Elle aurait pu essayer de se retransformer, mais elle savait par expérience que la tentative échouerait et ne ferait que saper son énergie, inutilement.

Frissonnant, elle serra ses bras autour de son corps. Le maigre feu ne suffisait pas à la réchauffer. La température dans la pièce était bien au-dessous de zéro. Il fallait absolument qu'elle ranime le feu.

Comme elle s'éloignait de la meute, le froid la saisit et elle se mit à trembler violemment et à claquer des dents. Elle se saisit d'une couverture en lambeaux qui se trouvait sur le lit et la mit sur ses épaules. Se rapprochant de la cheminée, elle ajouta une bûche humide sur les braises, priant pour que le feu reparte. Mais elle n'obtint que de la fumée, qui ne fit pas remonter la température.

Malgré tout, elle se pelotonna près de l'âtre, regrettant de ne pas avoir les sous-vêtements thermiques de Simon et sa parka. Bon sang, à ce moment-là elle aurait volontiers donné son bras droit en échange de son sac de couchage en duvet.

De leur côté, les loups continuaient à dormir, Simon au milieu d'eux, sa fourrure luisante s'élevant et s'abaissant au rythme de sa respiration régulière.

Raven mit une autre bûche sur le feu, provoquant encore de la fumée, des sifflements et des crachotements. Il faisait froid, tellement froid.

Petit à petit ses tremblements diminuèrent. Ce n'était pas bon signe. Si elle ne parvenait pas à reprendre sa forme de loup, elle allait mourir de froid. A moins que la chaleur dégagée par les loups ne puisse la réchauffer. En priant pour que ça marche, elle rampa jusqu'à eux et essaya de se blottir contre le flanc de Simon.

6

De violents tremblements tirèrent Simon du profond sommeil dans lequel il était plongé. Il ouvrit lentement les yeux, sachant que son odorat engourdi par le froid ne suffirait pas à le renseigner sur la situation.

La lueur diffuse provenant du feu pitoyable lui permit de distinguer les loups de Raven couchés en rond, l'entourant de toutes parts. Ils dormaient dans un état proche de l'hibernation, où leur température corporelle s'abaissait autant que possible pour survivre.

Le tremblement ne semblait pas les avoir dérangés. Il n'y avait que lui. A demi humain, il n'avait pas réussi à s'endormir aussi profondément qu'eux.

Raven. Il ne la voyait pas. Inquiet, il dressa son museau, cherchant son odeur. Son nez entra en contact avec… une peau humaine au lieu de la fourrure qu'il attendait. Sa peau.

Une Raven grelottante, sans sa fourrure. Raven. Elle s'était transformée pendant qu'ils dormaient.

Les yeux entrouverts, il vit qu'elle était à demi inconsciente. Elle tremblait violemment. Il la toucha du museau, sa peau était glacée et moite. Le maigre feu n'était plus que braises, et le peu de chaleur qu'il dégageait ne suffisait pas à réchauffer la cabane. Le vent continuait à siffler à travers les planches disjointes des murs, secouant l'unique fenêtre.

Il la voyait respirer car son souffle gelait dès qu'il avait franchi ses lèvres.

A l'extérieur la température battait sans doute des records de froid. Dans la cabane, même à l'abri de la violence du vent, elle ne devait pas être beaucoup plus élevée. Un être humain nu n'avait aucune chance de survivre à des températures aussi basses, même au milieu des loups qui dégageaient de la chaleur.

Si elle ne se retransformait pas, elle allait mourir. Il croisa son regard empli de terreur et comprit qu'elle le savait. Avait-elle seulement essayé ?

Sous sa forme de loup il ne pouvait pas communiquer avec elle. Il obligea donc son corps à se transformer rapidement en humain.

Immédiatement, il fut saisi par le froid. Bon sang ! S'approchant de Raven, il se coucha sur elle pour essayer de la réchauffer. Tant pis pour son érection, c'était normal après une transformation, le froid aurait tôt fait d'y remédier.

Leurs corps s'accordaient parfaitement.

— Raven, appela-t-il.

Elle ne réagit pas. Il la secoua doucement, inquiet de voir sa tête ballotter, comme privée de vie. Il répéta son nom.

— Raven.

Ses paupières battirent faiblement, puis se refermèrent. Sa respiration était faible et son pouls irrégulier. Simon comprit qu'elle était au bord de l'évanouissement. Si elle s'endormait maintenant, elle ne se réveillerait pas.

Il ne pouvait pas accepter cette idée. Il n'avait pas fait tout ce chemin, pris tous ces risques pour la laisser mourir.

Il prononça son nom encore et encore, chaque fois un peu plus fort.

— J'ai chaud, dit-elle finalement en se débattant. Trop chaud.

Elle tremblait tellement qu'il eut du mal à comprendre ses paroles, mais il comprit qu'elle était en état d'hypothermie. La plupart des gens qui mouraient de froid croyaient qu'ils avaient trop chaud. Ils se débarrassaient alors de tous leurs vêtements et gelaient.

— Non, dit Simon d'une voix ferme. Vous n'avez pas chaud. Il fait froid. Restez contre moi.

— Je n'ai pas froid.

Sa voix était faible comme si la température de son corps était déjà descendue trop bas pour pouvoir remonter.

— Laissez-moi me lever. J'ai besoin de me rafraîchir. Lâchez-moi.

Il ne l'écouta pas mais la serra encore plus fort.

— Raven, écoutez-moi.

Réagissant à son ton insistant, son regard se fixa un instant sur son visage, avant de s'échapper de nouveau. Soulevant son menton de la main, il l'obligea à le regarder.

— Raven, il faut vous retransformer.

Pas de réaction. Il répéta ces mots, plus fort. Finalement, elle concentra son regard sur lui.

— Je ne peux pas, murmura-t-elle. Je suis déjà restée trop longtemps sous ma forme de loup.

Plusieurs de ses loups, maintenant réveillés, avaient levé la tête et les observaient, le regard inquiet. Dans la petite cheminée, les braises rougeoyaient encore. Si seulement il pouvait aller rechercher du bois…

A ce moment, comme pour le défier, le vent ébranla la cabane. Sortir dans cette tempête serait suicidaire.

Comme il la serrait contre lui, Simon sentit que les tremblements de Raven diminuaient d'intensité. Elle ferma les yeux.

— Non ! cria-t-il en la secouant vivement. Faites un effort, il ne faut pas vous endormir.

— Je suis fatiguée, murmura-t-elle. Laissez-moi tranquille.

Simon fit des efforts désespérés pour recouvrir son corps du sien.

— Transformez-vous, ordonna-t-il, l'adjurant d'essayer.

Il commençait à avoir froid, lui aussi, et tremblait presque aussi violemment qu'elle un peu plus tôt.

Dès qu'elle se serait transformée, il le ferait à son tour. Leurs épaisses peaux de loups leur tiendraient chaud.

— Je n'y arrive pas.

Au moins, elle pouvait encore parler.

— Essayez, je vous en prie.

Il continuait de la tenir serrée contre lui dans l'espoir

de lui communiquer un peu de ce qui lui restait de chaleur et de force.

— Je ne peux pas, répéta-t-elle.

Cette fois il lui sembla que sa voix était un peu moins faible.

Il était secoué de tremblements. Dans un effort désespéré pour maintenir le peu de chaleur qui leur restait, il s'accrochait à elle. En protestant faiblement elle se frotta contre lui, arquant le dos comme un chat. Malgré l'état de faiblesse dans lequel il se trouvait, le corps de Simon réagit immédiatement, son érection à demi évanouie reprenant avec vigueur. Malgré le froid polaire, son envie instinctive de s'accoupler était la plus forte.

Exactement ce qu'il ne fallait pas. C'était mal, c'était un crime. Il essayait désespérément de se raisonner. Il devait lui sauver la vie, pas faire l'amour avec elle.

Raven se tortilla de nouveau. Elle s'accrocha à lui.

— Simon ? Elle prononça son nom dans un souffle. Que se passe-t-il ?

— J'essaie de vous sauver la vie, répliqua-t-il, sans cesser de trembler. Essayez de vous transformer en loup, maintenant, je vous en prie.

Lentement un éclair de compréhension s'alluma dans les yeux incrédules de Raven qui venait vraisemblablement de sentir contre elle son érection. Elle fit un geste pour repousser Simon, le visage révulsé par l'horreur.

— Poussez-vous!

Il continua de la serrer contre lui, sachant maintenant avec certitude qu'à tous les sévices que le professeur lui avait infligés on pouvait ajouter le viol.

— Je vous tiens contre moi pour vous réchauffer, dit-il pour la calmer, ne vous inquiétez pas, je ne vais pas…

Les mâchoires serrées, elle hocha la tête. Puis, elle sembla se calmer peu à peu.

— Je suis prête à me transformer.

Il relâcha son étreinte, l'aidant à se mettre à quatre pattes, continuant à maudire son corps indiscipliné.

Elle prit une profonde inspiration, murmura quelques mots puis entama son processus de transformation.

Une fois métamorphosée, elle s'écroula, épuisée. Simon se transforma à son tour, puis il se pelotonna contre elle et s'endormit en priant pour qu'elle puisse garder sa forme de loup jusqu'au matin.

Le lendemain matin, la tempête était tombée. Quand Raven s'éveilla, toujours sous sa forme de loup, elle alla à la fenêtre et se mit sur ses pattes de derrière pour jeter un coup d'œil à l'extérieur.

La montagne était recouverte d'un épais manteau de neige poudreuse, le ciel clair promettait une journée ensoleillée.

Que s'était-il passé la veille ? Ou plus exactement que ne s'était-il *pas* passé? Simon était en homme, c'était un mâle et il était totalement excité. Elle était en état de faiblesse, impuissante et totalement à sa merci.

Et pourtant il ne lui avait rien fait, il s'était seulement efforcé de la maintenir en vie.

Perplexe, elle essayait de comprendre. Il ne l'avait pas violée, il n'avait pas profité de la situation. Elle n'y comprenait rien.

Indifférent, Simon dormait. Quand Raven bougea, le reste de la meute commença à s'agiter. Ils avaient besoin de sortir, de vagabonder et de chasser. Il fallait qu'elle se transforme pour leur ouvrir la porte.

Elle se transforma rapidement, puis, nue et frissonnante, elle entreprit de fouiller les placards à la recherche de nourriture ou de vêtements.

Elle ne trouva rien que des vieilles serviettes en lambeaux, un rouleau de sacs-poubelle et une boîte de haricots cabossée. Ils allaient devoir s'en contenter. Elle entoura une serviette autour de sa taille et attacha l'autre sur ses épaules, puis elle se fit des bottes avec des sacs en plastique. Le plus urgent était d'aller chercher du bois et de raviver les braises, ensuite elle chercherait un moyen d'ouvrir la boîte de haricots.

Une fois dehors, le froid la saisit comme un coup de poing à l'estomac. Avançant aussi vite qu'elle le pouvait dans la neige poudreuse, elle se précipita vers le tas de bois et jeta sur le côté les bûches mouillées par la neige. Prenant toutes celles qu'elle pouvait transporter, elle se retourna vers la cabane, fit un pas et glissa, tombant sur les genoux et envoyant valser les bûches dans tous les sens.

Ses membres étaient engourdis. Si elle restait là le froid allait avoir raison d'elle.

Tant bien que mal, elle réussit à se relever. Elle passa sa langue sur ses lèvres et constata que sa salive gelait.

Et soudain, il fut là. Simon. En humain, vêtu d'une combinaison entièrement faite de sacs-poubelle.

— Allez, dit-il vivement, rentrez dans la cabane, au chaud. Je vais m'occuper du bois.

La poussant doucement, il commença à ramasser les bûches qu'elle avait fait tomber.

Un instant, elle se tint là à le regarder. Puis, refusant de s'avouer vaincue, elle retourna au tas de bois et ramassa une autre brassée de bûches. Marchant avec précaution, elle retourna lourdement à la cabane, Simon derrière elle.

Ils lâchèrent leurs fardeaux à côté de la cheminée et Simon entreprit de ranimer le feu. Raven enleva ses sacs plastique en frissonnant et serra ses bras sur sa poitrine.

— Dépêchez-vous, dit-elle tout en sachant qu'il avait probablement aussi froid qu'elle.

Il ne releva pas sa remarque, occupé à construire une pyramide de bûches entourées de papier journal. Elle remarqua qu'il prenait garde d'économiser le papier. S'il avait froid, il le cachait bien.

Finalement le feu commença à crépiter. Simon se redressa et, se tournant vers elle, retira ses sacs plastique, son regard plongé dans le sien.

La bouche sèche, Raven ne trouvait plus ses mots.

— Merci, dit-elle, vous m'avez sauvé la vie.

— Je vous en prie, dit-il d'une voix rauque en détournant le regard.

Raven sentit sa gorge se serrer. Inexplicablement, ces mots lui avaient fait monter les larmes aux yeux. Elle secoua la tête et, passant devant Simon, s'accroupit près du feu et tendit les mains pour les réchauffer.

Il s'éclaircit la gorge.

— Pour hier soir, euh… ce matin…

Elle l'interrompit.

— S'il vous plaît. Elle avait besoin de temps pour réfléchir à ce qui s'était passé. Est-ce qu'on peut parler d'autre chose ?

Après un moment d'hésitation, il hocha la tête.

— D'accord. Parlons de vous. Pensez-vous être assez forte pour garder votre forme de loup encore quelques jours afin que nous puissions continuer à avancer ?

A son tour, elle détourna le regard. Les yeux fixés sur le feu, elle se gratta la tête.

— J'aimerais bien, mais je ne suis pas comme vous. J'ai besoin de temps pour récupérer.

— Combien de temps ?

Elle fronça les sourcils.

— Je n'en sais rien. Un jour ou deux. Et l'autre protecteur ? Vous pensez qu'il se rapproche ?

— Je ne sais pas.

Avec un sourire ironique, il alla à la fenêtre et regarda le paysage d'un blanc aveuglant.

— En tout cas, avec cette tempête il va avoir plus de mal à suivre nos traces. Nous devrions être en sécurité pendant un jour ou deux.

Elle dit tristement :

— Mes loups sont en train de chasser sans moi.

Le regard qu'il lui lança montra qu'il comprenait.

— Voulez-vous que j'aille les rejoindre ?

Son haussement d'épaules ne les trompa ni l'un ni l'autre.

— Si vous voulez. Je pense qu'ils vous accepteront, maintenant.

Sans ajouter un mot, il alla vers la porte et l'ouvrit. Se laissant tomber sur le sol, il se transforma. Puis, en loup, il s'élança dans les bois à la recherche de sa meute.

Raven ne savait pas si elle devait rire ou pleurer en regardant Simon se transformer. Il n'était pas épuisé, lui. Passer d'un état à l'autre semblait être comme une seconde nature chez lui. S'il voulait être loup pour aller chasser, il se transformait. Et il partait. C'était exactement ce qu'elle désirait mais ne pouvait pas faire.

La poitrine serrée, elle le regarda partir. Puis, saisie

par le froid, elle ferma la porte. Humaine, seule, elle fit les cent pas dans la cabane, essayant de comprendre ce qui se passait et pourquoi.

Une vague de fureur la submergea. Les poings serrés, elle se mit à jurer, prononçant des mots qu'elle se rappelait vaguement du temps de son adolescence. C'était elle le chef, c'était elle qui avait le pouvoir. Elle subvenait aux besoins de sa meute et aux siens. Tout allait bien jusqu'à ce qu'il arrive.

Et maintenant ? Maintenant, elle était le maillon faible. Et Simon, un homme qui l'attirait plus qu'elle ne le voulait, assumait le rôle de chef. Et pire, elle n'avait pas d'autre choix que de le laisser faire… pour l'instant du moins. Ses pouvoirs de transformation étaient bien supérieurs aux siens, alors qu'il était affaibli par la perte de sang qu'il avait subie. Sa force la mettait hors d'elle.

Elle soupira. Malgré tout, il pourrait lui enseigner certaines choses s'ils avaient le temps. Depuis quand le temps était-il devenu son ennemi ? Elle se sentit épuisée. Elle s'installa devant le feu, se roula en boule et essaya de dormir.

Un peu plus tard, Simon revint avec une partie de sa meute. Il gratta à la porte jusqu'à ce que Raven se réveille et ouvre la porte. Il entra et se secoua pour faire tomber la neige de sa fourrure puis il s'allongea près du feu pour se réchauffer.

Même en loup, sa beauté la stupéfiait. Elle observa ses lignes élancées et élégantes, admirant son pelage gris argenté, son museau parfait et son regard profond.

Simon.

Il dressa la tête, conscient qu'elle le regardait. Puis, il se leva d'un geste souple, alla à la porte et gémit, grattant la porte de la patte.

Raven se leva. Quand elle ouvrit la porte, deux autres loups entrèrent. Le plus petit des deux, une femelle grise et brune, vint vers Raven et laissa tomber à ses pieds un lapin fraîchement tué. L'autre déposa un autre lapin devant Simon.

Ebahie, Raven porta la main à sa gorge. Par ce geste, sa meute lui montrait qu'ils les acceptaient tous les deux pour chefs. Habituellement, seuls les couples constitués se voyaient octroyer un tel honneur. Or Simon et elle n'étaient indéniablement pas un couple. Simon s'inclina en signe de remerciement puis il détourna les yeux et se transforma. L'instant d'après, il était de nouveau devenu homme.

Surprise, Raven cligna des yeux. Toute pensée cohérente l'abandonna en le voyant se dresser, nu devant elle. Il se baissa pour ramasser le lapin et commença à le préparer pour le cuire sur le feu. Tout cela sans même lui accorder un regard.

— Je vais le faire, lui dit-elle.

— Non.

Toujours sans la regarder, Simon secoua la tête.

— Vous devez ménager vos forces. Ce lapin est pour vous. Moi, j'ai déjà mangé.

Elle aurait dû être furieuse qu'il se croie ainsi autorisé à lui dire ce qu'elle devait ou ne devait pas faire, pourtant elle savait qu'il avait raison. Elle répugnait à le reconnaître, mais récupérer assez de force pour pouvoir se transformer et conserver sa forme de loup devait être sa priorité.

Tout à coup affamée, elle n'attendit pas que le lapin finisse de cuire pour le retirer de la broche et le dévorer. C'est seulement quand elle eut nettoyé tous les os qu'elle releva la tête et se rendit compte que lui et le reste de sa meute étaient en train de l'observer.

— Merci.

Avec un petit sourire, il baissa la tête.

— On dirait que vous aviez faim.

Son cœur s'affola à son sourire, mais elle s'efforça de rester immobile et d'avoir l'air calme et impassible.

— En effet, dit-elle en se détournant.

— C'est quoi, ce que vous faites quand vous vous transformez ? demanda-t-il d'une voix si basse qu'elle se demanda si elle avait bien entendu.

— Ce que je fais ?

Elle regardait ses mains, les retournant et les inspectant comme si elle s'attendait à y trouver quelque chose. Tout plutôt que le regarder.

— Que voulez-vous dire ?

— Vous dites quelque chose, un peu comme une prière juste avant de vous métamorphoser. Que dites-vous ?

— Ah, ça ? C'est un rituel. Depuis que je suis toute petite, et que je sais que j'ai ce… talent, je demande la bénédiction de l'esprit des loups.

— L'esprit des… ? Que voulez-vous dire ?

Elle haussa les épaules, comme si ce n'était pas important. Mais en fait elle craignait qu'il se moque d'elle, son mépris la blesserait.

— Le folklore amérindien, je suppose. On l'étudiait à l'école élémentaire et je me suis identifiée à leurs croyances. Ils croyaient que tout avait un esprit. Je me suis imaginé que puisqu'il m'avait été donné de me changer en loup, je ferais bien de faire attention à ne pas contrarier l'esprit des loups.

Simon hocha la tête.

— Je vois. Je comprends mieux maintenant.

Elle prit le risque de le regarder.

— Vous y croyez aussi ?

— Je ne sais pas trop. Un sourire s'ébaucha au coin de sa bouche. Mais j'ai déjà entendu parler de ça. La plupart des membres de la meute des Etats-Unis partage les croyances chrétiennes traditionnelles, mais j'ai remarqué que dans l'Ouest, on a tendance à rechercher d'autres formes de spiritualité. Je pense que tout est possible.

Se retournant pour lui faire face, elle prit une profonde inspiration.

— Avez-vous toujours été capable de rester en loup si longtemps ? Ou ce pouvoir vous est-il venu avec le temps, à force de pratique et d'entraînement ?

Le feu crépitait, éclairant la pièce d'une lueur rougeoyante. Il la regarda fixement, une expression indéchiffrable dans ses yeux sombres.

— Cela faisait partie de la formation de protecteur. Cela demande du temps et de la patience. Au fil des années j'ai travaillé cette capacité, une heure à la fois.

— Super, dit-elle avec morosité, la patience n'a jamais été mon fort.

Son rire l'emplit de chaleur.

— Peut-être que quand nous en aurons fini avec tout ça, je pourrais vous apprendre.

Elle ne put s'empêcher de sourire à son tour, incapable d'imaginer qu'ils puissent avoir un quelconque avenir.

Deux jours passèrent, interminables, pendant lesquels Simon partait chasser avec la meute de Raven, alors que Raven restait à la cabane, de plus en plus morose.

Le temps se maintenait, pourtant, au matin du troisième jour, le ciel gris ardoise et le vent redevenu glacial annoncèrent un retour de la neige.

Raven regarda par la fenêtre, le visage soucieux. Elle avait laissé sortir ses loups et ils avaient disparu pour aller faire leurs besoins et jouer dans la neige. Ils allaient aussi se mettre en chasse. Sans elle. Simon avait dû comprendre à quel point cela la frustrait. Pour une fois il était resté avec elle.

— Simon, je crois que je vais bien, à présent. Elle montra le tas de bois qui diminuait. Nous sommes restés ici trop longtemps. Il est temps de partir. Nous devons nous mettre en route avant la prochaine tempête.

D'un hochement de tête, il montra qu'il était d'accord avec elle.

— L'autre protecteur doit être sur nos traces. Vous avez raison, il est temps d'y aller. Vous pensez pouvoir vous transformer, maintenant ?

— Je vais essayer. J'ai eu tout le temps de récupérer.

Elle s'efforçait de paraître confiante, mais son estomac était noué.

— Tant mieux. Nous irons le plus loin possible, mais sans aller au bout de vos forces, cette fois. J'ai besoin que vous soyez en forme au cas où il se passerait quelque chose.

— Je veux essayer de tenir trois jours, cette fois encore.

— Pourquoi ? Vous savez combien cela vous a affectée la dernière fois.

— On peut couvrir pas mal de terrain en trois jours.

— Disons deux jours.

Elle lui lança un regard peu amène.

— On se bat pour la place de chef ?

— On fonctionne en équipe.

Avait-elle le choix ? En se mordant les lèvres, elle finit par acquiescer, à contrecœur.

— Comme vous voudrez.

Il haussa un sourcil.

— Cela vous pose un problème ?

Haussant les épaules, elle détourna les yeux, agacée par la facilité avec laquelle il lisait en elle. Elle n'aurait jamais pensé être si transparente.

— Peut-être, un peu, admit-elle.

Il sourit.

— Il faut passer outre.

La respiration coupée, elle murmura comme pour elle-même.

— Bon sang, cela devrait figurer sur la liste des armes mortelles :

— De quoi parlez-vous ?

— De votre sourire.

Elle lui en lança un des siens, espérant qu'elle réussirait à lui couper le souffle, elle aussi.

Peine perdue. Sans aucune réaction, il se dirigea vers la porte.

— Si ça ne vous fait rien je vais aller chasser et j'en profiterai pour rassembler la meute. Nous mangerons à mon retour. Pensez-vous être capable de vous transformer à ce moment-là ?

— Ça recommence, vous vous prenez encore pour le chef.

Il s'immobilisa, la jaugeant du regard.

— Nous formons une équipe, vous vous souvenez.

Les dents serrées, elle secoua la tête d'un air buté.

— Non, nous ne formons pas une équipe. Nous ne sommes pas un couple. Seuls les couples peuvent former une équipe. Dans le monde sauvage, vous devez me combattre si vous voulez prendre ma place de chef.

— Me battre avec vous ? Il semblait étonné. Vous êtes bien sûre que c'est ce que vous voulez ?

Elle se mordit la lèvre, le regard rivé sur lui, la gorge serrée.

— Je n'en sais rien, dit-elle finalement. J'ai l'habitude d'être seule.

— Eh bien il faut vous déshabituer. C'est vous et moi, maintenant.

Elle ne sourit pas, ne releva pas ses paroles.

— Quand vous rentrerez je serai prête à me transformer.

Après un petit signe de tête il se laissa tomber sur le sol et se transforma. Raven lui ouvrit la porte. Elle le regarda bondir dans la neige qui craquait sous ses pattes, son pelage argenté se détachant sur la blancheur du paysage d'hiver.

Après son départ, elle ressentit un besoin de pleurer qu'elle repoussa. Il n'y avait aucune raison de pleurer, aucune. Et il fallait qu'elle garde ses forces pour l'épreuve qui l'attendait.

En fait, elle était contente que Simon l'ait laissée seule, le temps qu'elle tente de se transformer. Si elle échouait, il n'y aurait pas de témoin.

Mais elle n'échouerait pas. Ses loups lui manquaient et elle voulait pouvoir aller chasser avec eux.

Elle entrouvrit la porte suffisamment pour pouvoir ensuite l'ouvrir complètement avec son museau, et posa des bûches sur le feu afin qu'il ne s'éteigne pas pendant son absence.

Elle prit une profonde inspiration et dénoua la couverture élimée qui lui servait de robe. Puis elle se mit à quatre pattes, ferma les yeux et se concentra pour se métamorphoser.

Au début, rien ne se passa. Elle ne sentait que les battements de son cœur dans sa poitrine. Elle se concentra plus fort, s'imaginant sous sa forme de loup. L'instant d'après, comme ses os s'allongeaient et se transformaient, elle ressentit une bouffée de triomphe. Elle avait retrouvé ses forces comme elle l'avait prévu. Une sensation d'ivresse courut dans ses veines et elle alla vers la porte pour l'ouvrir de son museau.

En la voyant, l'homme qui se tenait sur le seuil, prêt à entrer, sursauta.

Raven ne prit pas le temps de réfléchir, avec un grognement elle se précipita de tout son poids dans les jambes de l'étranger, le faisant basculer en arrière, dans la neige.

— Sauvage, gronda-t-il.

Le mot la mit en rage. Montrant les crocs, elle se ramassa sur ses pattes arrière et se jeta sur lui une deuxième fois. Il lui donna un coup de pied, qui l'atteignit en pleine poitrine, mais ne suffit pas à arrêter son mouvement qui l'entraîna jusque dans le mur de la cabane. La violence du choc l'étourdit. Avec difficulté, elle se remit sur ses pattes en gémissant, secoua la tête pour s'éclaircir les idées. Elle se rendit vaguement compte que l'étranger était en train de se déshabiller à la hâte.

Il avait l'intention de se transformer ! Cela signifiait qu'il n'était pas un quelconque inconnu, ou le propriétaire de la cabane venu vérifier l'état des lieux. C'était l'autre protecteur, celui qui était venu pour la tuer.

7

Les sons voyageaient loin dans l'air froid et clair. Grondements, grognements, claquements de mâchoires — tous les bruits d'une bataille. Simon s'immobilisa, tête dressée. Les trois loups qui se trouvaient près de lui firent de même.

Raven ! Simon abandonna sa proie fraîchement tuée et s'élança ventre à terre, suivi des autres loups.

Quand il sortit du bois, il regarda vers la cabane. Deux loups se battaient près de la porte, dans la neige rouge de sang. Celui de Raven ou de son assaillant ?

Heureusement l'autre protecteur — car cela ne pouvait être que lui — ne s'attendait pas à l'arrivée de Simon qui, sans arrêter sa course, bondit sur lui, le projetant sur le mur de la cabane où il s'écroula en grognant.

Simon se retourna et chercha Raven des yeux. Elle se tenait près du seuil, haletante.

L'autre loup se releva avec difficulté et bondit vers Simon en grondant.

Raven se jeta sur son train arrière, tandis que Simon se baissait et l'attaquait à la poitrine.

Deux contre un. A la guerre tout est permis, et là c'était vraiment la guerre.

Le nouveau venu tomba en roulant dans la neige. En un éclair Simon fut sur lui, enserrant sa gorge de ses mâchoires puissantes. Avec un éclat sauvage dans les yeux, l'autre eut un tremblement et se transforma en humain.

Pourtant Simon ne lâcha pas prise.

— Vous n'oserez pas me tuer, dit l'homme d'une voix

saccadée. Il tremblait de froid ou de peur, ou des deux. Cela signifierait la condamnation à mort, pour vous deux.

Raven eut une sorte de rictus et montra de longues dents aiguisées. Simon savait à quoi elle pensait. Elle était déjà condamnée à mort et cet homme était venu spécialement pour le lui signifier.

— Lâchez-moi, ordonna leur prisonnier. Immédiatement.

Simon ne fit pas un geste. Il regarda Raven puis la cabane, puis de nouveau Raven, espérant qu'elle comprendrait le message.

Baissant le museau, elle entra. Une fois à l'intérieur, elle reprit sa forme humaine et passa la tête par la porte.

— Je vais chercher quelque chose pour l'attacher.

Elle disparut à l'intérieur.

Simon ne lâchait pas sa proie. Quand l'homme se tortilla sous lui, il resserra les mâchoires, lui faisant comprendre que s'il faisait un mouvement de trop, il n'hésiterait pas à l'égorger.

Peu de temps après, Raven réapparut. Elle s'était enveloppée dans la couverture, qu'elle avait attachée pour se faire une robe improvisée.

— J'ai trouvé de la corde dans le placard. Voyons ce qu'on peut faire avec ça.

Simon maintint l'homme au sol pendant qu'elle lui liait les mains. Quand elle se releva, Simon relâcha progressivement son emprise. L'homme essayait de desserrer ses liens.

Simon se transforma rapidement.

— Aidez-moi à le traîner à l'intérieur.

Raven hocha la tête et, l'attrapant sous les bras, ils tirèrent le prisonnier dans la cabane.

— Votre nom ? demanda Simon.

— Heath. Heath Whearly. Qu'est-ce qui vous prend ? L'autre protecteur lui lança un regard furieux. Vous êtes devenu fou ?

— J'essaie juste de faire mon travail.

— Votre travail ?

Incrédule, Heath lança un regard vers Raven.

— Vous vous êtes mis avec une sauvage.

Raven grinça.

— Vraiment, je déteste ce mot.

— Une sauvage, répéta Heath, en ignorant Raven. C'est le tabou numéro un de notre code d'éthique. En plus, vous avez désobéi aux ordres. Vous connaissez la loi. Si un sauvage vous attaque, vous avez ordre de l'éliminer.

— Elle ne m'a pas attaqué. C'était un de ses loups.

L'expression qui passa sur le visage de Heath prouva qu'il ne le croyait pas.

— Ross a tout entendu sur votre émetteur. On vous a retiré l'affaire. Pourquoi mentez-vous pour la défendre ? C'est une sauvage.

Il accompagna ce dernier mot d'un sourire méprisant destiné à Raven. Elle fit un pas vers lui.

— S'il m'arrivait de vouloir attaquer quelqu'un…

Elle montra les dents.

— Allez-y, la défia-t-il. Attaquez-moi. Pourquoi pas ? Vous êtes déjà condamnée à mort.

Réprimant un grognement, Raven secoua la tête et se détourna.

— Vous voyez ? Heath s'adressait à Simon. Les sauvages ne méritent pas notre compassion. Allons, vous êtes l'Exécuteur. Vous êtes une légende. Vous savez tout cela mieux que n'importe qui.

— L'Exécuteur ? Raven fronça les sourcils. Qu'est-ce que cela veut dire ?

Heath ne laissa pas à Simon le temps de répondre.

— Il est célèbre au sein de la Société. Nous l'appelons l'Exécuteur à cause de son record d'exécutions.

Il lui sourit.

— Quand je parle d'exécutions, je parle de sauvages. Dans toute sa carrière Simon a tué plus de sauvages qu'aucun autre protecteur dans toute l'histoire de notre espèce.

Il suffit à Raven d'un seul regard en direction de Simon pour savoir que Heath disait la vérité.

— On vous a vraiment envoyé pour me tuer ? demanda-t-elle.

— On m'a envoyé pour vous évaluer.

Son visage était indéchiffrable.

— Et ensuite vous tuer, ajouta Heath.

— Pas nécessairement, coupa Simon. Je pense sincèrement qu'elle peut être rééduquée.

Avec un petit grognement méprisant, Heath secoua la tête. En dépit de la situation dans laquelle il se trouvait, il ne semblait pas s'en faire. Cette arrogance le rendait encore plus antipathique aux yeux de Raven.

— Vous avez déjà rééduqué des sauvages ? demanda-t-elle.

— Naturellement.

Le ton agressif de Simon laissait entendre qu'il aurait volontiers étranglé l'autre homme.

— Combien ? demanda Raven, les yeux rivés sur Simon. Elle était stupéfaite qu'il puisse rester si calme. Combien en avez-vous sauvé et combien en avez-vous tué ?

Heath eut un petit rire.

— Je ne veux pas parler de cela.

Elle s'étonnait d'éprouver un tel sentiment de trahison, s'agissant d'un homme qu'elle connaissait à peine.

Elle ouvrit la bouche.

— Mais…

— Pas maintenant.

Comme elle se préparait à répondre, Heath réussit à se mettre debout. Bien qu'il ait les pieds et les mains attachés, il se jeta sur Raven.

Prise de court, elle essaya de l'éviter et manqua de rapidité. Sous la violence du choc, elle perdit l'équilibre et ils tombèrent. Elle tenta de se dégager mais dans un grondement de triomphe il se transforma.

A ce moment Simon le frappa sur la tête avec une bûche. En s'affaissant le corps de Heath revint instantanément à sa forme humaine.

En tremblant, Raven repoussa le corps inerte de l'homme, et réussit à s'extraire de dessous.

— Est-il… ?

Pour leur bien à tous les deux elle espérait sincèrement que non. Simon s'approcha avec précaution, ressentant toujours l'effet de l'adrénaline.

— Il ne bouge plus, mais je ne pense pas l'avoir frappé assez fort pour le tuer.

Il s'agenouilla et chercha un pouls. Quand il l'eut trouvé, il adressa à Raven un sourire soulagé.

— Il n'est pas mort. Dieu merci. Tuer un autre protecteur, ce n'est pas seulement la peine de mort assurée pour moi…

— Comme pour moi, vous voulez dire ?

— J'essaie de changer cela.

Il reprit comme si elle n'avait pas parlé :

— Mais le plus grave, c'est qu'une fois que je serai exclu de la communauté, plus personne ne voudra écouter ce que j'ai à dire pour votre défense.

Elle croisa les bras, furieuse.

— Vous n'êtes pas déjà exclu ?

Il la regarda fixement, épouvanté qu'elle puisse penser cela.

— Bien sûr que non. C'est juste un énorme malentendu. Je peux tout arranger, il suffit qu'ils écoutent mes explications.

— Encore faudrait-il qu'ils acceptent de vous laisser parler.

— Ils le feront, dit-il d'une voix qu'il voulait assurée.

Il fouilla dans le sac à dos de l'autre homme et y trouva un émetteur, remarquant au passage que Heath avait mis la main sur le dernier modèle digital.

Il prit un moment pour étudier le boîtier en plastique noir et soupira. Puis avec la bûche qui lui avait servi à assommer Heath, il le réduisit en mille morceaux.

— Ça fait du bien.

Raven hocha la tête, elle semblait toujours inquiète.

Continuant à fouiller dans le sac à dos, il finit par trouver un des téléphones portables spéciaux de la Société.

— Exactement ce que je cherchais. C'est parfait, dit-il en le lui montrant.

— Qu'est-ce que vous faites ? Raven croisa les bras. Ces trucs ne vont pas marcher ici.

— Celui-ci, oui. J'appelle.

Il composa le numéro de mémoire et attendit qu'on lui réponde.

Au bout d'un instant, Ross répondit.

— Vous les avez trouvés, Whearly ?

— Ce n'est pas Whearly…

Simon sourit en imaginant la réaction de son chef.

— … Mais il a été assez gentil pour me prêter son téléphone.

— Caldwell. Je comprends mieux pourquoi le signal s'est éteint. Vous avez désactivé l'émetteur.

Ross avait l'air furieux et fatigué.

— Nous n'obtenions plus de signal sur l'écran, reprit-il.

— J'ai été obligé de le faire, dit Simon en prenant une profonde inspiration. Je voudrais que vous reveniez sur votre décision. Laissez-moi aller au bout de cette mission.

— Aller au bout ?

Au bout du fil, Ross sembla s'étrangler. Simon pouvait presque voir les veines gonfler sur son front.

— Vous n'êtes plus chargé de cette affaire, Caldwell, ajouta-t-il d'un ton sec. La Société doit se réunir à la fin de la semaine pour décider si on doit retirer définitivement votre nom de notre tableau de service.

Simon accusa le coup.

— Retirer mon nom du tableau de service ? Mais je n'ai tué personne. Est-ce que ce n'est pas un peu extrême ?

— Vous avez désobéi à un ordre direct. De plus vous avez été placé en congé d'office.

Ross prit une profonde inspiration avant de demander :

— Qu'avez-vous fait de Whearly ?

Simon jeta un coup d'œil à l'autre homme.

— Il est inconscient. Nous nous sommes battus et il a perdu.

— Vous ajoutez l'agression aux autres charges qui sont retenues contre vous ?

— Aux autres charges ? Qu'est-ce qui ne va pas chez vous ? Je n'ai rien fait de mal. Ecoutez Ross, rappelez-le. Je vais très bien. Je suis un excellent protecteur et vous le savez.

Simon serra le téléphone si fort que ses phalanges blanchirent.

Ross changea de ton. Il sembla brusquement s'adoucir et sa voix prit une intonation soucieuse. Le stratagème était si évident que Simon faillit éclater de rire.

— Si vous allez bien, plaida Ross, alors rentrez. Laissez la Société juger de votre état mental. Vous êtes notre protecteur-vedette. Nous ne voulons pas vous perdre. Nous sommes tous inquiets pour vous, Caldwell.

Ces mots étaient censés agir comme un baume sur son ego blessé. Simon serra les mâchoires.

— Je ne peux pas rentrer. Vous savez très bien que j'ai un travail à terminer ici.

— Non. C'est fini pour vous, dit Ross en martelant chaque mot. Rentrez immédiatement.

— Certainement pas.

— Vous voyez ? Vous venez de recevoir un nouvel ordre direct auquel vous choisissez de désobéir. Vous êtes démis du dossier. Point final.

Regardant Whearly, toujours inconscient, Simon prit une profonde inspiration. Son chef était habituellement beaucoup plus sensé, ce qui voulait dire que quelqu'un d'autre, quelqu'un de plus haut placé, lui mettait la pression. Mais pourquoi ?

— Allons, Ross. Vous avez le pouvoir de me redonner ce dossier. Laissez-moi terminer ce que j'ai commencé.

— Allez-vous éliminer la sauvage ?

— Bien sûr que non, répondit Simon sans quitter des yeux Raven qui se rongeait un ongle.

Chaque fois qu'il la regardait, il était émerveillé par la fraîche beauté de son visage et par sa grâce athlétique.

— Si vous la rencontriez, vous comprendriez, murmura-t-il.

— Par les chiens de l'enfer ! s'exclama Ross. Alors c'est ça ! Je n'aurais jamais pensé que vous étiez le genre à violer le Code d'éthique.

— Je n'ai rien fait de tel. Simon sentit qu'il avait l'air de se défendre. Et je n'ai nulle intention de le faire. Ça n'a rien à voir. Vous me connaissez, Ross. Lâchez-moi avec ça.

— Très bien. Mais, Caldwell, je me contrefiche qu'elle ressemble à un mannequin dans un magazine. C'est une sauvage. Elle vous a attaqué. Elle doit être éliminée.

— Non.

— Mais enfin, pourquoi ?

La frustration dans la voix de Ross n'était pas feinte.

L'émetteur avait déjà signalé leur position, il n'avait pas besoin de localiser l'appel, donc il n'avait aucune raison de garder Simon en ligne.

— Elle n'a rien fait de mal. Je vous le jure. Je ne mentirais pas à propos d'une chose comme ça. Je crois en notre organisation. Ce que nous faisons est juste et nécessaire. Mais je pensais que nous étions impartiaux. Tout ce qui s'est passé depuis que je vous ai appelé pour faire mon premier rapport m'a semblé aller à l'encontre de ce principe.

Il inspira profondément.

— Ross, je fais bien mon travail. Vous le savez. Pendant toutes ces années en tant que protecteur, je n'ai jamais rien demandé. Pas une seule fois. Là je vous demande de me laisser terminer cette mission. Je suis sincèrement persuadé que Raven peut être rééduquée.

Raven dressa vivement la tête à la mention de son nom. Fronçant les sourcils, elle secoua la tête.

— Raven ? demanda Ross. C'est le nom que la sauvage se donne ?

Pour la première fois de sa vie Simon, lui aussi, se prit à haïr ce mot, *sauvage*. Il en avait plus qu'assez de l'entendre appliquer à Raven.

— Oui, répondit-il, s'efforçant de garder un ton neutre et professionnel. Elle est saine d'esprit, et même intelligente. Elle a subi des abus de la part de ce professeur de Boulder.

— Celui qui vient d'être assassiné ?

— Oui.

Simon résuma brièvement l'histoire de Raven. Quand il eut terminé, il renouvela sa requête.

— Vous devez me laisser terminer cette mission.

— Non. Je ne dois rien du tout, à part assurer votre rapatriement. Nous étions très inquiets à votre sujet.

— Vous êtes vraiment insensés.

— Nous ne sommes pas insensés. Ross avait l'air terriblement offensé et exaspéré. Vous avez toujours été un de nos protecteurs les plus respectés.

— Justement. Accordez-moi encore une chance. Accordez-*lui* encore une chance.

Ross ricana.

— Je crois que je commence à comprendre pourquoi vous défendez tant cette sauvage. C'est un nouveau délit à retenir contre vous, vous savez. Un de plus et nous serons en droit d'ordonner *votre* élimination.

Simon resta bouche bée. Il était heureux que Ross ne puisse pas le voir.

— C'est la première fois que j'entends une chose pareille, dit-il d'un ton calme et glacial. Vous faites vos propres règles maintenant, Ross ?

— Nous savons où vous êtes, l'avertit Ross. Et avec cette meute de loups qui vous accompagne, il est très facile de suivre vos traces. De plus, nous avons la dernière localisation enregistrée par l'émetteur. Nous allons envoyer des renforts. Plusieurs personnes cette fois.

— Plusieurs, Simon eut un petit rire amer, je suppose que je devrais me sentir honoré.

Ross bafouillait encore lorsque Simon coupa la communication. Les menaces de Ross dépassaient tout ce qu'il avait entendu jusqu'ici. Depuis le temps qu'il était dans le Société il n'avait jamais entendu parler de l'élimination d'un protecteur. Il ne pouvait pas croire que ce soit légal. Sans parler de la morale, de l'éthique et des autres valeurs que la Société prônait. Simon ne pouvait que soupçonner un problème de corruption.

Le cœur lourd, il mit le téléphone dans sa poche. Il jeta un coup d'œil à Whearly et vit qu'il était toujours inconscient.

— Il faut que nous partions d'ici avant qu'il ne revienne à lui, dit Raven d'une voix blanche.

— Vous avez raison. Avec un petit hochement de tête il regarda vers la fenêtre. Dans combien de temps pourrez-vous être prête ?

— Mes loups chassent toujours. Il me faut le temps de les rassembler. Ça vous va, *Exécuteur* ?

Par les chiens de l'enfer.

— Raven, attendez.

Il lui toucha le bras. Il savait qu'ils avaient peu de temps, mais il voulait s'expliquer.

— Je n'ai tué que lorsque c'était nécessaire.

— Bien sûr. Avec un regard de profond dégoût, elle repoussa sa main. Continuez à vous en persuader, pourquoi pas ? Je suis sûre que ce Whearly se dirait la même chose s'il avait réussi à m'éliminer.

— Nous n'avons pas le temps pour cela maintenant. Rappelez vos loups et préparez-vous à partir.

Hochant la tête d'un air furieux, elle lui tourna le dos.

— Raven, il va falloir envisager de vous en séparer.

— De qui ?

Elle le regardait depuis le seuil sans paraître comprendre.

— De votre meute. Ils seront plus en sécurité loin de nous. Et nous aussi. En se déplaçant avec tant de loups, nous sommes plus visibles. Ross lui-même l'a dit.

Elle se raidit.

— C'est hors de question.

— Réfléchissez une seconde. Il est indispensable de garder notre avance sur la Société. Ross a dit qu'il allait envoyer une équipe. Il est déjà difficile d'échapper à un protecteur déterminé — il désigna Whearly. Mais si Ross envoie toute une équipe, ce sera quasiment impossible.

Elle lui lança un dernier regard rebelle avant d'ouvrir la porte. Levant le visage, elle poussa un hurlement semblable à celui d'un loup sauvage.

— Cela devrait les faire revenir. Et non, je refuse de me séparer d'eux.

— Nous n'avons pas le choix, Raven, si nous voulons nous en sortir. C'est temporaire, ajouta-t-il pour la convaincre. Vous pourrez les retrouver plus tard, quand tout sera terminé.

S'ils survivaient, surtout. Il garda cette pensée pour lui-même.

Clignant des yeux, elle secoua la tête. C'était une réaction instinctive, irréfléchie. Il lui laissa quelques minutes pour assimiler ses paroles, convaincu qu'il avait raison.

— Je suis leur chef. Ils seront perdus sans moi.

Cet argument était faible, et il était sûr qu'elle le savait.

— Désignez un nouveau chef. Vous savez comment ça se

passe. Celle qui m'a attaqué serait un bon choix. Chassez6la d'abord, puis chassez les autres. Ils la suivront.

— Mais ils ne vont pas comprendre.

— Ce ne sont pas des êtres humains, mais des animaux sauvages. Ils ne comprendront pas de toute façon.

Elle le regarda fixement pendant de longues minutes. Finalement elle baissa la tête.

— Vous avez raison. Je dois les laisser partir. Mais cela ne veut pas dire que ça me plaît.

— Nous le ferons en chemin.

Il désigna Whearly.

— Je ne sais pas combien de temps il va rester inconscient.

En voyant ses yeux s'emplir de larmes, il dut se maîtriser pour ne pas aller vers elle.

— On ne peut pas les abandonner comme ça. Ils vont essayer de nous retrouver.

— Et vous les chasserez encore.

— Et s'ils viennent à la cabane ? Et lui ? Elle montra l'autre homme du doigt. Et s'il leur fait du mal ?

— Il n'aura pas de raison de le faire, sauf s'ils le menacent.

Elle se raidit de nouveau et secoua la tête.

— Je ne veux pas courir ce risque. Regardez ce qui s'est passé avec vous. Je ne veux pas les mettre en danger.

— Alors rassemblez-les. Il faut qu'on parte. Nous devons mettre le plus de distance possible entre cet endroit et nous.

— C'est vous qui avez aggravé la situation, dit-elle d'un ton accusateur. Débarrassez-vous du téléphone. Ne les appelez plus.

La façon dont elle essayait de continuer à lui donner des ordres le fit sourire.

— Je préfère le garder. On ne sait jamais, nous pourrons en avoir besoin. Il y a d'autres gens que je veux appeler. Pour l'instant, nous devons nous éloigner le plus possible de cet endroit.

Elle finit par acquiescer.

— Transformez-vous alors, dit-elle d'un ton tranchant.

Elle se laissa tomber au sol et se métamorphosa en loup.

Haletante, son poil luisant sur ses flancs qui se soulevaient, elle se dirigea vers la porte et attendit qu'il l'ouvre.

— Une minute, dit-il, je veux trouver un moyen de transporter ce téléphone quand je serai en loup.

Se saisissant d'un sac plastique, il mit le téléphone à l'intérieur et fit un nœud. Il tordit le sac et fit un autre nœud pour en faire une espèce de collier qu'il plaça sur le sol devant lui.

Elle l'observait en silence, le prenant probablement pour un fou.

— Quand je me serai transformé, je devrais pouvoir le passer autour de mon cou.

En secouant la tête, Raven trotta vers le collier de plastique. Elle le toucha avec son museau, puis fit entendre un feulement. Tendant le cou, elle posa sa patte sur le sac.

— Vous voulez que je vous le mette autour du cou ? dit-il d'un ton surpris.

Elle jappa pour acquiescer. Simon ramassa le collier et le lui passa par-dessus la tête. Il était assez lâche pour qu'elle puisse le faire glisser de sa tête avant de se changer en humaine la prochaine fois, mais suffisamment serré pour ne pas tomber.

Raven retourna vers la porte, attendant qu'il l'ouvre. Il la fit sortir puis, ne voulant pas laisser Whearly attaché, il alla vers l'homme toujours inconscient et relâcha ses liens. Quand il eut fini, il se laissa tomber sur le sol et se transforma en loup lui aussi.

Quand elle avait appelé la première fois, deux ou trois de ses loups étaient revenus mais le reste de la meute était toujours en train de chasser. S'éloignant de la cabane, Raven poussa un long hurlement, puis un autre. Le son était totalement différent de celui qu'elle avait poussé quand elle était humaine.

Simon sentit un frisson le parcourir.

Elle hurla une troisième fois et ils commencèrent à apparaître. D'abord un, puis un autre, par petits groupes, rarement seuls, ses loups se rassemblèrent.

Il ignorait comment Raven sut qu'ils étaient tous là, mais

quand elle se tourna vers lui, apparemment satisfaite, elle jappa calmement et il comprit qu'elle était prête à se mettre en route. Il la laissa prendre la tête, la suivant de près.

Alors, le reste de la meute leur emboîta le pas.

8

Avancer dans une neige aussi épaisse n'était pas facile, même pour des loups. Mais au moins ce rythme lent donnait-il à Raven le temps de réfléchir. Le sac plastique autour de son cou lui procurait une sensation étrange et légèrement inconfortable, pourtant le fait de transporter le téléphone portable lui donnait l'impression de se rendre utile.

Elle était déçue par Simon. Jusque-là, elle l'avait pris pour quelqu'un d'honnête, d'intelligent et de gentil. Elle avait cru que sa beauté n'était pas la seule chose qui jouait en sa faveur. Jusqu'à ce qu'elle apprenne cet horrible surnom qu'on lui donnait : l'Exécuteur. Et voilà qu'il venait de lui dire qu'elle devait se séparer de sa meute…

Simon n'avait pas idée de ce qu'il lui demandait. Ses loups sauvages étaient devenus sa seule famille et elle les aimait, tous. Une partie d'elle comprenait sa logique. Un grand groupe était toujours plus difficile à cacher qu'un petit.

Mais ses loups… Oh ! ses loups.

Ils marchaient depuis environ deux heures lorsque les premiers flocons de neige commencèrent à tomber. Simon lui donna un coup de museau. Elle savait ce qu'il voulait mais se demandait si elle en serait capable.

La neige tombait de plus en plus dru. Ils n'auraient bientôt plus de visibilité. Heureusement il n'y avait pas de vent. Si le vent faisait voler la neige ils ne verraient bientôt plus rien.

La température commença à baisser aussi. Raven estimait qu'elle approchait de zéro.

Cette fois Simon la bouscula de l'épaule, plus fort. Montrant les dents, elle lui fit comprendre qu'il devait reculer même si elle savait qu'il avait raison.

Il fallait qu'ils trouvent un abri rapidement.

Les loups le sentirent eux aussi. Au lieu de s'aligner de chaque côté de Raven et de Simon comme ils faisaient d'habitude, ils se regroupèrent comme un troupeau. Un jeune mâle, qu'elle appelait Théo, la bouscula même et la fit presque tomber.

Elle commencerait par lui. Le cœur lourd, elle se retourna et lui montra les dents en grognant pour le chasser de la meute.

Désorienté, hésitant, il courut vers un bosquet d'arbres, visiblement décidé à les suivre tout en restant sur le côté.

La neige continuait à tomber en formant un rideau blanc.

Sans prévenir, Raven attaqua un autre de ses loups. Elle en chassa ainsi trois puis quatre, les regardant courir vers Théo autour de qui ils formèrent bientôt leur propre petite meute.

Sans elle.

Elle essaya de ne pas y penser et chassa les autres. Aucun n'opposa de résistance. Elle avait tellement bien assuré son autorité en tant que chef qu'ils étaient habitués à faire ce qu'elle leur ordonnait.

Bientôt tous les loups, sauf Simon et elle, se retrouvèrent avec Théo à la lisière du bouquet d'arbres.

Raven leur lança un dernier regard puis bondit en avant. Simon lui emboîta le pas avec plus de difficulté. A cause de son poids, il s'enfonçait plus qu'elle dans la neige poudreuse.

Naturellement, ses loups essayèrent de les suivre tout en restant à bonne distance.

Raven fit demi-tour, en peinant dans la neige, et les chassa de nouveau. Elle dut recommencer trois fois pour qu'ils cessent de les suivre.

La nuit commençait à tomber quand elle aperçut le dernier qui les regardait à distance. Comme Simon et elle gravissaient une nouvelle colline, ils commencèrent à hurler, comme pour leur dire adieu.

Ce cri pathétique déchira le cœur de Raven. Si les loups avaient pu pleurer, elle l'aurait fait. Mais elle continua à avancer, Simon à ses côtés, jusqu'à ce qu'ils trouvent un endroit pour s'abriter. Elle savait que son ancienne meute ferait la même chose.

Brusquement, Simon changea de direction. Au lieu de se diriger vers la montagne, il descendit vers la vallée et suivit un cours d'eau à moitié gelé. Raven ne pouvait rien faire d'autre que le suivre, bien qu'elle ne soit pas sûre que ce soit un bon choix. Elle ne connaissait pas cette région et n'avait pas la moindre idée de l'endroit où ils allaient. Comme l'obscurité s'installait et que la neige continuait à tomber elle se prit à espérer qu'ils trouvent bientôt un refuge. Sinon, elle chercherait un arbre et se creuserait son propre abri dans le sol sous la neige pour se faire une tanière. Elle l'avait déjà fait avec succès et se savait capable de le refaire.

Soudain Simon s'arrêta et elle faillit entrer en collision avec lui. Il la poussa légèrement et indiqua du museau un point en contrebas. Elle regarda, essayant de percer le rideau de neige, et lorsqu'elle aperçut le clignotement de lumières, elle comprit qu'il l'avait conduite vers une ville.

Pourquoi ? Pensait-il vraiment qu'ils pourraient s'y abriter ? Elle le regarda, réfléchissant à cette possibilité.

Après un autre coup, de l'épaule cette fois, Simon commença à avancer vers la ville.

Complètement transie, Raven finit par le suivre.

A mi-chemin, ils arrivèrent à la hauteur d'un remonte-pente, entouré de différents bâtiments. Un magasin de location d'équipements, un bar-restaurant, un petit entrepôt et une boutique de skis. Ils étaient tous fermés pour la nuit. Avec cette qualité de neige poudreuse, ils ouvriraient à la première heure pour accueillir des hordes de skieurs.

Deux loups s'approchant à ce point de la civilisation ne pouvaient guère passer inaperçus ! A fortiori, deux humains nus, gelant dans la neige !

Pourtant elle fit confiance à l'instinct de Simon et le suivit. Il s'arrêta devant la boutique de skis. Puis, faisant tomber la neige de son pelage, il se dressa sur ses pattes arrière et regarda par la fenêtre.

A travers les tourbillons de neige, ils remarquèrent brusquement que les lumières qui clignotaient en contrebas venaient de s'éteindre. La ville tout entière était à présent plongée dans l'obscurité. La tempête avait dû provoquer une coupure d'électricité. Si la boutique avait une alarme, il y avait de fortes chances pour qu'elle soit hors d'usage maintenant.

Simon s'éloigna en trottant de la boutique. Puis il revint en courant et se précipita contre la porte de bois. Le battant fut ébranlé par le choc mais il tint bon.

Il repartit pour une deuxième tentative, accompagné de Raven. Ensemble, les deux loups foncèrent dans la porte. Cette fois le bois se fendit, créant une ouverture assez large pour qu'ils puissent entrer.

Simon se secoua puis poussa Raven pour qu'elle passe la première. Elle entra, craintive.

Une fois à l'intérieur, à l'abri du vent froid et de la neige, elle se rendit compte qu'ils avaient trouvé un véritable trésor. Il y avait là des parkas et des pantalons de ski, des chemises, des bottes, des chaussettes, tout ce dont un humain pouvait rêver pour avoir chaud dans la neige. Avec de tels vêtements elle aurait aussi chaud, voire plus qu'avec sa fourrure de loup. En outre, se transformer lui donnerait du répit.

En s'aidant de ses pattes elle fit glisser le collier en sac plastique par-dessus sa tête, puis se transforma. L'instant d'après, Simon en fit autant.

Sous sa forme humaine de nouveau, nue et gelée, elle ne pouvait s'arrêter de trembler. En claquant des dents, elle regarda autour d'elle, essayant de choisir des vêtements.

Comme elle attrapait un sous-pull à col roulé, Simon vint vers elle. La prenant dans ses bras, il la serra contre lui.

Au début le contact de sa peau froide et moite ne réussit pas à la réchauffer. Ils frissonnèrent ensemble. Elle se rendit compte qu'elle s'accrochait à lui, elle aussi, alors qu'elle tenait toujours à la main le vêtement oublié.

Au bout d'un long moment, elle commença à se réchauffer, tandis que son sang recommençait à circuler dans ses veines. Elle claquait toujours des dents et dut faire un effort pour parler.

— Pourquoi ici, en ville ? Pourquoi en humains ?

— L'autre type va nous rechercher là-haut. Il désigna la montagne d'un mouvement de tête. Ils envoient aussi du renfort, une équipe de recherche. Je ne sais pas combien d'hommes vont arriver. C'est le dernier endroit où ils penseront à nous chercher.

Elle sentait les battements de son cœur, forts et réguliers contre sa poitrine. Les pointes de ses seins, déjà durcies par le froid, brûlaient et elle dut réprimer le désir de se frotter contre lui.

La chaleur envahit les autres parties de son corps. Elle sentit le bas de son corps devenir lourd et moite. Elle respirait avec difficulté et les battements de son cœur s'accélérèrent. Pour penser à autre chose, elle déglutit et posa la première question qui lui vint à l'esprit.

— Où sommes-nous ?

A une légère pause dans sa respiration, elle sut qu'il avait remarqué son excitation.

— Je ne sais pas exactement. Prenez des vêtements et habillez-vous. Si nous sommes amenés à rester en humains pendant un petit moment, il nous faut sortir d'ici avant l'ouverture de la station.

Ils se vêtirent à la hâte, choisissant des vêtements chauds. Ils optèrent tous les deux pour des parkas de couleurs claires, moins voyantes sur la neige.

— Je n'ai jamais rien volé comme ça, dit Raven qui se sentait absurdement coupable.

Elle remonta la fermeture Eclair de son blouson et mit un bonnet de ski bleu sur sa tête.

— Et tous ces campeurs ? lui rappela-t-il. Vous leur voliez bien leurs affaires ?

— Seulement des trucs usagés — pour elle cela faisait une grosse différence —, sur les fils à linge, dans les poubelles et les vide-greniers. C'est la première fois que j'entre par effraction dans un magasin pour prendre des vêtements neufs.

— Moi aussi. Mais pour l'instant c'est une question de survie. Dès que je pourrai, je reviendrai et je laisserai de l'argent pour tout ça.

— Vous savez que maintenant la police aussi va nous rechercher.

— Je sais, dit-il sombrement. Et il vaudrait mieux pour nous que l'électricité ne revienne pas pendant que nous sommes ici. Je ne sais pas quel type d'alarme il y a mais je pense qu'ils vont être prévenus. C'est pour ça que nous devons partir au plus vite.

— Où irons-nous ?

Il eut un petit rire, bref, presque aussi glaçant que la neige.

— Je ne sais pas. Il y a beaucoup de résidences secondaires au pied des collines, juste avant la ville. D'après moi, on devrait pouvoir en trouver au moins une vide. On s'y installera en attendant.

— On va encore entrer par effraction ?

Son regard dur s'adoucit en se posant sur elle.

— Je ne crois pas que nous ayons le choix. A moins que vous n'ayez une autre idée ?

Elle secoua la tête.

— Non, dit-elle en soupirant.

Se préparant à affronter la tempête de nouveau, en humaine cette fois, elle ajusta son blouson et son bonnet, puis enfila une paire de gants de ski. Elle envisagea un instant de lui demander s'il avait des projets pour après, ou s'il avait l'intention de vivre ainsi au jour le jour, toujours en fuite, mais elle décida de n'en rien faire. Elle n'était pas totalement sûre de vouloir connaître la réponse.

— Vous êtes prête ? demanda-t-il.

Elle vit qu'il avait, lui aussi, fermé son blouson et mis des gants.

— Je suppose que oui.

Elle se dirigea vers le trou dans la porte, puis se retourna vers lui.

— Vous savez, je veux juste que ma vie retrouve son cours normal. Est-ce que c'est trop demander ?

Il secoua la tête, posa sur elle un regard noir, totalement indéchiffrable. Brusquement, comme malgré lui, il l'attrapa et lui planta un baiser sur les lèvres, puis la lâcha.

— Je suis désolé, Raven, mais il va falloir vous résigner, je doute que votre vie reprenne jamais son cours normal.

Il sortit, la laissant derrière lui, le regard fixe.

Progresser dans la neige en tant qu'humains était dix fois plus pénible que quand ils étaient en loups. Alourdie par ses vêtements thermiques, suivant Simon avec difficulté, Raven avait tout le temps de réfléchir. Et de s'inquiéter.

Une fois de plus, Simon l'avait profondément bouleversée. Cela l'inquiétait, ce pouvoir qu'il avait de lui faire tant d'effet, simplement en la touchant, de la main ou des lèvres, ou en la regardant de ses yeux noirs et dévastateurs. Que lui ou quiconque puisse avoir autant de pouvoir sur elle l'effrayait. Tout allait si bien jusqu'à ce qu'il arrive.

Mais alors, pourquoi ne pouvait-elle pas se défaire de l'impression qu'elle se mentait à elle-même ?

Simon. Elle revenait toujours à Simon. Elle le trouvait beaucoup trop beau. Même en loup, il charmait son regard de louve. Elle rêvait de lui, était obsédée par lui et d'une façon générale, elle se sentait comme une jeune fille qui éprouve ses premiers émois amoureux, ce qui était le cas en un sens.

Tout ce qu'elle désirait maintenant tournait autour de lui.

Elle remonta son passe-montagne de laine sur son visage et soupira. Elle avait peur de s'être trop accoutumée à sa présence. Une partie d'elle aurait voulu mettre cette hypothèse à l'épreuve en lui ordonnant de la laisser, tandis que l'autre, la partie qui souffrait de la solitude, de l'abandon, cette partie d'elle-même qu'elle méprisait pour sa faiblesse, voulait s'accrocher à son bras et le supplier de ne jamais la quitter.

Mais elle ne ferait pas ça. Elle l'espérait bien. Elle ne savait pas si elle s'inquiétait trop ou pas assez.

Simon s'arrêta et elle le percuta, le bousculant en avant. Il ne dit rien, conscient que ses paroles seraient couvertes par la violence de la tempête. Il montra quelque chose du doigt.

Plissant les yeux, elle regarda dans la direction qu'il indiquait mais ne vit rien d'autre que la neige. Finalement, elle aperçut les contours indistincts d'une maison.

Elle hocha la tête et Simon se remit à marcher, plié en deux contre le vent. Baissant la tête, Raven le suivit.

Malgré la force de la tempête, Simon eut le sentiment que le sort lui souriait de nouveau. Ils étaient en sécurité pour l'instant. Personne ne pouvait voyager dans les montagnes avec un tel blizzard et la neige recouvrirait leurs traces.

Raven, elle, ne semblait pas s'inquiéter. De toute évidence, elle n'imaginait pas de quoi les protecteurs étaient capables. En revanche, les menaces de Ross l'inquiétaient vraiment. Seuls, les protecteurs étaient d'excellents pisteurs. Mais quand ils travaillaient en groupe, rien ni personne ne pouvait leur échapper. Ce n'était qu'une question de temps avant qu'on ne les trouve.

Le seul avantage que Raven et lui avaient pour le moment était les conditions atmosphériques. Ça et le fait que leurs poursuivants continueraient sans doute à les chercher dans la montagne. Descendre en ville devrait leur assurer un peu de répit.

Il se retourna pour vérifier, comme il le faisait à intervalles réguliers, que Raven était bien derrière lui. S'il y avait pensé plus tôt, ils se seraient encordés. La visibilité était pratiquement nulle et il lui serait très difficile de la retrouver si elle s'éloignait de lui.

Pourtant, elle marchait à son rythme, bien que sa foulée, plus courte, lui demande plus d'effort dans la neige épaisse.

La journée avançait et le vent glacial continuait à leur envoyer des tourbillons de neige qui les aveuglaient. La température ne cessait de baisser. Quand la nuit tomberait, quiconque assez fou pour se trouver dehors serait en danger de mort. Plus vite ils trouveraient un refuge, mieux ce serait.

La première maison qu'ils virent était occupée. Ils continuèrent sur la route et passèrent devant plusieurs autres maisons sans s'arrêter bien qu'elles soient vides. Il leur fallait un endroit qui ne soit pas trop accessible, d'où ils pourraient voir si quelqu'un approchait, mais aussi suffisamment caché pour que leurs poursuivants n'y prêtent pas attention.

Ils finirent par trouver un petit chalet à la toiture pentue, tapi dans un virage et perché au flanc d'une colline. Il semblait inhabité.

Cette fois ils n'eurent pas besoin d'enfoncer la porte. Le propriétaire ne l'avait pas fermée à clé. En la poussant, ils échangèrent un regard. Simon se demanda si, comme lui, Raven avait craint un instant que cela puisse être une sorte de piège.

Mais c'était impossible, leurs poursuivants ignoraient tout de l'endroit où ils se trouvaient.

Simon fit un pas à l'intérieur et appuya sur un interrupteur.

— Je comprends mieux pourquoi la porte n'était pas fermée à clé, dit Raven sèchement.

On voyait que le chalet n'avait pas été occupé depuis un bon moment. Un film de poussière recouvrait tout, depuis les éléments de cuisine décolorés et ébréchés, jusqu'aux meubles miteux et en mauvais état. Dans la pièce principale il y avait deux chaises de jardin en plastique, et le canapé, recouvert d'un tissu passé et déchiré, s'affaissait au milieu. La pièce sentait le moisi et la saleté.

— C'est sûr. Il n'y a rien à voler ici.

Simon ne pouvait détacher son regard de Raven. Elle était adorable quand elle fronçait le nez et que son visage prenait une expression de dégoût.

— J'aime mieux vivre dans ma grotte que dans un endroit pareil.

Cela le fit rire.

— Courage! Au moins on peut s'abriter de la tempête. Nous ne resterons pas longtemps.

Elle fit rapidement le tour de la pièce en secouant la tête.

— Quel genre de personne peut bien habiter ici ?

Il l'observait, s'émerveillant de la grâce avec laquelle elle se déplaçait. Même transie de froid, elle était la féminité personnifiée. Incrédule, il sentit le désir monter en lui malgré le froid. Il le repoussa avec force. Cela s'était produit beaucoup trop souvent, dernièrement. Il fallait que cela cesse. Malgré ce que Ross pouvait penser, Simon ne violerait jamais le Code d'éthique. Même pour une sauvage de la beauté de Raven.

Si seulement il n'avait pas tant de difficulté à penser à elle en tant que sauvage.

— Quel bazar, reprit Raven.

Heureux de penser à autre chose, il acquiesça.

— Ça doit appartenir à un homme.

— Je plains sa femme, encore que je doute qu'il en ait une, ou alors elle n'a jamais mis les pieds ici.

Il n'était pas loin de penser comme elle. Il sourit.

— Ouais. Heureusement pour nous, il ne semble pas y vivre.

— J'espère bien, dit-elle d'un ton horrifié. Ça doit être une maison de vacances, mais il ne doit pas l'utiliser pour venir skier.

— Il vient peut-être en été ou à l'automne. Ça ressemble à une cabane de chasseur.

— Ça ressemble surtout à une porcherie.

— Au moins nous n'avons pas à craindre que quelqu'un nous trouve ici.

Il rit, se sentant obligé d'insister sur l'aspect positif de la situation. Il aimait la façon dont Raven pouvait le faire sourire, même dans ces conditions.

Elle ne semblait pas comprendre la raison de son amusement.

— Que quelqu'un nous trouve ? Personne ne peut voyager dans cette tempête.

Son sourire s'évanouit. Il inspira profondément.

— Les protecteurs, si.

Elle le regarda durement et ouvrit la bouche comme pour proférer une remarque cinglante. Mais elle se ravisa brusquement et hocha la tête.

— Alors, on ferait mieux de continuer. Enfin, dès la fin de la tempête.

— Oui. Pourtant la neige joue en notre faveur.

— C'est possible. En tout cas, moi, j'en ai marre de l'hiver.

— Moi aussi. Pour ma prochaine mission, je m'arrangerai pour qu'ils m'envoient sous les tropiques.

— *S'ils* vous confient une autre mission, dit-elle en

secouant la tête. Après ce qui s'est passé avec votre chef, j'ai comme une idée que vous allez devoir envisager de changer de métier.

Il ne fit pas de commentaire. Ils avaient froid et étaient épuisés tous les deux.

Il observait Raven qui faisait le tour de la cuisine. Il essayait toujours de lutter contre son irrépressible attirance pour elle. C'était incroyable que le froid, la faim et la fatigue n'aient pas raison de son désir.

Après avoir ouvert tous les placards, elle secoua la tête.

— Rien. Je pense que vous avez raison sur l'époque à laquelle ils utilisent cette cabane.

— Moi, j'ai raison ? C'est un jour à marquer d'une pierre blanche, lança-t-il ironiquement.

La plaisanterie lui valut un bref sourire.

— Avez-vous besoin de manger ? S'il le faut nous pouvons toujours nous transformer pour aller chasser.

Il n'avait pas vraiment envie de ressortir dans le froid mais la transformation pourrait l'aider à combattre son désir. Au moins jusqu'à ce qu'il se transforme de nouveau.

Elle n'avait pas conscience de son inconfort et regarda vers la fenêtre d'où l'on voyait les tourbillons de neige dans l'obscurité.

— Je préfère rester sur ma faim plutôt que ressortir par ce temps.

Il acquiesça.

Un escalier menait à un grenier où ils trouveraient certainement le lit. A supposer qu'il y en ait un. Il préférait ne pas penser au genre de matelas qu'il pouvait y avoir dans un endroit pareil.

Raven revint d'une nouvelle exploration de la pièce, les bras serrés autour d'elle.

— Je ne vois pas de thermostat, je suppose qu'il n'y a pas de chauffage.

Heureux de la diversion, il fit le tour de la pièce.

— Vous avez raison. Je pense que nous allons devoir utiliser le poêle à bois pour chauffer.

— Au moins il y a un tas de bûches sous cette bâche, dit-elle en la désignant de la main.

Il s'affaira à mettre du bois dans le poêle. L'activité physique l'aidait à occuper son esprit et son corps. Toujours indifférente à ses tourments, elle continuait à s'agiter et à chercher dans tous les placards.

Une fois qu'il eut fait un bon feu et que la température eut un peu remonté, ils ouvrirent leurs blousons et retirèrent leurs bonnets et leurs gants. Il s'efforçait de ne pas la regarder, embarrassé par le fait d'être seul avec elle.

Avec un soupir de plaisir, elle alla s'asseoir en tailleur devant le feu. Il fit la même chose, en prenant garde de ne pas s'asseoir trop près.

— Et maintenant, demanda-t-elle. J'ai fait ce que vous vouliez, je me suis séparée de ma meute. Alors quel est votre plan ? Qu'est-ce qu'on fait après ?

Il sortit le téléphone de Whearly de sa poche.

— D'abord, je veux appeler un de mes amis. C'est un autre protecteur, mais il est en vacances en ce moment. J'essaie de me rappeler son numéro.

Il pensait avoir tous les chiffres, sauf les deux derniers. Il allait essayer plusieurs combinaisons jusqu'à ce qu'il tombe sur la bonne.

Elle haussa les épaules puis reporta son attention sur le feu.

Simon jura sourdement.

— Pas de réseau. C'est peut-être à cause de la tempête.

— Ou alors la batterie est vide.

Surpris, il vérifia l'écran.

— Non, il est chargé. Mais je ferais peut-être mieux de l'économiser.

Il appuya sur une touche et le téléphone s'éteignit.

— Je n'ai pas pris le chargeur. J'aurais dû y penser, mais je m'estimais déjà heureux d'avoir trouvé le téléphone.

Il le ferma et le remit dans sa poche.

— Bon, dit-elle en le fixant sans sourire, et maintenant ?

Et maintenant ? Pour la première fois de sa vie il avait agi impulsivement. Il n'avait rien prévu. Normalement il planifiait tout. Maintenant qu'ils étaient en fuite et vivaient au jour le jour, il était incapable de planifier.

Raven changea brusquement de position, le tirant de ses pensées.

— Ça fait quoi de pouvoir rester en loup si longtemps?

Elle n'essaya même pas de dissimuler l'envie dans sa voix. Il lui jeta un regard en coin et haussa les épaules.

— Rien de spécial. C'est comme une seconde nature.

— C'est mieux que d'être humain.

Sans répondre, il réfléchit. Ce qu'elle venait de dire était au cœur même de ce qui faisait d'elle une sauvage.

Naturellement son silence la poussa à poser une autre question.

— Ça vous plaît vraiment de vivre au milieu des humains ?

Il leva la tête. Cette remarque était un classique dans le manuel de la Société. Sa formation lui avait enseigné que si un sauvage faisait une remarque dénotant de l'intérêt pour une vie assimilée, c'est qu'il était vraiment capable d'être rééduqué. Il n'avait jamais encore rencontré de sauvage si paradoxal.

— Oui. En tout cas, je vis mieux que ça, répondit-il en regardant la cabane autour de lui. J'ai un bon lit, je peux prendre des douches chaudes, j'ai toute la nourriture que je veux.

Il secoua la tête et conclut brièvement :

— Mais vous connaissez tout cela. Vous m'avez dit que vous séjourniez parfois à Boulder.

Elle détourna les yeux.

— J'avais tout le temps peur.

Cela le fit sursauter.

— Je ne comprends pas.

Quand elle déglutit, il remarqua le mouvement souple de son cou.

— Des gens m'ont blessée par le passé.

Avec cette simple remarque, elle lui confiait un autre élément de sa vie. Ce n'était pas grand-chose mais c'était toujours ça et il devait prendre garde à poser ses questions d'une voix douce pour ne pas l'effaroucher.

— Le professeur ?

Elle hocha la tête.

— Principalement. Mais il n'y a pas eu que lui. Boulder est une ville qui aime les chiens. Comment gérez-vous les réactions des animaux domestiques ?

Pendant un instant il ne fut pas sûr de comprendre.

— Vous voulez dire qu'ils…

— Sentent ce que je suis. Et pour la plupart, ils n'aiment pas ça. Ils voient l'humain, mais ils flairent le loup. J'ai été attaquée au moins six fois.

Il comprenait maintenant.

— C'est facile à corriger. C'est dans la façon dont vous marchez, la façon dont vous vous présentez à eux. J'ai tendance à oublier que vous n'avez pas été élevée avec des métamorphes. On nous apprend dès le plus jeune âge à nous fondre dans la masse.

Elle émit un son, mi-grognement, mi-soupir.

— Vous n'êtes pas en train de me dire que tous les métamorphes — et vous m'avez dit qu'ils sont des milliers à travers le monde — reçoivent une formation ?

— Ceux qui sont élevés au sein de la meute, si. Bien sûr ce n'est pas le cas de tout le monde.

— Précisément. Les autres, comment font-ils ?

Il n'en avait aucune idée.

— Peut-être qu'ils savent instinctivement comment se comporter avec les animaux domestiques ? Je sais que ce sujet pose rarement de problèmes.

— Ça m'en pose à moi. Elle lui sourit tristement. C'est pour ça que je préfère vivre en dehors de la société. Même quand j'étais enfant, je ne me suis jamais adaptée.

— Vous ne saviez pas qu'il y en avait d'autres comme vous.

— Non, et je me demande toujours s'ils sont vraiment comme moi.

— Tous les problèmes peuvent se résoudre avec un peu d'entraînement.

Il grimaça, conscient que ses paroles semblaient sortir tout droit d'une brochure publicitaire. A une époque il croyait tout ce qu'on lui avait enseigné, sans réserve. Maintenant, en regardant le visage angoissé de Raven, il se demandait ce qu'il savait en réalité.

Il fallait vraiment qu'il parle à Beck. Il le dit à voix haute.

Elle soupira.

— Pourquoi êtes-vous si obsédé par ces gens ?

Il lui jeta un regard perçant mais ne vit que de la curiosité sur son visage.

— Ces gens ? Vous voulez dire mon travail ?

Elle hocha la tête.

— Mon travail a toujours été toute ma vie. La Société est très sélective lorsqu'elle choisit les protecteurs potentiels. J'ai quitté ma famille quand j'avais quatre ans pour aller vivre dans un pensionnat. A partir de ce moment-là, tout ce que j'ai pensé, dit ou fait était directement lié au fait d'être un protecteur. Sans ça…

— Vous pensez que vous n'êtes rien.

La douceur de son commentaire le fit grimacer.

Il finit par acquiescer de la tête.

— Savez-vous si quelqu'un a déjà fait ce que vous avez fait ?

— Désobéi aux ordres ?

Il réfléchit avant de répondre.

— En fait, non.

— Et vous prétendez que j'ai mené une vie de recluse. Le fait que vous n'en ayez pas entendu parler ne veut pas dire que ça ne s'est jamais produit.

— C'est vrai, admit-il, même s'il trouvait l'idée difficile à accepter. Mais si c'est le cas, le fait que personne n'en parle n'est pas bon signe.

Elle fronça les sourcils.

— Qu'est-ce qui leur arrive, d'après vous ?

Le dire tout haut était comme un blasphème, mais il le dit quand même.

— Je commence à penser qu'ils sont éliminés, exactement comme les sauvages qui ne peuvent pas être rééduqués.

— Dans ce cas, vous les protecteurs, n'êtes rien d'autre que des…

— Des assassins.

9

La tempête continua jusqu'en fin d'après-midi le lendemain, déposant plus de cinquante centimètres de neige poudreuse.

Rester sous sa forme humaine aussi longtemps rendait Raven nerveuse. Pourtant, ce n'était rien comparé à la promiscuité avec Simon qui la perturbait beaucoup.

Elle avait vécu si longtemps dans un état quasi animal que ses besoins se réduisaient à l'essentiel. De la nourriture, un abri pour dormir et la compagnie de ses loups. Si elle voulait quelque chose, elle le prenait.

Mais elle n'avait jamais rien désiré autant qu'elle commençait à désirer Simon. La lutte qu'elle menait contre cette attirance constante la rendait irritable et en plus elle commençait à souffrir de claustrophobie.

Après qu'elle eut qualifié les protecteurs d'assassins, Simon s'était renfermé sur lui-même. D'un air soucieux, il faisait les cent pas en marmonnant.

Elle n'intervint pas jusqu'à ce que, ne supportant plus le silence, elle se décide à faire quelques remarques pour provoquer une discussion. Mais rien n'y fit. Etre enfermé dans ce minuscule chalet avec elle ne semblait même pas le déranger. Quand elle parlait, pour toute réponse, il grognait. Il la traitait comme une gamine embêtante, songeait-elle dépitée.

Avec un peu de perversité, cette pensée ne fit qu'accroître son envie de lui. Elle n'avait jamais été du genre à refuser un défi.

En fait, avec le blizzard qui faisait rage, elle se sentait

de plus en plus prisonnière et envisageait parfois de se transformer pour se précipiter à l'extérieur. Seule l'intensité de la tempête la retenait, car même ses impulsions les plus sauvages s'assagissaient par un temps pareil.

Son agitation furieuse finit par attirer l'attention de Simon.

— Qu'est-ce qui vous arrive ? demanda-t-il.

— Je n'aime pas ça, dit-elle d'un ton boudeur. J'aimerais mieux continuer à avancer.

— Moi aussi mais c'est impossible par ce temps. Il montra la fenêtre en souriant. Nous sommes obligés d'attendre que ça s'arrête.

La première nuit, Simon lui avait laissé le lit et avait essayé de dormir sur le canapé défoncé. La seconde, ils auraient dû échanger, mais il ne pouvait pas lui faire ça, avait-il dit.

— J'espère que ça ne vous dérange pas si nous partageons le lit, dit-il avec un sourire désinvolte.

Elle le regarda fixement, incapable de répondre. La gorge sèche, elle se rendit compte que si elle essayait de parler, rien ne sortirait qu'un croassement. Elle passa sa langue sur ses lèvres sèches.

— Je…, finit-elle par dire.

Son sourire s'évanouit.

— Ce n'est pas ce que je voulais dire, dit-il calmement. Juste pour dormir. Je ne vous toucherai pas, je vous le jure.

— Je prendrai le canapé.

Elle se détourna pour qu'il ne puisse pas voir les émotions conflictuelles sur son visage.

— Non. Ecoutez, je suis désolé.

Il s'approcha d'elle, posa la main sur son épaule.

Dans un sursaut d'autoprotection, elle se dégagea brusquement.

— Ne me touchez pas.

Ses yeux s'étrécirent, il la regarda attentivement en laissant retomber sa main.

— Qu'est-ce qui ne va pas ?

— J'ai été violée, dit-elle avec difficulté.

— Oui, je sais. Par le professeur.

— Encore et encore et encore.

Elle ferma les yeux, essayant d'effacer ces images de son esprit, mais en vain. Elle ne voulait pas pleurer, ne pouvait pas pleurer, elle avait versé trop de larmes par le passé, c'en était fini de pleurer sur quelque chose qu'elle ne pouvait changer.

Simon la prit dans ses bras et, malgré elle, elle se laissa faire, incapable de réagir. Au début. Mais tout à coup elle se mit à se débattre, submergée par la terreur et la rage, essayant à toute force de se dégager.

Il ne voulait pas la lâcher.

— Chut.

Il la tint contre lui, lui murmurant des mots apaisants, jusqu'à ce qu'elle cesse de se débattre et reste figée, comme un lapin captif, tremblante entre ses bras.

— Je ne vous ferai jamais de mal, murmura-t-il d'une voix douce, en caressant ses cheveux.

Et tout à coup, elle en voulut plus. Encore plus, beaucoup plus. Elle voulait des choses auxquelles elle n'avait pas droit. Et elle voulait tout ce à quoi elle avait droit. Elle voulait qu'il la touche pour laver la souillure du passé, pour purifier son corps, pour la satisfaire…

Avec un petit cri, elle le repoussa. Cette fois, il ne la retint pas.

— Prenez le lit, dit-il doucement dans son dos. Je dormirai sur le canapé.

Honteuse, excitée, et s'apitoyant sur elle-même, Raven se détourna sans un mot et monta l'escalier.

Le lendemain matin, ils se tournèrent autour, aussi gênés que des étrangers. Quand la neige cessa enfin de tomber, Simon ouvrit la porte.

— On aurait dû prendre des skis.

La tentative de conciliation était pitoyable mais Raven en avait tellement assez du silence qu'elle dit la première chose qui lui vint à l'esprit.

— Vous savez skier ?

Il lui jeta un coup d'œil.

— Vous n'avez jamais appris ?

— Non. Elle soupira. Peut-être que si on avait des après-ski…

— Nous devons partir. La neige ne va pas arrêter les protecteurs. Il faut qu'on y aille.

— En loups ou en humains ? demanda-t-elle

— Je crois qu'il vaut mieux que nous restions en humains.

Voyant qu'elle fronçait les sourcils, il leva la main.

— Nous allons continuer à descendre, peut-être même jusqu'à Boulder Canyon. Ils ne penseront pas à nous chercher si près de la civilisation.

Elle répugnait à l'admettre, mais il avait raison.

— Est-ce qu'on ne pourrait pas se transformer et aller chasser avant de partir ? Elle se toucha la poitrine. La louve en moi n'en peut plus.

Ces mots provoquèrent un autre de ses sourires terriblement attirants.

— C'est pareil pour moi. D'accord, allons-y. Ça nous fera du bien de lâcher nos loups.

Raven ne se le fit pas dire deux fois. Se débarrassant des vêtements qu'elle détestait même s'ils étaient chauds, elle se laissa tomber sur le sol et se métamorphosa, puis elle se précipita dehors dans un éclair de fourrure noire, sans attendre Simon.

Simon se disait qu'il aurait dû être content que Raven soit si distante. Il ne savait pas pourquoi il lui avait proposé de partager le lit, ce qui aurait certainement mis son self-control à l'épreuve. Etre enfermé avec Raven dans une telle promiscuité l'avait soumis à une tentation irrésistible. Il avait dû se réciter le Code d'éthique plusieurs fois, en tout cas chaque fois qu'il la regardait et que le désir parcourait son corps. A peine avait-il prononcé ces mots qu'il les avait regrettés, d'autant plus quand Raven était devenue hystérique.

Se transformer en loup serait un grand soulagement.

Se défaisant de ses vêtements, il se laissa tomber sur le sol et entreprit sa propre métamorphose.

Elle l'attendait près d'un bosquet d'arbres, son corps compact ramassé, prête à bondir. Comme il s'approchait d'elle, elle s'élança et il bondit à sa suite.

En s'enfonçant dans la neige, Raven en loup le précédant de peu, Simon sentit toutes ses inquiétudes s'éloigner. Il était envahi de sensations : la neige poudreuse et froide sous ses pattes, le soleil chaud sur sa fourrure, une brise glaciale annonciatrice de gibier abondant et d'une belle journée hiver.

Ses muscles se tendirent, puissants, fonctionnant entre eux dans un degré d'harmonie que son corps d'humain ne pourrait jamais atteindre. Il bondit, pour le simple plaisir du mouvement, et retomba dans une gerbe de neige poudreuse.

Immédiatement, Raven l'imita, mais en bondissant sur lui. L'impact fut rude et elle le fit rouler dans la neige, en claquant des mâchoires pour jouer.

Il était beaucoup plus grand qu'elle, aussi la repoussa-t-il en la faisant rouler à son tour, pas seulement une fois, mais deux, puis il se tint au-dessus d'elle, la langue pendante. Par sa posture il la défiait d'essayer de se dégager. Comme elle était Raven, elle le fit.

Elle passa sous lui, se ramassa sur son arrière-train et se sauva en rasant la neige. Il la rattrapa et ils roulèrent tous les deux en bas d'une colline.

En courant avec sa propre meute, Simon avait vu d'autres loups jouer de cette manière, mais plutôt en petits groupes, rarement à deux. Ce genre de joute entre deux loups était réservé aux couples. Mais bien que Simon le sache — il présumait que Raven le savait, elle aussi —, le loup en lui prenait trop de plaisir pour s'en préoccuper.

Comme Raven et lui se tournaient autour, se préparant au prochain assaut, ils entendirent un loup crier quelque part sur leur gauche. Instantanément, ils s'immobilisèrent.

Le son perçant leur parvint de nouveau. Simon n'avait entendu un tel hurlement qu'une fois auparavant, le jour où un loup avait été saigné par un élan furieux.

Le cri leur était parvenu depuis un petit bosquet d'arbres sur la gauche. Jetant un regard à Raven, Simon s'élança immédiatement dans cette direction, ventre à terre.

Raven le suivit, regagnant du terrain rapidement.

Ils jaillirent ensemble dans une petite clairière où la neige était rouge de sang. Un de ses loups, Théo, le jeune mâle qui avait refusé de la quitter, poussa un nouveau cri strident. Il devait les avoir suivis. Un piège à ours en métal s'était refermé sur une de ses pattes arrière.

En un clin d'œil Simon reprit sa forme humaine. Nu, il s'approcha précipitamment du loup pris au piège. Tout en sachant ce que ces passages rapides d'un état à l'autre allaient lui coûter, Raven se transforma, elle aussi, et lui saisit le bras.

— C'est Théo. C'est un des miens. Il souffre et il ne vous connaît pas. Laissez-moi faire.

Il fit un bref signe de tête.

— Vous allez devoir le tenir en essayant de ne pas vous faire mordre, dit-il avec fermeté. Il aura très mal quand je vais écarter les mâchoires du piège.

— Je sais, murmura-t-elle d'une voix sourde, en s'approchant du loup blessé.

Rendu fou par la douleur, le jeune mâle grogna et essaya de mordre, manquant de peu le bras de Raven.

Nus dans la neige, Simon et elle étaient secoués de tremblements.

— Il faudrait quelque chose pour envelopper sa patte. Il faut arrêter le sang.

Elle fit un signe de tête et se transforma pour retourner au chalet. Ils avaient laissé la porte ouverte, elle pourrait entrer sans problème.

En l'attendant, Simon se transforma en loup, lui aussi, pour avoir moins froid. Il restait à bonne distance de Théo qui semblait souffrir terriblement, mordait l'air, grondait et gémissait tour à tour.

Après ce qui lui sembla une éternité, Raven revint. Toujours en loup elle portait ce qui ressemblait à une taie d'oreiller dans la gueule.

Quand elle arriva à sa hauteur, elle reprit sa forme humaine et se mit à trembler de froid. Elle lui tendit la taie d'oreiller.

— On devrait pouvoir faire un garrot avec ça.

Simon reprit rapidement sa forme humaine, redoutant le froid qui le saisit instantanément.

— Vous êtes prête ?

Elle hocha la tête. Simon regarda le loup qui gémissait.

— Vous devrez l'immobiliser pendant que j'ouvrirai le piège. Il sera peut-être plus facile pour vous de le maîtriser si vous êtes en loup.

— En tout cas, j'aurai plus chaud.

— Oui.

Il jeta un coup d'œil aux taches de sang qui s'élargissaient sur la neige.

— Nous devons faire vite, sinon il va être en état de choc et moi je vais geler. Il faut que j'ouvre ce piège et que je panse sa blessure avant qu'il n'ait perdu trop de sang.

Il ne dit pas à Raven que le loup perdrait très probablement sa patte. Il espérait seulement que le piège n'était pas trop rouillé. Ils n'avaient rien pour stériliser la plaie et le risque d'infection était grand, le jeune animal risquait d'y laisser la vie.

De nouveau, Raven se métamorphosa. Simon regarda le jeune loup. Affaibli par la perte de sang, l'animal au pelage gris, agité de tremblements, luttait pour garder la tête haute, mordant et grondant dans le vide.

Avec un long grognement d'avertissement, Raven s'approcha de Théo. Elle s'accroupit lentement jusqu'à couvrir de son corps le loup blessé, l'immobilisant au sol. Chaque fois que Théo relevait la tête, elle montrait les dents. La considérant visiblement toujours comme son chef, il finit par capituler.

Maintenant. Simon alla vers le piège. C'était un piège à ours qu'on avait installé et apparemment oublié là. Il avait l'air ancien et rouillé. Son cœur se serra. Il regarda Raven. Quand il fut assuré qu'elle serait capable d'empêcher le jeune loup de le mordre, Simon entreprit d'écarter les mâchoires, les doigts gelés et couverts de sang. Au moment où le piège s'ouvrit, le sang jaillit de la patte à demi sectionnée de l'animal. Il couvrit la blessure de neige et de glace et fit un garrot serré avec la taie d'oreiller.

— Il faudrait des antalgiques et des antibiotiques, dit-il avec colère. C'est pire que ce que je croyais, Raven. Si vous voulez que ce loup vive, nous allons devoir aller à Boulder. J'ai grandi dans cette ville et un de mes meilleurs amis y est vétérinaire. Il nous aidera.

Elle le regarda fixement, ses yeux de loup ne cillaient pas.

— Aidez-moi à le transporter dans le chalet.

En le voyant s'occuper du jeune loup avec tellement de tendresse, Raven connut un moment de doute. Alors qu'elle s'efforçait de ne voir que le mal en Simon, ses actions ne cessaient de la surprendre.

Elle ne posa pas la question, pourtant elle se demandait pourquoi il s'était donné la peine de porter secours au jeune loup. Prendre soin d'un animal blessé allait ralentir leur fuite de plusieurs jours, voire plusieurs semaines. A en juger par la façon dont il avait parlé des sauvages, les loups ne devaient pas représenter grand-chose pour lui. Malgré cela, il n'avait pas envisagé une seconde de l'abandonner.

Elle pourrait presque *l'apprécier* pour cela.

De toute façon, elle aurait refusé d'abandonner Théo. Pour lui, elle était prête à s'aventurer en ville.

Quelques heures plus tard, Simon avait fabriqué un traîneau avec deux morceaux de contreplaqué et des cordes.

— On va le descendre là-dessus, dit-il avec assurance.

Ils s'habillèrent en silence, tout en gardant un œil sur le loup blessé. Théo était retombé dans un état comateux dû à la fièvre, mais quand ils essayèrent de le soulever il tenta de mordre. Simon finit par lui placer une muselière de fortune sur le museau.

A deux, ils soulevèrent l'animal pour le poser sur le traîneau. Théo émit un gémissement puis il grogna avant de sombrer de nouveau dans l'inconscience.

Simon et Raven prirent chacun une corde et, tirant le traîneau ensemble, ils prirent la direction de Boulder.

La nuit tombait lorsqu'au détour d'un virage, ils aperçurent la ville qui s'étirait en contrebas.

Le loup blessé gisait, toujours inconscient, sur le traîneau de fortune qu'ils avaient fabriqué, sa respiration et les faibles battements de son cœur témoignant de l'urgence de la situation.

— Où habite votre ami vétérinaire ? demanda Raven.

Il sortit le téléphone de sa poche. Maintenant il n'y avait plus de problème de réseau.

— Je vais l'appeler.

— Attendez. Elle lui toucha le bras. C'est un membre de la Société ?

— Les protecteurs ? Non. C'est un ami, juste un type que j'ai rencontré à la fac, à Fort Collins. Il ne fait pas partie de la meute.

Elle le regarda en soulevant un sourcil.

— Je croyais que les protecteurs vous avaient enlevé à votre famille quand vous aviez quatre ans.

— C'est vrai. Mais on ne nous gardait pas dans une résidence fermée. On était placés dans des familles d'accueil, dans un quartier où vivaient d'autres protecteurs. Ce n'est que lorsque j'ai commencé le service actif que je suis allé vivre au quartier général. C'est un peu comme dans l'armée chez les humains, j'imagine.

Elle hocha la tête.

— Alors vous êtes originaire d'ici.

— C'est ici que je suis né et que j'ai grandi. A Longmont, plus précisément.

Elle ignorait qu'il était natif du Colorado, et aussi que les protecteurs ne l'avaient pas empêché d'avoir un semblant de vie normale. Mais comment aurait-elle pu le savoir ?

Simon parlait dans son téléphone à voix basse. Quand il le referma, il lui fit signe que tout allait bien.

— Je lui ai raconté ce qui s'était passé. Nous pouvons amener Théo à son cabinet. Il nous retrouvera là-bas.

— Super.

Pourtant, elle ne réussit pas à faire un pas.

— Vous êtes prête ?

Il avait l'air de comprendre sa peur.

— J'ai grandi à Boulder, lui dit-elle en essayant de garder un ton neutre.

— Oui, vous me l'avez dit. Vous veniez en ville pour voler de la nourriture et ce dont vous aviez besoin.

— Jamais dans cette ville, jamais à Boulder, dit-elle précipitamment. J'y ai trop de mauvais souvenirs.

Bien qu'elle ait déjà mentionné sa peur, elle avait minimisé ce qu'elle ressentait réellement. Terreur était un terme plus juste, à en juger par les battements de son cœur, ses tremblements et l'oppression qu'elle sentait dans sa poitrine.

Elle aurait voulu se transformer en loup et courir très loin, retourner auprès de sa meute, loin de lui et de cette ville qui s'étendait à ses pieds, avec ses lumières clignotant comme des étoiles. Boulder. L'endroit où la torture avait commencé.

La seule chose qui la retenait était que Théo avait besoin d'aide. Il faisait partie de sa meute. En tant que chef elle devait s'assurer qu'on s'occupait de lui.

— Ça va ? demanda Simon.

— Mmm…

Elle émit un son évasif et resta figée sur place quand il commença à avancer, laissant la corde glisser sur ses gants.

Il fit environ cinquante mètres avant de s'en apercevoir. Il se retourna, dressa la tête.

— Vous ne venez pas ?

Elle était incapable de répondre. Elle avait promis d'essayer mais tout à ce moment-là n'était qu'un concept abstrait, très éloigné de la réalité. Entrer dans la ville pour voler et se sauver ensuite était une chose. Y séjourner en était une autre. A présent, confrontée à sa plus grande peur, elle ne savait pas si elle était assez forte pour la surmonter, même pour Théo.

— Je…

Abandonnant le traîneau, il revint près d'elle.

— N'ayez pas peur.

Il passa son bras autour de ses épaules, l'attira vers lui et l'étreignit brièvement avant de dire d'un ton rassurant :

— Je serai là.

Cela suffit à calmer sa panique. C'était étrange, cet effet qu'il produisait sur elle. Elle n'était pas sûre que cela lui plaise. En fait, elle savait que non.

En relevant la tête, elle fit un pas en avant, ramassa la corde et se mit en marche à côté de Simon.

Il lui jeta un coup d'œil tout en marchant.

— Le professeur est mort, vous n'avez plus de raison d'avoir peur.

— Je sais. Faute de trouver les mots justes elle haussa

les épaules. Je n'arrive pas à expliquer ce que je ressens. Boulder n'évoque que des mauvais souvenirs pour moi.

— Ça n'a pas dû être toujours aussi dur. Et votre vie avant le professeur ? C'était comment ?

— Mon enfance ?

Elle réfléchit, se mordillant les lèvres en marchant à ses côtés.

— Et vos parents ?

— Je n'ai que de vagues souvenirs d'eux. Ils sont morts dans un accident de voiture quand j'avais cinq ans.

Elle lui lança un coup d'œil, la gorge serrée.

— J'ai des flashes, quelquefois je revois ma mère qui chante pour moi, en me berçant dans un grand fauteuil blanc.

— C'est bien que vous vous souveniez d'elle. Moi, j'ai été enlevé à ma mère quand j'avais quatre ans. Je ne l'ai jamais revue.

— Enlevé ? Par les protecteurs ?

— Oui. Pendant des années j'ai essayé de la retrouver mais, soit ils l'avaient bien payée pour qu'elle reste cachée, soit quelque chose lui est arrivé. En tout cas, je ne l'ai jamais revue. Et contrairement à vous, je n'ai aucun souvenir d'elle.

Elle grimaça.

— Je suis désolée. Quand je pense à ma mère, je ressens de l'amour. Un amour profond, inconditionnel.

— Et votre père ?

— De mon père je me rappelle une voix — grave — et de grandes mains.

— Mais ils étaient tous les deux des métamorphes ?

— Je ne sais pas. Je ne savais même pas que cela existait avant de vous rencontrer, dit-elle d'un ton ironique, comme pour se moquer d'elle-même. Donc non, je n'en sais rien.

— Au moins un des deux l'était. Est-ce que vous guérissez rapidement quand vous êtes blessée ?

Elle hocha la tête.

— Pourquoi ?

— Les sang-pur le font. Dites-m'en plus sur votre passé.

Il était difficile d'avancer et de parler en même temps dans l'air pur et froid. Elle dut s'arrêter pour reprendre son souffle.

Au bout d'un moment, elle reprit sa marche.

— Comme je vous l'ai déjà dit, après la mort de mes parents, j'ai été confiée aux services de protection de l'enfance. On m'a placée dans des familles d'accueil. C'est peut-être pour ça que le professeur savait que personne ne me rechercherait.

Ils étaient revenus au point de départ. Le professeur. Tout dans sa vie s'y rapportait. Elle détestait ça. Elle soupira.

— Enfin j'ai été adoptée par une de mes familles d'accueil quand j'avais sept ans. J'ai eu une belle vie pendant un moment. Nous vivions sur les contreforts près de Thompson Canyon, dans un petit chalet. C'était des espèces de hippies.

Il lui décocha un de ses sourires. Elle secoua la tête comme pour se débarrasser de l'effet qu'il produisait sur elle.

— Vous écoutez bien.

— Merci.

— Vous n'avez pas le choix, à vrai dire.

Elle réussit à lui sourire, espérant que son sourire aurait sur lui le même effet que le sien sur elle. Bien sûr il se contenta d'avancer, en tirant le traîneau derrière lui.

Au bout d'un moment, elle reprit :

— J'ai gardé pour moi mon pouvoir de me transformer. J'attendais que tout le monde dorme et je me faufilais dehors, puis je me changeais en loup et je vagabondais dans la montagne. C'étaient de vrais moments de bonheur. Puis, une fois je suis rentrée et j'ai trouvé ma mère adoptive qui m'attendait. Elle avait entendu du bruit, était allée voir si j'allais bien et avait découvert mon lit vide…

Il lui jeta un coup d'œil mais ne dit rien. Elle supposa qu'il préférait la laisser raconter son histoire à son rythme.

— Je me suis dit que j'allais devoir m'expliquer, inventer une histoire d'amis que j'avais retrouvés pour boire un verre ou quelque chose dans le genre, sachant qu'elle comprendrait. Mais au lieu de ça, elle m'a dit qu'elle m'avait suivie. En fait elle m'avait *vue* me transformer.

— Par les chiens de l'enfer, jura-t-il en faisant la grimace. Comment a-t-elle réagi ?

— Plutôt bien, en fait. Elle était fascinée. Elle est allée à la bibliothèque de Boulder et a emprunté un tas de bouquins sur les loups-garous. Elle me les a donnés à lire.

Il grogna sourdement.

— La majeure partie de ces bouquins sont faux.

— Ça n'avait pas d'importance…

Elle haussa une épaule, puis passa la corde du traîneau de sa main gauche dans sa main droite avant de poursuivre :

— Puisque les loups-garous n'existaient pas, rien de ce qu'il y avait dans ses livres n'avait d'importance. Je pensais que j'étais unique, une erreur de la nature. Mais ma mère adoptive m'acceptait, elle m'aimait.

Encore maintenant, cette pensée lui inspirait du respect.

— Alors, la vie était belle ?

— Oui, j'étais heureuse. Puis ma mère, Flo, est tombée malade, continua-t-elle en s'appliquant à garder un visage dénué d'expression.

En arrivant à ce moment de son histoire, ses angoisses refirent surface. Soudain, elle ne voulait plus le regarder, alors elle fixa les yeux sur la route devant elle.

— Il n'y a pas beaucoup de monde dehors, vous ne trouvez pas ?

Simon ne mordit pas à l'appât et refusa de changer de conversation.

— Les choses ont mal tourné pour vous après ça ?

— Mike, mon père adoptif, avait toujours pris de la drogue. Sa consommation s'est accélérée quand sa femme est tombée malade. Après la mort de Flo, il a décidé que je pourrais bien…

Elle prit une profonde inspiration et conclut dans un souffle :

— La remplacer.

— Quel âge aviez-vous ?

La voix de Simon était rauque, il semblait horrifié.

— Quatorze ans. J'ai fait ma première fugue, quelques mois plus tard. La police m'a ramenée au bout de deux jours.

— Ce que vous me racontez me donne envie de retrouver ce Mike et de lui faire la peau. Pourquoi n'avez-vous rien dit à personne ? On vous aurait certainement aidée.

Elle redressa la tête, avec sur le visage une expression indéchiffrable. Elle l'avait perfectionnée quand elle était adolescente.

— Pour quoi faire ? Pour que la protection de l'enfance vienne me reprendre ? Je ne voulais pas retourner en famille d'accueil. Ç'aurait été pareil, voire pire. Non, merci.

— Alors vous êtes restée et vous avez supporté…

Simon déglutit.

— Je suis restée. Mais j'ai fait en sorte que Mike ne me touche plus jamais.

— Comment ?

Elle eut un sourire sans joie.

— Je me suis transformée. Je me suis montrée en loup, et lui ai fait comprendre que s'il me touchait de nouveau, il mourrait.

— Si j'avais les mains libres, j'applaudirais, dit Simon. A votre place j'aurais fait la même chose.

L'inclinaison de la pente était telle qu'il aurait été dangereux de lâcher la corde.

— Ouais.

Elle ne savait pas quoi dire d'autre.

— Donc il vous a laissée tranquille et vous avez continué à vivre avec lui. Qu'avez-vous fait ensuite ?

— Je l'ai supporté aussi longtemps que j'ai pu. Je projetais de m'échapper, pour aller vivre seule dès que possible. Mais ce que j'ignorais, c'était que ce bon vieux Mike s'était mis en tête de monnayer mes pouvoirs spéciaux.

Elle ne pouvait empêcher l'amertume de percer dans sa voix.

— De monnayer ? dit-il en fronçant les sourcils. Vous voulez dire qu'il pensait vous exhiber dans une foire ?

— Pire que ça.

Elle prit une profonde inspiration. Elle lui faisait face mais son regard se perdait très loin, dans son passé.

— C'est comme ça que je me suis retrouvée chez le professeur.

— Quoi ? s'écria Simon, visiblement choqué.

— Il m'a vendue au professeur. Qui, comme vous le

savez, m'a gardée prisonnière dans une de ses cages à l'arrière du laboratoire.

Elle vit un muscle tressaillir sur sa mâchoire, il détourna le regard. Raven se demanda ce qu'il pensait et si d'une certaine façon il la tenait pour responsable de ce qui s'était passé, comme elle-même le pensait parfois.

Seuls les sons de leurs pas, du traîneau glissant sur la chaussée enneigée et de leur souffle venaient rompre le silence.

Finalement elle n'y tint pas plus longtemps.

— Simon ?

Quand il se tourna pour la regarder, elle lut la fureur dans ses yeux.

— Si vous me disiez maintenant que vous avez tué cet homme, honnêtement je ne vous blâmerais pas.

Elle respira profondément.

— Je ne l'ai pas tué, mais j'aurais aimé le faire.

— Moi aussi, dit-il, moi aussi.

Les maisons autour d'eux étaient de plus en plus nombreuses. Ils finirent par atteindre la limite la plus à l'est de Boulder. La circulation devenait plus dense et, en voyant un autobus, Raven sut qu'ils étaient dans la ville.

— Nous devons aller vers le nord, dit Simon en montrant le chemin.

Ce jour-là, si quelqu'un s'étonna de voir deux personnes tirant un loup inconscient sur un traîneau bricolé, il ne s'arrêta pas pour le dire.

La clinique vétérinaire se trouvait dans un simple bâtiment de parpaings, situé dans une impasse à l'écart de la 30e Rue. Comme la plupart des bâtiments de ce quartier, il datait des années 50 et avait été repeint d'une couleur beige pour paraître un peu plus moderne. Une petite plaque annonçait Dr Zachary Archer, Vétérinaire D.E. Le cabinet étant fermé, le parking était vide à l'exception d'un vieux 4x4 bleu foncé. Ils se dirigèrent vers l'arrière du bâtiment.

Au moment où Simon levait la main pour frapper à la porte, deux hommes en noir portant des masques de ski arrivèrent brusquement, faisant le tour du bâtiment. Ils levèrent leurs fusils et les pointèrent sur Simon et Raven.

10

Simon ne prit pas le temps de réfléchir. Il plongea sur l'homme le plus proche de lui et le déséquilibra avant qu'il n'ait le temps de pointer son arme sur Raven.

Comme le deuxième homme se retournait pour viser cette dernière, la porte arrière du bureau du vétérinaire s'ouvrit, éclairant d'une lumière jaune la nuit qui tombait rapidement.

Raven arracha son blouson et se laissa tomber sur le sol. Ses vêtements se déchirèrent, cédant aux coutures.

Transformée en loup, elle ramassa sa parka avec ses dents et se mit à courir, rasant le sol, en zigzaguant pour éviter les balles.

— Qu'est-ce que… ?

Sans hésiter davantage, Zach Archer, le vétérinaire, sauta sur l'homme et l'obligea à lâcher son fusil, avant de lui donner un coup de tête. L'homme tomba sur les marches et perdit connaissance.

Zach ramassa le fusil.

— Simon, comment se fait-il que chaque fois qu'on se rencontre, il y a du grabuge ?

Toujours occupé à désarmer le premier individu, Simon sourit. Il réussit à porter un coup juste à la pointe du menton de son adversaire. Celui-ci chancela et Zach en profita pour lui donner un coup de crosse derrière la tête.

— Merci. Content de te voir, moi aussi.

Simon se releva et ramassa le deuxième fusil.

— Comment diable ont-ils fait pour savoir qu'on venait ici ?

Zach haussa les épaules.

— Comment font-ils pour tout savoir ? Vous n'aviez pas des émetteurs sur vous ou des trucs comme ça ?

— Non. Plus maintenant. Tout ce que j'ai, c'est un téléphone portable.

— Eh bien voilà. Par satellite, peut-être ?

Simon espérait bien que non. Si la Société pouvait le suivre à la trace comme ça, il était fichu.

— Où est Raven ?

— La femme qui s'est métamorphosée devant ces porte-flingues ? dit Zach en haussant les sourcils, elle s'est sauvée par là.

Comme Raven avait enfreint la loi de la meute, Simon pensa qu'il devrait dire à son ami que c'était une sauvage. Mais il n'avait pas envie qu'elle soit rangée dans cette catégorie. C'est pourquoi il ne dit rien et dirigea plutôt l'attention de son ami sur Théo.

Immédiatement, ce dernier tomba à genoux à côté de l'animal blessé.

— Seigneur, dit-il, émettant un sifflement. Il va falloir l'amputer.

Il se leva en époussetant son pantalon.

— Il faut l'emporter à l'intérieur. Mais d'abord, qu'est-ce que tu veux faire de ces deux types ?

— Je n'en sais rien. En temps normal, j'appellerais la police de la meute. Mais comme je ne sais pas trop ce qui se passe à la Société en ce moment, je pense qu'on ferait mieux de les attacher et de les emmener à l'intérieur, eux aussi.

— Et la femme ?

Simon scrutait dans la nuit la direction dans laquelle Raven avait disparu.

— J'espère qu'elle reviendra dès qu'elle comprendra qu'il n'y a plus de danger. Sinon j'essayerai de la retrouver.

Zach se mit à rire.

— Voilà une histoire que j'aimerais bien entendre. Dès qu'on aura réglé ce problème et que j'aurai stabilisé le loup, tu me raconteras.

Une fois les deux hommes solidement attachés, ils les enfermèrent dans un hangar désaffecté à l'arrière de la propriété. Pendant ce temps, Raven réapparut, toujours en loup, rôdant furtivement autour des buissons couverts de neige jusqu'à ce qu'ils referment la porte du local.

Simon cacha son soulagement. Jusqu'à ce moment précis il s'était demandé si Raven profiterait de cette occasion pour s'enfuir dans les collines. Elle ne l'avait pas fait et cela lui donnait envie de la serrer dans ses bras.

Indifférente à ses tourments intérieurs, Raven marchait de long en large dans la cour. Soudain elle se dirigea vers Théo, qui avait commencé à s'agiter. Zach se précipita à l'intérieur et revint avec une seringue.

— Avec ça il devrait se tenir tranquille un moment. Il faut le transporter dans la salle d'opération pour que je lui pose une perfusion.

— Il va falloir le porter.

Inquiet, Simon regardait la patte de Théo. Le sang avait traversé le garrot de fortune.

— J'ai un truc qu'on peut glisser sous lui. Une espèce de civière.

Brusquement Zach siffla.

— Ton amie vient juste de se transformer en humaine. C'est vraiment une belle femme.

Simon ne put s'empêcher de montrer les dents. Il se retint de justesse de dire *elle est à moi*.

Les yeux toujours fixés sur Raven, Zach ne s'aperçut de rien. Simon se retourna et la vit qui rassemblait ses vêtements déchirés et tentait de s'habiller.

Il mourait d'envie de l'aider mais il savait qu'elle refuserait son aide. Une fois vêtue, elle vint vers eux.

Regardant Zach, elle désigna Théo.

— Pensez-vous pouvoir faire quelque chose pour lui ?

Visiblement troublé, Zach hocha la tête.

— Je vais chercher cette civière, dit-il, et il disparut à l'intérieur.

— Merci d'être revenue.

Simon lui toucha le bras. Elle planta son regard bleu vif dans le sien.

— Vous pensiez que je ne le ferais pas ?

Il la regarda fixement, incapable de penser à autre chose qu'à sa formidable envie de l'embrasser.

— Je n'en étais pas sûr, dit-il d'une voix étranglée.

Zach revint avant que Simon puisse ajouter autre chose… Ou avant qu'il ne puisse faire quelque chose de vraiment, totalement, stupide, se dit-il avec soulagement.

Une fois Théo installé à l'intérieur, Zach les chassa de la salle d'opération et ferma la porte.

— Et maintenant qu'est-ce qu'on fait ? murmura Raven.

L'épuisement était visible sur son visage.

Il aurait aimé le savoir lui-même.

— Demain est un autre jour, Raven.

D'abord il fallait s'occuper des hommes de main de la Société. Si ces deux-là avaient su où les trouver, cela voulait dire que les vrais protecteurs n'étaient pas loin.

Une heure plus tard, Zach sortit de la pièce, épongeant la sueur sur son front.

— Il est entre la vie et la mort, les prévint-il. Je l'ai bourré d'antalgiques et d'antibiotiques. Tout ce qu'on peut faire maintenant, c'est le surveiller et attendre.

Raven s'affaissa contre Simon. Il passa son bras autour de ses frêles épaules pour l'aider à se tenir debout.

— Vous avez l'air épuisés, tous les deux, dit Zach en souriant. Si je comprends bien, il vous faut un endroit où passer la nuit.

Simon hocha la tête.

— Juste pour cette nuit, d'accord ?

Zach jeta un coup d'œil à sa montre et sortit son téléphone portable.

— Je vais appeler un de mes assistants pour qu'il vienne veiller le loup. Ensuite nous irons chez moi. J'habite à côté de l'hôpital. Ce n'est pas loin.

Il passa son appel à voix basse. Simon ne lâchait pas Raven. Il avait le sentiment d'être en train de sombrer mais était incapable de ne pas profiter du plaisir qu'il éprouvait à la sentir appuyée contre lui.

En fermant son téléphone, Zach les regarda tous les deux et sourit de nouveau.

— Vous êtes prêts ? Au fait, un autre de tes amis est passé l'autre jour, dit-il négligemment, trop négligemment.

Simon comprit à son expression que son ami était inquiet.

— Qui ?

— Anton Beckham.

— Beck ? dit Simon d'un ton surpris, je disais justement à Raven qu'il fallait que je lui parle. En principe il est en vacances. Je l'imaginais au Mexique ou aux Caraïbes.

— Eh bien, il n'y est pas. Et il est en mauvais état, presque autant que vous.

— Comment ça ? Que lui est-il arrivé ?

— Tout ce que je sais c'est que ça a d'abord été son tour, maintenant c'est le tien. Il y a quelque chose qui ne tourne pas rond au sein de la Société. Mais Beck te dira tout ça lui-même. Il m'a donné son numéro de portable. On l'appellera tout à l'heure.

L'assistant, un étudiant aux yeux bouffis de sommeil et aux cheveux en bataille, semblait avoir été tiré d'un profond sommeil et arriva quelques minutes plus tard. Zach lui donna ses instructions et ils se dirigèrent tous les trois vers la voiture de Zach.

Une fois dehors, ce dernier s'arrêta.

— Qu'est-ce que tu veux faire des deux hommes de main ? dit-il en montrant le hangar. On ne peut pas les laisser là toute la nuit.

— Pourquoi pas ? dit Raven d'un ton féroce. Ils nous ont agressés.

— Tu devrais peut-être appeler la police, dit Simon à l'intention de Zach.

Il passa son bras autour des épaules de Raven et l'attira contre lui.

— Tu fais une déposition, tu portes plainte, tout ça. Tu leur dis que ces types sont entrés par effraction, etc. Et tu laisses la police de Boulder s'occuper d'eux.

— La police de Boulder, pas celle de la meute ?

— Pas celle de la meute, non. On ne peut pas courir de risque tant qu'on ne sait pas ce qui se passe dans la Société.

Zach hocha la tête.

— On ferait mieux de rentrer, il fait plus chaud à l'intérieur.

Ils attendirent dans la salle d'attente de la clinique pendant que Zach passait son coup de fil.

— Ils seront là dans quelques minutes.

Il avait l'air gai et plein d'énergie, ce que Simon lui envia. Peut-être, après quelques heures de sommeil, se sentirait-il comme ça, lui aussi.

Quand une voiture de police s'arrêta devant la clinique, quelques minutes plus tard, Simon conseilla à Raven de rester à l'intérieur. Zach et lui sortirent à la rencontre des policiers.

Vingt minutes s'écoulèrent pendant lesquelles les agents prirent leur déposition. Zach les conduisit au hangar et ouvrit la porte. Toujours ligotés comme des saucissons, les deux hommes les foudroyèrent du regard. Avec leurs masques de ski et leurs vêtements noirs, ils avaient vraiment l'air de criminels et les policiers n'avaient aucune raison de mettre en doute l'histoire de Zach.

Un policier commença à leur lire leurs droits, tandis que l'autre leur passait les menottes. Puis ils les emmenèrent dans leur voiture et disparurent.

Gelé et fatigué, Simon alla chercher Raven.

— Ils sont partis. Allons-y.

— Vous ne craignez pas qu'ils parlent ? demanda-t-elle en ressortant avec lui.

Zach attendait près de la voiture, les clés à la main.

— Non. Ce sont des métamorphes, ils n'enfreindront pas la loi de la meute. Ils ne diront rien à des humains.

— Comment pouvez-vous en être sûr ? Ce sont des voyous. Qu'est-ce qu'ils en ont à faire de la loi ?

Simon secoua la tête.

— Les peines infligées par la meute sont beaucoup plus sévères que celles des humains. N'oubliez pas que nous sommes pour moitié des animaux sauvages.

Il espérait qu'elle ne lui demanderait pas plus de détails.

Raven plissa les yeux. Elle ouvrit la bouche mais Zach l'interrompit.

— Même s'ils racontaient leur histoire, dit-il, qui les

croirait ? Des loups-garous ? Des protecteurs ? Des sauvages ? On penserait qu'ils sont fous.

Au bout d'un moment, Raven hocha la tête. Elle frotta ses mains l'une contre l'autre pour les réchauffer.

— Donc, on n'a plus besoin de s'inquiéter, c'est ça ?

Zach ouvrit la portière de sa voiture et ils montèrent tous les trois.

Quand Raven eut attaché sa ceinture, Simon fit de même, regrettant de ne pouvoir garder son bras autour d'elle, mais dans le 4x4, il n'y avait plus de raison de le faire.

Zach démarra.

— On va attendre un peu qu'elle chauffe, puis je mettrai le chauffage.

Il regarda sa clinique, les sourcils froncés.

— Vous avez l'air inquiet, remarqua Raven. Pourquoi ?

Zach soupira.

— Je n'aime pas ça, en effet. J'ai l'impression qu'ils savaient que vous viendriez ici.

— C'est vrai. Tu as raison. Je n'y avais pas pensé.

— Je me demande bien comment ils l'ont su, murmura Raven en se frottant les tempes. Le loup...

— Le loup, répéta Zach. Combien vous pariez que c'est eux qui ont posé le piège où votre loup s'est pris ?

Simon et Raven échangèrent un regard.

— Je n'avais pas pensé à ça. Peut-être qu'ils essayaient d'attraper l'un de nous.

— Et ils ont attrapé Théo à la place.

— Théo ? Zach enclencha une vitesse et ils avancèrent. Vous avez appelé un animal sauvage Théo ?

Simon ne put s'empêcher de rire.

— Tu t'attends à quoi de la part d'une sauvage ? dit-il, riant encore plus fort quand Raven lui donna un coup sur le bras.

Zach habitait une simple maison surélevée, perchée sur une petite colline au bout d'une impasse.

— C'est ici, dit-il d'une voix enjouée. Ne faites pas attention à mes chiens.

Raven s'immobilisa juste comme elle s'apprêtait à sortir du véhicule.

— Des chiens ? Quel genre ?

— Des boxers.

Zach la fixa, l'air surpris.

— Pourquoi ? demanda-t-il. Il y a quelque chose qui ne va pas ? Mes chiens sont cent fois plus amicaux que des loups sauvages.

— Raven n'aime pas les chiens, dit Simon.

Pensant qu'il plaisantait, Zach se mit à rire.

— Une métamorphe qui n'aime pas les chiens ? Ben voyons.

Le visage dénué de toute expression, Raven ne bougeait pas.

— Vous êtes sérieux ? demanda Zach en regardant alternativement Simon et Raven.

— J'en ai peur.

Simon passa du côté de Raven et glissa son bras autour de ses épaules, inexplicablement ému quand elle soupira de soulagement en se laissant aller contre lui.

— Je vais les enfermer à l'arrière, dit Zach en secouant la tête.

Il ouvrit la porte et entra dans la maison.

Debout sur le trottoir, Simon et Raven entendirent les chiens qui accueillaient leur maître avec enthousiasme.

Raven frissonna.

— Je ne sais pas pourquoi j'ai si peur.

— Moi non plus, dit-il d'un ton moqueur, lui serrant l'épaule. Vous avez vécu avec une meute de loups pendant plusieurs années. Qu'est-ce que c'est qu'un couple de boxers de cinquante kilos en comparaison ?

Cette remarque lui valut un sourire. Timide, bien sûr, mais qui lui fit l'effet d'un soleil perçant un ciel d'orage.

Depuis la porte, Zach rit de nouveau.

— Venez tous les deux. J'ai mis les chiens dans le jardin pour le moment, mais il va bien falloir vous y faire tôt ou tard. Je n'ai qu'une chambre d'amis, je pense que ça ne pose pas de problème ?

— Je peux dormir sur le canapé, dit Simon sans réfléchir.

— Non. Raven planta ses doigts dans son bras. Ne me laissez pas toute seule cette nuit. Pas ici, pas comme ça.

Simon déglutit et hocha la tête. Elle n'avait peut-être pas compris qu'ils devraient dormir dans le même lit. Peut-être, en voyant la chambre, comprendrait-elle pourquoi il avait proposé de dormir ailleurs. N'importe où plutôt que se coucher à côté d'elle. Il ne savait pas combien de temps il pourrait résister à la tentation.

Elle ne se rendait peut-être pas compte à quel point il la désirait. Tout ce temps qu'ils avaient passé ensemble, comme loups et comme humains, n'avait pas diminué son désir. Son envie d'elle n'avait fait que croître.

En passant le seuil de la maison de Zach, typiquement décorée comme une maison de célibataire, il espéra que Raven s'endormirait avant lui. Il se faufilerait hors de la chambre pour aller dormir ailleurs. Ce serait le seul moyen d'avoir une nuit de sommeil.

Zach leur montra leur chambre puis les conduisit dans la cuisine où il leur désigna une table ronde couverte d'un plateau de verre.

— Asseyez-vous, je vais faire quelque chose à manger.

Puis il regarda Raven et demanda d'un ton implorant :

— La température baisse et mes boxers n'ont pas un pelage épais. Ils n'ont pas l'habitude de rester dans le froid. Je peux les laisser rentrer ?

Raven se raidit mais elle hocha la tête, essayant en vain de cacher son déplaisir.

— N'oubliez pas, conduisez-vous normalement, lui dit Simon à voix basse.

Il lui attrapa la main à travers la table. Elle la serra avant de se dégager.

— Je ne suis pas sûre de savoir comment faire.

En secouant la tête, Zach alla vers la porte de derrière et l'ouvrit. Deux boxers massifs bondirent dans la pièce en remuant la queue furieusement. Le premier était beige doré et l'autre plus foncé, presque noir.

Après avoir manifesté leur joie en bondissant autour de Zach, ils se précipitèrent pour inspecter les nouveaux venus. Comme Simon était le plus près de la porte, ils commencèrent par le renifler. Il se tint parfaitement immobile, une main levée.

— Faites comme avec les loups, ne les regardez pas dans les yeux, conseilla-t-il à Raven.

— Et détendez-vous, ajouta Zach en voyant que Raven se tenait raide comme une statue. Ils ne vous feront pas de mal.

Comme il l'avait dit, le plus gros des deux animaux renifla Raven avant de lui lécher la main. L'autre fit la même chose. Puis, apparemment satisfaits, ils allèrent se coucher sur deux énormes coussins de l'autre côté de la cuisine.

Raven poussa un profond soupir.

— Vous voyez ? dit Zach, radieux. Je vous avais bien dit qu'ils étaient inoffensifs.

Avec un clin d'œil en direction de Simon, il alla au réfrigérateur et sortit des ingrédients qu'il plaça sur le comptoir.

— Vous avez faim ? Je fais un super sauté au wok.

Comme si c'était un signal, l'estomac de Simon se mit à grogner. Même Raven se mit à rire.

— Je prends ça pour un oui, dit Zach en souriant toujours.

Assis à la table, ils regardèrent Zach qui faisait cuire la viande dans le wok.

— Ça sent rudement bon, dit Raven en humant l'air.

Depuis leurs lits de l'autre côté de la pièce, les boxers en firent autant.

Quand Zach posa enfin deux assiettes pleines devant eux, Simon et Raven échangèrent un regard. Puis ils vidèrent leurs assiettes avant même que Zach n'ait fini la moitié de la sienne.

— Il en reste, fit remarquer Zach, il faut finir.

Un peu plus tard, alors que Zach rangeait la vaisselle dans le lave-vaisselle, Raven se mit à dodeliner de la tête.

En la regardant, Simon ne put s'empêcher de sourire avec indulgence.

— T'es drôlement accro, mon vieux, commenta Zach. Je ne t'ai jamais vu comme ça.

Simon fronça les sourcils.

— Ne sois pas ridicule.

Le regard furieux qu'il décocha à son ami le fit taire

aussitôt. Sans savoir pourquoi il lui semblait que parler de ses sentiments pour Raven, réels ou imaginaires, pourrait s'avérer dangereux.

Raven s'était endormie, affaissée sur sa chaise, la tête sur la table. Un des deux boxers, curieux, s'approcha d'elle et lui lécha la joue.

— Ah !

Elle sursauta et jeta un regard endormi autour d'elle, avant de sourire vaguement au chien.

— Je crois que c'est le signal pour moi. Ça vous ennuie si j'utilise la douche ?

— Pas du tout, dit Zach avec amabilité. Il y a des serviettes dans le placard.

— Merci.

En titubant légèrement elle alla dans la chambre d'amis et referma doucement la porte derrière elle.

— Si elle n'était pas à toi, je tenterais bien ma chance.

Le ton badin de Zach fit soupirer Simon. Il ne s'était même pas rendu compte qu'il retenait sa respiration.

— Elle n'est pas à moi, répliqua-t-il automatiquement.

Puis en se frottant la nuque il regarda son ami d'un air penaud.

— Il y a des règles concernant les protecteurs et les sauvages. Il n'est pas question que je les enfreigne.

— En même temps, tu n'es plus vraiment un protecteur, non ? Du moins c'est ce qu'il me semble, après ce que tu m'as raconté.

— Quand on est protecteur, c'est pour toujours, rétorqua Simon, sans réfléchir une fois de plus.

— Mais mon vieux, ils essaient de te *tuer*. Tu as vu ces types. Je parie qu'ils avaient des balles en argent dans leurs fusils.

Simon jura. Il n'avait pas pensé à vérifier ça.

— On aurait dû regarder avant de les remettre à la police.

— Peut-être bien. Mais qu'est-ce que tu comptes faire ?

— Raven m'a posé la même question. Je n'en ai pas la moindre idée. Jusqu'à ce que ces deux mecs nous attaquent, j'ai pensé que je pourrais convaincre mon chef de me laisser aller jusqu'au bout de ma mission.

— Beck m'a dit qu'il était censé prendre cette mission, mais que tu l'avais débarqué pour pouvoir t'en charger à sa place.

Simon grimaça.

— Je me suis arrangé pour qu'on la lui retire parce que je trouvais qu'il débloquait. Maintenant je commence à croire que je me suis trompé.

Il regarda la pendule posée sur le four à micro-ondes.

— Tu m'as dit que tu avais son numéro. Tu ne voudrais pas l'appeler ? J'aimerais lui parler.

Sans rien dire, Zach alluma son portable et chercha le numéro, puis il appuya sur une touche et le tendit à Simon.

— Tiens.

Beck répondit à la troisième sonnerie. Au lieu de se présenter comme à son habitude, il se contenta de dire « allô ».

— Beck. C'est Caldwell. Où es-tu, mec ?

— Pourquoi ? dit Beck avec hostilité.

Simon aurait dû s'y attendre.

— Ecoute, je suis désolé. Je ne me rendais pas compte. Je pensais te faire une fleur en te faisant envoyer en vacances.

— Des vacances ? Beck grogna. Je ne suis pas en vacances, tu peux me croire. Je suis plutôt en cavale pour sauver ma peau.

— Quoi ? Mais pourquoi ?

— Je me suis rebiffé contre le système. Normalement, rien de bien grave. Mais avec Ross, la Société, c'est devenu la Gestapo. Il descend quiconque n'obéit pas comme un robot.

— Ce qui explique pourquoi il cherche à me descendre, dit Simon.

Pendant le silence qui suivit, Beck sembla réfléchir à ce que venait de dire Simon. Puis il demanda :

— Toi ? Mais qu'est-ce que tu as fait ? Tu as toujours été cité en exemple, le protecteur modèle. L'Exécuteur.

Il prononça ce dernier mot avec une telle amertume que Simon grimaça.

— Peux-tu m'aider ? J'aimerais comprendre ce qui se trame.

La voix de Beck se voila, comme s'il perdait la ligne, puis elle redevint nette.

— Je voudrais te poser une question, dit-il. Tu es là depuis plus longtemps que moi. Quelles sont les relations de Ross dans la Société ?

— Ross ? dit Simon, se demandant où son ami voulait en venir. Je ne sais pas. Il est là depuis longtemps.

Beck toussa.

— Ecoute, ce n'est pas prudent de parler de ça au téléphone. On ne sait jamais qui peut nous écouter. Je sais où tu es. Je serai là dans une demi-heure.

Beck raccrocha sans laisser à Simon le temps de répondre.

En secouant la tête Simon rendit le téléphone à Zach.

— Alors ? dit Zach en remettant son téléphone dans sa poche. Qu'est-ce qui se passe ?

— Il vient.

Simon se frotta les yeux, tandis que Zach émettait un petit rire.

— On va peut-être en savoir plus.

Quand on frappa à la porte de derrière, quelques minutes plus tard, les boxers n'aboyèrent pas, ils se contentèrent de japper deux fois en regardant leur maître. Puis, satisfaits d'avoir fait leur devoir, ils retournèrent se coucher quand Zach alla ouvrir la porte.

L'homme de haute taille qui entra n'avait que peu de ressemblance avec celui que Simon avait envoyé en vacances quelques semaines auparavant. Il avait les yeux cernés, les joues creuses et, avec ses cheveux coupés ras, on aurait dit un cadavre ambulant.

— Beck. Simon, choqué, regarda son ami et ex-collègue. Bon Dieu, qu'est-ce qui t'est arrivé ?

— Assieds-toi avant de t'écrouler, conseilla Zach, lui désignant une chaise en face de Simon.

Il alla leur chercher des bières dans le frigo.

— Je ne peux pas rester longtemps, protesta Beck. Ils me recherchent.

Simon fit sauter la capsule de sa bière et but une longue gorgée.

— De quoi diable parles-tu ? Qui te recherche ? Explique-toi, bon sang.

Beck s'assit en hésitant et Simon lui passa une bière. En soupirant, Beck l'ouvrit et but une petite gorgée.

— Les gens qui me recherchent sont les mêmes que ceux qui sont après toi.

— Des protecteurs ? Mais pourquoi ? Tu as désobéi à un ordre direct ?

— Et toi, c'est ce que tu as fait ?

Sans attendre sa réponse, Beck se pencha vers lui et reprit :

— Quand je leur ai dit que je n'avais pas besoin de vacances, Ross m'a envoyé ses hommes de main. Il exige une obéissance aveugle. J'ai l'impression qu'il essaie de lever sa propre armée.

Simon but une autre gorgée en fronçant les sourcils.

— Ça n'a pas de sens.

— Je n'en suis pas si sûr, dit Zach.

Il tira une troisième chaise pour lui et s'assit.

— Il y a des bruits qui courent au sujet d'un important remaniement du Conseil de la Meute mondiale, ajouta-t-il. Peut-être que votre Ross veut tenter sa chance.

— La Meute mondiale ? Je croyais qu'il ne s'agissait que de la Société. Le Conseil mondial c'est plusieurs degrés au-dessus.

Sans ciller, Zach le regarda.

— Certains hommes de moindre envergure ont parfois des ambitions politiques élevées.

— Oh ! c'est pire que ça, dit Beck avant d'avaler un bon tiers de sa bière. Ross élimine tous ceux qui contestent ses ordres. Il est passé de l'élimination des sauvages à l'élimination des dissidents.

— Je ne comprends toujours pas, murmura Simon qui commençait à avoir mal à la tête. La Société est respectée dans la Meute. Même si Ross réussissait à rassembler sa propre troupe de têtes brûlées, que compte-t-il en faire ?

— C'est ce que j'ai essayé de découvrir. Je ne sais pas

jusqu'où remonte cette conspiration, si on peut appeler ça comme ça. J'ai tenté un bon nombre de fois de contacter quelqu'un plus haut placé dans la Société. Chaque fois j'ai été bloqué.

— Qui ? Qui as-tu essayé de joindre ?

Simon et Zach le regardèrent tandis qu'il énumérait les noms en comptant sur ses doigts.

— Je m'apprêtais à appeler Turley.

— Turley, s'écria Simon. Par les chiens de l'enfer !

Les yeux de Zach allèrent de l'un à l'autre.

— Tenez-moi au courant, les gars. Qui c'est Turley ?

— Turley est membre du Conseil suprême de la Société. Il est chargé de toute l'organisation et de tous les protecteurs. Ross n'est rien, comparé à lui.

— Un peu comme un sénateur par rapport au Président ?

— Exactement.

Beck et Simon hochèrent la tête en même temps.

— N'empêche que Ross a envoyé une équipe à mes trousses, dit Beck.

— Ouais, comme pour moi, renchérit Simon. Tu sais, la sauvage qu'on t'avait assignée avant de te mettre en congé d'office ?

— Ouais, le boulot dont tu t'es chargé ?

— Ross voulait que je l'élimine avant même d'avoir fait mon rapport. J'ai refusé, alors il a envoyé un remplaçant. Raven et moi — Raven, c'est la sauvage — nous nous sommes enfuis. Tout est allé de mal en pis à partir de là.

Un des chiens dressa la tête et jappa. L'autre se leva et alla vers le couloir qui menait à la chambre d'amis.

— Il me semblait bien que j'avais entendu une autre voix.

Raven entra dans la pièce, pieds nus, ses longs cheveux mouillés en bataille. Elle portait des vêtements propres que Zach lui avait prêtés et qui avaient probablement été laissés par une de ses petites amies. Elle flottait dedans et avait passé une couverture sur ses épaules comme un poncho.

— C'était divin.

Elle souriait mais ses yeux bleus étaient perdus dans le

vague et elle étouffa un bâillement en couvrant sa bouche de sa main en un geste gracieux.

Simon se dit qu'elle était incroyablement magnifique.

— Beck, je te présente Raven. Raven, voici Beck, un de mes amis.

Comme Raven tournait la tête vers lui, Beck la fixa bouche bée.

— C'est *ça* ta sauvage ?

— J'ai horreur de ce mot, dit Raven d'un ton renfrogné. Je vous prie de ne plus l'utiliser devant moi.

— Heu… d'accord, acquiesça Beck sans cesser de la fixer. Vous ressemblez… Avez-vous été gardée prisonnière par un professeur, il y a quelques années, ici à l'université du Colorado ?

Croisant les bras, Raven hocha lentement la tête.

— Comment le savez-vous ?

— Parce qu'il y avait une autre jeune fille qui vous ressemblait. Ross a tout mis en œuvre pour la retrouver. La dernière image qu'on a d'elle, c'est sur une vidéo prise par le professeur il y a deux mois environ. Ross la veut morte ou vive. Il a donné l'ordre de la capturer ou de l'éliminer à vue.

11

— L'éliminer ? Raven croisa les bras sur sa poitrine. Je n'en reviens pas. Pourquoi voulez-vous la tuer ? Parce qu'elle refuse de se conformer à vos règles ?

Beck serra les dents et un éclair de colère traversa ses yeux gris.

— Premièrement, ce n'est pas *moi* qui veux la tuer. Ensuite ce ne sont pas *mes règles*. Plus maintenant. Je vais vous proposer un marché, Raven. Je ne vous traiterai plus de *sauvage* si vous ne me mettez pas dans le même sac que ceux qui cherchent à me tuer. Ça vous semble équitable ?

Raven hocha lentement la tête.

— Vous avez raison. Excusez-moi.

Beck reprit d'un ton plus calme :

— Vous saviez que le professeur avait une autre prisonnière ?

— Simon m'a parlé d'une fille.

Raven regarda Beck. Comme Simon, il était impressionnant de virilité. Mais contrairement à Simon il avait l'air sur ses gardes, comme s'il se baladait en permanence sur le bord d'une falaise.

— Il y avait des renseignements sur elle dans le dossier, mais je ne savais pas qu'elle ressemblait à Raven, dit Simon. J'ignorais également qu'elle faisait l'objet d'un ordre de capture morte ou vive. Ça a dû être émis après que je suis parti pour ma mission.

— Tu veux dire *ma* mission, grommela Beck, la bouche tordue par un demi-sourire. Tu te l'es accaparée.

— Tu disais que tu étais épuisé, dit Simon en secouant la tête. J'ai pensé que des vacances te feraient du bien.

— Pas leur genre de vacances. Des vacances définitives.

Simon grimaça.

— Je suis désolé, je ne savais pas.

Il prit une profonde inspiration et demanda :

— Ainsi Raven et cette autre fille se ressemblent. Tu penses qu'il y a une raison pour ça ?

Beck se gratta le menton.

— Tu veux dire : est-ce qu'elles ont un lien de parenté ? En fait, on pourrait croire qu'elles sont jumelles.

Les trois hommes regardèrent Raven qui secoua la tête.

— Mes parents sont morts quand j'avais cinq ans. Je n'ai pas de sœur jumelle, et même pas de sœur du tout. Désolée. Mais cela me fait horreur de penser que quelqu'un d'autre a subi ce que cet homme m'a fait subir.

Elle regarda Simon. Elle se rappelait comment il l'avait réconfortée quand elle avait pleuré sur cette autre petite fille.

— Etant donné qu'elle a disparu, je me demande si elle est devenue sauv…, heu, si elle est retournée à la vie sauvage, comme vous, reprit Beck.

Raven haussa les épaules. Elle ressentit soudain une grande fatigue et étouffa un autre bâillement.

Zach finit sa bière et jeta un coup d'œil à sa montre.

— Je vais vous laisser finir ces mises au point, les gars. J'ai un rendez-vous de bonne heure demain matin.

Il serra l'épaule de Raven.

— Vous avez besoin de sommeil, vous aussi.

Son regard croisa le sien et elle y lut de l'admiration et peut-être même du désir. Mais bien que Zach soit attirant, elle ne ressentit absolument rien. Rien à voir avec les sensations que le regard de Simon provoquait en elle.

C'était intéressant. C'était même peut-être une sorte de révélation, pourtant elle était trop épuisée pour essayer d'analyser ce phénomène maintenant. Elle ne put retenir un troisième bâillement et eut un faible sourire.

— C'est la chose la plus sensée que j'ai entendue depuis que je suis arrivée. Bonne nuit tout le monde.

Avec un signe de la main impersonnel et un sourire de circonstances, elle se retourna et suivit Zach hors de la cuisine.

Quand elle tourna dans le couloir, elle vit qu'il l'attendait devant la porte de sa chambre.

— Vous allez bien ? demanda-t-il.

Elle scruta son visage mais n'y vit rien d'autre, cette fois, que de la sollicitude.

— Ça ira, dit-elle. Dès que je me serai reposée.

Il ne bougea pas, ne semblant pas saisir l'allusion.

— Je connais Simon depuis que nous sommes enfants, dit-il. Je ne l'avais jamais vu comme ça avant.

Titubant de fatigue, Raven le regarda attentivement, essayant de se concentrer sur ses mots.

— Comme quoi ?

Il scruta son visage et son regard s'adoucit.

— C'est sans importance, dit-il doucement. Ecoutez, j'ai une moto dans le garage et deux casques. Ils sont à votre disposition. Je le dirai à Simon. Sur ce, dormez bien.

Elle le regarda se diriger vers le bout du couloir et attendit qu'il ait refermé sa porte, puis elle entra dans sa chambre et en fit autant.

Elle s'endormit dès qu'elle eut posé la tête sur l'oreiller.

Brusquement, en pleine nuit, elle s'éveilla. Elle tendit le bras mécaniquement pour toucher le loup le plus proche et ressentit un profond chagrin en se rappelant qu'ils n'étaient plus là, et qu'elle était seule. Seule dans un grand lit moelleux, dans une maison étrangère, dans une ville qu'elle fuyait comme la peste… Pourtant, elle était à l'abri du froid, de la pluie, propre et en sécurité.

Alors, pourquoi ce sentiment de malaise ?

Simon. Elle voulait Simon.

Rejetant ses couvertures, elle s'assit au bord du lit. Pourquoi n'était-il pas venu la rejoindre ? Elle pensait le savoir. La peur l'avait retenu. La peur. Un sentiment qui lui était devenu familier.

Complètement éveillée à présent, assise au bord du lit, elle voyait la vérité, une vérité qui lui faisait horreur. Cela faisait si longtemps qu'elle vivait avec la peur, qu'elle avait fini par l'accepter. A présent, le temps était venu d'affronter sa vieille ennemie. Cette nuit, elle allait la combattre et la vaincre.

Se moquant de ses propres pensées, elle songea au long et difficile chemin qu'elle avait parcouru pour en arriver là. Pourtant, même ici, suspendue au bord d'un chapitre entièrement nouveau de sa vie, elle laissait encore la crainte la contrôler.

Elle voulait Simon. Elle le désirait avec une intensité qui l'effrayait. En supposant qu'elle sorte vivante de cette histoire, pourrait-elle en toute honnêteté vivre le reste de sa vie en sachant qu'elle n'avait pas satisfait ce désir ? Pourrait-elle vivre le reste de sa vie en se demandant toujours comment ça aurait été de faire l'amour avec lui, en se demandant si ses caresses auraient pu, d'une certaine façon, effacer les actes horribles et dégradants qu'elle avait subis ?

Elle ne croyait pas qu'elle le pourrait. Même si ce qu'elle envisageait de faire maintenant se révélait par la suite être une erreur, elle voulait savoir. Il fallait qu'elle sache.

Elle inspira profondément, luttant une fois de plus contre sa peur. Comment était-on censé se comporter dans une situation comme celle-ci ? Elle savait ce qu'une louve ferait. Mais elle était humaine maintenant, à ce moment précis, et devait se comporter comme une femme le ferait.

En se disant qu'il la désirait autant qu'elle-même le désirait, elle se leva. Tout comme elle Simon se battait avec la peur, la peur d'un ridicule code de conduite, d'une règle qui avait été établie par une organisation corrompue. Sans cela, elle ne doutait pas qu'il serait venu la rejoindre depuis longtemps.

Fortifiée par cette idée, elle traversa la pièce. Elle ouvrit la porte silencieusement, jeta un coup d'œil vers la chambre de Zach pour vérifier qu'elle était toujours fermée et suivit le couloir dans la direction opposée. A l'entrée du salon elle s'arrêta, la gorge serrée. Le clair de lune entrait par l'immense baie vitrée et se répandait dans la pièce, éclairant Simon endormi sur le canapé.

Elle s'approcha et le regarda, la poitrine serrée, le cœur

débordant d'émotion. Cet homme lui était devenu plus proche que quiconque. Il était son ami, son compagnon et son loup de cœur, tout cela à la fois. Maintenant, s'il le voulait, ils deviendraient amants.

Elle déglutit avec difficulté et prit une profonde inspiration. Puis, en laissant tomber le drap avec lequel elle avait couvert sa nudité, elle souleva un coin de la couverture sous laquelle il dormait. Le cœur battant elle se glissa dessous, son corps tremblant contre la chaleur du sien. Elle se blottit contre lui, l'entoura de ses bras et frissonna au contact de sa peau.

Et Simon dormait toujours.

Il avait pris une douche, lui aussi, et sentait le savon. Alors qu'elle commençait à se réchauffer, il émit un son dans son sommeil et changea de position pour lui faire de la place. Elle risqua un baiser hésitant dans le creux de sa gorge, puis un autre, un peu plus haut sur la fossette de son menton, ce qui le fit sourire dans son sommeil.

A sa grande surprise il ne se réveillait toujours pas, sa respiration profonde et régulière témoignant de la profondeur de son sommeil.

Excitée, elle entreprit son exploration, se délectant de la fermeté de sa poitrine musclée, passant la pointe de ses doigts sur ses tétons jusqu'à ce qu'ils se contractent, et goûtant de nouveau la peau de son cou. Contre son ventre, elle sentit son membre se raidir, faisant réagir son propre corps qui devint chaud et moite.

Simon s'éveilla d'un seul coup.

— Raven, qu'est-ce…

Pour l'empêcher de protester, elle l'embrassa, se laissant guider par son instinct, se servant de sa langue pour explorer sa bouche. Elle sentait son érection qui se pressait contre elle, brûlante, prête, intensifiant son propre désir.

Il essaya de lui résister. Comme si, en restant immobile, il pouvait dominer son désir. Comme s'il savait que s'il cédait, il n'y aurait plus de retour possible.

Lorsqu'il tourna la tête, son visage fut éclairé par la lueur de la lune. Le désir brut qu'elle lut dans ses yeux lui assécha la bouche. Pourtant il ne fit aucun geste pour aller plus loin.

Elle frotta son corps contre le sien, se demandant s'il y avait des mots pour lui faire savoir ce qu'elle voulait. Mais quand il frissonna et émit un cri rauque, elle se rendit compte qu'elle n'aurait pas besoin de mots. Son corps la comprenait et quelle que soit la guerre intérieure qu'il menait, il était sur le point de baisser les armes.

— Raven, arrêtez. Vous savez que c'est mal, dit-il d'une voix étranglée.

La tête contre sa poitrine, elle sentait son cœur battre la chamade.

— Non, c'est bien, murmura-t-elle, en continuant à le caresser.

Sous ses doigts qui jouaient sur sa peau, son corps se tordait de désir, incapable de résister.

Il ouvrit la bouche, pour protester ou pour parler, elle ne le sut pas. Mais quand elle baissa la tête et commença à planter des petits baisers sur sa poitrine nue, il grogna.

— Raven, je vous en prie...

Elle prit un de ses tétons dans sa bouche. Le souffle coupé, il s'arc-bouta, son membre en érection indiquant, sans qu'il ait besoin de parler, ce qu'elle devait faire.

Elle se souleva et, se plaçant au-dessus de lui, fit descendre son corps. Elle fut surprise que son sexe parvienne à la pénétrer totalement.

Bon sang. Elle n'avait pas imaginé que cela puisse être aussi bon. La sensation était tellement incroyable qu'elle ne pouvait s'empêcher de gémir. Bien qu'elle ne soit pas vierge, son expérience se limitait au professeur et à ses viols répétés. Elle n'avait tiré aucun plaisir de ces actes. Elle n'avait connu que la honte, la douleur et le dégoût.

Mais ça, ça n'avait rien à voir. Rien du tout. A titre d'expérience, elle bougea, resserrant son sexe autour du sien. Elle retint un cri. Elle n'avait pas imaginé qu'un tel plaisir soit possible.

Simon bougea en elle. Un long gémissement s'échappa de ses lèvres et elle agrippa ses épaules, bougeant au même rythme que lui, le chevauchant, farouche, sauvage et forte.

Il donna un coup de reins, augmentant la profondeur de sa

pénétration. Elle accompagna son mouvement. Oubliant le froid, le décor étranger qui l'entourait, elle laissa son regard se perdre dans celui de Simon et vit… sa propre image. Ils se confondaient, unis l'un à l'autre par quelque chose de plus fort que leurs simples corps. Si elle avait eu un peu de sens commun, elle se serait levée pour fuir, le plus loin possible.

Mais ce qu'ils étaient en train de faire était vraiment trop bon.

— Comment faites-vous…

Elle haleta, s'arc-boutant, tremblant en dépit de la chaleur qui l'envahissait. Son corps vibrait, demandant, exigeant. Encore.

Il posa ses lèvres sur sa bouche en guise de réponse.

Quand elle lui rendit son baiser, le monde bascula. Comme il accordait le mouvement de sa langue à celui de leurs corps, s'accouplant avec elle, elle perdit pied.

Raven cria. Son corps, accroché à celui de Simon, frémissait, encore et encore.

— Raven, appela-t-il, dans un spasme de plaisir.

Ils restèrent accrochés l'un à l'autre tandis que les battements de leurs cœurs reprenaient un rythme normal. Elle ne pouvait arrêter de le caresser, ses cheveux, sa peau, sa bouche sensuelle. Elle avait envie de pleurer, elle avait envie de rire. Au lieu de cela elle lui dit la vérité.

— Je ne savais pas que cela pouvait être comme ça.

Sa main qui lui caressait le dos s'immobilisa.

— Ça ne l'est pas, normalement, Raven.

Elle sentit de l'anxiété dans sa voix.

— C'est mauvais signe ? demanda-t-elle, craignant de rencontrer son regard, de peur de ce qu'elle pourrait y lire.

— Je ne sais pas. Il inspira profondément. Regarde-moi.

La gorge serrée, elle secoua la tête. Puis elle se rappela le serment qu'elle s'était fait d'affronter ses peurs, elle tourna la tête pour le regarder dans les yeux. L'évidente tendresse qu'elle lut sur son visage lui coupa le souffle.

— Il faut qu'on parle de ce qui vient de se passer. Il posa un baiser sur le bout de son nez. Je n'ai jamais eu l'intention de le faire.

Elle ne put retenir un petit rire.

— Moi si.

Relevant la tête, elle ajouta :

— Et je suis heureuse que nous l'ayons fait.

— Nous n'avons pas pris de précautions.

— Des précautions ?

Elle savait de quoi il parlait, mais quelque part au fond d'elle-même elle n'avait pas envie de comprendre.

— La contraception. Tu pourrais tomber enceinte.

Enceinte.

— Ce n'est pas ton problème, répliqua-t-elle vivement.

— *C'est* mon problème, au contraire. Il faut être deux pour faire un bébé. Si tu as un enfant, cet enfant sera une part de moi aussi.

Un bébé. Ce simple mot, tournant dans sa tête, touchait un autre point sensible en elle. Serrant ses bras autour d'elle, elle se mordit la lèvre, incapable de le regarder, consciente que ses émotions étaient à vif, craignant de se mettre à pleurer. Un bébé. Un bébé, une famille. Quelqu'un qu'elle aimerait sans conditions. Quelqu'un à elle.

Et à Simon.

Immédiatement, elle secoua la tête. Ces choses ne pouvaient pas arriver à quelqu'un comme elle.

— Tu n'as pas à t'inquiéter, dit-elle.

Une partie d'elle-même, qui souffrait, voulait lui faire du mal, pour qu'il souffre lui aussi. Elle reprit d'un ton dur :

— Tout le temps où le professeur m'a violée, je n'ai jamais été enceinte. Pourtant il ne prenait pas de précautions, lui non plus.

Il s'assombrit et un muscle tressaillit sur sa mâchoire.

— Cet homme a de la chance d'être mort.

Elle bougea, s'apprêtant à se lever pour retourner dans sa chambre.

— Attends, lui dit Simon. Reste avec moi.

Il l'embrassa et ajouta :

— Ou mieux, tu as un grand lit. Allons dormir.

Lorsque Simon s'éveilla, le lendemain, Raven était blottie dans ses bras. Le remords l'envahit, plus fort que le plaisir, le remords et la peur d'avoir franchi un nouveau seuil d'où il ne pourrait pas revenir. Il se demanda s'il était devenu un autre homme, un homme qu'il ne reconnaissait pas. Il avait commis l'impensable. Il avait couché avec Raven, qui, même s'il en était venu à détester ce mot, était une sauvage. Lui un protecteur, chargé de la protéger, non de profiter d'elle. Même si, d'après Ross, sa mission avait été de l'éliminer. Son monde tout entier avait basculé, et il n'était pas sûr de vouloir retourner à la vie qui était la sienne auparavant. En même temps, il n'était plus sûr de rien.

Raven ouvrit ses yeux incroyables.

— Bonjour.

En souriant, elle se pencha vers lui, ses lèvres entrouvertes l'invitant au baiser.

Serrant les dents, Simon réprima un grognement, essayant de trouver un moyen de se sortir de ce mauvais pas sans heurter ses sentiments. En dépit de son excitation, ce qui était arrivé ne pouvait pas se reproduire. Ils n'avaient pas de protection.

— Non, grogna-t-il.

Elle eut l'air étonnée.

— Non, quoi ?

— Ne me regarde pas comme si tu voulais me dévorer.

Son sourire s'élargit.

— Excuse-moi. Je ne sais pas ce qui m'a pris.

Jetant un coup d'œil à son membre excité, elle passa sa langue sur ses lèvres.

— Je vais essayer de ne pas penser à te faire quoi que ce soit avec ma bouche.

Il réprima un nouveau grognement. S'ils s'aventuraient sur ce terrain, il aurait du mal à tenir ses résolutions.

Tout à fait consciente de son trouble, elle le regarda.

— Après tout, pendant la plus grande partie de ma vie, j'ai volontairement laissé libre cours à ma nature sauvage. En tant qu'humains nous avons fait l'amour. Maintenant la louve en moi veut s'accoupler avec le loup en toi. Nous sommes des métamorphes, j'imagine donc que c'est tout à fait naturel, tu ne crois pas ?

Il ne put répondre. Il lui fallait une douche froide. Bon sang, il lui fallait une poche de glace. Quelque chose, n'importe quoi, sinon il allait la prendre encore, là, tout de suite, et…

Il était temps de se rendre à l'évidence. Ils avaient fait l'amour furieusement quelques heures plus tôt et il la désirait ardemment de nouveau.

Il se demandait s'il pourrait jamais éteindre ce désir.

Ses pensées devaient transparaître sur son visage, à moins qu'elle n'ait réussi à lire en lui.

— Viens, dit-elle doucement en ouvrant les bras.

Mais il résistait, retenu par quelques bribes de self-control.

— Pas sans protection, dit-il d'une voix étranglée. Je n'ai pas de préservatif.

— Oh ! Elle se mordit la lèvre, réussissant à paraître à la fois sexy et complètement innocente. Zach en a peut-être. Tu pourrais lui demander.

— Il a dit qu'il devait partir tôt. Il réfléchit rapidement. Je vais aller voir dans sa salle de bains.

Sous le lavabo de Zach il trouva une petite boîte de préservatifs. Responsable malgré son désir, il en prit deux et retourna dans la chambre.

Raven l'attendait, nue sur le lit.

— Tu as trouvé ce que tu voulais ?

Rendu muet par le spectacle qu'elle lui offrait, il montra les sachets et en posa un sur la table de nuit. Il réussit à ouvrir le préservatif et à le mettre sur son sexe en érection. Raven l'observait et l'encourageait, mais ne proposa pas de l'aider. A la surprise qui se lisait sur son visage, il comprit que c'était la première fois qu'elle voyait un préservatif. A la façon dont sa main tremblait pour le mettre, on aurait pu penser que c'était le cas pour lui aussi.

Par les chiens de l'enfer, il avait envie d'elle. Plus qu'il n'avait jamais désiré une femme. Et ce qui était pire, il avait l'impression qu'après elle, il ne désirerait plus jamais une autre femme de cette façon.

Est-ce que cela voulait dire qu'elle était la compagne qui

lui était destinée ? Comme c'était hautement improbable, il en doutait. Il devait arrêter ces stupidités romantiques.

Pour l'instant une chose était sûre, il désirait Raven. Qu'elle soit sa compagne ou non, il n'en savait rien et, pour tout dire, au moment où il pénétra sa chaleur accueillante, il se dit qu'il s'en fichait.

Un peu plus tard, après s'être douchés, ils étaient assis dans la cuisine et mangeaient les fruits et les pâtisseries que Zach avait achetées pour eux. Ce dernier avait laissé une note disant qu'il était attendu de bonne heure dans une ferme à Berthoud et qu'il serait à son travail toute la journée. Ils n'avaient qu'à faire comme chez eux, ils se retrouveraient dans la soirée.

Le téléphone portable de Simon sonna alors qu'il finissait sa troisième pâtisserie.

— Fichez le camp, dit Beck, ils ont arrêté Zach et ils le gardent pour l'interroger. J'essaie de savoir quel est son statut. Mais une chose est sûre, Ross sait où vous êtes. Je crois qu'il a envoyé une autre équipe pour vous descendre.

Stupéfait, Simon ferma le téléphone brusquement et attrapa Raven par le bras.

— Ils tiennent Zach. Viens, il faut qu'on parte d'ici en vitesse.

Elle le regarda, les yeux écarquillés.

— Zach ? Mais pourquoi ?

— Pour l'interroger.

— Est-ce qu'il relève de leur juridiction ?

Simon haussa les épaules.

— Ce n'est pas un métamorphe. S'il n'a pas commis de délit, ils n'ont pas le droit de le garder.

— Pas le droit ? Depuis quand ces gens-là respectent-ils les règles. Qui, dans votre meute de métamorphes, sait ce qui se passe dans cette Société de protecteurs ?

Elle avait raison sur ce point, et il n'aimait pas y penser.

— L'important c'est que Zach aille bien. Mais Beck a dit que Ross avait envoyé une équipe pour nous cueillir. Ils savent que nous sommes ici. Il faut qu'on parte.

Pourtant elle continuait à hésiter.

— Partir ? Mais pour aller où ? Nous n'avons pas de voiture. Une fois dehors, nous serons des cibles vivantes.

— Zach a dit qu'on pouvait emprunter sa moto.

— Ça, non. Elle secoua la tête, faisant voler ses longs cheveux. Il n'est pas question que je monte sur cet engin.

— On n'a pas le choix. On ne peut pas rester ici. Nous serions pris au piège. Il inspira profondément. Et si… J'ai une idée. Il y a un arrêt de bus pas loin. On peut en prendre un et aller n'importe où.

— Un de ces jours, il va falloir que j'arrête de fuir, marmonna-t-elle.

Elle attrapa son blouson et lui lança le sien.

— Tu as ton bonnet et tes gants ?

— Dans ma poche. Tu es prête ?

— Aussi prête que je peux l'être.

Il ouvrit la porte d'entrée et inspecta les deux côtés de la rue.

— C'est bon. Allons-y.

Ils remontèrent le trottoir en vitesse, tournèrent en direction de la colline. Leur souffle faisait des petits nuages blancs dans l'air glacial.

— C'est loin ?

Raven n'arrêtait pas de regarder par-dessus son épaule.

— Un demi-pâté de maisons. Il pointa le doigt. On y est.

Une dizaine de personnes attendaient devant l'arrêt.

— Il y a du monde, c'est bon signe. Ça veut dire que le bus va passer.

— Et comme ça nous serons moins repérables.

— Le voilà !

Ils coururent jusqu'à l'arrêt et arrivèrent juste comme le bus s'arrêtait. En montant dedans, Simon se retourna pour regarder la maison de Zach. Toujours aucun signe de leurs poursuivants.

— Et maintenant ? Raven croisa les bras et lui lança un regard mécontent. Je veux aller prendre des nouvelles de Théo.

— On ne peut pas approcher de la clinique. Ils doivent nous y attendre.

Elle marmonna à voix basse, puis sembla se ranger à son avis.

— Et Zach ? Comment savoir s'il va bien ?

— Beck a dit qu'il m'appellerait quand il saurait quelque chose. Et je suis sûr que Zach enverra un texto quand ils le relâcheront.

Simon se rendit compte avec surprise que le bus se dirigeait vers le nord, vers Longmont. C'était bien sa chance d'être tombé sur le bus qui sortait de la ville. Le premier arrêt était au centre commercial Twin Peaks. Raven regardait les bâtiments avec curiosité et Simon se demanda si elle avait déjà vu un endroit de ce genre. Dès que les portes s'ouvrirent elle sauta hors du bus et se précipita, ne laissant pas d'autre choix à Simon que de la suivre. Il la rattrapa alors qu'elle fonçait sur le trottoir vers l'entrée du centre commercial.

— Raven, qu'est-ce qui se passe ? Tu vas où comme ça ?

— Je l'ai vue, cria-t-elle en poussant la porte. Elle est entrée par ici.

— Qui ? Qui as-tu vu?

Elle scrutait la foule des clients, les sourcils froncés.

— La femme qui me ressemble comme deux gouttes d'eau, même si elle a l'air beaucoup plus jeune. Celle que ta Société recherche.

12

Voyant son expression sceptique, Raven sut que Simon pensait qu'elle avait perdu l'esprit. Mais elle était sûre d'elle. Dès qu'elle avait entrevu l'autre jeune femme, elle avait su qu'elle venait de voir son double. Pourquoi ici ? Mais après tout pourquoi pas ? Ce centre commercial démodé serait, pour eux aussi, l'endroit idéal pour se cacher de leurs poursuivants. Qui penserait à venir les chercher dans cet endroit ?

Simon secoua la tête.

— Ce serait trop facile.

Elle tenta de le convaincre et prit un ton suppliant.

— Si je me trompe et que la fille que j'ai vue n'est pas la bonne, eh bien, nous n'aurons rien perdu. On pourra toujours manger un morceau.

— C'est vrai, dit-il en embrassant du regard le parking à moitié plein. Mais il y aura du monde à l'intérieur. Comment retrouver une personne, surtout si tu n'es pas sûre à cent pour cent de ce que tu as vu ?

— Ce centre n'est pas très grand, dit-elle, surprise par son pessimisme inhabituel. J'ai vu comment elle était habillée. Je pense que nous devrions la repérer assez facilement.

Simon ne discuta pas.

— Dans ce cas, décris-la-moi.

— Elle est plus jeune que moi, peut-être dix ans de moins. Elle porte un jean et une doudoune vert foncé. Elle a une queue-de-cheval, mais ses cheveux sont exactement comme les miens — la couleur, les boucles, tout.

— Ça devrait être facile, dit-il en hochant la tête. Allons-y.

Raven ne cessait de regarder autour de lui, fouillant des yeux la boutique de bagages bondée à sa gauche, la bijouterie à sa droite.

— Tu vas à gauche, moi à droite, dit-elle.

— Non, on ne se sépare pas. Pas question. On reste ensemble.

— Pourquoi ? dit Raven ironiquement. Tu crois qu'elle est dangereuse ?

— Bien sûr que non. Simon la regarda comme si sa patience était mise à l'épreuve. N'oublie pas que nous ne sommes pas les seuls à la chercher. Ce n'est pas parce que tu te sens anonyme ici que nous sommes en sécurité. Ils la recherchent et ils te recherchent.

Vu comme cela, il n'avait pas tort. Raven croisa son regard inquiet.

— Tu as raison, lui dit-elle. Alors allons-y, aide-moi à la chercher. Il n'y a pas tant d'endroits où se cacher et n'y a pas trop de monde à cette heure-ci. Elle est obligatoirement quelque part là-dedans.

Sans protester cette fois, il marcha à ses côtés, vérifiant toutes les boutiques de son côté de l'allée.

— Qu'est-ce que tu comptes faire quand tu l'auras trouvée ?

Surprise, elle le regarda en fronçant les sourcils.

— Lui parler, naturellement. Elle est passée par où je suis passée. Elle sait peut-être pourquoi ta Société veut absolument nous trouver.

Ses paroles semblèrent ennuyer Simon.

— Arrête de parler de *ma* Société. Je ne crois pas que je tienne encore à être assimilé à ces gens.

Raven eut du mal à cacher sa surprise. Simon ne semblait pas se rendre compte de l'importance de cette révélation. Il semblait brusquement avoir compris la vérité, et s'être rendu compte que quelque chose ne tournait pas rond.

— Allons vers le magasin Sears, dit-elle soudain, puisqu'elle s'est garée de ce côté, je présume qu'elle avait l'intention d'aller dans une de ces boutiques. On ne devrait pas tarder à la trouver.

Une demi-heure plus tard, après avoir minutieusement vérifié chaque boutique, ils arrivèrent devant Sears.

— Je commence à penser qu'elle n'est pas venue ici pour faire des courses, marmonna Raven sans chercher à cacher sa déception. Elle a probablement pensé que c'était un bon endroit pour se cacher pendant quelques heures, tout comme moi.

Simon ne la contredit pas.

— Nous devrions peut-être retourner à l'entrée, là où tu l'as vue. Elle finira par ressortir par là.

— Si elle n'est pas déjà partie.

Redressant les épaules, Raven fit demi-tour et repartit en sens inverse. En passant devant un panneau indiquant les toilettes, elle jeta un coup d'œil à l'intérieur et poussa une exclamation.

— Je crois qu'elle est par là.

Elle agrippa le bras de Simon et l'entraîna à sa suite dans le couloir. Ils débouchèrent dans un espace sur lequel deux portes s'ouvraient.

— Attends-moi ici, dit-elle en poussant la porte des toilettes réservées aux femmes.

— Une seconde. Simon la retint. Calme-toi, tu dois l'approcher doucement, comme tu ferais avec un loup sauvage. Il ne faut surtout pas l'effrayer.

Il parlait comme si le sosie de Raven pouvait être une sauvage. Elle avait beau avoir horreur de ce mot, elle ne pouvait écarter cette éventualité.

— Je vais faire attention.

Elle poussa la porte. A l'intérieur, une seule cabine était occupée. Elle songea que c'était mieux ainsi. Au moins leur première rencontre aurait lieu en privé. Les bras croisés, Raven attendit, sur la défensive.

Au bout d'un instant elle entendit la chasse d'eau, puis la porte de la cabine s'ouvrit. Une jeune femme, presque une adolescente, en sortit. Lorsqu'elle vit Raven, son regard se tourna vers la porte, comme si elle voulait se précipiter dehors.

Raven lui barra le chemin.

— N'ayez pas peur. Je ne vous ferai pas de mal. Je pense que vous savez qui je suis. Nous devrions peut-être parler.

— Allez-vous-en, dit la jeune femme. Je ne vous ai rien demandé. Laissez-moi tranquille.

Cette voix… Mal à l'aise maintenant, Raven hésita. C'était sa voix, les inflexions, l'accent, tout. En face de cette femme qui aurait pu être son reflet, en plus jeune, elle ne savait plus que faire. Aussi renouvela-t-elle sa demande.

— Je vous en prie. Il faut qu'on parle. Je peux vous aider.

Une expression de crainte passa sur le visage de la femme qui secoua la tête. Jeune et inexpérimentée, elle ne réussissait pas à cacher sa peur.

Comme Simon l'avait prévu, elle ressemblait à un loup pris au piège, cherchant désespérément à fuir.

En évitant de la regarder directement dans les yeux, ce qui représentait un signe d'agression pour un loup, Raven baissa la tête et fit un pas en avant. D'une voix basse et rassurante elle dit :

— Je ne vous veux pas de mal.

— Reculez, dit la fille.

Sa voix se changea en un grognement tandis qu'elle commençait à arracher ses vêtements. La minute suivante elle se transformait. Sa métamorphose fut incroyablement rapide, presque immédiate. Raven n'avait jamais rien vu de tel. L'instant d'avant la jeune femme était devant elle, humaine, entièrement vêtue, et voilà qu'en l'espace d'un éclair, ses vêtements se retrouvaient en tas sur le sol. Son pelage de louve était de la même teinte bleu nuit que celui de Raven.

Alors que cette dernière la regardait, frappée de stupeur, la louve bondit sur elle. Instinctivement Raven pivota, juste à temps. La louve alla s'écraser sur le mur, grondant toujours comme elle glissait au sol.

Le cœur battant, Raven comprit qu'elle devait passer en mode défensif. La métamorphe qui lui ressemblait comme une sœur voulait la tuer ! Tournant sur elle-même, Raven entreprit sa propre métamorphose, arrachant ses vêtements et accélérant le processus, au moment même où la louve se relevait et se secouait.

Une seconde. Deux secondes. La transformation de Raven était achevée. Trois secondes. Elle releva les yeux. Quatre. L'autre bondit en avant pour un nouvel assaut, cette fois de loup à loup. Retroussant les babines, Raven l'attendit à mi-parcours, prête à la rencontre.

Son sang de louve prenait le dessus et son cœur battait la chamade, elle se sentait férocement heureuse d'avoir acquis de l'expérience au cours de ses combats avec des loups sauvages, pour savoir qui était le chef. Elle savait se battre. Avec cette fille il était peut-être seulement question de prouver qui dominait. Ça, elle savait le faire.

Elle pensa à son ex-ennemie, la louve qu'elle avait appelée Mandy. Mandy était plus grande, plus agressive dans sa colère. Battre cette métamorphe adolescente serait un jeu d'enfant.

Raven marqua le premier point, un assaut rapide, les mâchoires serrées sur le flanc de l'autre. Une déchirure, du sang, un grognement de douleur. Comme ce n'était pas un combat à mort, Raven lâcha prise.

Un jeu d'enfant, hein ? Comme elles se tournaient autour avec méfiance, Raven se rendit compte que ce combat était différent. Cette louve semblait savoir exactement ce que Raven allait faire, comment elle bougerait, comment elle esquiverait ses attaques. Cette louve semblait parer chaque coup, tout en restant capable de donner quelques coups de dents, déchirant l'épaule de Raven, puis sa poitrine.

Le score, si quelqu'un avait compté les points, était maintenant de deux à un. Les pattes glissant dans son propre sang, Raven se demanda ce que cette chienne lui avait fait, mais elle en avait assez. Normalement elle utilisait sa part humaine lorsqu'elle se battait ou lorsqu'elle chassait. Mais cette fois, elle fit ce qu'elle n'avait jamais fait jusque-là, elle laissa sa part de loup prendre les commandes complètement, battant en retraite dans un coin sombre de son propre cerveau, enfermant totalement la Raven humaine.

Libérée, la louve qui était en elle attaqua, poussée par un désir de vengeance féroce, mordant et grondant, tournant sur elle-même et se baissant, donnant des crocs et des griffes, et utilisant son poids pour poursuivre l'autre, la forçant à reculer dans un coin.

Nullement effrayée, l'autre louve s'accroupit, les babines retroussées, prête à se battre à mort si c'était nécessaire.

Raven se jeta sur elle, la plaquant au sol, se servant de ses crocs et de ses griffes pour l'immobiliser.

Victoire ! Raven se tenait au-dessus d'elle, prête à l'égorger. Mais quelque chose la retint. Sa part humaine lutta pour reprendre le contrôle.

Non. Elle *ne* pouvait *pas* tuer cette louve.

Lentement, la Raven humaine fit reculer la louve en elle. Grondant et luttant, elle finit par reprendre le contrôle de son corps, tout en restant sous sa forme de louve, toujours au-dessus de sa proie. Pensant sa dernière heure venue, l'autre louve se soumit. Dans un frisson, elle reprit sa forme humaine.

Toujours en louve, Raven grogna, retroussant les babines. Entre ses pattes, elle sentait le corps nu, étrangement familier, de son sosie. La fille ne tremblait pas. Au contraire, elle restait immobile et, les yeux plissés, elle attendait le coup de grâce.

— Raven ! cria soudain la voix de Simon.

La porte des toilettes s'ouvrit brusquement. Ne quittant pas la captive des yeux, Raven répondit par un rapide battement de queue.

Il se précipita.

— Lâche-la. Qu'est-ce que tu fais ?

Retroussant les babines une fois de plus, pour faire bonne mesure, Raven soupira et lâcha prise, reculant d'un pas, puis d'un autre. L'inconnue demeura immobile. Ayant concédé la victoire à Raven, elle n'osait pas bouger.

Perplexe, Raven entreprit de se transformer. Dès qu'elle eut repris sa forme humaine, elle se leva rapidement et se saisit de ses vêtements. Ne quittant pas l'autre des yeux, elle remit rapidement son pantalon, son soutien-gorge et sa chemise. Une fois habillée, elle ramassa les vêtements de la fille, qui gisaient sur le sol, et les lui lança.

— Habillez-vous, ordonna-t-elle d'une voix dénuée d'émotion.

Le visage inexpressif, l'inconnue obéit, observant Raven à travers ses longs cils noirs. Une fois habillée, elle croisa les bras, avec sur le visage un air de rébellion juvénile.

— Qui êtes-vous ? demanda Raven. Quel âge avez-vous ? D'où venez-vous ?

Pas de réponses.

— Trop de questions à la fois, l'avertit Simon. Demande une chose à la fois.

Raven se rembrunit.

— Je n'ai pas la patience pour ça. Elle m'a attaquée. Je veux des réponses et je les veux maintenant.

— Chut, fit Simon d'un ton apaisant, en l'avertissant du regard avant de tourner les yeux vers la fille.

» Quel est votre nom ?

Elle le regarda fixement, sans répondre.

Simon s'approcha et demanda d'une voix douce :

— Nous pouvons vous aider, si vous nous laissez faire.

— M'aider ? cracha l'autre. Je n'ai pas besoin de votre aide. Je n'ai besoin de personne. Je suis seule parce que j'aime être seule. Allez-vous-en.

En regardant Simon, Raven sut ce qu'il pensait. Cette femme était une sauvage, comme elle autrefois. Finalement, elle comprenait pourquoi ils utilisaient ce mot. Elle aussi avait été une sauvage. Elle ne l'était plus.

Stupéfaite, elle se rendait compte qu'elle avait changé. Elle avait fini par donner plus d'importance à son côté humain qu'à son côté loup. Elle se disait que c'était, d'une certaine façon, un progrès. Plus étonnant encore, cela lui était complètement égal. Remisant cette révélation pour y revenir plus tard, elle se concentra sur la jeune inconnue.

— Nous sommes pareilles, vous et moi.

Raven croisa les bras elle aussi, imitant l'expression consternée de son sosie.

— Non, ce n'est pas vrai.

Raven souleva une des boucles de ses cheveux noirs.

— Regardez-vous dans le miroir, ma chère. Bien que vous

soyez plus jeune, nous nous ressemblons, nous bougeons de la même façon, même les louves en nous ont le même pelage.

— Et alors ? dit l'autre d'un air de profond ennui.

Prenant une lente inspiration, Raven décida de jouer le tout pour le tout.

— Vous avez été emprisonnée par le professeur, vous aussi, non ?

La fille s'immobilisa.

— Comment savez-vous ça ?

— Parce que je l'ai été, moi aussi. Raven déglutit. Pendant des années, avant vous. J'ai fini par lui échapper.

— Vous mentez. Les yeux de l'inconnue s'étrécirent. Il n'avait que moi. Toute ma vie. Il est présent dans mes plus vieux souvenirs, et lui seul. Je ne me souviens pas de vous. Vous n'étiez pas là.

— Toute votre vie ? Comment est-ce possible ?

Raven gardait les bras croisés.

Pas de réponse. Les deux femmes échangèrent un regard furieux, leurs yeux bleus brillant de la même lueur.

— Toute votre vie, dit Raven, songeuse. C'est vraiment étrange…

— Quel âge avez-vous ? dit Simon d'un ton sec, indiquant ainsi à la fille qu'elle avait intérêt à répondre.

— J'ai l'âge qu'il faut, répliqua-t-elle. J'ai plus de dix-huit ans, si c'est ce que vous voulez savoir.

— Vous avez quoi, dix-neuf ans ?

D'un air renfrogné, elle hocha la tête.

— Quel est votre nom ?

— Vous pouvez m'appeler Cee. Mon vrai nom est trop moche. Elle respira profondément, puis regarda Raven droit dans les yeux. Pourquoi m'avez-vous menti au sujet du professeur ?

— Je ne vous ai pas menti. J'ai été sa prisonnière pendant de nombreuses années.

— Prisonnière ? Le mot n'est pas un peu trop fort ?

Raven haussa les épaules.

— Il me gardait en cage. Comment appelez-vous ça ?

— Il ne m'a mise dans une cage que lorsqu'il s'est rendu

compte que je pouvais me transformer. Il disait que c'était pour ma propre sécurité.

Scandalisée, Raven essaya de garder un ton neutre, mais en vain.

— Pour votre sécurité ? Avez-vous jamais attaqué un humain quand vous étiez en louve ?

— Bien sûr que non, répondit Cee avec mépris. Pourquoi j'aurais fait ça ? J'aimais mieux courir, chasser et vivre ma vie. Je n'ai pas besoin de ce genre de problèmes.

— Précisément. Alors dites-moi pourquoi il fallait vous mettre en cage ?

Au lieu de répondre, Cee préféra aborder un autre détail.

— Je n'y étais pas tout le temps. Il me laissait sortir pour me dépenser et aller aux toilettes.

Essayant de cacher son exaspération, Raven soupira.

— Ah oui ? Moi aussi. Mais j'y dormais, j'y prenais mes repas. Il me gardait enfermée comme on garde un animal sauvage dans un zoo.

— Hum.

La mine dubitative de Cee exprimait clairement ce qu'elle pensait.

Raven avait encore une question.

— Est-ce qu'il lui est arrivé de vous… toucher ?

— Bien sûr que non.

Hérissée par cette suggestion, Cee sembla prête à attaquer.

— Il l'a fait avec moi, dit Raven lentement, avec tristesse.

A ses mots la colère de Cee retomba.

— Pourquoi vous aurait-il traitée comme un animal et pas moi ?

— Je n'en sais rien. Il avait peut-être des sentiments paternels pour vous, puisqu'il vous a élevée depuis que vous étiez bébé ?

Au moment où Cee allait répondre, la porte s'ouvrit. Une jeune femme entra, suivie de ses trois jeunes enfants. Elle s'arrêta net lorsqu'elle vit Simon.

— Qu'est-ce que vous faites dans les toilettes des femmes ? s'écria-t-elle d'une voix furieuse. Vous avez deux secondes pour sortir d'ici avant que j'appelle la police. Brandissant un téléphone portable comme si c'était une arme, elle guida ses enfants vers la cabine pour handicapés. Et je le ferai, croyez-moi.

Cee se mit à rire, la main sur la bouche.

— Désolé. Nous sortons.

Simon attrapa Cee par le bras, et passa son autre bras sous celui de Raven.

— Allons-y.

Ils sortirent et s'arrêtèrent au bout du long couloir. Cee éclata de rire. Raven ne put résister à ce fou rire contagieux. Elle ne semblait plus pouvoir s'arrêter. Simon s'adossa au mur et les regarda patiemment. Raven finit par se calmer et s'essuya les yeux.

— Est-ce que tu as faim ? demanda-t-elle à Cee. On pourrait déjeuner et parler en même temps.

Elle s'essuya les yeux en un geste étrangement semblable à celui de Raven. Cee hocha la tête. Elle regarda des deux côtés et jeta un regard de convoitise vers le restaurant Panda Express.

— Ça me va.

Simon les prit toutes les deux par le bras et ils se dirigèrent vers le restaurant. Une fois au comptoir ils laissèrent Cee commander ce qu'elle voulait. Elle commanda six plats. Raven et Simon commandèrent chacun un menu. Quand Simon eut payé, ils portèrent leurs plateaux vers une table isolée d'où ils pouvaient surveiller l'entrée.

Cee se jeta sur la nourriture. Tandis qu'elle dévorait son poulet à la sauce aigre-douce comme si elle n'avait pas mangé depuis une semaine, Simon la mit au courant de la chasse à l'homme lancée contre elles.

— Je savais qu'on me recherchait, dit-elle la bouche pleine. Mais je ne savais pas pourquoi. J'ai pensé qu'ils croyaient que j'avais tué le professeur.

Simon se pencha vers elle et attendit d'avoir toute son attention.

— Et tu l'as tué ?

Elle n'arrêta même pas de mastiquer.

— Bien sûr que non. Pourquoi est-ce que j'aurais fait ça ?

Raven serra les mâchoires pour s'empêcher d'intervenir. Elle voulait voir ce que Simon allait faire. Il sourit gentiment.

— Tu n'avais aucune raison de le tuer ?

Cee secoua la tête sans cesser de mâcher.

— Les gens qui te recherchent n'ont rien à voir avec la police, dit-il finalement. Avant je travaillais pour eux. Un homme, nommé Ross, dirige la chasse lancée contre toi et Raven.

— Mais pourquoi ?

Le regard de Cee allait de l'un à l'autre. Toujours sur un ton confidentiel, Simon dit en haussant les épaules :

— Je ne sais pas ce qu'a fait le professeur, mais c'est à cause de lui que Ross veut vous retrouver toutes les deux.

— Il n'a rien fait, dit Cee en secouant la tête. C'était comme mon père.

— Comme ton père ? N'y tenant plus, Raven explosa et repoussa sa chaise. Comment peux-tu dire ça ? Il t'a mise en cage, bon sang. Et s'il t'a traitée comme il me traitait moi, il t'a fait des choses qu'aucun père digne de ce nom ne ferait.

Cee s'arrêta de manger.

— De quoi veux-tu parler ?

Il y avait de la curiosité dans sa voix, comme si elle ne savait pas ce que Raven voulait dire.

Raven se rassit brusquement. Rouge de colère, elle ne savait plus quoi dire et regardait fixement Cee, les poings serrés sur ses genoux. Quand elle sentit la main de Simon sur la sienne, sous la table, elle se raidit.

— Tout va bien, lui dit-il. Détends-toi.

En les observant, Cee finit le poulet à l'aigre-douce et entama le riz. La bouche pleine, elle secoua la tête.

— Bon, vous allez m'expliquer ou pas ?

Expliquer ? Comment expliquer les actes d'un monstre à quelqu'un de totalement innocent ?

— Tu as des parents ? demanda Raven. Des gens qui t'ont expliqué la différence entre le bien et le mal ?

— Pas que je sache. Cee se jeta sur le dernier nem. Je n'ai connu que le professeur. Pourquoi ?

Ainsi, Cee était seule au monde, tout comme Raven

l'avait été. Cette dernière était convaincue qu'il ne s'agissait pas d'une simple précaution pour éloigner des parents trop curieux. Mais elle ne voyait pas ce que cela signifiait. Simon serra de nouveau sa main.

— Tu es vraiment sûre que ce n'est pas ta sœur ?

Raven scruta Cee qui n'arrêtait pas de manger en les regardant avec intérêt.

— Absolument. C'est vrai que nous nous ressemblons, mais elle a dix-neuf ans. J'avais dix ans quand elle est née. Mes parents étaient morts depuis cinq ans à ce moment-là.

— Ça, c'est ce qu'on t'a dit.

— J'en suis sûre, dit-elle morose, j'étais à leur enterrement.

— Tu n'avais que cinq ans.

— J'ai quand même quelques souvenirs.

Et le sentiment qui lui serrait l'estomac, c'était que sa vie avait basculé à ce moment-là.

— Le cercueil était ouvert ?

— Je ne m'en souviens pas..., murmura-t-elle en se mordant les lèvres. Là, tu vas trop loin.

Elle se pencha vers lui et d'une voix douce le prévint :

— Si tu essayes de dire que mes parents sont toujours en vie, tu peux arrêter tout de suite. Il est impossible qu'ils m'aient abandonnée. On m'a mise à l'assistance publique. Ils m'aimaient, je le sais. Ils seraient venus me chercher.

Il hocha la tête, vraisemblablement pas convaincu.

— Bon. Je reviens à ce que je disais. Le professeur vous a fait quelque chose à toutes les deux, et c'est la raison pour laquelle Ross met tout en œuvre pour vous retrouver.

Raven secoua la tête, l'air dubitatif.

— Il nous a fait des choses horribles et c'est nous qu'on veut punir ? Ce n'est pas logique.

Le regard de Simon alla de Raven à Cee, son visage était songeur.

— Il n'a pas fait des expériences ? Il ne vous a pas implanté des trucs ? Donné des drogues ? Fait des tests ?

Repoussant le plateau qu'elle avait fini par vider, Cee s'appuya au dossier de sa chaise, une expression de satisfaction sur le visage.

— C'était bon, merci.

— De rien. Cee, est-ce que le professeur a fait des tests sur toi ?

— Bien sûr. Elle affichait de nouveau un air de suprême indifférence. Il testait toujours quelque chose. C'était sa façon de me montrer qu'il s'intéressait à moi.

— Quelles idio…

Raven se mordit la lèvre une fois de plus.

— Idioties ? Cee finit sa phrase. Parle pour toi ! Moi, il s'intéressait vraiment à moi. Il disait que les gens comme moi mouraient jeunes et qu'il voulait faire en sorte qu'il en soit autrement pour moi.

— Les gens comme toi ? répétèrent Raven et Simon en même temps. Que voulait-il dire ?

— Je ne sais pas…

Le sourire que leur décocha Cee était si identique à celui de Raven que c'en était troublant.

— J'ai toujours pensé que pour lui j'étais quelqu'un de spécial, dit-elle enfin.

Raven réprima un juron. Ils tournaient en rond.

— Où habites-tu, Cee ?

Toujours d'un air indifférent, Cee sourit.

— Partout où je peux squatter. J'habitais dans ma maison jusqu'à la mort du professeur. Depuis je me déplace. Il m'a appris une chose : me méfier de la police. Dès qu'ils se sont pointés, je me suis arrachée.

— Arrachée ?

— Je suis partie. Son sourire s'élargit. J'y suis retournée deux fois depuis pour récupérer mon sac à dos et des vêtements. Comme c'est lui qui me faisait l'école, je n'ai jamais eu d'amis et j'ai toujours été plutôt seule.

— C'est là que c'est bien de pouvoir se transformer en loup, marmonna Raven.

— J'allais le dire. Bouche bée, Cee la regardait fixement. Comment le saviez-vous ?

— Parce que c'est ce que je faisais. J'ai vécu dans la montagne sous ma forme de loup aussi longtemps que je le pouvais. On a beaucoup moins froid, non ?

— Et c'est bien commode, la plupart du temps.

Le sourire de Cee s'évanouit.

— Mais vous ne vous sentiez pas seule ?

Sans qu'elle sache pourquoi, le seul fait de lire la solitude sur le visage de Cee serra la gorge de Raven.

— Je n'y pensais pas, dit-elle lentement, serrant la main de Simon. Mais maintenant je me rends compte que je devais l'être. Bien sûr j'avais toujours la compagnie de mes loups.

— Des loups ? C'est génial.

Cee se leva en s'essuyant les mains sur son jean.

— Bon, merci pour le repas, mais maintenant il faut que j'y aille. Le professeur disait que si quelque chose comme ça arrivait, je ne devrais jamais rester longtemps au même endroit.

Raven s'obligeait à rester silencieuse chaque fois que Cee citait le professeur, pourtant, cette fois, elle ne put s'empêcher de réagir à ce qu'elle venait de dire.

— Si quoi arrivait ?

Dansant d'un pied sur l'autre, Cee haussa les épaules.

— Ben, comme maintenant. Si des gens me recherchaient. Il m'a dit que ça pourrait arriver.

Raven eut du mal à retenir son excitation. Maintenant ils allaient peut-être enfin aboutir à quelque chose.

— Il t'a dit pourquoi ?

— Non, allez j'y vais !

Tout en faisant un vague signe d'adieu, Cee tourna les talons.

— Attends, dit Raven en s'approchant d'elle. Tu ne peux pas partir comme ça, nous sommes dans le même bateau, toi et moi.

Cee se retourna en fronçant les sourcils d'un air contrarié.

— Non. Je ne vous connais même pas.

— Ecoute, intervint Simon d'une voix calme. Les mêmes personnes vous recherchent toutes les deux. On devrait rester ensemble.

— Pourquoi ? Si on reste ensemble et qu'ils en trouvent une, ils nous trouveront toutes les deux. Pas question.

Elle commença à s'éloigner, mais à peine avait-elle fait trois pas qu'elle s'arrêta et se retourna.

— Hé, est-ce que l'un de vous a un téléphone portable ?

Simon hocha la tête.

— Faites voir, dit Cee en tendant la main.

Sans hésiter, Simon prit le téléphone dans sa poche et le lui tendit. Cee entra un numéro et lui rendit le téléphone.

— Maintenant vous avez mon numéro. Appelez-moi plus tard comme ça j'aurai le vôtre. Je vous contacterai.

Elle s'éloigna en sautillant, insouciante.

Raven se tourna vers Simon.

— On ne peut pas la laisser partir comme ça.

— Qu'est-ce qu'on peut faire d'autre ? dit-il en se passant la main sur le visage. En plus, elle n'a pas complètement tort. Pour une raison que j'ignore ils vous veulent toutes les deux, ce n'est pas la peine de leur simplifier la tâche en leur permettant de vous trouver ensemble, au même endroit.

— Mais elle n'a que dix-neuf ans.

— C'est une adulte. Allez, viens. Il lui prit le bras. On va prendre un autre bus et trouver un motel. J'ai un peu d'argent. Il faut trouver une chambre et réfléchir à ce qu'on va faire.

Ils n'étaient qu'à une quinzaine de mètres de la sortie lorsque Simon les vit. Deux hommes en treillis militaire avec des lunettes noires.

— Des protecteurs, dit Simon doucement, fais semblant de t'intéresser aux bijoux fantaisie.

D'un air naturel, Raven entra dans la boutique sur sa droite et contempla les boucles d'oreilles dans la vitrine.

Petit à petit, elle se déplaça vers l'arrière du magasin, s'éloignant de la porte en passant derrière un grand présentoir. Quelques secondes plus tard Simon la rejoignit.

A ce moment, un fracas épouvantable les fit sursauter. A l'extérieur, dans la partie centrale du centre commercial, quelqu'un se mit à hurler.

13

Simon fut tenté de se précipiter hors de la boutique mais il se ravisa et agrippa le bras de Raven.

— Ne bouge pas, murmura-t-il. Je crois que c'est un piège pour nous attirer à l'extérieur.

Elle hésita, l'angoisse se lisant sur son visage.

— Mais si c'était Cee ? Si ces hommes en treillis l'avaient attrapée ?

Simon sentit son estomac se serrer. Il connaissait à peine la jeune fille mais elle ressemblait tellement à Raven qu'il avait l'impression qu'ils étaient de vieux amis.

— Je suis pratiquement sûr qu'elle est partie.

— Mais tu n'en es pas complètement certain. On aurait dit une voix féminine.

— C'était peut-être simplement des jeunes qui s'amusaient.

— Non. Elle secoua la tête. Il est à peine 3 heures, la plupart des gosses sont encore à l'école. Ça pouvait très bien être Cee. Nous devons l'aider.

La vendeuse, une jeune personne androgyne d'une vingtaine d'années, avec de multiples piercings, s'approcha d'eux.

— Est-ce que je peux vous aider ?

A sa voix, Simon réalisa que c'était un garçon. Il n'avait eu aucune réaction lorsqu'on avait entendu le hurlement. Simon en déduisit que ce genre de choses n'était pas rare.

— Non, merci. Raven lui décocha un sourire de circonstances. On regarde seulement.

Le jeune homme hocha la tête et commença à s'éloigner.

— Attendez, dit Simon. Avez-vous entendu ce cri il y a un instant ? On aurait dit un hurlement.

— Ouais, répondit le garçon en grimaçant. Ça arrive tout le temps. Les hurlements sont fréquents, je n'y fais même plus attention. Des tas de jeunes viennent traîner par ici.

Il prononçait le mot *jeune* avec mépris, sans doute pour montrer qu'il était plus âgé.

Raven fit une grimace.

— Et s'il s'était passé quelque chose de grave ?

— Non, ce n'est rien, croyez-moi.

— Ah bon. Dans ce cas, merci.

— Bon, ben, si vous ne voulez rien…

L'employé regarda sa montre comme s'il avait quelque chose d'important à faire, et comme ni Raven ni Simon ne le contredisaient, il s'éloigna vers une autre partie du magasin.

— N'empêche, ça pouvait très bien être Cee, dit Raven, dès qu'il fut assez loin. On ne peut pas le savoir si on ne va pas voir.

— Ce serait stupide de te faire courir des risques pour une simple supposition.

— Ces deux hommes l'ont peut-être attrapée.

Mais elle ne semblait plus aussi convaincue.

— Si c'est le cas, on ne peut rien y faire, dit Simon en levant la main. Pour l'instant du moins. Primo, je te parie tout ce que tu veux que ces types sont armés. La dernière chose qu'on veut c'est provoquer une fusillade dans un centre commercial.

— Ils ne feraient pas ça, quand même ? Raven semblait choquée. Ils pourraient blesser des innocents.

— Je n'ai pas l'impression que ça leur poserait le moindre problème.

La nouvelle génération de protecteurs — s'ils s'appelaient encore ainsi — semblait avoir des règles d'éthique totalement différentes de celles de Simon.

— Je me demande comment ils osent encore s'appeler des protecteurs, dit Raven.

Simon la regarda fixement, surpris qu'elle dise exactement ce qu'il venait juste de penser.

— Qu'est-ce qu'il y a ? Qu'est-ce que j'ai dit ?

Il secoua la tête.

— Rien.

Il tendit l'oreille, puis fit un signe de tête.

— O.K., je n'entends plus de cris. On va sortir lentement du magasin et se diriger vers la sortie.

— Mais, et Cee…

— J'ai son numéro, je l'appellerai tout à l'heure, quand nous serons sortis d'ici.

— Simon…

— Ecoute-moi. Il la prit par le bras. Est-ce que tu veux vraiment signaler ta présence à ces deux types ?

— Je…

Elle se mordit la lèvre.

— Alors, fais ce que je te demande.

En voyant son expression choquée, il adoucit sa voix.

— S'il te plaît ! Cee est probablement partie juste avant nous. Fais-lui confiance. Elle est maligne. Elle a bien réussi à leur échapper jusqu'à maintenant.

Finalement, Raven prit une profonde inspiration.

— Tu sais, j'en ai assez de fuir, murmura-t-elle en lui lançant un regard de défi. S'ils veulent m'attraper et bien qu'ils m'attrapent.

Il sentit son cœur s'arrêter de battre dans sa poitrine.

— Certainement pas. A la fin, ils ont l'ordre de…

— Non. Elle l'interrompit brusquement mais son sourire tenait plus de la bravade. Tu as essayé à plusieurs reprises de leur faire entendre raison. Ils ont démontré qu'ils n'entendraient pas. Il est temps de passer au plan B.

— Au plan B ? Je n'ai pas de plan B. Il réfléchit, espérant qu'ils pourraient trouver un compromis quelconque. On en reparlera plus tard. On peut trouver quelque chose. Tu sais bien qu'il faut que nous réfléchissions à quelques détails.

— Non. On va suivre mon plan B.

— Quoi ? Te suicider ? C'est ça ton plan ? Après tout ce qu'on a fait pour essayer de te maintenir en vie ?

— Me livrer ne veut pas nécessairement dire qu'ils vont me tuer.

Il jura à voix basse.

— Tu n'as rien appris pendant tout ce temps qu'on a passé ensemble ?

En redressant la tête, elle fit signe que si.

— J'ai beaucoup appris. Mais je pense que nous n'aurons jamais aucune réponse si nous continuons à fuir.

— Des réponses ? Tu crois vraiment qu'ils vont te dire quelque chose ?

— Ça se pourrait, si nous faisons ce qu'il faut. Je te l'ai dit, j'ai un plan.

Chaque minute où il la faisait parler lui permettait de gagner du temps. Plus longtemps il l'empêcherait de tenter quelque chose de radical, plus ils auraient de chance que les protecteurs aient quitté le centre commercial.

— Tu as un plan ? dit-il d'un ton qui montrait clairement qu'il voulait lui faire plaisir, sachant que si elle se sentait provoquée, elle aurait plus tendance à discuter qu'à agir. Et c'est quoi ce plan ?

— Je vais me battre au grand jour, lança-t-elle en regardant le centre derrière lui. Je vais sortir et faire une scène. Ils n'oseront pas m'assassiner devant tout le monde.

— On ne sait jamais. Cette nouvelle génération de protecteurs n'a pas l'air d'attacher d'importance à autre chose qu'à son travail.

Il savait à quoi s'en tenir et cela l'attristait.

— Alors, je parlerai à la presse. Je leur raconterai mon histoire. On me verra aux informations. Je suis sûre qu'un scoop comme ça fera la une des journaux. Surtout si je les laisse me filmer en train de me métamorphoser.

S'il avait cru qu'elle ne pouvait plus le surprendre, il s'était trompé.

— Les laisser te filmer… Mais Raven, tu ne peux pas faire ça. Parfois, j'oublie que tu as vécu en dehors du monde. Les humains ne savent rien des métamorphes.

Une nouvelle fois, elle redressa la tête avec cet air obstiné qu'il commençait à bien connaître.

— Eh bien, il est peut-être temps qu'ils sachent.

— Certainement pas. Il soupira. Tu ne sais rien de tout ça

parce que tu n'as pas reçu une vraie éducation de métamorphe, mais ce débat existe depuis des années. Plusieurs personnes ont essayé au cours des siècles. Ça n'a rien donné de bon.

— Les temps ont changé. Les gens sont plus tolérants. Qu'est-ce qui peut nous arriver de pire ? Nous serions ostracisés ?

Au moins cette discussion avait le mérite de leur faire gagner du temps.

— Non, pire que ça. Les humains paniqueraient. La suspicion tournerait à l'hystérie, cela réveillerait les envies de lynchage. La meute se ferait massacrer.

— Sûrement pas. Il y a des lois contre la discrimination maintenant…

— Ces lois sont faites pour les humains, pas pour les monstres.

Le mot la fit bondir.

— Nous ne sommes pas des monstres.

— Ah oui ? Va dire ça à une mère paniquée qui croit que le grand méchant loup-garou va manger son bébé. Ils ont toujours pensé que nous étions monstrueux. Ce n'est pas près de changer.

Finalement, Raven fut à court d'arguments. Au moins semblait-elle réfléchir à sa décision. Mais dans le cas contraire, il lui fallait un autre plan. Quelque chose qui pourrait détourner son attention. Quelque chose d'efficace. Mais quoi ?

Un groupe d'adolescentes entra dans la boutique en riant, elles leur jetèrent un regard curieux avant de se désintéresser d'eux. Tenant toujours le bras de Raven, Simon recula pour les laisser passer, se demandant si c'était l'une d'elles qui avait crié un peu plus tôt. Il espérait que c'était le cas. Il ne voulait pas penser à ce que cela signifierait si les protecteurs avaient réussi à attraper Cee.

— Réfléchis, je t'en prie, lui dit-il une fois qu'ils furent de nouveau seuls. Il y a sûrement un autre moyen.

— Je pense que tu exagères.

Son sourire disait qu'elle avait l'intention de mettre son plan à exécution, quoi qu'il dise.

Il fallait qu'il l'arrête. Mais comment ?

Raven profita de son hésitation pour se dégager et s'avancer dans le centre commercial. Simon se précipita.

— Qu'est-ce que tu vas faire ? Tu vas te mettre à hurler ?

Pour la première fois, un éclair de doute traversa son visage.

— Je pensais juste me faire remarquer. S'ils sont toujours là, ils me verront. Après ça, à eux de jouer.

— Et s'ils te tirent dessus ? L'estomac de Simon se serra à cette pensée. Qu'est-ce que je suis censé faire, te laisser mourir là ?

Comme s'il était capable de faire ça.

— Ils ne me tireront pas dessus, dit-elle avec assurance. Ton patron…

— Ross.

— Oui, c'est ça, Ross. Il veut quelque chose de moi. Et de Cee. Je pense qu'il nous veut vivantes.

— Beck a dit que l'ordre était de tirer à vue. Mortes ou vives. Je te l'ai dit.

— C'est vrai. Mais qu'est-ce que Beck sait exactement ? Il est en cavale, lui aussi. On ne peut pas imaginer qu'il soit vraiment dans le secret, tu ne crois pas ?

Présenté de cette façon, Simon devait bien reconnaître qu'elle avait raison.

— En attendant, est-ce qu'on ne peut pas se mettre à l'abri une minute ?

Il l'entraîna dans le fond d'une boutique de maquillage.

— Pourquoi ?

— Je vais appeler Cee, dit-il, essayant toujours de gagner du temps et de l'empêcher de faire quelque chose de stupide. Si elle est libre, attendras-tu un peu avant de te livrer ?

Elle hésita avant de hocher la tête.

— D'accord. Appelle-la.

Il fit défiler son répertoire et, ayant trouvé le nom de Cee, appuya sur la touche d'appel. Mais il tomba sur sa boîte vocale. En regardant Raven, qui faisait semblant de s'intéresser à un étalage de maquillage minéral, il laissa un court message pour expliquer la situation et lui demanda de le rappeler dès que possible. Il pria pour qu'elle n'ait pas été capturée.

— Elle ne répond pas.

— Je sais, j'ai entendu. Mais pourquoi lui as-tu dit que j'étais suicidaire ? demanda Raven. Je n'ai pas l'intention de me tuer.

Il allait lui répondre lorsque, à sa grande satisfaction, son téléphone se mit à sonner.

— Ouf ! murmura-t-il en voyant le nom de Cee s'afficher sur l'écran de l'appareil. J'espère qu'il ne t'est rien arrivé de grave…

— Ils ne m'ont pas attrapée, lui répondit-elle. J'ai vu les deux types entrer et je suis sortie à toute vitesse. Je suis en sécurité à l'autre bout de la ville, mais je m'inquiétais pour vous deux. Pourquoi Raven veut-elle se suicider ? A cause de quelque chose que j'ai dit ?

Il eut un petit rire.

— Demande-le-lui toi-même.

— Passe-la-moi. Je vais la raisonner.

— D'accord. Il tendit le téléphone à Raven. Elle veut te parler.

En écoutant Raven parler avec Cee, il n'essaya pas de cacher son sourire. A en juger par ce que disait Raven, la fille à l'autre bout ne mâchait pas ses mots.

— D'accord, d'accord. Je te rappelle plus tard, promit Raven en raccrochant.

Elle fit à Simon une grimace chagrinée.

— Tu m'as fait passer pour une idiote.

— Désolé, mais elle n'a pas tort. Ces hommes de main obéissent aux ordres. Il n'est pas possible de parler avec eux.

Il lui passa un bras autour des épaules et la serra affectueusement contre lui pour atténuer le coup.

— Alors avec qui peut-on discuter ? demanda-t-elle.

Il ne répondit pas tout de suite.

— Je n'en sais rien. C'est pour ça que j'ai du mal à trouver un plan. Je ne sais plus qui est normal et qui ne l'est pas. Avant je pensais que Ross…

— Ça y est ! Simon, je sais ce qu'on va faire !

Raven sauta sur place, incapable de contenir son excitation.

— Tu te souviens que je t'ai dit que j'en avais assez de fuir ?

— Oui, répondit-il prudemment, un peu inquiet de ce qui allait suivre.

— C'est toujours vrai. Mais je dois admettre que mon idée de les laisser m'attraper n'était pas bonne.

— Comme tu dis.

Il jeta un coup d'œil autour d'eux, soulagé de ne voir aucun signe des deux protecteurs.

— J'ai une autre idée. Bien meilleure celle-là. Elle prit une profonde inspiration. Simon, tu sais où se trouve le quartier général des protecteurs, non ?

— Bien sûr, c'est là que je travaillais.

En souriant, elle le regarda de plus près.

— Alors, allons-y. Tout de suite. Si on y va sans prévenir, je suis sûre qu'on pourra affronter Ross, face à face.

Aller là-bas. A priori, il était contre. Mais en y réfléchissant, il pensa que cela pouvait peut-être marcher.

— C'est sûr qu'ils ne s'attendent pas à ça, dit-il lentement. Si on s'y prend bien, on trouvera Ross sans protection.

— Parfait. Elle croisa les bras. Et s'il le faut on pourra même le prendre en otage.

— Bon plan. Il lui lança un regard admiratif. Parfois j'ai du mal à croire que tu vivais seule dans les montagnes au milieu d'une meute de loups.

Cela la fit rire.

— Je te l'ai dit. J'ai beaucoup lu. Il m'est même arrivé d'aller voir des films quand j'étais en ville.

Bon sang, elle lui donnait envie de… Incapable de résister, il l'embrassa devant tout le monde.

— Tu es étonnante, tu sais ça ?

— Non.

Elle battit des cils dans sa direction en prenant un air modeste, mais il savait que ses paroles lui faisaient plaisir.

Il la serra encore une fois dans ses bras, avant de la lâcher. Immédiatement il redevint sérieux.

— Tu feras ce que je te dirai ?

Elle répondit sans hésiter.

— Bien sûr.

Mais avec un petit sourire elle ajouta aussitôt :

— Pour cette fois.

— Ça ira. Maintenant, marche lentement, comme si tout allait pour le mieux dans le meilleur des mondes.

— C'est parti.

Ils avancèrent nonchalamment le long de l'allée. Il y avait plus de monde maintenant, surtout des jeunes qui venaient sans doute de sortir de cours. En passant devant une boutique de prêt-à-porter féminin, Simon vit un bonnet de ski à rayures vives qui lui donna une idée.

— Attends.

Il prit le bonnet sur le mannequin, alla à la caisse et paya. Se dirigeant vers Raven il le lui tendit.

— Mets ça.

— Pourquoi ? Je n'ai pas froid.

— Non, mais il faut que tu caches tes cheveux. Il n'y a pas beaucoup de femmes qui ont des cheveux comme les tiens.

Elle fronça les sourcils, perplexe.

— J'ai les cheveux longs et bouclés, comme beaucoup de femmes.

— Peu ont cette couleur particulière. Tu as de très beaux cheveux, Raven, mais il vaut mieux les cacher.

Elle enfonça le bonnet sur sa tête, dissimulant sa longue tresse dessous.

— Là. C'est mieux comme ça ?

Il ajusta une boucle qui dépassait et hocha la tête.

— C'est parfait. Allons-y.

Ils atteignirent la porte sans encombre et sortirent dans la grisaille et le vent. Raven cligna des yeux.

— Alors, dis-moi, combien de temps faut-il pour aller jusqu'au quartier général des protecteurs ?

Il gardait une main posée légèrement sur son bras.

— Environ deux heures en voiture. C'est dans les Springs.

— Les Springs ? C'est où, ça ?

Par les chiens de l'enfer ! Il eut brusquement envie d'elle et secoua la tête. Avec tout ça, il avait oublié de se procurer des préservatifs. Il se dit qu'il s'arrêterait pour en acheter dès qu'il verrait une pharmacie.

— Colorado Springs, lui dit-il. Viens.

Ils arrivèrent à l'arrêt du bus et virent un gros car blanc qui s'arrêtait juste de l'autre côté du centre commercial. Encore quelques minutes et ils seraient en sécurité. En principe, Simon n'était pas du genre à faire des paris, il avait toujours laissé cela à Beck, mais là il était prêt à parier qu'ils avaient réussi à échapper aux meilleurs pisteurs du monde des métamorphes. Quand tout serait réglé il prendrait le temps de se demander comment ils avaient fait, mais pour l'instant il se contenta de s'en féliciter.

— Voilà le bus, marmonna-t-il, monte d'abord. Regarde tous les passagers mais surtout sois naturelle et ne montre aucune réaction, qui que tu puisses voir.

Elle se mordilla les lèvres.

— Tu crois qu'ils pourraient être dans le bus ? Je pensais qu'ils avaient leur propre moyen de locomotion.

— C'est probable, mais on ne sait jamais. Les protecteurs sont très consciencieux.

C'était bizarre. Plus il parlait de son ancien métier et plus il avait le sentiment qu'il récitait un catéchisme et non des faits réels. Une autre chose qu'il lui faudrait analyser plus tard.

— Assieds-toi à l'avant.

— Je vois. Vite montés, vite descendus. Elle hocha la tête. Tu sais, même si Colorado Springs n'est pas très loin, comment irons-nous là-bas sans voiture ?

Le bus approchait, trop lentement au goût de Simon.

— Beck en a une. Il montra son téléphone portable. Dès qu'on sera sortis d'ici je l'appellerai pour voir s'il veut bien nous la prêter.

Il ne voulait pas s'encombrer l'esprit tant qu'ils n'étaient pas en sécurité.

— Ne me parle plus de plan pour le moment, lui dit-il. Parle de choses banales, du temps par exemple.

Comme le bus s'arrêtait devant eux, il sentit une poussée d'adrénaline en prenant le bras de Raven. Il monta derrière elle, inspecta rapidement les passagers. Il vit un autre métamorphe, mais pas de protecteurs à bord.

Il poussa un soupir de soulagement tandis qu'ils s'asseyaient, de part et d'autre de l'allée centrale. Le deuxième rang était vide.

— On va où maintenant ?

— On retourne à Boulder. Quand on y sera j'appellerai Beck. J'aimerais aussi prendre des nouvelles de Zach.

— Et de Théo, fit-elle remarquer, l'air inquiet. Il faut que je sache comment il va, s'il a bien passé la nuit.

Le retour à Boulder sembla interminable. Le bus s'arrêta encore deux fois et chaque fois qu'un passager montait Simon se raidissait.

En arrivant sur la 28e Rue, Simon se prépara à descendre et fit signe à Raven de passer devant lui.

— Appelle Beck, lui dit-elle en regardant le bus s'éloigner. Demande-lui si on peut prendre sa voiture.

— Je ne vais rien lui dire de notre plan, sinon il va vouloir nous accompagner.

— Ce ne serait peut-être pas une mauvaise idée, dit Raven, nous ne serions pas trop de trois.

Une partie de lui pensait qu'elle avait raison. Mais l'autre, cette partie de son corps qu'habituellement il ne laissait pas prendre le pas sur son cerveau, protesta.

— Beck est un peu imprévisible, ces temps-ci.

— Nous aussi, fit-elle remarquer. Si vraiment ils sont à ses trousses, comme il le prétend, alors il a le droit de les affronter, lui aussi. Nous pourrions constituer notre propre petite armée.

En théorie, cette idée lui plaisait bien. Mais trois, ça ne faisait pas une armée.

— Même si on pouvait avoir Zach en plus, nous ne serions pas assez nombreux pour faire face à Ross et à ses hommes. Je pense qu'il vaut mieux y aller seuls.

— Je sais. D'un geste de la main elle l'arrêta. Moins de risques de se faire remarquer.

Il composa le numéro de Beck. Plusieurs sonneries se succédèrent et Simon pensa qu'il allait tomber sur la boîte vocale, mais à la cinquième sonnerie quelqu'un répondit. Ce n'était pas la voix de Beck.

— Caldwell ?

Simon reconnut la voix de Ross et laissa celui-ci poursuivre.

— Le numéro qui s'affiche est celui de Whearly et c'est vous qui avez son téléphone, j'en déduis donc que c'est vous. Vous voulez parler à votre ami Beck ?

La main serrée sur le téléphone, Simon dut faire un effort pour empêcher la fureur de percer dans sa voix.

— Où est-il ? Que lui avez-vous fait ?

Ross eut un petit rire.

— Beck est de retour dans les rangs protecteurs de la Société. Bien à l'abri, là où nous pouvons nous occuper de lui et le rendre meilleur.

— Comment l'avez-vous trouvé ?

— Vous nous connaissez. Nous avons nos méthodes.

— Vos satellites, plutôt.

— Hé, ce n'est pas de ma faute si vous oubliez que les portables peuvent aussi servir de GPS. A malin, malin et demi.

Simon préféra ne pas relever cette remarque. Pour l'instant, Ross avait toutes les cartes en main.

— Que voulez-vous, Ross ?

— Ça n'a pas changé. Je veux la sauvage. En fait, les deux sauvages. J'ai envoyé des équipes pour retrouver la vôtre et l'autre.

— Je sais, je les ai vus, dit Simon d'un ton moqueur. Ils ne sont plus aussi bons, Ross. Ils étaient à moins de dix mètres d'elle et ne l'ont même pas vue.

— Vraiment ? dit Ross d'un ton qui se voulait parfaitement détaché mais qui ne trompa pas Simon. Eh bien, je vais vous proposer un marché. J'ai votre ami le vétérinaire et maintenant Beck. Je vous échange les deux contre vos sauvages.

— Mes sauvages ? Mais je n'en ai qu'une.

— Oui, mais vous étiez mon meilleur protecteur, Simon. Si quelqu'un peut localiser l'autre, c'est bien vous. Amenez-les à Folsom Field, dans deux jours, au lever du soleil. La météo annonce encore de la neige, ce qui est bon pour nous.

— Et si je ne le fais pas ? Si je ne retrouve pas l'autre fille ?

Ross rit.

— Vous la retrouverez. Je n'ai aucune inquiétude à ce sujet. Au lever du soleil. Sinon, vous n'aurez jamais l'occasion de dire adieu à vos amis.

Lui laisser croire qu'il ferait ce qu'il disait serait la meilleure couverture.

— Vous serez là ? demanda Simon. J'aimerais vous les remettre en mains propres.

— Bien sûr que non. Ross rit de nouveau et Simon sentit un frisson lui parcourir l'échine. Vous savez bien que je suis beaucoup trop occupé pour aller sur le terrain. Mais je serai là en pensée. Oh ! au fait, dites à votre amie sauvage, ajouta-t-il, que j'ai son loup de compagnie. L'animal est toujours inconscient, mais cela peut changer si j'arrête les antalgiques. Dites-lui que si elle se livre, je ferai en sorte que son loup soit soigné. Sinon, il souffrira, je vous le promets.

— Espèce de salaud ! dit Simon, submergé par la colère. C'est un animal innocent.

— Comme nous tous, ricana Ross. Et nous sommes tous des salauds. Caldwell, vous avez deux jours.

Sur ce dernier avertissement, Ross raccrocha.

Deux jours, songea Simon. Ce n'était pas beaucoup mais ils allaient devoir s'en contenter.

Il rapporta les paroles de Ross à Raven en laissant de côté la plus grande partie de ses menaces concernant Théo, sans toutefois lui mentir totalement.

— S'il fait le moindre mal à ce jeune loup, je le tuerai de mes propres mains, jura-t-elle.

Simon, qui avait eu la même pensée, ne la contredit pas. Il commençait à s'habituer à cette étrange façon qu'ils avaient de penser la même chose au même moment.

— Et maintenant ? demanda-t-elle d'un air préoccupé. On y va ? Au moins ces deux jours nous laissent un peu de temps.

— Je ne crois pas. Premièrement, c'est exactement ce que Ross veut que tu croies. Cela m'étonnerait qu'il rappelle ses protecteurs et qu'il reste là, assis à nous attendre. Et deuxièmement, il est hors de question que je vous emmène, toi et Cee, à Folsom Field. Non, je préfère ton idée. On va au quartier général et on affronte Ross.

— Nous n'avons toujours pas de voiture.

— Tu as raison. Comme Beck ne peut pas nous prêter la sienne, on va emprunter la moto de Zach. Tu te souviens, il a dit qu'on pouvait la prendre.

Il sortit la clé de sa poche.

— La moto, dit-elle faiblement.

Il pensa qu'elle allait protester plus vigoureusement. Comme elle ne le faisait pas, il continua.

— On doit aller au Texas. Je veux qu'on y soit avant le moment où nous sommes censés les rencontrer à Folsom Field. Ross ne s'attend pas à nous voir débarquer chez lui.

Finalement, elle hocha la tête.

— Il faut juste qu'on arrive à sortir la moto de Zach du garage sans se faire prendre. Comment allons-nous faire ? Je suis pratiquement sûre qu'ils surveillent la maison.

Il lui prit le bras.

— Allons-y ! On trouvera une solution en chemin.

14

Ils arrivèrent dans la rue de Zach comme le crépuscule tombait sur Boulder. Les premiers flocons d'une nouvelle tempête de neige commençaient à voltiger.

En approchant de la maison, ils s'arrêtèrent net. Une camionnette était garée dans l'allée.

— Zach n'a pas de camionnette, dit Simon. Nous allons devoir passer par-derrière. Je suis pratiquement sûr que la barrière n'est pas fermée à clé.

— Et les chiens ?

Il lui serra l'épaule.

— Tu n'en as plus peur maintenant, si ?

— Non, j'espère seulement qu'ils vont bien.

Simon sentit son estomac se serrer.

— Les hommes de Ross n'ont aucune raison de leur faire du mal. Ils les ont probablement mis dans l'arrière-cour.

— Mais s'ils y sont, tu ne crois pas qu'ils vont aboyer quand on va essayer d'entrer ? Cela attirera l'attention de ceux qui sont dans la maison.

— Pas si on s'y prend bien. Suis-moi.

Ils firent le tour du bâtiment. Il y avait deux énormes épicéas sur le côté ouest de la propriété.

— Cache-toi derrière, dit Simon, au cas où quelqu'un regarderait par la fenêtre.

Comme il l'avait pensé, la barrière de bois n'était pas verrouillée. Ils pénétrèrent dans l'arrière-cour qui, le terrain étant en pente, était au même niveau que le premier étage de la maison. Quelques marches menaient du patio couvert à une porte donnant dans le bureau.

— Tu vois cette fenêtre ? Simon désignait la gauche du patio. Le garage se trouve là. Nous devons traverser derrière la maison sans qu'ils nous voient et nous faufiler par là.

Raven lui lança un regard perplexe.

— Je pourrai passer par là, mais toi c'est moins sûr.

— Mais si, je peux le faire, dit-il avec plus d'assurance qu'il n'en ressentait réellement. Le tout c'est de ne pas se faire remarquer. Tu es prête ?

Elle hocha la tête.

— Un, deux, trois, c'est parti.

Ils traversèrent la cour en courant, se tenant le plus près possible de la maison. Une fois près de la fenêtre ils se regardèrent, immobiles sous les flocons de neige.

— Les chiens n'ont pas aboyé, dit-elle, inquiète, j'espère qu'ils vont bien.

— Mais oui, dit-il en essayant de s'en convaincre lui-même. Zach deviendrait fou si quelqu'un avait fait du mal à ses chiens bien-aimés.

Péniblement, il réussit à ouvrir la fenêtre du garage.

— Comment se fait-il qu'elle ne soit pas verrouillée ?

— Probablement parce qu'elle donne dans un garage. Ou parce qu'on est à Boulder. Les gens d'ici sont plutôt décontractés à ce sujet.

Il fit un pas de côté et lui fit signe de passer devant.

— Les dames d'abord.

Les pieds devant, Raven entra en se tortillant, puis elle se retourna, agrippa le rebord de la fenêtre et se laissa tomber à l'intérieur. Il entendit le bruit de ses pieds touchant le sol.

A son tour. Avec sa corpulence, ce serait beaucoup moins facile, mais c'était faisable. Avec force contorsions, il finit par y arriver. Il atterrit sur le sol à son tour, se retourna et vit Raven qui regardait la moto. Dans la pénombre, elle ressemblait plus à une bête qu'à une machine.

— Qu'est-ce que c'est que ce truc ? murmura Raven. Je veux dire, je sais bien que c'est une moto mais je n'en ai jamais vu une comme ça.

— Par les chiens de l'enfer !

Simon, impressionné, fit le tour de la machine.

— C'est une Ducati 900 supersport ! s'exclama-t-il. Quand Zach a dit qu'il avait une moto, je n'avais pas imaginé cela. Il doit y tenir comme à la prunelle de ses yeux. Ça m'étonne qu'il ait proposé de nous la prêter.

On entendit un chien aboyer dans la maison. Quelqu'un lui cria de se taire.

— Il faut sortir d'ici, dit Simon en attrapant un casque sur une des étagères métalliques au fond du garage. Mets ça.

Elle fit la grimace, mais s'exécuta tout de même, attachant la courroie sous son menton pendant qu'il faisait de même avec l'autre casque.

— Tu es sûr de pouvoir conduire ça dans la neige ?

Cela faisait des années qu'il n'avait pas piloté une moto, pas depuis l'époque où, adolescent, il faisait du cross avec ses copains. Bien sûr il ne lui en dit rien. Toutefois il choisit de ne pas lui mentir.

— Ce ne sera pas facile, mais on n'a pas le choix.

— Et les clés ?

Simon les sortit de sa poche.

— Les voilà. Le problème, ça va être d'ouvrir la porte du garage et de démarrer sans qu'ils nous tirent dessus.

Il lui fit un sourire qu'il espérait rassurant.

— Tu es prête ?

Sans le quitter des yeux, elle hocha lentement la tête.

— Nous allons devoir nous aplatir le plus possible, alors accroche-toi à moi, d'accord ?

— Pour être moins faciles à atteindre ?

Il sourit.

— Oui et aussi pour pouvoir prendre plus de vitesse. Espérons qu'elle va démarrer.

Il pressa le bouton d'ouverture de la porte, sauta sur la moto, appuya sur l'embrayage à main et tourna la clé de contact.

La moto démarra dans un rugissement.

Simon retint une exclamation de triomphe et fit tourner le moteur. Dès que la porte, qui remontait bien trop lentement à son goût, fut ouverte à moitié, ils bondirent en avant.

Trois hommes sortirent en courant de la maison et se précipitèrent dans le garage. L'un d'entre eux sortit par la porte de devant. Il avait un pistolet à la main.

Simon tourna vers l'est en sortant du garage. L'homme tira un coup ou deux mais il les manqua. Dans un rugissement de moteur, ils disparurent dans la tempête et la nuit qui tombait rapidement.

Les hommes de Ross ne les suivaient pas. Peut-être croyaient-ils vraiment que Simon allait les rencontrer dans deux jours à Folsom Field pour leur livrer Raven et Cee.

Heureusement qu'ils avaient leurs blousons de ski et des gants. Malgré la visière du casque, Simon eut bientôt le menton gelé. Il remonta son col, et se sentit mieux. Derrière lui, Raven se collait dans son dos pour se réchauffer. Comme ils empruntaient la route à péage qui traversait Denver, la neige commença à faiblir, puis s'arrêta.

Ils firent halte à Castle rock pour boire un café et se réchauffer. Raven avait le nez rouge mais elle n'en était pas moins belle pour autant. Simon la trouvait adorable, mais il se contenta de l'embrasser rapidement sur la joue avant de boire son café.

— A quelle heure ouvrent les bureaux ? demanda Raven en le regardant par-dessus sa tasse. Et où allons-nous passer la nuit ?

— On trouvera bien un motel. Il y en a plusieurs sur l'autoroute.

Elle hocha la tête.

— Comme ça on aura une bonne nuit de sommeil.

Mais l'image qui venait à l'esprit de Simon en pensant à une chambre d'hôtel montrait plutôt des draps froissés et le corps nu de Raven allongé sous le sien. Il jura à voix basse, il était trop tard pour acheter des préservatifs.

Son sourire lui dit qu'elle avait deviné le motif de son mécontentement.

— Parfois, j'ai l'impression d'entendre tes pensées dans ma tête.

Avec un grognement il se passa les doigts dans ses cheveux en bataille et reprit :

— Cela ne devrait pas se produire, c'est impossible. A moins que…

— A moins que quoi ?

— Rien. Nous avons besoin de dormir, lui dit-il, les battements de son cœur s'accélérant en voyant son sourire espiègle. Rien de plus.

Elle hocha la tête.

— Tu as raison, bien sûr.

Elle se leva et se dirigea avec grâce vers la poubelle pour y jeter son gobelet. Simon, les yeux rivés sur elle, sentit les battements de son cœur s'accélérer. Elle produisait sur lui un effet incroyable. Il se rendit compte que tant qu'elle serait à ses côtés, il ne pourrait plus jamais se sentir normal.

Il finit son café, se leva et la suivit dans la nuit glaciale.

La neige recommença à tomber comme ils approchaient des limites de la ville. Ils s'arrêtèrent sur le parking du premier motel qu'ils virent. Simon entra dans le bureau, paya et prit les clés d'une chambre à deux lits.

Il attacha la moto avec la chaîne de sécurité et ils entrèrent tous deux dans la chambre. Simon fit un signe vers les lits doubles.

— Nous avons chacun le nôtre.

Raven acquiesça. Evitant de le regarder dans les yeux, elle fit nonchalamment le tour de la petite chambre et alluma toutes les lampes. Finalement elle lui fit face.

— Deux lits ? Pourquoi ? Je pensais que nous pourrions…

Il déglutit.

— Je ne vais pas prétendre que je ne te désire pas, parce que tu sais que ce n'est pas vrai, même si tu n'imagines pas à quel point.

— Eh bien dans ce cas, pourquoi ?

Elle semblait si vulnérable qu'il mourait d'envie de la prendre dans ses bras. Mais il savait qu'il ne pouvait pas la toucher, il resta donc les bras ballants.

— Raven, je n'ai pas eu le temps d'acheter de préservatifs. Nous ne pouvons pas prendre ce risque.

Son sourire soudain éclaira toute la chambre. Elle mit la main dans la poche de son jean et en sortit un sachet.

— Tu te rappelles le préservatif que tu as posé sur la table de chevet ? Je l'ai mis dans ma poche.

Interdit, il ne sut que dire.

Elle avança vers lui d'un pas chaloupé.

— On peut en faire bon usage, non ?

Le lendemain matin Raven s'éveilla, satisfaite et le corps agréablement meurtri. Elle ouvrit les yeux et s'aperçut que le lit était vide. Le bruit de la douche lui indiqua que Simon s'était levé avant elle.

Se disant qu'il la réveillerait, elle se blottit sous les couvertures et essaya de se rendormir. Mais bien qu'elle sente qu'elle avait encore besoin de sommeil, cette journée était trop importante. Elle abandonna l'idée de se rendormir et s'assit dans le lit, appuyée sur son oreiller. Elle alluma la télévision et vit que l'information principale était un incendie à l'université du Colorado à Boulder. Son cœur s'arrêta quand elle reconnut le bâtiment en proie aux flammes. C'était le laboratoire du professeur, l'enfer où elle avait passé plusieurs années de sa vie dans une cage.

Simon émergea de la salle de bains juste au moment de la coupure de publicité. Elle le mit au courant et ils regardèrent le programme ensemble quand il reprit.

— Tout est détruit, dit le journaliste. Les pompiers s'efforcent de circonscrire les flammes. Nous vous tiendrons informés de la suite des événements.

Raven éteignit la télévision.

— Je me demande si Ross a quelque chose à voir avec ça.

Simon marchait de long en large.

— Je pense que oui. Je n'arrête pas de me poser des questions sur les raisons de son intérêt pour le professeur et les métamorphes qu'il a torturés. Tout ça a un rapport avec ses expériences.

— Maintenant que le laboratoire est détruit, toutes les preuves de ce qu'il faisait ont sans doute disparu.

— Sauf si Ross les a récupérées avant.

Raven sortit du lit.

— A propos de Ross, il faut qu'on se mette en route. Je prends une douche, on trouve quelque chose à manger et on y va.

Il sourit.

— Chef un jour, chef toujours.

Elle ne put s'empêcher de sourire en retour.

— Les vieilles habitudes ont la vie dure.

En passant à côté de lui, elle lui fit un petit signe aguicheur.

— Je vais prendre ma douche.

Elle ferma la porte derrière elle mais ne mit pas le verrou.

La proximité de Simon l'excitait. Pleine d'espoir, elle fut secouée d'un frisson délicieux à la pensée de faire l'amour avec lui sous la douche.

La louve en elle s'étira en bâillant.

Simon savait qu'il ne pouvait pas la rejoindre dans la douche, bien que son corps lui dise le contraire. A la place, il ralluma la télévision et s'habilla, en espérant que son excitation aurait diminué lorsque Raven sortirait de la douche.

Les informations avaient fait place à une autre émission.

Le loup en lui, toujours en éveil, commençait à s'agiter. Il se dit qu'il pourrait peut-être sortir et chercher un endroit sûr pour se métamorphoser, mais il préférait conserver son énergie. Pour le moment, il devait mobiliser chaque fibre de son être en vue de la confrontation avec Ross.

Le présentateur de télé interrompit le programme pour revenir sur l'incendie à l'université. Les pompiers n'avaient pas réussi à contenir le brasier et le feu s'était propagé à plusieurs autres bâtiments. Les produits chimiques qui étaient stockés dans le laboratoire de science, celui du professeur, avaient provoqué plusieurs petites explosions et la police faisait évacuer les logements étudiants qui se trouvaient à proximité.

Pour l'instant il n'était question ni de blessés ni de morts.

Dans la salle de bains la douche s'arrêta. Simon fit un effort surhumain pour ne pas se représenter Raven nue en train de se sécher.

Finalement Raven apparut, entièrement vêtue. Elle lui lança un regard perplexe mais ne dit rien. Elle s'approcha pour écouter la télé. Ils parlaient d'autre chose... la Bourse et le prix du baril de pétrole brut.

Raven avait mis du parfum. Délicieux, pensa-t-il en grognant.

— Qu'est-ce qu'il y a ? demanda-t-elle.

Il secoua la tête sans répondre. C'est le moment que choisit son estomac pour gronder.

— Moi aussi, j'ai faim, dit Raven en riant. Tu es prêt ?

— Attends-moi une minute, grommela-t-il en se dirigeant vers la salle de bains.

Il s'aspergea le visage d'eau froide, et s'efforça de ne pas se laisser troubler par la fragrance qui flottait dans l'air. Quand il estima être de nouveau maître de lui-même il la rejoignit.

— Allons-y.

A l'extérieur, la neige menaçait de nouveau. Côte à côte ils se dirigèrent vers la cafeteria du motel. Ils s'assirent dans un box. Il n'y avait pas grand monde et la serveuse vint immédiatement leur apporter du café et prendre leur commande. Ils prirent tous les deux des steaks et des œufs.

Malgré la taille des assiettes ils eurent tôt fait de les vider.

La pendule du restaurant indiquait 8 h 15 quand ils payèrent l'addition.

Elle l'attendit pendant qu'il allait rendre les clés de la chambre, puis ils enfourchèrent la moto et démarrèrent. Au bout de moins de trente minutes, ils s'arrêtèrent dans un grand parking souterrain.

Une fois descendue de moto, Raven retira son casque et secoua ses cheveux.

— C'est ici ?

— A côté, dit Simon. Ce garage est connecté par une passerelle, mais il y a une grille gardée de l'autre côté. L'entrée du parking du quartier général est réservée. Les portes s'ouvrent aussi avec des cartes à code.

Elle fronça les sourcils.

— Tu n'avais pas mentionné ce détail. Comment allons-nous entrer ?

C'était à son tour de sortir une surprise de sa poche.

— J'ai gardé ma carte. Si Ross ne l'a pas désactivée, nous ne devrions pas avoir de problème.

Et il avait raison. Le gardien au bout de la passerelle jeta un coup d'œil à la carte de Simon et leur fit signe d'entrer d'un air agacé sans interrompre la conversation apparemment privée qu'il avait sur son téléphone portable.

Arrivé à la porte, Simon lui lança un regard.

— Maintenant, c'est le vrai test.

Il inséra sa carte dans la fente et attendit. Le voyant vert s'alluma. Il retira la carte et patienta jusqu'à ce que la porte s'ouvre.

— On y est!

Raven s'approcha.

— A quoi ça sert tout ça ?

Il haussa les épaules.

— Comme personne n'a jamais essayé de forcer le système de sécurité du quartier général de la Société, la surveillance s'est apparemment un peu relâchée.

Elle haussa les sourcils.

— Un peu ?

Ils se retrouvèrent dans un couloir sans fenêtres. Simon désigna une des trois portes fermées qui se présentaient à eux.

— Celle-ci. Allons-y.

Il inséra sa carte, la porte s'ouvrit immédiatement. Ils entrèrent dans un long couloir.

— Fais comme si tu travaillais ici, murmura-t-il. Marche à côté de moi comme si nous étions des collègues venus récupérer des affaires pendant notre jour de congé.

Immédiatement elle redressa le menton. La tête haute, l'air sûr d'elle, elle fit exactement ce qu'il lui demandait.

Il la regarda, admiratif.

— Toi aussi, lui ordonna-t-elle, avec un vague sourire. Dépêche-toi, voilà quelqu'un.

Deux hommes, en train de consulter des papiers, s'approchaient d'eux.

Simon espéra qu'ils ne le reconnaîtraient pas, ou qu'ils ne voudraient pas discuter d'une de ses affaires récentes. Il regrettait de ne pas avoir un dossier ou un carnet, quelque chose qu'il pourrait faire semblant d'examiner avec Raven, pour avoir l'air plus naturel.

Mais il s'inquiétait pour rien. Absorbés par leur conversation, les deux hommes ne leur jetèrent même pas un regard.

— Il y a combien d'étages ? demanda Raven comme ils approchaient de l'ascenseur. Est-ce qu'ils sont tous occupés par la Société ?

— Oui, dit-il en appuyant sur le bouton. Tout le bâtiment leur appartient. Le bureau de Ross est au seizième étage. Au fait, il y a des caméras partout. Un étage entier est réservé au personnel qui regarde les écrans de contrôle. C'est le département de la sécurité.

Il sourit.

— On peut dire qu'ils sont un peu paranoïaques.

— Ça fait penser au FBI ou à la CIA.

— En un sens, c'est un peu ça. La Société est le seul service de renseignements de la meute. C'est pour ça qu'ils sont si préoccupés par la sécurité.

— Et toi, tu n'es pas inquiet ?

Elle regarda la caméra bien en évidence au-dessus des portes de l'ascenseur.

— Non. S'ils me reconnaissent, ils sauront juste qu'ils m'ont déjà vu ici. Je pense que seul l'entourage direct de Ross est au courant de ce qui se passe. Son équipe de protecteurs triés sur le volet.

L'ascenseur mit un temps qui leur parut interminable à arriver, mais enfin il y eut une petite sonnerie et la porte s'ouvrit. Ils montèrent jusqu'au seizième étage en silence, conscients de la présence des caméras.

Une fois en haut, Simon fit un geste vers le couloir.

— Son bureau est là-bas, tout au fond.

Raven regardait autour d'elle, stupéfaite.

— Il y a des portes partout. Il n'y a donc pas du tout d'espace ouvert ici ?

— Si, il y a une salle de gym et une cafeteria, et des salles de réunions. Deux par étage.

Elle hocha la tête.

— Tu es prête ?

Il ne lui prit pas le bras, voulant garder les mains libres, au cas où. Il remarqua que le couloir était désert. Il avait passé pas mal de temps ici et il ne lui semblait pas que ce soit déjà arrivé. En passant devant les bureaux, il remarqua qu'ils étaient vides eux aussi. Il sentit le doute l'envahir.

Se pouvait-il que Ross ait deviné leur plan ? Ne fonçaient-ils pas tête baissée dans un piège ? Il secoua la tête. C'était impossible. Ross menait son propre service d'une main de fer, mais il n'avait pas les moyens de contrôler toute l'organisation.

Ils atteignirent le bureau. La porte était fermée.

Simon regarda Raven. Elle hocha brièvement la tête.

Il tourna la poignée et ouvrit la porte.

Le fauteuil de Ross était dirigé vers la fenêtre. Ce dernier, qui tournait ainsi le dos à la porte, leva la main avec agacement, leur donnant l'ordre de s'arrêter. Absorbé par une conversation téléphonique, il continua à parler, ne levant pas les yeux pour voir qui osait ainsi venir l'interrompre dans son sanctuaire privé.

Bien qu'il ne le voie que de dos, Simon eut l'impression qu'il avait vieilli. Ses cheveux bruns qui auparavant ne grisonnaient que sur les tempes, étaient devenus uniformément poivre et sel.

Ils firent un pas dans la pièce. Simon ferma la porte, regrettant l'absence de verrou.

Raven soupira d'impatience, dansant d'un pied sur l'autre.

Son mouvement attira l'attention de Ross. Toujours absorbé par sa conversation, il finit par les regarder. Ses yeux s'agrandirent, seul signe visible de sa surprise.

Sans même saluer son correspondant, il reposa le téléphone sur son socle. Il ne jeta qu'un rapide coup d'œil en direction de Simon et se mit à fixer Raven. Il la jaugea des pieds à la tête d'une façon qui donna à Simon l'envie de lui mettre son poing dans la figure.

— Surprise, dit Simon d'une voix douce.

— Ce qui me surprend, c'est que vous ayez pu entrer.

— Rien d'étonnant à cela. Je travaille toujours ici. Nous avons décidé de ne pas attendre Folsom Field.

— Vous n'en avez amené qu'une ? dit Ross d'un ton traînant.

Sans laisser à Simon le temps de répondre, il poursuivit :

— Mais bien sûr, il vous était impossible de retrouver la plus jeune.

Raven se raidit, se mordant les lèvres.

— Que voulez-vous dire ?

Simon s'efforçait de parler d'un ton neutre, conscient que l'autre voulait probablement l'appâter.

Ross prit son temps pour répondre. Il se leva et s'étira. Il avait beau essayer de prendre un air détaché, sa tension se devinait à la raideur de ses épaules.

Quand il se retourna, Simon remarqua qu'il n'avait pas d'arme sur lui. Un avantage pour eux. Il jeta discrètement un coup d'œil à la veste de Ross accrochée au portemanteau. Le revolver pouvait être dessous. A moins que, sûr de sa suprême invulnérabilité, il ne se donne même pas la peine d'en porter un.

— Qu'est-il arrivé à Cee ? demanda Raven, prenant la parole pour la première fois. Je vous préviens, si vous lui avez fait du mal…

— Cee ? Ross fronça les sourcils. Vous parlez de la fille ? Elle est sous la garde des protecteurs, rien de plus.

— Comment avez-vous fait ? Elle savait que vous la recherchiez, elle prenait des précautions.

— Nous avons décidé de ne pas interrompre nos opérations de recherche. Ross lui lança un sourire méchant. Et, comme pourra vous le confirmer votre ami Simon, quand nous voulons quelque chose, en général nous l'obtenons. La fille a été amenée dans ces locaux à 6h58 ce matin. Nous l'avons attrapée alors qu'elle essayait de pénétrer dans la maison du professeur.

Cee. En voyant l'air angoissé de Raven, Simon retint un juron.

— Vous bluffez.

— Vraiment ? Le sourire de Ross s'élargit tandis qu'il s'approchait. Et qu'est-ce qui vous fait dire ça ?

Simon sortit son téléphone, ou plutôt celui de Whearley, de sa poche et chercha dans le répertoire le numéro de Cee sans quitter Ross des yeux.

— Je l'appelle, dit Simon, et il vaudrait mieux pour vous qu'elle réponde et me dise que tout va bien.

Mais après sept sonneries, il tomba sur la boîte vocale. Il laissa un bref message puis remit le téléphone dans sa poche.

— Rien d'anormal. Ça lui arrive souvent de ne pas répondre. Elle va rappeler.

Ross gloussa en secouant la tête.

— Ça m'étonnerait. Sauf si je dis à mes hommes de la laisser faire. Je vais demander qu'on l'amène ici.

— Pourquoi ?

— Comme ça, je les aurai toutes les deux dans la même pièce. Avant de supprimer la plus jeune, je veux voir les deux, côte à côte, de mes propres yeux.

— Supprimer la plus jeune ? Raven s'avança. Que voulez-vous dire ? Pourquoi voulez-vous nous tuer ? Et ne me ressortez pas vos idioties. Comme vous le voyez, je ne suis pas plus sauvage que n'importe qui.

Ross la regarda durement.

— Vous ne le savez vraiment pas ?

Elle secoua la tête, lentement.

— Je ne sais même pas qui étaient mes parents.

— Le professeur avait des dossiers sur eux, des dossiers très épais avec des photos et tout. Si je comprends bien, il ne vous les a pas montrés ?

— Non.

— C'est dommage, dit-il d'un ton dénué de toute sincérité. Mais je suppose qu'il avait des raisons pour ça.

Tout en parlant, Ross tendit la main vers son téléphone. D'un mouvement rapide, Simon l'intercepta et le fit tomber sur le sol.

— Pas de communications avec l'extérieur.

En lui lançant un regard furieux, Ross passa sa main dans ses cheveux courts aux reflets argentés.

— Comme vous voulez. Mais tout cela va mal finir pour vous, dit-il, les yeux étincelants de rage.

— Vos menaces ne me font pas peur. Maintenant, dites-nous pourquoi vous vous intéressez tant à Raven et à Cee. Est-ce parce que le professeur a fait des expériences sur elles ?

— Espèce d'idiot ! La plus jeune — Cee — c'est elle l'expérience. Le professeur Hutchins l'a clonée. Cee est le clone de Raven.

15

— Clonée ? Mais comment est-ce possible ?

Stupéfaite, Raven le regarda fixement.

— Je sais qu'on clone des moutons et d'autres animaux, dit-elle d'une voix blanche, mais pas des humains.

— Vous n'êtes pas totalement humaine, ma chère. Vous êtes une métamorphe, à moitié louve.

Comme si elle ne le savait pas. Depuis qu'ils étaient entrés dans cet immeuble, la louve en elle luttait pour se libérer. A cet instant même, elle devait se retenir pour ne pas retrousser les lèvres et montrer les dents.

— Pourquoi ? grogna Simon. Pourquoi aurait-il fait une chose pareille ? Et qu'est-ce que vous avez à voir là-dedans ?

Ross gonfla la poitrine.

— Qui a financé l'opération, d'après vous ?

— Mais dans quel but ?

Ross eut un sourire méprisant.

— Il y a vraiment des choses qui vous échappent, Caldwell. Réfléchissez un instant. Si nous parvenons à cloner des métamorphes, nous n'aurons plus besoin de sélectionner des candidats protecteurs. Nous pourrons en faire l'élevage.

— Votre propre armée endoctrinée. Simon secoua la tête, perplexe. Il y a quelque chose d'immoral dans votre projet.

— Pas vraiment. Actuellement nous devons amener les nouveaux protecteurs ici lorsqu'ils sont enfants, nous les aidons à surmonter l'angoisse de la séparation, nous les élevons et nous les formons. Soixante-sept pour cent d'entre eux arrêtent le programme quand ils deviennent adultes.

Douze pour cent de plus abandonnent au bout d'une dizaine d'années, comme vous et Beck. Il devient de plus en plus difficile de garder des protecteurs bien formés.

— Turley est au courant de tout ça ?

Ross détourna le regard.

— Pas encore. Mais ça viendra. Son sourire revint, triomphant. Je serai un héros.

Simon grimaça.

— Turley sait-il au moins combien de sauvages sont éliminés ?

— Il n'a pas besoin de le savoir. C'est pour ça que je suis là, pour qu'il n'ait pas besoin de se salir les mains.

— Vous savez, quand j'étais en formation, l'accent était toujours mis sur la rééducation. Ce n'est que lorsque j'ai commencé le travail de terrain qu'on a insisté sur l'élimination.

— Hé là ! Ross écarta les mains. Je n'y suis pour rien. Mais dites-vous seulement que vous avez contribué à la sécurité du monde en éliminant tant de dangereux sauvages.

— Vous avez déjà fait des statistiques ? Sous le ton neutre de Simon perçait un avertissement. Comparé les chiffres des éliminations et des rééducations ? Je me souviens que plusieurs d'entre nous l'ont demandé.

— Ouais, comme votre copain Beck. Des types qui avaient besoin de vacances.

Simon hocha la tête.

— Tous ceux qui avaient des doutes disparaissaient. Je n'en reviens pas de n'avoir rien remarqué.

— C'est normal, dit Ross avec un sourire moqueur. Vous étiez l'un des meilleurs, un de ceux qui faisaient leur travail. Vous étiez toujours si concentré sur les missions qui vous étaient assignées que vous n'aviez pas le temps de vous poser de questions.

— Turley ne sait rien de tout cela, n'est-ce pas ? Il est là dans sa tour d'ivoire, à croire que vous vous chargez de tout comme vous êtes censé le faire. Il croit que vous respectez le code des protecteurs.

Pour la première fois depuis qu'ils avaient fait irruption dans son bureau, Ross s'agita dans son fauteuil, mal à l'aise.

— Je respecte le code, j'ai même travaillé à le réécrire. Tout sera dans le rapport que j'ai l'intention de remettre à Turley.

— Quand ?

— En temps utile. Je ne suis pas encore prêt.

— Vous n'allez rien lui dire du tout. Ce n'est pas des louanges que vous recherchez, c'est le pouvoir. Vous voulez prendre la place de Turley.

Un léger sourire effleura les lèvres de Ross, pourtant il secoua la tête.

— C'est un poste électif.

— Et les élections sont à l'automne. Simon fronça les sourcils. Je suis sûr que vous vous préparez à les truquer.

Raven en avait assez entendu.

— La politique interne de votre Société ne m'intéresse pas, dit-elle brusquement. Si Cee et moi sommes les témoignages de votre brillante réussite, pourquoi êtes-vous si acharné à nous éliminer ? Ça n'a pas de sens.

Ross lui lança un regard glacial.

— Vous n'êtes pas un témoignage. Vous êtes une sauvage. Je n'ai pas besoin de vous, vivantes. Mortes, je peux faire analyser vos corps qui prouveront que l'expérience est une réussite.

Un tel mépris pour la vie la stupéfia. Mais le concept même d'élimination l'avait choquée dès l'instant où Simon lui en avait parlé. Que représentait une mort de plus pour quelqu'un qui avait déjà tant de sang sur les mains ?

— C'est vous qui avez tué le professeur, n'est-ce pas ?

Ross rit sans la regarder.

— Elle est plutôt intelligente pour une sauvage. Ce qui veut dire que la plus jeune est intelligente, elle aussi.

— Elle a un nom, grogna Simon, l'air sombre. Ce n'est pas un objet, c'est une personne. Elle s'appelle Raven. Appelez-la par son nom.

Ross garda le silence un moment, puis il eut un petit rire.

— Vous, mon ami, vous l'avez dans la peau.

— C'est faux, gronda Simon. Et je ne suis pas votre ami.

— C'est une sauvage. Un animal. Ne l'humanisez pas.

Cela ne sert à rien, d'autant que vous savez aussi bien que moi qu'elle doit mourir.

— Pourquoi ?

Raven s'approcha, les yeux rivés sur le visage de Ross, sachant que s'il la regardait attentivement, il y verrait la louve furieuse. Sauvage, en effet.

— Pourquoi avez-vous tué le professeur ?

Il finit par la regarder dans les yeux. La haine qu'elle lut dans son regard la fit presque reculer. Mais elle ne flancha pas.

— J'élimine tous ceux qui sont au courant de mon projet et qui ne veulent pas collaborer.

Ross semblait agacé qu'elle ait posé la question.

— Qu'est-ce que ça peut vous faire ? demanda-t-il. C'était votre oppresseur, votre ravisseur. Je suis sûr que vous souhaitiez sa mort, je me trompe ?

Elle ignora la question.

— Si vous tuez tous ceux qui sont au courant de vos expérimentations, alors d'autres personnes vont mourir.

— Bravo! Les yeux de Ross s'étrécirent et il applaudit. Vos pouvoirs de déductions sont impressionnants. Bien sûr que d'autres personnes devront mourir. Je ne veux pas courir le risque que Turley découvre tout avant que je ne sois prêt.

Simon les regardait sans parler. Il avança d'un pas.

— Cela n'a aucun sens. Même si vous avez commencé il y a cinq ou dix ans, le temps que vos clones deviennent des protecteurs à part entière vous serez vieux.

Le rire de Ross fit frémir Raven.

— Ah oui ? Quel âge donnez-vous à Cee ?

— Elle nous l'a dit. Elle a dix-neuf ans.

— Non. Elle *croit* qu'elle a dix-neuf ans. En réalité elle n'existe que depuis sept ans. Le professeur l'a clonée juste avant que vous ne disparaissiez.

Interdite, Raven fixa l'homme grassouillet qui lui faisait face, espérant lui exprimer son dégoût par la seule force de son regard.

— Comment est-ce possible ?

— Des tas de scientifiques dans le monde travaillent

pour moi, dit-il d'un air suffisant. Le clonage n'est qu'un de leurs sujets de recherche.

— Vous voulez dire des scientifiques qui travaillent pour la Société, interrompit Simon. Ils ne sont pas censés travailler sur vos projets personnels.

— La Société, c'est *moi*, dit Ross. Mes projets auront des retombées positives pour eux. Bon, je pense que cette discussion touche à sa fin.

Brusquement, il se pencha sur le tiroir de son bureau.

Il avait ouvert le tiroir à moitié quand Simon bondit et le frappa pour le repousser. Ils tombèrent lourdement, entraînant le fauteuil dans leur chute.

Ils roulèrent sur le sol en grognant. Dans la bagarre, Raven apercevait tantôt un homme tantôt un loup, bien que ni l'un ni l'autre ne se transforme à proprement parler. Le fracas aurait dû être suffisant pour donner l'alerte mais personne ne vint.

Sans les quitter des yeux, Raven s'approcha du bureau. Le cœur battant, elle attrapa le téléphone et composa le zéro. Quand la standardiste répondit, Raven demanda à parler à M. Turley, en espérant que la femme ne percevrait pas les tremblements dans sa voix. A son grand soulagement la communication fut établie sans question.

Une secrétaire répondit. En essayant de couvrir le bruit de la lutte derrière elle, Raven lui dit d'une voix blanche que si M. Turley voulait éviter une explosion dans l'immeuble, il devait se rendre immédiatement dans le bureau de Ross au seizième étage.

Sur ces mots Raven raccrocha. Il ne restait plus qu'à prier pour que la secrétaire transmette le message. Une alerte à la bombe devrait suffire à capter l'attention du grand patron. Au minimum cela leur ferait gagner un peu de temps.

Maintenant il fallait empêcher Simon et son ex-patron de s'entre-tuer. Tant qu'elle restait humaine, il ne semblait pas y avoir trop de risques, heureusement.

Si les choses se passaient bien, Simon et elle seraient bientôt sortis de ce pétrin. Dans le cas contraire, ils seraient sans doute bientôt morts tous les deux.

En soupirant, elle se retourna juste à temps pour voir Simon flanquer à Ross un coup de poing bien placé qui l'envoya la tête la première dans la crédence. L'homme perdit connaissance.

Du sang coulant d'une de ses lèvres, Simon se redressa lentement.

— Qu'est-ce que tu as fait ? demanda-t-il en montrant le téléphone.

— J'ai appelé Turley. Il a le droit de savoir. Je refuse de me retrouver au milieu d'une querelle de pouvoir entre lui — elle montra Ross du pouce — et son supérieur.

— Tu ne sais pas s'il n'est pas dans le coup, lui aussi, grogna Simon.

— Mais tu as dit…

— Je sais ce que j'ai dit, mais maintenant je pense qu'on aurait mieux fait de tenter notre chance.

A peine avait-il prononcé ces mots que la porte s'ouvrit brutalement et des gardes armés se précipitèrent dans la pièce en leur ordonnant de lever les bras.

Raven obéit lentement, le cœur battant à se rompre.

— On dirait que quelque chose a mal tourné, dit Simon à voix basse comme on leur passait les menottes. Turley n'a même pas pris la peine de se déplacer. Soit on ne lui a pas transmis le message, soit…

— Soit il s'en fiche complètement, finit-elle à sa place.

Comme ils emmenaient Simon, Raven se précipita à sa suite.

Un des hommes en uniforme s'interposa.

— Vous allez être interrogés séparément, dit-il d'un ton rogue.

C'était assez logique, après tout. Elle suivit Simon des yeux jusqu'à ce qu'il tourne le bout du couloir, puis elle regarda par-dessus son épaule. Des infirmiers s'occupaient de Ross, toujours évanoui. Elle ne doutait pas que dès qu'il pourrait parler de façon cohérente, il inventerait une sombre histoire à propos d'un ancien protecteur devenu fou et de sa sauvage…

Elle aurait dû s'en douter. Ses expériences passées avaient

prouvé que ce qu'on trouvait dans les livres et les films était faux. Le bien ne triomphait pas toujours du mal. En tout cas il lui semblait bien que, dans sa vie à elle, c'était toujours les méchants qui l'emportaient.

Pour une fois, elle aurait aimé qu'il en soit autrement. Maintenant, si Ross avait le champ libre, Simon et elle n'auraient pas la moindre chance.

Pas plus que Cee, Beck ou Zach. Même le pauvre Théo, qui n'avait rien fait d'autre que suivre son chef de meute, mourrait.

Cette idée renforça sa détermination. Elle ne se laisserait pas faire sans combattre.

Au lieu de l'emmener dans une cellule ou dans une quelconque pièce sans fenêtre fermée à clé, les deux gardes se dirigèrent vers l'ascenseur.

— Ne vous inquiétez pas, dit l'un d'eux, vous êtes en sécurité.

L'autre fronça les sourcils d'un air réprobateur mais il ne discuta pas l'affirmation de son collègue.

Sur le palier, le garde qui n'avait pas parlé utilisa une clé pour activer un ascenseur marqué *Privé*. Les portes s'ouvrirent en glissant sans bruit. A l'intérieur, les parois étaient recouvertes d'acajou verni et le sol d'un épais tapis couleur lie-de-vin. Le garde pressa le bouton unique entouré de cuivre ancien et l'ascenseur commença à monter en glissant pour finalement s'arrêter doucement.

Lorsqu'ils sortirent de la cabine, Raven comprit qu'ils étaient entrés dans un univers radicalement différent. Alors que l'autre partie du bâtiment avait tout d'un immeuble de bureaux, strictement utilitaire, cet étage était aussi luxueux qu'une suite dans un palace de station balnéaire à la mode.

Flanquée de ses gardes, elle traversa une salle d'attente spacieuse, meublée d'élégants canapés et de fauteuils. L'élément central de la pièce était un énorme bureau en merisier en forme de L. Une grande femme élégante, vêtue d'un tailleur noir parfaitement coupé et portant des talons aiguilles, attendait. Elle fit un signe de tête aux gardes et sourit à Raven.

— Détachez-la, dit-elle avec autorité.

Une fois qu'ils eurent ôté les menottes de Raven, la femme hocha la tête.

— Venez avec moi, je vous prie.

Raven lança un regard en direction des gardes qui l'escortaient pour s'assurer qu'ils restaient là, puis elle lui emboîta le pas. Elles franchirent une série de portes, traversèrent une pièce, puis une autre. Raven se sentait comme une souris dans un labyrinthe. En arrivant à la dernière porte, un panneau de bois sculpté orné de figures mythiques et de loups, la femme sourit de nouveau et baissa la tête.

— A partir d'ici, vous continuez seule. Elle désigna la porte. Allez-y. Elle n'est pas fermée à clé.

Le cœur battant, Raven s'obligea à sourire et saisit la poignée. Elle ouvrit la porte et entra.

Et se retrouva face à face avec un énorme loup au pelage d'un blanc si pur qu'il semblait lumineux. L'air autour de l'animal scintillait. Raven cligna des yeux, se retenant de se frotter les yeux. Un instant plus tard un homme aux cheveux blancs se dressa nu devant elle.

En lui souriant d'un air serein, il se tourna et enfila un jean et une chemise posés sur un des fauteuils de velours.

— Je vous en prie, asseyez-vous, dit-il en désignant l'autre fauteuil.

Il attendit qu'elle soit assise pour se laisser tomber dans le fauteuil juste en face d'elle et lui tendit la main.

— Je suis Geoff Turley, président de cette Société. Soyez tranquille, je n'ignore rien des plans de Ross et de ce qu'il essaye de faire.

Refusant la main qu'il lui tendait, elle lui lança un regard furieux.

— Et vous savez combien de sauv… heu, de loups sauvages il a programmé d'éliminer ?

Les yeux gris de Turley s'emplirent de tristesse.

— Je ne l'ai appris que très récemment. Mon service de renseignements est en faute. Ils se sont concentrés sur les projets à long terme et ont négligé le concret.

— Et que comptez-vous faire à présent ?

S'il la trouva trop directe, il n'en laissa rien paraître.

— J'ai déjà donné l'ordre de rappeler tous les protecteurs qui sont sur le terrain. Ils vont devoir suivre un stage de recyclage. Nous sommes là pour protéger, pas pour détruire.

— Et si un métamorphe sauvage ne veut pas être rééduqué, que ferez-vous ? Continuerez-vous à ordonner la mort ?

Il soupira.

— Ces choses sont très compliquées. Certains sont fous, ils représentent un danger pour eux-mêmes et pour les autres. Quand l'un d'entre eux tue un humain, nous avons toutes les peines du monde à éviter que la vérité ne soit découverte. Certains sont impossibles à rééduquer.

Elle baissa la tête, reconnaissant qu'il avait raison sur ce point.

— Mais il y en a d'autres qui, comme moi, veulent seulement qu'on les laisse vivre leur vie comme ils l'entendent. Que ferez-vous d'eux ?

— C'est justement ce que les protecteurs sont censés faire. Evaluer le risque. Une personne comme vous — visiblement intelligente, qui peut vivre en société mais qui choisit la vie sauvage — cette personne-là devrait être laissée en liberté.

— Et Simon ?

— Votre compagnon ? Il sera mis au courant de ce qui se passe. Après la conclusion de cette enquête vous serez libre de vivre comme il vous plaira.

— Je ne comprends pas, dit-elle lentement, que voulez-vous dire, mon compagnon ?

Il lui adressa un sourire empreint de tristesse.

— A l'instar de nos homologues sauvages, nous, métamorphes, nous accouplons pour la vie. Quand nous trouvons cette personne unique, notre compagne, ou notre compagnon, la joie que nous éprouvons lors de notre union est sans limites.

— Et vous, dit-elle doucement, avez-vous trouvé votre compagne ?

— Je l'avais trouvée, oui. Sa voix devint rauque et le chagrin assombrit son regard. Nous avons été mariés pendant douze ans. Elle a perdu la vie dans un incendie, il y a sept ans. J'ai toujours du mal à en parler.

— Je suis vraiment désolée.

— Ne le soyez pas, dit-il calmement. Ces années de bonheur compensent largement la douleur que j'éprouve aujourd'hui… Si vous avez le sentiment que Simon est votre compagnon, ne le laissez pas partir sans le lui dire.

Elle hocha la tête et tenta un sourire qu'elle espérait convaincant, pourtant ces mots n'avaient fait qu'amplifier sa propre douleur. Même si elle croyait qu'ils étaient faits l'un pour l'autre, Simon ne voudrait jamais de quelqu'un comme elle. Une paria. Une sauvage.

— Dites-le-lui, insista Turley.

— Je le ferai. Où est-il à présent ?

— J'ai donné l'ordre qu'on le conduise ici. Il lança un coup d'œil à une énorme pendule avec des chiffres romains. Je l'attends d'une minute à l'autre.

Tandis qu'on l'entraînait, Simon, menotté, regardait sans cesse par-dessus son épaule Raven qu'on emmenait dans la direction opposée. Il ferait tout ce qu'il faudrait pour assurer sa survie, au prix de sa propre vie s'il le fallait. Il lui était impossible de concevoir qu'on puisse faire du mal à sa compagne.

Sa compagne.

Il était enfin capable de reconnaître la vérité. Raven et lui étaient faits l'un pour l'autre, destinés l'un à l'autre. Il ne voulait rien tant que passer le reste de sa vie à ses côtés.

A la première occasion il sortirait de là et irait la chercher.

Ses deux gardes l'entraînèrent vers la cage d'escalier, et il se demanda s'ils avaient l'intention de le précipiter au bas des marches pour le tuer. Au lieu de cela, ils montèrent. Un étage, puis deux. En arrivant au dix-neuvième étage, il remarqua que les hommes qui l'escortaient commençaient à s'essouffler. Celui qui se trouvait sur sa gauche et avait au moins vingt kilos de trop, soufflait comme s'il manquait d'air. Celui de droite, légèrement plus jeune et en meilleure forme, semblait lui aussi hors d'haleine.

Simon dissimula un sourire sauvage. Il savait quand une occasion se présentait.

Il saisit celle-ci, donna un coup de coude dans l'estomac de l'homme sur sa gauche qui se plia en deux et atterrit contre l'autre garde, l'entraînant dans sa chute. Simon n'attendit pas de voir jusqu'où ils tombaient pour grimper les marches quatre à quatre, et les entendit, derrière lui, qui luttaient pour le rattraper.

Il y avait vingt et un étages dans cet immeuble. Le bureau de la direction occupait tout l'étage supérieur. S'il pouvait atteindre Turley, Raven et lui auraient peut-être une chance. Autrement, c'était la mort à coup sûr pour eux deux.

Il espérait seulement qu'une fois au vingt et unième étage il ne trouverait pas la porte fermée à clé.

La chance était de son côté. Il n'était que légèrement essoufflé quand il arriva en haut, alors que les gardes derrière lui atteignaient péniblement l'étage au-dessous. Il tourna la poignée de la porte qui n'opposa pas de résistance. Il la referma derrière lui et tourna le verrou, bloquant le passage pour ses poursuivants. Ils devraient redescendre au vingtième et trouver le moyen d'utiliser l'ascenseur privé. Cela laisserait à Simon le temps de faire ce qu'il avait à faire.

Personne ne l'arrêta, ni dans la salle d'attente, ni dans les antichambres qui suivaient. Il finit par atteindre la porte ornée des symboles de pouvoir du bureau du grand homme. Prenant une profonde inspiration, Simon s'élança dans la pièce, prêt à se battre.

Stupéfait, il s'arrêta sur le seuil. En face de lui, assis l'un à côté de l'autre dans des fauteuils confortables, Raven et Turley le regardaient en souriant.

Un peu plus tard, après que Turley eut écouté et expliqué les changements immédiats qu'il avait ordonnés, ils apprirent que Ross avait été mis en examen. Les charges contre lui étaient si nombreuses qu'elles couvraient trois pages.

Cee, Beck et Zach avaient tous été libérés, Simon et Raven étaient libres de partir, mais Simon avait reçu l'ordre de rejoindre son poste dans deux semaines. Comme tous les protecteurs qui avaient servi sous les ordres de Ross, il lui faudrait suivre un recyclage intensif.

Pour finir, alors qu'ils se levaient pour prendre congé, Simon prit la main de Raven.

— Un instant, dit Turley. Raven m'a dit qu'elle voulait retrouver sa vie d'avant. Elle ne représente aucun danger pour quiconque. J'ai un dernier ordre à vous donner. Avant de prendre vos deux semaines de permission, vous la raccompagnerez à l'endroit où vous l'avez trouvée.

Il sembla guetter une réaction sur le visage de Simon tout en lui donnant une vigoureuse tape dans le dos.

— Comme ça nous pourrons tous vivre heureux jusqu'à la fin de nos jours, n'est-ce pas ?

Interdit, Simon acquiesça de la tête.

Le président de la Société se pencha vers Simon et lui dit à voix basse afin qu'il soit seul à entendre ses paroles :

— Etes-vous conscient du fait qu'elle est peut-être votre compagne ?

Simon déglutit. Relevant la tête, il regarda Turley dans les yeux.

— Oui, répondit-il. Oui, j'en suis conscient.

Le président hocha la tête.

— Alors, vous êtes libres de partir.

Hébété, Simon se retourna, tendant la main vers Raven. En fin de compte, il avait peut-être toujours su, au fond de lui-même, qu'elle était la compagne du destin. Mais elle, le savait-elle ?

Comme leurs mains se rejoignaient, il scruta son visage pour y trouver une réponse. Ignorante de ses pensées, elle lui fit un sourire rassurant.

— Tu es prête ?

— Oui.

La poitrine serrée, il ne lâcha pas la main de Raven avant d'avoir atteint l'ascenseur. Il aurait dû savoir que ce moment arriverait. Il devait la laisser partir. Dans l'ascenseur, elle lui sourit d'un air las.

— Je me demande ce que je vais dire à Cee, dit-elle. Je

ne suis pas sûre de vouloir qu'elle sache pour le clonage, pourtant je dois lui dire que nous sommes de la même famille.

Il hocha la tête, incapable de parler. Il allait devoir imaginer la vie sans elle. Une part de lui ne perdait pas l'espoir qu'elle réfute les paroles de Turley et lui dise qu'elle n'avait pas envie de retourner dans ses montagnes, tout en sachant très bien que ce n'était pas possible.

Elle voulait rentrer chez elle.

Il respecterait son choix.

La moto était toujours à l'endroit où ils l'avaient laissée. Simon tendit son casque à Raven, ajusta le sien, la gorge serrée.

— Ça t'ennuie si on s'arrête pour prendre des nouvelles de Théo ? demanda-t-elle, son regard bleu ne laissant rien paraître de ses pensées.

— Pas du tout, réussit-il à dire en enfourchant la moto.

Les deux heures de trajet jusqu'à Boulder passèrent en un éclair.

A la clinique, ils retrouvèrent Zach qui avait l'air reposé.

— Tu vas bien ? demanda Simon en agrippant le bras de son ami. J'étais inquiet pour toi.

— Ça va. Zach sourit. Ils m'ont posé quelques questions et m'ont enfermé dans une chambre au Lamplighter Motel. Finalement, un de mes gardiens a reçu un coup de fil et ils m'ont relâché.

— Comment va Théo ? dit Raven, impatiente. Sa patte guérit ?

— Tu sais que j'ai dû l'amputer?

Elle hocha la tête.

— Cela évolue bien, mais il faudra un peu de temps avant qu'il puisse marcher de nouveau. Il va devoir rester en cage quelques jours encore. Est-ce que tu as l'intention de le relâcher dans la nature ?

Elle fronça les sourcils et se mordit la lèvre.

— Je ne sais pas. Il n'a jamais fait partie des plus forts de la meute et il est si jeune.

— Je connais un refuge pour loups au nord d'ici, vers

Fort Collins. Je peux les appeler pour leur demander s'ils accepteraient de le prendre.

— Tu ferais ça ?

Son visage s'éclaira, ravivant la douleur dans la poitrine de Simon. Même Zach semblait sous le charme lorsqu'il hocha la tête lentement.

— Est-ce que je peux le voir ?

— Bien sûr.

Simon accompagna Raven et revint au bout d'un petit moment, seul.

— Qu'est-ce qui t'est arrivé, mec ? demanda Zach doucement. On dirait que tu es passé sous un camion.

Simon secoua la tête en se massant la nuque.

— Rien qu'un verre de whisky ne puisse pas faire passer.

La réserve des loups pourrait prendre Théo, mais pas avant deux semaines. D'ici là, Simon et Raven devraient s'en occuper. Comme Simon habitait toujours chez Zach, celui-ci accepta de le garder à la clinique, dans la mesure où il ne constituait pas un danger pour ses employés.

Il s'avéra que le professeur avait légué sa maison à Cee. Raven alla donc vivre avec elle pour quelques jours, laissant Simon seul. Et malheureux.

Il tenta de se raisonner, de se dire que c'était un bon moyen de se préparer au moment où elle partirait pour de bon, mais rien n'y fit. Il ne comptait plus les fois où il avait dû se retenir de l'appeler, et le jour où il se retrouva dans la rue de Cee, il se dit qu'il devenait cinglé.

Même la métamorphose n'y faisait rien. Il était allé dans les montagnes pour libérer son loup interne, mais cela n'avait servi qu'à rendre l'absence de Raven plus aiguë encore.

Les âmes sœurs n'étaient pas faites pour être séparées. Il se demandait si Raven était aussi malheureuse que lui, ou s'il s'était complètement trompé sur leur relation. N'y tenant plus il céda à une impulsion et l'appela.

C'est Cee qui répondit.

— Hé, Simon, nous avons trouvé une boîte de photos de Raven et de mes parents. Elles sont géniales. Tu devrais venir les voir. Nous ressemblons beaucoup à notre mère.

Ainsi Raven lui avait tout dit.

— Oui, je vais venir bientôt. Est-ce que Raven est dans les parages ?

— Elle est sortie. Je crois qu'elle est allée marcher. Tu veux que je lui dise de te rappeler ?

Il hésita et finit par dire qu'il rappellerait plus tard, tout en sachant qu'il ne le ferait pas. Après avoir raccroché il dut lutter pour résister à la tentation d'aller à sa recherche sur tous les sentiers de randonnée autour de sa maison.

Quand, une semaine plus tard, Zach lui dit que Théo était assez fort pour être emmené au refuge, Simon sauta sur l'occasion pour appeler Raven. Au seul son de sa voix, un frisson parcourut son échine.

Elle semblait heureuse d'avoir de ses nouvelles, mais il n'eut pas l'impression qu'elle avait souffert autant que lui. Ils convinrent qu'il passerait la chercher après le petit déjeuner, pour ensuite aller chercher Théo et l'emmener à Fort Collins.

Le lendemain matin, alors qu'il avait pourtant essayé de se préparer, il sentit ses jambes faiblir quand il vit Raven. Elle portait un pull jaune vif et un jean, ses longs cheveux étaient noués en queue-de-cheval. Il sortit du 4x4 de Zach en se tenant à la portière pour ne pas perdre l'équilibre et lui fit un petit signe désinvolte.

Mais de toute évidence, Raven ne l'entendait pas ainsi. Avec un large sourire, elle dévala l'allée, se jeta dans ses bras et se mit à l'embrasser dans le cou, sur les joues, et même sur le nez, avant de finir par ses lèvres.

Le cœur battant, il la tint contre lui, s'abandonnant à ses baisers. Quand elle se recula finalement, hors d'haleine, il la remit sur ses pieds avec délicatesse en espérant qu'elle ne remarquerait pas à quel point il était troublé.

— Par les chiens de l'enfer, c'était bon, dit-il sans réfléchir.

— Comme tu dis.

Elle se pencha et lui donna un nouveau baiser rapide avant de faire le tour du 4x4.

— Je suis si contente de te voir.

Il sentit une bouffée de plaisir l'envahir.

— Moi aussi, dit-il platement.

— Cee sera déçue de t'avoir manqué. Elle attacha sa ceinture en souriant. Quand je lui ai expliqué qui nous étions l'une pour l'autre, je craignais qu'elle ne le prenne mal, mais on a trouvé des boîtes de vieilles photos et ça a facilité les choses.

— Tu veux dire que ça vous a rapprochées ?

— C'est sûr. Son sourire s'élargit. Nous n'avons que sept ans de différence et nous sommes plus proches que beaucoup de sœurs. Après tout elle est mon clone.

— Je suis content que tu le lui aies dit, finalement.

— Oui. Ces photos, c'était vraiment quelque chose, dit-elle en soupirant. Voir mes parents, nos parents, après toutes ces années, m'a beaucoup apporté. Mais, tu sais, je veux quand même retrouver ma vie d'avant.

Sa vie d'avant. Ces seuls mots effacèrent toute la joie de Simon. Turley l'avait dit, elle avait le droit de retourner vivre comme elle le faisait auparavant. Avant lui. Elle avait raison de le lui rappeler. Bon sang il se l'était répété une centaine de fois en venant la chercher.

Mais il avait été incapable de réprimer le minuscule — mais tenace – espoir qu'en le voyant elle se rendrait compte qu'ils étaient destinés l'un à l'autre, et qu'il était plus important pour elle que cette vie-là.

Zach avait donné des sédatifs à Théo. Il demanda à trois de ses assistants de les aider à charger le loup dans sa cage à l'arrière du 4x4.

Simon le remercia et lui dit au revoir, mais au lieu de se diriger vers le nord, il prit la direction de l'ouest vers les montagnes. Bien que la plupart des cols soient fermés pour l'hiver, il pensait qu'il pourrait s'approcher suffisamment pour faire ce qu'il devait faire. La libérer.

Il se gara sur une aire de point de vue.

— Qu'est-ce qui se passe? Raven semblait perplexe. Il y a un problème avec la voiture ?

— Non. Il fit un geste vers les pics enneigés. Je suis venu ici pour te rendre ce que tu veux avant de ne plus en avoir le courage.

Elle le regarda fixement en se mordant les lèvres.

— Je ne suis pas sûre de comprendre.

— Pars, lui dit-il, faisant un effort pour sourire alors qu'il lui semblait que son cœur se fendait en deux. On n'est pas trop loin de ton ancienne grotte. Je vais vous laisser partir tous les deux et Théo te guidera.

Elle continuait à l'observer, silencieuse, ses yeux prenant la couleur du crépuscule.

De nouveau il s'efforça de sourire.

— Je suis sûr que tu retrouveras ta meute de loups sauvages. Mais tu devras peut-être combattre Mandy de nouveau pour récupérer ta place de chef.

Son sourire se fit plus hésitant quand il se la représenta en train de lutter avec la louve.

— Va-t'en, répéta-t-il, va-t'en vite.

Elle ne fit pas un geste.

— Pourquoi ? demanda-t-elle d'une voix douce. Pourquoi me pousses-tu à partir ?

— C'est ce que tu veux, non ?

Sans lui laisser le temps de répondre, conscient de l'amertume qui perçait dans sa voix, il conclut :

— Je ne peux rien faire d'autre que te rendre ce que tu n'as cessé de demander : ta vie d'avant, ta liberté.

Elle détacha sa ceinture de sécurité, provoquant un instant de panique chez Simon.

— Tu me laisses partir ?

— Puisque c'est ainsi que tu veux vivre.

— Et tu es sûr que c'est ce que je désire ?

— Je ne me trompe pas ? C'est ce que tu as toujours dit.

Sa voix se brisa. Avec obstination il se força à poursuivre.

— Je n'ai pas envie que tu partes. Si ça ne tenait qu'à moi…

Il n'osa pas finir sa phrase, d'autant moins qu'il savait parfaitement qu'il n'en avait pas le droit.

— Si ça ne tenait qu'à toi ?

Il hocha la tête.

— Raven, tu ne vois donc pas la réalité ? Pendant tout ce temps j'ai espéré que lorsque tout serait fini, je pourrais t'apporter ce que tu désirais, que je te suffirais, que tous les deux, ensemble, nous pourrions être heureux.

— Ah, Simon…

Son sourire lui fit l'effet d'un coup de poing à l'estomac. Il scruta son regard mais n'y trouva aucune trace de pitié. Lorsqu'elle tendit la main pour la poser sur sa joue, il dut faire un effort pour ne pas se dérober.

— Tu promets ?

— Quoi ? dit-il d'une voix rauque.

— De m'aimer autant que je t'aime. Pour la vie ?

Il resta sans voix et ne parvint qu'à hocher la tête en signe d'assentiment, n'en croyant pas ses oreilles, le souffle coupé.

— Alors je vais te dire ce que je veux.

Quand elle s'approcha, leurs corps se touchèrent presque. Si près qu'il dut serrer les poings pour ne pas la toucher.

— C'est toi que je veux, lui dit-elle, rien que toi.

Se penchant vers lui elle posa ses lèvres sur les siennes pour un long baiser qui le fit chavirer.

Il lui rendit son baiser. En lui, la joie luttait contre une incrédulité tenace. Et la peur, avant tout la peur. De se laisser aller à croire à tant de bonheur, tant de joie, pour apprendre ensuite que ce n'était qu'un rêve.

Il ne comprenait plus. Ne disait-elle pas vouloir vivre comme un loup sauvage, à la tête de sa meute, en pleine nature ?

Comme si elle avait lu dans ses pensées, elle fit un signe de dénégation.

— Plus maintenant, lui dit-elle. Pas sans toi.

Tout d'abord il ne comprit pas ces mots, puis il en saisit le sens, et le poids dans sa poitrine commença à se faire plus léger.

— Pourquoi ? fut tout ce qu'il réussit à dire.

— Parce que je t'aime. Tu es mon âme sœur.

Son sourire éclatant lui coupa le souffle, ainsi que son second baiser, puis le troisième.

Quand il put respirer de nouveau, il la tint serrée contre lui. Il aurait voulu un feu d'artifice, des trompettes, des arcs-en-ciel. Quand il leva les yeux, un rayon de soleil perça les nuages, éclairant la montagne de Raven comme un projecteur.

— Regarde, dit-elle en montrant du doigt le pic éclairé

comme si, une fois de plus, elle avait lu dans ses pensées. Voilà le signe que tu voulais.

Inutile de lui demander ce qu'elle voulait dire. Ils le savaient tous les deux. Raven. Sa compagne, son amour.

Elle l'aimait. Il n'arrivait pas à y croire.

Elle leva la tête, scrutant son visage, l'air grave.

— Généralement, une personne à qui on dit « je t'aime » est censée répondre « je t'aime » en retour. Un éclair de doute traversa son beau visage. Sauf si…

— N'y pense pas une seule seconde.

Il pouvait enfin lui donner ça. Il pouvait lui dire ce qu'il ressentait. Ces mots simples il ne les avait jamais dits à personne, jamais, nulle part.

Il s'éclaircit la voix.

— Je t'aime, dit-il. Puis comme sa voix semblait rouillée, il répéta. Je t'aime, Raven. Tu es ma compagne. Pour toujours. Pour la vie.

En soupirant elle se lova contre lui et l'embrassa de nouveau. A contrecœur, il recula. C'était trop important. Il ne devait subsister aucun malentendu, aucune question, aucun doute.

— Raven, tu es vraiment sûre ? Tu sais que nous ne pouvons pas vivre dans une grotte dans les montagnes ?

Il ne lut que de l'amour dans ses yeux incroyablement bleus.

— Je le sais. Et je t'aime quand même. Un sourire releva un coin de ses lèvres. Et avant que tu ne me le redemandes, oui, je suis absolument sûre.

— Même si tu dois passer le plus clair de ton temps parmi les humains ?

Elle sourit.

— Oui. Tant que tu es auprès de moi et que nous nous métamorphosons souvent, tout ira bien.

— Et Théo ? lui rappela-t-il, désignant le loup aux yeux jaunes, toujours inconscient dans sa cage. Tu pourrais le garder comme animal de compagnie, si tu veux.

— Non, je ne lui ferai pas ça. Il sera bien au refuge. Il se trouvera une autre meute, peut-être même une compagne.

Elle se renfonça dans son siège et attacha sa ceinture.

— On ferait bien d'y aller avant que les sédatifs ne fassent plus d'effet.

Il la lâcha à contrecœur et fit demi-tour en direction de la ville pour prendre l'autoroute vers Fort Collins.

— En chemin, dit-elle d'un ton espiègle, nous pourrons discuter de l'endroit où nous allons nous installer. J'aimerais vivre près de la montagne.

— Ce sera tout ? dit-il, moqueur.

Il l'aimait tellement que c'en était douloureux.

L'observant à travers ses longs cils, elle prit une profonde inspiration.

— Non, j'ai encore une requête : dans un quartier où nous pourrons envoyer nos enfants dans une bonne école.

Des enfants. Ces mots levèrent ses derniers doutes. Ils auraient des enfants, une famille bien à eux.

Au détour d'un virage, Boulder leur apparut en contrebas. Le soleil perçant les nuages une nouvelle fois, inonda la ville d'une éclatante lumière. Simon inspira profondément. Il comprit que son avenir, leur avenir, leur réservait d'infinies possibilités de bonheur et de joie. Qu'il était riche d'émotions qui n'attendaient que d'être éprouvées.

Et d'amour bien sûr. Toujours de l'amour avec sa louve sauvage, sa compagne à ses côtés.

Composé et édité par HarperCollins France.

Achevé d'imprimer en mai 2020.

CPI
BLACK PRINT

Barcelone

Dépôt légal : juin 2020.

FSC
www.fsc.org
MIXTE
Papier issu de sources responsables
FSC® C108412

Pour limiter l'empreinte environnementale de ses livres, HarperCollins France s'engage à n'utiliser que du papier fabriqué à partir de bois provenant de forêts gérées durablement et de manière responsable.

Imprimé en Espagne.